LOS GRANDES MUSICALES

EN LA LITERATURA

CLUB INTERNACIONAL DEL LIBRO

Prólogo, diseño y maquetación:
Equipo Editorial CIL

Avda. de Manoteras, 50
28050 Madrid

ISBN: 978-84-407-2767-1 (O.C.)
ISBN: 978-84-407-2769-5
Depósito legal: M-3811-2017

Impreso en España por: Rol-Press, S.L. Barcelona

LEÓN TOLSTÓI

ANNA KARENINA II

León Tolstói

Capítulo I

La princesa Scherbatskaya consideraba imposible celebrar la boda antes de Cuaresma, para la que solo faltaban cinco semanas, dado que la mitad del ajuar de la novia no podía estar preparado antes de aquel término. Mas no podía dejar de estar de acuerdo con Levin en que aplazar la boda hasta fines de Cuaresma era esperar demasiado, ya que la anciana tía del príncipe Scherbatsky estaba gravemente enferma y podía fallecer de un momento a otro, en cuyo caso el luto aplazaría la boda aún más tiempo.

Por esto, después de decidir que el ajuar se dividiría en dos partes, una mayor que se prepararía con más calma y otra menor que estaría dispuesta enseguida, la Princesa accedió a celebrar las bodas antes de la Cuaresma, aunque no sin molestarse repetidas veces con Levin por no contestar nunca con seriedad a sus preguntas ni decirle si estaba de acuerdo o no con lo que se hacía.

La decisión era tanto más cómoda cuanto que, después de casados, los novios se irían a su propiedad, donde para nada necesitarían la mayoría de las cosas correspondientes a la parte mayor del ajuar.

Levin continuaba en aquel estado de trastorno en el que le parecía que él y su felicidad constituían el único y principal fin de todo lo existente y que no debía pensar ni preocuparse de nada, ya que los demás lo harían todo por él.

No tenía ni siquiera formado un plan para su vida futura, dejando la decisión a los otros, convencido de que todo marcharía a la perfección.

Su hermano Serguéi Ivanovich, Stepán Arkadievich y la Princesa, le orientaban en cuanto debía hacer. Y él se limitaba a conformarse con lo que decían.

Serguéi Ivanovich tomó para él dinero prestado, la Princesa le aconsejó irse de Moscú después de la boda y Stepán Arkadievich le sugirió que fuese al extranjero. Levin se mostró de acuerdo con todo.

«Ordenad lo que más os agrade –se decía–. Soy feliz y mi felicidad no puede ser mayor ni menor por lo que vosotros hagáis o dejéis de hacer».

Y cuando comunicó a Kitty que Stepán Arkadievich les aconsejaba ir al extranjero, le pareció sorprendente que ella no estuviese de acuerdo y que tuviera para su vida futura sus propósitos determinados.

Kitty sabía que en el pueblo Levin se ocupaba en una empresa que le apasionaba. Ella no comprendía aquellas actividades de su esposo ni quería comprenderlas, pero no por esto dejaba de considerarlas importantes; y como sabía que ellas exigirían su presencia en el pueblo, el deseo de Kitty era ir, no al extranjero donde nada tenían que hacer, sino a la casa de su futura residencia.

Tal decisión, expresada muy concretamente, extrañó a Levin, pero como le daba igual marchar a un sitio que a otro, pidió inmediatamente a Oblonsky, como si este tuviera tal obligación, que fuese al pueblo y lo arreglase todo como mejor le pareciera y con aquel buen gusto que era natural en él.

—Oye –dijo Stepán Arkadievich a Levin, al volver del pueblo donde lo dejó dispuesto todo para la llegada de los recién casados–, ¿tienes el certificado de confesión y comunión?

—No. ¿Porqué?

—Porque sin él no puedes casarte.

—¡Caramba! –exclamó Levin–. Pues hace nueve años que no comulgo. No había pensado en eso.

—¡Bueno estás tú! –exclamó, riendo Oblonsky–. ¡Y me acusas a mí de nihilista!

Esto no puede quedar así. Tienes que confesar y comulgar.

—¡Pero si solo quedan cuatro días!

Stepán Arkadievich le arregló esto también. Levin comenzó a asistir a los oficios de la iglesia.

Para Levin, que no tenía fe, sin dejar por ello de respetar las creencias de los otros, era muy penosa la asistencia a los actos religiosos. Pero ahora, en aquel estado de ánimo condescendiente y sensible a todo, en el que se encontraba, la obligación de fingir no solo le resultaba penosa, sino completamente imposible. Le parecía que en la cúspide de su felicidad, de su esplendor íntimo, iba a cometer un sacrilegio.

Se sentía, pues, incapaz de cumplir ninguno de aquellos deberes, pero a todos sus ruegos de que le procurasen el certificado sin cumplir los actos, Stepán Arkadievich le contestaba que era imposible.

—Por otra parte, ¿qué te cuesta? Al fin y al cabo es cuestión de dos días. El sacerdote es un anciano muy simpático y muy inteligente. ¡Te sacará ese diente sin que te des cuenta!

Al acudir a la primera misa, Levin procuró refrescar sus recuerdos de juventud, renovar en él aquel fuerte sentimiento religioso que experimentara a los dieciséis o diecisiete años. Mas ahora comprobaba que le era imposible.

Trató de considerarlo como una simple fórmula secundaria, análoga a la de hacer visitas, pero tampoco esto pudo conseguir.

Respecto a la religión, Levin, como la mayoría de sus contemporáneos, se hallaba en una situación indefinida. No podía creer, pero a la vez no tenía la certeza de que la religión no fuese justa y necesaria.

Y por ello, incapaz de creer en la importancia de lo que hacía, ni de mirarlo con indiferencia como mera formalidad, todo el tiempo que pasaba estos días en la iglesia experimentaba cierto malestar y vergüenza. La voz de su conciencia le decía que hacer una cosa sin comprenderla era una acción deshonesta, una falsedad.

Durante los oficios religiosos, Levin, escuchaba las oraciones procurando darles un significado no distinto de sus propias ideas, o, reconociendo que no podía comprenderlas y que debía censurarlas, procuraba no oírlas, abstrayéndose en pensamientos, observaciones y recuerdos que con particular claridad pasaban por su cerebro durante aquella ociosa permanencia en la iglesia.

Asistió a misa y vísperas y, aquella misma tarde, a la lectura de las reglas de confesión. Al día siguiente, levantándose más temprano que de costumbre y sin tomar su desayuno, fue a la iglesia a las ocho, a fin de confesarse después de las oraciones matinales.

En la iglesia no había nadie, salvo un soldado, un mendigo, dos ancianas y los clérigos.

Un joven diácono, de ancha y bien formada espalda bajo la leve sotana, se acercó a Levin y, luego, acercándose a la mesita próxima a la pared, comenzó a leerle las reglas.

Oyendo la lectura y sobre todo la repetición de las mismas palabras, «Señor, ten misericordia...», que se unían en un monótono «Señor da... Señor da...», Levin sentía la impresión de tener su pensamiento cerrado y sellado sin poder tocarlo ni moverlo, porque de lo contrario le parecería que habría de ser aún mayor su confusión. Y por ello, en pie tras el diácono, sin escucharle ni compenetrarse con sus palabras, continuaba entregado a sus reflexiones.

«¡Es extraordinaria la expresión que tienen sus manos!», se decía, recordando el día anterior, en que estuviera sentado con Kitty cerca de la mesa, en un rincón del salón. Como sucedía casi siempre por aquellos días, no tenían nada que decirse, y Kitty, poniendo la mano en la mesa, la cerraba y la abría, y, reparando ella misma en tal movimiento, se puso a reír.

Levin recordó que le había besado la mano, fijándose en las líneas que se unían sobre la palma, de color suavemente sonrosado.

«¡Otra vez "Señor da"!», pensó, persignándose y mirando el movimiento de la espalda del diácono, que se inclinaba al santiguarse.

«Luego ella me cogió la mano y dijo, examinando sus líneas: "Tiene unas manos muy bellas"...».

Y Levin contempló su mano. luego la del diácono de cortos dedos.

—«Sí, ahora va a terminar», se dijo. «¡Ah, no!, empieza otra vez», rectificó, fijándose en las oraciones. «No, ya termina. Ahora marca una genuflexión y toca el suelo con la frente. Esto señala siempre el fin».

Una vez recibido discretamente en su mano, que ostentaba puños de terciopelo, un billete de tres rubios, el diácono dijo que se encargaría de inscribirle para la confesión y se alejó hacia el altar, haciendo resonar fuertemente sus zapatos nuevos sobre el pavimento de la iglesia desierta.

Al cabo de un momento, volvió la cabeza y llamó con la mano a Levin. Los pensamientos de este encerrados hasta aquel momento, se agitaron de nuevo en su cerebro, pero se apresuró a alejarlos de sí, y se adelantó hacia la gradería, mientras pensaba: «Ya se arreglará de un modo u otro».

Al poner los pies en las gradas, volvió la mirada hacia la derecha y vio al sacerdote, un anciano de barba entrecana, de ojos bondadosos y fatigados, que de pie ante el Analoy[1] hojeaba el misal.

Haciendo un leve saludo a Levin, el sacerdote comenzó a leer las oraciones con vez monótona.

Al terminar, hizo un saludo hasta el suelo y, volviéndose hacia él y mostrándole un crucifijo, le dijo:

—«Aquí está Cristo, en presencia invisible, para recibir su confesión. ¿Cree usted en lo que nos enseña nuestra Santa Iglesia Apostólica?» –continuó el sacerdote, apartando los ojos del rostro de Levin y cruzando las manos bajo la estola en ademán de orar.

—Dudaba y dudo de todo –contestó Levin, en voz que le sonó desagradable incluso a él.

Y calló.

(1) Mesita que se emplea en el rito ortodoxo para los oficios religiosos privados.

El sacerdote esperó unos segundos, para ver si decía todavía algo, y, cerrando los ojos y pronunciando las oes a la manera de la provincia de Vladimir, dijo:

—La duda es propia de la debilidad humana, pero debemos orar para que Dios misericordioso nos ilumine. ¿Cuáles son sus principales pecados? –añadió el sacerdote sin hacer una sola pausa, como no queriendo perder tiempo.

—Mi pecado principal es la duda. Dudo de todo. La duda me persigue casi en todo momento.

—La duda es propia de la debilidad humana –repitió el cura con iguales palabras–. ¿De qué duda usted en especial?

—De todo. A veces dudo de la existencia de Dios –dijo Levin, sin querer.

Y se horrorizó de la inconveniencia de lo que decía. Pero tas palabras de Levin no parecieron causar al sacerdote impresión alguna.

—¿Qué duda puede caber de la existencia de Dios? –dijo el sacerdote rápidamente, casi con una imperceptible sonrisa.

Levin callaba.

—¿Qué duda puede caber sobre el Creador cuando se contemplan sus obras? – continuaba el sacerdote con su hablar rápido y monótono–. ¿Quién adornó con astros la bóveda celeste? ¿Quién revistió la tierra de sus bellezas? ¿Cómo podrían existir todas estas cosas sin un Creador?

Y miró interrogativamente a Levin.

Este comprendía que era poco delicado entrar en discusiones filosóficas con el sacerdote y solo contestó lo que se refería directamente a la cuestión.

—No lo sé –repuso.

—Pues si no lo sabe ¿cómo puede dudar de que Dios lo ha creado todo? –preguntó el sacerdote con alegre sorpresa.

—No comprendo nada –dijo Levin, sonrojándose al advertir la necedad de sus palabras y lo inadecuadas que eran a la situación.

—Rece a Dios e implore su misericordia... Hasta los Santos Padres tenían dudas y pedían a Dios que fortaleciese su fe. El diablo posee un inmenso poder y hemos de defendernos de caer bajo su dominio. Rece a Dios, implore su gracia... ¡Rece! –añadió el sacerdote con precipitación.

Y calló un momento pensativo.

—He oído decir que se propone usted casarse con la hija de mi feligrés e hijo espiritual, el príncipe Scherbatsky –añadió sonriendo–. Es una excelente joven.

—Sí –contestó Levin.

Y pensaba, sonrojándose por el sacerdote: «¿Por qué me dice esto durante la confesión?».

Y, como si contestase a su pensamiento, el sacerdote habló:

—Piensa usted contraer matrimonio y acaso Dios le conceda descendencia, ¿no es eso? Pues ¿qué educación podrá dar a sus hijos si no vence la tentación del diablo que le arrastra a la incredulidad? –dijo con dulce reproche–. Si quiere usted a sus hijos, como buen padre, deseará para ellos no solo las riquezas, el lujo y los honores, sino también la salvación y la clarividencia espiritual en la luz de la verdad. ¿No es esto? ¿Y qué contestará a sus inocentes hijos cuando le pregunten: «Papá, ¿quién ha creado todo lo que he hallado en este mundo, la tierra, las aguas, el sol, las flores, las plantas?». ¿Por ventura les dirá usted: «No lo sé»? Usted no puede ignorar lo que el Señor, en su gran bondad, le revela. También pueden preguntarle sus hijos: «¿Qué me espera en la vida futura después de morir?». Y ¿qué contestará usted si lo ignora todo? ¿Qué les dirá? ¿Va a entregarles a la seducción del mundo y del diablo? ¡Eso sería un grave mal!

Y el sacerdote, inclinando la cabeza a un lado, calló, mirando a Levin con sus ojos dulces y bondadosos.

Levin no contestaba nada, no ya por no querer entrar en discusiones con el sacerdote, sino porque nadie le había hecho nunca preguntas así y pensaba que para cuando su hijo se las formulase, ya habría tenido él tiempo de resolver lo que debía contestar.

El sacerdote continuó:

—Entra usted en un momento de su vida en el que hay que escoger un camino y seguirlo. Rece para que Dios le ayude y le perdone en su misericordia –concluyó–. Nuestro Señor Jesucristo le perdone en su inmensa misericordia y amor a los hombres, hijo mío…

Y, terminada la oración absolutoria, el sacerdote le bendijo y le despidió.

Aquel día, al volver a casa, Levin se sintió alegre viendo que aquella situación forzada había terminado sin necesidad de mentir.

Además le quedó la vaga impresión de que lo que le dijera aquel anciano simpático y bueno no era tan necio como al principio le había parecido, y que en sus palabras había algo que necesitaba una aclaración.

«Naturalmente que ahora no», pensaba Levin, «pero después, algún día…».

Sentía más que antes que su alma estaba turbia y no pura del todo y, con respecto a la religión, se hallaba en el mismo estado que él veía en las almas de los demás, en aquel estado que reprochaba a su amigo Sviajsky.

Pasó la velada con su novia en casa de Dolly. Levin, muy alegre, explicando a Oblonsky el estado de excitación en que se hallaba, dijo que estaba alborozado como un perro al que enseñan a saltar por el aro y el cual, al comprender lo que esperan de él, ladra, mueve la cola y salta con entusiasmo sobre las mesas y los alféizares de las ventanas.

Capítulo II

El día de la boda, según costumbre (ya que la Princesa y Darya Alejandrovna insistían mucho en que todo se hiciese según la costumbre) Levin no vio a su novia y comió en su habitaciónn del hotel con tres amigos solteros que fueron a verle: Serguéi Ivanovich, Katavasov –excompañero de Universidad y ahora profesor de Ciencias naturales, a quien Levin se encontró en la calle y lo llevó consigo– y Chirikov, su testigo de boda, juez municipal en Moscú y compañero de Levin en la caza del oso.

La comida transcurrió muy alegre. Serguéi Ivanovich estaba en excelente estado de ánimo y se divertía con las originalidades de Katavasov. Este, notando que las apreciaban y comprendían, hacía más y más alarde de ellas. Chirikov, benévolo y jovial, se ponía a tono con la conversación.

—De modo –decía Katavasov, alargando las palabras, según costumbre contraída en la cátedra– que podemos decir que nuestro amigo Konstantín Dmitrievich era un muchacho muy bien dotado. Hablo de ausentes, porque él no está aquí. Al salir de la Universidad amaba la ciencia y los intereses de la Humanidad, pero ahora la mitad de sus facultades está dedicada a engañarse a sí mismo y la otra mitad a justificar ese engaño.

—No he visto enemigo más acérrimo del matrimonio que usted –repuso Serguéi Ivanovich.

—No soy enemigo de él. Soy amigo de la distribución del trabajo. La gente que no puede hacer otra cosa, debe hacer hombres, y los demás contribuir a su instrucción y felicidad. Así lo creo. Hay muchos que quieren confundir esas dos actividades, pero yo no me cuento entre ellos.

—¡Cómo me alegraré cuando sepa que usted está enamorado! –dijo Levin–. ¡No deje de invitarme a la boda!

—Ya estoy enamorado.

—Sí, de las jibias. Figúrate –indicó Levin a su hermano–, Mijaíl Semenich está escribiendo ahora un libro sobre nutrición y…

—No confundamos las cosas. No porque se trate de mi obra, pero en realidad aprecio la jibia…

—La jibia no le impedirá amar a su mujer.

—La jibia no, pero la mujer sí.

—¿Por qué?

—Ya lo verá por sí mismo. A usted le gustan la caza, los trabajos de la finca… Ya lo verá, ya…

—Hoy ha venido Arjip y dice que en Prudno hay una enormidad de alces y de osos –afirmó Chirikov.

—Pues los cazarán ustedes sin mí.

—Claro, en el futuro dirá usted el adiós a la caza del oso. Su mujer no le dejará ir.

Levin sonrió. La idea de que su mujer no le dejara ir a cazar le era tan agradable que estaba dispuesto a renunciar a aquella diversión para siempre.

—De todos modos, es una lástima cazar esos osos sin usted. ¿Recuerda la última vez en Yapilovo? ¡Qué caza tan espléndida hicimos! –dijo Chirikov.

Levin, no queriendo decepcionarle diciéndole que dudaba que hubiese algo bueno allí donde no estuviese Kitty, optó por callar.

—Por algo existe esta costumbre de despedirse de la vida de soltero –dijo su hermano–. Puedes ser muy feliz, pero, de todos modos, siempre es lamentable perder la libertad.

—Confiéselo: ¿no es verdad que siente el deseo del novio de la comedia de Gogol que quiere huir de la boda saltando por la ventana?

—Seguro que sí, pero no quiere confesarlo –afirmó Katavasov.

Y rió a carcajadas.

—¿Por qué no? La ventana está abierta. ¡Vámonos ahora mismo a Tver! La osa está sola y podemos buscarla en su cubil. Venga, marchémonos en el tren de las cinco y que se arreglen aquí como quieran –dijo, riendo, Chirikov.

—Les juro –aseguró Levin sonriente– que por más que hago no consigo encontrar en mi alma ese sentimiento de dolor por la pérdida de mi libertad.

—En su alma reina tal caos ahora que es imposible encontrar nada en ella –dijo Katavasov–. Aguarde un poco y cuando la tenga algo más en orden, ya me lo dirá…

—No. Bien podía, aparte de mi sentimiento –no quiso decir «de mi amor»– y de la felicidad que experimento, lamentar perder la libertad. Pero, por el contrario, me siento satisfecho de perderla.

—¡Malo! ¡Es un caso desesperado! –exclamó Katavasov–. ¡Bebamos por su curación o porque se realice, siquiera, la centésima parte de sus ilusiones! Con esto ya, tendrá tanta felicidad como es posible hallar en la tierra.

Después de comer, los amigos se marcharon para tener tiempo de vestirse antes de la boda.

Al quedar solo y recordar la conversación de aquellos solterones, Levin se preguntó una vez más si existía en su alma algún sentimiento de dolor por la libertad que perdía y del que ellos hablaban tanto, y sonrió al formularse aquella pregunta. «¡Libertad! ¿Para qué quiero la libertad? La dicha consiste en amar y desear, y pensar con los sentimientos de ella, es decir, en no tener libertad alguna. ¡Eso es la felicidad!».

«Pero ¿acaso conoces sus pensamientos y deseos?», murmuró una voz en su interior.

La sonrisa desapareció de su rostro y Levin quedó pensativo. De repente le invadió una extraña sensación de temor y de duda, una duda que se extendía a todas las cosas. «¿Y si ella no me quiere y se casa solo por casarse? ¿Y si ella misma no sabe lo que se hace?», se preguntaba. «¿Y si solo se da cuenta después de casarse conmigo de que no me quiere ni me puede querer?».

Y los peores y más extraños pensamientos acerca de Kitty invadieron su cerebro. Sentía celos de Vronsky, como hacía un año, como si la velada en que la había visto con él hubiera sido el día antes. Sospechaba que ella no le había dicho todo lo que tenía que decirle.

Se levantó precipitadamente.

«No, es imposible quedarme así», se dijo, desesperado. «Voy a verla y le preguntaré por última vez. Le diré: "Aún somos libres... ¿No valdría más suspenderlo todo? Esto sería mejor que la infelicidad eterna, la deshonra, la infidelidad"...».

Con el corazón dolorido, enojado contra todos, contra sí mismo y contra ella, salió del hotel y se dirigió a casa de su novia.

La encontró en las habitaciones posteriores, sentada sobre un baúl, dando órdenes a una muchacha y revolviendo montones de multicolores vestidos puestos sobre los respaldos de las sillas y tirados por el suelo.

—¡Oh! –exclamó Kitty, radiante de alegría al verle–. ¿Cómo? Tú... usted –hasta aquel último día le había hablado indistintamente de «usted» y de «tú»–. No te esperaba. Estoy repartiendo mis vestidos de soltera, mirando a quién puedo regalárselos...

—Muy bien –dijo él mirando súbitamente a la muchacha.

—Sal, Duniascha... Ya te llamaré cuando... –ordenó Kitty–. Pero, ¿qué te pasa? –preguntó, continuando decididamente su tuteo después de que la criada hubo salido. Ella veía la extraña expresión de su rostro, agitado y sombrío, y tuvo miedo.

—Kitty, sufro mucho y no puedo soportarlo solo... –repuso Levin, con desesperación, deteniéndose ante ella y mirándola suplicante.

Veía bien, por la mirada franca y cariñosa de su novia que no le saldría nada de lo que quería decirle, pero necesitaba que ella misma le sacase de dudas.

—He venido a decirte que todavía estamos a tiempo, que aún es posible deshacer y arreglar...

—¡No lo comprendo! ¿Qué te pasa?

—Lo que te he dicho mil veces y no puedo dejar de pensar: que no te merezco... No es posible que consientas en casarte conmigo. Piénsalo bien. Te has equivocado, no puedes amarme... Vale más que me lo digas –seguía Levin sin mirarla–. Seré desgraciado. Que diga lo que quiera la gente; todo será preferible a la infelicidad. Mejor será que lo hagamos ahora que estamos todavía a tiempo.

—No te comprendo –repuso Kitty asustada–. ¿Es posible que quieras renunciar y que no...?

—Sí, si no me amas.

—¿Estás loco? –exclamó ella enrojeciendo de indignación.

Pero el rostro de Levin inspiraba en aquel momento tanta compasión que Kitty, conteniendo su enojo, quitó los vestidos de la butaca y se sentó a su lado.

—¿Qué piensas? Dímelo todo.

—Pienso que no puedes amarme. ¿Por qué me habrías de amar?

—¡Dios mío! ¿Qué puedo decir? –exclamó Kitty llorando.

—¡Oh! ¿Qué he hecho? –se lamentó Levin. Y arrodillándose ante ella le besó las manos.

Cuando cinco minutos después entró la Princesa en la habitación los halló reconciliados por completo. No solo Kitty aseguró a su novio que le quería, sino que, al preguntarle el motivo de que le quisiera, se lo explicó. Le dijo que lo quería porque le comprendía plenamente, porque sabía cuáles eran sus anhelos y porque sabía también que todo lo que él anhelaba era justo.

A Levin la explicación le pareció bastante clara. Cuando la Princesa entró en la estancia, los dos estaban sentados al borde del baúl revisando los trajes y discutiendo a propósito de si la joven debía regalarle a Duniascha el vestido de color castaño que llevaba cuando Levin se le declaró, o si, como quería él, no debía regalar a nadie aquel vestido y regalar a la muchacha el azul.

—¿No comprendes que Duniascha es morena y no le sentaría bien el azul? Ya lo he pensado todo.

Al enterarse del motivo de la visita de Levin, la Princesa casi se enfadó, y riendo le envió a su casa para que se vistiera y no estorbara el peinado de Kitty, ya que estaba a punto de llegar Charles, el peluquero francés.

—Está ya bastante desmejorada de estos días que no come nada, y aún vienes a molestarla con tus tonterías –le dijo la Princesa–. ¡Vete, vete, querido!

Levin, avergonzado, pero ya tranquilo, volvió a su hotel. Su hermano, Darya Alejandrovna y Stepán Arkadievich le estaban esperando para bendecirle con el icono. No había tiempo que perder. Darya Alejandrovna tenía que ir a casa para recoger a su hijo, el cual, muy compuesto y pulido, con el pelo rizado, debía llevar la santa imagen acompañando a la novia.

Además, había que buscar un coche para enviarlo al padrino de boda y hacer volver al que se llevaría Serguéi Ivanovich... Había, pues, muchas cosas importantes en qué pensar. Era preciso no perder tiempo, porque eran ya las seis y media.

La ceremonia de la bendición careció de seriedad. Oblonsky se puso al lado de su mujer en una actitud solemne y cómica a la vez, levantó la imagen y, ordenando a Levin que se arrodillase, lo bendijo con bondadosa e irónica sonrisa y le besó tres veces. Dolly hizo lo mismo, pero de una manera precipitada y disponiéndose a partir enseguida, preocupada con el enredado asunto de los coches.

—He aquí lo que podemos hacer –dijo dirigiéndose a su marido–: tú ve con nuestro coche a buscar al niño, y Serguéi Ivanovich tendrá la amabilidad de ir allá y hacernos enviar el coche después.

—Con mucho gusto.

—Y nosotros iremos enseguida con el chiquillo... ¿Está todo preparado? –preguntó Stepán Arkadievich.

—Sí –contestó Levin.

Y ordenó a Kuzmá que le ayudase a vestirse.

CAPÍTULO III

Mucha gente, mujeres sobre todo, rodeaban la iglesia, deslumbrante con todas las luces encendidas para la boda. Los que no habían podido entrar se agrupaban junto a las ventanas, empujándose, discutiendo y mirando a través de las rejas.

Más de veinte coches se habían alineado ya a lo largo de la calle, bajo la vigilancia de los guardias. Un oficial de policía, ufano con su uniforme de gala, desafiaba el frío a la entrada del templo.

Llegaban carruajes sin cesar. Ora entraban señoras adornadas con flores, recogiéndose las colas de los vestidos, ora llegaban caballeros que se quitaban sus sombreros negros o sus gorras de uniforme al entrar en la iglesia.

En el interior habían sido ya encendidas las arañas y todos los cirios ante los iconos. El dorado brillo de la luz sobre el fondo rojo del iconostasio y de los soportes de los cirios, las baldosas, las alfombrillas, las banderas situadas arriba, junto a ambos coros, las graderías del Analoy, los antiguos libros ennegrecidos por el tiempo, las sotanas y casullas, todo estaba inundado de luz.

A la derecha de la iglesia caldeada, entre fracs y corbatas blancas, uniformes de gala, sedas, terciopelos, satenes, cabellos, flores, hombros y brazos descubiertos y largos guantes, se elevaba un murmullo contenido y animado que resonaba extrañamente bajo la alta cúpula.

Cada vez que se sentía el chirrido de la puerta al abrirse, disminuía el murmullo y todos volvían la cabeza esperando ver aparecer a los novios.

Pero la puerta se abatió aún más de diez veces y siempre era un invitado o invitada atrasados que se sumaban al círculo de los concurrentes, a la derecha; o bien alguna señora del público que, engañando al oficial de policía o con permiso de él, se unía a los extraños, a la izquierda.

Los allegados y el público en general habían pasado por todas las fases de la espera.

Suponían al principio que los novios llegarían de un instante a otro y no daban importancia al retraso. Pero luego miraban más frecuentemente hacia las puertas preguntándose si no habría sucedido algo.

Al fin, la tardanza comenzó a parecer ya inconveniente y parientes a invitados procuraron simular que no se preocupaban ya de los novios y que solo les interesaban las propias conversaciones.

El arcediano tosía con impaciencia, como recordando el valor del tiempo, y su tos hacía vibrar los cristales de las ventanas. En el coro se oía ahora a los cantores que, irritados, probaban la voz o se sonaban.

El sacerdote enviaba constantemente al diácono o al sacristán para informarse de si había llegado ya el novio, y hasta él mismo, con su sotana color lila y su cinturón bordado, se acercaba a menudo hasta las puertas laterales del altar.

Al fin una señora, mirando el reloj, dijo:

—Esto es muy extraño.

Todos los invitados, inquietos, empezaron a expresar en alta voz su descontento y sorpresa. Uno de los testigos salió a enterarse de lo que pasaba.

Entre tanto, Kitty vestida con su traje blanco, su largo velo y su corona de flores de azahar, acompañada de la madrina de boda y de su hermana Lvova, estaba en la sala de casa de los Scherbatsky y miraba por la ventana aguardando en vano desde hacía media hora el aviso de su testigo de boda de que el novio había llegado a la iglesia.

Por su parte, Levin, con los pantalones puestos, pero sin chaleco ni frac, paseaba de una parte a otra por su habitación del hotel asomándose sin cesar a la puerta y mirando el pasillo. Pero en el pasillo no aparecía aquel a quien esperaba y tenía que volver, desesperado, a la alcoba, agitando los brazos y dirigiéndose a Stepán Arkadievich, que fumaba tranquilamente.

—¿Habrá habido alguna vez un hombre en tan necia situación? –decía Levin.

—Sí, es bastante necia –convenía Oblonsky, sonriendo con suavidad–. Pero cálmate, te la traerán ahora mismo.

—¡Oh! –exclamaba Levin, con ira contenida–. ¡Y estos absurdos chalecos, tan abiertos! ¡Es imposible! –decía, mirando la pechera arrugada de su camisa–. ¿Y qué hacemos si se han llevado ya los equipajes a la estación del ferrocarril? –exclamaba exasperado.

—Entonces te pondrás la mía.

—¡Ya podíamos haberlo hecho hace tiempo!

—No conviene dar motivo de burla. Cálmate, todo se arreglará.

Había sucedido que, cuando Levin llamó a Kuzmá para que le ayudase a vestirse, el viejo criado le llevó el frac, chaleco y lo demás necesario excepto la camisa.

—¿Y la camisa? –preguntó Levin.

—La lleva usted puesta –contestó Kuzmá con tranquila sonrisa.

Kuzmá no había tenido la previsión de preparar una camisa limpia y, al recibir orden de arreglar las cosas y mandarlas a casa de los Scherbatsky, de la que los recién casados saldrían aquella misma noche, lo cumplió al pie de la letra, colocándolo todo en las maletas menos el traje de frac.

La camisa que Levin llevaba desde por la mañana estaba arrugada y era imposible usarla en la boda, dada la moda reinante de los chalecos abiertos. Pensaba mandar a buscar una a casa de los Scherbatsky, pero tuvieron que desistir de ello en vista de lo lejos que vivían.

Mandaron, pues, a comprar una camisa, pero el criado volvió al cabo de un momento diciendo que, por ser domingo, estaban cerradas todas las tiendas.

Fueron a casa de Stepán Arkadievich, pero trajeron una camisa muy ancha y corta, con lo que finalmente no les quedó otra solución que mandar a casa de los Scherbatsky a que abrieran los baúles.

Y, mientras esperaban al novio en la iglesia, él, como una fiera enjaulada, paseaba por la habitación, se asomaba al pasillo y recordaba con horror y desesperación lo que había dicho a Kitty y lo que ella podía pensar ahora.

Al fin, el culpable Kuzmá entró en la habitación, casi sin aliento, trayendo la camisa. –Por poco no la alcanzo. Estaban ya poniendo las cosas en el carro –dijo.

Tres minutos después, sin mirar el reloj para no irritar aún más la herida, Levin se halló corriendo por el pasillo.

—Con correr ya no ganas nada –decía Stepán Arkadievich, siguiéndole sin precipitarse y sonriendo–. Te aseguro que todo se arreglará, todo…

CAPÍTULO IV

—¡Ya han llegado!

—¡Ya están!

—¿Quién es?

—¿Aquel, el más joven?

—Y ella, la pobrecita está más muerta que viva…

—Estas exclamaciones brotaban de la multitud, cuando Levin, uniéndose a la novia en la entrada, entró con ella en la iglesia.

Stepán Arkadievich contó a su mujer la causa del retraso. Los invitados sonreían, haciendo comentarios a media voz. Levin no veía a nadie ni nada. Miraba a su novia sin apartar los ojos de ella.

Todos afirmaban que la joven estaba muy desmejorada desde estos últimos días y que con la corona estaba menos bella que de costumbre, pero Levin no lo creía así.

Miraba el alto peinado de Kitty, con su largo velo blanco, con blancas flores; miraba la alta gorguera que, con singular gracia virginal, cubría los lados de la garganta, dejando al descubierto la parte delantera; miraba su cintura finísima y le parecía su novia más hermosa que nunca, no porque las flores, el velo y el vestido traído de París añadieran nada a su belleza, sino porque, pese al artificial esplendor de su atavío, la expresión de su querido rostro, de su mirada, de sus labios, tenía la misma ingenua sinceridad de siempre.

—Empezaba ya a creer que te habías escapado –dijo Kitty sonriéndole.

—Me ha pasado una cosa tan necia que me avergüenza referírtela –dijo él.

Y se dirigió a Serguéi Ivanovich, que se le acercaba.

—¡Vaya una historia esa de la camisa! –dijo este a su hermano, moviendo la cabeza y sonriendo.

—Sí, sí –contestó Levin sin comprender lo que le decían.

—Hay que tomar una decisión, Kostia –intervino Stepán Arkadievich, con aire de fingida preocupación– acerca de un asunto muy importante. Me preguntan si encienden cirios nuevos o dejan los ya quemados.

Y, plegando los labios en una sonrisa, añadió:

—La diferencia es de diez rublos. Yo he resuelto ya, pero temo que no estés conforme…

Levin, comprendiendo que se trataba de una broma, sonrió.

—Bueno, ¿quemados o no? Es algo muy importante.

—Sí, sí, nuevos…

—¡Oh, encantados! ¡Cosa resuelta! –dijo, sonriendo, Oblonsky–. Pero ¡cómo se atonta la gente en estos casos! –comentó, dirigiéndose a Chirikov, mientras Levin le miraba desconcertado y se volvía hacia su novia.

—Pon atención en ser la primera en pisar la alfombra, Kitty –aconsejó la condesa Nordson acercándose–. ¡Vaya unas bromas que gasta usted! –afirmó dirigiéndose a Levin.

—¿Estás muy impresionada? –preguntó Marie Dmitrievna, la anciana tía.

—¿Sientes frío? Estás pálida… Aguarda; inclínate un poco –dijo Lvova, la hermana de Kitty.

Y, con un ademán circular de sus hermosos y redondos brazos, arregló las flores de la cabeza de la novia y la miró sonriendo.

Dolly, se acercó, quiso decir algo, pero no pudo pronunciar ni una palabra, y se puso a llorar, y enseguida después rió, aunque sin naturalidad.

Kitty contemplaba a todos con los mismos ojos abstraídos de Levin.

Entre tanto, los clérigos, que se revestían con sus hábitos sacerdotales, y el sacerdote, acompañado por el diácono, salieron al Analoy levantado en el atrio de la iglesia, mientras aquel se dirigió a Levin y le dijo algo que este no entendió.

—Dé usted la mano a la novia y condúzcala al altar –le dijo el testigo.

Levin, durante un momento, no pudo entender lo que le indicaban que hiciera. O bien cogía a Kitty con la mano que no debía, o le tomaba la izquierda en vez de la derecha.

Sus amigos, que le corregían constantemente, viendo que sus indicaciones resultaban inútiles, estaban ya por dejar que se las compusiera como mejor supiera cuando él comprendió finalmente que tenía que coger la de la novia sin cambiar de posición. Entonces el sacerdote dio algunos pasos ante ellos y se detuvo frente al Analoy.

Los parientes y conocidos les siguieron, entre cuchicheos y rumor de roces de vestidos.

Alguien, agachándose, arregló la cola del traje de la novia. Luego se hizo en la iglesia tal silencio que se sentía hasta el caer de las gotas de cera de los cirios.

El sacerdote, un anciano, con el solideo, con los mechones de plata de sus cabellos peinados tras ambas orejas, sacando sus menudas manos arrugadas de la pesada casulla recamada de plata con una cruz dorada en la espalda, cambiaba la disposición de algunos objetos en el Analoy.

Stepán Arkadievich se acercó al sacerdote, le habló en voz baja y, guiñando un ojo a Levin, retrocedió de nuevo.

El sacerdote –que era el mismo que había confesado a Levin–, encendió dos cirios ornados con flores, manteniéndolos inclinados en la mano izquierda, de modo que la cera fuese cayendo en gotas lentamente, y se volvió hacia los novios. Después de mirarles con ojos tristes y cansados, suspiró y, sacando la mano derecha de la casulla, bendijo al novio, y del mismo modo, pero con cierta blanda dulzura, puso los dedos doblados para la bendición sobre la cabeza de Kitty. Enseguida les ofreció los cirios encendidos y, tomando el incensario, se alejó de ellos con pasos mesurados.

«¿Es posible que todo esto sea verdad?», se dijo Levin mirando a su novia.

La veía de perfil algo desde arriba y por el apenas perceptible movimiento de sus labios y de sus pestañas comprendió que ella sentía su mirada. Kitty no volvió la vista pero su gorguera arrugada se levantó un tanto hacia su pequeña oreja sonrosada, y Levin, en este movimiento apenas perceptible, creyó adivinar el suspiro ahogado en el pecho de Kitty, y vio temblar su manecita cubierta con el largo guante.

Su inquietud por lo sucedido con la camisa, las conversaciones con parientes y amigos, el descontento de su ridícula situación, todo desapareció en un momento, y experimentó, a la vez, temor y alegría.

El arcediano, alto y arrogante, con una dalmática de brocado de plata, bien peinados los rizos que ornaban su cabeza, se adelantó decididamente y, levantando el horario entre los dedos con un ademán familiar, se detuvo ante el sacerdote.

—¡Bendícenos, padre!

Y su voz resonó solemne, lenta, agitando las capas del aire.

—Bendito sea Dios, Nuestro Señor, por los siglos de los siglos –contestó el anciano sacerdote con voz suave y melodiosa sin dejar de arreglar los objetos en el Analoy.

Y, llenando toda la iglesia desde los ventanales hasta las bóvedas, el acorde del coro invisible se elevó, armonioso y amplio, creció, se detuvo un momento y luego se apagó suavemente:

Como siempre, se oró por la paz de todos, por la salvación, por el Sínodo, por el Zar y por los siervos de Dios, Konstantín y Katerina, que iban a casarse.

Le parecía que toda la iglesia retumbara y lanzara hacia el cielo la voz del arcediano:

—Oremos porque Dios les conceda un amor perfecto y tranquilo y no les abandone jamás.

Levin escuchaba con sorpresa aquellas palabras.

«¿Cómo han adivinado que lo que necesito es precisamente la ayuda de Dios?», pensaba recordando sus temores y dudas recientes. «¿Qué sé o qué puedo hacer, si me falta esa ayuda en esta terrible preocupación? Sí, la ayuda divina es lo que necesito ahora…».

Cuando el arcediano concluyó la oración, el sacerdote se dirigió a los desposados.

«Dios eterno, que uniste a los que estaban separados», leía en su libro, con voz blanda y melodiosa, «que les diste la unión del amor indestructible, que otorgaste tu bendición a Isaac y Rebeca, como lo hemos leído en los libros santos. Bendice a tus siervos Konstantín y Katerina y condúcelos por el sendero del bien, y derrama sobre ellos los beneficios de tu misericordia y tu bondad. Alabados sean el Padre, el Hijo y el Espíritu Santo por todos los siglos de los siglos».

«¡Amén!», llenaron de nuevo el aire las voces del coro.

«Unió a los que estaban separados y les dio la unión del amor indestructible… ¡Qué profunda significación tienen estas palabras y en qué armonía están con mis sentimientos de este momento», pensaba Levin. «¿Sentirá ella lo que siento yo?».

Volviéndose, encontró la mirada de su novia, y por su expresión le pareció que sí lo sentía. Pero se engañaba. Kitty no comprendía apenas las palabras de la oración, ni casi las escuchaba. No podía escucharlas ni entenderlas por el inmenso sentimiento de alegría que llenaba su alma con creciente intensidad, alegría de ver realizarse plenamente lo que hacía mes y medio estaba consumado en su alma; lo que durante aquellas seis semanas había constituido su gozo y su tortura.

Su alma, aquel día en que con su vestido castaño, en la sala de la casa de la calle Arbat, se acercara a Levin ofreciéndosela sin decir nada, aquel día y en aquel momento rompió con todo el pasado e inició una vida nueva, desconocida para ella, a pesar de que su vida continuaba siendo, en apariencia, la misma de siempre.

Aquellas seis semanas fueron la época más dichosa y más atormentada de su vida. Y toda ella, sus anhelos y sus esperanzas se concentraban en aquel hombre a quien aún no comprendía, al que la unía un sentimiento menos comprensible aún que el hombre en sí, un sentimiento que ora la repelía ora la atraía y le inspiraba una completa indiferencia hacia su vida anterior: las cosas, las costumbres, las personas que antes la querían como ahora y a quienes ella quería también; indiferencia hacia su madre, entristecida por aquel sentimiento, hacia su querido padre, tan bueno, a quien antes amara más que a nada en el mundo.

Y Kitty pasaba de asustarse de tal indiferencia a alegrarse de la causa que la motivaba. No podía pensar ni desear nada fuera de su vida con aquel hombre.

Pero aquella nueva vida no había llegado aún y ni siquiera se la imaginaba con claridad. Solo existía la espera, el temor y la alegría de algo nuevo y desconocido.

Ahora, la espera, lo desconocido y el dolor de renunciar a su vida pasada, todo iba a acabar para empezar lo nuevo. Lo nuevo no podía, sin embargo, dejar de despertar en ella un cierto temor, por lo que tenía de ignorado, pero fuese como fuese, ahora en su alma no se verificaba más que la consagración de lo que hacía ya seis semanas se había realizado en ella.

Volviéndose al Analoy, el sacerdote tomó con dificultad el pequeño anillo de Kitty y, pidiendo la mano a Levin, le colocó el anillo sobre la primera falange.

—El siervo de Dios Konstantín se une con la sierva de Dios Katerina.

Y, poniendo el anillo grande en el dedo de Kitty, un dedo pequeño y sonrosado de una increíble fragilidad, el sacerdote repitió las mismas palabras.

A pesar de sus esfuerzos los contrayentes no conseguían nunca adivinar lo que tenían que hacer. Cada vez se equivocaban y el sacerdote se veía obligado a cada momento a corregirles.

Al fin, una vez hecho lo necesario y trazadas las cruces con los anillos, el sacerdote entregó a Kitty el anillo grande y a Levin el pequeño. Ellos volvieron a confundirse y por dos veces se entregaron mutuamente los anillos, siempre al contrario de como lo debían hacer.

Dolly, Chirikov y Stepán Arkadievich se adelantaron para corregirles. Hubo un poco de confusión, la gente cuchicheaba y sonreía, pero la solemnidad y la humilde expresión de los rostros de los novios no se modificaron. Por el contrario, al equivocarse de mano, los dos miraban con mayor gravedad que antes, y la sonrisa con la que Oblonsky anunció que cada uno debía ponerse su propio anillo, expiró involuntariamente en sus labios, comprendiendo que cualquier sonrisa podía ser una ofensa para los desposados.

—¡Oh, Dios! que desde el principio creaste al hombre –leía el sacerdote después de cambiar los anillos– y le has dado a la mujer por compañera para la continuación del género humano. Tú, Dios y Señor Nuestro, que enviaste tu verdad a tus siervos, a nuestros padres, elegidos por ti de generación en generación para conservarla y obedecerte. Dígnate mirar a tus siervos Konstantín y Katerina y santifica sus desposorios en una misma fe y un mismo pensamiento de concordia y de amor.

Levin tenía cada vez más clara la sensación de que todo lo que había pensado sobre el matrimonio y sus sueños sobre la manera en que organizaría su vida eran cosas pueriles, y que esta nueva situación de ahora no la había comprendido jamás, y a la sazón la comprendía menos que nunca.

Sentía en su pecho una opresión más viva por momentos y las lágrimas afluyeron a sus ojos contra su voluntad.

CAPÍTULO V

En la iglesia estaban todos los parientes y conocidos, todo Moscú. Durante la ceremonia, bajo la clara iluminación de la iglesia, en el grupo de señoras y señoritas elegantemente ataviadas y de hombres con corbata blanca, fracs o uniformes, no cesaba de oírse un continuo murmullo, discretamente sostenido en voz baja, iniciado en su mayor parte por los hombres, mientras las mujeres preferían observar los detalles de ese acto religioso que siempre despierta en ellas tan vivo interés.

En el grupo más próximo a la novia estaban sus dos hermanas. Dolly, la mayor, y la bella y serena Lvova llegada del extranjero.

—¿Por qué Marie va de color lila, casi de negro, en una boda? –preguntó la Korsunskaya.

—Es el único color que va bien con el de su cara –contestó la Drubeskaya–. Me extraña que celebren la boda por la noche. Es costumbre de comerciantes.

—Es más hermoso. Yo también me casé por la noche –repuso la Korsunskaya suspirando al recordar lo bella que estaba aquel día, lo ridículamente enamorado de ella que estaba entonces su marido y lo distinto que era todo ahora.

—Dicen que quien es testigo de boda más de diez veces ya no se casa. Quise serlo ahora por décima vez para asegurarme, pero ya estaba ocupado el puesto –afirmó el conde Siniavin a la linda princesa Charskaya, que alimentaba ilusiones con respecto a él.

Esta contestó solo con una sonrisa. Miraba a Kitty pensando en el momento en que ella estuviera con el conde Siniavin como ahora Kitty y calculando de qué modo recordaría al Conde su broma.

Scherbatsky decía a la Nicolaeva, la antigua dama de honor de la Emperatriz, que él estaba resuelto a colocar la corona nupcial sobre el peinado de Kitty para que fuera feliz.

—No tenía que haberse puesto postizos. No me gusta ese fasto –replicó la Nicolaeva, bien resuelta a casarse con boda sencilla si el viejo viudo a quien perseguía hacía tiempo se decidía a unirse con ella.

Serguéi Ivanovich decía a Darya Dmitrievna, en broma, que la costumbre de emprender un viaje después de la boda se imponía por esa vergüenza que siempre experimentan los recién casados.

—Su hermano puede estar orgulloso. La novia es muy hermosa. ¿No le envidia usted?

—Ya he pasado por ese sentimiento, Darya Dmitrievna –repuso Serguéi Ivanovich. Y su rostro adoptó inesperadamente una expresión severa y melancólica. Oblonsky relataba a su cuñada una anécdota sobre un divorcio.

—Tenemos que arreglar la corona de flores –repuso ella sin escucharle.

—Es lástima que Kitty haya perdido tanto –decía la condesa Nordston a Lvova–. ¿Verdad que, de todos modos, él no merece ni un dedo de tu hermana?

—A mí él me gusta mucho –contestó Lvova–. No porque sea ya mi futuro *beau frére*. Vea con qué naturalidad se mueve. Es muy difícil comportarse así en esta situación y no parecer ridículo. Él no parece ridículo ni afectado; se le ve solo conmovido.

—¿Contaba usted que se casase con él?

—Casi. Siempre me ha gustado Levin.

—Ya veremos quién de los dos pisa primero el tapiz. He aconsejado a Kitty…

—Lo mismo da. En nuestra familia todas somos esposas obedientes.

—Pues yo, cuando me casé con Vasili, pisé la primera, con intención. ¿Y usted, Dolly?

Dolly estaba a su lado y las oía, pero no contestó. Se sentía profundamente conmovida y las lágrimas llenaban sus ojos.

No podía decir nada sin llorar. Alegre por Kitty y por Levin, evocaba su boda, miraba a su marido, olvidaba lo presente y recordaba solo su primer e inocente amor. Recordaba no solo su boda, sino la de cuantas mujeres conocía; las evocaba en el momento solemne y único en que, como Kitty ahora, estaban ellas bajo la corona nupcial, con el corazón henchido de amor, de temor y de esperanza, renunciando al pasado y entrando en el desconocido futuro.

Y entre todas las novias que recordaba, estaba su querida Anna, sobre los detalles de cuyo divorcio se había enterado poco antes. También Anna, pura como Kitty, había estado un día con corona de flores de azahar, con velo blanco… Y ahora… «¡Es terrible!», murmuró.

No solo las hermanas, amigos y parientes seguían con atención todos los pormenores de la ceremonia: los seguían también las mujeres del público que no conocían a Kitty y que les miraban conteniendo la respiración, temiendo perder un solo movimiento o una expresión del rostro de los novios. Llenas de enojo, dejaban sin respuesta los comentarios de los hombres, indiferentes, que bromeaban o hablaban de otra cosa.

—¿Por qué llora? ¿La casan a disgusto?

—¿Obligarla, con lo buen mozo que es? ¿Será tal vez un príncipe?

—Esa que va vestida de satén blanco, ¿es hermana suya? Escucha, escucha, cómo grita el diácono: «La esposa debe temer a su marido».

—¿El coro es el del monasterio de Chudov?

—No, del Sínodo.

—He preguntado a un criado. Dicen que se la lleva enseguida a sus tierras.

Aseguran que es muy rico. Por eso la casan…

—Pues hacen muy buena pareja.

—¿Decía usted, Marie Vasilievna, que los miriñaques se llevan huecos? Pues mire a aquella del traje encarnado… Dicen que es la mujer de un embajador. ¡Qué recogida lleva la falda! Mire, otra vez…

—¡Qué bonita está la novia! La han adornado como a una corderita.

Digan lo que quieran, en estas ocasiones da lástima mirarnos a nosotras, las mujeres.

Así hablaban los espectadores de ambos sexos que habían podido introducirse en la iglesia.

CAPÍTULO VI

Concluida la ceremonia de los desposorios, el sacristán puso ante el Analoy un trozo de tela rosa. El coro cantó un salmo complicado y difícil en el que el tenor y el bajo se daban la réplica, y el sacerdote, volviéndose hacia los esposos, les señaló la alfombra en el suelo.

Pese a haber oído con frecuencia que quien pisara primero el tapiz sería el que regiría la familia, ni Levin ni Kitty lo recordaron al dar aquellos pocos pasos. No oyeron tampoco los comentarios y discusiones que se suscitaron en aquel momento sobre quién había pisado el primero, o si lo habían hecho los dos a la vez, como algunos afirmaban.

Después de las preguntas de rigor respecto a si querían contraer matrimonio y no lo habían prometido a otros, y de las respuestas que tan extrañas les sonaban, empezó otra ceremonia religiosa.

Kitty se esforzaba en oír las oraciones y comprender su sentido, pero no pudo. Una impresión de solemnidad y radiante alegría inundaba su alma cada vez más, a medida que transcurría la ceremonia, privándola de poder concentrarse.

Ahora rezaban:

«Dios haga que sean puros y bondadosos los frutos de tu vientre y que os sintáis alegres mirando a vuestros hijos...».

Las plegarias recordaban que Dios había creado a la mujer de una costilla de Adán, y que por eso «el hombre dejará padre y madre, y se unirá a la mujer, y formará con ella una misma carne y una misma sangre, lo que era un gran misterio». Luego se deseaba que Dios bendijera a los desposados y les hiciese fecundos, como a Isaac y Rebeca, Moisés y Séfora, y que vieran a los hijos de sus hijos.

«¡Cuán hermoso es todo esto!», pensaba Kitty, oyéndolo. «No, no puede ser de otro modo».

Y su animado rostro irradiaba una sonrisa alegre que involuntariamente se transmitía a cuantos la miraban.

«¡Pongánselas del todo!», se oyó aconsejar cuando el sacerdote colocó sobre la cabeza las coronas nupciales, y Scherbatsky, con mano temblorosa, sostuvo en el aire la corona sobre la cabellera de Kitty.

—Póngamela –murmuró ella sonriendo.

Levin, mirándola, se sorprendió de la alegre irradiación del rostro de Kitty. Sin querer, aquel sentimiento se le comunicó y se notó radiante y dichoso como ella.

Escucharon con alegría la lectura de la epístola de san Pablo y el resonar de la voz del arcediano en la última estrofa, tan esperada por el público. Con alegría, también, bebieron en un cáliz redondo el vino caliente y aguado y se sintieron más alegres aún cuando, apartando la casulla y tomándolos a los dos bajo ella, el sacerdote les hizo andar en torno al Analoy mientras el bajo cantaba: «Alégrate, Isaías…».

Scherbatsky y Chirikov, que sostenían las coronas nupciales, enredándose en la cola del vestido de la novia, sonreían también, joviales, ya atrasándose, ya tropezando en los novios, al pararse el sacerdote.

La chispa de alegría encendida en Kitty parecía comunicarse a todos los presentes en la iglesia, y a Levin se le figuraba que hasta el sacerdote y el diácono tenían también como él deseos de sonreír.

Una vez quitadas las coronas de las cabezas, el sacerdote leyó la última oración y felicitó a los jóvenes desposados. Levin miró a Kitty. Jamás la había visto antes tal como estaba ahora, encantadora en la luz nueva y radiante de la felicidad que animaba su rostro.

Levin quería hablarle, pero ignoraba si habían terminado ya las ceremonias. El sacerdote le sacó de dudas, sonriéndole bondadosamente y diciéndoles en voz baja:

—Bese usted a su esposa, y usted, esposa, a su marido.

Y les cogió los cirios de las manos.

Levin besó suavemente los labios sonrientes de Kitty, le ofreció el brazo y, sintiéndola extrañamente próxima a él, la sacó de la iglesia. No podía creer que todo lo sucedido fuese real y solo comenzó a creérselo cuando sus miradas, tímidas y asombradas, se encontraron, y sintió en aquel momento con plena verdad que los dos no formaban ya más que uno.

Después de la cena, aquella misma noche, los recién casados se fueron al campo.

CAPÍTULO VII

Hacía tres meses que Anna y Vronsky viajaban por el extranjero. Después de visitar Venecia, Roma y Nápoles, llegaron a una pequeña ciudad italiana donde pensaban permanecer algún tiempo.

El maestresala, arrogante mozo de pelo brillante partido por una raya que comenzaba en el mismo cogote, con frac y camisa blanca de batista, colgantes sobre su vientre varias baratijas, metidas las manos en los bolsillos y arrugando las cejas desdeñosamente, hablaba con altanería a un señor que estaba ante él.

Al oír los pasos que subían la escalera lejos de la entrada, y viendo que era el conde ruso que ocupaba las mejores habitaciones del hotel, sacó respetuosamente las manos del bolsillo e, inclinándose, le explicó que el enviado había vuelto y que el alquiler del palacio era cosa resuelta. El encargado estaba conforme con las condiciones.

—Lo celebro –dijo Vronsky–. ¿Está en el hotel la señora?

—Salió a paseo y ha vuelto ya –repuso el maestresala.

Vronsky se quitó el sombrero flexible de anchas alas, se enjugó con el pañuelo el sudor de la frente y de los cabellos, que se dejaba crecer hasta la mitad de la oreja, peinándolos hacia atrás para cubrirse la calva, y después de mirar al hombre que hablaba con el maestresala, que parecía muy turbado, y el cual le miraba a su vez, se dispuso a salir.

—Este caballero es ruso y desea hablarle –dijo el mayordomo.

Con un sentimiento de enojo de no poder rehuir en ningún sitio a los conocidos, y satisfecho a la vez de encontrar algún entretenimiento en la monotonía de su vida, Vronsky miró otra vez a aquel señor que se había apartado y por un momento brillaron los ojos de los dos.

—¡Golenischev!

—¡Vronsky!

Era, en efecto, Golenischev, compañero de Vronsky en el Cuerpo de Pajes. Durante su estancia allí, Golenischev había pertenecido al partido liberal. Del Cuerpo de Pajes había salido con un título civil, sin ninguna intención de entrar en servicio. Desde entonces se habían visto solo una vez, y en aquella ocasión, Vronsky comprendió que su amigo, habiendo elegido una actividad liberal e intelectual, despreciaba su título y su carrera militar.

Por esto, al verle, le trató con aquella fría altivez que él sabía y con la cual parecía querer decir: «Puede gustarte o no mi modo de vivir; me es igual. Pero, si quieres tratarme, me has de respetar».

Golenischev se había mantenido despectivamente indiferente al tono de Vronsky. De modo que aquel encuentro les separó aún más. Y, no obstante, ahora los dos, al verse, lanzaron una exclamación de alegría. Vronsky no podía esperar que le alegrase tanto el encuentro con aquel amigo, pero se debía seguramente a que él mismo ignoraba hasta qué punto se aburría. Olvidó la ingrata impresión del último encuentro y con rostro alegre y franco tendió la mano a su excompañero.

Igual expresión de contento sustituyó a la expresión inquieta que un momento antes se dibujaba en el rostro de Golenischev

—¡Cuánto celebro verte! –dijo Vronsky, mostrando, al sonreír amistosamente, sus dientes blancos y fuertes.

—Yo supe que había aquí un Vronsky, pero ignoraba que fueras tú. Siento una alegría sincera.

—Entra, haz el favor... Y ¿qué haces aquí?

—Trabajar. Llevo aquí más de un año.

—¡Ah! –dijo Vronsky con interés–. Pasa, pasa.

Y, siguiendo la costumbre rusa de hablar en francés cuando no se quiere ser entendido por los criados, Vronsky dijo en aquella lengua:

—¿Conoces a la Karenina? Viajamos juntos –y, al hablar, miraba intencionadamente a Golenischev–. Voy a verla ahora.

—No lo sabía –contestó indiferente Golenischev, aunque estaba enterado–. ¿Hace mucho que estás aquí? –preguntó.

—Tres días –repuso Vronsky, mirando de nuevo con atención el rostro de su amigo. «Es un hombre correcto y considera el asunto como debe», se dijo, comprendiendo el significado de la expresión del semblante de su amigo y su cambio de conversación. «Puedo presentárselo a Anna. Tomará las cosas en el sentido más razonable».

En los tres meses que Anna y Vronsky llevaban juntos en el extranjero, tratando gentes nuevas, Vronsky se preguntaba siempre cómo consideraría tal o cual persona sus relaciones con Anna.

En la mayoría de los casos, encontraba en los hombres la debida «comprensión». Pero si a ellos y a él les hubiesen preguntado en qué consistía aquella «debida comprensión», unos y otro se habrían visto en un grave aprieto.

En general, los que comprendían «debidamente», según Vronsky, no comprendían de ningún modo y procedían como suele proceder la gente educada tratándose de las cosas difíciles e insolubles de que está llena la vida: se mantenían en una actitud correcta, evitando alusiones y preguntas desagradables. Fingían comprender el sentido de la situación, la aceptaban y hasta la aprobaban, considerando inoportuno y superfluo entrar en explicaciones.

Vronsky adivinó enseguida que Golenischev era una de estas personas, y por ello se sintió doblemente contento al hallarle. Y, en efecto, Golesnichev trató a la Karenina, cuando su amigo lo condujo a las habitaciones de ella, tan correctamente como Vronsky pudiera desear, evitando sin esfuerzo toda charla que pudiese motivar la menor molestia.

No conocía de antes a Anna y le sorprendió su belleza, y sobre todo la sencillez con que aceptaba su situación.

Anna se ruborizó cuando Vronsky le presentó a su amigo y el infantil rubor que cubrió su rostro bello y franco cautivó a Golenischev. Lo que más le impresionó, sin embargo, fue que ella, como para no dejar duda alguna en presencia de extraños, llamó enseguida «Alexey» a Vronsky y dijo que iban a vivir juntos en una casa alquilada que allí llamaban *palazzo*.

Tan simple y recto modo de proceder impresionó agradablemente a Golenischev, quien, reparando en los modales de Anna, resueltos, francos y alegres, y conociendo como conocía a Karenin y a Vronsky, pareció comprenderla muy bien; y hasta pareció comprender lo que ella no podía en modo alguno: el que pudiese mostrarse tan decididamente alegre y feliz a pesar de haber causado la desgracia de su esposo, abandonándole a él y a su hijo, y haber perdido su buena fama.

—Ese palacio se menciona en la guía –dijo Golenischev, refiriéndose al que alquilaba Vronsky–. Hay un excelente Tintoretto de los últimos años del pintor.

—Hoy hace muy buen día. Vayamos y veremos la casa una vez más –propuso Vronsky a Anna.

—Con mucho gusto. Voy a ponerme el sombrero. ¿Dice que hace calor? –preguntó ella, parándose en la puerta y mirando a Vronsky interrogativa.

Y el rubor cubrió otra vez sus mejillas.

Por la mirada de Anna, Vronsky comprendió que ella no sabía los términos en que él deseaba quedar con Golenischev y que temía no comportarse como él deseaba.

La contempló con mirada larga y suave.

—No, no mucho –contestó.

Anna creyó comprender que él estaba satisfecho de ella y, dirigiéndole una sonrisa, salió con rápido paso.

Los amigos se miraron con cierta confusión en el rostro, como si Golenischev, admirando a Anna, quisiera decir algo de ella sin saber qué y como si Vronsky lo deseara y a la vez lo temiera.

—Sí... –empezó Vronsky, para entablar conversación–. ¿Conque vives aquí? ¿Sigues trabajando en lo mismo? –continuó, recordando que Golenischev le había dicho que escribía.

—Sí, estoy escribiendo la segunda parte de *Los dos principios* –respondió Golenischev, satisfechísimo al oír la pregunta–. Para ser más exacto, no escribo aún: preparo y selecciono el material. Será un libro muy vasto. Tratará sobre casi todos los problemas. En Rusia no quieren comprender que somos herederos de Bizancio.

Y Golenischev inició una explicación larga y animada.

Vronsky se sintió avergonzado al principio, ignorando de qué trataba la primera parte de *Los dos principios*, de la que el autor le hablaba como de algo muy conocido. Pero luego, cuando Golenischev se explicó y Vronsky pudo seguirle, aun sin conocer la obra, le escuchó con gran interés, porque su amigo se expresaba con gran claridad. Solo le disgustaba y extrañaba la irritada emoción con que Golenischev trataba el objeto que le interesaba.

A medida que iba hablando, le brillaban más los ojos, con mayor rapidez replicaba a imaginarios contrincantes y más inquieta y ofendida expresión iluminaba su semblante.

Recordando a su amigo como un niño delgado y vivo, bondadoso y noble, siempre el primero en el Cuerpo de Pajes, Vronsky no podía comprender ni aprobar la causa de tal irritación. Le disgustaba, sobre todo, que Golenischev, hombre distinguido, se pusiese al nivel de aquellos escritores venales que le irritaban. Él creía que no valía la pena, aunque por otra parte no dejaba de comprender que su amigo era desgraciado, y le compadecía. La desgracia, casi la locura, se leía en su rostro animado, incluso hermoso, cuando, sin apenas notar que Anna había salido, seguía exponiendo sus ideas con precipitado ardor.

Al salir Anna con capa y sombrero y, con un rápido ademán de su bella mano que jugaba con el quitasol, ponerse al lado de Vronsky, este, con un sentimiento de alivio, separó sus ojos de la doliente nada de Golenischev y los puso con renovado amor en su hermosa amiga, llena de vida y de alegría.

Golenischev, tranquilizándose a duras penas, permaneció unos momentos triste y taciturno. Pero Anna, que estaba entonces en una excelente disposición de ánimo, le distrajo enseguida con su trato sencillo y alegre.

Probando varios temas de conversación, le llevó, al fin, a la pintura, de la que Golenischev hablaba con mucho conocimiento. Anna le escuchaba con atención.

Andando, llegaron a la casa que iban a alquilar y la visitaron.

Cuando volvían, Anna dijo a Golenischev:

—Estoy contenta de una cosa... Alexey tendrá un buen *atelier*. No dejes de quedarte con aquella habitación –indicó a Alexey, en ruso, comprendiendo que Golenischev, en la soledad en que vivían, se convertía en un amigo ante quien no tenía por qué fingir.

—¿Pintas? –preguntó Golenischev dirigiéndose a Vronsky.

—Sí. Hace tiempo lo practiqué y ahora empiezo de nuevo –repuso este sonrojándose.

—Tiene mucho talento –dijo Anna con alegre sonrisa–. Claro, que yo no soy quién para decirlo... Pero los entendidos se lo dicen también.

Capítulo VIII

En este primer período de su libertad y de su rápida convalecencia, Anna se sentía indeciblemente feliz. El recuerdo de su desdichado marido no estorbaba su felicidad. De una parte, tal recuerdo era demasiado terrible para pensar en él, y de otra, aquella desventura había sido fuente de tanta dicha que no sentía remordimiento. El recuerdo de cuanto le había sucedido tras la enfermedad, la reconciliación con su esposo, la ruptura, la noticia de la herida de Vronsky, su visita, la preparación del divorcio, la marcha de la casa conyugal, el adiós a su hijo, todo le parecía una pesadilla de la que no despertó hasta que se encontró con Vronsky en el extranjero. El recuerdo del mal causado a su marido le producía un sentimiento como de repugnancia, análogo al de quien, ahogándose, lograra desprenderse de otro que se hubiera aferrado a él y viera entonces que el otro se ahogaba. Esto era un mal, pero también la única salvación, y más valía no recordar los terribles detalles.

Un pensamiento consolador acudía a su cerebro al pensar en lo que había hecho al principio de su ruptura con Karenin. Ahora, evocando el pasado, solo se atenía a este pensamiento: «He causado la inevitable desgracia de ese hombre, pero no me aprovecho de ella, ya que también sufro y sufriré en el futuro al perder lo que más aprecio: mi nombre de mujer honrada y mi hijo. He obrado mal y por eso no quiero el divorcio ni la felicidad, y sufriré mi deshonra y la separación del ser a quien tanto quiero».

Pero, pese a su intenso deseo de sufrir, no sufría ni notaba para nada la deshonra. Con el vivo tacto que ambos poseían, eludían en el extranjero a los rusos, no se ponían nunca en falsas situaciones y siempre hallaban gente que fingía comprender su posición mutua mucho mejor que ellos.

La separación de su hijo, a quien tanto quería, tampoco la atormentó demasiado al principio. La niña, hija de Vronsky, era muy graciosa y cautivó su cariño desde que sequedó sola con ella, así que rara vez se acordaba de Seriozha.

Su deseo de vivir, que había aumentado tras la convalecencia, era tan fuerte y las condiciones de su vida tan nuevas y agradables, que Anna se sentía inmensamente dichosa. Cuanto más conocía a Vronsky, más le amaba. Le amaba por sí mismo y por el amor que él la tenía. El poseerle por completo colmaba su ventura. Su proximidad le alborozaba. Los rasgos de su carácter, que cada vez conocía mejor, se le hacían más queridos.

Su aspecto físico, muy cambiado al vestir de hombre civil, le era tan atractivo como podía serlo para una joven enamorada. En cuanto hacía, decía o pensaba Vronsky, Anna hallaba algo especial, elevado y noble.

La admiración que sentía por él llegaba a veces a asustarla. Anna trataba de hallar en su amado algo que no fuera agradable. No se atrevía a dejarle ver la conciencia que tenía de su propia insignificancia. Le parecía que, al verlo, Vronsky había de dejar de amarla más pronto, y ella nada temía tanto como perder su amor, aunque no tenía motivo alguno de temor a este respecto.

No podía dejar de estarle agradecida por su nobleza para con ella, de mostrarle cuánto la respetaba... Le admiraba que, teniendo tanta vocación para las armas, en las que podía haber llegado a ocupar un elevado cargo, hubiera sacrificado su ambición por ella sin mostrar el más mínimo arrepentimiento. Vronsky se mostraba más atento y cariñoso que nunca, y la preocupación de que ella no se diera cuenta de la irregularidad de su situación no le abandonaba jamás.

Él, tan enérgico en su trato con ella, no solo no la contrariaba nunca, sino que parecía no tener voluntad y ocuparse únicamente de cumplir sus deseos. Y Anna, aunque la intensidad de la atención que le consagraba, la atmósfera de cuidados en que la envolvía, llegaran a veces a fatigarla, no podía dejar de agradecérselo.

En cuanto a Vronsky, aunque se había realizado lo que deseara por tanto tiempo, no era feliz. No tardó en advertir que la realización de sus deseos no le procuraba más que un grano de la montaña de dicha que había esperado. ¡Eterna equivocación del hombre que espera la felicidad del cumplimiento de sus anhelos! Al principio de unirse Vronsky a Anna y vestir el traje civil, sintió el atractivo de una libertad general que antes no conocía, así como la libertad en el amor, y fue feliz, mas por poco tiempo.

En breve sintió nacer en su alma el deseo de los deseos: la añoranza. Involuntariamente se asía a todos los caprichos pasajeros considerándolos como deseo y fin. Tenía que ocupar en algo las dieciséis horas hábiles del día, ya que vivían en plena libertad, fuera del círculo de vida social que ocupara su tiempo en San Petersburgo.

Era imposible pensar en las distracciones de soltero que en sus anteriores viajes fuera de su patria había buscado siempre, ya que un solo ensayo produjo en Anna, al retrasarse él en la cena con los amigos, una insólita tristeza.

Resultaba imposible relacionarse con la sociedad local y rusa por la situación equivoca en que estaban. Visitar las curiosidades del país, aparte de que las habían ya visto todas, no tenía para él, hombre inteligente y ruso, la inexplicable importancia que le dan los ingleses.

Así como un animal hambriento coge cualquier objeto que halla esperando encontrar alimento en él, Vronsky, sin darse cuenta, se asía, ya a la política, ya a los libros nuevos, ya a los cuadros.

Como en su juventud había mostrado cierta aptitud para la pintura y como no sabía en qué gastar su dinero, había empezado a coleccionar grabados. También decidió a tomar el pincel y en esa actividad puso toda esa carga ociosa de deseos que necesitaban satisfacción.

Tenía el don de comprender el arte e imitarlo con buen gusto. Pensando poseer facultades de pintor, meditó en la clase de pintura por la cual optaría: religiosa, histórica, de costumbres o realista, y, tras una corta vacilación, empezó a trabajar. Comprendía todos los estilos y era capaz de interesarse por uno a otro, pero no le era posible comprender que era preciso ignorar las diversas clases que hay de pintura e inspirarse únicamente en lo que brota del alma, sin preocuparse del género a que perteneciera. Desconociendo esto, Vronsky, al pintar, no se inspiraba en la vida, sino en el medio de vida ya delimitado por el arte. Así se inspiraba rápidamente y con suma facilidad, y pronto y sin dificultad conseguía que lo que pintaba se pareciese al género pictórico deseado.

Le gustaba, más que ninguna, la escuela francesa, graciosa y efectista, y en tal estilo comenzó a pintar el retrato de Anna en traje italiano. El retrato pareció excelente a cuantos lo vieron y también a él.

CAPÍTULO IX

El viejo y abandonado *palazzo* –de altos techos, frescos en los muros y suelo de mosaico, con pesadas cortinas de damasco en las altas ventanas, jarrones en las consolas y en las chimeneas, puertas talladas y estancias lóbregas y desiertas llenas de cuadros–, desde que se instalaron en él, mantenía en Vronsky la agradable equivocación de que no era un propietario ruso ni un coronel retirado, sino un aficionado exquisito, un mecenas, y hasta un pintor modesto que abandonaba el mundo, las relaciones y las ambiciones por la mujer amada.

Al trasladarse al palacio, el papel elegido por él halló su ambiente adecuado. Por medio de Golenischev conoció a varias personas interesantes, y durante los primeros tiempos se sintió a gusto.

Pintaba apuntes del natural bajo la dirección de un profesor italiano y estudiaba la vida medieval de Italia. Últimamente, aquella le había cautivado hasta el punto de empezar a usar el sombrero al descuido y la capa sobre los hombros, como en el medievo italiano, lo que le sentaba admirablemente.

—Vivimos sin saber nada –dijo Vronsky a Golenischev una mañana en que este fue a visitarle–. ¿Has visto el cuadro de Mijailov? –preguntó, mostrándole un periódico de Rusia recibido aquel día. En él figuraba un artículo sobre un pintor ruso que vivía en aquella misma ciudad y había terminado un cuadro del que se hablaba hacía tiempo y que se había adquirido ya por anticipado.

En el artículo se reprochaba al Gobierno y a la Academia de Bellas Artes el que un pintor tan notable careciera de estímulo y ayuda.

—Lo he leído –repuso Golenischev–. Claro que a Mijailov no le faltan aptitudes, pero su orientación es completamente equivocada: considera la figura de Cristo y la pintura religiosa según las ideas de Ivanov, Strauss y Renan.

—¿Qué representa el cuadro? –preguntó Anna.

—Cristo ante Pilatos. Cristo está presentado como un hebreo, con todo el realismo de la nueva escuela.

Llevado por aquella pregunta a uno de sus temas favoritos, Golenischev empezó a explicar:

—No comprendo tales errores. Cristo ya tiene su encarnación definida en el arte de los maestros antiguos. Si quieren presentar, en vez de a Dios, a un revolucionario o un santo, que muestren a Sócrates, a Franklin o a Charlotte Corday, pero no a Cristo. Escogen para el arte a un personaje que no puede llevarse al arte, y luego...

—¿Es cierto que es tan pobre ese Mijailov? –preguntó Vronsky, pensando que él, como mecenas ruso, aparte de que el cuadro fuera malo o bueno, debía ayudar a aquel pintor.

—No lo creo. Es un retratista notable. ¿Has visto su retrato de la Vasilchikova? Pero parece que ahora no quiere pintar más retratos, con lo cual es posible que necesite dinero... Claro que...

—¿Podríamos pedirle que hiciera el retrato de Anna Arkadievna? –dijo Vronsky.

—¿Para qué? –repuso ella–. Después de pintarme tú, no quiero otros retratos. Más vale que pinte a Annie –así llamaban a la niña–. Ahí viene –añadió, mirando por la ventana a la nodriza, una belleza italiana, que había sacado a la niña en brazos al jardín.

Y luego volvió la cara para contemplar a Vronsky.

La hermosa nodriza, cuya cabeza pintaba él para su cuadro, era el único dolor oculto que había en la vida de Anna.

Vronsky, pintándola, admiraba su hermosura y su aire medieval, y Anna había de reconocer que temía tener celos de la italiana, y por ello trataba con especial afecto tanto a la nodriza como a su hijita.

Vronsky miró por la ventana, puso sus ojos en los de Anna y luego, volviéndose hacia Golenischev, le preguntó:

—¿Conoces a ese Mijailov?

—Le veo a veces. Pero es un hombre raro y sin instrucción alguna, uno de esos hombres que se encuentran ahora con frecuencia, de esos librepensadores educados *d'emblée*(1) en las concepciones de la incredulidad, la negación y el materialismo.

Y Golenischev, sin ver o no queriendo ver que también Anna y Vronsky deseaban hablar, prosiguió:

—Antes, sucedía que el hombre de ideas libres estaba educado en normas religiosas, en la ley y la moralidad, llegando a las ideas libres mediante luchas y trabajos. Pero ahora surge un tipo nuevo de gente de ideas libres que crece sin saber siquiera que existen leyes de moral y religión y que hay autoridad. Se desarrollan en la negación de todo, es decir, como salvajes.

---

(1) «De corrido».

Mijailov es de esos. Al parecer, es hijo de un mayordomo de Moscú y no recibió instrucción alguna. Al entrar en la Academia y adquirir fama, como no es tonto, se quiso cultivar. Y se dirigió a lo que le parecía la fuente de la cultura: los periódicos. En otros tiempos, un hombre, supongamos un francés, que hubiera querido instruirse, se habría dedicado a estudiar a los clásicos: teólogos, trágicos, historiadores y filósofos, y comprendería todo el esfuerzo intelectual que habría tenido que desarrollar. Pero en Rusia, este cayó en derechura sobre la literatura negativa, absorbió rápidamente todo el extracto de la ciencia negativa, y he aquí formado al hombre... Veinte años atrás habría encontrado en esa literatura los signos de la lucha con la autoridad, con las creencias seculares, y en esta lucha habría comprendido que antes había existido algo más. Pero ahora da con una literatura que no hace dignas de discusión tales ideas, sino que dice sencillamente: no hay nada. Solo existen la evolución, la selección, la lucha por la vida y nada más». Yo, en mis artículos...

—¿Saben –dijo Anna, que por las miradas que hacía rato cambiaba con Vronsky comprendía que a este no le interesaba la cultura del pintor y que solo tenía intención de ayudarle–, saben lo que debemos hacer? –sugirió, interrumpiendo decididamente a Golenischev, entusiasmado en sus explicaciones–. Vayamos a verle.

Golenischev, serenándose, consintió gozoso en ir, pero como el pintor vivía en un lugar muy apartado de la ciudad, decidieron coger un coche.

Una hora después, Anna, al lado de Golenischev y Vronsky en el asiento delantero, se acercaban a una fea casa de moderna construcción en un barrio apartado.

Informados por la mujer del portero de que Mijailov permitía visitar su estudio, pero que ahora estaba en su casa, cercana a él, le enviaron sus tarjetas pidiéndole que les dejara examinar sus cuadros.

CAPÍTULO X

El pintor Mijailov estaba trabajando, como de costumbre, cuando le llevaron las tarjetas del conde Vronsky y de Golenischev. Por la mañana no se había movido de su estudio, trabajando en su gran lienzo. De vuelta a su casa, se enfadó con su mujer por no haber sabido esta contestar adecuadamente a la dueña de la casa, que pedía el dinero del alquiler.

—¡Ya te he dicho veinte veces que no tienes que darle explicación alguna! Eres una tonta rematada, pero lo eres todavía más cuando te pones a explicarte en italiano –dijo, después de una larga discusión.

—Pues no dejes pasar tanto tiempo sin pagar. Yo no tengo la culpa. Si hubiera tenido dinero…

—¡Déjame en paz, por Dios! –exclamó Mijailov con voz lastimera.

Y, tapándose los oídos con las manos, se fue a su cuarto de trabajo, tras el tabique, y cerró la puerta, diciéndose que su mujer era una necia.

Se sentó a la mesa, abrió la carpeta y empezó a dibujar con extraordinaria animación. Nunca trabajaba con tanto ardor y acierto como cuando la suerte le era adversa y, sobre todo, como cuando discutía con su mujer.

«¡Ah, ojalá se fuera todo al diablo!», pensaba, mientras continuaba su tarea. Estaba dibujando la figura de un hombre encolerizado. Ya había hecho el dibujo antes, pero no había quedado contento de él. «No, el otro era mejor. ¿Dónde estará?». Salió de su cuarto con aspecto sombrío y, sin mirar a su esposa, preguntó a la niña mayor dónde estaba el papel que les había dado. El papel con el dibujo desdeñado apareció, pero sucio y manchado de cera. No obstante, Mijailov cogió el dibujo, lo puso en la mesa, se apartó y lo miró entornando los ojos.

De pronto sonrió y agitó alegremente las manos.

—¡Eso es, eso es! –exclamó.

Y, cogiendo el lápiz, empezó a dibujar con gran entusiasmo. La mancha de cera daba al hombre un nuevo aspecto.

Mientras trazaba los rasgos de la figura, recordó de pronto el rostro enérgico, de saliente barbilla, del comerciante a quien compraba los cigarros, y Mijailov dio aquel rostro y aquella barbilla a la figura que dibujaba. Una vez hecho, rió con júbilo. De repente, la figura, antes muerta y artificial, cobraba vida y se le aparecía con carácter tan definido que no podía pedirse más.

Cabía, no obstante, corregir el dibujo según las exigencias de la figura. Se podía y se debía abrir más las piernas, cambiar del todo la posición del brazo izquierdo, descubrir la frente levantando algo los cabellos. Al hacer tales correcciones, no cambiaba, sin embargo, la figura, sino que prescindía de lo que la ocultaba. Era como si le quitase los celos que la envolvían y la hacían imprecisa.

Cada nueva línea que trazaba el pintor daba más relieve a la figura, mostrándola en todo su vigor, tal como se le apareciera de pronto bajo la mancha de cera.

Cuando, cuidadosamente, daba la última mano al dibujo, le llevaron las tarjetas.

—Voy enseguida…

Se acercó a su mujer.

—Mira, Sacha, no te enfades –dijo, sonriendo con dulce timidez–. La culpa ha sido de los dos. Ya lo arreglaré todo.

Y, después de reconciliarse con su esposa, se puso el abrigo color de aceituna con cuello de terciopelo, se puso el sombrero y se marchó al estudio. La figura que, al fin, había conseguido fijar sobre el cartón quedaba olvidada. Ahora, la visita de aquellos rusos distinguidos, que habían llegado en coche a su estudio le tenía alegre y agitado.

De aquel cuadro suyo, colocado en un caballete en el estudio, Mijailov, en el fondo de su alma, tenía una sola opinión: que nadie había pintado nunca un cuadro semejante. No creía que valiese más que los de Rafael, pero sí que lo que él quería expresar en el lienzo nadie lo había expresado aún.

Esta convicción estaba firmemente arraigada en su ánimo desde hacía mucho tiempo, desde que lo empezara a pintar, pero, a pesar de ello, la opinión ajena, fuese la que fuese, tenía para él una enorme importancia y despertaba en su alma una emoción muy viva.

La más leve observación que le demostrara que los críticos veían una mínima parte de lo que él encontraba en su cuadro le agitaba hasta lo más profundo de su ser. En general atribuía a sus jueces más capacidad de comprensión que la que él poseía y siempre esperaba que, en sus palabras, había de descubrir algo que él no había podido ver en su cuadro.

Se acercó con paso rápido a la puerta del estudio y, a pesar de su emoción, la figura suavemente iluminada de Anna, que estaba a la sombra de la entrada, escuchando las animadas explicaciones de Golenischev, mientras trataba de dirigir una mirada al pintor que se aproximaba, causó en este una viva impresión.

Sin que ni él mismo se diera cuenta, Mijailov captó y asimiló toda la gracia de aquella figura, como cazara al vuelo la barbilla del vendedor de cigarros, guardándola en el rincón de su cerebro de donde había de extraerla cuando la necesitó.

Los visitantes, ya desilusionados por lo que Golenischev les contara del pintor, quedaron aún más decepcionados ante su aspecto. De mediana estatura, corpulento, de andar balanceante y amanerado, Mijailov, con su sombrero castaño y su abrigo color de aceituna, con sus pantalones estrechos cuando hacía tiempo que se llevaban anchos, producía una impresión que la vulgaridad de su ancho rostro y la mezcla de timidez y pretensiones de dignidad que se pintaban en él hacían aún más desagradable.

—Hagan el favor –les dijo, tratando de adoptar un aire indiferente, mientras hacía pasar a sus visitantes y les abría la puerta del estudio.

CAPÍTULO XI

Al entrar en el estudio, el pintor Mijailov miró una vez más a los visitantes. La expresión del rostro de Vronsky, sobre todo de sus pómulos, se grabó en su imaginación.

Aunque su sensibilidad artística trabajaba sin cesar, acumulando más y más materiales, aunque sentía una emoción cada vez mayor al acercarse el momento de exponer su cuadro, Mijailov, rápida y sutilmente, se formó una idea sobre aquellas tres personas basándose en apenas perceptibles indicios.

Sabía que Golenischev era un ruso que vivía en la ciudad. No recordaba su apellido ni dónde le había visto, ni lo que había hablado con él. Solo recordaba su rostro, como el de todas las personas que encontraba, y sabía que lo había clasificado ya en la inmensa categoría de los rostros sin expresión, a pesar de su falso aire de originalidad.

Los cabellos largos y la frente despejada daban una aparente singularidad a aquel semblante de expresión minúscula, infantil, inquieta y concentrada sobre el arranque de la nariz.

A juicio de Mijailov, Vronsky y Anna debían de ser rusos de la alta sociedad y muy ricos, artísticamente tan ignorantes como todos aquellos rusos opulentos que fingían amar y apreciar el arte.

«Seguramente han visto todas las antigüedades y ahora están visitando los estudios de los pintores modernos –el charlatán alemán, el prerrafaelista inglés– y han venido a ver mi estudio para completar la revista», pensaba.

Conocía bien las costumbres de los *dilettanti* –tanto peores cuanto más informados– de visitar los estudios de los pintores modernos solo con el fin de poder decir que el arte decae y que cuanto más conocen a los modernos más se persuaden de lo inimitables que son los maestros antiguos. Esperaba esto, lo veía en sus rostros, en la indiferente negligencia con que hablaban entre sí, mirando los maniquíes y bustos y paseando de un lado a otro en espera de que él descubriese su cuadro.

Y, no obstante, cuando mientras volvía los esbozos, levantaba las persianas y retiraba la sábana que cubría el lienzo, Mijailov se sintió invadido por una viva emoción, tanto más cuanto que, a pesar de su juicio de que todos los nobles y ricos rusos tenían forzosamente que ser unos estúpidos, Vronsky, y sobre todo Anna, habían causado en él una excelente impresión.

—Aquí lo tienen... ¿Quieren verlo? –dijo Mijailov, apartándose del cuadro con su andar balanceante–. Es Cristo ante Pilatos... San Mateo, capítulo XXVII –murmuró, sintiendo que sus labios empezaban a temblar de emoción.

Y retrocedió, colocándose detrás de ellos.

Durante los pocos segundos en que los visitantes miraron en silencio el cuadro, él lo contemplaba también con ojo indiferente e imparcial. Le parecía ahora que el juicio superior y justo sobre su pintura había de ser pronunciado por aquellos tres visitantes a quienes había despreciado un momento antes.

Olvidó cuanto había pensado de su cuadro anteriormente, en los tres o cuatro años que llevaba pintándolo; olvidó todos sus méritos, fuera de duda para él, contemplándolo con la mirada severa, crítica y desapasionada de sus visitantes y no hallaba en él nada bueno.

Veía en primer término el rostro de Pilatos, impaciente en su despecho, y el rostro sereno de Cristo; veía después las figuras de los criados de Pilatos y el semblante de Juan observando la escena. Cada rostro lentamente surgido en su interior, en medio de búsquedas y errores, con su carácter peculiar; cada figura tantas veces cambiada de sitio, para la armonía del conjunto; los tonos, matices y colores conseguidos con tanto trabajo, todo, mirado por los ojos de sus visitantes, le parecía trivial y repetido ya mil veces. Lo que más estimaba de él, el semblante de Cristo, centro del cuadro, que tanto le entusiasmara cuando lo descubrió, perdió todo su mérito al mirarlo con ojos ajenos. Veía una repetición, bien pintada –y aún no muy bien, porque ahora notaba en ella muchos defectos– de los innumerables Cristos de Tiziano, Rafael, Rubens, de los mismos guerreros y del invariable Pilatos. Todo aquello era trivial, mezquino y viejo e incluso mal pintado, con excesivo color y poca energía. Los visitantes tendrían razón en proferir algunas frases de fingido elogio en presencia del pintor y compadecerle y burlarse de él cuando quedaran solos.

Le pareció pesar durante largo rato aquel dilatado silencio, aunque en realidad no duró más de un minuto. Para interrumpirles y mostrar que no estaba conmovido, Mijailov, con un esfuerzo sobre sí mismo, habló a Golenischev.

—Creo que ya he tenido el gusto de conocerle –dijo, mirando con inquietud, ora a Anna, ora a Vronsky, a fin de no perder un detalle de la expresión de sus rostros.

—Así es, nos vimos en casa de Rossi. ¿No se acuerda? En la velada en que declamó aquella señorita italiana, la nueva Raquel... –dijo con naturalidad Golenischev, apartando sin pesar los ojos del cuadro para hablar con el pintor.

Advirtiendo, sin embargo, que Mijailov esperaba su juicio sobre el lienzo, dijo:

—Su cuadro ha mejorado mucho desde la última vez que lo vi. Y como entonces, también ahora me sorprende extraordinariamente la figura de Pilatos. ¡Es tan comprensible este hombre, bueno, simpático, pero, en el fondo de su alma, un funcionario «que no sabe lo que se hace»! No obstante, me parece...

El mudable rostro de Mijailov se iluminó de repente. Sus ojos brillaron. Fue a decir algo, pero la emoción no se lo permitió y fingió una tos.

A pesar de lo poco que apreciaba el gusto artístico de Golenischev, a pesar de la insignificancia de aquella justa observación sobre la expresión del rostro de Pilatos como funcionario, a pesar de lo humillante que pudiese parecer un comentario tan minúsculo silenciando lo principal, Mijailov se sintió entusiasmado de aquella observación.

Él opinaba sobre la figura de Pilatos lo mismo que Golenischev le había dicho. Que aquel comentario fuese uno de los millones de comentarios justos que pudieran hacerse sobre su pintura no disminuía a sus ojos la importancia de la observación de Golenischev. Sentía que sus palabras despertaban su simpatía hacia el otro y le hacían pasar del estado de abatimiento en que se encontraba a un estado de alegre entusiasmo.

El cuadro, en el acto, se animaba a sus ojos con inexplicable complejidad en cuanto tenía de vivo.

Trató de decir que él entendía también así a Pilatos, pero le temblaron los labios y fue incapaz de pronunciar una palabra.

Vronsky y Anna hablaban en voz baja, como suele hacerse en las exposiciones, en parte por respeto al pintor y en parte por no decir en voz alta alguna tontería, tan fácil de decir en cuestiones de arte.

Mijailov, creyendo que el lienzo les había impresionado también, se les acercó.

—¡Qué extraordinaria expresión la de Cristo! –dijo Anna.

De cuanto veía, era aquello lo que más le gustaba. Le parecía, además, que, tratándose de la figura principal del cuadro, el elogio había de placer al pintor.

—Se le nota que siente compasión de Pilatos –añadió.

Tal observación pertenecía también a los millones de ellas que podían hacerse sobre un cuadro y sobre la figura de Cristo. Había dicho que sentía compasión de Pilatos y era lógico que se viera en él la expresión de amor, de serenidad ultraterrena, de sentimiento de la proximidad de la muerte y de conciencia de la inutilidad de las palabras.

Estaba claro que Pilatos debía tener una expresión de funcionario y Cristo había de tenerla de compasión, ya que uno encarnaba la vida mortal y otro la vida espiritual. Todo esto y mucho más pasó por la mente de Mijailov, y, no obstante, su rostro volvió a iluminarse de entusiasmo.

—Sí, está muy bien pintada esa figura. ¡Y cuánta ligereza! Se diría uno que es posible dar la vuelta a su alrededor –dijo Golenischev, seguramente queriendo dar a entender que no estaba conforme con el significado ni con la concepción con que el pintor la había ejecutado.

—Es de una maestría excepcional –afirmó Vronsky–. ¡Cómo se destacan estas figuras del segundo término! ¡Esto tiene una técnica perfecta! –agregó, dirigiéndose a Golenischev, como dándole a entender, siguiendo su charla de antes, que él desesperaba de adquirir aquella habilidad.

—Sí, es excepcional –confirmaron Golenischev y Anna.

Pese al estado de exaltación en que se hallaba, la referencia a la técnica hirió dolorosamente a Mijailov.

Mirando con enojo a Vronsky, se puso serio de repente. Oía con frecuencia la expresión «técnica» e ignoraba por completo lo que la gente entendía por ella. Sabía que indicaban así la facultad mecánica de pintar y dibujar completamente fuera de la idea del cuadro. Observaba a menudo, como en la presente alabanza, que contraponían la técnica al verdadero mérito, como si fuera posible pintar con arte una mala composición. Sabía que hay que tener mucha atención y esmero para, al quitar todas aquellas pinceladas que no expresaban nada interno, no estropear la obra de arte, pero en ello aquí no había ni arte pictórico ni técnica alguna.

Si a un niño o a una cocinera se les hubiera revelado lo que veía él, también ellos habrían podido expresar lo que veían. Y el más hábil y diestro pintor técnico no habría podido pintar nada solo con su facultad mecánica de no haber descubierto antes los límites del argumento y el contenido. Además, sabía que, hablando de técnica, era imposible elogiarle por ella. En cuanto había pintado y pintaba, reconocía defectos que saltaban a la vista, hijos de la escasa atención con que corregía sus cuadros de detalles materiales y que ya no podía corregir sin estropear la obra. Y en casi todas las figuras y rostros veía aún restos de defectos no bien corregidos que afeaban el cuadro.

—Solo objetaría una cosa, si me lo permitiera –notó Golenischev.

—Lo celebro y se lo ruego –dijo Mijailov esforzándose en sonreír.

—Que, en su cuadro, Cristo es un hombre-Dios y no un Dios-hombre. Aunque ya sé que era eso lo que usted se proponía.

—No puedo pintar un Cristo que no llevo en mi alma –repuso Mijailov, huraño.

—Sí, pero entonces permítame expresar mi idea. Su cuadro es tan bueno, que mi observación no puede perjudicarle, y, además, es solo mi opinión personal. En usted, el motivo mismo es diferente. Tomemos por ejemplo a Ivanov. Yo considero que si se reduce a Jesús al papel de figura histórica, habría sido preferible que Ivanov hubiese elegido otro tema histórico, más fresco, no tocado todavía por nadie.

—¡Pero si es el tema más grande que se presenta al arte!

—Sabiéndolos buscar se encuentran también otros. Sucede, no obstante, que el arte no admite discusión ni razones. Y ante el lienzo de Ivanov, tanto para el creyente como para el que no lo es, se presenta la misma duda: «¿Es Dios o no es Dios?». Y eso destruye el conjunto de la impresión.

—¿Por qué? A mí me parece –dijo Mijailov– que para las personas cultas no puede ya haber discusión.

Golenischev se mostró disconforme con esta opinión y, aferrándose a su primera idea sobre la unidad de impresión necesaria en el arte, venció a Mijailov, que, excitado, no supo decir nada en favor de su tesis.

Capítulo XII

Hacía tiempo que Anna y Vronsky intercambiaban miradas, cansados de la erudita charla de su amigo.

Al fin, Vronsky se acercó a un pequeño cuadro sin esperar a que el pintor le invitara.

—¡Oh, qué hermoso, qué hermoso! ¡Qué encanto! ¡Qué maravilla! –exclamaron al unísono él y Anna.

«¿Qué les habrá gustado tanto?», se preguntó Mijailov, que no se acordaba ya de aquel cuadro, pintado por él tres años antes. Los sufrimientos que le había costado y los entusiasmos que despertara en él en aquellos meses que lo tuvo absorbido noche y día, estaban olvidados, como los olvidaba siempre apenas terminaba su obra. En cuanto a aquella, incluso le desagradaba verla y la había expuesto únicamente porque esperaba la visita de un inglés que quería comprarlo.

—Es un estudio de hace tiempo –dijo.

—Es admirable –afirmó Golenischev, notándose que sentía con sinceridad la fascinación de aquel lienzo.

Dos niños, al pie de un alto arbusto, pescaban con caña. El mayor acababa de tender la suya y en aquel instante, colocado detrás de un arbusto, iba sacando el hilo con atención concentrada a fin de no perder el corcho de vista.

El otro, menor, tendido en la hierba y acodado en ella, con su cabecita de cabellos rubios y enmarañados apoyada en sus manos, miraba el agua con pensativos ojos azules. ¿En qué pensaba?

El entusiasmo ante aquel cuadro despertó en Mijailov la emoción de antes, pero no le placía aquel inútil sentimiento referente a algo ya pasado y así, aunque le halagaban los elogios, trató de desviar la atención de aquel cuadro y concentrarla en un tercero.

Pero Vronsky le preguntó si quería venderlo. A Mijailov, emocionado con la visita, le resultaba desagradable hablar ahora de dinero.

—Está expuesto para la venta, claro… –repuso con gravedad frunciendo el entrecejo.

Cuando todos los visitantes se hubieron ido, Mijailov se sentó frente al cuadro de «*Cristo ante Pilatos*» y mentalmente se repitió lo que le dijeran y lo que podía sobreentender en las palabras de los visitantes.

Y, cosa extraña, lo que tanto valor tenía para él cuando estaban presentes, perdía de pronto toda importancia ahora que mentalmente se ponía fuera del punto de vista de ellos.

Ahora, mirando el cuadro con ojo de artista, adquiría la certeza absoluta de su perfección y la seguridad de su transcendencia, sentimiento que necesitaba para alcanzar aquella tensión que excluía cualquier otro interés y sin la cual no le era posible trabajar.

No obstante, el pie de Cristo le parecía ahora algo desproporcionado. Cogió la paleta y empezó a trabajar. Mientras corregía el pie, miraba sin cesar la figura de Juan, en segundo término, y en el que no se fijaron los visitantes, pero que él sabía que era un modelo de perfección.

Concluido el pie, pensó en trabajar en aquella figura, pero se sentía demasiado conmovido para poder hacerlo. No podía trabajar ni en frío ni cuando se sentía emocionado y lo veía todo exageradamente. De la frialdad a la inspiración había solo un peldaño, y era entonces cuando le resultaba posible pintar. Hoy tuvo, pues, que abandonar el trabajo.

Fue a tapar el cuadro, pero se detuvo con el paño en la mano mirando embelesado la figura de Juan.

Al fin, apartó la mirada con pena, dejó caer el paño, y cansado, pero feliz, volvió a su casa.

Vronsky, Anna y Golenischev, de regreso, iban animados y alegres.

Hablaban de Mijailov y de sus cuadros. La palabra «talento», que ellos definían como una facultad natural, casi física, independiente del alma y el corazón, y con la que nombraban cuanto produjera el pintor, surgía en su charla con frecuencia, ya que necesitaban nombrar algo que no comprendían, pero de lo que deseaban hablar.

Afirmaban que no se podía negar talento a Mijailov, pero que tal talento no había podido desarrollarse por falta de cultura, desgracia común a los pintores rusos. Mas el cuadro de los niños quedó grabado en su memoria, y de vez en cuando lo mencionaban de nuevo.

—¡Qué maravilla! ¡Qué bien logrado y qué sencillo es! Él mismo no comprende el mérito que tiene. No hay que perder la ocasión. Debemos comprarlo –dijo Vronsky.

Capítulo XIII

Mijailov vendió el cuadro a Vronsky y aceptó hacer el retrato de Anna. El día fijado acudió a la casa y empezó a trabajar.

Desde la quinta sesión, el retrato sorprendió a todos, y más que a nadie a Vronsky, no solo por el parecido con el original sino en especial por su belleza. Asombraba el acierto con que Mijailov había sabido reproducir la peculiar belleza de Anna. «Parecía necesario conocerla y amarla como yo la amo para encontrar esa expresión dulce y espiritual», pensaba Vronsky, aunque en realidad solo a través de aquel retrato se había percatado de su expresión dulce y espiritual. Pero el artista la había plasmado con tanta veracidad que a todos les parecía conocerla desde mucho antes.

—¡Tanto tiempo esforzándome para no conseguir nada! –decía Vronsky, refiriéndose al retrato de Anna que pintaba él–. Y este hombre la ha captado apenas la ha visto. ¡He aquí lo que yo llamo técnica!

—Eso se adquiere –le consolaba Golenischev, a juicio del cual Vronsky tenía talento y, sobre todo, la cultura que da un concepto elevado del arte.

La convicción de que Vronsky tenía talento se afirmaba tanto más en Golenischev cuanto que él mismo necesitaba elogios y apoyo moral de parte de su amigo para obtener elogios de sus ideas en artículos de prensa. Y Golenischev opinaba que los elogios y ayuda debían ser recíprocos.

Mijailov, en casa ajena, y sobre todo en el *palazzo* de Vronsky, resultaba un hombre diferente por completo a como era en su estudio. Se mostraba desagradablemente respetuoso, cual si temiera mantener amistad con gente a quien no respetaba.

Trataba de excelencia a Vronsky y jamás, pese a las repetidas invitaciones de él y de Anna, se quedaba a comer cuando iba a las sesiones.

Ella mostraba a Mijailov, a causa de su retrato, una profunda gratitud y le trataba más amablemente que a los otros. Vronsky iba más allá de la amabilidad y era evidente que le interesaba conocer la opinión que el pintor tenía sobre su cuadro. Golenischev no perdía ocasión de imbuir a Mijailov las verdaderas ideas sobre el arte.

Pero Mijailov era igualmente frío con todos. Anna notaba por su mirada que le agradaba contemplarla, pero él rehuía conversar con ella. Y cuando Vronsky le hablaba de pintura, Mijailov callaba, tozudo, como igualmente calló ante el cuadro de Vronsky y ante las conversaciones de Golenischev, que, por lo que se comprendía, no le interesaban en absoluto.

En general, al conocer más a Mijailov le perdieron completamente la simpatía, por su carácter reservado y desagradable, casi hostil, y se sintieron todos satisfechos cuando, concluidas las sesiones, dejó de acudir al palacio, dejando un espléndido retrato en su poder.

Golenischev fue el primero en anunciar el pensamiento general de que Mijailov tenía celos y envidia de Vronsky.

—Si no envidia, ya que es hombre de talento, le irrita que un cortesano, un hombre rico, un conde (pues todos esos odian estas cosas) haga sin esfuerzo especial lo mismo, si no mejor que él, a lo que ha consagrado toda su vida. Lo esencial es la cultura que él no posee.

Vronsky defendía a Mijailov, pero en el fondo de su alma creía lo mismo, ya que, según sus ideas, un hombre de más baja extracción que él debía necesariamente envidiarle.

El retrato de Anna, una figura pintada por ambos, debía mostrar sus respectivas diferencias, pero Vronsky no las veía. Mas, después de concluir Mijailov el retrato, él dejó de pintar el suyo, considerándolo superfluo. Continuaba trabajando en su lienzo de tema medieval. Él, Golenischev y, sobre todo Anna, encontraban que el cuadro era excelente, porque se parecía mucho más a los cuadros célebres que el de Mijailov.

Mijailov, por su parte, a pesar de que el retrato de Anna le había proporcionado momentos deliciosos, estaba más satisfecho que ninguno de que hubieran concluido las sesiones y de no estar obligado a oír las disgresiones de Golenischev sobre arte, así como de poder olvidar la pintura de Vronsky.

Sabía que no era posible prohibir a Vronsky que jugase con la pintura y comprendía que este y todos los aficionados tenían derecho a pintar cuanto quisieran, pero ello le molestaba. Es imposible impedir a un hombre que haga una gran muñeca de cera y la bese. Pero si este hombre llega con su muñeca, se sienta ante dos enamorados y acaricia la figura como el enamorado a su amante, el enamorado se sentirá profundamente molesto. Este mismo sentimiento experimentaba Mijailov al ver la pintura de Vronsky, que encontraba ridícula, le producía enojo y piedad y le hacía sentirse ofendido.

La pasión de Vronsky por la pintura y la Edad Media duró poco. Tenía el suficiente buen gusto en cuestión de pintura para advertir que era mejor no continuar. Presentía vagamente que los defectos del lienzo, no muy visibles al principio, serían horribles si llegaba al final.

Le pasó lo mismo que a Golenischev, quien comprendía en el fondo que no tenía nada que decir y que se engañaba con la idea de que su pensamiento no estaba maduro y que debía desarrollarlo y elegir materiales.

Pero ello irritaba y fatigaba a Golenischev, mientras que Vronsky no se engañaba ni atormentaba, y, sobre todo, no se irritaba contra sí mismo. Con su decisión característica, dejó de pintar sin explicarlo ni tratar de justificarse.

Pero, sin tal ocupación, su vida y la de Anna, que estaba extrañada del desengaño de Vronsky, le pareció tan monótona en la ciudad italiana que encontró de pronto el palacio tan viejo y sucio, tan desagradables las manchas de las cortinas, las grietas del suelo y el yeso desconchado de las cornisas; y le resultó tan ingrato tratar siempre, a Golenischev, al mismo profesor italiano y al mismo viajero alemán, que experimentaron una imperiosa necesidad de cambiar de existencia y decidieron regresar a Rusia.

Vronsky quería dividir las propiedades con su hermano y Anna deseaba ver a su hijo. Se proponían pasar el verano en la gran propiedad de la familia Vronsky.

Capítulo XIV

Levin llevaba casado más de dos meses. Era feliz, pero de un modo muy diferente a como había imaginado. A cada momento se desvanecían sus viejos sueños, aunque no tardaba en encontrar nuevos encantos inesperados. Aunque dichoso, veía, al hacer vida familiar, que la convivencia era muy diferente de lo que él había imaginado. Experimentaba lo que un hombre que, admirando primero los suaves movimientos de una barca en un lago, entrara luego él mismo en la embarcación. Veía que había poco tiempo para estar inmóvil sobre las aguas, que había que pensar, sin olvidarlo ni un momento, en el rumbo, que no podía tampoco echar en olvido que debajo había agua, que era preciso remar y que las manos, no acostumbradas, sentían dolor, y, en fin, que lo que es muy fácil de ver, resulta difícil de hacer aunque sea agradable.

De soltero, ante la vida conyugal de los otros, con sus pequeñas miserias, sus disputas y celos, Levin se limitaba a sonreír con ironía desde el fondo de su alma. Pensaba que en su futura vida de casado no solo no podría haber nada parecido, sino que incluso creía que sus formas exteriores habían de ser en todo distintas a las de los demás. Y de pronto, en vez de esto, resultaba que su vida de casado no solo no se organizaba de un modo peculiar, sino que se componía precisamente de aquellas mismas pequeñeces que tanto despreciara antes, y que ahora, contra su deseo, adquirían una importancia extraordinaria. Ahora veía que su solución no era empresa tan fácil como antes le había parecido. Aunque pensaba conocer muy bien la vida familiar, él, como todos los hombres, no la imaginaba sino como un goce del amor no obstaculizado por nada y del que debían apartarse todas las pequeñas preocupaciones.

Según él, una vez hecho su trabajo, debía descansar en la dicha del amor. Kitty debía ser amada y nada más. Pero Levin olvidaba, como todos los hombres, que ella también tenía que trabajar. Y le sorprendía que aquella gentil y poética Kitty pudiera, no ya en las primeras semanas, sino en los primeros días de su vida conyugal, pensar, acordarse y preocuparse de manteles, muebles, colchones para los huéspedes, bandejas, comidas, etc.

Ya de novios le había impresionado la firmeza con que Kitty se había negado a hacer el viaje al extranjero, prefiriendo ir al campo, como si pensara ya en algo que era preciso hacer, y pudiese, aparte del amor, pensar en otras cosas.

Esto le ofendió entonces y ahora le ofendía: su preocupación por detalles materiales a los que él no daba ninguna importancia. Y Levin, que la amaba, aunque burlándose de su esposa por todo ello, no podía dejar de admirarla.

Sonreía al verla colocar muebles llevados de Moscú, arreglar de un modo personal y nuevo su habitación común, colgar las cortinas, ordenar las habitaciones destinadas en el futuro a los invitados y a Dolly, aderezar el cuarto de su nueva doncella, encargar la comida al viejo cocinero, discutir con Agafia Mijailovna retirándole la custodia de las provisiones.

Observaba cómo el viejo cocinero sonreía admirado, cómo Agafia Mijailovna movía la cabeza, cariñosa y pensativa ante las nuevas disposiciones de la joven señora referentes a la despensa, y encontraba gentilísima a Kitty cuando, entre risas y lágrimas, decía que la doncella Macha, acostumbrada a considerarla como una señorita, no la obedecía.

Levin sonreía entre divertido y extrañado, pero, a pesar de todo, le parecía que habría sido mejor que su joven esposa no se ocupara de aquellas cosas. No comprendía Levin lo que representaba para ella, el cambio que se había producido en su vida, el hecho de que antes, cuando estaba en su casa, si quería col con kwass o bien bombones no podía conseguir a veces ni una cosa ni otra; y que ahora le fuese posible encargar todo lo que quería, comprar montañas de bombones, gastar cuanto se le antojaba, comer coles con kwass o bombones a su gusto y hacer traer los dulces que le gustasen.

Ahora Kitty pensaba con alegría en la llegada de Dolly con los niños; sobre todo porque encargaría para estos sus golosinas preferidas, mientras Dolly podría apreciar el nuevo orden que reinaba allí.

Sin saber por qué, los quehaceres de la casa le interesaban en extremo. Sintiendo por instinto la proximidad de la primavera y sabiendo que aún habría días de mal tiempo, arreglaba su nidito lo mejor que podía, apresurándose a construir y a aprender cómo había que construir.

La preocupación de Kitty por las cosas pequeñas del hogar, tan distinta al elevado ideal de felicidad que Levin se había formado al principio de su matrimonio, era uno de sus desengaños. Pero la gentileza con que ella se entregaba a tales ocupaciones –sin que Levin comprendiera por qué, aunque le encantaba– constituía a la vez uno de los atractivos de su nueva vida.

Otra decepción mezclada de encanto eran las discusiones.

Levin no había imaginado nunca que entre su mujer y él pudiera haber otras relaciones que las dulces y amorosas, y de pronto, desde los primeros días de su casamiento, desde que ella le dijo que él no la quería, que solo se quería a sí mismo, lo que afirmaba llorando y agitando las manos con desesperación, empezaron entre ellos las disputas. La primera se produjo un día en que Levin había ido a la granja nueva: queriendo volver por el atajo se extravió y estuvo ausente media hora más de lo esperado.

Volvía a casa pensando en ella, en su amor, en su dicha, y, cuanto más se acercaba, más ternura sentía hacia Kitty. Al entrar corriendo en la habitación, henchido de tales sentimientos, más vivos aún que el día en que se dirigiera a casa de los Scherbatsky a pedir su mano, la halló inesperadamente seria, como no la viera nunca.

Intentó besarla y ella le rechazó.

—¿Qué te pasa?

—Traes muchas ganas de fiesta –repuso ella queriendo aparecer tranquila y mordaz. Pero, apenas abrió la boca, las reconvenciones dictadas por unos celos absurdos, todo lo que la había atormentado durante aquella media hora que había pasado sentada a la ventana, brotó como un torrente en sus palabras.

Solo entonces comprendió Levin lo que no comprendiera antes, cuando la sacó de la iglesia después de la boda: es decir, que no solo Kitty era algo muy suyo, sino que él mismo no sabía dónde terminaba ella y empezaba él. Lo comprendió por el doloroso sentimiento de escisión que experimentó en aquel instante. Primero se ofendió, pero enseguida después se dijo que no podía ofenderle que Kitty fuera una parte de sí mismo.

Experimentó al principio lo que un hombre que, sintiendo un violento golpe por detrás y volviéndose enojado y anheloso de venganza en busca del agresor, halla que él mismo se ha lastimado por descuido y que no tiene contra quien volverse, y le es preciso calmarse y soportar el dolor.

Nunca en los días que siguieron había de experimentarlo tan vivamente, pero entonces tardó mucho en recobrar su tranquilidad. Ahora debía justificarse y mostrar a Kitty su error, pero hacerlo significaba enfadarla más aún, aumentando la separación que motivaba su pena.

Su natural impulso le aconsejaba disculparse, pero algo más fuerte le pedía que no agravase la separación entre los dos. Quedar bajo una inculpación injusta era doloroso, pero herirla con el pretexto de justificarse lo era todavía más.

Como un hombre medio dormido que sufre un dolor, quería arrancar de sí lo que le dolía y, al despertar, notaba que lo que le dolía era su propio cuerpo. Debía, pues, procurar ayudar al punto dolorido a sufrir el dolor, y eso fue lo que Levin procuró.

Hicieron las paces. Ella, reconociendo su culpa, sin decirlo, se mostró más cariñosa aún y ambos experimentaron en su amor una felicidad redoblada.

Mas ello no impidió que tales disputas se repitiesen por los motivos más fútiles a inesperados. Sucedían a menudo, porque aún ignoraban los dos lo que era importante para ambos y porque al principio estaban frecuentemente en mala disposición de ánimo. Si uno estaba de buen humor y el otro de malo, la paz no se alteraba, pero si ambos coincidían en su mal humor, surgían disputas por motivos inconcebiblemente baladíes, hasta el punto de que luego, a veces, no podían recordar por qué habían discutido.

Cierto que cuando los dos estaban de buen humor, sentían redoblada la alegría de vivir, pero, con todo, aquel primer tiempo fue penoso para los dos, y durante él sintieron más fuertemente la opresión de la cadena que los ligaba.

En conjunto, la luna de miel, esto es, el mes siguiente a la boda, del que Levin esperaba tanto, no solo no fue de miel, sino que quedó en el recuerdo de ambos como la época más penosa y humillante de toda su vida.

Los dos procuraron tachar, en su existencia futura, todas las líneas grotescas y vergonzosas de aquellos primeros tiempos, en que ambos, pocas veces en un estado de espíritu tranquilo, no se mostraban casi nunca tal como eran.

Solo al tercer mes de matrimonio, después de un viaje a Moscú, donde pasaron un mes, su vida entró en un terreno de mayor comprensión.

CAPÍTULO XV

Habían vuelto hacía poco de Moscú y estaban satisfechos de su soledad. Él, sentado ante el escritorio de su gabinete, escribía. Ella, con el vestido color lila que llevaba en los primeros días de su matrimonio, el vestido que Levin recordaba y quería especialmente, se hallaba sentada bordando en el diván de cuero que había estado siempre en el despacho del padre y el abuelo de Levin, y trabajaba en una labor de *broderie anglaise*.

Levin pensaba y escribía, sin dejar de sentir la presencia de su mujer. Los trabajos de su hacienda y la obra en que debía exponer su nuevo modo de dirigir las fincas, no habían quedado olvidados. Pero así como antes tales ideas y ocupaciones le parecían insignificantes en comparación a la oscuridad que rodeaba la vida, ahora le parecían secundarias y mínimas en comparación a la vida que le esperaba inundada de radiante luz.

Continuando sus trabajos, notaba que el centro de gravedad de su atención había pasado a otro objeto y, en consecuencia de ello, veía las cosas con más claridad.

Antes, su trabajo era para él la justificación de la vida, pareciéndole que, sin él, la existencia era demasiado sombría. Y ahora necesitaba el trabajo para que su existencia no fuese demasiado monótona por exceso de luz.

Trabajando otra vez y releyendo lo escrito, halló con satisfacción que era un asunto del que valía la pena ocuparse. Muchos de sus pensamientos de antes le parecían superfluos y exagerados, pero muchos puntos dudosos le resultaban evidentes ahora que en su memoria repasaba nuevamente todo lo hecho en aquellos días.

Escribía a la sazón un nuevo capítulo sobre las causas de la mala situación del cultivo agrícola en Rusia. Demostraba que la pobreza rusa no procedía solo del mal reparto de tierras y de la orientación equivocada, sino que contribuía a ella la civilización extranjera, adoptada de una manera anómala en los últimos tiempos en el país, sobre todo en los medios de comunicación, en los ferrocarriles, que implicaron la centralización en las ciudades, en el desarrollo del lujo y, por consiguiente en la creación, en detrimento de la agricultura, de nuevas industrias, y en la explotación exagerada del crédito y de su acompañante: el juego de bolsa.

A su juicio, en un desarrollo normal de la riqueza de un estado, aquellos elementos debían surgir solo cuando estuviera bien desarrollado el cultivo agrícola y elevado a condiciones normales o al menos definidas, entendiendo que la riqueza de un país debe crecer progresivamente y procurando que otras fuentes de riqueza no adelanten al cultivo agrario. En fin, creía que los medios de comunicación debían corresponder a un determinado estado de la agricultura, y que, dado el mal sistema ruso de explotar el campo, los ferrocarriles, resultado de una necesidad política y no económica, llegaron antes de tiempo, y, en lugar de ayudar al cultivo agrícola, como se esperaba, y provocar el desarrollo de las industrias y el crédito, lo habían paralizado.

Sostenía que así como el desarrollo parcial y prematuro de una parte del organismo animal estorbaría el normal crecimiento, así en Rusia al desarrollo de la riqueza general lo habían perjudicado el crédito, los transportes, el aumento industrial, sin duda necesarios en Europa, pero inoportunos en Rusia donde no habían causado más que perjuicios, eliminando lo esencial y corriente, que era la organización de la agricultura.

Mientras Levin escribía, Kitty pensaba en la poca espontánea amabilidad con que su marido había tratado al joven príncipe Charsky, que en Moscú se había permitido cortejarla con tan escaso tacto, el día antes de marchar.

«Tiene celos», pensaba. «¡Dios mío qué tonto es y qué encantador! ¡Celos! Si supiera que todos son para mí tan indiferentes como Piotr, el cocinero», se decía, mientras miraba la nuca y el cuello rojo de Levin. «Siento mucho interrumpir su trabajo, pero ya tendrá tiempo de volver a él. Quiero verle la cara. ¿Se molestará si lo miro? Quiero que se vuelva. ¡Vuélvete, vuélvete, le quiero!».

Y Kitty abrió más los ojos, para aumentar el efecto de su mirada.

«Sí, todo eso se lleva el jugo y produce una falsa apariencia de prosperidad», murmuró Levin, dejando de escribir. Y notando que Kitty le miraba, sonrió.

—¿Qué? –preguntó levantándose.

«Se ha vuelto», pensó ella.

—Nada, quería que volvieras la cabeza –dijo en voz alta, y mirándole y tratando de averiguar si estaba descontento de que le hubiera interrumpido el trabajo.

—¡Qué bien estamos aquí los dos solos! ¡Quién me lo hubiera dicho! –repuso él, acercándose a su esposa con sonrisa radiante de felicidad.

—Yo también me siento muy a gusto –repuso ella–. No quiero ir a ningún sitio, y menos a Moscú.

—¿Qué pensabas? –preguntó Levin.

—Pensaba... Pero no; anda, trabaja, no te distraigas –respondió Kitty, frunciendo los labios–. Además, yo también tengo que cortar unas piezas.

Y comenzó a hacerlo con las tijeras.

—Dime lo que pensabas –insistió él, sentándose a su lado y mirando el movimiento de las tijeritas.

—¿En qué? En Moscú, en tu nuca...

—¿En pago de qué poseo esta felicidad? Es demasiado hermoso para ser natural –dijo Levin besándole la mano.

—Creo lo contrario: lo natural es siempre lo mejor.

—Te sale un rizo por aquí –dijo Levin, volviendo suavemente la cabeza de Kitty–. ¿Ves? Pero no, no, estamos trabajando y...

Mas ya no hicieron nada y, cuando Kuzmá entró anunciando que el té estaba servido, se separaron bruscamente como dos culpables.

—¿Han venido los criados de la ciudad? –le preguntó Levin a Kuzmá.

—Ahora mismo. Están arreglando las cosas.

—Vuelve pronto –dijo Kitty–. Si no, leeré sola el correo. Luego podemos tocar el piano a cuatro manos...

Una vez solo, guardando sus papeles en una cartera nueva, comprada por Kitty, fue a lavarse las manos en un nuevo lavabo, y con nuevos efectos de tocador que también con ella habían aparecido.

Levin sonreía a sus pensamientos y a la vez movía la cabeza con reproche. Le atormentaba una sensación parecida al remordimiento.

En su vida, ahora, había algo vergonzoso, afeminado...

«No está bien vivir así», pensaba. «En casi tres meses no he hecho nada. Hoy me puse por primera vez a trabajar y apenas empezado lo dejé...

Hasta descuido mis ocupaciones diarias. Nunca visito la finca a pie ni a caballo. Unas veces por mí, otras por ella, jamás dejo sola a Kitty, creyendo que va a aburrirse. ¡Y cuando pienso que antes suponía que la vida de soltero no valía nada y que la verdadera empezaba con el matrimonio! Pero en tres meses transcurridos jamás he vivido de manera tan ociosa e inútil. Esto es imposible. Hay que empezar a trabajar. Claro que ella no es culpable. No puedo reprochárselo. Yo debía ser más firme, defender mi libertad masculina. Si no, me acostumbraré a esto. Pero ella no tiene la culpa», se repetía.

Pero a un hombre descontento le es difícil no culpar de algo a los demás y, sobre todo, al más próximo, del motivo de su descontento.

Y Levin se decía que Kitty no era la culpable («es imposible que ella sea culpable de nada»), sino su educación superficial y libre. («¡Aquel tonto de Charsky! Ya sé que ella quería atajarle, pero no pudo»). Y concluía: «Sí, fuera del interés de la casa (y este es innegable que lo tiene), aparte de sus vestidos y su *broderie anglaise*, Kitty no se interesa seriamente ni por los asuntos propios, ni por la economía doméstica, ni por los campesinos, ni por la música, a pesar de que es entendida en ella, ni por la lectura. No hace nada y está completamente satisfecha».

Y Levin la censuraba en el fondo de su alma sin comprender aún que Kitty se preparaba a aquel período de actividad en que sería a la vez esposa y dueña de casa y habría de cuidar, nutrir y educar a sus hijos. No comprendía que ella sentía esto por instinto y que, al prepararse para aquel tremendo trabajo, no reconvenía los felices momentos de despreocupación y de dicha de amar que gozaba ahora, mientras construía alegremente su futuro nido.

Capítulo XVI

Cuando Levin subió, su mujer estaba ante un nuevo samovar de plata y un servicio de tazas también nuevo. Había hecho sentar a Agafia Mijailova ante la mesita de té y leía una carta de Dolly, con la que cruzaba continua y frecuente correspondencia.

—¡Mire! Su señora me ha hecho sentarme con ella –dijo Agafia Mijailovna, sonriendo amistosamente a Kitty. Y en las palabras de la anciana, Levin leyó el final del drama desarrollado últimamente entre ambas mujeres. Veía que, a pesar del dolor ocasionado por Kitty al aya al quitarle las riendas del gobierno doméstico, ella había vencido al fin, consiguiendo hacerse querer.

—Toma, aquí hay una carta para ti –dijo Kitty tendiéndole una llena de faltas ortográficas–. Es de una mujer… al parecer aquella de tu hermano. No la he leído. Y esta es de mi familia. Dolly ha llevado al baile infantil de casa de Sarmatsky a Gricha y a Tania. Tania vestía de marquesa…

Levin no la escuchaba. Sonrojándose, tomó la carta de Marie Nicolaevna, la examante de su hermano Nikolái.

En su primera carta, ella le dijo que Nikolái la había echado a la calle sin culpa, añadiendo con una ingenuidad conmovedora que, aunque vivía en la miseria, no pedía ni deseaba nada, atormentándola solo el pensamiento de que Nikolái, a causa de su decaída salud, iría cada día peor, y pedía a Levin que se preocupase por él. Ahora decía otra cosa. Había encontrado a su hermano en Moscú, se habían unido de nuevo y habían marchado a una capital de provincia en donde Nikolái había hallado un empleo. Últimamente, había, sin embargo, discutido con el jefe y había tomado la decisión de trasladarse de nuevo a Moscú, pero había enfermado en el camino y era muy poco probable que pudiera reaccionar. «Siempre se acuerda de usted y además no tenemos ya dinero».

—Mira lo que Dolly dice de ti… –empezó Kitty, sonriente.

Pero de pronto se detuvo, observando el cambio en la expresión del rostro de su esposo.

—¿Qué te pasa? ¿Qué tienes?

—Mi hermano Nikolái se está muriendo. Tengo que irme.

—¿Cuándo?

—Mañana.

—¿Puedo ir contigo?

—¿Para qué, Kitty? –dijo Levin con reproche.

—¿Para qué? –repuso ella ofendida por la desgana con que Levin acogía su ofrecimiento–. ¿Acaso no puedo ir? ¿Es que voy a estorbarte?

—Yo me voy porque mi hermano se muere. Pero tú…

—¡Lo mismo que tú!

«En un momento tan grave para mí, ella no piensa más que en que se aburrirá sola», se dijo Levin. Y este pensamiento le llenó de aflicción.

—Es imposible –dijo severamente.

Agafia Mijailovna previendo una disputa conyugal, dejó la taza y salió.

Kitty no la vio siquiera. El tono de las últimas palabras de su esposo la ofendía, en especial porque era evidente que él no daba ninguna importancia a lo que ella decía.

—Pues yo te digo que si te vas, me voy contigo por encima de todo –insistió con irritada precipitación–. ¿Por qué dices que es imposible? ¿Por qué lo es?

—Porque tengo que ir Dios sabe dónde, por Dios sabe qué caminos, pernoctando en las posadas... Me estorbarás –dijo Levin procurando conservar su sangre fría.

—No estorbaré. No necesito nada especial. Donde tú estés, puedo estar yo.

—Además, está allí esa mujer con la que no puedes intimar...

—No sé nada y no quiero saber nada de nadie. Solo sé que mi cuñado se muere, que mi marido se va y que yo voy con él para...

—Kitty, no te enfades. Pero este asunto es grave y me enoja que confundas un sentimiento de simpatía con el afán de no quedarte sola. Si temes aburrirte sola aquí, vete a Moscú.

—¿Lo ves? Siempre me atribuyes pensamientos viles y bajos –repuso Kitty, irritada, llorosa y ofendida–. No he pensado en nada de eso. Solo sé que mi deber es acompañar a mi marido en sus penas. Pero tú quieres ofenderme adrede, adrede no quieres entenderme...

—¡Es horrible! ¡Soy un esclavo! –exclamó Levin, levantándose, sin poder reprimir su enfado. Pero inmediatamente comprendió que se hacía daño a sí mismo.

—Entonces, ¿por qué te has casado? Para arrepentirte, bien podías haber seguido libre –repuso ella. Y levantándose de un salto, corrió al salón.

Cuando él la siguió, Kitty lloraba. Él trató de calmarla, buscando palabras que, si no lograran convencerla, la tranquilizaran al menos. Pero ella no le escuchaba ni aceptaba ninguno de sus argumentos.

Levin se inclinó, cogió su mano, que se le resistía, y la besó, besó sus cabellos, la mano otra vez... Ella continuaba callando.

Pero cuando él le cogió la cabeza con ambas manos y dijo: «¡Kitty!», ella, repentinamente, se serenó, lloró un poco y ambos hicieron las paces.

Resolvieron ir juntos al día siguiente. Levin aseguró a su mujer que creía que ella solo deseaba ir para ser útil y admitió que la presencia de Marie Nicolaevna junto a su hermano no representaba ninguna inconveniencia.

Pero, en el fondo, Levin estaba descontento de Kitty y de sí mismo. De ella, porque no había sabido aceptar el dejarle marchar solo cuando así le convenía. (¡Y qué extraño le era pensar que él, que hacía tan poco tiempo no osaba aún creer en la felicidad de que ella pudiera amarle, ahora se sentía desgraciado porque le amaba en exceso!). Y estaba descontento de sí mismo, porque no había sabido mostrar firmeza de carácter. Además, en el fondo de su ser, no podía aceptar que Kitty tuviese que ver algo con la mujer que vivía con su hermano y pensaba con horror en las complicaciones que podían producirse.

El solo hecho de que su esposa hubiese de estar en una misma habitación con aquella mujer le hacía estremecerse de repugnancia y horror.

Capítulo XVII

La fonda de la capital de provincia en que estaba Nikolái Dmítrich era una de esas fondas provincianas que se construyen según adelantos modernos, con las mejores intenciones de limpieza, confort y hasta elegancia, pero que, debido al público que las frecuenta, se convierten en sucias tabernas con pretensiones de modernidad, resultando por ello aún peores que las antiguas fondas en las que nada se hacía para disimular el desaseo.

Esta había llegado ya a aquel estado. En la entrada, fumando un cigarrillo, estaba un soldado de sucio uniforme que debía de ser el portero. Se veía después una escalera de hierro colado, sombría y desagradable, un camarero de expresión desvergonzada, vistiendo un raído frac, una sala con un ramo de flores de cera cubiertas de polvo sobre la vieja mesa. La suciedad, el descuido y el polvo que reinaban por todas partes con, al lado de ello, cierta presunción de modernidad que olía a estación de ferrocarril, produjeron en Levin, por contraste con su vida de recién casado, una penosa impresión, en especial porque la impresión de falsedad que causaba la fonda no estaba en relación con lo que les esperaba.

Resultó como siempre que, después de haberles preguntado de qué precio querían la habitación, no había ninguna buena: una de estas la ocupaba un revisor del ferrocarril, otra un abogado de Moscú y la tercera la princesa Astafieva, que se había detenido allí de regreso de sus propiedades.

Solo había disponible una sucia alcoba a cuyo lado les prometieron otra libre para la noche.

Enojado contra su mujer al ver que sucedía lo que había temido, es decir, que en el momento de su llegada, cuando más preocupado estaba por la situación de su hermano, había de ocuparse de ella en vez de precipitarse hacia Nikolái, Levin la acompañó a la habitación que les destinaban.

—Ve, ve –dijo Kitty, en voz baja y tímida, mirándole como si comprendiera su culpa.

Levin salió en silencio y halló en el pasillo a Marie Nicolaevna, que, informada de que habían llegado, acudía, sin osar entrar. Seguía igual que cuando la vio en Moscú: el mismo vestido de lana, los brazos y la garganta descubiertos, y el mismo rostro bondadoso, con pecas, algo más lleno que antes.

—¿Cómo está? ¿Cómo se siente?

—Muy mal, ya no se levanta. Todo el tiempo le ha estado esperando. Pero usted... su señora...

Como Levin al principio no entendió lo que la inquietaba, ella se explicó:

—Me iré a la cocina –murmuró–. Su señor hermano estará muy contento. Ha oído hablar de la señorita y la conoce de cuando estábamos en el extranjero.

Levin, comprendiendo que le hablaba de su mujer, no supo qué contestar.

—Vamos, vamos –dijo.

Pero apenas dieron un paso, se abrió la puerta de la habitación y apareció Kitty. Levin se sonrojó de vergüenza e ira contra su mujer, que se ponía y le ponía en situación tan embarazosa. Maria Nicolaevna se ruborizó más aún. Sofocada, encarnada hasta saltársele las lágrimas, cogió con ambas manos las puntas de su pañuelo y empezó a arrollarlas con sus dedos rojos sin saber qué hacer ni qué decir.

Primero, Levin solo vio la mirada de ávido interés con que Kitty escudriñaba a aquella mujer, a aquella terrible mujer incomprensible para ella.

Pero eso solo duró un momento.

—¿Qué, cómo está? –dijo Kitty, dirigiéndose primero a su marido y luego a la mujer.

—El pasillo no es un lugar a propósito para hablar –dijo Levin, mirando con irritación a un hombre que pasaba, muy estirado y al parecer absorto en sus preocupaciones.

—Entonces, pasen –indicó Kitty a Maria Nicolaevna, ya serena. Pero viendo el rostro espantado de su esposo, añadió–: Y si no, es mejor que vayan ustedes y envíen luego por mí.

Volvió a su habitación y Levin fue a la de su hermano.

Lo que vio allí y lo que experimentó fue muy distinto de lo que esperaba. Creía que encontraría a Nikolái en el mismo estado de confianza, propio de los tuberculosos, y que tanto le había sorprendido durante la estancia de su hermano en el campo, en otoño.

Esperaba hallar los síntomas físicos de la muerte próxima aumentados: más debilidad y enflaquecimiento, pero, en fin, la misma apariencia aproximada. Y suponía que había de experimentar ante su hermano el mismo sentimiento de perderlo, el mismo horror ante la muerte que antes notara, aunque en mayor grado.

En la habitación, pequeña y sucia, cubiertas de salivazos sus paredes pintadas, se oía hablar tras el delgado tabique. En la atmósfera impregnada de olor a suciedad, sobre la cama, separada de la pared, había un cuerpo cubierto con una manta. Una de las manos de este cuerpo, y unida de un modo incomprensible al antebrazo igualmente delgado en toda su longitud, estaba sobre la manta. La cabeza descansaba de lado en la almohada.

Levin veía los cabellos, ralos y cubiertos de sudor, sobre las sienes y la frente, lisa, que parecía transparente.

«Es imposible que ese terrible cuerpo sea mi hermano Nikolái», pensó. Pero, acercándose más, le vio el rostro y se disiparon sus dudas. A pesar del horrible cambio del semblante, le bastó a Levin contemplar los vivos ojos, que Nikolái alzó para mirar al que entraba, le bastó observar un leve movimiento bajo los bigotes, para comprender la terrible verdad: que aquel cuerpo muerto era su hermano vivo.

Los brillantes ojos se posaron con seriedad y reproche en el hermano, que acababa de entrar. Y al punto se estableció entre ambos una interna comunicación. Levin, en aquella mirada, percibió un reproche y le remordió su propia felicidad.

Cuando Konstantín le cogió la mano, Nikolái sonrió. Era una sonrisa débil, apenas perceptible y, no obstante la sonrisa, la severa expresión de sus ojos no cambió.

—No esperarías encontrarme así… –dijo con dificultad.

—Sí… no… –respondió Levin, sin hallar palabras–. ¿Por qué no me avisaste antes? Quiero decir, en mi boda. Pregunté por ti en todas partes…

Hablaba por no callar, pero no sabía qué decir. Su hermano no le respondía nada, mirándole con fijeza y esforzándose evidentemente en penetrar en el sentido de cada palabra.

Levin dijo a su hermano que su mujer había llegado con él. Nikolái manifestó su alegría, pero arguyó que temía hacerla pasar dado el estado en que se encontraba.

Hubo un silencio. De pronto, Nikolái se movió y empezó a decir algo. Por la expresión de su rostro, Levin creyó que iba a oír algo significativo e importante, pero su hermano solo habló de su salud. Culpaba al médico y lamentaba que no estuviese allí cierto célebre doctor moscovita, y Levin comprendió, por aquellas palabras, que Nikolái albergaba esperanzas aún.

Aprovechando el primer silencio, Levin se levantó para librarse por un instante de aquel sentimiento penoso y dijo que iba a llamar a su mujer.

—Bueno, diré que hagan un poco de limpieza. Aquí todo está sucio y lleno de mal olor. Macha, arregla esto –dijo el enfermo con dificultad–. Y cuando lo hayas arreglado, vete –añadió, mirando interrogativamente a su hermano.

Levin no contestó. Se paró en el pasillo. Había dicho a Nikolái que iba a traer a Kitty, pero, ahora, comprendiendo lo que sentía, decidió, al contrario, tratar de persuadirla de que no entrara en el cuarto del enfermo.

«¿Para qué ha de atormentarse como yo?», se dijo.

—¿Cómo está? –preguntó Kitty con aterrorizado semblante.

—¡Es terrible! ¿Por qué has venido? –dijo Levin.

Ella calló unos momentos, mirándole con timidez y compasión. Luego, acercándose a él, le cogió por el codo con ambas manos.

—Acompáñame allí, Kostia. Los dos soportaremos mejor el dolor. Solo te pido que me lleves y te vayas. Comprende que verte a ti sin verle es doblemente doloroso. Allí, quizá podré seros útil a ti y a él. Te suplico que me lo permitas –rogó a su marido como si la dicha de su vida dependiera de aquello.

Levin hubo de consentir, y, repuesto y olvidando por completo a Marie Nicolaevna, se dirigió con Kitty al cuarto de su hermano.

Andando con paso ligero, sin cesar de mirar a su marido y mostrándole su rostro animoso y lleno de piedad, Kitty entró en la alcoba del enfermo y, volviéndose suavemente, cerró la puerta sin ruido. Siempre silenciosa, se aproximó al lecho donde aquel yacía y se puso de modo que él no necesitase volverse para verla. Tomó con su mano joven y fresca la enorme manaza de él, se la apretó con aquel calor con que saben hacerlo las mujeres, calor que expresa compasión sin ofender, y empezó a hablar al doliente.

—Nos vimos en Soden, pero no fuimos presentados –dijo–. No pensaría usted entonces que iba a ser hermana suya...

—Y usted, ¿me habría reconocido? –preguntó él, iluminado su rostro por una sonrisa.

—¡En el acto! Ha hecho muy bien en avisarnos. No pasaba día sin que Kostia me hablase de usted y se preocupase por su estado...

La animación del enfermo duró poco. Apenas ella concluyó de hablar, el rostro de Nikolái recobró su expresión severa y de reproche, la expresión de la envidia del moribundo a los que quedan vivos.

—Temo que no esté usted bien aquí –dijo Kitty, volviéndose y examinando la habitación con rápida mirada–. Hay que pedir otro cuarto al dueño de la fonda. Debemos estar más cerca –dijo a su marido.

Capítulo XVIII

Levin no podía mirar con calma a su hermano ni permanecer tranquilo en su presencia. Al entrar en la alcoba del paciente, sus ojos y su atención se nublaban y no lograba ver ni comprender los detalles del estado de Nikolái.

Notaba el terrible olor, veía la suciedad y el desorden, su actitud, sus gemidos, pero tenía la sensación de que no podía hacer nada.

No se le ocurría, para ayudarle, la idea de estudiar cuidadosamente el estado de su hermano, de observar cómo se hallaba bajo la manta el cuerpo del enfermo, cómo tenía dobladas sus enflaquecidas piernas y espalda, a fin de hacerle adoptar una posición que le aliviara en algo los sufrimientos.

Cuando pensaba en estos detalles, un escalofrío le recorría hasta la médula. Estaba persuadido de que era imposible hacer nada, ni para prolongar la vida de Nikolái, ni para atenuar sus sufrimientos.

El enfermo adivinaba el sentimiento de su hermano, su conciencia respecto a la inutilidad de toda ayuda, y se irritaba, cosa que apenaba doblemente a Levin. Estar en el cuarto del enfermo le atormentaba, y no estar en él le parecía peor aún. No hacía, pues, más que entrar y salir bajo diferentes pretextos, sintiéndose incapaz de quedarse solo.

Kitty sentía, pensaba y obraba de manera muy distinta. El enfermo había despertado en ella compasión, y la compasión produjo en su alma de mujer un sentimiento que nada tenía que ver con el de repugnancia y horror que había despertado en su marido, y que se expresaba en la necesidad de obrar, enterarse con todo detalle del estado del paciente y hacer lo posible para ayudarle.

No dudando de que debía hacerlo, no dudaba tampoco de la posibilidad de realizarlo, y, enseguida, puso manos a la obra.

Los detalles cuyo pensamiento aterraban a su marido ocuparon desde el primer momento la atención de Kitty. Le envió a buscar al médico, envió a otra persona a la farmacia, mandó a la criada que venía con ella y a Marie

Nicolaevna barrer el suelo, limpiar el polvo y fregar. Por su parte, no se quedaba tampoco atrás: limpiaba un objeto, ponía en orden otro, arreglaba las ropas bajo la manta... Por orden suya se sacaban cosas de la habitación del enfermo y se llevaban otras de más utilidad.

Entraba ella misma en la habitación sin preocuparse de hallar clientes en el pasillo, traía a la alcoba del enfermo sábanas, toallas, almohadas, camisas, y otras veces, ya usadas, las sacaba de ella.

El criado que servía la comida a los ingenieros en la sala común, acudía a veces a la llamada de Kitty con irritado semblante, pero no podía desatender las órdenes que ella le daba, porque lo hacía con tan suave insistencia que no se la podía desobedecer.

Levin no la aprobaba, ni creía que lo que hacía fuera útil para el paciente. Sobre todo, temía que su hermano pudiera enojarse. Pero Nikolái permanecía sosegado, si bien algo confuso, y seguía con interés las idas y venidas de su cuñada.

Al volver de casa del médico, adonde le enviara Kitty, Levin halló que estaban, por orden de la joven, mudando de ropa al enfermo. Su tronco largo y blanco, con salientes omoplatos y prominentes costillas, estaba al descubierto, y Marie Nicolaevna y el criado luchaban inútilmente por colocar las mangas de la camisa en el flaco brazo, caído contra la voluntad del enfermo.

Kitty, al entrar Levin, cerró con precipitación la puerta. No miraba al enfermo, pero cuando este volvió a gemir se acercó a él.

—¡Vamos! –dijo.

—No se acerque... Yo mismo... –repuso él irritado.

Kitty comprendió que Nikolái se avergonzaba de aparecer desnudo en su presencia.

—No le miro, no... –repuso ella arreglándole la manga–. Marie Nicolaevna, pase allí y póngale ese lado –añadió.

—Ve, por favor, a mi cuarto y, trae un frasco que hay en el bolso, en el bolsillo del lado –dijo a su marido–. Entre tanto, terminarán de limpiar aquí.

Al volver con el frasco, Levin halló al enfermo ya en la cama. Todo a su alrededor tenía otro aspecto. El olor desagradable había sido sustituido por el olor del vinagre y el perfume que Kitty, estirando los labios e inflando las rubicundas mejillas, estaba difundiendo con ayuda de un tubito. Ya no se veía polvo por ninguna parte y al pie del lecho había una alfombra. En la mesa estaban ordenados los frascos, la botella y la ropa necesaria, bien plegada, así como la *broderie anglaise* en que trabajaba Kitty. En otra mesa había agua, medicamentos y una bujía. Lavado y peinado, entre las sábanas blancas y los almohadones mullidos, vistiendo la camisa limpia con cuello blanco del que salía su garganta delgadísima, el enfermo descansaba mirando a Kitty fijamente, con una expresión llena de renovada esperanza.

El médico, a quien Levin halló en el casino, no era el que hasta entonces atendiera a Nikolái y con el que este se sentía descontento.

El nuevo médico aplicó el fonendoscopio, escuchó la respiración del enfermo, meneó la cabeza, prescribió una medicina insistiendo con especial meticulosidad en el modo de administrarla y después ordenó el régimen a observar. Aconsejó huevos crudos o apenas pasados por agua y agua de Seltz con leche recién ordeñada a una determinada temperatura.

Cuando el médico se fue, Nikolái dijo a su hermano algo de lo que este solo percibió las últimas palabras: «Tu Katia…».

Pero en la mirada de Nikolái, Levin comprendió que el enfermo la estaba alabando. Enseguida Nikolái hizo venir a su lado a Katia, como él la llamaba.

—Katia –dijo–, me siento mucho mejor. Con usted me habría curado hace tiempo. Estoy muy bien…

Le tomó la mano y fue a llevarla a sus labios, pero, temiendo que ello la desagradase, desistió de su propósito y soltándole la mano se limitó a acariciarla. Kitty, con ambas manos, estrechó la del enfermo.

—Ahora, póngame del lado izquierdo y váyanse a dormir –dijo Nikolái.

Nadie le entendió, excepto Kitty. Y lo comprendió porque estaba en todo momento con la atención puesta en las necesidades del enfermo.

—Ponle del otro lado –dijo a su marido–. Siempre duerme de ese… Ayúdale. Llamar a los criados es desagradable y yo no puedo… ¿Usted no puede hacerlo? –preguntó a Marie Nicolaevna.

—Le tengo miedo –repuso la mujer.

Pese al horror que inspiraba a Levin enlazar aquel cuerpo terrible y asir bajo la manta aquellos miembros cuya delgadez le asustaba, animado por el ejemplo de su mujer y con una decisión en el rostro que ella no le conocía, introdujo las manos entre las ropas y cogió a su hermano.

A despecho de su fuerza extraordinaria, le asombró el peso de aquellos miembros sin vida. Mientras le volvía al otro lado, sintiendo en torno a su cuello aquel brazo delgado y enorme, Kitty, rápidamente, sin que lo notasen, volvió la almohada, la sacudió y arregló la cabeza y cabellos del enfermo, que otra vez se le pegaban a las sienes.

Nikolái retuvo en su mano la de Levin y este notó que su hermano quería hacer algo con ella, llevándola no sabía adónde.

Le dejó hacer, con el corazón estremecido...

Nikolái llevó la mano de su hermano a la boca y la besó. Agitado por los sollozos y sin fuerzas para hablar, Levin salió de la habitación.

Capítulo XIX

«Ha descubierto a los niños y a los pobres de espíritu, lo que ha ocultado a los sabios», pensaba Levin de su mujer, mientras hablaba con ella aquella noche.

Evocaba las palabras del Evangelio no porque se considerase sabio, sino porque no podía ignorar que era más inteligente que su mujer y que Agafia Mijailovna, ni podía desconocer tampoco que, cuando pensaba en la muerte, lo hacía con todas las fuerzas de su alma. Le constaba también que muchos cerebros de hombres habían filosofado sobre la muerte y no sabían sobre ella ni la centésima parte que su mujer y Agafia Mijailovna.

Por diferentes que fueran Agafia Mijailovna y Katia, como la llamaba su hermano y como ahora le gustaba también llamarla a Levin, en aquel asunto eran completamente iguales. Ambas sabían, sin duda, lo que era la vida y la muerte, y aunque no pudiesen contestar ni comprender las preguntas que Levin pudiera formularse a aquel respecto, ninguna de las dos dudaba de la trascendencia de tal fenómeno, y no solo se lo explicaban de una manera completamente igual sino que compartían esta opinión con millares de personas.

Y la prueba de que ambas sabían muy bien lo que era la muerte era que las dos conocían cómo se tenía que obrar con los moribundos sin asustarse de ellos. En cambio, Levin y otros que hablaban a menudo de la muerte era indudable que la ignoraban, puesto que la temían y no sabían cómo obrar en su presencia. De haber estado Levin a solas con su hermano, nada habría hecho sino mirarle con horror y esperar con horror mayor aún, incapaz de hacer otra cosa.

Ni aun sabía qué decir, cómo mirar, cómo andar. Hablar de cosas secundarias le parecía ofensivo para el enfermo y hablar de la muerte, de cosas sombrías, le resultaba imposible también.

«Si le miro, pensará que le estudio y si no le miro, que pienso en otra cosa. Si ando de puntillas, se molestará y andar con naturalidad sería vergonzoso».

Kitty, al contrario, no tenía tiempo de pensar en ello. Ocupada solo de su enfermo, parecía tener clara conciencia de la conducta que había de seguir con él y lograba salir airosa en todo lo que intentaba.

Hablaba al enfermo de sí misma, de su boda, sonreía compasiva, le acariciaba y refería casos de curación, y lo decía de una manera tan adecuada que también en ello demostraba que conocía la muerte.

La prueba de que la actividad de Kitty y de Agafia Mijailovna no era maquinal, consistía en que no se reducía a cuidados físicos, al deseo de aliviar los sufrimientos del enfermo, sino que, además de esto, ambas querían para el paciente algo más, más importante y sin relación alguna con tales cuidados materiales.

Agafia Mijailovna, hablando del anciano criado fallecido, decía:

«Gracias a Dios, comulgó y recibió la extremaunción... Dios nos dé a todos una muerte semejante».

Además de cuidarse de la ropa, las medicinas y la bebida, Kitty, ya el primer día, supo persuadir al enfermo de la necesidad de comulgar y recibir la extremaunción.

Al dejar a su hermano por la noche, Levin pasó a sus habitaciones y se sentó, con la cabeza baja, sin saber qué hacer. No pensaba en que no había cenado, en que no estaba arreglado para dormir, y no osaba ni hablar a su esposa, ante la cual se sentía como avergonzado.

Kitty, al contrario, estaba más activa a incluso más animada que nunca. Ordenó que les sirviesen la cena, arregló las cosas y ayudó a preparar las camas sin olvidarse de poner en ellas polvos insecticidas.

Estaba llena de esa animación y agilidad mental que se despierta en los hombres la víspera de un combate, de una lucha, de un momento peligroso y decisivo de su vida, una de esas ocasiones en que los hombres prueban su valor para siempre y que acreditan que todo su pasado no ha transcurrido en balde, sino que sirvió de preparación para tal momento.

Trabajaba bien y con rapidez y antes de media noche todos los objetos estaban limpios y ordenados de tal modo que la habitación de la fonda parecía su propia casa: las camas hechas, los cepillos, peines y espejitos sacados del baúl y las toallas en sus sitios. La mesa estaba preparada.

Levin sentía que todo, comer, hablar, dormir, era imperdonable, y le parecía que cada uno de sus movimientos resultaba inadecuado a la situación. Pero cuando Kitty ordenaba los cepillos, por ejemplo, lo hacía con tanta naturalidad que no se descubría en ello nada de irreverente.

Sin embargo, no probaron bocado y, aunque tardaron mucho en acostarse, durante largo rato les fue imposible dormir.

—Estoy muy contenta de haberle convencido de que reciba la extremaunción –decía Kitty, sentada, con su ropa de noche, ante un espejo plegable, peinando con un peine apretado sus cabellos perfumados y suaves–. Yo no he asistido nunca a esa ceremonia, pero mamá dice que rezan por la curación…

—¿Crees que mi hermano se puede curar? –preguntó Levin, mirando la fina raya de los cabellos de su mujer, que desaparecía a medida que ella pasaba el peine más abajo por su cabeza.

—He preguntado al médico y dice que no vivirá más de tres días. Pero ¿qué saben ellos? No obstante, me alegro de haberle convencido –dijo Kitty, mirando a su marido bajo sus cabellos–. Todo es posible –añadió, con la expresión astuta que podría decirse que había en su rostro siempre que hablaba de religión.

Después de la conversación que sobre temas religiosos habían sostenido siendo novios, no habían vuelto a tocarlos jamás, pero Kitty continuaba asistiendo a la iglesia y rezando sus oraciones, siempre con el tranquilo convencimiento de que cumplía con un deber.

A pesar de las seguridades en contra dadas por Levin, Kitty estaba segura de que él era tan buen cristiano como ella, si no mejor, y que cuanto le decía al respecto era una de esas tontas bromas masculinas, como las que decía sobre la *broderie anglaise*, como que las gentes razonables cosen los agujeros y ella los hacía a propósito, y otras cosas por el estilo.

—Esa mujer –dijo Levin, aludiendo a Marie Nicolaevna–, no supo arreglar nada. Confieso que estoy muy contento de que hayas venido. Eres tan pura que…

Tomó su mano y no la besó, porque hacerlo hallándose la muerte tan próxima le parecía una especie de profanación, y se limitó a estrechársela y a contemplar con mirada llena de arrepentimiento los ojos de Kitty, que se aclararon al notarlo.

—Encontrándote solo aquí, habrías sufrido más –dijo ella, alzando sus manos para ocultar el alegre rubor que cubrió sus mejillas.

Anudó los cabellos en su nuca y los sujetó con horquillas.

—Antes –continuó –no sabía nada de esto. Pero aprendí mucho en Soden.

—¿Es posible que hubiera allí enfermos como él?

—Los había peores.

—Me resulta terrible no poder verle como de joven. ¡No sabes lo buen muchacho que era! Yo entonces no le comprendía.

—Lo creo… Me parece que habríamos sido muy amigos.

Y miró a su marido, asustada de lo que había dicho. Los ojos se le llenaron de lágrimas.

—Lo «habríais sido…» –repuso él, tristemente–. Era de esos hombres de los que se dice que no están hechos para este mundo.

—Tenemos muchos días de fatigas por delante. Vamos a dormir –repuso Kitty, consultando su minúsculo reloj.

CAPÍTULO XX

Al día siguiente, el enfermo comulgó y recibió la extremaunción. Durante la ceremonia, Nikolái oró con fervor. En sus grandes ojos, fijos en el icono puesto sobre la mesa, plegada y cubierta con un paño de color, había tanta imploración vehemente, tanta esperanza, que Levin lo miraba aterrado, porque sabía que aquella imploración y aquella esperanza harían más dolorosa la separación de la vida que su hermano amaba tanto.

Levin conocía a Nikolái y su modo de pensar y le constaba que su falta de fe no procedía de que le fuera más cómodo vivir sin ella, sino de que, poco a poco, las explicaciones científicas de los fenómenos universales la habían borrado de su alma.

El retorno, pues, de su hermano a la fe no era sincero ni hijo de la reflexión, sino momentáneo, egoísta, nacido de una vana esperanza de curarse.

Levin sabía que Kitty había avivado aquella esperanza relatándole casos extraordinarios de curaciones oídas por ella, y esto hacía aún mas penosa para él la mirada llena de ruego y esperanza de su hermano y la vista de aquella mano, que se levantaba con dificultad para trazar la señal de la cruz sobre aquella frente de piel tirante y ante aquellos hombros salientes y aquel pecho hueco y ronco, que ya no podía abrigar en sí la vida por la que oraba el enfermo.

Durante la ceremonia, Levin hizo lo que, a pesar de su incredulidad, había hecho en tantas ocasiones, dirigirse a Dios y suplicarle: «Si existes, haz que cure este hombre, y así nos salvarás a él y a mí».

A raíz de la extremaunción, el paciente experimentó una repentina mejoría. En una hora no tosió ni una vez, sonreía, besaba la mano de Kitty, le daba las gracias con lágrimas en los ojos, decía que se sentía bien y fuerte, que no le dolía nada y tenía apetito.

Incluso se incorporó él mismo en la cama cuando le llevaron la sopa y pidió una croqueta de carne más.

A pesar de su estado desesperado, y de lo evidente que parecía, con solo mirarle, que no podía curarse, Kitty y Levin le hallaron, durante una hora, en un estado indescriptible de feliz y temerosa emoción.

—Está mejor.

—Sí, mucho mejor.

—Es extraordinario.

—No hay nada de extraordinario. Sea como sea, está mejor.

Así se decían el uno al otro en voz baja.

El engaño duró poco. El enfermo durmió tranquilamente media hora y luego le despertó la tos. De repente en él y en todos los que le rodeaban desaparecieron todas las esperanzas. La realidad del sufrimiento las había destruido por completo y ni en Levin, ni en Kitty, ni en el moribundo quedó rastro alguno de lo que sintieron en aquel momento.

Sin ni siquiera aludir a lo que creía media hora antes, hasta como si se avergonzase de recordarlo, Nikolái pidió que le dieran a respirar el frasco de yodo cubierto de un papel agujereado.

Levin se lo dio y la misma mirada de emocionada esperanza con que el enfermo recibió la extremaunción, se pintó en su rostro al insistir sobre las palabras del médico de que el aspirar yodo produce milagros.

—¿No está Katia aquí? –preguntó Nikolái, mirando la habitación cuando su hermano repitió de mal grado las palabras del médico–. Si no está, te diré que he hecho todo esto por ella. ¡Es tan buena! Pero ni tú ni yo podemos engañamos. En esto sí que creo…

Y oprimiendo el frasco con su mano huesuda comenzó a aspirar el yodo.

A las ocho de la noche, mientras Levin y su mujer tomaban el té en su habitación, Marie Nicolaevna llegó corriendo sofocada.

—Ha perdido el color y le tiemblan los labios –dijo–. Está muriéndose. Temo que muera enseguida.

Los tres se apresuraron, Nikolái estaba incorporado en la cama, apoyado en el brazo, con la larga espalda inclinada y la cabeza muy baja.

—¿Qué sientes? –preguntó Levin después de un silencio.

—Siento… que me voy –repuso el enfermo con dificultad, pero con gran precisión, pronunciando lentamente las palabras, sin alzar la cabeza y no dirigiendo más que los ojos hacia arriba, sin llegar al nivel del rostro de su hermano–. Katia, váyase –añadió luego.

Levin se levantó de un salto y en voz baja, pero decidida, suplicó a su mujer que saliera.

—Me voy –dijo de nuevo Nikolái.

—¿Por qué piensas eso? –respondió Levin, por decir algo.

—Porque... me voy –insistió Nikolái, como si hubiese tomado apego a la palabra–. Esto es el fin.

Marie Nicolaevna se acercó a él.

—Harías mejor en tenderte en la cama. Te encontrarías más cómodo –dijo.

—Pronto estaré tendido –repuso Nikolái en voz baja– y muerto... –agregó con amarga ironía–. Bueno, tendedme si queréis.

Levin colocó a su hermano de espaldas, se sentó a su lado y, conteniendo la respiración, le miró a la cara. El moribundo yacía con los ojos cerrados y de vez en cuando los músculos de su frente se movían, como en el hombre que piensa en algo con insistencia y profundidad.

Involuntariamente, Levin, junto a su hermano, pensaba en lo que en el espíritu de este se cumplía en aquel momento, pero, pese a todos sus esfuerzos mentales, por la expresión de aquel rostro tranquilo y sereno, por el movimiento de los músculos de su frente, comprendía que para el moribundo se aclaraba, se aclaraba lo que para Levin permanecía oscuro.

—Sí, sí... eso es –pronunció lentamente el agonizante–. Esperad –y calló de nuevo–. ¡Eso es! –volvió a decir, tranquilizado, como si todo se hubiese aclarado para él–. ¡Oh, Dios mío! –exclamó con un hondo suspiro.

Marie Nicolaevna le tocó los pies.

—Se le están poniendo fríos –dijo.

Durante un rato muy largo, según le pareció a Levin, el enfermo permaneció inmóvil.

Pero aún vivía y de vez en cuando suspiraba. Levin se sentía cansado de su tensión mental. Pero, a pesar de ello, no podía comprender lo que su hermano definía con aquel «eso es», y veía que el moribundo le había dejado atrás hacía rato.

Ya no pensaba en la muerte en sí, sino en lo que debía hacer ahora: cerrarle los ojos, vestirle, tapar el ataúd...

Y, lo que era más extraño, se sentía indiferente del todo. No experimentaba ni pena ni dolor por la muerte de su hermano, y menos aún piedad por él. Más bien experimentaba un sentimiento de envidia por lo que sabía ahora el agonizante y él ignoraba.

Mucho tiempo permaneció junto al lecho, esperando el fin. Pero el fin no llegaba.

La puerta se abrió y Kitty apareció en el umbral. Levin se levantó para detenerla, mas, al disponerse a hacerlo, sintió un movimiento del moribundo.

—No te vayas –dijo Nikolái adelantando la mano.

Levin se la cogió y con la otra hizo a su mujer una enojada señal para que saliera. Media hora, una hora, permaneció con la mano del agonizante en la suya. Ya no pensaba en la muerte. Pensaba en lo que estaría haciendo Kitty, que se encontraba en la habitación de al lado, o en si el médico tendría casa propia. Y sentía deseos de comer y dormir.

Soltó suavemente la mano de Nikolái y tocó sus pies. Estaban fríos, pero el enfermo respiraba aún.

Otra vez Levin se dispuso a irse hacia la puerta, y otra vez su hermano se movió y dijo:

—No te vayas…

Amaneció. El enfermo seguía igual Levin, con cuidado, soltó su mano, se fue a su cuarto, sin mirar al moribundo, y se durmió.

Al despertar, en vez del anuncio de la muerte de Nikolái, como esperaba, supo que seguía igual.

Había vuelto a sentarse en la cama, tosía, comía, hablaba, no mencionaba la muerte e insistía en sus esperanzas de curarse. Estaba más huraño e irritable que anteriormente. Nadie, ni aun su hermano ni Kitty, podían calmarle. Se enfadaba con todos, decía a todos cosas desagradables, les reprochaba sus sufrimientos a insistía en que llamaran a un médico de Moscú.

A todas las preguntas, contestaba con la misma rencorosa expresión de reproche:

—Sufro horriblemente, de un modo insoportable…

Sufría cada vez más, en efecto, sobre todo de desolladuras que ya no era posible curar, y sentía una irritación creciente contra los que le rodeaban, a quienes culpaba de todo y en especial de que no hicieran venir el médico de Moscú.

Kitty procuraba ayudarle con todas sus fuerzas, pero era en vano, y Levin veía que, aunque no quisiese reconocerlo, ella misma se atormentaba física y moralmente.

El sentimiento de que aquel hombre había de morir, experimentado por todos la noche en que se había despedido de la vida, cuando llamó a su hermano, había casi desaparecido.

Todos sabían que el fin era inevitable y que no podía tardar. El único deseo de todos era que muriese cuanto antes, pero lo ocultaban y le daban medicinas, buscaban médicos y drogas y le engañaban y se engañaban a sí mismos.

Todo era una mentira vil, ultrajante y sacrílega. Y la mentira causaba tanto mayor dolor a Levin cuanto que era entre todos quien más amor sentía por el enfermo.

Preocupado desde tiempo atrás por la idea de reconciliar a sus dos hermanos, antes de que muriese Nikolái, había escrito a Serguéi Ivanovich y, al recibir respuesta de este, la leyó al enfermo.

Serguéi Ivanovich decía que le era imposible ir, pero pedía perdón a su hermano con las expresiones más conmovedoras.

El enfermo no dijo nada.

—¿Qué contesto? –preguntó Levin–. Supongo que ya no estarás enfadado contra él.

—Ni lo más mínimo –repuso Nikolái, con irritación, al oír la pregunta de Levin–. Escríbele que me envíe el médico.

Pasaron otros tres terribles días. El enfermo seguía igual. Cuantos le veían experimentaban ahora el deseo de que muriese pronto: el dueño y el criado de la fonda, todos los huéspedes, el médico, Marie Nicolaevna, Levin y Kitty. El único que no lo expresaba era él, que continuaba, por el contrario, indignándose de que no hiciesen venir el médico de Moscú, seguía tomando medicinas y hablaba continuamente de vivir.

Solo en algunas ocasiones, cuando el opio le proporcionaba el olvido de sus sufrimientos, decía, medio dormido, lo que los demás pensaban en su interior: «¡Ojalá venga el final cuanto antes!». O bien: «¿Cuándo terminará todo esto?».

Los sufrimientos, aumentando gradualmente, le preparaban para la muerte.

Cualquier posición que adoptase le hacía sufrir, no perdía en ningún momento la conciencia de su estado y no había un lugar ni un músculo de su cuerpo que no padeciera y le atormentara. Hasta el recuerdo, la impresión, la idea de aquel cuerpo despertaban en él tanta repugnancia como el cuerpo mismo, la presencia de los demás, sus conversaciones, los propios recuerdos, todo eran para él motivo de martirio.

Cuantos le rodeaban lo sentían y, en su presencia, se constreñían inconscientemente en sus ademanes y conversaciones y en la expresión de sus deseos. La vida del enfermo les unía en un mismo sentimiento de que sufrían y en el deseo de librarse de aquel sufrimiento.

En él se cumplía evidentemente esa transformación que lleva a mirar la muerte como la satisfacción de los deseos, como una felicidad.

Antes, cualquier deseo producido por un dolor o una necesidad, hambre, sed, fatiga, se satisfacía por la función de su cuerpo produciéndole un placer, pero ahora sus privaciones y sufrimientos no obtenían satisfacción, y el intento de satisfacerlos no hacía sino producir nuevas torturas. Y por esto, todos sus deseos se juntaban ahora en un único deseo: librarse de todos sus sufrimientos librándose de su cuerpo, que era el origen de ellos.

Mas, como no encontraba palabras para expresar aquel deseo, continuaba, por costumbre, reclamando la satisfacción de aquellos deseos que no podían ya satisfacerse.

—Volvedme del otro lado –decía. Y a continuación pedía que le pusiesen de nuevo del lado de antes–. Traedme caldo. Llevaos ese caldo. Contadme algo. ¿Por qué calláis? –y en cuanto empezaban a hablar cerraba los ojos y expresaba cansancio, indiferencia y repugnancia.

El décimo día de llegar a la ciudad, Kitty enfermó. Tenía dolor de cabeza y mareo y en toda la mañana no pudo levantarse. El médico afirmó que la enfermedad provenía de fatiga y emociones y le recomendó tranquilidad espiritual.

Pero después de comer, Kitty se levantó y fue como siempre con su labor a la habitación del enfermo.

Él la miró seriamente al verla entrar y sonrió con desagrado cuando Kitty le dijo que se sentía mal.

Todo aquel día el enfermo estuvo sonándose sin cesar y gimiendo. De repente, su rostro se aclaró por un momento y bajo el bigote se dibujó una sonrisa. Las mujeres allí presentes comenzaron a arreglarlo.

—¿Cómo se encuentra? –le preguntó Kitty.

—Me duele –repuso él con dificultad.

—¿Dónde?

—En todas partes.

—Ya verán como hoy se muere –dijo Marie Nicolaevna en voz baja. Pero el enfermo, muy sensible, pudo oírlo, como observó Levin.

Nikolái lo oyó, en efecto, mas tales palabras no le produjeron impresión. Su mirada seguía teniendo la misma expresión concentrada y de reproche.

—¿Por qué piensa usted eso? –le preguntó Levin cuando salió con ella al pasillo.

—Porque ha estado cogiéndose –respondió Marie Nicolaevna.

—¿Qué quiere decir «cogiéndose»?

—Esto –dijo Marie Nicolaevna, tirando de los pliegues de su vestido.

Levin notó que, en efecto, Nikolái se pasaba el día cogiéndose las ropas y tirando de ellas como para arrancárselas.

La predicción de la mujer fue exacta.

Al anochecer, el enfermo ya no tenía fuerzas para alzar las manos y no hacía más que mirar ante sí con reconcentrada expresión en su mirada.

Incluso cuando Kitty y su hermano se inclinaban sobre él de modo que pudiera verles, seguía mirando de la misma manera. Kitty llamó al sacerdote para rezar la oración de los agonizantes.

Mientras el sacerdote recitó la oración, el enfermo no dio señal alguna de vida, pero hacia el final se estiró, suspiró y abrió los ojos. Levin, Katia y Marie Nicolaevna estaban junto a su lecho.

Concluida la oración, el sacerdote tocó la fría frente con el crucifijo, luego la envolvió lentamente en la estola y tras un silencio de un par de minutos tocó la manaza fría y exangüe.

—Ha muerto –dijo el sacerdote.

Y se dispuso a alejarse. Pero entonces los labios de Nikolái se movieron y, claros en el silencio, brotando de las profundidades del pecho, se oyeron unos sonidos decisivos y penetrantes:

—Todavía no... Pronto...

Su rostro se aclaró por un momento y, bajo su bigote, se dibujó una sonrisa. Las mujeres allí presentes comenzaron a arreglarlo.

El aspecto de su hermano y la proximidad de la muerte renovaron en Levin el sentimiento de horror que le invadiera aquella noche de otoño en que Nikolái había llegado a la finca, en el pueblo, ante lo que había de enigmático, de próximo e inevitable en la muerte.

Ahora este sentimiento era más vivo que antes. Se sentía menos capaz aún de penetrar en su misterio y veía su inminencia más terrible aún.

Pero ahora sentía que la proximidad de su mujer le salvaba de la desesperación. A despecho de la muerte, experimentaba la necesidad de vivir y de amar. Sentía que el amor le salvaba y que, bajo aquella amenaza, el amor renacía siempre más fuerte y más puro.

Apenas se produjo ante sus ojos el inescrutable misterio de la muerte, sobrevino otro igualmente insondable: el del amor y la vida.

El médico, confirmando lo que había ya supuesto antes, les comunicó que Kitty estaba encinta.

CAPÍTULO XXI

Desde que Alexey Alexandrovich comprendió por las palabras de Betsy y Oblonsky que lo que se exigía de él era que dejase tranquila a su mujer y no la importunara con su presencia, cosa que también ella deseaba, se sintió tan anonadado que nada pudo decir por sí mismo.

Él mismo no sabía lo que quería y, entregándose en manos de los que tanto placer hallaban en organizar sus asuntos, aceptaba cuanto le proponían.

Únicamente cuando Anna se fue de casa y la inglesa envió a preguntarle si ella debía comer con él o sola, comprendió su situación por primera vez y se horrorizó.

Lo que era peor en su situación es que en modo alguno podía unir y relacionar lo pasado con lo que ahora sucedía. No le atormentaba el recuerdo de aquellos días en que viviera feliz con su mujer, pues el tránsito de aquel pasado y el estado presente de cosas, al saber la infidelidad de ella, lo había sobrepasado con sus sufrimientos, y si bien aquella situación se había hecho penosa para él, también por otra parte, se le había hecho comprensible.

Si en aquel momento, al anunciarle su infidelidad, su mujer le hubiera abandonado, se habría sentido desgraciado y triste pero no en la situación sin salida, inexplicable para él mismo, en que se hallaba en el presente.

Le era imposible de todo punto, ahora, relacionar su reciente perdón, su ternura, su amor a la esposa enferma y a la niña de otro, con lo que le sucedía en aquel momento en que, como recompensa a todo ello, se veía solo, cubierto de oprobio, deshonrado, inútil para todo y objeto del desprecio general.

Los dos primeros días siguientes a la marcha de su mujer, Karenin recibió visitas, vio al encargado del despacho, asistió a la comisión y fue al comedor, como de costumbre.

Sin darse cuenta de por qué lo hacía, concentraba todas las fuerzas de su alma en simular un aspecto tranquilo y hasta indiferente.

Contestando a las preguntas del servicio sobre el destino que debía darse a los efectos y habitaciones de Anna, Alexey Alexandrovich se esforzaba en afectar la actitud de un hombre para quien lo sucedido no tenía nada de imprevisto ni se salía en nada de la órbita de los sucesos corrientes. Y preciso es confesar que lo lograba: nadie pudo descubrir en él el menor síntoma de desesperación.

Al día siguiente de la marcha de Anna, cuando Korney le presentó la cuenta de un almacén de modas que ella olvidara pagar, anunciándole que estaba allí el encargado, Alexey Alexandrovich dio orden de hacerle pasar.

—Perdone, Excelencia, que me permita molestarle. Pero si debo dirigirme a su señora esposa, le ruego que me dé su dirección.

Karenin se quedó pensativo, o así le pareció al menos al encargado, y, de pronto, volviéndose, se sentó a la mesa, permaneció un rato en la misma actitud, con la cabeza entre las manos, y probó a hablar repetidas veces, pero no lo consiguió.

Comprendiendo los sentimientos de su señor, Korney rogó al encargado que volviera otro día.

Una vez solo, Karenin se dio cuenta de que le faltaban las fuerzas para seguir mostrándose firme y tranquilo como se había propuesto.

Dio orden de desenganchar el coche, que le esperaba, dijo que no recibiría a nadie y no salió a comer.

Reconocía que era imposible soportar la presión del desprecio general, la animosidad que leía en el rostro del encargado de la tienda, de Korney y de todos, sin excepción, de cuantos encontraba desde hacía dos días.

Comprendía que no podría hacer frente al odio de la gente concitado contra él, porque tal odio procedía, no de que él hubiera sido malo (en cuyo caso podía procurar ser mejor), sino de que era vergonzosa y despreciablemente desgraciado. Sabía que por lo mismo que su corazón estaba destrozado, la gente no tendría compasión de él. Tenía la impresión de que sus semejantes le aniquilarían como los perros ahogan al animal herido que aúlla de dolor.

Le constaba que su única salvación respecto a la gente consistía en ocultarles sus heridas. Y eso había intentado durante dos días, pero ahora le faltaban las fuerzas para proseguir una lucha tan desigual.

Su desesperación aumentaba con la conciencia que tenía de encontrarse completamente solo con su dolor. Ni en San Petersburgo ni fuera de allí tenía persona alguna a quien pudiera hacer partícipe de sus sentimientos, alguien que pudiese comprenderle, no como a un alto funcionario y miembro del gran mundo, sino simplemente como a un hombre afligido.

Alexey Alexandrovich había crecido huérfano. Eran dos hermanos. No recordaba a su padre y su madre había muerto cuando él no contaba diez años aún. No eran ricos. El tío Karenin, alto funcionario y favorito del Zar en otros tiempos, había cuidado de su educación.

Terminados los cursos en el instituto y la universidad, con diplomas, Alexey Alexandrovich, ayudado por el tío, emprendió una brillante carrera, y a partir de entonces se consagró por entero a la ambición del cargo oficial.

Ni en el instituto, ni en la universidad, ni en el trabajo entabló Karenin amistad con nadie. Su hermano, el más cercano a él en espíritu, empleado en el ministerio de Asuntos Exteriores, que había vivido casi siempre en el extranjero, murió a poco del casamiento de Alexey Alexandrovich.

Siendo Karenin gobernador, la tía de Anna, señora rica de su provincia, se ingenió para poner en relación con su sobrina a aquel hombre que, aunque ya no joven, lo era todavía para gobernador, y le puso en situación que no le quedó otra alternativa que declararse o dejar la ciudad.

Alexey Alexandrovich dudó mucho. Midió todos los aspectos en pro y en contra y observó que no había motivo alguno que le obligase a prescindir de su regla general: la de abstenerse en la duda.

Pero la tía de Anna le hizo saber, mediante un conocido, que había comprometido ya la reputación de la joven y que su deber de caballero le obligaba a pedir su mano. Alexey Alexandrovich lo hizo así, pidió la mano de Anna y le consagró, de novia y de esposa, todo el afecto de que era capaz.

Aquel sentimiento de cariño hacia Anna excluyó de su corazón sus últimas necesidades de mantener relaciones cordiales con los hombres. Y ahora no tenía íntimo alguno entre sus conocidos. Contaba con muchas de las llamadas relaciones, pero no con amistades. Había numerosas personas a las que podía invitar a comer, a participar en algo que le interesase, recomendar a algún protegido suyo, criticar con ellas en confianza a otras personas y a los miembros más destacados del Gobierno, pero las relaciones con esas personas estaban limitadas por un círculo muy definido por las costumbres y las conveniencias y del que era imposible salir.

Tenía, es verdad, un íntimo amigo de la universidad con el que conservó amistad a través del tiempo y con el que habría podido hablar de sus amarguras personales, pero ese amigo era inspector de Enseñanza de un distrito universitario lejano de la capital. De modo que las personas más allegadas y con quienes parecía más posible desahogar su tristeza eran su médico y el jefe de su departamento.

Mijail Vasilievich Sliudin, el jefe de su departamento, era un hombre sencillo, inteligente, bueno y honrado por el que Alexey sentía simpatía y afecto, pero un trabajo continuado en común durante cinco años había levantado entre ellos una barrera que impedía las explicaciones cordiales.

Karenin, al terminar de firmar los documentos, guardó silencio largo rato, mirando a Mijail Vasilievich, a punto de desahogarse con él, pero no se supo decidir. Ya había preparado la frase: «¿Ha oído hablar de lo que me pasa?», pero terminó diciéndole, como siempre:

—Bien, prepáremelo todo para mañana.

Y con esto le despidió.

La otra persona bien dispuesta hacia él, el médico, había acordado un pacto tácito con Karenin: que los dos tenían mucho que hacer y no podían perder tiempo en bagatelas.

En sus amigas, empezando por la condesa Lidia Ivanovna, Karenin no pensó siquiera. Las mujeres, por el hecho de serlo, no despertaban en él sino sentimientos de repulsión.

CAPÍTULO XXII

Karenin olvidaba a la condesa Lidia Ivanovna, pero ella no se olvidaba de él y, en aquel momento de terrible desesperación y soledad, acudió a casa de Alexey Alexandrovich y entró en su despacho sin hacerse anunciar.

Le encontró sentado, con la cabeza entre las manos.

—*J'ai forcé la consigne*[1] –dijo ella, entrando con pasos rápidos y respirando con dificultad por la emoción y por la rapidez de su marcha–. Lo sé todo, Alexey Alexandrovich, amigo mío –continuó, apretando con fuerza la mano de él y poniendo en los de Karenin sus ojos hermosos y pensativos.

Alexey Alexandrovich, con el entrecejo arrugado, se levantó, soltó su mano y le ofreció una silla.

—Haga el favor de sentarse, Condesa. No recibo porque me encuentro mal...

Y sus labios temblaron.

—¡Amigo mío! –repitió la Condesa sin apartar su mirada de él.

De pronto sus cejas se levantaron por su extremo interior formando un triángulo sobre su frente y su rostro amarillo y feo se afeó todavía más, pero Alexey Alexandrovich comprendió que ella le compadecía y que estaba a punto de llorar.

Se sintió conmovido. Cogió la mano regordeta de la Condesa y se la besó.

—Amigo mío –siguió ella, con voz entrecortada por la emoción –no se entregue al dolor. Su pena es muy grande, pero debe consolarse.

—Estoy deshecho, muerto, ya no soy un hombre –respondió Karenin, soltando la mano de la Condesa, sin dejar de mirar sus ojos llenos de lágrimas–. Mi situación es terrible, porque no encuentro en ninguna parte, ni aun en mí mismo, un punto de apoyo.

—Ya lo encontrará... No lo busque en mí, aunque le pido que crea en mi sincera amistad –dijo ella con un suspiro–: Nuestro apoyo es el amor

(1) «He desobedecido la orden».

divino, el amor que Él nos legó... ¡Su carga es fácil!... –agregó con la mirada entusiasta que tan bien conocía Karenin–. Él le ayudará y le socorrerá.

Aunque en tales palabras había aquella exagerada humildad ante los propios sentimientos y aquel estado de espíritu místico, nuevo, exaltado, introducido desde hacía poco en San Petersburgo, y que a Karenin le parecía superfluo, el oír en labios de la Condesa, y en aquel momento, le conmovió.

—Me siento débil, aniquilado. No pude prever nada, y tampoco ahora comprendo nada.

—¡Amigo mío! –repetía Lidia Ivanovna.

—No me apena lo que he perdido, no... No lo siento, pero no puedo dejar de avergonzarme ante la gente de la situación en que me hallo. Es lamentable, pero no puedo, no puedo...

—No fue usted quien realizó aquel acto sublime. ¡Fue Él quien lo dictó a su corazón! ¡Aquel acto de perdón que ha despertado la admiración de todos! –exclamó la condesa Lidia Ivanovna, alzando la vista, exultante–. ¡Por esto no puede usted avergonzarse de su acto!

Alexey Alexandrovich frunció el entrecejo y juntando los dedos comenzó a hacer crujir las articulaciones.

—Es preciso conocer todos los pormenores –dijo con su voz delgada–. Las fuerzas de un hombre tienen su límite, Condesa, y yo he llegado al de las mías. Todo el día de hoy he tenido que dar órdenes en casa, derivadas –recalcó la palabra «derivadas»– de mi nuevo estado de hombre solo. Los criados, la institutriz, las cuentas... Este fuego minúsculo me ha abrasado y no puedo más. Ayer mismo, durante la comida... casi abandoné la mesa. No podía sostener la mirada de mi hijo. No me preguntaba qué era lo que había pasado, pero quería preguntármelo y no me atrevía a mirarle... y aun esto no es todo...

Karenin iba a hablar de la cuenta que le habían llevado, pero su voz tembló y se interrumpió. El recordar aquella cuenta en papel azul, por un sombrero y unas cintas, le fue tan penoso que sintió lástima de sí mismo.

—Comprendo, amigo mío –dijo la condesa Lidia Ivanovna–. Lo comprendo. Espero que usted reconozca la sinceridad de mis sentimientos hacia usted. En todo caso, solo he venido para ofrecerle mi ayuda, si en algo le puedo ayudar. ¡Si pudiera librarle de esas pequeñas y humillantes preocupaciones!... Lo que hace falta aquí es una mujer, una mano femenina. ¿Permite que me encargue de ello?

Karenin, en silencio, le apretó la mano con gratitud.

—Ocupémonos de Seriozha. Yo no estoy fuerte en asuntos prácticos, pero lo haré. Seré su ama de llaves. No me lo agradezca. No soy yo quien lo hago.

—No puedo dejar de agradecerle…

—Y ahora, amigo mío, no se entregue al sentimiento de que me ha hablado, no se avergüence de lo que representa el más alto grado de la perfección cristiana. «Los que se humillan, serán ensalzados». Y no me agradezca nada. Hay que agradecérselo todo a Él y pedir su ayuda. Solo en Él encontraremos calma, consuelo, salvación y amor –dijo ella, alzando los ojos al cielo. Y Karenin, de su silencio, dedujo que rezaba. Alexey Alexandrovich la había escuchado atentamente, y las mismas expresiones que antes, si no desagradables, le parecían superfluas, ahora le resultaban naturales y consoladoras. Cierto que no le placía la exageración puesta de moda en aquellos días. Era un creyente que se interesaba por la religión ante todo en el sentido político, y la nueva doctrina, que permitía ciertas interpretaciones nuevas abriendo la puerta a discusiones y análisis, le era desagradable por principio.

Antes le habló de ella con frialdad y hasta con aversión, nunca discutía con la Condesa, una de las más fervientes adeptas, y contestaba siempre con un silencio obstinado a todas sus insinuaciones. Pero hoy escuchaba todas sus palabras con placer, sin que se levantara en su alma la menor objeción.

—Le estoy infinitamente agradecido, tanto por lo que hace como por sus palabras –le dijo cuando ella acabó de rezar.

La condesa Lidia Ivanovna estrechó una vez más las dos manos de su amigo.

—Ahora empezaremos a obrar –dijo, tras un silencio, secándose los restos de sus lágrimas.

Y prosiguió:

—Voy a ver a Seriozha. Solo en caso de extrema necesidad apelaré a usted.

Y dicho esto, se levantó y salió.

Subió al cuarto de Seriozha y, cubriendo de lágrimas las mejillas del asustado niño, le dijo que su padre era un santo y que su madre había muerto.

La Condesa cumplió lo prometido, tomando sobre sí todas las preocupaciones relacionadas con la casa.

Mas no había exagerado al decir que no estaba fuerte en asuntos prácticos.

Cuantas órdenes daba tenía que rectificarlas después por imposibles de cumplir. Korney, el criado de Karenin, sin que nadie lo observase, era el que ahora llevaba en realidad la dirección de la casa de su amo, y era también él quien anulaba las órdenes de la Condesa.

Pero, con todo, la ayuda de Lidia Ivanovna era efectiva: dio un apoyo moral a Alexey Alexandrovich en la conciencia del cariño y el respecto que sentía por él, y, sobre todo, en el hecho de que ella le hubiese convertido, de creyente frío a indiferente, en un adepto de la nueva doctrina cristiana tan en boga últimamente en San Petersburgo, lo que le proporcionaba un gran consuelo. La conversión no fue nada difícil, ya que él, como Lidia Ivanovna y otros que compartían tales ideas, carecían por completo de profundidad y de imaginación, facultad en virtud de la cual las mismas representaciones de la imaginación exigen, para hacerse aceptar, una cierta verosimilitud.

No le parecía imposible y absurdo que la muerte eterna, existente para los incrédulos, no existiera para él, y que, una vez poseedor de la fe completa, de la que él mismo era juez, su alma se hallase libre de pecado y tuviese, aun en vida, la certeza de la salvación.

Cierto que Alexey Alexandrovich sentía vagamente la ligereza y error de tal doctrina. Sabía que cuando perdonó a su mujer, sin pensar que lo hacía obedeciendo a una fuerza superior, se entregó a tal sentimiento por completo y experimentó más felicidad que ahora que pensaba a cada momento que Cristo estaba en su alma y que él cumplía su voluntad incluso cuando firmaba documentos. Pero ahora le era necesario pensar así, sentir en su humillación aquella elevación imaginaria desde la que, despreciado por los demás, podía despreciarlos a su vez, aferrándose a su quimérica salvación, como si fuese verdadera.

CAPÍTULO XXIII

A la condesa Lidia Ivanovna la habían casado con un hombre rico, noble, más bueno que noble y más libertino que bueno. Ella era entonces una muchacha muy joven aún y de naturaleza exaltada. Al segundo mes, su marido la dejó, respondiendo a sus efusiones de ternura con la burla y hasta muchas veces con una hostilidad que los que conocían el buen corazón del Conde y no veían defecto alguno en el carácter entusiasta de Lidia, no podían comprender. Desde entonces, aunque no divorciados, vivían aparte, y cuando el marido hallaba a su mujer la trataba con una emponzoñada ironía cuya causa era difícil comprender.

Hacía tiempo que la Condesa había dejado de amar a su marido, pero desde entonces siempre había estado enamorada de alguien. Con frecuencia estaba enamorada de varias personas a la vez, tanto de hombres como de mujeres, generalmente de los que destacaban por una determinada actividad. Se enamoraba de cuantos nuevos príncipes y princesas emparentaban con la familia imperial. Ahora estaba enamorada de un arzobispo, de un vicario, de un cura, de un periodista, de un eslavófilo, de Komisarov, de un ministro, de un médico, de un misionero inglés y de Karenin.

Todos esto amores, con sus alternativas de entusiasmo o enfriamiento, no le impedían sostener las más complicadas relaciones con la Corte y el mundo distinguido. Pero desde que, a raíz de la desgracia de Karenin, comenzó a ocuparse del bienestar de este, Lidia Ivanovna comprendió que ninguno de aquellos amores era verdadero y que solo estaba en realidad enamorada de Alexey Alexandrovich.

El sentimiento que experimentaba por él le parecía más fuerte que todos los precedentes. Analizándolo y comparándolo con aquellos, veía claramente que no se habría enamorado de Komisarov si este no hubiese salvado la vida del Zar, ni de Ristich Kudjizky de no existir la cuestión eslava, mientras que amaba a Karenin por sí mismo, por su alma elevada e incomprendida, por el querido sonido de su fina voz, de prolongadas entonaciones, por su mirada cansada, por su carácter, por sus manos blancas de hinchadas venas.

No solo se alegraba al verle, sino que buscaba en el rostro de él las muestras de la impresión que ella suponía que debía producirle. Quería agradarle no solo por su conversación, sino también por su persona.

En obsequio a Karenin, cuidaba más su apariencia y se complacía en forjarse ilusiones sobre lo que habría podido pasar de no estar ella casada y de ser él libre.

Cuando él entraba en la estancia, se ruborizaba de emoción, y no podía reprimir una sonrisa de gozo cuando le decía algo agradable.

Estos últimos días se había enterado de que Anna y Vronsky estaban en San Petersburgo, y la Condesa vivía sus días de más intensa emoción. Tenía que salvar a Karenin impidiéndole ver a Ana; incluso debía evitarle la penosa noticia de que aquella terrible mujer se hallaba en la misma ciudad que él y donde en cada momento podía encontrársela.

Lidia Ivanovna, mediante sus conocidos, se informaba de lo que pensaba hacer aquella «gente asquerosa», como llamaba a Anna y Vronsky, y procuró durante aquellos días orientar todos los movimientos de su amigo de modo que no se los encontrara.

Un joven ayudante de regimiento que facilitaba a Lidia Ivanovna las noticias de cuanto Vronsky hacía, a cambio de una recomendación que esperaba de ella, le dijo que Anna y Vronsky, arreglados sus asuntos, se disponían a partir al día siguiente.

Lidia Ivanovna empezaba, pues, a tranquilizarse, cuando al día siguiente recibió una carta cuya letra reconoció enseguida: era de Anna.

El sobre era grueso como un libro, y la carta, escrita en papel oblongo y amarillo, estaba muy perfumada.

—¿Quién la ha traído? –preguntó la Condesa.

—El criado de un hotel.

Lidia Ivanovna no pudo sentarse durante un rato para leer la carta. La emoción le produjo hasta un ataque del asma que padecía.

Una vez calmada, leyó la siguiente misiva en francés:

«Madame la Comtesse:

»Los sentimientos cristianos de su corazón me animan al imperdonable impulso de escribirle. La separación de mi hijo me hace muy desgraciada. Le ruego que me permita verle por una vez antes de marchar. Perdóneme que le recuerde mi existencia. Me dirijo a usted y no a Alexey Alexandrovich, porque no quiero hacer sufrir a ese hombre generoso con un recuerdo mío. Conozco su amistad hacia Alexey Alexandrovich y sé que usted me comprenderá. ¿Me enviará usted a Seriozha?, ¿voy yo a verle a la hora que usted me fije, o bien preferiría indicarme usted cuándo y dónde puedo verle fuera de casa?

»Conociendo la grandeza de alma de aquel de quien depende la decisión de este asunto, estoy segura de que no se me negará. No puede usted imaginar el deseo que tengo de ver a mi hijo. Y por eso no puede usted figurarse la gratitud que despertará en mí su ayuda.

»Anna».

Todo en aquella carta irritaba a Lidia Ivanovna: el contenido, la alusión a la grandeza de alma de Karenin y el tono desenvuelto con que parecía estar escrita.

—Diga que no hay contestación –ordenó la Condesa.

Y enseguida se fue al escritorio y redactó un billete para Karenin diciéndole que esperaba hallarle a la una en la recepción de Palacio.

«Necesito hablarle de un asunto grave y doloroso. Allí nos pondremos de acuerdo sobre dónde podemos vernos. Más vale que sea en mi casa donde ordenaré que prepararen "su té". Es indispensable que nos veamos. Él nos da la cruz y las fuerzas para soportarla», añadió, a fin de prepararle poco a poco.

Generalmente, la Condesa enviaba dos o tres billetes al día a Karenin. Le agradaba este procedimiento por estar para ella rodeado de cierta distinción y misterio de los que carecían las comunicaciones personales.

CAPÍTULO XXIV

La recepción de Palacio había terminado.

Al marchar, todos comentaban las últimas noticias, los honores otorgados y los cambios de destino de varios altos funcionarios.

—¿Qué diría usted si a la condesa Marie Borisvna le hubieran dado el ministerio de la Guerra y nombrado jefe de Estado Mayor a la princesa Vatkovskaya? –decía un anciano de uniforme bordado en oro a una dama de honor, alta y bella, que le preguntaba por los nuevos nombramientos.

—Que en este caso me habrían debido de nombrar a mí ayudanta de regimiento –repuso, sonriendo, la dama de honor.

—Para usted hay otro destino: el ministerio de Cultos, con Karenin como ayudante. Y el anciano saludó a un hombre que se acercaba:

—Buenos días, Príncipe.

—¿Qué decían de Karenin? –preguntó el Príncipe.

—Que él y Putiakov han recibido la condecoración de Alejandro Nevsky.

—¿No la tenía ya?

—No. Mírenle –dijo el anciano.

Y mostró con su sombrero bordado a Karenin, en uniforme de corte, con una nueva banda cruzada al hombro, que se había parado en una de las puertas de la sala con un alto miembro del Consejo Imperial.

—Se siente feliz y satisfecho como una moneda nueva –añadió el anciano apretando la mano de un arrogante chambelán que llegaba.

—Ha envejecido mucho –repuso el chambelán.

—Las preocupaciones... Siempre está redactando proyectos... Ahora, al desgraciado que atrapa no le suelta hasta habérselo explicado todo, punto por punto.

—¿Dice que ha envejecido? Claro. *Il fait des passions.* (1) Creo que la condesa Lidia Ivanovna tiene ahora celos de su mujer.

—Vamos, no hable mal de Lidia Ivanovna...

—¿Es malo que esté enamorada de Karenin?

—¿Es cierto que está aquí la Karenina?

---

(1) «Todavía es capaz de inspirar pasiones».

—Aquí, en Palacio, no, pero sí en San Petersburgo. La encontré con Vronsky en la calle Morskaya, *bras dessus, bras dessous*[1]...

—*C'est un homme qui n'a pas*[2]... –comenzó el chambelán.

Pero se detuvo para dejar paso y saludar a un personaje de la familia imperial. Mientras así hablaban de Karenin, criticándole y burlándose de él, este, cerrando el paso al miembro del Consejo Imperial de quien se había apoderado, no interrumpía ni por un momento la explicación de su proyecto financiero a fin de que no pudiese marcharse.

Casi por los mismos días en que su mujer le dejó, a Karenin le sucedió lo peor que puede ocurrirle a un funcionario: el dejar de ascender en la escala de su Ministerio.

Era un hecho real, y todos, menos él, veían claramente que su carrera había terminado.

Fuera por su lucha con Stremov, por la desgracia sufrida con su mujer, o simplemente porque hubiese llegado al límite que había de alcanzar, aquel año era evidente para todos que no lograría ya ningún ascenso en el servicio.

Cierto que aún ocupaba un cargo elevado y que era miembro de muchos consejos y comisiones, pero se le consideraba un hombre acabado del que nadie esperaba nada ya.

Escuchaban cuanto hablaba y proponía como si fuera cosa conocida hacía mucho tiempo e innecesaria. Mas él no lo notaba y, por el contrario, viéndose alejado de la actividad directa de la máquina gubernamental, apreciaba más claramente los defectos y errores en la actividad ajena y consideraba un deber mostrar los medios de corregirlos.

A poco de separarse de su mujer, escribió una memoria sobre los nuevos tribunales, la primera de toda una larga serie, que nadie le había pedido, sobre los diversos aspectos de la administración.

Alexey Alexandrovich no solo no se daba cuenta de su situación en el mundo burocrático, lo que pudiera haberle afligido, sino que estaba más satisfecho que nunca de sus actividades.

«El casado se preocupa de las cosas mundanas y de cómo hacerse más agradable a su mujer, pero el no casado se preocupa de las cosas de Dios y de cómo servirle mejor», dice el apóstol San Pablo. Alexey Alexandrovich, que ahora se guiaba en todo por la Santa Escritura, recordaba a menudo aquel texto. Parecíale que, desde que le abandonara su esposa, servía mejor que antes al Señor en todos sus proyectos.

---

(1) «Agarrados del brazo...».

(2) «Se trata de un hombre que no tiene...».

La evidente impaciencia que mostraba el miembro del Consejo no molestaba a Karenin. Y no interrumpió sus explicaciones hasta que aquel, aprovechando que pasaba un miembro de la familia imperial, se le escapó.

Una vez solo, Karenin bajó la cabeza, se absorbió en sus pensamientos y miró distraídamente a su alrededor. Luego se dirigió hacia donde esperaba hallar a Lidia Ivanovna.

«¡Qué sanos están y qué robustos son todos!», pensó Karenin mirando al chambelán de buen porte y bien peinadas patillas y al príncipe de rojo cuello oprimido en el uniforme, junto a los que debía pasar. «Con razón dicen que todo va mal en el mundo», se dijo, mirando otra vez de reojo las piernas del chambelán.

Y moviendo los pies lentamente, con su habitual aspecto de fatiga y dignidad, Alexey Alexandrovich saludó a aquellos dos hombres que hablaban de él y buscó con los ojos, en la puerta, a la condesa Lidia Ivanovna.

—Alexey Alexandrovich –le dijo el anciano, con un brillo maligno en los ojos, cuando Karenin pasó ante él, saludándole con una fría inclinación de cabeza–, todavía no le he felicitado.

Y señaló la condecoración.

—Gracias –contestó Karenin–. Hoy hace un día muy hermoso –añadió, subrayando, como acostumbraba, la expresión «hermoso».

Sabía que se burlaban de él, pero como no esperaba de ellos otra cosa, se mostraba perfectamente indiferente.

Al ver los amarillentos hombros de Lidia Ivanovna emergiendo del corsé –la Condesa llegaba en aquel instante a la puerta–, al ver sus hermosos ojos pensativos que le llamaban, Karenin sonrió mostrando sus dientes blancos y fuertes y se acercó a ella.

Lidia Ivanovna –como siempre le sucedía últimamente– había tardado mucho en vestirse. El fin que perseguía haciéndolo con tanto esmero era ahora distinto del de treinta años atrás. Entonces lo que quería era embellecerse con lo que fuera y cuanto más mejor. Ahora, por el contrario, había de adornarse forzosamente de modo que no correspondía a sus años y aspecto, y debía, por tanto, preocuparse de que el contraste de su atavío con su apariencia no fuera demasiado ostensible. Por lo que respecta a Karenin lo había conseguido; él, no solo no lo notaba, sino que la encontraba incluso atractiva.

Para Alexey Alexandrovich la Condesa era, en el mar de enemistad y burla que le rodeaba, la única isla de buena disposición y hasta de amor hacia él.

A lo largo de toda una hilera de miradas irónicas, los ojos de Alexey Alexandrovich se dirigían a la enamorada mirada de ella con tanta naturalidad como una planta hacia la luz.

—Le felicito –dijo ella indicándole la banda.

Karenin, conteniendo una sonrisa de placer, se encogió de hombros y cerró los ojos, como dando a entender que tal cosa no le importaba. Sin embargo, la Condesa sabía que él, aunque no lo confesara, hallaba en ello sus principales alegrías.

—¿Cómo está nuestro ángel? –preguntó Lidia Ivanovna, aludiendo a Seriozha.

—No puedo decir que esté muy contento de él –repuso Karenin, arqueando las cejas y abriendo los ojos–. Tampoco Sitnikov lo está.

Sitnikov era el profesor a quien estaba confiada la educación de Seriozha.

—Como ya le he dicho, en Seriozha hay cierta indiferencia hacia las cuestiones fundamentales que deben interesar el espíritu de todos los hombres y de todos los niños –siguió Alexey Alexandrovich, tratando de lo único que le interesaba después del servicio: la educación de su hijo.

Cuando Karenin, ayudado por la Condesa, volvió a la vida activa, lo primero en que hubo de pensar fue en la educación de aquel hijo que había quedado a su cuidado.

No habiéndose ocupado nunca antes de problemas de educación, Alexey Alexandrovich consagró algún tiempo al estudio teórico del asunto. Después de leer varios libros antropológicos, pedagógicos y didácticos, elaboró un plan de educación y, buscando al mejor profesor de San Petersburgo para instruir al niño, comenzó la obra, que le preocupaba constantemente.

—Pero ¿y su corazón? Yo encuentro en el niño el corazón de su padre, y con un corazón así no puede ser malo –dijo la Condesa afectuosamente.

—Tal vez tenga razón... En cuanto a mí, cumplo mi deber. No puedo hacer otra cosa.

—Venga a mi casa –dijo Lidia Ivanovna tras un largo silencio–. Tenemos que hablar de algo muy penoso para usted. Yo lo habría dado todo por librarle de ciertos recuerdos, pero otros no opinan así. He recibido una carta de ella. Está aquí, en San Petersburgo.

Karenin se estremeció al oír aludir a su mujer, pero enseguida se dibujó en su rostro la impasibilidad que expresaba su completa impotencia en aquel asunto.

—Lo esperaba –dijo.

La condesa Lidia Ivanovna lo miró extasiado. Lágrimas de admiración ante la grandeza de alma de aquel hombre asomaron a sus ojos.

CAPÍTULO XXV

Cuando Karenin entró en el pequeño y acogedor gabinete de la Condesa, lleno de porcelanas antiguas y con las paredes cubiertas de retratos, la dueña no se hallaba aún allí. Estaba cambiándose de traje. Sobre la mesa redonda había un mantel, un servicio de china y una tetera de plata que funcionaba con alcohol.

Karenin miró, distraído, los innumerables y bien conocidos retratos que ornaban el gabinete y, sentándose a la mesa, abrió el Evangelio que había en ella.

El roce del vestido de seda de la Condesa le distrajo de su ocupación.

—Ahora sentémonos tranquilamente –dijo ella, sonriendo, al pasar con prisas entre la mesa y el diván–. Y hablaremos durante el té.

Tras una palabras preparatorias, respirando con dificultad y ruborizándose, Lidia Ivanovna entregó a su amigo la carta que recibiera.

Él la leyó y luego guardó un prolongado silencio.

—Creo que no tengo derecho a negarle esto –dijo con timidez, alzando la vista.

—Usted no ve mal en nada, amigo mío.

—Por el contrario, todo me parece mal. Pero ¿es justo esto?

Su rostro expresaba indecisión, súplica de consejo, ayuda y orientación en aquel asunto que no sabía resolver.

—¡No! –interrumpió la Condesa–. Todo tiene sus límites. Comprendo la inmoralidad –no era sincera del todo, ya que nunca había comprendido lo que lleva a las mujeres a la inmoralidad–, pero la crueldad, no. ¿Y con quién? ¿Con usted…? ¿Es posible que ose habitar en la misma ciudad que usted? Nunca se es demasiado viejo para aprender. Ahora empiezo a comprender su superioridad y la bajeza de ella.

—¿Quién puede tirar la primera piedra? –repuso Karenin, visiblemente satisfecho de su papel–. La he perdonado todo y no puedo privarla de una exigencia de su amor… su amor hacia su hijo.

—¿Amor realmente, amigo mío? ¿Es sincero eso? Supongamos que usted la ha perdonado y la perdona. Pero, ¿tenemos derecho a influir en el alma de ese ángel? Él imagina que su madre está muerta, reza por ella y pide a Dios que le perdone sus pecados. Y más vale que sea así… ¿Qué va a pensar el niño ahora?

—No sé –contestó Karenin visiblemente conturbado.

La Condesa se cubrió el rostro con las manos y calló. Rezaba.

—Si quiere usted oír mi consejo –dijo después de haber rezado, descubriéndose el rostro– le diré que no le recomiendo que haga tal cosa. ¿Acaso no veo cómo sufre usted, cómo sangran de nuevo sus heridas? Admitamos que prescinda usted de sí mismo, pero esto, ¿a qué le conduciría? A nuevos sufrimientos para usted y torturas para el niño. Si quedase en ella algo humano, ella misma lo debería desear. Así se lo aconsejo sin vacilaciones. Si me lo permite, le escribiré.

Karenin consintió y Lidia Ivanovna escribió, en francés, la siguiente carta:

> «Señora:
>
> »El hacer que su hijo la recuerde puede provocar en él preguntas imposibles de contestar sin despertar en el alma del niño sentimientos reprobatorios de lo que debe ser sagrado para él. Le ruego por eso que considere la negativa de su marido en un sentido de amor cristiano.
>
> »Ruego a Dios Omnipotente que sea misericordioso con usted.
>
> »La Condesa Lidia».

La carta obtuvo el secreto fin que la Condesa se ocultaba incluso a sí misma: ofender a Anna en lo más profundo de su alma.

En cuanto a Karenin, al volver de casa de la Condesa, no pudo aquel día entregarse a sus ocupaciones habituales con la tranquilidad de ánimo propia de un creyente salvado, tal como antes se sentía.

El recuerdo de su mujer, tan culpable ante él, y ante la que se había conducido como un santo, como con razón decía Lidia Ivanovna, no habría debido turbarle, pero a pesar de todo no se sentía tranquilo, no comprendía el libro que estaba leyendo, no podía alejar de sí la evocación torturadora de sus relaciones con ella, de las faltas que con respecto a Anna le parecía haber cometido.

El recuerdo de cómo recibiera, volviendo de las carreras, la confesión de su infidelidad le atormentaba como un remordimiento, en especial al acordarse de que él únicamente le había pedido que guardase las apariencias y al pensar en que no había desafiado a Vronsky.

También le torturaba el recuerdo de la carta que le escribiera entonces, sobre todo, el perdón que le había concedido, perdón completamente estéril, y el recuerdo de los cuidados dedicados a la hija de otro, que hacía arder su corazón de vergüenza y arrepentimiento.

El mismo sentimiento de vergüenza y arrepentimiento experimentaba ahora al evocar su pasado con ella y las torpes palabras con que, tras larga indecisión, había pedido su mano.

«¿Qué culpa tengo yo?», se preguntaba.

Tal pregunta motivaba siempre otra: ¿cómo sienten, aman y se casan hombres como Vronsky, Oblonsky o aquel chambelán de gruesas piernas?

Y recordaba toda una procesión de hombres de aquellos, fuertes, vigorosos, seguros de sí mismos, que siempre despertaban en todas partes su curiosa atención.

Apartaba de sí tales pensamientos, tratando de convencerse de que no vivía para la existencia terrena, pasajera, sino para la eterna, y que en su alma reinaban la paz y el amor.

Mas el hecho de que en tal vida, pasajera a insignificante según le parecía, hubiera cometido algunos errores le atormentaba tanto como si no existiese la salvación eterna en que creía. La tentación duró, no obstante, poco, y de nuevo se restableció en el alma de Karenin la tranquilidad y elevación gracias a las cuales podía olvidar lo que no deseaba recordar para nada.

Capítulo XXVI

—Kapitonich –dijo Seriozha, colorado y alegre, al volver de pasear la víspera del día de su cumpleaños, entregando su abrigo al viejo portero, que le sonrcía desde lo alto de su gran figura–. ¿Ha venido hoy aquel empleado de la mejilla vendada? ¿Le ha recibido papá?

—Le recibió, señorito. En cuanto salió el secretario, le anuncié –dijo el portero, guiñando jovialmente el ojo–. Déjeme que le ayude a quitarse…

—Seriozha –dijo el preceptor eslavo, parándose en la puerta que daba a las habitaciones interiores–. Quítese usted mismo los zapatos.

Aunque Seriozha oyó la voz débil del preceptor, no le hizo caso. De pie, mientras se agarraba al cinturón del portero para no caerse, le miraba el rostro.

—¿Y le concedió papá lo que necesitaba?

Kapitonich hizo con la cabeza una señal afirmativa.

Tanto Seriozha como el portero se interesaban por aquel empleado, que había ido allí ya siete veces a pedir no se sabía qué a Alexey Alexandrovich.

El niño se lo había encontrado en el vestíbulo y oyó cómo suplicaba con voz lastimera al portero que le anunciase, diciendo que a él y a sus hijos no les quedaba otro recurso que dejarse morir.

Seriozha se encontró al funcionario otra vez y, a partir de entonces, se interesó por él.

—¿Y estaba muy alegre? –preguntó.

—Figúrese. Salía casi saltando...

—¿Han traído algo? –preguntó Seriozha, después de una pausa.

—Una cosa de la Condesa, señorito –dijo el portero en voz baja.

Seriozha comprendió enseguida que aquello de que hablaba el portero era el regalo que Lidia Ivanovna le hacía por su cumpleaños.

—¿Dónde está?

—Korney se lo llevó a papá. Debe de ser una cosa muy buena.

—¿Cómo es de grande? ¿Así?

—Algo menos, pero muy buena...

—¿Un libro?

—No, otra cosa... Ande, ande, le está llamando Vasili Lukich –dijo el portero al oír los pasos del preceptor, que se acercaba, y mientras se libraba suavemente de la manita cubierta a medias con un guante azul, que se asía a su cinturón, y señalaba con la cabeza a Lukich.

—Voy enseguida, Vasili Lukich –dijo Seriozha con la sonrisa alegre y afectuosa que desarmaba siempre al severo preceptor.

Seriozha estaba demasiado alegre y se sentía demasiado feliz para no compartir con el portero la satisfacción familiar de que le había informado en el jardín de Verano la sobrina de la condesa Lidia Ivanovna.

Tal alegría le parecía particularmente importante, sobre todo por coincidir con la del humilde funcionario y la que le proporcionaba la idea de los juguetes que le habían traído. A Seriozha le parecía que en este día todos habían de estar alegres y satisfechos.

—¿Sabes que papá ha recibido la condecoración de Alejandro Nevsky?

—Sí. Ya han venido a felicitarle.

—¿Y está contento?

—¡Cómo no va a estar contento recibiendo esa condecoración del Zar? Eso significa que lo merece –repuso el portero, severo y grave.

Seriozha quedó pensativo y escudriñó el conocido rostro del portero hasta en sus menores detalles, en especial su barbita entre las dos patillas, en la que nadie reparaba excepto Seriozha, que la miraba siempre desde abajo.

—¿Hace mucho que no te visita tu hija?

La hija del portero era bailarina en el Teatro Imperial.

—Entre semana no puede venir. También ellas estudian. Y usted tiene que estudiar igualmente. Váyase, señorito.

Entrando en la habitación, Seriozha, en vez de sentarse a estudiar, expresó al maestro su suposición de que lo que le habían regalado debía de ser una máquina. —¿Qué piensa usted? –le preguntó.

Vasili Lukich solo pensaba que tenía que estudiar la lección de gramática, porque el profesor llegaba a las dos.

—Dígame, Vasili Lukich –suplicó el niño, ya sentado a la mesa de estudio, con el libro en la mano–: ¿qué condecoración hay más importante que la de Alejandro Nevsky? ¿Sabe usted que se la han otorgado a papá?

Vasili Lukich contestó que la condecoración superior era la de Vladimiro.

—¿Y más que esa?

—La de San Andrés Pervosvanny es superior a todas.

—¿Y no hay otra más alta?

—No lo sé.

—¿Cómo? ¿Tampoco usted lo sabe?

Seriozha, apoyando los codos en la mesa, se quedó pensativo. Sus pensamientos eran complejos y varios. Imaginaba que su padre iba a recibir de repente las condecoraciones de San Andrés y Vladimiro y que, en consecuencia, se mostraría mucho más indulgente para la lección de hoy; pensaba que cuando fuera mayor, recibiría él también todas aquellas condecoraciones y asimismo las que se crearan superiores a la de Andrés. Apenas las crearan, Seriozha las merecería. Y si las creaban más altas aún, también él había de obtenerlas al punto.

Pensando así pasó el tiempo y, cuando llegó el profesor, la lección de tiempo, lugar y modo no estaba estudiada, y el profesor quedó, no solo descontento, sino hasta triste, ya que hizo afligirse al niño.

No se creía culpable de no haber estudiado la lección, ya que, a pesar de todo su deseo, no había podido hacerlo.

Mientras su maestro había estado con él, le parecía entender, pero en cuanto se quedó solo no pudo recordar ni entender más que una frase tan breve y obvia como que «de repente» era un modo adverbial; aunque comprendió, en todo caso, que había disgustado al maestro.

Escogió un momento en que el profesor miraba, en silencio, el libro.

—Mijail Ivanovich, ¿cuándo es su santo? –le preguntó bruscamente.

—Mejor sería que atendiese usted a sus lecciones. El día del santo de uno no tiene importancia para una persona inteligente. Es un día como otro cualquiera en el que hay que trabajar como siempre.

Seriozha miró atentamente al profesor, examinó su barba rala, sus lentes que descendían más abajo de la señal que le hacían sobre la nariz, y se quedó tan hundido en sus reflexiones que no entendió ya nada de lo que le explicaba.

Se hacía cargo de que el profesor no pensaba lo que decía, y lo adivinaba por el tono en que habían sido pronunciadas aquellas palabras.

«¿Por qué se habrán puesto todos de acuerdo en hablar de un modo aburrido e inútil? ¿Por qué me rechaza? ¿Por qué no me quiere?».

Así se preguntaba con tristeza sin hallar contestación.

CAPÍTULO XXVII

A esta lección seguía la de su padre. Mientras él venía, Seriozha se sentó a la mesa, jugueteando con el cortaplumas y pensando. En el número de las ocupaciones predilectas de Seriozha figuraba la de buscar a su madre en el paseo. No creía en la muerte en general, ni en particular en la de su madre, aunque Lidia Ivanovna se lo dijera y papá se lo hubiera confirmado. Por eso, aun después de decirle que había muerto, cuantas veces salía a pasear continuaba buscándola.

Cualquier mujer graciosa, de cabellos oscuros, le parecía su madre. En cuanto veía una mujer así, se elevaba en él un sentimiento tan dulce que se ahogaba, y las lágrimas le acudían a los ojos. Esperaba que ella, en aquel momento, se acercase a él y se levantase el velo. Vería todo su rostro sonreírle, la abrazaría, percibiría su perfume y la suavidad de su mano y lloraría de dicha, como una noche en que se tendió a sus pies y ella le hacía cosquillas y él reía mordiéndole su blanca mano llena de sortijas.

Cuando supo casualmente por el aya que su madre no había muerto y que su padre y Lidia Ivanovna se lo habían dicho así porque ella era mala (en lo cual él, como la quería tanto, no creyó en modo alguno), siguió esperándola y buscándola todavía con más ahínco.

Hoy, en el Jardín de Verano, había visto una señora alta, con velo lila, a la que había seguido con la mirada, sintiendo el corazón estremecido, pensando que era ella, mientras la estuvo viendo avanzar a su encuentro por el caminito.

Pero la señora no llegó a su lado y desapareció no se sabía por dónde. Y hoy Seriozha sentía más cariño que nunca hacia su madre y, mientras esperaba a su padre, sin darse cuenta, rayó con el cortaplumas todo el borde de la mesa, mirando ante sí con ojos brillantes y pensando en ella.

—Ya viene su papá –interrumpió Vasili Lukich.

Seriozha se levantó de un salto, corrió hacia su padre y, después de besarle la mano, le miró atentamente, esperando descubrir en su rostro señales de alegría relativas a la condecoración de Alexandr Nevsky.

—¿Te has divertido en el paseo? –preguntó Karenin, sentándose en su butaca, acercando la Biblia y abriéndola.

Aunque Alexey Alexandrovich decía a menudo a Seriozha que todo cristiano debe conocer bien la Historia Sagrada, él mismo solía consultar la Biblia a menudo, y su hijo no dejaba de observarlo.

—Sí, me divertí mucho, papá –repuso el niño, sentándose de lado en la silla y balanceándola, lo cual le estaba prohibido–. He visto a Nadenka –se refería a una sobrina de Lidia Ivanovna que vivía en casa de esta– y me ha dicho que le han dado a usted una nueva condecoración. ¿Está usted satisfecho, papá?

—Ante todo, no te balancees así –repuso su padre–. Y luego, lo que debe agradar es el trabajo y no su recompensa. Desearía que te fijaras mucho en esto. Si trabajas y estudias tus lecciones solo por el premio, el trabajo te parecerá muy pesado. Pero cuando trabajes por amor al trabajo, hallarás en él la mejor recompensa.

Alexey Alexandrovich hablaba así recordando cómo se había sostenido a sí mismo con la idea del deber durante el aburrido trabajo de aquella mañana, consistente en firmar ciento dieciocho documentos.

El dulce y alegre brillo de los ojos de Seriozha se apagó y bajó la vista al encontrar la de su padre. Aquel tono, bien conocido, era el que empleaba siempre con él y Seriozha sabía cómo debía acogerlo. Su padre le hablaba como dirigiéndose a un niño imaginario –o así le parecía a Seriozha–, a un niño como los que se hallan en los libros y a los que Seriozha no se parecía en nada.

Pero el niño procuraba entonces fingir que era uno de aquellos niños de los libros.

—Espero que lo comprendas –concluyó su padre.

—Sí, papá –respondió Seriozha, fingiendo ser aquel niño imaginario.

La lección consistía en escribir de memoria algunos versículos del Evangelio y en dar un repaso al Antiguo Testamento.

Seriozha conocía bastante bien los versículos del Evangelio, pero ahora, mientras los recitaba, se fijó en el hueso de la frente de su padre y, al observar el ángulo que formaba con la sien, el chiquillo se confundió en los versículos y el final de uno lo colocó en el principio de otro que empezaba con la misma palabra.

Karenin notó que el niño no comprendía lo que estaba diciendo y se irritó.

Arrugó el entrecejo y empezó a decir lo que Seriozha había oído ya cien veces y no podía recordar por comprenderlo demasiado bien, al estilo de la frase «de repente», que era un modo adverbial.

Miraba, pues, a su padre con asustados ojos pensando solo en una cosa: en sí le obligaría a repetir lo que decía ahora, como sucedía a veces.

Pero su padre no le hizo repetir nada y pasó a la lección del Antiguo Testamento. Seriozha recitó bien los Hechos, pero cuando pasó a explicar la significación profética que tenían algunos, manifestó una total ignorancia, a pesar de que ya había sido otra vez castigado por no saber la misma lección.

Y cuando no pudo ya contestar absolutamente nada y se quedó parado, rayando la mesa con el cortaplumas, fue al tratar de los patriarcas antediluvianos. No recordaba a ninguno de ellos, excepto a Enoch, arrebatado vivo a los cielos. Antes recordaba los nombres, pero ahora los había olvidado completamente, sobre todo porque de todas las figuras del Antiguo Testamento la que prefería era la de Enoch, y porque junto a la idea del rapto del profeta se mezclaba en su cerebro una larga cadena de pensamientos a los que se entregaba también ahora, mientras miraba con ojos fascinados la cadena del reloj y un botón a medio abrochar del chaleco de su padre.

Seriozha se negaba en redondo a creer en la muerte, de la que le hablaban tan a menudo. No creía que pudieran morir las personas a quienes quería y, sobre todo, él mismo. Le parecía imposible e incomprensible. Pero como le decían que todos terminaban muriendo, lo preguntó a personas en quienes confiaba y todos se lo confirmaron. El aya decía también que sí, aunque de mal grado. Pero Enoch no había muerto, lo que probaba que no todos mueren.

«¿Por qué no puede todo el mundo hacerse agradable a Dios para ser llevado vivo a los cielos?», pensaba Seriozha. Los malos, es decir, los que Serguéi no quería, sí podían morir, pero los buenos debían ser todos como Enoch.

—A ver: ¿cuáles fueron los patriarcas?

—Enoch, Enoch…

—Ya lo has dicho. Mal, muy Seriozha, Serguéi… Si no tratas de saber lo que más importancia tiene para un cristiano, ¿cómo puede interesarte lo demás? –dijo el padre, levantándose–. Estoy descontento de ti y también lo está Piotr Ignatievich –se refería al sabio pedagogo–. Tendré que castigarte.

Padre y profesor estaban, en efecto, descontentos con Seriozha. Y, a decir verdad, el niño era bastante desaplicado. Pero no podía decirse que fuera un niño de pocas aptitudes. Al contrario, era más despejado que otros a los que el profesor le ponía como ejemplo. A juicio de su padre, Seriozha no quería estudiar lo que le mandaban. Pero en realidad no podía estudiar porque en su alma había exigencias más apremiantes que las que le imponían su padre y su profesor. Y como aquellas dos clases de exigencias estaban en oposición, Seriozha luchaba contra sus educadores abiertamente.

Tenía nueve años, era un niño, pero conocía su alma, la quería y la cuidaba como el párpado cuida del ojo y, sin la llave del afecto, no permitía a nadie penetrar en ella. Sus educadores se quejaban, pero él no quería estudiar y, sin embargo, su alma rebosaba de ansia de saber. Y aprendía de Kapitonich, del aya, de Nadenka, de Vasili Lukich, mas no de sus maestros. El agua con que el padre y el pedagogo trataban de mover las ruedas de su molino, ya goteaba y trabajaba por otro lado.

El padre castigó a Seriozha prohibiéndole ir a casa de la sobrina de Lidia Ivanovna, pero el castigo más que entristecerle le alegró. Vasili Lukich estaba de buen humor y le enseñó a hacer molinos de viento.

Pasó, pues, toda la tarde trabajando y meditando en cómo podría hacer un molino en el cual uno pudiese girar asiéndose a las aspas o atándose a ellas.

No pensó en su madre en toda la tarde, pero una vez acostado la recordó de pronto y rogó a Dios, a su manera, para que dejara de ocultarse y le visitara al día siguiente, que era el de su cumpleaños.

—Vasili Lukich, ¿sabe por lo que he rezado, además de lo de todos los días?

—Por estudiar mejor.

—No.

—Por recibir juguetes.

—No. No lo adivinará. Es una cosa magnífica… pero es un secreto. Cuando llegue, se lo diré… ¿No lo adivina?

—No, no, no lo adivino. Dígamelo… –repuso Vasili Lukich, sonriendo, lo cual ocurría pocas veces–. En fin, duérmase, más valdrá… Voy a apagar la vela.

—Sin la vela veo mejor lo que quiero ver y por lo que he rezado. ¡Por poco le descubro mi secreto! –exclamó Seriozha, riendo alegremente.

Cuando se llevaron la vela, Seriozha vio y sintió a su madre. Estaba de pie ante él y le acariciaba con su mirada amorosa. Luego había molinos, cortaplumas… En la mente de Seriozha todo se fue confundiendo hasta que se durmió.

Capítulo XXVIII

Vronsky y Anna, al llegar a San Petersburgo, se hospedaron en uno de los mejores hoteles. Vronsky se instaló en el piso bajo y Anna, con la niña, la nodriza y la doncella, en un departamento de cuatro habitaciones.

El mismo día de su llegada, Vronsky visitó a su hermano y encontró allí a su madre, venida de Moscú para sus asuntos.

Su madre y su cuñada le recibieron como siempre, le preguntaron por su viaje al extranjero, hablaron de sus conocidos y no dijeron ni una palabra de sus relaciones con Anna. Pero cuando su hermano le visitó al siguiente día, le preguntó por ella. Alexey Vronsky le declaró francamente que consideraba sus relaciones con Anna como un matrimonio legal y que esperaba arreglar el divorcio y casarse entonces, pero que para él Anna era ya su mujer como cualquier otra y le rogaba que lo dijese así a su madre y a su cuñada.

—Si la buena sociedad no lo aprueba, me da igual –añadió Vronsky–. Pero si mi familia quiere conservar conmigo relaciones de parentesco, debe hacerlas extensivas a mi mujer.

Su hermano mayor, que respetaba siempre las ideas del otro, no sabía qué decir, hasta que el mundo sancionara o no esta decisión. Pero, como él personalmente no tenía nada que oponer, entró con Alexey a ver a Anna.

En presencia de su hermano, como ante los demás. Vronsky la trató de usted, como a una amiga íntima. Pero quedaba sobreentendido que el hermano conocía aquellas relaciones y se habló de que Anna fuera a la finca de los Vronsky.

Pese a su tacto mundano, Vronsky, en virtud de la falsa posición en que se encontraba, incurría en un extraño error. Debía haber comprendido que el mundo estaba cerrado para él y para Anna. Pero actualmente nacía en su cerebro la vaga idea de que, si eso era así antiguamente, ahora, dado el rápido progreso humano (a la sazón era muy partidario de todos los progresos), el punto de vista de la sociedad había cambiado y por tanto la cuestión de si ellos serían recibidos en sociedad o no, no estaba aún decidida.

«Claro que los círculos de la Corte no la recibirán», se decía, «pero los allegados deben y pueden comprendernos».

Se puede muy bien estar sentado con las piernas encogidas y sin cambiar de posición durante varias horas sabiendo que nada impedirá cambiar de postura. Pero si se sabe que obligatoriamente se ha de permanecer sentado con las piernas encogidas, se sufren calambres y los pies tiemblan y necesitan estirarse.

Lo mismo sentía Vronsky respecto al gran mundo. Aunque en el fondo de su alma sabía que estaba cerrado para ellos, quería probar a ver si, con el cambio de las costumbres, los aceptaban.

No tardó en darse cuenta de que el mundo seguía abierto para él personalmente, pero no para Anna. Como en el juego del gato y el ratón, los brazos que se alzaban para darle paso se bajaban al ir a pasar ella.

Una de las primeras mujeres distinguidas a quienes Vronsky vio fue a su prima Betsy.

—¡Al fin! –exclamó alegremente Betsy–. ¿Y Anna? ¡Cuánto me alegro de verle! ¿Dónde han estado? Deben de encontrar muy feo San Petersburgo después de su espléndido viaje. ¡Ya me imagino su luna de miel en Roma! ¿Y el divorcio? ¿Lo han obtenido?

Vronsky notó que el entusiasmo de Betsy decaía algo cuando le contestó que aún no habían conseguido el divorcio.

—Van a lapidarme –dijo Betsy–, pero, no obstante, visitaré a Anna. Sí, iré de todos modos. ¿Permanecerán aquí por mucho tiempo?

El mismo día, en efecto, visitó a Anna. Pero su tono era totalmente distinto del de antes. Se la notaba orgullosa de su atrevimiento y quería que Anna apreciase la fidelidad de sus sentimientos amistosos.

Solo estuvo unos diez minutos. Habló de las novedades del mundo y al marcharse dijo:

—No me han dicho cuándo obtendrán el divorcio. Aunque yo me he liado la manta a la cabeza habrá algunas orgullosas que la recibirán fríamente mientras no estén casados. Y con lo sencillo que es eso ahora... *Ça se fait*... ¿Así que se van el viernes? Siento quc no nos podamos ver más por ahora...

Por el acento de Betsy, Vronsky podía comprender lo que debía esperar del gran mundo, pero aún hizo una prueba más con la familia.

No ponía mucha esperanza en su madre. Sabía que esta, tan entusiasmada con Anna cuando la conoció, era ahora inflexible con ella pensando que había arruinado la carrera de su hijo. Pero Vronsky confiaba mucho en su cuñada Varia. Le parecía que ella, incapaz de tirar la primera piedra, resolvería con toda naturalidad ver a Anna y recibirla en su casa.

Al día siguiente de llegar, fue, pues, a visitarla y, hallándola sola, le expuso francamente su deseo.

Varia, después de oírle, le contestó:

—Ya sabes, Alexey, que te aprecio y estoy dispuesta a hacer por ti todo lo que sea. Pero he callado porque en nada puedo seros útil a Anna Arkadievna y a ti –pronunció «Arkadievna» con una entonación particular–. No pienses, te lo ruego –prosiguió– que la censuro. Eso nunca. Quizá yo en su lugar habría hecho lo mismo. No puedo entrar en detalles –continuó con timidez mirando el rostro grave de Vronsky–, pero las cosas hay que llamarlas por su nombre. Tú quieres que yo vaya a su casa, que la reciba y que con eso la rehabilite ante el mundo. Pero, compréndelo, esto «no puedo hacerlo». Tengo hijos, debo vivir en sociedad por mi marido. Si visito a Anna Arkadievna ella comprenderá que no puedo invitarla a casa o que debo hacerlo de manera que no se encuentre aquí con nadie, y eso la ofenderá también No puedo levantarla de…

—No creo que Anna haya caído más bajo que cientos de mujeres que vosotros recibís –interrumpió Vronsky con mayor gravedad.

Y se levantó, adivinando que la decisión de su cuñada era irrevocable.

—Te ruego, Alexey, que no te enfades conmigo. Comprende que no tengo la culpa…

Y Varia le miraba con tímida sonrisa.

—No me enfado contigo –repuso él, siempre serio–, pero esto en ti me es doblemente penoso y lo siento porque rompe nuestra amistad. Ya comprenderás que para mí no puede ser de otro modo.

Y con esto, Vronsky la dejó.

Reconoció, pues, que sus esfuerzos eran vanos y que debía pasar aquellos días en San Petersburgo como en una ciudad desconocida, evitando su relación con el mundo de antes, para no sufrir escenas desagradables y no soportar dolorosas ofensas.

Una de las cosas principalmente ingratas en su situación era que su nombre y el de Karenin se oían en todas partes. Imposible hablar de nada sin que el nombre de Alexey Alexandrovich surgiera en la conversación, imposible ir a parte alguna sin riesgo de encontrarle.

Así, al menos, le parecía a Vronsky, de la misma manera que a un enfermo a quien le duele el dedo se le antoja que todos los golpes van a parar a él.

A Vronsky la existencia en San Petersburgo le fue todavía más penosa, porque durante todo aquel tiempo advirtió en Anna una actitud incomprensible para él.

Algo la atormentaba, sin duda, y algo le ocultaba. No mostraba reparar en las afrentas que emponzoñaban la vida de él y que, dada su aguda sensibilidad, debían forzosamente de haberle sido también a ella muy dolorosas.

Capítulo XXIX

Uno de los fines principales del viaje a Rusia, era, para Anna, ver a su hijo. Desde que salió de Italia, la idea de verle no dejó un momento de conmoverla y, cuanto más se acercaba a San Petersburgo, mayor le parecía el encanto y la transcendencia de aquel encuentro con el niño. Se le figuraba sencillo y natural ver a su hijo hallándose en la misma ciudad que él, pero, una vez en San Petersburgo, se hizo evidente su situación ante la sociedad y comprendió que no sería nada fácil arreglar aquella entrevista.

Llevaba ya dos días en la ciudad y, aunque la idea de verle no la dejaba un momento, no había adelantado ni un solo paso en aquel camino.

Anna reconocía que no tenía derecho a ir abiertamente a casa de Karenin, a riesgo de encontrarle, y que podía muy bien suceder que le prohibieran la entrada, cosa que la habría llenado de vergüenza.

Solo el pensar en escribir a su marido y cruzar cartas con él, le suponía ya un tormento. Únicamente cuando no se acordaba de su marido podía estar tranquila. Ver a su hijo en el paseo, enterándose de adónde y cuándo salía el niño, no le bastaba. ¡Se preparaba tanto para esa entrevista, tenía tantas cosas que decirle, deseaba tan ardientemente besarle y poderle estrechar entre sus brazos!

La vieja aya de Seriozha podía orientarla y aconsejarla en ello. Pero el aya no estaba en casa de Karenin. Estas dudas y en la búsqueda del aya, pasaron dos días.

Al informarse de las relaciones que unían ahora a Karenin y a Lidia Ivanovna, Anna decidió al tercer día escribir a la Condesa.

Aquella carta, que le costó tanto trabajo, y en la que mencionaba intencionadamente la grandeza de alma de su marido, estaba escrita con la esperanza de que la viese él y, continuando en su papel magnánimo, le concediera lo que pedía.

El enviado que llevara la carta trajo una respuesta cruel e inesperada: que no había contestación.

Jamás se sintió tan humillada como en aquel momento en que, llamando al enviado, le oyó detallar cómo le habían hecho esperar y cómo luego le dijeron que no había respuesta.

Anna se sintió humillada y ofendida, pero reconocía que, desde su punto de vista, la condesa Lidia Ivanovna tenía razón.

Su dolor era tanto más hondo, cuanto que había de soportarlo ella sola. No podía ni quería compartirlo con Vronsky. Sabía que, aunque era él la causa principal de su desventura, la entrevista con su hijo había de parecerle una cosa sin importancia. A su juicio, Vronsky no podría comprender nunca toda la intensidad de su sufrimiento, y temía, como nunca había temido, experimentar hacia él un sentimiento hostil al notar el tono frío en que habría, sin duda, de hablarle de aquello.

Anna pasó en casa todo el día, meditando medios para conseguir su propósito, hasta que al fin decidió escribir una carta a su marido. Ya la tenía redactada cuando le llevaron la de Lidia Ivanovna.

El silencio de la Condesa la había hecho conformarse, pero su carta y lo que pudo leer en ella entre líneas la irritaron mucho y le pareció tan excesiva aquella maldad ante su natural cariño a su hijo, que se indignó contra los demás y dejó de inculparse a sí misma.

«¡Qué frialdad! ¡Qué fingimiento! –se decía–. Quieren ofenderme y hacer sufrir al niño. ¿Y he de obedecerles? ¡Jamás! Ella es peor que yo, que, al menos, no miento». Y decidió enseguida que al día siguiente, cumpleaños de Seriozha, iría a casa de su marido, sobornaría a los criados, los engañaría; pero vería a su hijo, costara lo que costara, y destruiría el terrible engaño con el que rodeaban a la desgraciada criatura.

Fue a un almacén de juguetes, compró un sinfín de cosas y estudió un plan.

Temprano, a cosa de las ocho de la mañana, antes de que Alexey Alexandrovich se hubiera levantado, acudiría a la casa. Llevaría en la mano dinero para el portero y el lacayo, a fin de que ellos la dejasen entrar y, sin levantarse el velo, les diría que iba de parte del padrino de Seriozha para felicitarle y que le habían encargado que pusiera los juguetes por sí misma junto a la cama del niño.

Lo único que no preparó fue las palabras que diría a su hijo, pues por más que lo había meditado no se le ocurrió lo que le había de decir.

Al día siguiente, a las ocho de la mañana, Anna, apeándose de un coche de alquiler, llamó a la puerta principal de la casa que un día fuera suya.

—Vaya a ver quién es. Parece una señora –dijo Kapitonich aún a medio vestir, con abrigo y chanclos, mirando por la ventana a la mujer que había junto a la puerta.

El ayudante del portero era un hombre desconocido para Anna. Apenas abrió la puerta, ella entró, sacó rápidamente del manguito un billete de tres rublos y se lo deslizó en la mano.

—Seriozha, Seriozha Alexandrovich –dijo Anna.

Y continuó rápida su camino.

El criado, una vez examinado el dinero, la detuvo en la puerta siguiente.

—¿A quién desea ver? –dijo.

Notando la turbación de la desconocida, salió Kapitonich en persona al encuentro de la desconocida, la hizo pasar y le preguntó qué quería.

—Vengo de parte del príncipe Skeradumov a ver a Seriozha Alexandrovich.

—El señorito no está levantado aún –repuso el portero mirándola con atención.

Anna no esperaba que el aspecto invariable de la casa donde había vivido nueve años pudiera causarle tan vivo efecto. Recuerdos alegres y penosos se elevaron uno tras otro en su alma, haciéndole olvidar por un momento el objeto de su visita.

—¿Desea esperar? –preguntó Kapitonich, ayudándole a quitarse el abrigo de pieles. Al hacerlo, la miró al rostro, la reconoció y, sin decirle nada, la saludó con respeto.

—Haga el favor de entrar, Excelencia –dijo después.

Anna quiso hablarle, pero la voz se le ahogó en la garganta. Y, mirando al viejo con aire culpable, subió la escalera con pasos leves y rápidos.

Kapitonich, inclinándose hacia delante y tropezando con los chanclos en los escalones, la seguía corriendo, tratando de alcanzarla.

—Está allí el preceptor. Quizá no se haya vestido. Iré a anunciarla.

Anna seguía subiendo la escalera tan conocida sin entender lo que le decía el anciano.

—Aquí, a la izquierda, haga el favor. Perdone que no esté limpio aún... El señorito duerme ahora en el cuarto del diván –murmuró el portero, esforzándose en recobrar la respiración–. Perdone, Excelencia, pero conviene esperar un poco. Iré a mirar.

Y, adelantándose a Anna, abrió a medias una alta puerta y desapareció tras ella. Anna esperó.

El portero salió de nuevo.

—El señorito acaba de despertar –dijo.

En el mismo momento en que el anciano portero pronunciaba estas palabras, Anna oyó un bostezo infantil. En aquel sonido reconoció a su hijo y le pareció ya verle ante ella.

—¡Déjeme! ¡Déjeme, y váyase! –pronunció Anna, cruzando la alta puerta.

A la derecha de la entrada había una cama y en ella estaba sentado el niño que, vestido solo con una camisita, terminaba de desperezarse, inclinando el cuerpo.

En el momento en que sus labios se juntaron de nuevo, se dibujó en ellos una sonrisa feliz, y con aquella sonrisa el niño se dejó caer otra vez en el lecho, vencido por un suave sueño.

—¡Seriozha! –llamó Anna, acercándose con paso cauteloso.

Durante su separación, y más aún en aquellos días en que la inundaba tan viva ternura por su hijo, Anna le imaginaba como un niño de cuatro años, ya que fue a aquella edad cuando más le había querido. Pero ahora no estaba tal como le dejó.

Su aspecto difería mucho del de un niño de cuatro años; había crecido y adelgazado. ¡Oh, qué delgado tenía el rostro, qué cortos los cabellos y qué largos los brazos! ¡Cuán diferente era de cuando ella le había dejado!

Pero era él, con su cabeza de la misma forma, con sus labios, con su suave cuello y sus anchos hombros.

—¡Seriozha! –repitió al oído mismo del niño.

Seriozha se incorporó sobre un codo, movió la cabeza a ambos lados como buscando algo y abrió los ojos.

Por algunos segundos miró silencioso a interrogativo a su madre, inmóvil ante él.

De pronto, rió lleno de dicha y, cerrando de nuevo sus ojos cargados de sueño, se dejó caer otra vez, pero no hacia atrás, sino en los brazos de su madre.

—¡Seriozha, querido niño mío! –exclamó Anna, sofocada, abrazando el amado cuerpecito.

—¡Mamá! –contestó el niño, moviéndose en todas direcciones para que su cuerpo rozara por todas partes los brazos de su madre.

Sonriendo medio dormido, siempre con los ojos cerrados, y apoyándose con sus manos gordezuelas en la cabecera de la cama, se asió a los hombros de su madre y se dejó caer sobre su regazo, exhalando ese agradable olor que solo tienen los niños en el lecho. Enseguida empezó a frotarse el rostro contra el cuello y los hombros de su madre.

—Ya sabía –dijo, abriendo los ojos–, que ibas a venir. Hoy es el día de mi cumpleaños... Me he despertado ahora mismo y voy a levantarme...

Y, mientras hablaba, se quedó de nuevo dormido.

Anna lo miraba con afán, viendo cuánto había crecido y cambiado en su ausencia. Reconocía y desconocía a la vez sus piernas desnudas, ahora tan largas, sus mejillas enflaquecidas, los cortos rizos de su nuca, que tantas veces había besado.

Estrechaba todo aquello contra su corazón y no podía hablar, ahogada por las lágrimas.

—¿Por qué lloras, mamá? –preguntó el niño, despertando por completo–, ¿Por qué lloras, mamá? –gritó con voz quejumbrosa.

—No lloraré más. Lloro de alegría. ¡Hace tanto que no te he visto! No, no lloraré más, no lloraré... –dijo, devorando sus lágrimas y volviendo la cabeza–. Ea, ya es hora de vestirte –añadió, recobrando algo de su serenidad, después de un silencio.

Y, sin soltar sus manos, se sentó al lado de la cama en una silla, sobre la que estaba la ropa del pequeño.

—¿Cómo te vistes sin mí? ¿Cómo...? –dijo, tratando de expresarse con voz natural y alegre.

Pero no pudo terminar y volvió una vez más la cara.

—No me lavo ya con agua fría; papá no me deja. ¿Has visto a Vasili Lukich? Vendrá ahora... ¡Ah, te has sentado sobre mi traje!

Seriozha rió a carcajadas. Anna le miró, sonriendo.

—¡Mamá, querida mamá! –gritó el chiquillo, lanzándose de nuevo a ella y abrazándola.

Parecía que solo ahora, al ver su sonrisa, comprendió lo que pasaba.

—Esto no te hace falta –siguió el niño quitándole el sombrero.

Y cuando Anna estuvo sin él, Seriozha como si en aquel momento la viese por primera vez, se precipitó a ella para besarla.

—¿Qué pensabas de mí? ¿Creías que había muerto?

—No lo creí nunca.

—¿No lo creíste, hijito mío?

—¡Sabía que no, sabía que no! –respondió el niño empleando su frase predilecta.

Y cogiendo la mano de su madre, que acariciaba sus cabellos, la oprimió contra sus labios y la besó.

Capítulo XXX

Entre tanto, Vasili Lukich que, al principio no había comprendido quién era aquella señora, suponiendo por la conversación que aquella era la esposa que había abandonado a su marido, y a la que no conocía, por no estar ya en la casa cuando él llegara allí, dudaba si debía entrar o no y si procedía avisar a Karenin.

Pensando, al fin, que su deber era despertar diariamente a Seriozha a una hora fija y que para hacerlo no debía preocuparse de quien estuviese allí, fuera su madre o cualquier otra persona, ya que a él solo le incumbía cumplir su obligación, Vasili Lukich se vistió, se acercó a la puerta y la abrió.

Pero las caricias de madre e hijo, el tono de su voz y lo que se decían, le forzó a cambiar de decisión. Movió la cabeza y cerró la puerta, con un suspiro.

«Esperaré diez minutos más», se dijo, tosiendo y secándose las lágrimas.

Entre los criados, mientras tanto, reinaba gran agitación Todos sabían que había llegado la señora, que Kapitonich la había dejado entrar, que ahora estaba en el cuarto del niño, y que el señor entraba a verle todos los días a cosa de las nueve...

Todos comprendían que el encuentro de los esposos era una cosa imposible, y que debían hacer cuanto estuviese en sus manos para impedirlo.

Korney, el ayuda de cámara, bajó a la portería para saber quién había dejado pasar a Anna, y al saber que era Kapitonich dirigió al viejo una severa represión.

El portero callaba obstinadamente, pero cuando Korney dijo que merecía que le despidiesen, Kapitonich se acercó al criado y, agitando las manos ante su rostro, le dijo:

—¿Acaso tú no la habrías dejado entrar? He servido diez años aquí y solo he visto en ella bondad. ¡Me habría gustado verte a ti decirle que hiciera el favor de marcharse! ¡Claro, que tú sabes nadar en todas las aguas! Más valdría que pensaras en lo que robas al señor y en los abrigos de castor que le quitas...

—¡Soldado! –exclamó Korney con desprecio, y se volvió hacia el aya, que entraba en aquel instante.

—¿Sabe Marie Efinovna que la ha dejado entrar sin decir nada a nadie? Y Alexey Alexandrovich va a salir ahora mismo e irá al cuarto del chico...

—¡Qué cosas, qué cosas! –exclamaba el aya–. Podía usted entretener un rato al señor, Korney Vasilievich, mientras yo subo corriendo para hacerla salir... ¡Qué cosas, Dios mío, qué cosas!

Cuando el aya penetró en el cuarto de Seriozha, este contaba a su madre que él y Nadenka se habían caído en la montaña rusa y dieron tres volteretas.

Anna escuchaba el sonido de su voz, veía su rostro y el juego de su expresión, sentía su mano, pero no entendía lo que le hablaba.

Tenía que marchar y dejarle. No pensaba ni comprendía otra cosa. Oía los pasos de Vasili Lukich, que se acercaba a la puerta tosiendo, oía los del aya, que llegaba ya, pero continuaba sentada, como convertida en piedra, sin fuerzas para hablar ni para levantarse.

—¡Oh, mi señora! –dijo el aya, acercándose, y besando sus manos y hombros–. ¡Qué alegría ha dado Dios a nuestro niño el día de su cumpleaños! No ha cambiado usted nada, nada…

—No sabía que usted vivía ahora en casa, aya querida –dijo Anna, serenándose por un momento.

—No vivo aquí, vivo con mi hija. He venido para felicitar a Seriozha, mi querida señora Anna Arkadievna.

De pronto, rompió a llorar y volvió a besar las manos de Anna.

Seriozha, con ojos y sonrisa radiantes, asiéndose con una mano a su madre y con la otra al aya, empezó a pisotear la alfombra con sus gordezuelos pies descalzos. El efecto conmovedor con que su querida aya trataba a su madre, le colmaba de júbilo.

—Mamá, el aya viene mucho a verme y cuando viene… –empezó a contar el niño. Pero se detuvo al observar que el aya hablaba en voz baja a Anna, en cuyo rostro se dibujó el terror y algo parecido a la vergüenza, lo cual le sentaba muy mal.

Se inclinó hacia su hijo.

—Queridito mío… –murmuró.

No dijo «adiós», pero el niño lo leyó en la expresión de su rostro,

—¡Oh querido, queridísimo Kutik! –continuó Anna, dando al niño el nombre con que le llamaba de pequeño–. ¿No me olvidarás? Tú…

No pudo hablar más.

¡Cuántas palabras pensó después que podía haberle dicho en este momento! Pero ahora no sabía ni podía decirle nada.

Y, sin embargo, Seriozha comprendió cuanto ella hubiera querido decirle. Comprendió que era desgraciada y que le quería, y hasta comprendió que el aya decía en voz baja a su madre:

—Siempre viene hacia las nueve…

Y adivinó que hablaban de su padre y que ella y él no debían verse.

Todo esto lo comprendía, mas no comprendía el motivo, ni por qué se dibujaba el terror en el semblante de su madre. Sin duda ella no era culpable de nada, pero temía a su marido y se avergonzaba de algo.

Habría deseado hacer una pregunta que le aclarase aquellas dudas, pero no se atrevía a hacerla porque veía que su madre sufría, y sentía piedad de ella. Apretándose contra su cuerpo, murmuró en voz baja.

—No te vayas todavía. Él tardará algo en venir.

La madre le apartó un poco para ver si el niño se daba cuenta de lo que decía, y en su rostro asustado leyó que el niño no solo hablaba de su padre, sino que hasta parecía preguntar qué debía pensar de él.

—Seriozha, querido hijito, ama mucho a tu padre. Es mejor y más bueno que yo. Yo me he portado mal con él. Cuando seas mayor lo comprenderás.

—¡No hay nadie más bueno que tú! –gritó el niño con desesperación a través de sus lágrimas.

Y cogiéndola por los hombros, la apretó con toda su fuerza con sus brazos temblorosos y tensos.

—¡Mi pequeño, mi querido Seriozha! –dijo Anna.

Y se puso a llorar débilmente, como un niño, como lloraba él.

En aquel instante se abrió la puerta y apareció Vasili Lukich.

Próximos a otra puerta sonaron pasos. El aya dijo en voz baja:

—Ya viene.

Y entregó el sombrero a Anna.

Seriozha se deslizó en la cama y rompió a llorar, cubriéndose el rostro con las manos. Anna separó aquellas manos, besó una vez más el rostro húmedo de lágrimas y con rápido paso salió de la alcoba.

Alexey Alexandrovich avanzaba en dirección opuesta. Al verla, se detuvo e inclinó la cabeza.

Aunque solo un momento antes Anna afirmaba que él era mejor y más bueno que ella, en la mirada rápida que le dirigió, al distinguir su figura en todos sus detalles, la invadieron los habituales sentimientos de aversión, de odio y de envidia de que le hubiera quitado a su hijo.

Con rápido ademán se bajó el velo y salió de allí casi a la carrera.

No había tenido tiempo de desenvolver los paquetes que con tanta ternura y tristeza comprara el día anterior en la tienda para su hijo y se los llevó consigo en el mismo estado.

CAPÍTULO XXXI

A pesar de su inmenso deseo de ver a su hijo, a pesar del mucho tiempo que hacía que meditaba y preparaba la entrevista, Anna no esperaba que hubiese de impresionarla tan profundamente.

De vuelta a su solitario cuarto del hotel, no pudo comprender durante largo rato por qué estaba allí.

«Todo aquello ha terminado y vuelvo a estar sola», se dijo al fin.

Y, sin quitarse el sombrero, se dejó caer en una butaca próxima a la chimenea.

Fijó la mirada en el reloj de bronce próximo a la ventana y comenzó a reflexionar. La doncella francesa que trajera del extranjero entró para saber si debía vestirla. Anna la miró sorprendida y dijo:

—Luego.

El criado llevó el café.

—Luego –volvió a decir.

La nodriza italiana, que acababa de vestir a la niña, entró y se la presentó a Anna.

La pequeña, llenita y bien nutrida, al ver a su madre tendió como siempre sus bracitos hacia ella, con las palmas de las manos vueltas hacia abajo y, sonriendo con su boca sin dientes, comenzó a mover las manitas como un pez las aletas, produciendo un ruido seco con los pliegues almidonados de su faldón.

Era imposible no sonreír, no besar a la niña; imposible no dejarle coger el dedo, al que ella se asió chillando y saltando con todo su cuerpo; imposible también no ofrecerle los labios que ella, persiguiendo un beso, tomó con su boquita.

Anna la cogió en brazos, la hizo saltar en ellos, besó su fresca mejilla... Pero, al ver a la pequeña, comprendió con claridad que lo que sentía por ella no era ni siquiera afecto comparado con lo que experimentaba por Seriozha.

Todo en aquella niña era gracioso, pero, sin saber por qué, no llenaba su corazón. En el primer hijo, aunque fuera de un hombre a quien no amaba, había concentrado todas sus insatisfechas ansias de cariño. La niña había nacido en circunstancias más penosas y no se había puesto en ella ni la milésima parte de los cuidados que se dedicaran al primero.

Además, la niña no era aún más que una esperanza, mientras que Seriozha era ya casi un hombre, un hombre querido en el cual se agitaban ya pensamientos y sentimientos. Seriozha la comprendía, la amaba, la estudiaba, pensaba Anna, recordando las palabras y las miradas de su hijo.

¡Y estaba separada de él para siempre!, no solo materialmente, sino también en lo moral, y esta situación no tenía remedio.

Anna entregó la niña a la nodriza, dejó marchar a esta y abrió el medallón que contenía el retrato de Seriozha casi con la misma edad que ahora tenía la niña.

Luego se levantó y, quitándose el sombrero, tomó de una mesita el álbum en que había fotografías de él a diferentes edades y, para compararlas, las sacó todas.

Quedaba una, la última y la mejor. Seriozha, vestido con camisa blanca, sentado a horcajadas sobre una silla entornaba los ojos y sonreía. Era su expresión más característica y aquella en la que había salido con más naturalidad.

Anna trató de sacar aquella fotografía con sus pequeñas manos blancas, con sus dedos largos y delgados, tirando de las puntas de la cartulina. Pero la fotografía se resistió y no pudo sacarla. Como no tenía plegadera a mano, sacó la fotografía inmediata, que era un retrato de Vronsky con sombrero redondo y cabellos largos hecho en Roma, para empujar con ella el de Seriozha.

«¡Ah, es él!», se dijo al ver la fotografía.

Y de pronto recordó quién era la causa de su actual dolor. En toda la mañana no le había recordado una sola vez.

Pero ahora, viendo aquel rostro noble y varonil, tan conocido y querido, Anna sintió de pronto que la inundaba una ola de ternura hacia Vronsky.

«¿Dónde estará? ¿Por qué me deja sola con mis penas?», pensó de pronto, con un sentimiento de reproche, olvidando que ella misma ocultaba a Vronsky todo lo referente a su hijo.

Envió a buscarle, rogándole que subiera enseguida, y le esperó imaginando con el corazón palpitante, las palabras con que iba a contárselo todo, y las expresiones de amor con que él la consolaría.

El criado subió diciendo que el señor tenía una visita, pero que iría enseguida, y que deseaba saber si ella podía recibirle en compañía del príncipe Jachvin, que había llegado a San Petersburgo.

«No vendrá solo… ¡Y no me ha visto desde ayer a la hora de comer! –pensó–. No podré explicárselo todo… Vendrá con Jachvin…».

De pronto le acudió a la mente un terrible pensamiento. ¿Habría dejado Vronsky de amarla?

Recordando los hechos de los últimos días, le parecía ver en cada uno de ellos la confirmación de sus sospechas.

El día antes Vronsky no había almorzado en casa. Además, insistió en que en San Petersburgo se instalaran separadamente y ahora no venía solo para evitar verla cara a cara.

«Debería decírmelo, debo saberlo… Si lo supiera, ya pensaría yo lo que me convendría hacer», se decía Anna, sintiéndose sin fuerzas para imaginar la situación en que quedaría cuando se cerciorase de la indiferencia de Vronsky.

Pensando que él había dejado de amarla, se sentía en un extraño estado de excitación, casi desesperada.

Llamó a la doncella y se fue al tocador. Al vestirse, se ocupó de su atavío más que todos aquellos días, como si Vronsky, en caso de que la hubiera dejado de amar, pudiese enamorarse de nuevo viéndola mejor vestida y peinada.

El timbre sonó antes de que hubiera terminado.

Cuando salió al salón, no fue la mirada de Vronsky, sino la de Jachvin, la primera que halló.

Vronsky contemplaba las fotografías de su hijo que ella había dejado sobre la mesa y no se apresuró a mirarla.

—Ya nos conocemos –dijo Anna, poniendo su manita en la manaza de Jachvin, que la saludaba confuso, ya que, en contraste con su enorme estatura, era un hombre de una gran timidez.

—Nos conocimos en las carreras, el año pasado. ¡Démelas! –dijo Anna, dirigiéndose ahora a Vronsky y asiendo con un rápido ademán los retratos que él examinaba y mirándole significativamente con sus ojos brillantes.

—¿Qué tal este año las carreras? –preguntó luego a Jachvin–. Yo he asistido a las del Corso, en Roma. Ya sé que a usted no le gusta la vida extranjera –agregó, sonriendo dulcemente–. Le conozco bien y sé todas sus preferencias a pesar de las pocas veces que nos hemos visto.

—Lo siento, porque todas mis preferencias son, en general, de muy mal gusto –dijo Jachvin, mordiéndose la guía izquierda del bigote.

Después de charlar un rato y viendo que Vronsky consultaba el reloj, Jaclivin preguntó a Anna si estaría mucho tiempo en San Petersburgo e, irguiendo su imponente figura, cogió su gorra de uniforme.

—Creo que no mucho –repuso Anna mirando a Vronsky con inquietud.

—¿De modo que ya no nos veremos? –preguntó a su amigo levantándose–. ¿Dónde comes hoy?

—Vengan a comer los dos conmigo –dijo Anna, enfadándose consigo misma al notar que se ruborizaba como siempre que mostraba su situación ante una persona más–. La comida aquí no es gran cosa, pero así se verán ustedes... Alexey, de todos sus compañeros de regimiento, es a usted a quien aprecia más.

—Muchas gracias –contestó Jaclivin con una sonrisa en la que Vronsky leyó que Anna le había agradado.

Jachvin saludó y salió. Vronsky se quedó un poco atrás.

—¿Te vas también? –preguntó Anna.

—Se me hace tarde –contestó él.

Y gritó a Jachvin:

—¡Ahora te alcanzo!

Anna cogió la mano de Vronsky y, sin apartar la mirada de él, buscando en su mente lo que pudiera decir para retenerle, dijo:

—Espera, quiero decirte una cosa.

Le cogió la mano y la apretó contra su rostro.

— ¿Te disgusta que le haya invitado a comer? –añadió.

—Has hecho muy bien –repuso Vronsky, con tranquila sonrisa, descubriendo las apretadas hileras de sus dientes y besándole la mano.

—Alexey, ¿sigues siendo el mismo para mí? –preguntó Anna, apretando la mano de él entre las suyas–. Sufro mucho aquí, Alexey. ¿Cuándo nos vamos?

—Pronto, pronto... No sabes lo penosa que me resulta también a mí la vida aquí –dijo él retirando su mano.

—Ve, ve –repuso Anna ofendida.

La dejó y salió de la habitación rápidamente.

Capítulo XXXII

Cuando Vronsky volvió, Anna no estaba aún en casa.

A poco de irse él, según le dijeron, había llegado una señora y ambas se habían marchado juntas.

Que ella saliera sin decirle a dónde iba, lo que no había sucedido hasta ahora, y que por la mañana hubiese hecho lo mismo, todo ello unido a la extraña expresión del rostro de Anna y al tono hostil con que por la mañana, en presencia de Jachvin, le había arrebatado las fotografías de su hijo, obligó a Vronsky a reflexionar.

Se dijo que debía hablar con ella y la esperó en el salón.

Pero Anna no volvió sola, sino con su tía, la vieja solterona princesa Oblonskaya, que era la señora que había ido allí por la mañana y con la que Anna había salido de compras.

Al parecer, ella no veía la expresión, interrogativa y preocupada, del rostro de Vronsky, mientras le contaba alegremente lo que había comprado por la mañana. Él notó que le pasaba algo extraño. En sus ojos brillantes, cuando por un momento se detuvieron en Vronsky, había una atención forzada y hablaba y se movía con aquella rapidez nerviosa que en los primeros tiempos de sus relaciones con ella le seducía y que ahora le inquietaba y llenaba de disgusto.

La mesa estaba servida para cuatro. Todos se preparaban a pasar al comedorcito, cuando llegó Tuschkevich con un recado de la princesa Betsy para Anna.

Betsy le pedía perdón por no poder ir a saludarla antes de que se marchase, ya que estaba indispuesta, y rogaba a su amiga que fuese a visitarla de seis y media a nueve.

Vronsky la miró al advertir que la hora que se le señalaba indicaba que se tomaban medidas para impedir que Anna coincidiese con nadie, pero ella pareció no advertirlo.

—Siento que no me sea posible ir precisamente a esa hora –dijo Anna con sonrisa imperceptible.

—La Princesa lo sentirá mucho.

—También yo.

—¿Irá usted a oír a la Patti? –preguntó Tuschkevich.

—¿La Patti? Me da usted una idea. Iría con gusto si fuese posible encontrar un palco.

—Yo se lo puedo buscar –ofreció Tuschkevich.

—Se lo agradecería mucho. ¿Quiere comer con nosotros?

Vronsky se encogió levemente de hombros.

Decididamente, no comprendía la actitud de Anna. ¿Por qué había hecho venir a la vieja Princesa, por qué invitaba a comer a Tuschkevich y –lo que era más sorprendente–, por qué le pedía el palco?

¿Cómo era posible, en su situación, ir a oír a la Patti en un espectáculo de abono al que asistiría todo el gran mundo conocido? La miró con gravedad, y ella le correspondió con una mirada atrevida cuya significación Vronsky no pudo comprender y no supo si era alegre o desesperada.

Durante la comida, Anna estuvo agresivamente alegre y hasta pareció coquetear con Tuschkevich y con Jachvin.

Cuando se levantaron de la mesa, mientras Tuschkevich iba a buscar el palco, y Jachvin salió para fumar, Vronsky bajó con él a sus habitaciones.

Permaneció allí unos minutos y volvió rápidamente arriba.

Anna estaba ya vestida con un traje de terciopelo claro, que se había hecho en París y que dejaba ver parte de su busto. En la cabeza llevaba una rica mantilla blanca que realzaba su rostro y conjuntaba muy bien con su belleza resplandeciente.

—¿Es que está usted realmente decidida a ir al teatro? –preguntó Vronsky, procurando eludir su mirada.

—¿Por qué me lo pregunta con ese temor? –repuso ella, ofendida de nuevo al notar que él no la miraba–. ¿Es que me está prohibido ir?

Al parecer, ella no comprendía el significado de sus palabras.

—Claro que nada lo prohíbe –contestó Vronsky frunciendo el entrecejo.

—Lo mismo digo yo –repuso Anna, con intención, sin comprender la ironía de su tono y desplegando calmosamente su guante largo y perfumado.

—¡Por Dios, Anna! ¿Qué le pasa? –exclamó Vronsky, como si tratase de despertarla a la realidad en el mismo tono que lo hacía su marido en otros tiempos.

—No comprendo lo que me pregunta.

—Bien sabe que no es posible ir.

—¿Por qué? No voy sola. La princesa Bárbara ha ido a vestirse y me acompañará. Vronsky se encogió de hombros, perplejo y desesperado.

—¿No sabe…? –empezó.

—Ni lo quiero saber –contestó Anna, casi a gritos–. No quiero… ¿Acaso me arrepiento de lo hecho? ¡No, no y no! Y si hubiera empezado así desde el principio, habría sido mejor. Para usted y para mí lo único importante es una cosa: si nos amamos o no. ¡Y nada más! ¿Por qué vivimos aquí separados, sin apenas vernos? ¿Por qué no he de ir al teatro? Te quiero y todo lo demás me da igual –añadió en ruso, mirándole con un brillo en los ojos incomprensible para Vronsky– con tal que tú no hayas cambiado. ¿Por qué me miras así?

Él la miraba, en efecto, examinando la belleza de su rostro y su vestido, que le sentaba admirablemente. Pero ahora su belleza y su elegancia eran, precisamente, lo que despertaba su irritación.

—Usted sabe que mis sentimientos no pueden cambiar, pero le pido, le ruego, que no vaya –dijo otra vez en francés con una suave súplica en su voz, pero con fría mirada.

Anna no oía sus palabras. Solo veía el frío de su mirada y contestó con enfado:

—Le ruego que me diga por qué no puedo ir.

—Porque esto puede motivar.. algún… algo…

Vronsky titubeó.

—No le entiendo. Jachvin *n'est pas compromettant* y la princesa Bárbara no vale menos que otras. ¡Ah, aquí viene!

Capítulo XXXIII

Vronsky experimentó por primera vez un sentimiento de enojo contra Anna por su voluntaria incomprensión de la situación presente, sentimiento que se hacía más vivo por la imposibilidad de explicarle la causa de su disgusto.

De decir francamente lo que pensaba, habría debido decirle: «Presentarse con ese vestido en unión de la Princesa, tan conocida por todos, significa, no solo reconocer su papel de mujer perdida, sino, además, desafiar a toda la alta sociedad, es decir, renunciar a ella para siempre».

Y eso no se lo podía decir.

«Pero, ¿cómo es posible que ella no lo comprenda? ¿Qué le sucede?», se preguntaba Vronsky, sintiendo a la vez que su respeto hacia Anna disminuía tanto como aumentaba su admiración por su belleza.

Con el entrecejo arrugado volvió a su habitación y, sentándose junto a Jachvin –quien, con los pies estirados sobre una silla, bebía coñac con agua de Seltz–, ordenó que le llevaran la misma bebida.

—Volviendo a lo de «Moguchy», el caballo de Lankovsky –dijo Jachvin–, es un buen animal y te aconsejo que lo compres.

Y prosiguió, mirando el rostro grave de su amigo:

—Es un poco caído de grupa, pero de cabeza y de patas no deja nada que desear.

—Creo que lo compraré –repuso Vronsky.

Se interesó en la charla sobre caballos, pero continuamente pensaba en Anna, escuchando sin querer los pasos que sonaban en el corredor y mirando el reloj de la chimenea.

—Anna Arkadievna ha ordenado que les diga que sale para el teatro –dijo el criado, entrando.

Jachvin vertió una copa más de coñac en el agua de Seltz, bebió y se levantó, abrochándose el uniforme.

—¿Vamos? –dijo, sonriendo levemente bajo el bigote y mostrando con su sonrisa que comprendía el descontento de Vronsky, aunque no le daba importancia.

—Yo no voy –repuso Vronsky, serio.

—Yo no puedo dejar de ir. Lo he prometido. Hasta luego, pues. Y, si no, ¿por qué no vas a butacas? Quédate con la de Krasinsky –dijo Jachvin, saliendo.

—Tengo que hacer.

«La mujer propia da muchas preocupaciones y la que no lo es, más aún», pensó Jachvin, al salir del hotel.

Vronsky, una vez solo, se levantó de la silla y se puso a pasear por la habitación.

«Hoy es la cuarta de abono. Eso significa que asistirá todo San Petersburgo. Seguramente estarán allí mi madre y Yegor con su mujer. Ahora Anna entra, se quita el abrigo, aparece en plena luz... Y con ella Tuschkevich, Jachvin, la princesa Bárbara...», pensaba Vronsky, imaginando la entrada de Anna en el teatro.

«¿Y yo? O dirán que tengo miedo, o que he delegado en Tuschkevich la obligación de protegerla. Por donde quiera que se mire, es absurdo. ¡Absurdo, absurdo! ¿Por qué se empeñará en ponerme en esta situación?», se preguntó, agitando violentamente las manos.

Este ademán le hizo tropezar con la mesita en la que estaba la botella de coñac y el agua de Seltz y faltó poco para que la derribase.

Al tratar de sostenerla, la hizo caer y, enojado, dio un puntapié a la mesa y llamó al ayuda de cámara.

—Si quieres estar a mi servicio, acuérdate de lo que debes hacer. ¡Que no vuelva a pasar esto! ¡Llévatelo! –dijo al criado que entraba.

El sirviente, sabiendo que la culpa no era suya, trató de justificarse, pero, al mirar a su señor, comprendió por su rostro que valía más callar. Así, pues, inclinándose sobre la alfombra, balbuceó unas excusas y comenzó a separar las botellas y copas rotas de las que habían quedado intactas.

—Eso no es cosa tuya. Manda al lacayo que lo recoja y prepárame el frac.

Vronsky entró en el teatro a las ocho y media.

La función estaba en su apogeo. El anciano acomodador, al quitar a Vronsky el abrigo de piel, le reconoció, le llamó «Vuecencia» y le dijo que no era necesario que recogiese el número del abrigo, sino que bastaba con que al salir llamase a Fedor.

En el pasillo, bien iluminado, no había nadie, fuera del acomodador y de dos lacayos que, con sendas pellizas al brazo, escuchaban junto a la puerta.

Tras la puerta entornada se oían los acordes de un *staccato* de la orquesta y una voz femenina que cantaba una frase musical.

La puerta se abrió dando paso al acomodador y la frase, que concluía, hirió el oído de Vronsky. Pero la puerta se cerró enseguida y Vronsky no oyó el final de la frase ni la cadencia y solo por la explosión de aplausos que retumbó comprendió que la romanza estaba terminando.

Al entrar en la sala, iluminada por arañas y lámparas de gas, continuaban aún los aplausos. En el escenario, la cantante, espléndida con sus hombros escotados y sus brillantes, se inclinaba y sonreía. El tenor, que la tenía de la mano, la ayudaba a coger los ramos de flores que volaban sobre la orquesta. Luego ella se acercó a un señor de cabellos peinados a raya y lustrosos de cosmético, que extendía sus largos brazos por encima del borde del escenario brindándole un objeto.

El público de palcos y butacas se agitaba, se echaba hacia delante, gritaba, aplaudía.

El director de orquesta, desde su altura, ayudaba a transmitir los objetos y se arreglaba cada vez la blanca corbata.

Vronsky pasó al centro de la platea, se detuvo y miró en derredor. Se fijo con menos interés que de costumbre en el ambiente, tan conocido y habitual, en el escenario, en el bullicio, en el poco atrayente rebaño de los espectadores del teatro, que estaba lleno a rebosar.

Como siempre, se veía a las mismas señoras en los mismos palcos y, como siempre, tras ellas se veían oficiales; en butacas, las mismas mujeres multicolores, uniformes, levitas; la misma sucia gentuza en el paraíso; y entre toda aquella gente, en las primeras filas y los palcos, unas cuarenta personas, unos cuarenta hombres y mujeres «de verdad». Fue en este oasis donde Vronsky detuvo al punto su atención, dirigiéndose allí al momento.

El acto terminaba cuando entró, por lo que, sin pasar al palco de su hermano, cruzó ante él y se colocó próximo a la rampa, al lado de Serpujovskoy, quien, doblando la rodilla y golpeando con el tacón en la rampa, le llamó sonriendo al verle de lejos.

Vronsky no había visto a Anna todavía y, aunque por la dirección de las miradas sabía dónde se encontraba, no miraba hacia ella a propósito.

Discretamente empezó a observar, esperando lo peor: buscaba a Alexey Alexandrovich. Afortunadamente, este no estaba hoy en el teatro.

—¡Qué poco te ha quedado de militar! Pareces un artista, un diplomático o algo por el estilo –le dijo Serpujovskoy.

—En cuanto he vuelto a Rusia, he adoptado el frac –contestó Vronsky, sonriendo y sacando lentamente los gemelos.

—Confieso que en eso te envidio. Yo, cuando vuelvo del extranjero, me pongo esto –dijo Serpujovskoy, tocándose las charreteras– y siento enseguida que no soy libre.

Hacía tiempo que Serpujovskoy había desesperado de que su amigo hiciese carrera, pero le quería como siempre y ahora se mostraba particularmente amable con él.

Vronsky, escuchándole a medias, pasaba los gemelos de los palcos de platea a los del primer piso.

Junto a una señora con turbante y un anciano calvo, que pestañeaba, malhumorado ante el binóculo de Vronsky, en continua busca, vio de pronto a Anna, orgullosa, bellísima y sonriente entre sedas y encajes.

Estaba en el quinto palco de platea, a unos veinte pasos de él, y sentada en la delantera del palco, ligeramente inclinada, hablaba en aquel momento con Jachvin.

La postura de su cabeza sobre sus amplios y hermosos hombros y la radiación contenidamente emocionada de sus ojos y todo su rostro, le recordaban a Vronsky tal como era cuando la vio por primera vez en el baile en Moscú.

Pero a la sazón consideraba su belleza de otro modo, con un sentimiento privado de todo misterio y, por ello, su belleza, si bien le atraía más que antes, le disgustaba a la vez.

No miraba hacia él, pero Vronsky sabía que ya le había visto.

Cuando dirigió de nuevo los gemelos hacia allí, vio que la princesa Bárbara, muy encarnada, reía forzadamente, mirando sin cesar al palco próximo. Pero Anna, plegando el abanico y dando golpecitos con él en el terciopelo encamado de la barandilla del palco, no veía ni quería ver lo que pasaba en aquel palco.

El rostro de Jachvin presentaba igual expresión que cuando perdía en el juego. Frunciendo las cejas y mordiendo cada vez más la guía izquierda de su bigote, miraba también de reojo al palco inmediato.

En este, el de la izquierda, estaban los Kartasov. Vronsky los conocía y sabía que Anna los conocía también. La Kartasova, una mujer pequeña y delgada, estaba de pie en el palco, de espaldas a Anna, poniéndose la capa que le sostenía su marido. Mostraba un rostro pálido y enojado y hablaba con agitación.

Kartasov, un hombre grueso y calvo, trataba de calmar a su mujer, mirando sin cesar hacia Anna.

Cuando su esposa salió, Kartasov tardó mucho en seguirla, buscando la mirada de Anna, con evidente deseo de saludarla. Pero, probablemente a propósito, Anna, volviéndose sin mirarle, hablaba a Jachvin, que le escuchaba inclinando la cabeza hacia ella.

Kartasov salió sin saludar y el palco quedó vacío.

Vronsky no podía saber lo que había sucedido entre Anna y ellos, pero sí que era algo terriblemente ofensivo para su amada. No solo lo adivinó por lo que había visto, sino principalmente por el rostro de Anna, que sin duda había reunido todas sus fuerzas para mantenerse en el papel que se había impuesto: mostrar una completa calma exterior.

Y en ello había triunfado plenamente. Quien no la conociera, quienes no conocieran su mundo, quienes nada supieran de las exclamaciones de indignación y sorpresa de las mujeres que comentaban que osara presentarse en su mundo, tan llamativa con su mantilla de encajes, en toda su belleza –esos habrían admirado la impasibilidad y hermosura de Anna, sin sospechar que se sentía como una persona expuesta a la vergüenza pública.

Vronsky, comprendiendo que había sucedido algo e ignorando a punto fijo lo que fuera, experimentaba una torturadora inquietud y con la esperanza de saberlo decidió ir al palco de su hermano.

Eligiendo la salida de la platea más alejada del palco de Anna, Vronsky tropezó al pasar con el coronel del regimiento en el que servía antes, que estaba hablando con dos conocidos suyos.

Oyó mencionar el nombre de los Karenin y notó que el coronel se apresuraba a pronunciar el suyo propio, mirando intencionadamente a los que hablaban.

—¡Hola Vronsky! ¿Cuándo se va a pasar por el regimiento? No podemos despedirnos de usted sin celebrarlo... Usted es uno de los nuestros –dijo el coronel.

—No tengo tiempo. Lo siento mucho... Hablaremos otra vez –repuso Vronsky.

Y subió corriendo la escalera para dirigirse al palco de su hermano. La anciana condesa, madre de Vronsky, siempre peinando sus ricitos de color de acero, estaba también en aquel palco. En el pasillo del primer piso, Vronsky encontró a Varia con la princesa Sorokina.

Apenas divisó a su cuñado, Varia condujo a su acompañante al lado de su madre y, dando la mano a Vronsky, mostrando una emoción que pocas veces había visto en ella, empezó a hablarle de lo que tanto le interesaba.

—Eso ha sido bajo y vil. *Madame* Kartasova no tenía derecho a... Porque *madame* Karenin... –empezó Varia.

—¿Qué ha pasado? No sé nada.

—Pero, ¿no te lo han dicho?

—Comprende que debo ser lógicamente el último en enterarme.

—¿Habrá alguien más malvado que esa Kartasova?

—¿Qué ha hecho?

—Me lo contó mi marido. Ha injuriado a la Karenina. Su esposo empezó a hablar con esta desde su palco y la Kartasova le armó un escándalo. Cuentan que dijo en voz alta palabras ofensivas para la Karenina y salió.

—Le llama su mamá, Conde –anunció la princesa Sorokina apareciendo en la puerta del palco.

—Te esperaba –dijo su madre sonriendo con ironía–. No se te ve en ningún sitio... Su hijo notaba que la anciana no podía reprimir una sonrisa alegre.

—Buenas noches, mamá. Venía a saludarla –dijo él, fríamente.

—¿Por qué no vas *à faire la cour à madame* Karenina –añadió su madre cuando la princesa Sorokina se hubo alejado–. *Elle fait sensation. On oublie la Patti pour elle.*

—Ya le he rogado, mamá, que no me hable de eso –respondió Vronsky arrugando el entrecejo.

—Digo lo que dicen todos.

Vronsky, sin responder, tras cambiar unas palabras con la princesa Sorokina, se alejó. En la puerta encontró a su hermano.

—¡Oh, Alexey! –exclamó este. Esa mujer es una idiota y nada más. ¡Qué asco! Precisamente ahora iba a ver a Anna. Vayamos juntos.

Vronsky no le escuchaba. Bajó rápidamente la escalera, comprendiendo que debía hacer algo, aunque no sabía qué.

Estaba irritado contra Anna, que se había puesto y le había puesto en aquella falsa situación, y a la vez la compadecía.

Bajó a la platea y se acercó al palco de Anna. Stremov, en pie ante el palco, hablaba con ella.

—Ya no hay tenores. *Le moule en est brisé.*

Vronsky saludó a Anna y a Stremov.

—Me parece que ha llegado usted tarde y se ha perdido la mejor aria –dijo ella, mirándole con ironía, según él pensó.

—Soy poco entendido –contestó Vronsky, mirándola con gravedad.

—Como el príncipe Jachvin, que opina que la Patti canta demasiado alto –repuso Anna, sonriendo–. Gracias –añadió, tomando con su pequeña mano cubierta por el largo guante el programa que él había cogido del suelo.

Pero, de pronto, su hermoso rostro se estremeció; se levantó y se retiró al fondo del palco.

Viendo que en el acto siguiente el palco quedaba vacío, Vronsky, seguido por los «¡chist!» del público que escuchaba en silencio los suaves sones de la cavatina, dejó la platea y se fue a casa.

Anna había llegado ya.

Cuando Vronsky entró en sus habitaciones, ella vestía aún el mismo traje que en el teatro. Sentada en la butaca más cercana a la puerta, junto a la pared, miraba ante sí. Le vio, y al punto adoptó la postura de antes.

—¡Anna! –exclamó Vronsky.

—¡Tú tienes la culpa de todo! –gritó ella, entre lágrimas de ira y desesperación, levantándose.

—Te pedí, te rogué, que no fueras al teatro. Sabía que surgirían disgustos.

—¡Disgustos! –exclamó Anna–. Fue algo terrible. No lo olvidaré ni en la hora de mi muerte. Dijo que era deshonroso sentarse a mi lado.

—Palabras de una estúpida –contestó Vronsky–. Pero tú no debiste arriesgarte a provocar…

—Detesto tu calma. No debías haberme conducido a esto. Si me amases…

—¿A qué viene ahora hablar de amor, Anna?

—Si me amases como te amo, si sufrieras como yo sufro… –siguió ella, mirándole con expresión de temor.

Vronsky sentía piedad y despecho a la vez.

Le aseguró que la amaba, comprendiendo que era lo único que la podía tranquilizar por el momento, y, aunque la reprochaba en el fondo, no le dijo nada que pudiera disgustarla.

Y aquellas seguridades de amor, que, de puro triviales, le avergonzaban, Anna las oía con emoción y se calmaba poco a poco escuchándolas.

Al día siguiente, ya completamente reconciliados, se fueron al campo, a la hacienda de los Vronsky.

Sexta parte

Capítulo I

Darya Alejandrovna pasaba el verano con sus hijos en Pokrovskoie, en casa de su hermana Kitty Levina.

Como la casa de los Oblonsky estaba completamente en ruinas, Kitty y Levin convencieron a Dolly de que se instalara allí con ellos, decisión que fue aprobada de buen grado por Stepán Arkadievich. Afirmaba este que sentía mucho que el trabajo no le permitiera pasar el verano con su familia, lo que habría sido para él la máxima felicidad.

Quedó, pues, en Moscú, y de vez en cuando iba al campo y pasaba allí un par de días.

Además de los Oblonsky, sus niños y la institutriz, también estaba allí aquellos días la anciana princesa madre de Kitty, que consideraba deber suyo velar por la hija inexperta que se hallaba «en aquel estado».

Estaba también con ellos Varenka, la amiguita de Kitty en el extranjero, la cual, cumpliendo su promesa de visitarla cuando se casase, había ido a pasar una temporada con ella. Todos eran parientes y amigos de la mujer de Levin. Y, aunque este los quería a todos, lamentaba que se turbase su ambiente y orden habituales con aquel «elemento Scherbatsky», como solía decir para sí.

De allegados propios solo estaba en su casa aquel verano Serguéi Ivanovich, pero aun este no tenía, en realidad, en su modo de ser nada de los Levin, sino de los Kosnichev, de modo que el ambiente de los suyos desaparecía por completo.

En aquella casa, durante tanto tiempo desierta, había tanta gente ahora, que casi todas las habitaciones estaban ocupadas, y a diario la anciana princesa, al sentarse a la mesa, tenía que contar a todos y poner a comer en una mesita aparte a alguno de sus nietos.

Kitty, que se ocupaba activamente de la casa, tenía no poco trabajo en encontrar gallinas, pavos y patos, que se consumían en enormes cantidades dado el apetito que mostraban los invitados, y en particular los niños, aquel verano.

Durante la comida de aquel día, toda la familia estaba reunida a la mesa. Los hijos de Dolly, la institutriz y Varenka trazaban planes sobre los sitios donde habían de ir a buscar setas. Serguéi Ivanovich, a quien todos tenían por su sabiduría e inteligencia un respeto rayano en adoración, sorprendió a todos interviniendo en la charla sobre las setas.

—Permítanme que les acompañe. Me gusta mucho buscar setas –dijo, mirando a Varenka–. Me parece una agradable ocupación.

—¿Por qué no? Con mucho gusto –repuso ella ruborizándose.

Kitty cambió con Dolly una significativa mirada. Aquella proposición de Serguéi Ivanovich confirmaba ciertas sospechas que Kitty albergaba hacía algún tiempo.

Temiendo que advirtiesen su gesto, se puso a hablar enseguida con su madre.

Después de comer, Serguéi Ivanovich se sentó ante su taza de café junto a la ventana del salón, continuando la charla iniciada con su hermano y mirando de vez en cuando hacia la puerta por la que habían de pasar los niños al salir de excursión. Levin se había instalado en el alféizar de la ventana, junto a él.

Kitty, en pie cerca de su marido, esperaba el momento de que cesase aquella conversación, que le interesaba poco, para decirle unas palabras.

—Has mejorado mucho desde que te casaste –empezó Serguéi Ivanovich, mirando a Kitty con una sonrisa y evidentemente poco interesado en el coloquio con su hermano, aunque siguiera fiel a su pasión de discutir las cosas más paradójicas.

—No te conviene para la salud estar de pie, Katia –le dijo su marido, acercándole una silla y mirándola significativamente.

—Es verdad, pero yo debo dejaros –dijo Serguéi Ivanovich, viendo que los niños salían corriendo, con gran algazara.

Tania, con sus medias muy estiradas, agitando el cesto y el sombrero de Serguéi Ivanovich, se precipitó rápidamente hacia este.

Una vez junto a él, con atrevimiento, brillándole los ojos, tan parecidos a los hermosos ojos de su padre, la niña alargó el sombrero a Serguéi Ivanovich y fue a ponérselo ella misma, suavizando su audacia con una sonrisa tímida y dulce.

—Varenka espera –dijo, poniéndole cuidadosamente el sombrero al leer en la mirada de Serguéi Ivanovich que se lo permitía.

Varenka se hallaba en la puerta vistiendo un trajecito de algodón amarillo, con un pañuelo blanco a la cabeza.

—Ya voy, Bárbara Andrievna –dijo Serguéi, terminando la taza de café y echándose al bolsillo el pañuelo y la pitillera.

—¡Qué encantadora es mi Varenka! –dijo Kitty a su marido, apenas se levantó Serguéi Ivanovich y de modo que este lo pudiese oír.

—¡Qué hermosa es, qué notablemente bella! ¡Varenka! –llamó Kitty–. ¿Estaréis en el bosque del molino? Iremos allí luego…

—Olvidas tu estado por completo, Kitty –dijo la anciana princesa cruzando la puerta con precipitación–. ¡No grites tanto!

Varenka, al oír la voz de Kitty y la reprensión de la madre, se acercó rápidamente a aquella. La ligereza de sus movimientos, los colores que cubrían su animado rostro, todo denotaba en ella un estado de espíritu excepcional.

Kitty, que sabía bien la causa de ello y lo observaba con interés, no la había llamado ahora sino para bendecirla mentalmente por el importante hecho que, a su juicio, debía suceder hoy, después de comer, en el bosque.

Le dijo, pues, en voz baja:

—Varenka, sería muy feliz si sucediera una cosa.

—¿Vendrá usted con nosotros? –dijo Varenka a Levin, conmovida y fingiendo no haber oído a Kitty.

—Iré hasta la era y me quedaré allí.

—¿Para qué necesitas ir a la era? –preguntó su mujer.

—Para ver los furgones nuevos y revisarlos –dijo Levin–. Y tú, Kitty, ¿dónde estarás?

—En la terraza.

Capítulo II

Toda la sociedad femenina estaba reunida en la terraza.

En general, les gustaba sentarse allí, pero hoy tenían, por otra parte, una tarea concreta. Además de la costura de camisitas, faldones y mantillas en que estaban ocupadas todas, tenían que hervir la confitura por un método ignorado por Agafia Mijailovna, es decir, sin añadir agua.

Agafia Mijailovna, encargada hasta entonces de aquel menester, convencida de que lo que se hacía en casa de Levin no podía hacerse mejor, había, a escondidas, aguado las fresas y fresones, segura de que no podía prepararse de otro modo.

La habían sorprendido en esta operación y ahora se hacía la preparación en presencia de todos con el fin de que la vieja criada se convenciera de que también la confitura sin agua resultaba excelente.

Agafia Mijailovna, con el rostro encarnado y afligido, los cabellos revueltos y los delgados brazos descubiertos hasta el codo, hacía girar lentamente la cacerola sobre el hornillo y miraba tristemente las fresas, deseando con toda su alma que quedaran duras y no se pudiesen comer.

La anciana princesa, comprendiendo que en ella, que era autora principal de aquella innovación, se centraba el enojo de Agafia Mijailovna, fingía estar ocupada en otras cosas y no interesarse por las fresas, y hablaba de asuntos indiferentes con sus hijos, pero no apartaba la vista del fogón.

—Siempre compro yo misma los vestidos para las muchachas cuando hay saldos en las tiendas –decía la Princesa, continuando la conversación iniciada.

Y añadió, dirigiéndose a Agafia:

—¿No cree usted que conviene espumarlo ahora, querida? No lo hagas tú, Kitty. Hace demasiado calor junto al hornillo.

—Yo lo haré –dijo Dolly.

Y, levantándose, comenzó a pasar la cuchara sobre la espuma del azúcar, dando de vez en cuando golpecitos con la cuchara y desprendiendo lo que se había pegado en ella en un plato, ya cubierto por una espuma de tono amarillo rosado, bajo la que corría la melaza de color sangre.

«¡Con cuánto gusto tomarán esto mis niños, después, a la hora del té!», pensaba Dolly, recordando que a ella de niña le extrañaba que a las personas mayores no les gustara lo mejor: lo que se espumaba al hacer las confituras.

—Stiva dice que lo mejor es regalarles dinero –manifestó en voz alta, siguiendo la interesante conversación acerca de lo que era mejor regalar a los criados.

—¿Es posible? ¡Dinero! –exclamaron a la vez la Princesa y Kitty–. Lo que ellos aprecian más es un regalo...

—Yo, por ejemplo, compré el año pasado a nuestra Matrena Semenovna un vestido que no era de popelín, pero sí muy parecido –añadió la Princesa.

—Ya me acuerdo. Lo llevaba el día del santo de usted.

—Un modelo encantador, con un dibujo sencillo y fino... De no llevarlo ella, me habría encargado uno igual para mí. Es bonito y no cuesta caro. Es del estilo del de Varenka.

—Creo que ya está –dijo Dolly, dejando deslizar el jarabe de la cuchara.

—Cuando empieza a caer en grumos, ya está a punto... Habrá que hervirlo un poco más, Agafia Mijailovna.

—¡Qué moscas tan pesadas! –exclamó Agafia–. Sí, sí, parece que resulta lo mismo...

—¡Qué bonito es, no lo espantéis! –exclamó de pronto Kitty, mirando un gorrión que se había posado en la balaustrada y que, alcanzando un fresón, había empezado a picarlo.

—No te acerques tanto al hornillo –insistió su madre.

—*À propos* de Varenka –dijo Kitty, hablando en francés, como hacían siempre cuando querían que Agafia Mijailovna no les entendiese–, no sé por qué me parece, mamá, que hoy va a decidirse algo. Ya sabe usted a lo que me refiero. ¡Cuánto me alegraría!

—¡Vaya casamentera –dijo Dolly–, ¡Y con cuánta habilidad y prudencia arregla sus entrevistas!

—Dígame lo que opina, mamá.

—¿Qué voy a opinar? Él –por «él» sobreentendían siempre a Serguéi Ivanovich– puede aspirar al mejor partido de Rusia. Aunque ya no es muy joven, todavía muchas le aceptarían con gusto. Varenka es muy buena, pero él podía…

—Creo que es imposible imaginar una mejor que ella. Primero, porque es encantadora… –empezó Kitty, doblando un dedo.

—Desde luego a él le gusta mucho. Eso es verdad –confirmó Dolly.

—Además él goza en el gran mundo de una situación que le permite casarse con quien quiera, dejando de lado consideraciones de fortuna y de posición. Solo necesita una cosa: una esposa buena, simpática, tranquila…

—Desde luego, con ella puede uno vivir muy tranquilo –afrmó Dolly.

—En tercer lugar, ella le amará. No hay que olvidar esto. Así que todo irá bien. Espero que cuando vuelvan del bosque esté todo arreglado. Lo veré enseguida en sus ojos. ¡Cuánto me alegraré! ¿Qué piensas tú, Dolly?

—No te excites tanto. No te conviene –dijo su madre.

—No me excito, mamá. Me parece que él se declarará hoy.

—¡Es tan extraño el momento que suelen elegir los hombres para declararse!

Siempre se atienen a un límite, que luego rompen de pronto –dijo Dolly, pensativa, sonriendo al recordar sus relaciones con Stepán Arkadievich.

—¿Cómo se te declaró a ti papá? –preguntó de repente Kitty a su madre.

—No hubo nada de extraordinario. Fue la cosa más natural del mundo –contestó la Princesa.

Pero su rostro se iluminaba al recordarlo.

—Bien, pero ¿cómo? ¿Le quería usted antes de que le dejaran hablar con él?

Kitty experimentaba un placer especial pudiendo hablar con su madre de igual a igual de estas cosas esenciales en la vida de una mujer.

—Claro que él me quería. Iba a vernos al pueblo donde teníamos la propiedad…

—Pero, ¿cómo se decidió la cosa, mamá?

—¿Creéis haber inventado vosotras algo nuevo? Siempre ha sido igual. La cosa se decide con miradas, con sonrisas.

—¡Qué bien se explica usted, mamá!

—Precisamente con miradas y sonrisas –confirmó Dolly.

—¿Qué le decía él?

—¿Y qué te decía a ti Kostia?

—Me lo escribía con tiza. ¡Es maravilloso! ¡Oh, cuánto tiempo me parece que ha transcurrido ya desde entonces!

Y las tres mujeres quedaron silenciosas pensando en lo mismo.

Kitty fue la primera en romper el silencio. Recordó el invierno anterior a su boda y su pasión por Vronsky.

—¡Aquel primer amor de Varenka! –dijo, recordándolo por natural asociación de ideas–. Quisiera hablar con Serguéi Ivanovich, prepararle… Todos los hombres tienen tantos celos de nuestro pasado, que…

—No todos –repuso Dolly–. Tú lo crees así por tu marido. Estoy segura de que está todavía atormentado por el recuerdo de Vronsky.

—Cierto –contestó Kitty, con pensativa mirada, sonriendo.

—¡No sé en qué puede inquietarle tu pasado! –exclamo la Princesa, pronta a la susceptibilidad, apenas su vigilancia maternal parecía ser puesta en duda–. ¿Que Vronsky te hacía la corte? Eso les pasa a todas las jóvenes.

—No es eso a lo que nos referíamos –repuso Kitty ruborizándose.

— Espera –continuó su madre–. Tú misma no quisiste dejarme hablar con Vronsky. ¿Te acuerdas?

—¡Oh, mamá! –dijo Kitty con apenada expresión.

—¿Quién puede deteneros en estos tiempos?… Vuestras relaciones no podían pasar de ciertos límites. En caso contrario, yo misma le habría detenido. Por otra parte, no debes excitarse… Haz el favor de recordar con calma y tranquilidad cómo pasaron las cosas…

—Estoy del todo tranquila, mamá.

Dolly sugirió:

—¡Qué conveniente fue para Kitty que Anna llegara entonces! ¡Y qué lamentable para Anna! Precisamente pasó lo contrario de lo que parecía –añadió, sorprendida de su pensamiento–. ¡Qué feliz se consideraba Anna entonces y qué desgraciada Kitty! Y todo ha resultado al revés… Yo pienso mucho en Anna.

—No se lo merece. Es una mujer perversa, odiosa, sin corazón –dijo la madre, incapaz de olvidar que Kitty, por culpa de ella, se había casado con Levin y no con Vronsky.

—¿A qué hablar de todo eso? –repuso Kitty enojada–. Yo no pienso en ello, ni quiero pensar. No, no quiero pensar –repitió.

Y prestó oído a los pasos, tan conocidos, de su esposo, que subía la escalera.

—¿De qué hablaban y a qué viene ese «no quiero pensar»? –preguntó Levin entrando en la terraza.

Pero nadie contestó y él no insistió en la pregunta.

—Siento haber perturbado este reino femenino –dijo Levin, mirándolas a todas involuntariamente y comprendiendo que hablaban de algo de lo que no habrían hablado en su presencia.

Por un momento pareció compartir los sentimientos de Agafia Mijailovna, su descontento porque no hiciesen la confitura con agua, y de un modo general por la influencia de los Scherbatsky.

No obstante, sonrió y se acercó a su mujer.

—¿Qué tal? –preguntó, mirándola con la misma expresión con que actualmente la miraban todos.

—Estoy muy bien –contestó Kitty, sonriendo–. ¿Y tú?

—Los furgones que han llegado cargan tres veces más que los carros. ¿Vamos a buscar a los niños? He ordenado que enganchen.

—¿Cómo quieres que Kitty vaya en la tartana? –dijo la madre con reproche.

—Iremos al paso, Princesa.

Levin nunca trataba a su suegra de mamá, como todos los yernos, lo que desagradaba a la Princesa. Pero él, aunque la quería y respetaba como ninguno, no podía decidirse a hacerlo, porque con ello le habría parecido profanar el recuerdo de su madre difunta.

—Venga con nosotros, mamá –dijo Kitty.

—No quiero ser testigo de esas imprudencias.

—Pues iré a pie. Me sentará bien –y Kitty, levantándose, se acercó a su esposo y cogió su brazo.

—Te sentará bien, pero todo tiene sus límites.

—¿Ya está hecha la confitura? –preguntó Levin, sonriendo, a Agafia Mijailovna y queriendo ponerla de buen humor–. ¿Resulta bien por el nuevo método?

—Parece que sí. Para nosotros, está demasiado hervida.

—Así resulta mejor, Agafia Mijailovna, porque no se pondrá agria. Si no, como no tenemos hielo, no habría donde guardarla –dijo Kitty, comprendiendo enseguida el intento de su marido y procurando también calmar a la vieja–. En cambio, sus conservas saladas son tan buenas que mamá dice que no las ha comido iguales en ninguna parte.

Y, sonriendo, arregló la pañoleta de la anciana.

Agafia Mijailovna miró a Kitty con cierto enfado.

—No trate de consolarme, señorita. Me basta verla a usted con él para sentirme contenta.

Aquella brusca expresión, «con él», conmovió a Kitty.

—Venga a buscar setas con nosotros y nos enseñará dónde las hay.

Agafia Mijailovna sonrió y movió la cabeza como diciendo: «Quisiera enfadarme con usted, pero es imposible».

—Haga el favor de hacer lo que voy a aconsejarle –dijo la Princesa–. Encima de cada pote ponga un papel empapado en ron. Así, aunque le falte hielo, nunca se echará a perder la confitura.

Capítulo III

Kitty se alegró de quedarse sola con su marido, porque en el rostro de él, que reflejaba tan vivamente todos sus sentimientos, vio una sombra de tristeza en el momento en que, entrando en la terraza, le preguntó de qué habían hablado y ella no contestó.

Cuando, marchando ante todos, a pie, perdieron de vista la casa y salieron al camino polvoriento, llano, cubierto de espigas y granos de centeno, ella se apoyó más en el brazo de su esposo y le apretó contra sí.

Levin olvidó la reciente impresión desagradable y, a solas con Kitty, el recuerdo de cuyo estado no le abandonaba jamás, experimentó una vez más el sentimiento, alegre y puro, de hallarse próximo a la mujer querida.

No tenía de qué hablarle, pero deseaba oír el sonido de su voz, que había cambiado durante su embarazo.

En su voz y en sus ojos había ahora la dulzura y la gravedad de las personas concentradas en una ocupación que les es grata.

—¿No te cansarás? Apóyate más en mi brazo –dijo Levin.

—No me canso. Me alegro de estar a solas contigo. Aunque me siento a gusto con los demás, añoro nuestras veladas invernales en las que nos quedábamos los dos solos…

—Entonces estábamos bien y ahora mejor. Las dos cosas son excelentes –repuso Levin apretándole el brazo.

—¿Sabes de lo que hablábamos cuando llegaste?

—¿De la confitura?

—De eso y de cómo suelen declararse los hombres.

—Ya –dijo Levin.

Escuchaba más el sonido de la voz de Kitty que las palabras que le decía, pensando siempre en el camino que iba al bosque y evitando los sitios en que Kitty pudiera dar un mal paso.

—Hablábamos de Serguéi Ivanovich y de Varenka. ¿Te has dado cuenta de que... Yo deseo vivamente... –continuó ella–. ¿Qué te parece?

Y Kitty le miró a la cara.

—No sé qué pensar. Serguéi, en ese sentido, me resulta muy raro. Ya lo he referido...

—Sí, que estuvo enamorado de una muchacha que murió.

—Cierto. Eso sucedió siendo yo niño. Y lo sé porque me lo contaron. Me acuerdo bien de cómo era en aquella época: un hombre apuesto y atractivo. Desde entonces le veo cómo actúa con las mujeres. Se muestra amable con ellas, incluso le gustan algunas... pero las considera personas, no mujeres concretamente. Ya me entiendes...

—Ahora, con Varenka, parece, sin embargo, que es diferente...

—Quizá. Pero es preciso conocerle. Es un hombre muy extraño. Solo vive una vida espiritual. Tiene un alma demasiado pura y elevada.

—¿En qué puede rebajarle ese sentimiento?

—No le rebajaría. Pero él está habituado a llevar una existencia puramente espiritual; no sabría reconciliarse con la realidad y Varenka, al fin y al cabo, es una realidad...

Levin se había acostumbrado ahora a expresar directamente sus pensamientos sin tomarse el trabajo de revestirlos de palabras precisas. Sabía que su mujer, en momentos como este, le entendía con medias palabras.

Y Kitty, en efecto, le comprendió.

—Oh, no, Varenka pertenece más a la vida espiritual que a la real. No es como yo. Comprendo que una mujer como yo no puede gustarle a tu hermano.

—No, él te quiere mucho y a mí me es muy grato que los míos te quieran.

—Sí, es muy bueno conmigo, pero...

—Pero no como el difunto Nikolenka. Llegasteis a quereros mucho –concluyó Levin. Y añadió–: ¿Por qué no confesarlo? A veces me reprocho al pensar que acabaré olvidándole. ¡Qué hombre tan admirable y tan terrible era mi hermano Nikolái! Sí... Y ¿de qué hablábamos? –preguntó tras un silencio.

—Entonces, ¿crees que él no puede enamorarse? –insistió Kitty, traduciendo a su idioma las palabras de Levin.

—No es que no pueda enamorarse –repuso él sonriendo–. Pero no es lo bastante débil para... Siempre le he envidiado. Hasta ahora, que soy feliz, le envidio.

—¿Le envidias que no sea capaz de enamorarse?

—Le envidio porque vale más que yo –contestó Levin sonriendo–. No vive más que para sí. Toda su vida obedece al deber. Y por eso puede estar siempre tranquilo y contento.

—¿Y tú no? –dijo Kitty con sonrisa irónica y afectuosa. No habría podido decir qué camino seguían sus pensamientos para llevarla a sonreír, pero consideraba que su marido, al elogiar de aquel modo a su hermano y rebajarse tanto él no era sincero. Sabía que esta falta de sinceridad procedía del cariño a su hermano, de una especie de vergüenza de ser demasiado feliz y, sobre todo, de su deseo constante de ser mejor–. ¿Así que tú estás descontento? –insistió, con la misma sonrisa, feliz de descubrir en él aquellos sentimientos.

La incredulidad de ella respecto a su satisfacción alegraba a Levin, porque involuntariamente le obligaba a exponer las causas de su descontento.

—Soy feliz, pero no estoy contento de mí mismo.

—¿Cómo puedes estar descontento si eres feliz?

—No sé cómo explicarlo. Ahora no siento en mi alma otro interés sino el que tú, por ejemplo, no des un paso en falso. ¡No saltes así! –exclamó, interrumpiendo el diálogo para reprocharle al verla que realizaba un movimiento demasiado vivo para pasar sobre una gruesa rama seca caída en el camino–. Pero cuando pienso en mí y me comparo con otros, sobre todo con mi hermano, siento que no valgo nada...

—¿Por qué? –exclamó Kitty con la misma sonrisa–. ¿No haces lo mismo que los demás? ¿Y tu granja, y tu propiedad, y tu libro?

—No... Ahora lo noto sobre todo por culpa tuya –dijo él, apretándole el brazo–. Sí, es por culpa tuya... Todo lo hago de cualquier manera. Si pudiese apasionarme por esas cosas como por ti... Pero últimamente lo hago todo como una lección que me obligaran a aprender de memoria...

—Entonces, ¿qué dirás de papá? –preguntó Kitty–. No debe de valer nada tampoco, puesto que no ha hecho nada en beneficio de la Humanidad.

—¿Él? ¿Pero acaso tengo yo la bondad, la sencillez, la claridad de ideas de tu padre? Yo, al no hacer nada, me atormento. ¡Y todo eso te lo debo a ti! Cuando tú no estabas, cuando no existía esto –dijo Levin, indicando con una mirada el vientre de Kitty, lo que ella comprendió enseguida–, todas mis fuerzas se empleaban en mi actividad, pero ahora no puedo hacerlo y me avergüenzo de ello. Lo hago todo como quien recita una lección, finjo…

—Entonces, ¿querrías cambiarte por Serguéi Ivanovich? –preguntó Kitty–. ¿Habrías querido ocuparte del bien colectivo y dedicarte a esta tarea señalada y nada más?

—Claro que no –repuso Levin–. En cualquier caso, soy tan feliz, que no sé nada de nada… ¿Crees que se declarará hoy mi hermano? –interrogó, después de un silencio.

—Sí y no. Pero me agradaría mucho que sucediese. Espera…

Kitty se inclinó para coger una margarita silvestre que crecía al borde del camino.

—Mira a ver si se declarará o no –dijo, dándole la flor.

—Sí, no… –empezó Levin, deshojando los blancos y recios pétalos de la flor.

—¡Alto! –exclamó Kitty, que seguía con afán el movimiento de sus dedos, cogiéndole la mano–. ¡Has arrancado dos de una vez!

—Entonces este pequeño no se cuenta –dijo él, arrancando un pequeño pétalo apenas crecido–. Mira, la tartana. ¡Nos ha alcanzado!

—¿Estás cansada, Kitty? –gritó su madre.

—En modo alguno.

—Si lo estás, siéntate aquí. Los caballos son mansos y andan despacio.

Pero no valía la pena subir. Estaban ya cerca del lugar y continuaron el camino todos a pie.

CAPÍTULO IV

Varenka estaba muy atractiva, con su pañuelo blanco sobre la negra cabellera, rodeada de niños, ocupándose alegremente de ellos y visiblemente conmovida por la posibilidad de que el hombre que le gustaba se le declarase.

Serguéi Ivanovich, a su lado, la miraba sin cesar, recordando las agradables conversaciones que había mantenido con ella y comprendiendo cada vez más claramente que experimentaba por la joven un sentimiento especial, que ya sintiera otra vez, mucho tiempo hacía, en su primera juventud. Sí, solo una vez...

La impresión de alegría que le causaba su proximidad fue creciendo sin cesar hasta el momento en que, al darle una seta, una enorme seta de tallo delgado, con los bordes vueltos hacia afuera, la miró a los ojos y observó el rubor que su emoción tímida y alborozada hacía subir a su rostro. Él mismo se turbó y le sonrió con una de aquellas sonrisas que dicen tantas cosas.

«De ser así –se dijo–, debo pensarlo antes de decidirme, sin dejarme llevar, como un chiquillo, de la influencia del momento».

—Voy a separarme de todos para buscar setas por mi cuenta –pronunció en voz alta Serguéi Ivanovich–, porque, si no, mis hallazgos van a pasar inadvertidos.

Y se alejó del lindero del bosque por cuya suave alfombra pasaban, entre los viejos álamos poco frondosos, hacia el interior, donde a los troncos blancos de los álamos se unían los grises de los olmos y los oscuros de los avellanos.

Habiéndose apartado unos cuarenta pasos, Serguéi Ivanovich se encontró detrás de un avellano en pleno florecimiento, cuyas ramas con sus racimos de un rojo rosado le ocultaban a los ojos de sus acompañantes, y se detuvo.

Todo estaba en calma en torno suyo. Solo en torno de los álamos a cuya sombra se encontraba, zumbadoras moscas volaban como un enjambre de abejas y a lo lejos se oían de vez en cuando las voces de los niños.

De pronto, muy cerca, en el lindero del bosque, sonó la voz de contralto de Varenka llamando a Gricha. Una sonrisa alegre iluminó el rostro de Serguéi Ivanovich y, al tener conciencia de su sonrisa, movió la cabeza en señal de desaprobación y, sacando un cigarro del bolsillo, se dispuso a fumar.

Estuvo mucho rato sin conseguir inflamar el fósforo que frotaba en el tronco de un abedul. La suave pelusa de la blanca corteza se pegaba al fósforo y apagaba la llama.

Al fin consiguió encender uno y el aromático humo del cigarro se elevó ante él como un ondulante velo hacia las ramas colgantes del abedul.

Siguiendo con la vista las volutas del humo, Serguéi Ivanovich continuó su camino pensando en su situación.

«¿Por qué no? –se decía–. Si esto fuera una explosión de sentimientos, una pasión, si hubiera sentido esta inclinación, que ya puedo llamar recíproca, y notara, a la vez, que ello iba contra mi modo de vivir; si, entregándome a esta inclinación observara que traiciono mi vocación y mi deber... Pero no hay nada de eso... Solo puedo alegar en contra que, al perder a

Marie, prometí ser fiel a su memoria. Solo esto puedo oponer a mi sentimiento y desde luego comprendo que es importante».

Pero mientras se hacía estas reflexiones advertía a la vez que para él no podían tener ninguna importancia, salvo tal vez la de que estropearía a los ojos de los demás su papel de fiel enamorado.

«Aparte de esto, por mucho que busque, no encontraré nada contra mi sentimiento. Si hubiera escogido solo ateniéndome a la razón, no habría hallado nada mejor». Pensando en cuantas mujeres conocía, no lograba recordar ninguna que reuniese aquellas cualidades que él, reflexionando fríamente, había siempre deseado para su esposa.

Varenka tenía el encanto y lozanía de la juventud, pero no era una niña, y si le amaba era conscientemente, como debe amar una mujer.

Pero había algo todavía mejor y era que ella no solo estaba apartada de las opiniones del gran mundo, sino que, evidentemente, el gran mundo le repugnaba, sin prejuicio de conocerlo y de saberse mover en él dignamente, sin lo cual Serguéi Ivanovich no podía concebir a la compañera de su vida.

Además, Varenka era religiosa, pero no como una niña, al modo de Kitty, religiosa y buena por instinto, sino con conocimiento de causa, ordenando su vida según los principios religiosos.

Incluso en otros detalles, Serguéi Ivanovich hallaba en ella cuanto pudiera desear en su esposa: Varenka era pobre y vivía sola en el mundo y no traería con ella una caterva de parientes y su influencia en casa del marido, como sucedía con Kitty, y estaría obligada en todo a su marido, cosa que había deseado también siempre para su futura vida conyugal.

Y la joven que reunía todas aquellas condiciones le amaba, lo que él, aunque modesto, no podía dejar de observar. Y Serguéi Ivanovich la amaba también.

Había un obstáculo: su edad. Pero en su familia eran todos fuertes y vivían muchos años. No representaba apenas cuarenta y recordaba que solo en Rusia se considera viejos a los hombres cincuentones.

En Francia un cincuentón está *dans la force de l'âge* y un cuarentón es un *jeune homme*. ¿Qué significaba la edad si él se sentía tan joven de espíritu como veinte años atrás? ¿Acaso no era juvenil el sentimiento que experimentaba ahora cuando, al salir desde el centro del bosque a su límite, veía bajo los oblicuos rayos del sol, inundada en su luz, la graciosa figura de Varenka, con su vestidito amarillo?

Ella, con el cesto al brazo, pasó con rápido andar ante el tronco de un abedul. La impresión que le causara Varenka se unió en él a una perspectiva que le sorprendió por su belleza: el campo de avena que empezaba a amarillear, anegado en los rayos oblicuos del sol, y más allá, el añoso bosque, también salpicado de manchas amarillas, que desaparecía en la lejanía azul...

Su corazón se estremeció de alegría, su alma se llenó de ternura y Serguéi Ivanovich se decidió.

En aquel momento, Varenka, que se había inclinado para coger una seta, se erguía con gentil ademán.

Serguéi Ivanovich tiró el cigarro con un rápido movimiento y se dirigió hacia ella.

CAPÍTULO V

«Bárbara Andrievna, cuando yo era muy joven aún, forjé un ideal de mujer a quien amar y a quien hacer mi esposa. Después de largos años de vida, he hallado en usted lo que buscaba. La amo y le ofrezco mi nombre».

Así se preparaba a hablar Serguéi Ivanovich cuando estaba a diez pasos de Varenka, la cual, arrodillada y defendiendo una seta de los asaltos de Gricha, llamaba a la pequeña Macha.

—Ven, ven, pequeña, ven. ¡Aquí hay muchas! –decía con su agradable voz.

Viendo acercarse a Serguéi Ivanovich no cambió de postura, pero él advirtió en todo su aspecto que sentía su proximidad y se alegraba.

—¿Ha encontrado usted muchas? –preguntó, volviendo hacia él su hermoso rostro, que sonreía con dulzura enmarcado en el blanco pañuelo.

—Ninguna. ¿Y usted? –repuso Serguéi Ivanovich.

Varenka, ocupada con los niños que la rodeaban, no contestó.

—¡Otro! –dijo, mostrando a la pequeña Macha un hongo minúsculo sobre un delgado tallo cortado en la mitad de su esponjosa cabeza rosada por una brizna de hierba seca que había crecido bajo el hongo.

Varenka se incorporó cuando Macha cogió el honguito, rompiéndolo en dos frescos pedazos.

—Esto me recuerda mi infancia –dijo Varenka, dejando a los niños para aproximarse a Serguéi Ivanovich.

Anduvieron unos pasos en silencio.

Varenka adivinaba que él quería hablar; sabía ya de qué y la alegría y el temor le oprimían el alma.

Se alejaron tanto que todos les perdieron de vista, pero él seguía callando. Varenka optó por callar también. Después de un silencio, resultaba más fácil hablar de lo que les interesaba que a raíz de unas palabras sobre las setas.

Pero, como involuntariamente, Varenka dijo de improviso:

—¿De modo que usted no ha encontrado nada? Claro... En el bosque siempre hay menos setas que en los linderos.

Serguéi Ivanovich suspiró sin contestar. Le desagradaba que ella hablara de las setas. Habría querido hacerla volver a sus primeras palabras sobre su infancia; pero, también como a la fuerza, tras una pausa le contestó:

—He oído decir que los hongos blancos crecen en los linderos del bosque, pero no sé distinguirlos.

Pasaron otros varios minutos. Se alejaron más de los niños y ahora estaban completamente solos.

El corazón de Varenka latía de tal modo que ella percibía sus latidos. Se daba cuenta de que se ruborizaba, palidecía y volvía a ruborizarse.

Ser esposa de un hombre como Kosnichev después de la posición en que viviera con la señora Stal, le parecía que era más de lo que podía desear. Estaba, por otra parte, convencida de que le amaba.

Sentía que ahora iba a decidirse todo y se asustaba de lo que le diría y de lo que le dejaría de decir.

Serguéi Ivanovich comprendía también que había que explicarse ahora o no lo harían nunca. Todo en la mirada, el rubor y los ojos de Varenka delataba una fuerte emoción. Kosnichev la compadecía.

Pensaba aun que no decirle nada ahora, sería ofenderla. Se repitió mentalmente todo lo aducido en pro de su decisión; se repitió incluso las palabras con las que quería expresársela.

Pero, por una inesperada asociación de ideas, en vez de decirle lo que pensaba, le preguntó:

—¿Qué diferencia hay entre el hongo blanco y el hongo de álamo?

Los labios de Varenka temblaron de emoción al contestar:

—La cabeza no difiere apenas, pero el tallo sí.

Y, después de pronunciar estas palabras, comprendieron ambos que todo había terminado y que lo que debía decirse no se diría. Y su mutua emoción, que había alcanzado su punto máximo, empezó a calmarse.

—El tallo del hongo de álamo recuerda la barba de un hombre moreno sin afeitar –dijo, ya completamente tranquilo, Serguéi Ivanovich.

—Es cierto –repuso Varenka sonriente.

Y, sin darse cuenta, cambiaron el rumbo de su paseo y se acercaron a los niños. Varenka sentía dolor y vergüenza, pero a la vez experimentaba cierta sensación de alivio.

De vuelta a casa y repasando todos los motivos que podía tener para casarse, Serguéi Ivanovich halló que había pensado equivocadamente. No podía traicionar la memoria de Marie.

—¡Calma, calma, calma, niños! –gritó Levin, casi irritado, poniéndose ante su mujer para defenderla cuando los chiquillos, entre gritos de alegría, venían corriendo a su encuentro.

Detrás de los niños salieron del bosque Serguéi Ivanovich y Varenka.

Kitty no necesitó preguntar nada. En los rostros serenos y como avergonzados de los dos, la joven comprendió que sus esperanzas no se habían realizado.

—¿Y qué? –preguntó su marido cuando volvían a casa.

—No muerden –dijo Kitty, recordando a su padre en el modo de reír y hablar, lo que Levin observaba a menudo en ella con placer.

—¿Qué quiere decir «no muerden»?

—Esto, mira lo que hacen –repuso Kitty, cogiendo la mano de su marido, llevándosela a la boca y tocándola con sus labios cerrados–. Le besa la mano como se le besa a un obispo.

—Pero, ¿quién es el que «no muerde»? –preguntó Levin riendo.

—Ni el uno ni el otro. Mira, es así como debe hacerse.

Y Kitty besó la mano de su marido.

—Cuidado. Ahí vienen unos aldeanos.

—No, no han visto nada...

CAPÍTULO VI

Mientras los niños tomaban el té, los mayores, sentados en el balcón, hablaban como si nada hubiera sucedido, a pesar de que todos, en especial Serguéi Ivanovich y Varenka, sabían que se había producido un hecho muy importante, aunque negativo.

Tanto él como ella experimentaban un sentimiento análogo al de un alumno después de un examen desfavorable, cuando queda en la misma clase o le hacen salir del colegio.

Todos los presentes, comprendiendo también que había sucedido algo, hablaban con animación de cosas indiferentes.

Levin y Kitty esta tarde se sentían particularmente felices y enamorados. El que ellos fueran felices con su amor parecía una desagradable alusión a los que querían serlo y no podían, por lo que experimentaban un sentimiento de pesar.

—Acuérdense de lo que les digo. Alexander no vendrá hoy –aseguró la Princesa.

Aguardaban para aquella tarde la llegada de Oblonsky y el anciano príncipe había escrito que quizá fuera él también.

—Y sé muy bien por qué –continuó la anciana señora–. Según él a los recién casados hay que dejarlos solos durante los primeros tiempos.

—Papá nos tiene abandonados. Hace mucho que no le vemos –dijo Kitty–. Además, ¿acaso somos recién casados? ¡Si somos veteranos ya!

—Pues si él no viene, yo os dejaré, hijas –dijo la Princesa suspirando melancólicamente.

—¿Por qué, mamá? –exclamaron ellas.

—Pensad en lo triste que se sentirá él ahora…

Insólitamente, la voz de la anciana tembló.

Sus hijas callaron y cruzaron una mirada, con la que querían significar: «Mama siempre encuentra algún motivo de tristeza».

Ignoraban que, por bien que ella se hallara en casa de Kitty y por útil que se considerara allí, sufría y estaba apenada por sí misma y por su esposo desde que su hija menor, la preferida, se había casado dejando su hogar tan vacío.

—¿Qué quiere usted? –preguntó Kitty a Agafia Mijailovna, que se acercaba con aire de importancia y de misterio.

—Es que la cena…

—Anda, ve a dar órdenes mientras yo le tomo la lección a Gricha. Hoy no ha estudiado nada –dijo Dolly.

—Esa lección debo darla yo. Ya voy, Dolly –repuso Levin levantándose de un salto.

Gricha había ingresado ya en el instituto y tenía que preparar sus lecciones durante el estío. Dolly, que en Moscú estudiaba hasta latín con su hijo, al llegar al campo se impuso la norma de repetir con él al menos las lecciones más difíciles de aritmética y latín.

Levin se ofreció a hacerlo en su lugar, pero ella, viendo una vez cómo Levin tomaba la lección al niño, y notando que no lo hacía como el profesor repasador en Moscú, se disgustó y, procurando no ofender a su cuñado, le dijo resueltamente que había que repasar las lecciones tal como estaban en el libro, según hacía el profesor de Moscú, y que por ello prefería dar ella misma las lecciones a su hijo.

Levin se sentía enojado contra Stepán Arkadievich, que en su despreocupación descuidaba la vigilancia de los estudios de sus hijos, dejando a la madre aquel cuidado del que ella no entendía nada, y lo estaba también contra los profesores que enseñaban tan mal a los niños.

No obstante, prometió a su cuñada dirigir los estudios de su hijo como ella quería y seguía dando clase a Gricha, pero no por su método propio, sino por el del libro, motivo por el cual no lo hacía de buena gana y a menudo, como había sucedido hoy, olvidaba la hora de la clase.

—Iré yo, Dolly quédate aquí –dijo–. Lo repasaremos todo con arreglo al libro. Únicamente cuando venga Stiva y salgamos de caza dejaremos un poco las lecciones.

Y Levin se dirigió al cuarto de Gricha.

Varenka, a su vez, se ofreció a cumplir el trabajo de Kitty. También allí, en la casa feliz y bien administrada de los Levin, había sabido hacerse útil.

—Yo me encargaré de la cena. Usted siéntese –dijo.

Y se dirigió a Agafia Mijailovna.

—Seguramente no han encontrado pollos y tendremos que coger los nuestros –dijo Kitty.

—Ya lo veremos Agafia Mijailovna y yo.

Y Varenka desapareció con el ama de llaves.

—¡Qué muchacha tan simpática! –dijo la Princesa.

—No solo simpática, mamá, sino, encantadora como pocas.

—¿De modo que viene Stepán Arkadievich? –preguntó Serguéi Ivanovich, que al parecer no quería continuar la charla sobre Varenka–. Es difícil hallar dos cuñados menos semejantes –agregó con fina sonrisa–. El uno es animadísimo, vive en sociedad como pez en el agua, y el otro, nuestro Kostia, es entusiasta, sensible, pero en sociedad o permanece extático, o se agita sin ton ni son como un pez fuera de su elemento.

—Sí, es muy poco prudente –dijo la Princesa, dirigiéndose a él–. Precisamente quería decirle que a ella –e indicó a Kitty– le es imposible permanecer aquí y tendrá que trasladarse a Moscú. Él dice que más vale mandar venir al médico.

—Kostia hará todo lo necesario, mamá, está conforme con todo –atajó Kitty, molesta al ver que su madre hacía a Serguéi Ivanovich juez en aquel asunto.

Mientras hablaban, en el camino se oyeron relinchos de caballos y ruido de ruedas sobre la arena.

Aún no había tenido tiempo Dolly de levantarse e ir al encuentro de su marido, cuando Levin saltó del piso de abajo, donde Gricha estudiaba y ayudó a bajar al chiquillo.

—¡Es Stiva! –gritó Levin bajo el balcón–. No te apures, Dolly, ya hemos terminado.

Y como un niño, echó a correr hacia el coche.

—*¡Is, ea, id, eius, eius!* –gritaba Gricha, dando saltos por el camino.

—Viene otro... ¡Debe de ser papá! –gritó Levin, deteniéndose–. Kitty, no bajes la escalera. Es muy empinada. Más vale que des la vuelta.

Pero Levin se equivocó tomando por su suegro al que venía en el coche. Al llegar al carruaje, vio junto a Oblonsky, no al Príncipe, sino a un joven, guapo, grueso, tocado con una gorra escocesa de la que pendían largas cintas.

Era Vasenka Veselovsky, primo de los Scherbatsky, brillante joven tan petersburgués como moscovita, «muchacho excelente y apasionado cazador», según lo presentó Stepán Arkadievich.

Nada turbado por la decepción que produjo al aparecer sustituyendo al anciano príncipe, Veselovsky saludó alegremente a Levin, recordándole que se habían conocido en otra ocasión, y cogió a Gricha al vuelo, levantándolo sobre el perdiguero que traía consigo Stepán Arkadievich.

Levin no subió al landolé y lo siguió a pie por el camino.

Se sentía algo disgustado por el hecho de que no hubiese acudido su suegro, a quien apreciaba más cuanto más trataba, y disgustado también por la llegada de aquel Veselovsky, hombre extraño a la familia, que, a su juicio, no hacía otra cosa que estorbar.

Y aún le pareció más ajeno y superfluo cuando, al llegar a la escalinata donde estaban todos, observó que Veselovsky besaba la mano de Kitty con especial afecto y galantería.

—Su esposa y yo somos *cousins* y, además, viejos amigos –afirmó Vasenka, apretando de nuevo con fuerza la mano de Levin.

—¿Cómo estamos de caza? –preguntó Stepán Arkadievich a su amigo.

A Oblonsky casi no le quedaba tiempo de decir una palabra amable a cada uno de los presentes.

—Vasenka y yo –añadió– hemos venido con las más crueles intenciones... ¿Cómo lleva tanto tiempo sin dejarse ver por Moscú, *maman*? Te traigo una cosa para ti, Tania. Haz el favor de sacarla de la parte trasera del coche –decía volviéndose tan pronto a uno como a otro–. Qué guapa te has puesto, Dolenka –le dijo a su mujer, besándole la mano una vez más, reteniéndosela en una de las suyas y acariciándosela con la otra.

Levin, que un momento antes estaba de excelente humor, miraba ahora a todos con aire sombrío, encontrándolo todo mal.

«¿A quién besaría ayer con esos mismos labios?», se dijo, observando el cariño con que Oblonsky trataba a su mujer. Y, contemplando a Dolly, experimentó la misma sensación de desagrado.

«Puesto que ella no cree en su amor, ¿por qué está tan alegre? ¡Es abominable!», pensó.

Miró a la Princesa, a quien tanta simpatía tuviera unos momentos antes, y se sintió vejado por el modo cómo saludaba a aquel Vasenka con su gorra de cintas, tratándole como si estuviera en su propia casa.

Incluso su hermano, que salió a la escalera, le desagradó, al observar la fingida amistad con que saludaba a Oblonsky, ya que Levin sabía que no le apreciaba ni sentía ningún respeto por él.

También Varenka le disgustó, viéndola saludar a aquel hombre, con su aspecto de *sainte nitouche*(1), cuando no pensaba en el fondo más que en casarse lo antes posible.

Pero lo que llevó al colmo su despecho fue ver a Kitty, que dejándose arrastrar por el entusiasmo general, contestaba con una sonrisa, que a él le pareció muy significativa, a la sonrisa feliz de aquel individuo que consideraba su llegada al pueblo como una fiesta para él y para los demás.

Todos entraron en la casa hablando ruidosamente. Pero apenas se hubieron sentado, Levin volvió la espalda y salió.

Kitty comprendió que a su marido le pasaba algo. Trató de hallar un momento para hablarle a solas, pero él la dejó, pretextando tener que trabajar en el despacho. Hacía tiempo que los asuntos de la finca no le parecían tan importantes como hoy.

«Ellos están de fiesta, pero yo debo atender a cosas que no tienen nada de festivas, que no pueden esperar y sin las que es imposible vivir», pensaba.

CAPÍTULO VII

Levin no volvió hasta que le llamaron para la cena.

En la escalera, Kitty hablaba con Agafia Mijailovna de los vinos necesarios para cenar.

—¿A qué tantos remilgos? Que sirvan el de siempre.

(1) «Mosquita muerta».

—No, a Stiva no le gusta ese... ¿Qué te pasa, Kostia? –dijo Kitty, dirigiéndose a él. Pero Levin, fríamente, sin esperarla, entró en el comedor a grandes pasos y se unió a la conversación que mantenían Oblonsky y Veselovsky.

—¿Vamos de caza mañana? –preguntó Stepán Arkadievich.

—Sí, por favor –dijo Veselovsky, sentándose de lado en una silla y poniendo una de sus robustas piernas sobre la otra.

—Por mi parte, con mucho gusto. ¿Ha ido usted de caza ya este año? –preguntó Levin a Vasenka, mirando con atención sus piernas y desplegando una fingida amabilidad que Kitty conocía y que la disgustó.

—No sé si hallaremos chochas –siguió–, pero fulicas hay muchísimas. Tendremos que salir temprano. ¿No se fatigará usted? Y tú, Stiva, ¿no estás cansado?

—¿Cansado yo? ¡Aún no me he sentido cansado nunca! Si queréis, esta noche, en vez de dormir, salimos a pasear...

—Muy bien... ¡Esta noche no se duerme! –apoyó Veselovsky.

—¡Oh, ya estamos bien seguros de que tú eres muy capaz de no dormir y de no dejar dormir al prójimo! –afirmó Dolly, con la ligera ironía con la que ahora trataba siempre a su marido–. Pero a mí me parece que es hora ya de acostarse, y me voy. No quiero cenar.

—¡Quédate, Dollenka! –exclamó su esposo, pasando a su lado, en la mesa–. Tengo muchas cosas que contarte.

—Seguramente no serán más que tonterías.

—Mira, Veselovsky ha estado en casa de Anna y va a ir otra vez. Viven solo a setenta verstas de aquí. Yo también tengo intención de visitarles. Acércate, Veselovsky.

Veselovsky, aproximándose a las señoras, se sentó junto a Kitty.

—Puesto que ha pasado usted por su casa, cuéntenos qué tal está –le dijo Dolly. Levin quedó al otro extremo de la mesa y, mientras hablaba con la Princesa y Varenka, veía cómo entre Oblonsky, Dolly, Kitty y Veselovsky se mantenía una charla animada y misteriosa. Y notaba, además, en el rostro de su mujer la expresión de un sentimiento serio, mientras, sin apartar los ojos, miraba el agradable semblante de Veselovsky, quien hablaba con animación.

—Están muy bien –decía Veselovsky, refiriéndose a Vronsky y Anna–. No soy quién para juzgar, pero en su casa se siente la impresión de vivir como en una verdadera familia.

—¿Y qué piensan hacer?

—Parece que se proponen pasar el invierno en Moscú.

—Me gustaría que nos encontráramos en su casa. ¿Cuándo piensas ir? –preguntó Oblonsky a Vasenka.

—Pasaré el mes de julio con ellos.

—¿Tú irás? –preguntó Stepán Arkadievich a su mujer.

—Hace tiempo que me lo proponía y no dejaré de hacerlo –repuso Dolly–. Conozco a Anna y la compadezco. Es una mujer excelente. Iré sola, cuando tú te marches, para no estorbar a nadie. Sí, es mejor que vaya cuando tú no estés allí.

—¡Magnífico! –aprobó Stepán–. ¿Y tú, Kitty?

—¿Para qué voy a ir yo? –repuso ella, ruborizándose y mirando a su marido.

—¿Conoce usted a Anna Arkadievna? –preguntó Veselovsky–. Es una mujer admirable.

—Sí –dijo Kitty, ruborizándose más aún.

Se levantó y se acercó a su marido.

—¿De modo que mañana vas de caza?

Durante aquellos breves instantes en que Kitty había estado con Veselovsky, ruborizándose, los celos de Levin habían ido creciendo con rapidez.

Ahora, al escuchar las palabras que ella le dirigía, las interpretó de un modo especial. Por extraño que luego al recordarlo le pareciese, a la sazón pensaba que, al preguntarle Kitty si iba a cazar, solo le interesaba saber si esto sería del agrado de Veselovsky, de quien Kitty, a su juicio, estaba ya enamorada.

—Iré –contestó Levin con voz forzada, que hasta a él le sonó desagradablemente. –Más vale que paséis aquí el día de mañana, porque, si no, Dolly no tendrá tiempo de estar ni un momento con su marido.

—Podéis salir de caza pasado... –propuso Kitty.

Levin traducía así tales palabras: «No me separes de él. No me importa que te vayas tú, pero déjame disfrutar del trato de este muchacho tan agradable».

—Si quieres, esperaremos hasta pasado mañana –contestó Levin con exagerada amabilidad.

Entre tanto, y sin sospechar las torturas que producía su presencia, Vasenka se levantó de la mesa y siguió a Kitty, mirándola, sonriente y afectuoso.

Levin sorprendió su mirada, palideció y por un momento se le cortó la respiración. Su corazón hervía de ira.

«¿Cómo se permite mirar así a mi mujer?», se decía.

—Entonces, ¿vamos mañana? –preguntó Vasenka, sentándose junto a Levin y cruzando las piernas, como tenía por costumbre.

Los celos de Levin aumentaron. Ya se veía convertido en un marido engañado, al que la mujer y el amante solo necesitan para que les procure placeres y vida cómoda. Y, sin embargo, como buen huésped, interrogó amablemente a Veselovsky sobre cuestiones de caza, le habló de su escopeta y sus botas y consintió en ir a cazar el siguiente día.

Afortunadamente para Levin, la Princesa acabó con sus sufrimientos aconsejando a Kitty que se acostara. Pero aun esto le proporcionó un nuevo motivo de tormento. Al despedirse de la joven, Vasenka fue a besarle de nuevo la mano. Mas Kitty, con ingenua brusquedad –que su madre le reprochó luego– retiró la mano, diciendo:

—En nuestra casa no existe esta costumbre...

A juicio de Levin, la culpa era de ella, por haber consentido que la tratara de aquel modo, y también por la poca destreza con que le demostró después que aquel trato no le placía.

—¿Quién puede tener deseos de ir a la cama con este tiempo? –comenzó Oblonsky, que ahora, después de los vasos de vino bebidos en la cena, se hallaba en un estado de alma dulce y poético–. Mira, Kitty –dijo, mostrándole la luna que asomaba entre los tilos–. ¡Qué maravilla! Veselovsky, este es el momento adecuado para una serenata. ¿Sabéis que tiene una voz estupenda? Por el camino hemos cantado mucho los dos... Además, trae unas magníficas romanzas nuevas... Podría cantar con Bárbara Andrievna.

Cuando todos se hubieron acostado, Oblonsky pasó bastante tiempo aún paseando con Veselovsky. Desde la casa se oían sus voces tratando de cantar a dúo una nueva pieza.

Levin, sentado en el dormitorio conyugal, les oía cantar, frunciendo las cejas, y escuchaba sin contestar las preguntas que Kitty le dirigía a propósito de su actitud, que la tenía preocupada.

Al fin le preguntó, sonriendo tímidamente:

—¿Quizá te ha molestado alguna cosa de Veselovsky?

Entonces, sin poder contenerse, él se lo dijo todo, y como lo que decía le ofendía a él mismo, ello no hacía sino aumentar su irritación.

Permanecía ante Kitty con un terrible brillo en los ojos bajo el arrugado entrecejo, y oprimiéndose el pecho con sus manos vigorosas, como para contenerse. La expresión de su rostro habría resultado severa y hasta feroz si a la vez no expresara un sufrimiento que conmovió a Kitty. Los pómulos le temblaban, se le entrecortaba la voz.

—Como supondrás, no tengo celos, ni puedo tenerlos. Esa palabra es detestable. No es que crea que... En fin, no puedo decir lo que siento, pero es terrible. No tengo celos, pero me siento ofendido, afrentado por el hombre que osa mirarte de ese modo.

—Pero, ¿de qué modo me ha mirado? –preguntaba Kitty, tratando de recordar todas las palabras y ademanes de aquella noche en sus menores detalles.

En el fondo, reconocía que hubo algo inconveniente en el modo con que Veselovsky la había seguido al otro extremo de la mesa, pero no se atrevía a confesárselo, y menos aún a decírselo a Levin, por no acrecentar sus sufrimientos.

—¿Qué atractivos puedo tener para...?

—¡Oh! –exclamó Levin, llevándose las manos a la cabeza–. ¡Más valdría que callases! ¡De modo que si fueras atractiva... !

—Óyeme, Kostia, no seas así... –dijo Kitty, mirándole con expresión compasiva–. ¿Cómo puedes pensar...? ¡Si para mí los hombres no existen, no existen, no existen! ¿O es que quieres que no me trate con nadie?

Al principio le habían ofendido sus celos, disgustada de que hasta la más pequeña a inocente diversión le fuera prohibida, pero ahora habría sacrificado con gusto, no tales pequeñeces, sino todo, por devolverle la tranquilidad y librarle de la pena que experimentaba.

—¿Comprendes lo cómico y horrible de mi situación –seguía él en voz baja, desesperado–. Está en mi casa, no ha hecho nada malo en realidad, aparte de esa costumbre suya de cruzar las piernas, que él considera como un detalle más de elegancia, y tengo que ser amable con él...

—¡Cómo exageras, Kostia! –exclamó Kitty, contenta en el fondo del amor inmenso que Levin le demostraba con sus celos.

—Lo horrible es que ahora, cuando eras más que nunca sagrada para mí, cuando éramos tan felices, tan infinitamente felices, llega ese hombre insignificante y... ¿Y qué puedo decir contra él? ¡No tengo nada que ver con hombre semejante! ¡Pero mi felicidad, tu felicidad...!

—Ya sé por qué ha pasado todo esto –dijo Kitty.

—¿Por qué? Dímelo...

—He notado cómo nos mirabas mientras hablábamos durante la cena.

—¡Ah! –exclamó Levin, inquieto.

Ella le explicó de lo que hablaban. Al contarlo, le sofocaba la emoción.

Levin calló. Luego miró el rostro pálido y disgustado de su esposa y se llevó las manos a la cabeza.

—¡Qué dolor te he causado! Perdóname, Katia. Ha sido una locura. ¡Qué mal me he portado, Katia! ¿Es posible que me haya torturado semejante tontería?

—No sabes cuánto lo siento. ¡Te compadezco con toda mi alma!

—¿A mí, a mí? ¡Si estoy loco! Pero ¡que hayas sufrido tú! Es horrible pensar que un extraño pueda destruir así nuestra felicidad.

—Claro, esto es lo que ofende...

—Bien, para castigo de mi culpa, le invitaré a pasar con nosotros todo el verano y le colmaré de amabilidades –dijo Levin, besándole las manos–. Ya verás... Mañana... ¡Ah, es verdad que mañana vamos de caza!

CAPÍTULO VIII

Al día siguiente, muy de mañana, antes de que los niños se levantasen, los vehículos en que iban a cazar –un charabán y un carro– esperaban ya ante la entrada. «Laska», adivinando que había cacería, después de ladrar y saltar a su antojo, estaba ahora en el charabán al lado del cochero, mirando con inquietud y reproche la puerta, por la que tanto tardaban en aparecer los cazadores. El primero en salir fue Veselovsky, con flamantes botas altas que le llegaban hasta la mitad de sus robustas piernas, con camisa verde de cazador, tocado con una gorra con cintas, ciñendo una canana nueva, que olía a cuero, y empuñando su escopeta inglesa nueva también, sin cordón ni correa. «Laska» corrió a su encuentro, le dio la bienvenida preguntándole a su modo, con sus saltos, si los demás saldrían en breve, pero, no recibiendo contestación, volvió a su puesto de espera y allí aguardó de nuevo, con la cabeza de lado y una oreja aguzada. Al fin, la puerta se abrió con estrépito y salió, dando saltos y cabriolas, «Krak», el pointer de Oblonsky, y tras él el propio Oblonsky, con un cigarro en la boca y la escopeta en la mano.

—¡Calla, «Krak», calla! –ordenó afectuosamente a su perro, que le ponía las patas sobre el vientre y el pecho, aferrándose a su morral.

Stepán Arkadievich llevaba botas viejas, bandas hechas de ropa usada, unos calzones rotos y una zamarra. En la cabeza ostentaba los restos de un sombrero. En cambio, su escopeta de nuevo sistema era un verdadero primor y su morral y canana, aunque gastados, eran de cuero de primera calidad.

Veselovsky, hasta entonces, no había comprendido la verdadera elegancia del cazador, consistente en llevar ropa y zapatos viejos y en cambio efectos de caza inmejorables. Ahora, mirando a Oblonsky, esplendoroso entre aquellos andrajos, con su figura distinguida y jovial de verdadero señor, decidió que para la próxima cacería se vestiría del mismo modo.

—Veo que nuestro huésped se retrasa –dijo Vasenka Veselovsky.

—Hombre, piense en su joven esposa... –repuso Oblonsky, sonriendo.

—Por cierto que es encantadora.

—Ya estaba vestido. Debe de ser que ha ido otra vez a verla.

Stepán Arkadievich acertaba. Levin había vuelto a despedirse de nuevo de su mujer y a preguntarle otra vez si le perdonaba la sandez de la noche anterior, así como para rogarle que hiciese el menor ejercicio posible. Sobre todo, debía apartarse de los niños, que podían empujarla y hacerle daño. Además, quería saber una vez más de labios de Kitty que no la disgustaba que él se fuera por un par de días; y finalmente le hizo prometer que al día siguiente, y por un hombre a caballo, le mandaría una nota, aunque fuesen solo dos líneas, para informarle de cómo seguía.

Kitty, como siempre, sentía separarse por aquellos dos días de su marido, pero, al ver su figura corpulenta y vigorosa, con sus botas de cazador y su blusa blanca, irradiando esa animación peculiar de los cazadores que ella no podía comprender, olvidó su tristeza, compensada por la alegría de él, y le despidió con jovialidad.

—Perdonen, señores –dijo Levin, corriendo al encuentro de sus compañeros–. ¿Han puesto ahí el almuerzo? ¿Y cómo es que han enganchado al «Rojo» a la derecha? En fin, es igual. ¡Cállate, «Laska»! Anda, acuéstate.

—Llévalos al rebaño de becerros –agregó, dirigiéndose al vaquero, que le esperaba al pie de la escalera para preguntarle lo que debía hacer con los ternerillos.

—Perdonen –concluyó–. Allí viene otro a fastidiarme.

Saltó del charabán en que ya se había acomodado y saltó al encuentro del maestro carpintero, quien, con una vara de medir en la mano, se acercaba a él.

—Ayer no pasaste por el despacho y hoy vienes a entretenerme... ¿Qué quieres?...

—Permítanos añadir unos peldaños a la escalera. Con tres más habrá bastante. Así lo arreglaremos bien. Será mucho más descansado...

—¡Más valdría que me hubieses obedecido! –contestó Levin con enfado–. Te dije que pusieras los soportes y luego colocarás los peldaños. Ahora ya no hay arreglo. Haz lo que te he ordenado y construye una escalera nueva.

Ocurría que el maestro carpintero había estropeado una escalera, que construía para el pabellón, haciendo los soportes por separado sin calcular la pendiente. Los peldaños quedaron demasiado inclinados, y ahora el carpintero quería agregar tres más, dejando la misma armazón.

—Esto sería mejor –dijo.

—¿Cómo vas a arreglarte con tus tres escalones?

—No se preocupe –contestó el otro, con sonrisa desdeñosa–, ya cuidaré yo de que quede bien. La iremos montando desde abajo y llegará arriba –añadió con gesto persuasivo– precisamente donde ha de llegar.

—Pero los tres peldaños la alargarán. ¿Hasta dónde va a llegar?

—La pondremos desde abajo y ya verá cómo queda bien –repitió el carpintero con persuasión y terquedad.

—¡Llegará al techo y a la pared!

—Pero señor, si la vamos a empezar desde abajo. Subirá poco a poco y llegará al lugar oportuno.

Levin, con la baqueta de su fusil, empezó a dibujar la escalera en el polvo del camino.

—¿Lo ves ahora? –preguntó al carpintero.

—Como usted quiera –repuso el hombre, cambiando de expresión repentinamente y mostrando que había comprendido al fin–. Ya veo que hay que hacer una escalera nueva.

—Pues hazlo como te mando –exclamó Levin, sentándose en el charabán–. ¡Vamos! –ordenó al cochero–. Filip, sujeta los perros.

Ahora que dejaba tras sí todas las preocupaciones familiares y domésticas, experimentaba tan viva alegría de vivir que no tenía ni deseos de hablar. Sentía la emoción concentrada que experimenta todo cazador acercándose al cazadero.

Lo único que le interesaba era pensar si hallarían piezas en las marismas de Volpino, si «Laska» se portaría bien o no en comparación con «Krak», y si él mismo tendría buena puntería. ¿Cómo arreglarse para quedar bien ante un invitado nuevo? ¿Se mostraría Oblonsky mejor cazador que él? Tales eran los pensamientos que le ocupaban en aquel momento.

Oblonsky, sintiendo lo mismo, iba taciturno también. Solo Veselovsky hablaba alegremente sin cesar.

Escuchándole, Levin se avergonzaba de lo injusto que había sido el día antes con él. Vasenka era un buen muchacho, sencillo, bondadoso y muy jovial. Si Levin le hubiera conocido de soltero, de seguro que los dos habrían sido buenos amigos.

Cierto que a Levin le contrariaba algo su modo despreocupado de considerar la vida y su elegancia un poco desenvuelta. Parecía concederse una especial importancia por el hecho de tener largas uñas y llevar una gorrita escocesa y por lo demás que le distinguía. Pero todo podía perdonársele por su simplicidad y honradez.

Levin admiraba además su buena educación, su excelente pronunciación francesa e inglesa y su elegancia mundana.

Vasenka, entusiasmado con el caballo del Don que corría al lado izquierdo, lo elogiaba sin cesar.

—¡Qué hermoso sería montar un caballo de la estepa y galopar por ella! ¿Verdad? –decía.

Y, aunque de manera imprecisa, se veía ya cabalgando por la estepa sobre aquel caballo, en una carrera salvaje y poética.

Además de su buen porte, agradable presencia y de la gracia de sus ademanes, resultaba atractiva su ingenuidad. Bien porque su carácter fuera realmente simpático a Levin, o porque este quisiera hoy encontrarlo todo bueno en Vasenka para redimir su falta de anoche, el caso era que Levin esta mañana se sentía a gusto con él.

Cuando habían recorrido unas tres verstas, Vasenka reparó en que no tenía sus cigarros ni su billetero. Ignoraba si los había dejado sobre la mesa o los había perdido. El billetero contenía trescientos setenta rublos, y, dada la importancia de la suma, Vasenka deseaba asegurarse de que no lo había perdido.

—Oiga, Levin. ¿Podría llegarme a casa en un momento montando en ese caballo de la izquierda? ¡Sería admirable! –dijo, preparándose ya a cabalgar.

—No. ¿Para qué? –repuso Levin, calculando que Vasenka debía pesar lo menos seis puds–. Que vaya el cochero.

El cochero se fue montado a buscar el billetero y los cigarros y Levin tomó en sus manos las riendas.

Capítulo IX

—Dinos qué itinerario vamos a seguir. Explícanoslo con detalle –preguntó Oblonsky.

—El plan es el siguiente: ahora nos dirigiremos a las tierras pantanosas donde abundan las fulicas. Después de Grozdevo empiezan magníficas marismas llenas de chochas y también de fulicas. Ahora hace calor, pero como hay unas veinte verstas, llegaremos al oscurecer y a esa hora podremos cazar… Pasaremos la noche allí y mañana seguiremos hacia los grandes pantanos.

—¿No hay nada por el camino?

—Sí, pero tendríamos que detenernos y hace tanto calor… Hay dos lugares excelentes, pero dudo que hallemos algo en ellos.

Levin sentía deseos de pararse en aquellos lugares, pero como distaban poco de casa, podía ir a ellos siempre que quisiera. Además eran sitios reducidos y había poco espacio para los tres. Por esta causa les mintió diciéndoles que allí había poca caza. Mas, al pasar ante una de las pequeñas marismas, ante las cuales Levin trataba de pasar de largo, el experto ojo de cazador de Oblonsky distinguió enseguida la hierba del pantano.

—¿Y si nos detuviéramos ahí? –exclamó señalando el lugar.

—¡Vayamos, Levin! ¡Es un lugar magnífico! –gritó Vasenka. Y Levin tuvo que acceder.

Apenas se detuvieron, los perros, corriendo a porfía, se dirigieron hacia el pantano.

—¡«Krak», «Laska»!

Los perros regresaron.

—Para los tres habrá poco espacio. Me quedaré aquí –dijo Levin, confiando en que sus amigos no hallarían más que las cercetas que habían remontado asustadas por los perros y que volaban, con su vuelo balanceante, graznando lúgubremente sobre las marismas.

—No, Levin, vayamos juntos –insistió Veselovsky.

—Les aseguro que estaremos apretados. ¡Ven, «Laska»! ¿Necesitan el otro perro?

Levin permaneció junto al charabán, mirando con envidia a los cazadores. Uno y otro recorrieron todo el cazadero, pero excepto una fulica y varias cercetas, una de las cuales mató Vasenka, no había nada.

—Ya han visto que no trataba de ocultarles el lugar –dijo Levin–. Ya sabía yo que era perder el tiempo.

—De todos modos nos hemos divertido –repuso Vasenka, subiendo torpemente al charabán, con el arma y la cerceta en la mano–. ¿La he alcanzado bien, verdad? ¿Falta todavía mucho para llegar al pantano?

De pronto los caballos se encabritaron, lanzándose a correr. Levin dio con la cabeza contra el cañón de una de las escopetas y en aquel momento le pareció oír un disparo. Pero, en realidad, el disparo se había producido antes.

Lo sucedido fue que Vasenka, había olvidado bajar uno de los gatillos, que se disparó. La carga fue, afortunadamente, a dar en tierra sin herir a nadie.

Oblonsky meneó la cabeza y miró con reproche a Veselovsky, aunque riendo, pero Levin no tuvo valor para decirle nada, especialmente porque cualquier reproche habría parecido motivado por el riesgo que había corrido y por el bulto que el choque con el arma le había producido en la frente.

Veselovsky se mostró al principio sinceramente disgustado, pero luego rió de la alarma de tan buena gana, y tan contagiosamente, que Levin no pudo tampoco contener la risa.

Al llegar a las marismas de más allá, que por ser bastante grandes debían entretenerles cierto tiempo, Levin trató de nuevo de persuadirles de que no, pero Veselovsky se empeñó en detenerse también aquí.

El lugar era angosto y Levin, como buen huésped, volvió a quedarse con los coches.

Apenas llegaron, «Krak» corrió hacia unos pequeños montículos de tierra. Veselovsky fue el primero en seguir al perro. Aún no había llegado Oblonsky, cuando salió volando una fulica.

Oblonsky falló el tiro y el ave se ocultó en un prado no segado. Entonces se la dejó a su compañero. «Krak» volvió a encontrarla, la hizo levantar y Veselovsky la mató, regresando después a los coches.

—Ahora vaya usted y yo cuidaré de los caballos –dijo.

Levin empezaba a sentir la envidia natural en un cazador. Entregó las riendas a Veselovsky y se dirigió hacia las marismas.

«Laska» ladraba hacía tiempo, quejándose de su injusta suerte. Ahora corrió derecha al sitio donde había caza, paraje ya conocido por Levin, entre los montículos, a los que aún no había llegado «Krak».

—¿Por qué no detienes a tu perro? –gritó Oblonsky.

—No espantará la caza –respondió Levin alegremente, mirando a su perra y siguiéndola.

«Laska», a medida que se aproximaba, buscaba con mayor interés. Un pajarillo de las marismas la distrajo por un momento. El perro describió un círculo ante los montículos, luego otro, y, de repente, se estremeció y se quedó parado.

—¡Ven Stiva! –llamó Levin, sintiendo que su corazón latía con más fuerza.

Dijérase que en su oído se había descorrido un cerrojo y que todos los sonidos comenzaban a impresionarlo desmesuradamente y en desorden, pero de un modo preciso. Oía los pasos de Stepán Arkadievich confundiéndolos con el lejano pisar de los caballos, sintió un crujido en el montículo de tierra que pisó y lo tomó por el vuelo de un pájaro, y, más lejos, percibió un chapoteo que no podía explicarse.

Eligiendo sitio donde apostarse, se acercó al perro.

—¡Listo! –ordenó a «Laska».

Se levantó una chocha. Levin apuntó, pero en aquel momento el sonido del chapoteo, que había oído antes, se hizo más fuerte, uniéndosela ahora la voz de Vasenka, que gritaba de un modo extraño.

Levin, aunque veía que apuntaba a la chocha un poco bajo, disparó. Una vez convencido de que había fallado el tiro, miró a sus espaldas y vio que los caballos del charabán, que estaban en el camino, se habían internado en el terreno pantanoso, donde se hallaban atascados. Veselovsky, para presenciar la caza, los había hecho entrar allí.

«¡Parece que le impulsa el mismísimo diablo!», gruñó Levin dirigiéndose al carruaje.

—¿Por qué diablos los ha hecho entrar? –le preguntó secamente. Y llamó al cochero para que le ayudase a sacar los caballos.

A Levin le disgustaba que le hubieran estorbado el disparo, que le empantanaran los animales y, sobre todo, que ni Veselovsky ni Oblonsky les ayudaran, al cochero y a él; aunque, a decir verdad, ni uno ni otro tenían la menor idea de cómo habían de desengancharse.

Sin contestar nada a las afirmaciones de Vasenka de que allí todo estaba seco, Levin trabajaba junto al cochero tratando de sacar los caballos. Pero, luego, enardecido ya por el esfuerzo y viendo que Veselovsky se esforzaba con tanto ardor en tirar del charabán que hasta rompió un guardabarros, Levin se reprochó su actitud, debida en gran parte a su resentimiento del día anterior, y procuró suavizar su trato con especial amabilidad.

Cuando todo estuvo arreglado y los coches volvieron a la carretera, Levin ordenó sacar el almuerzo.

—*Bon appétit, bonne conscience! Ce poulet va tomber jusqu'au fond de mes bottes!* – dijo Vasenka, ya alegre de nuevo, al concluir el segundo pollo–. Nuestras desventuras han terminado y todo marchará por buen camino. Pero, como debo ser castigado por mis culpas, me sentaré en el pescante. ¿Verdad? Aunque no soy *Automedonte*, verá qué bien les llevo –insistió, cuando Levin le pidió que dejara las riendas al cochero–. No, no. Debo pagar mi culpa. ¡Voy muy bien en el pescante!

Y lanzó los caballos al galope.

Levin temía que Vasenka fatigase a los caballos, sobre todo al rojizo de la izquierda, al que el joven no sabía guiar, pero involuntariamente se plegó a su jovialidad escuchando las canciones que, en el pescante, fue cantando durante todo el camino, oyéndole contar cosas divertidas, escuchando sus explicaciones sobre la manera de guiar, a la inglesa *four-in-hand.*

Sintiéndose en la mejor disposición de ánimo deseable, llegaron los cuatro a las grandes marismas de Grozdevo.

CAPÍTULO X

Vasenka había azuzado tanto a los caballos que llegaron a las marismas demasiado pronto, con mucho calor aún.

Al acercarse a los grandes pantanos objetivo principal de los cazadores, Levin pensó, inconscientemente, en el modo de deshacerse de Vasenka y cazar solo, sin estorbos. Oblonsky parecía desear lo mismo. En su rostro, Levin leyó la preocupación propia de todo verdadero cazador antes de empezar la caza, así como cierta expresión de bondad maliciosa peculiar en él.

—¿Cómo nos distribuimos? –preguntó Stepán Arkadievich–. El lugar es magnífico y veo que hasta hay buitres en él –añadió señalando varias grandes aves que volaban en círculo sobre las marismas–. Donde hay buitres, hay caza.

—Escuchen –dijo Levin con gravedad, arreglándose las altas botas y repasando los gatillos de su escopeta–. ¿Ven aquel islote?

Señalaba uno que destacaba por su oscuro verdor sobre el vasto prado húmedo, a medio segar, que se veía a la derecha del río.

—Las marismas empiezan ante nosotros, aquí mismo, ¿ven?, donde se ve ese verdor, y se extienden hacia la derecha, allí donde están los caballos. Allí, en aquellos montículos de tierra, hay fulicas, y también en torno al islote, junto a aquellos álamos, y hasta en las cercanías del molino, ¿ven?, allí donde forma como una pequeña ensenada... Ese sitio es el mejor. Allí cacé una vez diecisiete fulicas. Nos encontraremos junto al molino.

—¿Quién sigue la derecha y quién la izquierda? –preguntó Oblonsky–. Puesto que el lado derecho es más ancho, id los dos por él y yo seguiré el izquierdo –dijo con tono indiferente en apariencia.

—¡Muy bien! Vayamos por aquí y cazaremos a gusto. ¡Vamos, vamos! –exclamó Vasenka.

Levin no tuvo más remedio que acceder y ambos se separaron de Oblonsky.

Apenas entraron en las marismas, los dos perros comenzaron a correr y buscar ahí donde los matorrales eran más espesos. Por el modo de husmear de «Laska», lenta e indecisa, Levin comprendió que no tardarían en ver levantarse una bandada de aves.

—Veselovsky, vaya a mi lado –dijo en voz baja al compañero que chapoteaba detrás, y cuya dirección del arma, después del disparo involuntario en el pantano de Kolpensoe, era natural que interesara a Levin.

—No tema que dispare sobre usted...

Pero Levin lo pensaba así sin poder evitarlo y recordaba las palabras de Kitty al despedirse:

—No vayáis a mataros uno a otro sin querer...

Los perros se acercaban cada vez más, muy apartados entre sí y cada uno en una dirección.

La espera era tan intensa que Levin confundió con el graznar de un ave el chapoteo de su propio tacón al sacarlo del barro y apretó el cañón del arma.

«¡Cua, cua!», sintió encima de su cabeza.

Vasenka disparó contra un grupo de patos silvestres que revoloteaban sobre las marismas y que se acercaron de repente a los cazadores.

Apenas Levin tuvo tiempo de volver la cabeza cuando se levantó una chocha, luego otra, después una tercera y, en fin, hasta ocho piezas que se elevaron sucesivamente.

Oblonsky mató una al vuelo cuando el animal iba a describir su zigzag y el ave cayó como un bulto informe en el barrizal.

Sin precipitarse, Stepán Arkadievich apuntó a otra que volaba bajo hacia el islote. Sonó el tiro y el ave cayó. Se la veía saltar entre la hierba segada, agitando el ala, blanca por debajo, que no había sido alcanzada por el disparo.

Levin no fue tan afortunado. Disparó sobre la primera chocha demasiado cerca y erró el tiro. La encajonó cuando volaba más alta, pero en aquel momento otra chocha saltó a sus pies y Levin se distrajo y erró nuevamente el tiro.

Mientras cargaban las escopetas, surgió otra chocha y Veselovsky, que ya había cargado, disparó y la descarga fue a dar en el agua. Oblonsky recogió las aves que había matado y miró a Levin con los ojos brillantes de alegría.

—Separémonos ahora –dijo Oblonsky.

Silbó a su perro, preparó el arma y, cojeando ligeramente, se alejó en una dirección, mientras sus compañeros seguían la opuesta.

Con Levin pasaba siempre lo mismo: que cuando erraba los primeros tiros, se ponía nervioso, se irritaba y no acertaba ya ni uno en todo el día. Así sucedió también esta vez. Había gran números de chochas, que volaban a cada momento a los pies de los cazadores y a ambos lados del perro. Levin, pues, podía resarcirse, pero cuando más disparaba, más avergonzado se sentía ante Veselovsky, que tiraba como Dios le daba a entender, alegremente, sin hacer blanco casi nunca, pero sin desconcertarse por ello ni perder su calma. Levin, impaciente, se precipitaba, estaba cada vez más nervioso y disparaba con la certeza de no matar ave alguna. «Laska» parecía comprenderlo también. Buscaba con menos interés y se habría dicho que miraba a los cazadores con reproche y sorpresa. Los disparos se seguían unos a otros. Los cazadores estaban envueltos en humo de pólvora y, sin embargo, en el morral no había más que tres chochas.

Una de ellas había sido cazada por Veselovsky y las otras dos pertenecían a ambos.

Mientras tanto, al otro lado de las marismas sonaban disparos menos frecuentes, pero a juicio de Levin, más eficaces. Casi siempre, tras cada disparo de Oblonsky, se oía su voz, gritando:

—¡«Krak», «Krak»!

Y Levin, oyéndole, se sentía cada vez más excitado.

Las chochas volaban ahora en bandadas. Constantemente se percibían sus chapoteos en el cieno y en el aire se escuchaban sus graznidos. Se levantaban, giraban y luego volvían a posarse, a la vista de los cazadores. Los buitres no se veían ya por parejas, sino a docenas, que volaban sin cesar sobre las marismas.

Llegados hacia la mitad de los terrenos pantanosos, Levin y Veselovsky se encontraron en el límite de un prado perteneciente a unos campesinos. Largas franjas que arrancaban del lado mismo del carrizal dividían el prado, la mitad del cual estaba ya segado.

Aunque en la parte sin guadañar había menos probabilidades de hallar caza que en la segada, Levin, habiendo convenido con Oblonsky en encontrarse, siguió adelante con su compañero.

—¡Eh! ¡Cazadores! –gritó un campesino que se sentaba junto a un carro desenganchado–. ¡Vengan a comer con nosotros, que tenemos buen vino!

Levin volvió la cabeza.

—¡Vengan! ¡Vengan! –gritó alegremente otro labriego barbudo, de colorado rostro, mostrando al sonreír sus blancos dientes y alzando en el aire una verdosa botella que brillaba al sol.

—*Qu'est-ce qu'ils disent?*(1) –preguntó Veselovsky.

—Nos convidan a beber vodka. Seguramente han hecho hoy el reparto del heno... Yo bebería con gusto –dijo Levin no sin malicia, mirando a su compañero y esperando que este se sintiera seducido por el vodka y quisiera ir.

---

(1)«¿Qué dicen?».

—¿Y por qué nos convidan?

—Ya ve, son buena gente... Vaya, vaya. Le divertirá.

—*Allons, c'est curieux...* (1)

—Vaya, encontrará allí el sendero que lleva al molino exclamó Levin.

Y al volverse vio con placer que Vasenka, encorvándose y tropezando con sus cansados pies, y llevando el fusil a brazo, salía del carrizal para acercarse a los labriegos.

—¡Ven tú también! –llamó el campesino a Levin–. Te daremos empanada.

Levin dudó por un momento. Comenzó a andar hundiendo los pies en el fango, pues se sentía fatigado y apenas los podía levantar. Con gusto se habría comido, sin embargo, un pedazo de pan y se habría bebido detrás un vaso de vodka. Pero en aquel momento su perro se detuvo y Levin sintió que su cansancio desaparecía de repente y a paso ligero se dirigió a su encuentro.

A sus pies se alzó una chocha. Disparó y la mató, pero el perro seguía inmóvil. Apenas tuvo tiempo de azuzarle, cuando de los mismos pies del animal voló otra chocha. Levin hizo fuego. Pero el día era poco afortunado. Erró el tiro y al ir a buscar el ave muerta tampoco la halló.

Recorrió el carrizal de arriba abajo, pero sin fruto. «Laska» no creía que su amo hubiese matado al animal y, cuando le mandaba que lo buscase, fingía hacerlo, pero en realidad no buscaba nada.

De modo que tampoco sin Vasenka, al que Levin achacaba su mala suerte, iba la cosa mejor. Aunque aquí había también muchas becadas, Levin erraba lastimosamente tiro tras tiro.

Los rayos oblicuos del sol poniente eran muy calurosos aún. El traje, chorreante de sudor, se le pegaba al cuerpo. La bota izquierda, llena de agua, le pesaba enormemente. Las gotas de sudor le corrían por el rostro manchado de pólvora. Se notaba la boca amarga, sentía el olor de pólvora y de cieno y a sus oídos llegaba el incesante chapoteo de las chochas.

Los cañones de la escopeta estaban tan recalentados que era imposible tocarlos, el corazón de Levin palpitaba en breves y rápidos latidos, sus manos temblaban de emoción y sus pies cansados tropezaban y se enredaban en hoyos y montículos. Pero seguía andando y disparando.

Por fin, tras un tiro errado vergonzosamente, Levin arrojó al suelo la escopeta y el sombrero. «Necesito serenarme», se dijo. Cogió de nuevo el arma y el sombrero, llamó a «Laska» y salió del carrizal.

---

(1) «Vamos, es curioso».

Ya en un sitio seco, se sentó en una prominencia del terreno, se descalzó, quitó el agua de la bota, se acercó al pantano, bebió de aquel agua que sabía a moho, humedeció los cañones calientes del arma y se lavó las manos y la cara. Una vez fresco y animado con el firme propósito de no perder su sangre fría, volvió a un lugar donde había visto posarse un ave.

Mas, aunque se esforzaba en estar tranquilo, sucedía lo mismo de antes. Su dedo oprimía el gatillo antes de apuntar bien. Todo iba de peor en peor.

Solo tenía cinco piezas en el morral cuando salió de las marismas para dirigirse al álamo donde debía encontrar a Stepán Arkadievich.

Antes de divisarle, Levin vio a su perro, «Krak», que salió corriendo de entre las raíces de un álamo, sucio del barro negro y pestilente de la ciénaga. Con aspecto triunfante, olfateó a «Laska».

Detrás de «Krak», surgió, a la sombra del álamo, la gallarda figura de Oblonsky. Avanzaba rojo, sudoroso, con el cuello desabrochado, cojeando como antes.

—¡Qué! ¿Habéis disparado mucho? –dijo, sonriendo alegremente.

—¿Y tú? –preguntó Levin.

La pregunta era superflua, porque su amigo llevaba el morral rebosante.

—No me ha ido mal.

Llevaba catorce piezas.

—Es un excelente cazador. A ti seguramente te ha estorbado Veselovsky. Es muy molesto cazar dos con un solo perro –dijo Stepán Arkadievich, para atenuar el efecto de su triunfo.

Capítulo XI

Cuando Levin y Oblonsky entraron en casa del aldeano donde Levin solía parar, ya se hallaba allí Veselovsky.

Sentado en el centro de la habitación y asiéndose con ambas manos al banco en que se sentaba, reía con su risa contagiosa, mientras el hermano de la dueña, un soldado, tiraba de sus botas llenas de cieno tratando de quitárselas.

—He llegado ahora mismo. *Ils ont été charmants.*[1] Me han dado de beber, de comer… ¡Y qué pan! *Délicieux*! Tienen un vodka tan bueno como

(1) «Han estado encantadores».

nunca lo he bebido. ¡No quisieron aceptarme dinero! Y no cesaban de decirme que no me ofendiera.

—¿Por qué iban a aceptarle dinero? ¿No le han convidado? ¿Acaso tienen el vodka para venderlo? –dijo el soldado, logrando al fin sacar la bota ennegrecida.

A pesar de la suciedad de la vivienda, manchada por las botas de los cazadores y por los perros enfangados, que se lamían mutuamente; a pesar del olor mixto de ciénaga y pólvora que llenó la casa; a pesar de la falta de cuchillos y tenedores, los amigos tomaron el té y cenaron con el agrado con que solo se come cuando se está de caza.

Una vez aseados, se dirigieron al pajar, ya bien barrido, donde los cocheros les habían improvisado camas.

Después de fluctuar sobre perros, escopetas y recuerdos e historias de caza, la conversación se centró en un tema interesante para todos.

Vasenka exteriorizó su entusiasmo sobre aquella noche pasada en un pajar, entre el olor del heno, el encanto del carro roto –que así se lo parecía, porque le habían bajado la delantera para convertirlo en lecho–, entre los simpáticos campesinos que le invitaran a vodka y los perros que se tendían cada uno al pie de la cama de su amo. Oblonsky contó después la deliciosa cacería en que participara el verano anterior en las tierras de Maltus.

Maltus era una conocida personalidad de las compañías de ferrocarriles que poseía una gran fortuna.

Stepán Arkadievich habló de las marismas que el tal personaje tenía arrendadas en la provincia del Tver, de cómo aguardó a los invitados, de los *dogcarts* en que les llevó y de la tienda cercana al pantano en que estaba preparado el almuerzo.

—Yo no comprendo –dijo Levin, incorporándose sobre su montón de heno– cómo no te repugna toda esa gente. Reconozco que la comida con vino Laffitte es muy grata, pero, ¿no te disgusta ese lujo en tales personas? Toda esa gente gana el dinero como lo ganaban en otro tiempo nuestros arrendatarios de aguardientes y se burlan del desprecio público porque saben que sus riquezas mal adquiridas les salvarán, al fin y al cabo, de este desprecio.

—Tiene usted razón. ¡Mucha razón! –exclamó Veselovsky–. Cierto que Oblonsky va a sitios así por *bonhomie*, pero no faltará quien diga: puesto que Oblonsky va…

—No es eso –y Levin adivinaba en la oscuridad que Oblonsky sonreía al hablar de aquello–. No considero ese medio de ganar dinero menos honrado que el de nuestros campesinos, comerciantes o nobles. Unos y otros se han hecho ricos con su trabajo y su inteligencia…

—¿Qué trabajo? ¿El de obtener una concesión y revenderla?

—Trabajo es, ya que, si no existieran personas como Maltus y otros parecidos, no tendríamos aún ferrocarriles.

—Pero no es un trabajo comparable con el de un campesino o el de un sabio.

—Admitámoslo, pero es un trabajo, puesto que su actividad produce frutos: los ferrocarriles. Claro, que tú crees que los ferrocarriles son inútiles.

—Eso es otra cosa. Estoy dispuesto a reconocer su utilidad. Pero toda ganancia desproporcionada al trabajo hecho es deshonrosa.

—¿Quién puede definir en eso las proporciones justas?

—La ganancia por trabajos deshonrosos, lograda con malas artes –repuso Levin, comprendiendo que no podía marcar el límite entre lo honrado y lo no honrado–, como, por ejemplo, la de los bancos, es injusta. Es parecida a las enormes fortunas que se hacían cuando existía el sistema de los arrendamientos, solo que ha variado de forma. *Le roi est mort, vive le roi!* Apenas desaparecidos los arrendamientos, surgieron los bancos y los ferrocarriles, modos análogos de ganar dinero sin trabajar.

—Quizá sea así, pero en todo caso es muy ingeniosa. ¡Quieto «Krak»! –gritó Oblonsky a su perro, que se rascaba y se agitaba en el heno. Y continuó serenamente, sin precipitarse, convencido de la verdad de lo que decía–: No hay una línea divisoria entre el trabajo honroso y el deshonroso. ¿Es honrado que gane yo más sueldo que mi jefe de sección, que entiende más que yo del trabajo?

—No lo sé.

—Te lo explicaré mejor. Supongamos que lo que tú recibes de beneficio por trabajar tu propiedad son cinco mil rubios y que el aldeano que nos alberga, dueño de su finca, no saca de ella, a pesar de todo su trabajo, más que cincuenta rubios. Esto es tan poco honrado como que yo gane más que el jefe de sección de mi departamento y como que Maltus gane más que un obrero ferroviario. A mi parecer, la hostilidad que existe en la sociedad contra esa gente no tiene fundamento y creo que procede de celos, de envidia…

—Eso no es verdad –repuso Veselovsky–. Aquí, no cabe envidia. Es que se trata de algo poco limpio…

—Perdonen –interrumpió Levin–. Dices que no es honrado que este aldeano gane cincuenta rubios y yo cinco mil. Eso no es justo, lo confieso y…

—Verdaderamente, nosotros pasamos el tiempo comiendo, bebiendo, cazando y sin hacer nada de provecho, mientras los campesinos se matan a trabajar –dijo Veselovsky, quien se notaba que pensaba en ello por primera vez en su vida y que por eso hablaba con tanta sinceridad.

—Ya sé que tú piensas y sientes así, pero no por eso le darás tus propiedades –agregó Oblonsky, con intención deliberada de molestar a Levin. Últimamente había surgido cierta hostilidad entre los dos cuñados. Se diría que desde que cada uno estaba casado con una hermana, existía cierta rivalidad sobre quién había organizado mejor su vida.

Y ahora esta rivalidad se traslucía en la conversación, que derivaba a aspectos personales.

—No les doy mis tierras porque no me las piden y, de querer hacerlo, no habría podido, no tengo a quien regalarlas –dijo Levin.

—Ofréceselas a este labriego. Verás cómo las acepta.

—¡Cómo? ¿Buscándole y firmando un acta de venta?

—No sé cómo, pero si estás convencido de que no tienes derecho a…

—No estoy convencido. Al contrario, considero que a lo que no tengo derecho es a regalarlas, que me debo a mi propiedad, a mi familia…

—Perdona. Si consideras que tal desigualdad es injusta, ¿por qué no obras en consecuencia?

—Ya lo hago, en el sentido negativo de procurar no hacer mayor la diferencia que existe entre el campesino y yo.

—Dispensa que te diga que eso es una paradoja.

—Sí, más que una explicación es un sofisma –confirmó Veselovsky–. Ahí está nuestro anfitrión –añadió viendo al campesino que entraba en el pajar–. ¿Cómo es que no duermes todavía?

—¡Qué voy a dormir! Creía que los señores estaban durmiendo, pero como les oigo charlar. Tengo que coger un garfio. ¿No me morderán los perros? –preguntó, andando con cautela sobre sus pies descalzos.

—¿Y dónde vas a dormir tú?

—Vamos a cuidar de los caballos en el campo.

—¡Qué magnífica noche! –dijo Vasenka, contemplando por la puerta, abierta ahora, de la casa, el charabán desenganchado y el paisaje iluminado por la luz crepuscular–. ¿Oyen esas voces de mujeres que cantan…? ¡Y, en verdad, que no lo hacen nada mal! ¿Quiénes cantan? –preguntó al labriego.

—Son las muchachas de la propiedad cercana.

—¿Vamos a dar una vuelta! De todos modos no nos vamos a dormir. ¡Anímate, Oblonsky!

—Qué pena que uno no pueda pasear y quedarse tumbado al mismo tiempo –replicó este desperezándose–. Se está tan bien aquí.

—Entonces iré solo –dijo Vesolovsky, levantándose con presteza y poniéndose las botas–. Hasta luego, señores. Si me divierto, les llamaré. Ustedes me han invitado a cazar y yo sabré corresponderles…

—Es un muchacho muy simpático –dijo Oblonsky, cuando su amigo se marchó y el campesino cerró la puerta.

—Sí, muy simpático –convino Levin, pensando en su reciente conversación.

Le parecía haber expresado lo más claramente posible sus pensamientos e ideas y sin embargo los otros dos, hombres inteligentes y sinceros, le habían contestado al unísono que se consolaba con sofismas. Esto le desconcertaba.

—Sí, amigo mío –siguió Oblonsky–. Una de dos: o reconocemos que la sociedad actual está bien organizada, y entonces hemos de defender nuestros derechos, o reconocemos que gozamos de unos privilegios injustos, como hago yo, y en ese caso tratamos de disfrutar de ellos lo más posible.

—No, si sintieses la injusticia de estos bienes, no podrías aprovecharlos con placer… o al menos no podría yo. Lo esencial para mí es no sentirme culpable.

—¿Por qué no vamos también nosotros a pasear? –preguntó Stepán que sin duda empezaba a cansarse de tanta reflexión–. De todas formas no podremos dormirnos… Anda, vamos.

Levin no respondió. Seguía dándole vueltas a ese comentario que había hecho en el calor de la conversación; es decir, que solo actuaba justamente en sentido negativo. «¿Es que solo es posible ser justo de una manera negativa?», se preguntaba.

—¡Qué intenso es el olor del heno fresco! —exclamó Stepán Arkádevich, incorporándose—. No hay manera de pegar ojo. Vasenka debe de estar tramando algo. ¿No oyes sus carcajadas y su voz? ¿Por qué no vamos con él? ¡Vamos!

—No, yo me quedo –respondió Levin.

—¿Acaso lo haces también por principio? –dijo Oblonsky, buscando su gorra en la oscuridad.

—No es por principio, pero ¿a qué voy a ir?

—Vas a tener muchas contrariedades en la vida… –dijo Stepán Arkadievich, incorporándose, después de haber encontrado la gorra.

—¿Por qué?

—¿Crees que no he notado los términos en que estás con tu mujer? Me parece haber oído que entre vosotros es importantísima la cuestión de si te vas dos días de caza o no… Eso en la luna de miel está bien, pero para toda la vida sería insoportable. El hombre tiene sus propios intereses como tal y debe ser independiente. El hombre ha de ser varonil –concluyó, abriendo las puertas del pajar.

—¿Quieres decir con eso que debo cortejar a las criadas? –preguntó Levin.

—¿Por qué no, si es divertido? *Ça ne tire pas à conséquence...* [1] A mi mujer eso no le perjudica y a mí me divierte. Lo importante es que se guarde respeto a la casa, que en ella no suceda nada. Pero no hay que atarse las manos.

—Acaso aciertes... –repuso secamente Levin, volviéndose del otro lado–. Bueno, mañana hay que levantarse temprano. Yo no despertaré a ninguno. Al amanecer, saldré a cazar.

—*Messieurs, venez!* –gritó la voz de Vasenka, que llegaba a buscarles–. *Charmante!* ¡La he descubierto yo! *Charmante* !Es una verdadera Gretchen! Y ya nos hemos hecho amigos... Les aseguro que es una preciosidad –continuó diciendo, en un tono de voz con el que parecía dar a entender que aquella encantadora criatura había sido creada especialmente para él y se sentía satisfecho de que se la hubieran creado tan a su gusto.

Levin fingió dormir. Oblonsky, se puso los zapatos y, encendiendo un cigarro, salió del pajar y sus voces se fueron perdiendo.

Levin tardó mucho en dormirse. Oía a los caballos masticar el heno, y luego sintió al dueño de la casa y a su hijo mayor marcharse al campo. Finalmente, percibió cómo el soldado se arreglaba para dormir al otro lado del pajar con su sobrino, hijo menor del amo.

Oyó al niño explicar a su tío la impresión que le habían causado los perros, que le parecieron enormes y terribles, y preguntarle que a quién iban a coger aquellos animales. El soldado, con voz ronca y soñolienta, contestó que los cazadores se irían por la mañana al carrizal y harían fuego con sus escopetas y, al fin, para librarse de las preguntas del chiquillo, le dijo:

—Duerme, Vasika, duerme. Si no, ya verás lo que te pasa...

A poco el soldado empezó a roncar. Todo estaba en calma. Solo se oía el relinchar de los caballos y el graznar de las chochas en las marismas. Levin se preguntaba: «¿Es posible que yo no sea más que un ser negativo? Y si es así, ¿qué culpa tengo?».

Comenzó a pensar en el día siguiente. «Saldré muy temprano y procuraré serenarme. Hay muchas chochas y también fulicas. Al volver, encontraré la carita de Kitty. Quizá Stiva tenga razón. Me muestro poco enérgico con ella. Pero ¿qué puedo hacer? Otra vez lo negativo...».

---

(1) «No tiene ninguna importancia...».

Entre sus sueños oyó la risa y el animado charlar de sus amigos. Abrió los ojos por un momento. En la puerta del pajar charlaban los dos, a la luz de la luna, muy alta ya. Stepán Arkadievich comentaba la lozanía de la muchacha, comparándola con una avellanita recién sacada de la cáscara, y Veselovsky, con su risa alegre, repetía unas palabras probablemente dichas por el labriego: «Usted procure salirse con la suya...».

Levin repitió, medio dormido:

—Mañana al amanecer, señores... Y se durmió.

Capítulo XII

Al despertarse a la aurora, Levin trató de hacer levantar a sus compañeros.

Vasenka tumbado boca abajo, con las medias puestas y las piernas estiradas, dormía tan profundamente que fue imposible obtener de él respuesta alguna. Oblonsky, entre sueños, se negó a salir tan temprano. Incluso «Laska», que dormía enroscada en el extremo del heno, se levantó perezosa y desganada, estirando y enderezando a disgusto las patas traseras. Levin se calzó, cogió el arma, abrió la puerta con cuidado y salió. Los cocheros dormían junto a los coches y los caballos dormitaban también. Solo uno de ellos comía indolentemente su ración de avena. Aún se sentía mucha humedad.

—¿Por qué te has levantado tan pronto, hijo? –preguntó la vieja casera, con tono amistoso, como a un viejo conocido.

—Voy a cazar tiíta. ¿Por dónde he de ir para salir al carrizal? –preguntó él.

—Llegarás enseguida por detrás de casa, cruzando nuestras eras, buen hombre, y luego por los cáñamos, donde hallarás un sendero, que es el que debes seguir.

Pisando con cuidado, con los pies descalzos, la vieja acompañó a Levin a través de las eras y hasta el camino que había indicado y, una vez en él, habló:

—Siguiendo este sendero, llegarás derechito al carrizal. Nuestros mozos ayer llevaron allí los caballos.

«Laska» corría alegre por el camino. Levin le seguía con paso ligero, rápido, siempre mirando hacia el cielo. Quería llegar a los pantanos antes de la salida del sol. Pero el sol no perdía el tiempo. La media luna, que aún iluminaba el paisaje cuando Levin salió de la casa, ya no brillaba más que como un trozo de mercurio. Apuntaba la aurora. Las manchas indefinidas sobre el campo vecino aparecían ya claramente como montones de centeno. El rocío, invisible aún en la penumbra matinal, y que llenaba los altos cáñamos, mojaba a Levin los pies y el cuerpo hasta más arriba de la cintura. En el silencio diáfano de la campiña dormida se oían los más tenues sonidos. Una abeja pasó, volando, al lado mismo de una de sus orejas. Levin miró con atención y vio otras muchas. Todas salían desde el seto del colmenar, volaban por encima del cáñamo y desaparecían en dirección del carrizal. El camino, como había indicado la vieja, llevó a Levin directamente a los pantanos. Se adivinaban estos desde lejos por el vapor que despedían y bajo el cual aparecían indefinidos como islas los esparanganios y las matas de codeso. Al borde de las marismas y a ambos lados del camino, se veían hombres y chiquillos que habían pernoctado allí. Estaban echados, durmiendo, abrigados con sus caftanes. No lejos de ellos se distinguían tres caballos trabados, uno de los cuales hacía resonar las cadenas que lo sujetaban. «Laska» iba al lado de su amo, mirándole de cuando en cuando, como pidiéndole permiso para alejarse.

Al llegar al primer montículo del carrizal, Levin revisó los pistones de la escopeta y dejó marchar al perro. Uno de los caballos –un robusto potro de tres años– al ver a «Laska» se espantó y, levantando la cola y relinchando, trató de huir. Los otros caballos se asustaron también y, a saltos, con las patas trabadas, salieron del carrizal, produciendo con sus cascos en el agua y la tierra arenosa un ruido como de latigazos.

«Laska» se paró, miró a los caballos y luego a Levin como preguntándole qué había de hacer. Este la acarició y, con un silbido, dio la señal de que podía comenzar la caza. La perra corrió alegremente por la tierra blanda, penetró en los aguazales y no tardó en percibir el olor a ave, que, ente los otros mil de hierbas pantanosas, raíces, moho y estiércol de caballos, era el que la excitaba más. Ahora este olor se extendía por todas partes sobre las tierras pantanosas, sin que fuera fácil precisar de dónde salía. « Laska» corría de un lado para otro, venteando, muy abiertas sus narices. El olor se percibió, de pronto, más fuerte. La perra se paró en seco y miró atentamente, vacilante, como sin poder precisar todavía dónde se hallarían las aves, pero seguro que estaban cerca y debían de ser un gran número. «Laska» avanzó cautelosamente, husmeando todas las matas, cuando la distrajo la voz de su dueño:

—¡«Laska», allí! –dijo Levin indicando al otro lado.

La perra miró a Levin como preguntándole si no sería mejor que continuase la búsqueda que estaba llevando a cabo, pero el amo repitió la orden con voz severa. «Laska» corrió al ribazo de tierra cubierto de agua que le indicaba su dueño. Sabía que allí no podía haber nada, pero tenía que obedecer. Lo recorrió todo, segura de no encontrar nada, y volvió al lugar que había dejado. Ahora, cuando Levin no la estorbaba, sabía bien lo que tenía que hacer y, sin mirar a sus pies, tropezando con los montoncillos de tierra que encontraba en su camino y hundiéndose en el agua, pero levantándose al punto con un fuerte impulso de sus patas elásticas y fuertes, comenzó a describir círculos en torno a un punto determinado.

El olor de los pájaros se percibía cada vez más fuerte y definido. De repente, la perra, pareció comprender con claridad que una de las aves estaba allí, a cinco pasos, detrás de un saliente de tierra, y quedó inmóvil. Sus cortas piernas no le permitían ver nada frente a ella, pero el olfato no la engañaba. Inmóvil, la boca y las narices muy abiertas, el oído alerta y la cola tensa agitada solo en su extremidad, respiraba penosamente, pero, con cautela, se deleitaba en la espera y, con más cautela aún, miraba a su dueño, volviéndose más con los ojos que con la cabeza. Levin, con el semblante que el perro conocía, pero con una mirada que le parecía terrible, avanzaba tropezando y con una lentitud extraordinaria, según le parecía al animal.

Al advertir que «Laska» se bajaba al suelo y entreabría la boca, comprendió Levin que las chochas estaban allí y, rogando a Dios que no le fallase la caza, sobre todo en aquel primer pájaro, se dirigió corriendo, aunque con precaución, hacia donde se encontraba el perro. Subió la pequeña loma y al mirar entre dos montecillos de tierra descubrió con los ojos lo que «Laska» había olfateado: una chocha bastante grande, que en aquel momento volvió la cabeza hacia ellos, alargó el cuello y permaneció en actitud de escuchar. Luego abrió ligeramente las alas, las volvió a cerrar y, moviendo pesadamente la cola, se alejó, desapareciendo detrás de uno de los montecillos.

—¡Busca, «Laska»! ¡Busca! –gritó Levin, azuzando al perro.

«Pero, si no puedo ir!», pensaba el animal. «¿Adónde iré? Desde aquí las olfateo y si avanzo no sabré dónde están ni qué son». Pero el dueño la empujó con la rodilla y con voz excitada le volvió a gritar:

—¡Busca, «Laska»! ¡Busca!

«Bueno, lo haré como quieres», pareció pensar aún el animal, «pero no respondo del éxito». Y salió disparado hacia adelante. Ahora ya no olfateaba nada, no seguía rastro alguno–, solo veía y sentía sin comprender.

A diez pasos del lugar donde se encontraba antes se levantó una fulica. Su agudo chillido y su ruido de alas característico estremeció el aire. Se oyó un disparo y el pájaro se desplomó en la hondonada húmeda. Otro pájaro se levantó detrás de él, sin que el perro interviniese. Cuando Levin lo vio estaba ya lejos. Pero el disparo lo alcanzó. El pájaro voló unos veinte pasos más, se levantó como una pelota y luego, dando vueltas, cayó pesadamente en el carrizal.

«Laska» trajo a Levin las dos aves y aquel las metió en el zurrón, pensando: «Vaya, hoy ya es otra cosa».

—Tendremos buena caza, «Laska», ¿verdad?

Levin volvió a cargar su escopeta y se puso de nuevo en camino.

El sol había salido ya por completo. La luna había perdido su brillo, si bien blanqueaba aún sobre el cielo. No se veía ni una estrella. Los montoncillos de tierra, que antes relucían cubiertos por el rocío plateado, ahora estaban como dorados, El azul nocturno de las hierbas se había convertido en un verdor amarillento. Las avecillas del pantano buscaban las sombras de los arbustos, cerca del arroyo. Un buitre estaba posado sobre un montón de centeno, mirando a un lado y otro del carrizal. Las chochas volaban en todas direcciones. Un chiquillo, descalzo, hacía correr a los caballos, trabados aún, riéndose de sus torpes movimientos. Un viejo, sentado, se rascaba bajo el caftán. Otro chiquillo corrió hacia Levin y le dijo:

—Señor, ayer había aquí muchos patos.

Levin continuó su cacería, seguido de lejos por el pequeño.

De un solo disparo, afortunado, mató tres chochas ante el chiquillo, que expresó su entusiasmo haciendo varias cabriolas.

CAPÍTULO XIII

El proverbio de los cazadores que dice que si se mata la primera pieza, la caza será feliz, resultó cierto. Levin tuvo una cacería afortunada.

A las diez de la mañana regresó a la casa, fatigado y hambriento, pero feliz, después de haber andado unas treinta verstas, con diecinueve piezas y un grueso pato que llevaba atado a la cintura porque no cabía ya en el morral.

Sus compañeros se habían levantado ya y hasta habían comido.

Levin entró gritando alegre y jactanciosamente:

—¡Eh! ¡Mirad! ¡Diecinueve piezas! ¡Traigo diecinueve!

Y se puso a contarlas ante ellos, gozando con la admiración y gozando también con la envidia de Stepán Arkadievich. Las aves no tenían el hermoso aspecto de cuando iban volando o se movían graciosamente sobre el suelo, sino que estaban ya con las plumas lacias y muchas apelmazadas y cubiertas de negruzca sangre, pero representaban, efectivamente, una buena caza.

Levin se sintió todavía más feliz al recibir una carta de su esposa, que le había traído un hombre.

Kitty le decía:

> «Estoy completamente bien y alegre. No te preocupes por mí. Puedes estar más tranquilo que antes, pues tengo otro ángel guardián. Vlasievna (era la comadrona, un nuevo e importante personaje en la vida de Levin) vino a verme y la hemos hecho quedarse aquí hasta que vuelvas. Me encontró completamente bien. Todos los demás están también contentos y sanos. No te apresures por volver y, si la caza es buena, quédate un día más».

Las dos alegrías que había recibido –la buena caza y la carta de Kitty– eran tan grandes, que le pasaron casi inadvertidos dos contratiempos. Uno era que el caballo rojo, que al parecer había trabajado demasiado el día antes, no comía y tenía un aspecto abatido. El cochero decía que estaba reventado.

—Ayer le fatigaron demasiado, Konstantín Dmitrievich. Recuerde usted que le hicieron correr durante diez verstas sin ningún miramiento.

Otra circunstancia le produjo de momento un disgusto: de las provisiones que Kitty había preparado, con tal abundancia que creían que habían de tener víveres para una semana, no quedaba nada ya. Levin regresaba de la caza, como antes dijimos, con intenso apetito y, recordando con tal precisión las ricas empanadillas que les había cocinado su mujer, que, al acercarse a la casa, percibía ya el olor y el gusto en la boca, de igual modo que su perra percibía el olfato de la caza. En cuanto se hubo despojado de sus arreos, gritó, pues, a Filip:

—¡Eh! A ver esas empanadillas, que tengo un hambre canina.

La decepción fue grande cuando le dijeron que no solo no quedaban empanadillas, sino que tampoco quedaban pollos.

—¡Vaya un apetito! –comentó Stepán Arkadievich, riéndose a indicando a Vasenka–. Yo no sufro por falta de apetito, pero lo que es ese… Parece imposible lo que come.

—¡Qué le vamos a hacer! –exclamó Levin, mirando sombríamente a Veselovsky. Y pidió:

—Filip, tráeme carne, pues.

—La carne se la han comido y los huesos se los han echado a los perros –contestó Filip.

—¡Hubieran podido, al menos, dejarme algo! –lamentó, casi llorando, el hambriento, Levin–. Entonces, prepara un ave –añadió– y pide para mí aunque sea solo un poco de leche.

Cuando se hubo bebido la leche, en buena cantidad, se le pasó el enojo y hasta se sintió avergonzado de haberlo mostrado ante un extraño y rió el trance.

Por la tarde, salieron de nuevo al campo a cazar y hasta Veselovsky mató algunas piezas.

Ya de noche, regresaron a la casa.

Tanto la ida como la vuelta la pasaron divertidísimos. Veselovsky cantaba alegremente y refería su estancia entre los campesinos, que le ofrecieron vodka y constantemente le imploraban «que no ofendiese»; el fracaso que tuvo al querer coger avellanas; su plática picaresca con la chica de la propiedad vecina y la sentencia de otro labriego, que le preguntó si era casado y, al contestarle que no, le dijo: «pues más que mirar a las mujeres de otros, debías procurarte una propia». Todo lo cual le divertía de tal modo que, recordándolo, no cesaba de reír.

—En general, estoy muy contento con nuestro viaje –decía–. ¿Y usted, Levin? –preguntó.

—Yo lo estoy también mucho –contestó Levin sinceramente, pues ya no sentía animosidad contra Vasenka, sino que, por el contrario, comenzaba a cobrarle afecto.

CAPÍTULO XIV

Al día siguiente, a las diez de la mañana, habiendo ya recorrido toda su finca, Levin llamó a la habitación donde dormía Vasenka.

—*Entrez!* –gritó aquel.

Levin entró y le halló en paños menores.

—Perdóneme –se disculpó Veselovsky–, estaba acabando mis *ablutions*.

—No se apresure –contestó Levin, sentándose en el alféizar de la ventana. ¿Ha dormido usted bien?

—Como un leño. No me he despertado ni una sola vez.

—¿Qué toma usted, té o café?

—Ni una cosa ni otra: almuerzo sólido. Créame que estoy avergonzado de esto, pero es mi costumbre. También desearía dar antes un paseíto. Ha de enseñarme usted los caballos.

Habiendo Levin y su huésped paseado por el jardín y hasta hecho gimnasia en el trapecio, volvieron a la casa y entraron en el salón, donde estaban ya las señoras.

—¡Qué magnífica cacería! ¡Cuántas y qué agradables impresiones! –dijo Veselovsky al saludar a Kitty, que se hallaba sentada ante el samovar–. ¡Qué lástima que las señoras estén privadas de estos placeres!

Otra vez le pareció a Levin ver algo humillante en la sonrisa y en la expresión de triunfo con que Veselovsky se dirigió a su mujer.

La Princesa, que estaba sentada al extremo opuesto de la mesa, junto a Marie Vlasievna y Stepán Arkadievich, hablaba de la necesidad de trasladar a Kitty a Moscú para el momento del parto y Oblonsky llamó cerca de sí a Levin para hablarle de la cuestión. A Levin, que en los días que precedieron a su casamiento le disgustaban los preparativos, que, por su insignificancia, ofendían la grandeza de lo que se iba a realizar, le disgustaban todavía más los que se hacían para el parto que se acercaba, cuya llegada contaban todos con los dedos. Hacía cuanto podía para no oír las conversaciones sobre la manera de envolver al niño, volvía el rostro para no ver las vendas infinitas y misteriosas, los pedazos triangulares de tela, a los que Dolly daba gran importancia, y otras cosas semejantes.

El acontecimiento del nacimiento del hijo (pues no le cabía duda de que sería niño), que se le había prometido, pero en el cual, a pesar de todo, no podía creer –tan extraordinario le parecía–, se le presentaba de un lado como una inmensa felicidad, tan inmensa, que le parecía imposible; y, del otro, como un suceso tan misterioso, que aquel supuesto conocimiento de lo que había de venir, y, como consecuencia, los preparativos que se hacían, como si se tratara de un acontecimiento ordinario producido por los hombres, despertaba en él un sentimiento de ira y de humillación.

La Princesa no comprendía, sin embargo, estos sentimientos y atribuía a la ligereza y a la indiferencia los escasos deseos que mostraba su yerno de pensar en las cosas que a ella tanto le interesaban y de hablar de ellas. Así no le dejaba tranquilo. Insistía continuamente en sus consultas, en explicarle lo que había hecho, que había encargado a Stepán Arkadievich buscar el piso, cómo pensaba arreglarlo...

Levin rehuía:

—No sé nada de eso, Princesa... Hagan lo que quieran...

—Pues hay que decidir. Si no, ¿cuándo se va a hacer la mudanza?

—No sé... No sé... Solo sé que nacen millones de niños sin ser llevados a Moscú, hasta sin médicos... Pero hagan como quiera Kitty.

—Con Kitty es imposible hablar de esto. ¿Quieres que la asustemos? Esta primavera, Natalia Galizina murió a consecuencia de un mal parto.

—Bien, bien. Como usted diga, así se hará.

Y mostraba un gesto sombrío.

Pero lo que le tenía así no era la conversación con la Princesa, por mucho que le desagradara, sino la que sostenían Vasenka y Kitty. Veselovsky estaba inclinado hacia su mujer, hablándole casi al oído con su sonrisa sarcástica, de dominador, y ella le escuchaba ruborizada y con emoción bien visible. Había algo impuro en la actitud de ambos. «No, esto no es posible», se decía Levin.

Y de nuevo se le oscurecieron los ojos. De nuevo, sin la más leve transición, descendió de la altura de su felicidad, de la calma y la dignidad, y se hundió en el abismo de la desesperación, la humillación y la ira, y sintió asco de todo y de todos.

—Obren ustedes como quieran, Princesa –dijo, volviendo a mirar hacia su mujer.

—¡Cuánto pesa el gorro de Monómaco[(1)]! –le dijo Stepán Arkadievich, en tono de broma y aludiendo, no solo a la conversación con la Princesa, sino a la actitud que tenía Levin y que aquel había advertido bien.

Entró Darya Alejandrovna y todos se levantaron para saludarla. Vasenka se levantó solo un instante, y, con la falta de cortesía propia de los jóvenes modernos, se limitó a hacer una leve inclinación de cabeza y volvió junto a Kitty, continuando su conversación con ella sin dejar de reír.

—¡Qué tarde te has levantado hoy, Dolly! –dijo Levin.

—Macha me ha dado muy mala noche. Ha dormido muy mal y hoy está de un pésimo humor –explicó Dolly.

Vasenka hablaba con Kitty de lo mismo que el día anterior: de Anna. Afirmaba que el amor debe ser puesto por encima de las conveniencias sociales.

Esta conversación era desagradable a Kitty por su fondo y por el tono en que era llevada y, sobre todo, porque sabía que el verla así con Veselovsky molestaba a su marido. Habría querido cortarla. Pero Kitty era demasiado sencilla e inocente para saber lo que había de hacer a fin de conseguirlo y

---

(1) Expresión alusiva a uno de los símbolos de la autocracia rusa que se refiere a la dificultad de gobernar.

hasta para ocultar el pequeño a inocente placer que le causaban –mujer al fin– las atenciones de Veselovsky. Pensaba, incluso, que acaso lo que hiciera con tal fin sería mal interpretado. Efectivamente, cuando preguntó a Dolly «qué tenía Macha» y Vasenka, al ser cortada su conversación, se puso a mirar a Dolly con indiferencia, a Levin la pregunta le pareció una astucia falta de naturalidad y repugnante.

—¿Qué, pues? ¿Iremos hoy a buscar setas? –preguntó Dolly.

—Vamos… Yo también iré –dijo Kitty.

Kitty habría preguntado a Vasenka si él iba también. No hizo la pregunta, pero solo con pensarlo se ruborizó.

En aquel momento Levin pasó a su lado con andar decidido.

—¿Adónde vas, Kostia? –le preguntó intranquila a su marido.

La expresión culpable de Kitty confirmó a Levin sus sospechas. Contestó desabridamente, sin mirar siquiera a su esposa.

—En mi ausencia llegó el mecánico alemán y todavía no le he visto.

Bajó al piso inferior y aún no había salido de su gabinete, cuando oyó los pasos, tan conocidos por él, de Kitty, que iba rápidamente a su encuentro.

—¿Qué quieres? –preguntó Levin–. Este señor y yo estamos ocupados.

—Perdone usted –dijo ella al mecánico–, necesito decir unas palabras a mi marido.

El alemán quiso salir, pero Levin le contuvo:

—No se moleste.

—El tren sale a las tres –objetó el otro–. Temo no poder llegar a tiempo.

Levin no le contestó y salió de la estancia junto a Kitty.

—¿Qué tienes que decirme? –preguntó a esta en francés y sin mirarla.

Kitty sentía un temblor irresistible en todo su cuerpo. Tenía lívido el semblante y, en general, un aspecto lamentable de abatimiento.

Levin lo presentía y no quería verlo.

—Quiero decir… quiero decirte –balbuceó ella–. Quiero decir que así… así es imposible… imposible vivir. Que esto es un martirio…

—No hagas escenas aquí –le atajó Levin con irritación–. Puede venir gente…

Estaban, efectivamente, en una habitación de paso. Kitty quiso entrar en la contigua, pero allí estaba la inglesa dando lección a Tania.

—Salgamos al jardín –propuso, en vista de ello.

En el jardín hallaron al campesino que cuidaba de él y que estaba limpiando el sendero. Sin tener en cuenta ya que el jardinero le veía, que ella lloraba y él estaba conmovido y los dos tenían aspecto de sufrir una gran desgracia, siguieron adelante, rápidos. Solo pensaban en que necesitaban darse explicaciones, de disuadirse mutuamente y de este modo librarse del martirio que ambos experimentaban.

—Así es imposible vivir. Yo sufro, tú sufres... ¿Y por qué? –dijo Kitty cuando, al fin, se hubieron sentado en un banco solitario, en un rincón del paseo de los tilos.

—Dime una cosa –replicó Levin, poniéndose delante de ella en la misma forma que la noche anterior: los puños crispados, apretados contra el pecho, las piernas abiertas, erguidos el torso y la cabeza, la mirada muy fija en los ojos de su mujer–. ¿No había en su postura, en su tono, algo inconveniente, impuro, humillante para mí? Dime la verdad.

—Había –confesó Kitty, con voz temblorosa–. Pero Kostia –se disculpó–, ¿qué puedo hacer yo? Esta mañana quise tomar otro tono, pero ese hombre... ¿Para qué habrá venido? –añadió entre sollozos que sacudían todo su cuerpo, que ya iba abultándose por el embarazo–. ¡Tan felices que éramos!

El jardinero pudo observar, con sorpresa, cómo primero iban los dos presurosos, aunque nadie los perseguía, y cariacontecidos y que, luego, cuando nada particularmente alegre podían haber encontrado en aquel banco, volvían con rostros tranquilos y hasta radiantes.

CAPÍTULO XV

Una vez que hubo acompañado a su mujer al piso de arriba, Levin entró en la parte de la casa habitada por Dolly. Esta estaba también muy disgustada aquel día. Darya Alejandrovna se paseaba por la habitación y decía airada y enérgicamente, hasta con saña, a la niña, que permanecía acurrucada en un rincón y sollozando:

—Y te quedarás aquí, en este mismo sitio, todo el día. Y comerás sola. Y no verás ninguna muñeca. Y no te haré ningún vestido nuevo. ¡Ah! Es una niña muy perversa –explicó a Levin–. ¿De dónde sacará estas malas inclinaciones?

Levin se sintió contrariado. Quería consultar a Dolly su asunto y vio que llegaba en mala ocasión.

—Pero ¿qué es lo que ha hecho? –preguntó con indiferencia.

—Ella y Gricha han ido a donde crece la frambuesa y allí… ni te puedo decir lo que estaban haciendo. Mil veces echo de menos a miss Elliot. Esta otra inglesa no vigila nada, es una máquina. *Figurez-vous que la petite…*

Y Darya Alejandrovna contó lo que ella llamaba el «crimen de Macha».

—Eso no demuestra nada, no demuestra ninguna mala inclinación. Es una travesura de niños y nada más –la calmó Levin.

—Pero veo que tú también estás disgustado –advirtió Dolly–. ¿Por qué has venido? –le preguntó–. ¿Qué pasa en el salón?

Por el tono de las preguntas comprendió Levin que le sería fácil decir a Dolly lo que quería.

—No estuve allí, en el salón –explicó–. He estado en el jardín, hablando a solas con Kitty… Hemos reñido otra vez, ya la segunda desde que vino Stiva.

Dolly le miró con sus ojos inteligentes y comprensivos.

—Y dime, con la mano puesta en el corazón –continuó Levin–, ¿no había… no en Kitty, no, pero sí en este señor… un tono que puede ser desagradable y hasta ofensivo para el marido?

—¿Cómo te lo voy a decir…? –dudó Darya Alejandrovna–. Quédate en el rincón –ordenó a Macha, la cual, al observar una sonrisa en el rostro de su madre, se había vuelto–. En el ambiente del gran mundo –siguió Dolly diciendo a Levin– es así como se comporta toda la juventud. A una mujer joven y linda hay que hacerle la corte y el marido mundano debe, además, estar contento del éxito de su mujer.

—Sí, sí –comentó Levin sombrío–. Pero, ¿tú lo has observado?

—No solo yo, sino también Stiva lo observó. Enseguida, después del té, me dijo: *Je crois que Veselovsky fait un petit brin de cour à Kitty.*(1)

—Está bien, ya estoy tranquilo. Voy a echarle enseguida de casa.

—¿Qué dices? ¿Estás loco? –clamó Dolly, horrorizada–. Vamos, Kostia, serénate – le suplicó. Luego, dirigiéndose a la chiquilla, riéndose, le dijo–: Ahora puedes ir con Fanny. –Y añadió a Levin–: No. Si quieres, voy a hablar con Stiva. Él se lo llevará de aquí. Le puedo decir que estás esperando invitados… que no conviene para nuestra casa…

—No, no. Quiero decírselo yo.

—Pero ¿vas a reñir con él?

—No será nada trágico. Al contrario, me divertiré. De verdad. Sí, sí, será muy divertido –aseguró, con los ojos brillantes entre alegres y amenazadores.

(1) «Creo que Veselovsky hace la corte a Kitty».

—Ahora –defendió a la chiquilla– has de perdonar a la pequeña criminal.

La culpable les miró y quedó indecisa, baja la cabeza, mirando de reojo a su madre, buscando su mirada.

Darya Alejandrovna miró, en efecto, a la chiquilla y esta, llorando, vino a refugiarse en el regazo de su madre. Dolly le puso su mano, delgada y fina, suavemente, cariñosamente, sobre la cabeza y la acarició con dulzura.

Levin salió pensando: «¿Qué tenemos en común con él?». Y se dirigió resuelto, derechamente, a buscar a Veselovsky.

Al llegar al vestíbulo, dio orden de enganchar el landolé para ir a la estación.

—Ayer se rompió el muelle –contestó el lacayo.

—Entonces, otro coche corriente. Pero, pronto… ¿Dónde está el invitado?

Levin encontró a Vasenka en el momento en que este, habiendo sacado de su baúl las cosas, se probaba las polainas de montar.

Ya fuera que en el rostro de Levin hubiera algo especial o bien que el mismo Vasenka hubiese comprendido que *ce petit brin de cour* que había emprendido resultaba inoportuno en aquella familia, lo cierto es que la entrada de Levin en la habitación le perturbó, tanto como es posible en un hombre del gran mundo.

—¿Usted monta con polainas? –le preguntó Levin.

—Sí, es mucho más limpio –contestó Vasenka, poniendo su gruesa pierna sobre una silla y abrochando el último corchete de la polaina. Y sonreía a la vez, aparentando estar alegre y tranquilo.

Indudablemente Vasenka era un buen mozo y en aquel momento tenía una mirada de bondad y hasta de timidez.

Levin sintió compasión de él y vergüenza de sí, del paso que iba a dar siendo el dueño de la casa.

Sobre la mesa estaba el bastón que ellos habían roto por la mañana, al querer levantar algunas pesas. Levin tomó en la mano aquel resto del bastón y, sin decir palabra, se puso a romper más la punta.

Tras un largo silencio, muy embarazoso para los dos, Levin continuó:

—Quería…

Calló otra vez.

De repente, recordó a Kitty y todo lo que había pasado y, mirando fijamente a los ojos a Veselovsky, le dijo:

—He ordenado enganchar los caballos para usted.

—¿Qué quiere decir eso? –preguntó Vasenka–. ¿Adónde debo ir?

—A la estación del ferrocarril –contestó Levin, sombrío y arrancando pedacitos de madera al bastón.

—¿Se marcha usted? ¿Ha pasado algo?

—Resulta que estoy esperando a unos invitados –pronunció Levin con energía. Y rápidamente, a la vez que arrancaba más pedacitos de madera del bastón con las puntas de sus fuertes dedos, siguió–: No, no espero invitado alguno ni ha pasado nada, pero le pido que se marche de aquí sin tardanza... Usted puede explicarse como quiera mi escasa cortesía.

Vasenka se irguió, altivo, habiendo comprendido al fin.

—Pero yo le pido a usted una explicación –dijo, con acento firme.

—No puedo explicarle nada –replicó Levin tranquila y lentamente, reprimiendo el temblor de sus pómulos–. Mejor será para usted no preguntarme.

Y como había acabado de desgajar los pedazos de bastón que ya estaban tronchados, Levin agarró los extremos del trozo que quedaba y, aunque resistente, lo rompió también en pedacitos. Por último, cogió al vuelo una astilla que caía al suelo. Seguramente el aspecto de aquellos fornidos brazos, de los músculos en fuerte tensión, la decisión que denotaban los ojos brillantes, la tranquilidad y seguridad de la voz, pausada y serena, convencieron a Vasenka más que las palabras. Así, se encogió de hombros, sonrió con desdén y solo dijo:

—¿Podré ver a Oblonsky?

—Le mandaré aquí ahora mismo.

—¡Qué idiotas! –comentó Stepán Arkadievich al contarle su amigo que le echaban de la casa y, habiendo encontrado a Levin en el jardín, donde aquel se paseaba en espera de ver la salida de su huésped, le dijo: *Mais c'est ridicule!*(1) ¿Qué mosca te ha picado? *Mais c'est du dernier ridicule!*(2) Qué tiene de particular que un joven...

Pero el punto en el cual la mosca había picado a Levin todavía dolía, sin duda, porque este palideció de nuevo y replicó rápidamente:

—Por favor, no me digas nada. No puedo hacer otra cosa. Siento mucha vergüenza ante ti y ante él. Pero pienso que para él no será una gran pena marcharse y, en cambio, su presencia nos es desagradable a mi mujer y a mí.

—Pero esto es ofensivo para él. *Et puis c'est ridicule.*

—Su estancia aquí es para mí, ofensiva y penosa (y no por culpa mía). Yo no sé por qué tengo que sufrir...

—Pues yo no esperaba esto de tu parte. *On peut être jaloux, mais à ce point c'est du dernier ridicule!*(3)

---

(1) «Pero es ridículo!».

(2) «¡Pero esto es el colmo del ridículo!».

(3) «Se puede ser celoso, ¡pero serlo hasta ese punto es el colmo del ridículo!».

Levin dio rápidamente media vuelta y se marchó al fondo del jardín, donde continuó, solo, sus paseos.

No tardó en oír el ruido de la tartana y, entre los árboles, vio cómo Vasenka, sentado sobre un montón de heno (por desgracia la tartana no tenía el asiento bien arreglado) con su gorra escocesa encasquetada, bamboleándose por el traqueteo del coche al cruzar los baches o salvar piedras, se alejaba por la avenida.

Luego vio que el lacayo salía corriendo de la casa y paraba el carruaje.

—¿Qué sucederá?, pensó Levin.

Se trataba del mecánico alemán, del cual él se había olvidado por completo.

El mecánico, tras muchos saludos, dijo algo a Veselovsky, subió a la tartana y esta siguió con los dos viajeros.

Stepán Arkadievich y la Princesa estaban indignados por la conducta de Levin. Él mismo se sentía no solo *ridicule* en cierta manera, sino hasta culpable y avergonzado. Pero recordando lo que él y su mujer habían sufrido, al preguntarse si habría hecho lo mismo otra vez, Levin se contestaba que en ocasión análoga procedería de la misma manera.

Pero, al final del día, y a despecho del incidente, todos, excepto la Princesa, que no perdonaba a su yerno aquella descortesía, estaban extraordinariamente animados y alegres, como suele ocurrir con los niños finalizando su castigo, o con los mayores que asisten a una recepción oficial al terminar las ceremonias.

Así que por la noche, en ausencia de la Princesa, hablaban de la salida forzosa de Vasenka como de una cosa ocurrida hacía mucho tiempo. Y Dolly, que heredara de su padre el don de contar las cosas con gracia, les hacía estallar de risa cuando, por enésima vez, y siempre con nuevas invenciones humorísticas, contaba que ella estaba a punto de ponerse lacitos para lucirse ante el huésped y salir así al salón, cuando oyó el ruido del carruaje.

—¿Y quién iba en él? –decía–. ¡El propio Vasenka! Con su gorrita escocesa y las polainas, sentado sobre el heno. ¡Si al menos hubiesen ordenado prepararle el landolé!… Y luego oigo: «Esperen, esperen». Pensé: han tenido compasión de él. Pero veo que sientan a un grueso alemán y a él lo levantan, le hacen que vaya de pie. ¡Y adiós mis lacitos! –terminaba simulando hallarse muy contrariada–. Mi fracaso era cierto.

Capítulo XVI

Darya Alejandrovna realizó su propósito de ir a visitar a Anna. Comprendía que los Levin tenían razones bien fundadas para no desear relacionarse para nada con Vronsky y estaba segura de que su viaje afligiría a su hermana y causaría un disgusto a su cuñado, pero, por otra parte, consideraba un deber suyo visitar a Anna y deseaba demostrarle que, a pesar del cambio en su situación, sus sentimientos para con ella no habían variado.

Para no causar a Levin nuevas molestias, Darya Alejandrovna mandó alquilar en el pueblo los caballos necesarios. Pero, su cuñado, al enterarse de ello, se sintió disgustado y se lo censuró vivamente.

—¿Por qué piensas que ha de desagradarme tu viaje? No me has dicho ni una vez que querías ir. Además, si me resultara desagradable, más me resultaría aún si no aprovechas mis caballos. El que los alquiles en el pueblo es un motivo de disgusto para mí. Pero, hay otra cosa peor y es que se comprometerán y no cumplirán su palabra. Tengo, como sabes, caballos suficientes y buenos y coches. Si no quieres ofenderme, utilízalos para tu viaje.

Darya Alejandrovna hubo de aceptar el ofrecimiento de su cuñado y este, el día fijado, preparó para el viaje cuatro caballos y, con un acompañamiento de trabajadores de la finca que iban a pie y en caballerías, salieron para aquel destino.

Constituía un gran trastorno para Levin, pues necesitaba los caballos para la Princesa y la comadrona, que habían de marcharse entonces también, pero el deber de hospitalidad le impedía permitir que Darya Alejandrovna recurriese a otras gentes. Sabía, además, que los veinte rublos que pedían a su cuñada por los caballos constituían para ella una pesada carga, dada su difícil situación económica.

La comitiva era muy abigarrada y nada brillante, pero Darya llegaría así con seguridad absoluta, fácilmente y dentro del mismo día, a la propiedad de Vronsky.

Por consejo de Levin, Darya Alejandrovna salió antes del amanecer. El camino era bueno y el coche cómodo; los caballos corrían ágiles; y en la delantera, junto al cochero, en el lugar del lacayo, iba el encargado que, en vez de aquel, había destacado Levin para mayor seguridad. Dolly se durmió y no despertó hasta la posada en la que habían de cambiar de tiro.

Darya Alejandrovna tomó el té en la misma casa de Sviajsky donde Levin se detenía durante sus viajes. Charló con las mujeres, los niños y el viejo sobre el conde Vronsky, de quien el viejo hizo grandes elogios.

A las diez de la mañana continuó su viaje.

Cuando estaba en casa, ocupada constantemente en los quehaceres que le daban los niños, Darya Alejandrovna no tenía tiempo para pensar en ninguna otra cosa, pero ahora, durante las cuatro horas que duró esta parte del viaje, acudieron a su mente todos los recuerdos de su vida y los fue repasando en sus aspectos más diversos. Sus pensamientos –que a ella misma le parecían extraños– volaron también hacia los niños. La Princesa y Kitty (confiaba más en la última) le habían prometido cuidarles. Sin embargo, estaba preocupada por ellos. «Quizá –temía–, Macha empezaría con sus travesuras. Acaso un caballo pisara a Gricha, o Lilly padeciese otra indigestión». Luego pensó en el futuro. Primero, en el inmediato. «En Moscú, para este invierno, habría que mudarse de piso. Habremos de cambiar los muebles del salón y hacer un abrigo a la hija mayor». Después, el porvenir de sus hijos: «Las niñas, menos mal, no ofrecen tantas complicaciones, pero, ¡los niños! –y se dijo–: Está bien que me ocupe de Gricha ahora porque estoy más libre y no he de tener ningún hijo. Con Stiva, naturalmente, no hay que contar. Siguiendo así y con ayuda de la buena gente, sacaré adelante a mis hijos. Pero si vuelvo a estar embarazada...». Y Dolly reflexionó que era muy injusto considerar los dolores del parto como señal de la maldición que pesa sobre la mujer. «¡Es tan poca cosa en comparación con lo que cuesta el criarlos!», se dijo, recordando la última prueba por la que había pasado en este aspecto y la muerte de su último niño. Y le vino a la memoria la conversación que, a propósito de esto, había tenido con la nuera de la casa donde habían cambiado los caballos. Aquella, a la pregunta de Dolly de si tenía niños, contestó alegremente:

—Tuve una niña, pero Dios se me la llevó. Esta cuaresma la enterré.

—¿Y lo sientes mucho? –preguntó, también, Darya Alexandrovna.

—¿Por qué lo he de sentir? –contestó la joven–. El viejo tiene muchos nietos aun sin ella. Y me daba mucho trabajo. No podía atender a otros quehaceres más importantes... No podía trabajar ni hacer nada más que ocuparme de ella... Era un fastidio.

A Darya Alejandrovna esta contestación le había parecido repugnante en labios de aquella simpática muchacha, cuyo rostro expresaba bondad, pero ahora, al recordar involuntariamente aquellas palabras, se dijo que, a pesar del cinismo que había en ellas no dejaban de tener un fondo de verdad. Pensaba entonces Darya Alejandrovna en sus embarazos: en el mareo, la pesadez de cabeza, la indiferencia hacia todo y, principalmente, en la deformación, en su fealdad. «La misma Kitty, jovencita y tan linda, ha perdido mucho. Yo, cuando estoy embarazada, me vuelvo horrible». «Luego los partos, los terribles sufrimientos y el momento más terrible aún de dar a luz... Y el dar el pecho, las noches sin dormir, las grietas, los dolores irresistibles si se retira la leche...». Y recordando aquellos dolores por que ella había pasado en casi todos sus alumbramientos, Darya Alejandrovna se estremeció. «Y por otro lado –siguió– las enfermedades de los pequeños, las noches en vela, los días enteros sin descanso, con la constante inquietud del miedo a la muerte». «¿Y los mil disgustos de la educación de los hijos? El "crimen" de la pequeña Macha en el jardín, las clases con los niños, el latín difícil, incomprensible para ellos». «Y si, como final, llega la muerte...». Y Darya Alejandrovna rememoró, con horror y dolor profundo, el fallecimiento y el entierro de su último niño, atacado por la terrible difteria: los gestos horrorosos provocados por la tos y los ahogos; el resuello de la garganta oprimida, llena de purulentas e inflamadas llagas; el último y supremo esfuerzo con la inminente asfixia –desorbitados y sanguinolentos los ojos; congestionadas las facciones, hinchadas, reventando las venas; crispadas las manos; enarcados el torso y las piernecitas–. Luego, el pequeño ataúd, tan fúnebre aun con sus colores claros –rosa y blanco– y sus adornos de pasamanería; el yerto cuerpecito, de frentecilla lívida con ricitos rubios; la boquita, morada, abierta como en gesto de extrañeza. Después el desgarrador adiós final, el lúgubre martilleo sobre los clavos que sujetaban la tapa de la caja, la partida del cortejo; todo entre la indiferencia de la gente. Y mientras, ella, en su dolor de madre, en la angustiosa opresión de su pecho, que le ponía un nudo en la garganta, se sentía morir, y lágrimas de fuego corrían por sus mejillas.

«¿Y todo para qué?», seguía la mente de Darya Alejandrovna. «¿Qué resultará de todo ello? Vivir sin un momento de tranquilidad, ora embarazada, ya dando el pecho; siempre de mal humor, riñendo, torturándome yo y torturando a los demás, causando repugnancia a mi marido. Así habré pasado mi vida y saldrán niños infelices, mal educados, acaso niños mendigos. Ya este año, si no hubiéramos pasado el verano en casa de Levin, no sé qué habríamos hecho. Es verdad que Kostia y Kitty son tan delicados que no nos damos cuenta de nada, pero esto no puede durar. También ellos tendrán niños y no podrán ayudarnos; ahora mismo van ya algo mal de recursos. ¿Quién nos ayudará? ¿Papá, que se ha quedado sin nada? De modo que ni educar a los niños podré. Quizá lo llegaría a hacer con la ayuda de otros, pero humillándome... Y supongamos lo mejor: que los niños no se mueren y puedo educarlos de algún modo. En este caso lo único que conseguiré es que no vayan por mal camino. ¿Y para esto tuve tanto trabajo, pasé tanto sufrimiento? ¡Para esto perdí mi vida!».

De nuevo Dolly recordó las palabras de la joven campesina y otra vez pensó que eran repugnantes, pero no pudo dejar de repetirse que en ellas había una parte de verdad.

—¿Qué? ¿Aún estamos lejos? –preguntó de repente al encargado, para distraerse de aquellos pensamientos.

—Desde este pueblo, según dicen, hay siete verstas.

El landolé, tras atravesar la calle principal del pueblo, llegó a un puentecillo, por el cual, hablando con voces alegres y sonoras, pasaba un grupo de mujeres con bultos atados sobre las espaldas. Las mujeres se pararon mirando con interés al coche. Todos aquellos rostros le parecieron a Darya Alejandrovna sanos y alegres y que pregonaban la alegría de vivir.

«Todos viven, todos gozan», continuó pensando, en tanto que pasaba ante las mujeres, atravesaba el puentecillo y, llevada con buen trote, entraba en la montaña. Iba cómoda, suave y dulcemente mecida, pero seguía con negros pensamientos. «Todos gozan, sí, y yo voy como si hubiera salido de la prisión, como si estuviese abandonando el mundo. Solamente ahora, por un momento, me he dado cuenta de todo... Todos viven... estas mujeres y la hermana Nataly y Varenka y Anna, a la cual voy a ver. Solo yo no vivo.

»Y criticar a Anna... –pensó después–. ¿Y por qué? ¿Soy yo mejor? Por lo menos, tengo un marido al cual amo... No como quisiera yo, pero le amo... Mientras que Anna no amaba al suyo. ¿Qué culpa tiene ella? Ella quiere vivir. Dios nos ha impreso este deseo en el alma. Es muy posible que yo hubiese hecho lo mismo. Hasta ahora no sé si hice bien o mal escuchándola en aquel trance terrible en que vino a mi casa, en Moscú. Entonces debí dejar a mi marido y empezar de nuevo mi vida. Podía amar y ser amada verdaderamente. ¿Es por ventura más honrado lo que hago ahora? No me inspira ningún respeto. Lo necesito», pensó, refiriéndose a su marido, «y lo soporto. ¿Es esto mejor? En aquel tiempo podía yo agradar aún. Me quedaba belleza». Darya Alejandrovna sintió ahora deseos de mirarse en el espejito que llevaba en su saco de viaje y fue a sacarlo. Pero viendo al cochero y al encargado en el pescante, pensó que alguno de ellos podía volver la cabeza y verla en aquella actitud y se sintió avergonzada de su propósito.

Darya Alejandrovna desistió de aquella idea, pero, aun sin mirarse en el espejo, pensaba que todavía no era tarde para un nuevo amor; y recordó a Serguéi Ivanovich, que estaba particularmente amable con ella; y al amigo de Stiva, el bueno de Turovsin, que cuidó a su lado a los niños cuando estos tuvieron la escarlatina y que estaba enamorado de ella; y también a un hombre, muy joven aún, el cual decía, como le contó su propio marido, que «ella era la más guapa de todas las hermanas». Y las aventuras más pasionales e irrealizables se presentaron a su imaginación.

«Anna obró bien y no seré yo quien la censure. Es feliz, hace feliz a otro hombre y no estará abatida como yo. Seguramente que, como siempre, estará fresca, espiritual y llena de interés por todo», pensaba Darya Alejandrovna. Y una sonrisa de picardía fruncía sus labios, sobre todo porque, al pensar en el idilio de Anna, imaginaba para sí misma un idilio semejante con el hombre que forjaba su imaginación locamente enamorado de ella. También ella, como Anna, lo revelaría a su marido. Y las imaginarias sorpresas y consiguiente turbación de Stepán Arkadievich le hicieron sonreír.

En estos pensamientos llegaron a la revuelta en que habían de dejar el camino para entrar en Vozdvijenskoe.

Capítulo XVII

El cochero paró los caballos y miró a ver si encontraba a quién preguntar por la finca. Detrás, en un campo de centeno, cerca de un carro, sentados sobre la tierra, se veía a varios campesinos. El encargado hizo ademán de apearse, pero, cambiando de opinión, se puso a llamarles a gritos. La brisa producida por la marcha del coche, una vez parado este, se había desvanecido y el aire estaba en calma. Los tábanos se pegaron a los caballos, cubiertos de sudor, y estos se defendían de ellos rabiosamente moviendo constantemente la cabeza y las patas y sacudiéndose con la cola. Cesó el ruido metálico de las guadañas, que estaban afilando los campesinos.

Uno de estos se levantó y se dirigió al coche, andando poco a poco, con precaución por ir con los pies descalzos sobre un camino reseco y lleno de guijos.

—¡Más deprisa, gandul! –gritó el encargado, ¡A ver si llegas de una vez!

El viejo –de cabellos blancos, ondulados y atados con una tirita de corteza de árbol, de espalda curvada, manchada de sudor– apresuró el paso, andando a pequeños saltos y, llegando al coche, con su mano derecha, renegrida y arrugada por el sol, el aire y los años, agarrada al guardabarro, y con el pie izquierdo en vilo, dijo con gesto obsequioso:

—¿Preguntan por Vozdvijenskoe, la casa de los señores, la finca del Conde? Pues en cuanto salgan de aquí, encontrarán un recodo a la izquierda. Sigan todo recto el camino que les llevará allí. ¿Y a quién van a ver? ¿Al mismo Conde?

—Y dígame: ¿están en casa, buen hombre?–, preguntó Darya Alejandrovna no sabiendo de qué modo, incluso con aquel labriego, tenía que hablar de Anna.

—Creo que están –dijo el viejo, bajando el pie izquierdo y alzando el derecho para dar ahora descanso a este, que dejó en el polvo su huella, marcando claramente los cinco dedos–. Creo que están en casa –siguió, con ganas de hablar–. Ayer también vinieron invitados... Tienen siempre una barbaridad de invitados... ¿Qué quieres? –chilló a su vez, a un mozo que le gritaba algo desde el carro. Luego continuó–: Esto es... Hace poco que pasaron todos por aquí, montados a caballo. Querían ver el rastrojo... Ahora seguramente están en casa... ¿Y ustedes quiénes son?

—Nosotros venimos de muy lejos –dijo el cochero–. ¿De modo que está cerca de aquí?

—Te digo que aquí mismo. A poca distancia –decía el campesino, pasando su mano derecha por la aleta...

Un joven sano y fuerte se acercó también y le interrumpió:

—¿Saben si habrá trabajo por la cosecha?

—No lo sé, amigo.

—Así, pues, vas hacia la izquierda y llegarás allí directamente –terminó el campesino, separándose de mala gana de los viajeros.

El cochero hizo correr a los caballos, pero, cuando tomaba la revuelta, el viejo, les gritó:

—¡Alto! ¡Muchacho, alto!

El cochero paró los caballos.

—¡Vienen por ahí! ¡Son ellos! –volvió a gritar el campesino–. Miren cómo corren.

Y señalaba a cuatro jinetes y a dos personas que iban en un charabán, y que eran Vronsky, su jockey, Veselovsky y Anna, montados en sendos caballos, y la princesa Bárbara y Sviajsky, que ocupaban el carruaje. Habían salido de la finca para dar un paseo y ver cómo trabajaba la segadora recientemente adquirida.

Al ver el coche, los jinetes apresuraron el trote de sus caballos. Delante, al lado de Veselovsky, iba Anna, que llevaba con paso tranquilo su caballo inglés, pequeño y fuerte, de crines y cola cortas. La hermosa cabeza de Anna, con los cabellos negros, que desbordaban del alto sombrero, sus hombros rectos, el talle fino, su actitud tranquila y graciosa, formaban una bonita estampa de amazona que, a la vez que la admiraron, llenaron a Dolly de sorpresa.

En el primer momento le pareció algo inconveniente que Anna montara a caballo. Darya Alejandrovna consideraba aquello como una coquetería que no iba bien con su situación. Pero, cuando la vio de cerca, rectificó aquel juicio. Era todo tan sencillo, tranquilo y digno en la figura y la actitud de Anna que nada podía resultar más natural.

Al lado de ella, sobre el fogoso caballo militar, alargando hacia delante sus gruesas piernas, con su gorrita escocesa de largas cintas que flotaban por detrás, visiblemente orgulloso de sí mismo, iba Vasenka Veselovsky.

Darya Alejandrovna, al reconocerle, no pudo reprimir una sonrisa.

Detrás iba Vronsky. Montaba un caballo de pura sangre, de color bayo oscuro y que aparecía agitado por el galope. Para retenerle, Vronsky tenía que tirar fuertemente de las riendas.

Les seguía un hombre vestido de jockey.

Sviajsky con la Princesa, en un charabán nuevo llevado por un magnífico caballo negro de carreras, iban al alcance de los jinetes.

Cuando Anna reconoció a Dolly en la pequeña figura de mujer acurrucada en un rincón del viejo landolé, su rostro se iluminó de alegría.

—¡Ella! –exclamó.

Y lanzó su caballo al galope.

Al llegar junto al coche, saltó sin ayuda de nadie y, recogiendo el vuelo de sus faldas de amazona, corrió al encuentro de Dolly.

—Yo esperaba y no osaba esperar... ¡Qué alegría! No puedes imaginarte mi alegría –decía Anna, ora juntando su rostro al de Dolly y besándola, ora separándose un poco y mirándola sonriente, con cariño–. ¡Qué alegría, Alexey! –dijo a Vronsky, que saltaba del caballo y se acercaba a ellas.

Vronsky, quitándose su alto sombrero gris, saludó a Dolly.

—No sabe usted cuánto nos alegra su llegada –dijo, dando un particular significado a las palabras y con franca sonrisa, que descubría sus fuertes y blancos dientes.

Vasenka Veselovsky, sin bajarse del caballo, se quitó su gorrita y saludó a Dolly, agitando alegremente las cintas por encima de su cabeza.

—Es la princesa Bárbara –contestó Anna a la mirada interrogativa de Dolly, cuando se acercó a ellos el charabán.

—¡Ah! –dijo Darya Alejandrovna. Y, contra su deseo, su rostro expresó descontento.

La princesa Bárbara era tía de su marido. Dolly la conocía desde hacía mucho tiempo y no le inspiraba ningún respeto. Sabía que había pasado toda su vida viviendo como un parásito en las casas de sus parientes ricos, pero el que ahora viviera en la de Vronsky, hombre completamente ajeno a ella, lo sintió como una ofensa para la familia de su marido. Anna se dio cuenta de la expresión de disgusto que se pintaba en el rostro de su amiga y se confundió; se puso roja y tropezó con el vuelo de su falda de amazona, que había soltado en aquel momento.

Darya Alejandrovna se acercó al charabán, que se había parado, y saludó fríamente a la Princesa.

Sviajsky, a quien también conocía, le preguntó cómo estaban el extravagante de su amigo y su joven esposa y, después de echar una ojeada a los caballos, que no formaban pareja, y al landolé que tenía las aletas recompuestas, Sviasky propuso a las damas que pasasen al charabán.

—No, seguiré en este vehículo –rehusó Dolly.

—El caballo es tranquilo y la Princesa guía bien –insistieron.

—No. Quédense como están –decidió Anna–. Nosotras iremos en el landolé.

Y, cogiendo a Dolly del brazo, se la llevó consigo a aquel coche.

Darya Alejandrovna miraba con interés el charabán, tan lujoso como no lo había visto nunca, los magníficos caballos, a todas aquellas personas que la rodeaban, tan elegantemente vestidas, tan bien ataviadas. Pero lo que más la admiraba era el cambio que advertía en su querida Anna. Otra mujer menos observadora o que no hubiese conocido antes a su cuñada y, sobre todo, que no hubiera pensado lo que durante su viaje pensó Dolly, no habría observado nada de particular en ella. Pero ahora Dolly estaba sorprendida de encontrar en Anna aquella belleza que solamente en los momentos de delirio amoroso se ve en las mujeres. Todo en ella era bello: los hoyuelos de las mejillas y de la barbilla; la forma y el color de los labios; la sonrisa alada; el brillo de los ojos; la rapidez y la gracia de los movimientos; el tono de la voz; hasta la manera en que, medio en serio, medio en broma, contestara a Veselovsky al pedirle este permiso para montar su caballo y enseñarle a galopar con las cuatro patas estiradas. Todo en ella respiraba un encanto del que Anna parecía consciente y que la colmaba de gozo.

Cuando se sentaron en el landolé, las dos mujeres se sintieron algo turbadas: Anna, por la mirada atenta e interrogadora de Dolly, y esta porque, después de las palabras de desdén de Sviasky para su landolé, sentía vergüenza y también pesar de no haber podido ofrecer a Anna otro carruaje mejor.

El cochero y el encargado sentían, también, rubor por la pobreza, el mal estado y la mala presencia de su equipo.

El encargado, para ocultar su confusión, se dedicó a ayudar a las señoras a acomodarse en el carruaje. Filip se puso sombrío y se hizo el propósito de no doblegarse ante aquella superioridad. Por lo pronto, sonrió con ironía al negro caballo de carrera. «Este caballo –se decía–, está bien únicamente para paseo y no podría ni hacer cuarenta verstas con calor y solo».

Los campesinos abandonaron sus carros y se acercaron a mirar, llenos de curiosidad y alegres, haciendo diversos y sabrosos comentarios.

—¡Qué contentos se ponen al verla…! Se ve que hacía tiempo que no se veían – dijo el viejo de los cabellos ceñidos con la tira de corteza.

—Tío Gerasim, vaya por ese potro negro y tráigalo para llevar las gavillas, pues lo hará en un momento.

—Mire, mire. Aquel de los calzones, ¿es un hombre o una mujer? –dijo uno de ellos, indicando a Vasenka, que se sentaba en la silla de señora del caballo de Anna.

—No, hombre, no. ¿No ves cómo ha saltado a la silla?

—¿Qué, mozos, hoy ya no dormimos?

—¿Qué es eso de dormir hoy? –dijo el viejo. Y mirando al sol, la cabeza ladeada y la mano derecha haciendo visera sobre los ojos, añadió: –Seguro que ya pasa de mediodía. Coged las guadañas y a la faena.

CAPÍTULO XVIII

Anna miraba el rostro de Dolly, delgado, con huellas de cansancio y polvo del camino en las arrugas. Iba a decir lo que estaba pensando (que Dolly había adelgazado mucho), pero recordó que ella estaba mucho más guapa que antes (la misma mirada admirativa de su cuñada se lo había advertido), suspiró, y en vez de ello, se puso a hablar de sí misma.

—Me miras –dijo– y piensas si puedo ser feliz en mi situación. Pues bien: da vergüenza confesarlo, pero, sí, soy feliz, imperdonablemente feliz. Me ha sucedido una cosa maravillosa; algo así como despertar de un sueño espantoso y darme cuenta de que todo aquello que me aterraba era cosa de un sueño. Yo he despertado de mi pesadilla. Pasé por momentos dolorosos, aterradores, pero ahora, sobre todo, desde que estamos aquí, ¡soy tan feliz!

Y, sonriendo tímidamente, dirigió sus ojos al rostro de Darya Alejandrovna, con mirada interrogadora.

—Estoy muy contenta –contestó Dolly, sonriendo, aunque con poco entusiasmo–. Estoy muy contenta, sí, por ti. ¿Por qué no me has escrito?

—¿Por qué? Porque no me atrevía a hacerlo. Te olvidas de mi situación.

—¿Conmigo no te atreviste? Si hubieses sabido como yo... Considero que...

Darya Alejandrovna quiso contarle sus pensamientos de aquella mañana, pero sin saber por qué, en aquel momento le parecieron fuera de lugar.

—Bueno, de esto ya hablaremos luego –eludió–. ¿Y qué son estas construcciones? –preguntó enseguida para cambiar de conversación y señalando a los techos, rojos y verdes, que se veían entre las acacias y las lilas–. Parece una pequeña ciudad.

Pero Anna no le contestó.

—No, no, dime cómo consideras mi situación. ¿Qué piensas de ello?

—Pienso que... –empezó a decir Dolly.

En este momento, Vasenka Veselovsky, enseñando al caballo a galopar con las patas extendidas, pasó ante ellas.

—Va bien, Anna Arkadievna –gritó.

Anna ni lo miró siquiera, para volver a la conversación interrumpida.

Pero Darya Alejandrovna pensó de nuevo que era poco conveniente una larga conversación sobre aquello en el coche y expresó su pensamiento en pocas palabras.

—No considero nada –dijo–. Siempre te he querido, y cuando se ama a una persona se la ama tal como es, aunque no sea como uno quisiera que fuese.

Anna separó su mirada de Darya Alejandrovna y, con el ceño fruncido (su nueva costumbre, que Dolly no conocía aún) quedó pensativa, queriendo descifrar el significado de aquellas palabras.

Al cabo de un rato, habiendo comprendido lo que Darya Alejandrovna había querido decir, volvió a mirarla y, lentamente y con firmeza, le dijo:

—Si tuvieses pecados, te serían perdonados por haber venido aquí y por estas palabras.

Dolly vio que brotaban abundantes lágrimas de los ojos de Anna y le estrechó la mano en silencio.

—¿Pero qué son estas construcciones? –insistió para cortar aquella situación–. ¡Cuántas hay!

—Son las casas de los empleados –explicó Anna–, la fábrica, las cuadras. Aquí empieza el paseo. Todo estaba abandonado y Alexey lo arregló. Tiene mucho cariño a esta hacienda y –lo que no esperaba de él en modo alguno– se interesa en gran manera por los trabajos. Desde luego, tiene una inteligencia privilegiada y una gran voluntad. Todo lo que emprende lo hace admirablemente. Y, no solo no se aburre, sino que trabaja con pasión. Se ha convertido en un amo ordenado, económico y hasta avaro con las cosas de la propiedad. Solo en esto, ¿eh?

Anna hablaba con aquella sonrisa y alegría con las que hablan las mujeres de los secretos que solo ellas conocen o de las cualidades del hombre amado–. ¿Ves esta gran construcción? Es el nuevo hospital. Calculo que costará más de cien mil rublos. En estos momentos es su *dada*(1). ¿Y sabes por qué lo hace? Los campesinos le pidieron que les rebajase el arriendo de unos prados; él se negó a ello; yo se lo reproché, llamándole avariento y entonces él, para demostrar que no se negaba a aquella pretensión por avaricia, sino por no considerarla justa, comenzó este hospital que, como digo, le costará una buena cantidad. Si quieres, esto *c'est une petitesse*(2), pero, después de esto, le quiero aún más. Ahora verás la casa –siguió–. Es la de sus abuelos y está por fuera tal y como se la dejaron, pues Vronsky no quiere hacer en ella cambio alguno.

—¡Es soberbia! –exclamó Dolly, viendo la casa, grande, pero bien proporcionada en sus tres dimensiones y en sus huecos, con esbeltas columnas y otros bellos adornos, y que resaltaba, con aspecto grandioso, entre el verdor de diferentes matices, de los árboles del jardín.

—¿Verdad que es bonita? Y desde arriba tiene unas vistas maravillosas.

Entraron en un camino cubierto de gravilla, al borde del cual dos jardineros iban colocando piedras huecas para formar con flores tiestos rústicos vistosos que adornaran el paseo.

El coche se paró a la entrada de la casa, bajo un gran pórtico, al pie de una escalinata.

—¡Mira! Ellos ya han llegado –dijo Anna, viendo allí los caballos que montaban sus compañeros de paseo–. ¿Verdad que este caballo es magnífico? Es «Kol», mi preferido. Llévenselo de aquí y denle azúcar. ¿Dónde está el Conde? –preguntó a dos lacayos que, vestidos de lujosos uniformes, salieron presurosamente a su encuentro–. ¡Ah! Está aquí –se contestó, al ver a Vronsky y Veselovsky, que venían hacia ellas.

---

(1) «Manía».

(2) «Es una menudencia».

—¿Dónde piensas alojar a la Princesa? –preguntó Vronsky, en francés, a Anna. Y, sin esperar contestación, saludó una vez más a Dolly, besándole la mano y dijo–: Creo que lo mejor sería instalarla en la habitación grande, la del balcón.

—¡Oh, no! Eso sería demasiado lejos –objetó Anna, a la vez que daba a su caballo el azúcar traído por un criado–. Mejor será –añadió– en la habitación del ángulo. Así estaremos más cerca. Vamos –instó a Darya Alejandrovna, cogiéndola del brazo–. *Et vous oubliez votre devoir*(1) –dijo a Veselovsky, el cual también había salido a la escalinata.

—*Pardon, j'en ai tout plein les poches*(2) –contestó este, sonriendo, a introduciendo los dedos en los bolsillos del chaleco.

—Pero ha llegado usted demasiado tarde –insistió Anna, secándose la mano derecha, que el caballo le había llenado de baba al tomar el azúcar–. ¿Y por cuánto tiempo has venido? –preguntó a Dolly–. ¿Por un día? Eso es imposible.

—Así lo he prometido. Además, los niños... –quiso explicar Darya Alejandrovna.

—No, Dolly, queridita. Bueno, ya lo veremos... Vamos, vamos.

Y Anna llevó a su cuñada a la alcoba que le destinaban.

No tenía aquella habitación la solemnidad que Vronsky había propuesto, y Anna se creyó obligada a excusarse por no proporcionarle otra mejor. Sin embargo, estaba amueblada con un lujo que Dolly no había visto en parte alguna y que le recordaba el de los mejores hoteles del extranjero.

Anna llevaba todavía puesto su traje de amazona. Dolly no había recompuesto aún su rostro, fatigado y cubierto de polvo por el viaje, pero charlaban animadamente.

—¡Qué contenta estoy de que hayas venido! Háblame de los tuyos. A Stiva le he visto aquí, de paso. Pero él no sabe decir nada de los niños. ¿Cómo está mi querida Tania? Me figuro que estará ya muy crecida.

—Sí, es ya muy mayor –contestó Darya Alejandrovna cortésmente, con frialdad sin saber por qué, al extremo de que ella misma se extrañaba de hablar así de sus hijos– . Vivimos muy bien en la casa de los Levin –siguió explicando.

—Pues si hubiera sabido –dijo Anna– que no me despreciabais... podíais haber venido todos aquí. Stiva es un buen y viejo amigo de Alexey.

De repente, algo confusa, se ruborizó.

---

(1) «Y usted se olvida de su deber».

(2) «Perdón, tengo los bolsillos llenos».

—Es la alegría de verte la que me hace decir todas estas necedades –siguió–. En verdad, queridita, estoy muy contenta de verte (y besaba a Dolly). No me has dicho todavía lo que piensas de mí y quiero saberlo. Pero estoy contenta de que me veas así, tal como soy. Lo que más deseo es que no piensen que quiero demostrar algo. No quiero demostrar nada: solamente quiero vivir. No quiero mal a nadie, excepto a mí misma... A esto tengo derecho, ¿verdad? De todos modos, este es tema para una conversación muy larga. Luego hablaremos de todo ello. Ahora voy a vestirme. Te mandaré a la muchacha.

Capítulo XIX

Al quedarse sola, Darya Alejandrovna examinó detenidamente la habitación, con la mirada de ama de casa. Tanto esta como todo las demás de la casa que había visto le produjo una impresión de abundancia y de distinción y le trajo a la cabeza ese nuevo lujo europeo que Dolly solo conocía por las novelas inglesas, pues nunca lo había visto tal, no ya en el campo, sino en ningún otro lugar de Rusia. Todo era nuevo allí, empezando por los papeles pintados y el tapiz que cubrían las paredes. La cama tenía muelles, colchón y una cabecera especial. Por almohadas había pequeños cojines con finísimas fundas. El lavabo era de mármol y había también, en la habitación, tocador, sofá, mesillas de noche, mesas y mesitas, un reloj de bronce sobre la chimenea, visillos y cortinas, todo nuevo, lujoso, muy caro.

La doncella, muy presumida, que vino a ofrecerle sus servicios, estaba peinada y vestida a la moda y con mayor lujo que la misma Dolly. Su cortesía, limpieza y buena disposición para servirle le eran agradables, pero a Darya Alejandrovna le molestaba su presencia, pues le producía vergüenza que le viera la blusita remendada que había tenido la mala ocurrencia de ponerse para el viaje. Dolly se avergonzaba ahora de los mismos remiendos y zurcidos por los cuales se vanagloriaba en su casa de buena administradora, que calculaba que para su blusita necesitaba veinticinco arquinas de batista, que, a sesenta y cinco copecks, importaban más de quince rublos, aparte de los adornos y el trabajo, y guardaba este dinero para otras necesidades.

Darya Alejandrovna se sintió muy aliviada de esta molestia cuando entró en la habitación su antigua conocida Anuchka diciendo que a la presumida doncella la llamaba su señora y que ella se quedaría allí para sustituirla.

Anuchka parecía sentirse feliz de la llegada de Darya Alejandrovna y charlaba sin cesar. Dolly observó que la sirvienta ardía en deseos de dar su opinión respecto a la situación de su señora y, sobre todo, referente al amor del Conde por Anna Arkadievna, y varias veces inició ese tema, pero Dolly la cortaba sin vacilar enseguida.

—He crecido al lado de Anna Arkadievna. Ella es para mí lo más caro del mundo... No somos nosotros quienes debemos juzgar. Pero amar, sí que parece que la ama...

—Por favor, entrega esto para lavar, si es posible –atajó Darya Alejandrovna.

—Sí, señora. Toda la ropa se lava con máquina y para los pequeños lavados tenemos dedicadas dos mujeres... El Conde mismo lo vigila todo... Es un marido...

La entrada de Anna puso fin a las expansiones de Anuchka con gran satisfacción de Darya Alejandrovna.

Anna se había puesto un vestido sencillo de batista que Dolly examinó con admiración. Sabía lo que significaba en cuanto a dinero aquella sencillez.

—Tu antigua conocida –dijo Anna a Dolly, señalando a Anuchka.

Anna ahora ya no se turbaba, estaba completamente tranquila. Dolly veía que se había repuesto de la impresión que le produjo su llegada y se expresaba en aquel tono superficial, indiferente, con el cual creía cerrar el sagrario de sus sentimientos y de sus pensamientos más íntimos y queridos.

—¿Y cómo va tu pequeña, Anna? –preguntó Dolly.

—¿Annie? –así llamaba Anna a su hija–. Está bien. Se ha puesto mucho mejor. ¿Quieres verla? Vamos y la verás. Hemos tenido muchos contratiempos con las niñeras. Ahora tenemos una buena ama –una italiana–. Muy buena, sí, pero, ¡tan tonta! que quisimos volver a mandarla a su país, pero la niña está tan acostumbrada a ella que hemos desistido de hacerlo.

—¿Y cómo lo habéis arreglado...?

Dolly iba a hablar respecto al apellido de la niña, pero, al ver que se ensombrecía el rostro de Anna, cambió el sentido de la pregunta.

—¿Cómo lo habéis arreglado para separarla del pecho? –dijo.

—Has querido preguntar otra cosa, ¿no? –dijo Anna, frunciendo el ceño de modo que de sus ojos no se le veían más que las pestañas pintadas–. Has querido preguntar por su apellido, ¿verdad? Esto atormenta a Alexey. Ella no tiene apellido. Es decir, tiene uno: Karenina. De todos modos –siguió, esclarecido ya el rostro–, de esto ya hablaremos luego. Vamos a que veas a la pequeña. Verás qué linda está. Ya anda a gatas.

El lujo que tanto admiraba a Darya Alejandrovna lo advirtió aún más en esta habitación. Allí había cochecitos que habían hecho enviar de Inglaterra, diversos aparatos para enseñar a andar, un diván especial, mecedoras y bañeras. Todo muy moderno, nuevo, inglés, sólido, excelente y costoso. La habitación era grande, muy alta y clara.

Cuando ellas entraron, la niña, vestida solamente con camisetita, estaba sentada en una pequeña butaca cerca de la mesa y tomaba su caldo, con el que se manchaba profusamente. A su lado se veía a una muchacha rusa que le daba de comer, comiendo ella al mismo tiempo, y que estaba destinada exclusivamente a la habitación de la niña.

Ni la nodriza ni el aya estaban allí. Las dos se encontraban en la habitación contigua, de donde llegaba el eco de una conversación, sostenida en un francés *sui géneris*, en el cual solo ellas podían expresarse y comprenderse.

Al oír la voz de Anna, la inglesa, bien vestida, alta, de rostro desagradable, peinada con bucles, entró precipitadamente. Se apresuró a disculparse ante Anna, a pesar de que esta no le había hecho observación alguna, y a cada palabra de su dueña, repetía: *Yes, yes, my lady.*

La niña tenía cejas y cabellos negros, rostro colorado, con su cuerpecito fuerte, rojizo como la piel de una gallina. No obstante el gesto ceñudo con que las miró la pequeña al entrar gustó a Darya Alejandrovna y hasta envidió su aspecto sano. Le gustó también la manera cómo se arrastraba. Ninguno de sus niños –comparó– se arrastraron de aquella manera. Cuando se la ponía sobre la alfombra y se la sostenía cogiéndole por detrás de su vestidito, estaba verdaderamente encantadora. Mirando a Dolly y a su madre, con el vivo mirar de sus ojos negros y grandes, sonriente, visiblemente contenta (sin duda intuía que estaban admirándola), caminaba por el suelo a cuatro pies, con sus piernecitas muy abiertas y apoyada, también, en sus bracitos. Lo hacía sin dificultad, moviendo ágilmente y con rapidez sus miembros y todo su cuerpo robusto.

Pero la forma de criar y educar a la niña no gustaron a Darya Alejandrovna y menos aún le gustó la inglesa que cuidaba de ella. Lo único que explicaba que Anna, tan conocedora de la gente, pudiera tener para su niña un aya tan antipática y poco respetable, era que ninguna buena aya habría querido entrar en una familia tan irregular como aquella.

Darya comprendió, también, que Anna, la nodriza, la niñera y la niña no estaban acostumbradas las unas a las otras y que las visitas de la madre debían de ser poco corrientes.

Anna quiso dar a la niña un juguete y no lo encontró.

Lo que más extrañó a Dolly fue que, al preguntar cuántos dientes tenía la niña, la madre no lo supo decir, pues no estaba enterada de los dos dientes que le habían salido últimamente.

—A veces tengo la impresión de que aquí sobra mi presencia –dijo Anna saliendo de la habitación y levantando la cola de su vestido para no tocar los juguetes que había al lado de la puerta–. No estaba así con mi primer niño...

—Y yo pensaba que sería lo contrario –comentó, tímidamente, Dolly.

—¡Oh, no! ¿Sabes? Vi a Seriozha –dijo Anna entornando los ojos como si viera en su interior algo lejano. De esto hablaremos también después –siguió–. Bueno, no vayas a creer... No parezco yo misma. Estoy como una hambrienta a la cual pusieran ante una comida abundante y no supiera por dónde empezar. La comida abundante eres tú y las conversaciones que hemos de cambiar y que no puedo tener con nadie. Pues bien, no sé por cuál empezar. *Mais je ne vous ferai grâce de rien*(1). Habrás de escuchármelo todo. ¡Ah! Además, debo hacerte un bosquejo de la sociedad que encontrarás aquí. Verás. Empecemos por las señoras. La princesa Bárbara. La conoces y sé la opinión que tenéis de ella tú y Stiva. Tu marido dice que toda su vida se reduce a demostrar su superioridad sobre la tía Katerina Paulovna. Esto es la pura verdad. Pero es buena y le estoy agradecida. En San Petersburgo hubo un momento en que yo necesité una *chaperon*(2). En aquel instante llegó ella. Pero te aseguro que es buena. Facilitó mucho mi situación allí, en San Petersburgo. Aquí estoy tranquila, soy completamente feliz. De esto hablaremos también luego. Pero volvamos a nuestros huéspedes. ¿Conoces a Sviajsky? Es el representante de la Nobleza de la provincia y un hombre muy digno, aunque creo que necesita algo de Alexey. Comprenderás que, dada su fortuna y viviendo aquí, Alexey puede tener mucha influencia. Luego tenemos a Tuchkevich. Ya le has visto. Estaba con Betsy; ahora le han dejado y se ha venido aquí. Como dice Alexey, Tuchkevich es uno de esos hombres que son agradables si se les toma por lo que ellos quieren aparentar. *Et puis, il est comme il faut,*(3) como dice la princesa Bárbara. Tenemos, también, a Veselovsky. A este ya le conoces. Es un chico muy agradable –y una sonrisa picaresca frunció los labios de Anna–.

(1) «Pero no le ocultaré nada».

(2) «Carabina, señora de compañía».

(3) «Y además, de buen tono».

¿Que historia rara tuvo con Levin? Él nos ha contado algo, pero no le creemos. *Il est très gentil et naif*[1] –añadió con la misma sonrisa–. Los hombres –siguió Anna– necesitan distracciones y Alexey no puede vivir sin tener gente a su lado, y por eso tenemos esta sociedad. Es preciso que haya en la casa animación y alegría para que Alexey no desee algo nuevo. Luego verás al encargado de los negocios de Alexey, un alemán, un hombre muy bueno que conoce bien el asunto. Él le aprecia mucho. Luego el médico, un hombre joven. No es completamente nihilista; pero, ¿sabes?, es de los que andan en el asunto. Ahora, que es un médico excelente. Luego viene el arquitecto... *Une petite cour.*[2]

CAPÍTULO XX

—Aquí tiene, Princesa, a Dolly, a la que tanto quería usted ver –dijo Anna, saliendo, junto con Darya Alejandrovna, a la gran terraza de piedra donde, sentada ante el bastidor, bordando un antimacasar para el conde Alexey Kirilovich, estaba la princesa Bárbara–. Dice –añadió Anna– que no quiere tomar nada antes de la comida, pero usted ordenará que sirvan el desayuno. Mientras, yo voy a buscar a Alexey y los traeré a todos aquí.

La princesa Bárbara acogió a Dolly cariñosamente y, con tono algo protector, se puso a explicarle enseguida que vivía en la casa de Anna porque esta la amaba, de siempre, más que a su hermana, Katerina Paulovna, que la había educado. Ahora, cuando todos habían abandonado a Anna, ella había considerado un deber ayudarla en este período transitorio, el más penoso de su vida.

—Cuando se ultime el divorcio, volveré de nuevo a mi sociedad, pero ahora, mientras pueda ser útil, cumpliré mi obligación por más penoso que pueda ser y no haré como hacen los demás. ¡Y qué buena eres! ¡Qué bien has hecho viniendo! Ellos viven como los mejores esposos. Dios los juzgará. No vamos a juzgarlos nosotros. ¿Y Birinsovsky con Aveneva? ¿Y el mismo Nicandrov? ¿Y Vasiliev y Mamonova? ¿Y Lisa Neptunova? De ellos nadie dijo nada y todos les recibían. Y, además, *c'est un interieur si joli, si comme*

(1) «Es muy gentil a ingenuo».

(2) «Una pequeña corte».

il faut. Tout à fait à l'anglaise. On se réunit au matin au breakfast, et puis on se sépare. [1] Todos hacen lo que quieren hasta la cena. La cena es a las siete. Stiva ha hecho bien en dejarte venir. Es preciso que mantenga relaciones con ellos. ¿Sabes? Por medio de su madre y hermano puede hacer mucho. Además, ellos hacen muy buenas obras. ¿No te han hablado de su hospital? Será admirable. Todo viene de París.

La conversación fue interrumpida por Anna, que encontró a los hombres de la casa en la sala de billar y ahora volvía con ellos. Hasta la comida aún faltaban dos horas, y se dedicaron a buscar un medio de pasar aquel tiempo. El día era hermoso y en Vozdvijenskoe había muchos modos de distraerse, todos distintos de los que estaban en uso en Pokrovskoie.

—¿Una partida de tenis? –propuso, con su bella sonrisa, Veselovsky–. Nosotros dos jugaremos de compañeros, Anna Arkadievna.

—No. Hace calor. Sería mejor pasear por el jardín o dar un paseo en la barca para enseñar las orillas a Darya Alejandrovna –indicó Vronsky.

—Estoy conforme con todo –aprobó Sviajsky.

—Pienso que para Dolly lo más agradable sería pasear por el jardín, ¿no es verdad? Luego ya iremos en la barca –dijo Anna.

Se decidieron por esto último.

Veselovsky y Tuchkevich se dirigieron a la caseta de baños, prometiendo preparar la barca y esperarles allí.

En parejas –Anna con Sviajsky y Dolly con Vronsky– pasearon por la avenida del jardín.

Dolly estaba algo cohibida y preocupada por aquel ambiente completamente nuevo para ella. Al principio, teóricamente, ya no justificaba sino que hasta aprobaba lo hecho por Anna. Como sucede a menudo a las mujeres, aun a las completamente honradas y a las más virtuosas, cansadas de la vida normal, Dolly, no solamente perdonaba el amor culpable sino que hasta lo envidiaba. Pero, en realidad, en aquel medio que le era extraño, entre aquella refinada elegancia, desconocida para ella, Darya Alejandrovna se sentía a disgusto. Sobre todo le era desagradable ver a la princesa Bárbara, que lo perdonaba todo con tal de disfrutar de las comodidades de que gozaba.

En general, Dolly aprobaba, como decimos, lo hecho por Anna, pero ver al hombre que había sido la causa de todo le producía un sentimiento de malestar.

---

(1) «Es un interior tan bonito, tan de buen tono. Completamente a la moda inglesa. Para reunirse a la hora del desayuno y separarse después».

Además, Vronsky nunca le había gustado. Le consideraba un orgulloso que no tenía nada de qué enorgullecerse como no fuera su capital. Pero, contra su voluntad, aquí, en su propia casa, se imponía aún más que antes a ella, y Dolly se sentía a su lado cohibida, privada de libertad.

Con Vronsky experimentaba un sentimiento parecido a lo que sentía ante la camarera a causa de su blusita vieja. No era que se avergonzara ante la doncella, pero sentía que esta advirtiera sus remiendos. Tampoco con Vronsky se avergonzaba, pero se sentía molesta por ella misma.

Ahora, confusa, buscaba un tema de conversación. A pesar de que consideraba que a causa de su orgullo habrían de serle desagradables los elogios de su casa y del jardín, no encontrando otro tema mejor, le dijo que le había gustado la casa.

—Sí, es una bonita construcción, de buena arquitectura antigua –dijo Vronsky satisfecho por la alabanza.

—Me ha gustado, también, mucho el jardín. ¿Estaba antes así, delante de la casa? –continuó Darya Alejandrovna.

—¡Oh, no! –contestó Alexey.

Su rostro se iluminó de placer.

—¡Si hubiese usted visto esto en primavera! –indicó.

Luego atrajo su atención sobre los diferentes detalles que adornaban la casa y el jardín. Hablaba y mostraba aquello con verdadera emoción. Se adivinaba que, habiendo consagrado mucho trabajo, tiempo y dinero a arreglar y adornar su finca, Vronsky sentía necesidad de hablar de ello, y que le alegraban el alma las alabanzas que Darya Alejandrovna le prodigaba.

—Si quiere ver el hospital y no está usted cansada… No está lejos… ¿Vamos? –propuso tras mirar el rostro de Dolly y ver que no denotaba cansancio ni aburrimiento.

Darya Alejandrovna aceptó de buen grado.

—Anna, ¿tú vendrás también? –preguntó Vronsky a Anna.

—Vamos, ¿no? –consultó Anna a Sviajsky–. Pero será necesario avisar –añadió– a Veselovsky y Tuchkovich, para que no estén los pobres preparando inútilmente la barca. Es un monumento –dijo a Dolly con aquella astuta sonrisa con la que antes le hablara del hospital.

—¡Oh! Es una obra capital –comentó Sviajsky. Y, para que no pareciera que adulaba a Vronsky, enseguida hizo una observación que podía contener una ligera censura–. Sin embargo, Conde –le dijo– me sorprende que haciendo tanto por el pueblo en sentido sanitario, se muestre tan indiferente por las escuelas.

—*C'est devenu tellement commun les écoles!*[1] –replicó Vronsky–. Pero no es solo por este motivo, sino porque me he ido entusiasmando con la idea. Es por aquí –indicó a Darya Alejandrovna indicándole un camino lateral que salía de la alameda.

Nada más tomar el desvío, las señoras abrieron sus sombrillas y, después de dar unas cuantas vueltas y de atravesar una cancela, salieron a un sendero que corría por el límite de la finca. Darya Alejandrovna vio ante ella, sobre un altozano, una construcción grande, roja, de forma caprichosa, casi ya terminada, cuyo tejado, de zinc, sin pintar brillaba todavía al sol. Al lado de aquella construcción ya acabada se estaba levantando otra. Subidos sobre los andamios, los obreros vertían masa de los cubos, las alisaban con las paletas o ponían ladrillos.

—¡Qué rápidas van las obras! –dijo Sviajsky. Cuando estuve aquí la última vez no había techo todavía.

—En otoño estará terminado. En el interior está ya listo casi todo –explicó Anna.

—Y esta nueva construcción, ¿qué va a ser?

—Son los locales destinados para la residencia del médico y la farmacia –contestó Vronsky.

Al ver al arquitecto, que se acercaba, con su clásico abrigo corto, pidió permiso a las señoras, fue a su encuentro y sostuvo con él una animada conversación.

—Le digo que el frontis sigue estando demasiado bajo –dijo Vronsky a Anna, que, aproximándose, le preguntaba de qué trataban.

—Ya le dije yo –comentó– que tenían que levantar los cimientos.

—Sí, está claro que habría sido mejor, Anna Arkadievna, pero ya es tarde. No podemos hacer nada.

—Sí, me interesa mucho esta obra –contestó Anna a Sviajsky, el cual había expresado su sorpresa por sus conocimientos de arquitectura–. Hay que obrar de modo que la nueva construcción armonice con la del hospital. Pero ha sido ideada demasiado tarde y empezada sin plan.

Habiendo terminado la conversación con el arquitecto, Vronsky se unió, de nuevo, a las señoras y las acompañó por el interior del hospital.

Aunque por fuera aún se estaban terminando algunos detalles, como las cornisas, y en el piso de abajo pintaban todavía, en el piso superior casi todo estaba terminado. Subiendo por la ancha escalera de hierro fundido entraron en la primera habitación. Era una pieza de vastas dimensiones. Las pare-

(1) «¡Han llegado a ser algo tan corriente las escuelas!».

des estaban pintadas imitando mármol, las enormes ventanas, de cristal, ya estaban puestas y únicamente el suelo, que debía ir entarimado, estaba aún sin terminar. Los carpinteros, que cepillaban unas tablas, dejaron su trabajo y, quitándose las cintas que sujetaban sus cabellos, saludaron a las señoras.

—Este es el recibidor –explicó Vronsky–. No tendrá más mobiliario que un gran pupitre, una mesa y un armario.

—Vengan por aquí. No se acerquen a la ventana –dijo Anna.

Luego probó si la pintura estaba fresca, y dijo:

—Alexey, esto ya está seco.

Del recibidor pasaron al corredor, donde Vronsky les enseñó la ventilación, que tenía un sistema modernísimo. Desde de allí les llevó a ver las bañeras, de mármol, y las camas, con magníficos muelles. Después les fue mostrando una tras otra las diversas salas, la despensa, el ropero, las estufas, de nuevo modelo, las carretillas que, sin hacer ruido, habían de llevar por el pasillo los objetos necesarios, y muchas otras cosas curiosas. Sviajsky lo apreciaba todo como un buen conocedor en cosas modernas.

Dolly estaba realmente sorprendida de cuanto veía y queriendo comprenderlo todo no cesaba de hacer preguntas, lo que procuraba a Vronsky un visible placer.

—Sí. Me parece que su hospital será el único bien organizado en toda Rusia –dijo Sviajsky.

—¿Y no tendrá usted aquí un departamento de maternidad –preguntó Dolly–. Es tan necesario en un pueblo –añadió–. Cuantas veces yo…

No obstante su cortesía, Vronsky la interrumpió:

—Esto no es una casa de maternidad: es un hospital y está destinado solo a enfermedades. Eso sí, para todas, excepto las contagiosas –explicó luego–. ¿Y esto? Mírelo –siguió, haciendo rodar hacia Darya Alejandrovna una butaca que acababa de recibir, para los convalecientes–. Mírelo solamente –insistió. Y se sentó en la butaca y la puso en movimiento–. El enfermo –dijo– no puede andar, está débil aún, tiene los pies en cura o simplemente doloridos, pero le es necesario tomar el aire. Pues bien, con esto puede moverse, pasear, dirigirse a donde quiera.

Darya Alejandrovna se interesaba por todo. Todo le gustaba y más que nada el propio Vronsky, con su animación tan natural a ingenua.

«Sí, es un hombre bueno, simpático», pensaba Dolly, a veces sin escucharle, pero mirándole, observando la expresión de su rostro. Y mentalmente se ponía en el lugar de Anna y comprendía que esta hubiera podido enamorarse de él.

Capítulo XXI

—No. Pienso que la Princesa está cansada y que los caballos no le interesan –dijo Vronsky a Anna, que propuso ir a las cuadras, pues Sviajsky quería ver el nuevo patio allí habilitado–. Vayan ustedes y yo acompañaré a casa a la Princesa. Así charlaremos por el camino. Digo, si quiere usted –consultó a Dolly.

—No entiendo nada de caballos y con mucho gusto iré con usted –contestó Dolly algo sorprendida porque, por el rostro de Vronsky y su tono adivinó que quería algo de ella.

No se equivocó. Apenas entraron en el jardín, después de haber atravesado la verja, Vronsky miró hacia donde se habían ido Anna y Sviajsky y, seguro de que aquellos no podían oírle ni verles, le dijo sonriendo y con mirada animada:

—Habrá usted adivinado ya que quería hablarle reservadamente. No creo equivocarme pensando que es usted una verdadera amiga de Anna.

Se quitó el sombrero y se secó, con el pañuelo, la incipiente calva.

Darya Alejandrovna no le contestó; tan solo le miró algo asustada. Ahora que se habían quedado solos, los ojos sonrientes y la expresión decidida del rostro de Vronsky solo despertaban en ella un sentimiento de temor. Las más diferentes suposiciones acerca de lo que él quería decirle pasaron rápidas por su mente. «Va a pedirme que venga aquí a pasar el verano, junto con mis niños, y me veré obligada a negarme... O me dirá que, una vez en Moscú, abra círculo para Anna... O quizá me hable de Vasenka Veselovsky y de sus relaciones con Anna... O de Kitty... ¿De qué se sentirá culpable?...».

Dolly solo preveía cosas desagradables, pero no adivinaba aquello de que Vronsky quería realmente hablarle.

—Usted tiene mucha influencia con Anna. Ella la quiere entrañablemente –siguió él–. Deseo que me ayude...

Darya Alejandrovna miró interrogativamente y con timidez el rostro enérgico de Vronsky, el cual en algunos momentos aparecía radiante, iluminado, parcial o totalmente, por los rayos de sol que pasaban entre los tilos y, en otros, de nuevo en la sombra, adquiría tonos duros. Esperaba que el Conde explicara qué era lo que quería de ella, en qué le había de ayudar, pero este calló y siguió andando en silencio, mientras jugueteaba con el bastón levantando piedrecitas de las que cubrían el paseo.

Al cabo de largo rato, le dijo:

—Usted ha venido a nuestra casa. Usted es la única de entre las antiguas amigas de Anna que lo ha hecho. No cuento a la princesa Bárbara, que lo ha hecho por otros motivos, no. Ella ha venido a buscar comodidad, placeres, y usted ha venido, no porque considere normal nuestra situación actual, sino porque quiere a Anna como siempre y desea ayudarla... ¿Lo he comprendido bien?

Y miraba interrogativamente a Dolly.

—¡Oh, sí! –dijo Darya Alejandrovna cerrando su sombrilla– pero...

—No... –la interrumpió Vronsky, y olvidando que de aquel modo dejaba en mala situación a su interlocutora, se detuvo y la obligó a detenerse también–. Nadie siente mejor que yo ni más profundamente lo terrible de la situación de Anna... Lo comprenderá usted si me hace el honor de considerarme hombre de corazón. ¡Soy la causa de esta situación y lo siento en el alma!

—Lo comprendo –dijo Darya Alejandrovna, admirando con cuánta sinceridad y firmeza había dicho Vronsky aquellas palabras–. Pero precisamente por ser la causa de todo esto –añadió Dolly– usted exagera sin duda. Temo yo que... Su posición es muy delicada en el mundo, lo comprendo.

—¡El mundo es un infierno! –dijo Vronsky frunciendo las cejas sombrío–. Imposible imaginarse los sufrimientos morales que ha tenido ella que pasar en San Petersburgo en dos semanas. Le pido que me crea...

—Sí, pero desde que están ustedes aquí y mientras ni usted ni Anna sientan la necesidad de la vida mundana...

—¡La vida mundana! –dijo Vronsky con desdén–. ¿Qué necesidad puedo tener yo de esa vida?

—Entretanto, ustedes son felices y están tranquilos. Y es muy posible que sea siempre así. En cuanto a Anna, es feliz, completamente feliz. Ha encontrado ya el momento de decírmelo.

Y Darya Alejandrovna sonrió involuntariamente porque, al decir aquello, le acudió la duda de si, efectivamente, Anna era feliz.

Vronsky parecía sin embargo no dudar de ello.

—Sí, sí –dijo–. Yo sé que después de todos esos sufrimientos se ha animado de nuevo y es feliz. Es feliz en el presente. Pero, ¿y yo? Temo lo que nos espera... Perdón, ¿usted quiere ir a algún sitio concreto?

—No... Es igual...

—Entonces, sentémonos aquí.

Darya Alejandrovna se sentó en un banco, en un rincón del paseo. Vronsky se quedó de pie, ante ella.

—Veo que Anna es feliz –dijo–, pero no sé si podrá continuar así.

La duda de si realmente sería feliz Anna asaltó de nuevo y con más fuerza a Dolly. Vronsky continuó:

—¿Hemos hecho bien o mal? Esta es otra cuestión. La suerte está echada –sentenció, hablando parte en ruso y parte en francés–. Estamos unidos para toda la vida. Sí, estamos unidos inseparablemente por los lazos más sagrados para nosotros –los del amor–. Tenemos una niña, podemos tener otros hijos, a los cuales la ley y las condiciones de nuestra situación reservan severidades que Anna, ahora, respirando por todos los sufrimientos, de todas las penas pasadas, no ve, no quiere ver. Y se comprende... Pero, yo no puedo cerrar los ojos. Mi hija no es mi hija según la ley: ¡es una Karenina! Y yo no puedo soportar este engaño –terminó Vronsky con gesto enérgico y sombrío. Dirigió una mirada interrogativa a Dolly, que le miró a su vez, pero permaneció callada.

Alexey continuó:

—Mañana podemos tener un hijo. Por la naturaleza será hijo mío; por la ley, será Karenin y no podrá ser el heredero de mi fortuna. Ni de mi nombre siquiera. Y con cuantos hijos pudiéramos tener, resultaría lo mismo: que entre ellos y yo no habría lazo legal alguno. Ellos serían Karenin. ¡Imagine cuán terrible es esta situación! He probado a exponerle todo esto a Anna, pero oír hablar de esto la irrita. Ella no comprende y yo no puedo explicárselo todo. Ahora solo ve que es feliz. «Soy feliz con tu amor; lo demás no me importa». Así piensa, sin duda. Yo también sería feliz así, pero... Yo debo tener mis ocupaciones. He encontrado una aquí que me gusta y de la que estoy orgulloso, pues considero que mi trabajo es más noble que los empleos de mis compañeros en la Corte o en el servicio militar. Es indudable que no cambiaría mi trabajo por el de ellos. Con esto estoy contento y no necesitamos más para nuestra dicha. Me gusta esta actividad. *Cela n'est pas un pisaller;*(1) al contrario...

Daría Alejandrovna creyó que en este punto de su explicación, Vronsky se confundía, se alejaba del tema principal de la conversación. No comprendía bien el sentido de lo que le decía. Vronsky había empezado a hablar de sus más sagrados sentimientos y preocupaciones –de Anna, de sus hijos, de la imposibilidad de hablar de todo esto con ella– y ahora trataba de

(1) «No es un mal menor».

sus actividades en el pueblo, resultando que esta cuestión formaba parte, también, al igual que las relaciones con Anna, de sus íntimos pensamientos.

Él, recobrándose, continuó:

—Lo principal, trabajando así, es estar convencido de que la obra no va a morir con uno, que tendrá herederos. Y, precisamente, esto es lo que yo no tengo. Imagínese usted la situación del hombre que sabe que los hijos suyos y de la mujer amada legalmente no serán sus hijos, sino que aparecerán como hijos de otro; y hasta en este caso, precisamente de aquel que les odia, que no quiere saber… ¡Es terrible!

Vronsky calló de nuevo, visiblemente conmovido.

—Sí… Claro que lo comprendo. Pero, ¿qué puede hacer Anna? –dijo Darya Alejandrovna.

—Bien. Esto precisamente me lleva al fin que persigue esta conversación –contestó Vronsky, calmándose con un esfuerzo–. Esto depende de Anna. El marido de ella estaba conforme con el divorcio; tanto, que el de usted casi nos arregló el asunto. Ahora estoy seguro de que no se negaría tampoco a hacerlo. Solo hace falta que le escriba Anna. En aquel tiempo, él dijo clara y terminantemente que, si ella le decía que quería el divorcio, él no se opondría. Se comprende –dijo Vronsky, sombrío–: es una de esas crueldades farisaicas de las cuales solo es capaz la gente de sus sentimientos. Él sabe lo penoso que es para Anna todo recuerdo suyo y, conociendo esto, le exige una carta. Comprendo que para ella eso ha de ser muy doloroso. Pero los motivos son tan importantes que es preciso *passer par dessus toutes ces fineses de sentiments. Il y va du bonheur et de l'existence d'Anne et de ses enfants.* (1) No hablo de mí, aunque sufro, sufro mucho –y Vronsky, con los puños crispados, los ojos centelleantes, hizo un gesto amenazador a alguien causante de tales sufrimientos–. Así, Princesa, me agarro a usted como a un ancla de salvación. Ayúdeme a convencer a Anna para que escriba esa carta a su marido pidiéndole que acceda al divorcio.

—Sí, lo haré de buen grado –balbuceó Darya Alejandrovna, pensativa, recordando su último encuentro con Alexey Alexandrovich–. Sí, está claro –añadió con decisión, recordando a Anna.

—Emplee su influencia en ello, convénzala de que escriba esa carta… Yo no quiero ni casi puedo hablarle de ello.

—Bien. Lo haré, le hablaré. Pero ¿cómo es que ella misma no lo piensa? –preguntó Darya Alejandrovna recordando de repente la extraña costumbre

(1) «Pasar por encima de todas esas delicadezas sentimentales. Va en ello la felicidad y la existencia de Anna y de sus hijos».

que había adquirido Anna de fruncir las cejas. Y advirtió que este gesto lo había hecho precisamente cuando su conversación tocaba estos temas, tan sagrados para ella. «Dijérase que cierra los ojos», pensó Dolly, «para no ver su propia vida».

—Le hablaré sin falta –prometió firmemente Darya Alejandrovna.

Vronsky, hondamente conmovido, con mirada significativa y un fuerte apretón de manos, le expresó su agradecimiento.

Se levantaron y se dirigieron a la casa.

CAPÍTULO XXII

Cuando Dolly llegó a la casa, Anna, que estaba ya allí, le miró con atención a los ojos, queriendo averiguar la conversación que había tenido con Vronsky, pero no le preguntó nada.

—Parece que ya es la hora de comer –dijo– y nosotras todavía no hemos hablado de nuestras cosas. Confío en que podremos hacerlo por la noche. Ahora debemos ir a arreglarnos para pasar al comedor. Pienso que también querrás cambiarte de traje. Hemos ensuciado estos en la construcción…

Dolly se dirigió a su cuarto y sintió deseos de reír: no tenía otro vestido que ponerse. Lo que llevaba era lo mejor de su ropero. A fin de señalar algún cambio en su atavío, pidió a la doncella que le limpiara el traje, cambió los puños y se puso otro lacito y puntillas sobre la cabeza.

—Es todo lo que he podido hacer –dijo Dolly sonriendo a Anna, la cual salió con otro vestido muy sencillo, que, según advirtió Dolly, era el tercero de aquella mañana.

—Sí, nosotros observamos una etiqueta demasiado rígida –comentó Anna, como excusándose por su elegancia–. Alexey está muy contento de tu llegada –dijo luego–. Nunca ni por nada le he visto tan feliz. Decididamente está enamorado de ti –añadió en tono de broma, sonriente–. ¿No estás cansada? –se interesó después.

Comprendieron que antes de la comida no podrían hablar nada.

Al entrar en el salón, ya encontraron allí a la princesa Bárbara y a los hombres, con levitas negras todos, excepto el arquitecto, que iba de frac.

Vronsky presentó a Dolly al encargado de su finca y también al arquitecto, aunque este ya se lo había presentado durante la visita al hospital.

Deslumbrante con su oronda y afeitada cara, su cuello y su camisa almidonados y el lacito de su corbata blanca, el mayordomo anunció que la comida estaba servida y todos se dirigieron al comedor.

Vronsky pidió a Sviajsky que diese su brazo a Anna Arkadievna y él se acercó a Dolly. Veselovsky, adelantándose a Tuschkevich, ofreció el brazo a la princesa Bárbara; así que Tuschkovich, el encargado de la finca y el doctor no tuvieron pareja y entraron solos.

La comida, el comedor, vajilla, criados, vino y viandas, no solamente estaban en armonía con el tono lujoso general de la casa, sino que aún eran más ricos y nuevos los objetos, y más costosos, escogidos y abundantes los manjares servidos.

Darya Alejandrovna observaba este lujo, tan nuevo para ella, y, como dueña de casa, aunque no tenía esperanza de aplicar algún día nada de lo que veía a la suya propia –¡aquel lujo estaba tan lejos de su modo de vivir!– involuntariamente entraba en todos los detalles y se preguntaba quién sería el que lo disponía. Vasenka Veselovsky, su marido, incluso Sviajsky y otros hombres que ella conocía jamás pensaban en estas cosas e incluso procuraban que sus invitados creyeran que todo estaba tan bien arreglado en la casa que no les había costado trabajo alguno organizarlo, que todo se había hecho como por sí mismo. Y Darya Alejandrovna sabía bien que por sí mismas no se hacen ni las más sencillas papillas para los niños. Se decía, por tanto, que para que en aquella comida tan complicada estuviera todo tan bien dispuesto, alguien debía de haber puesto en ello muy aplicada atención. Y por la mirada con que Alexey Alexandrovich revisó la mesa e hizo señal al mayordomo para comenzar a servir, y por la manera en que la invitó a ella a elegir entre el potaje de verdura y el caldo, Dolly comprendió que todo aquello se hacía y sostenía por los cuidados del mismo dueño. Se veía que Anna no participaba en ello más que Veselovsky, o Sviajsky, o la Princesa, todos los cuales no eran allí más que invitados que, sin preocupación alguna, alegremente, gozaban de lo que otro había preparado para ellos.

Anna solo era la dueña para llevar la conversación.

Y esta conversación, sumamente difícil de sostener en esta mesa, no muy grande, pero con personas, como el encargado y el arquitecto, que pertenecían a otro ambiente muy distinto y se esforzaban en no mostrarse intimidados ante aquel lujo desacostumbrado y no se atrevían a tomar parte en la charla ni sostener largo tiempo un diálogo, esta conversación, Anna la llevaba, a pesar de todo, con su tacto habitual, con naturalidad y hasta con placer, como observaba Darya Alejandrovna.

Comentaron jocosamente cuánto se habían aburrido Tuschkevich y Veselovsky paseando los dos solos en la barca. Tuschkevich contó anécdotas e incidencias de los últimos concursos de canoas en el Yacht-Club de San Petersburgo. Anna, aprovechando una pausa, se dirigió al arquitecto para hacerle hablar.

—Nikolái Ivanovich –dijo–. Sviajsky se ha sorprendido de los progresos de la nueva construcción desde que él estuvo aquí la última vez y hasta a mí, que las veo cada día, me asombra la rapidez con que van las obras.

—¡Se trabaja tan bien con Su Excelencia! –dijo el arquitecto con sonrisa cortés (era un hombre de gran dignidad, respetuoso y tranquilo). Es muy distinto tener asuntos con las autoridades de la provincia. Allí hay que emplear montones de papel, mientras que aquí expongo al señor Conde mis ideas, las estudiamos juntos y en tres palabras todo queda comprendido y resuelto.

—Vamos, al estilo americano –dijo Sviajsky, sonriendo.

—Sí, señor. Allí elevan los edificios de modo racional.

La conversación derivó a los abusos de las autoridades de los Estados Unidos, pero Anna enseguida la llevó a otro tema para interrumpir el silencio del encargado.

—¿Has visto alguna vez las máquinas segadoras? –dijo a Dolly–. Volvíamos de verlas cuando te encontramos. Yo no las había visto hasta entonces.

—¿Y cómo funcionan? –preguntó Darya Alejandrovna.

—Completamente igual que unas tijeras. Hay una plancha y sobre ella muchas tijeras pequeñas. Así:

Y Anna, con sus manos, blancas y hermosas, cubiertas de sortijas, tomó un cuchillo y un tenedor y se puso a hacer una demostración del trabajo de las máquinas. Estaba segura de que su explicación no serviría para adquirir ningún conocimiento sobre el particular, pero, persuadida también de que hablaba de modo agradable y de que eran admiradas sus bellas manos, continuaba explicando.

—Más bien eso se parece a los cortaplumas –dijo provocativamente Veselovsky, que no apartaba sus ojos de Anna.

Anna sonrió imperceptiblemente y no le contestó.

—¿No es verdad, Karl Federevich, que se parecen a las tijeras? –preguntó al encargado.

—Ja –contestó el alemán–. *Es ist ein ganz einfaches Ding.*(1)

Y se puso a explicar la construcción de la máquina.

---

(1) «¡Ya lo creo! Es sencillísimo».

—Es lástima que esta máquina no ate también. En la Exposición de Viena vi otras que, además de segar, ataban las gavillas con alambre –dijo Sviajsky–. Aquellas serían aún más provechosas.

—*Es kommt drauf an... Der Preis vom Draht muss ausgerechnet werden.*[1]

Y el alemán, alterado ya su silencio, se dirigió a Vronsky:

—*Das lässt sich ausrechnen, Erlaucht.*[2]

Karl Fedorovich quiso sacar de su bolsillo una libreta con un lápiz, en la cual hacía todos sus cálculos, pero, recordando que estaba en la mesa y observando la fría mirada de Vronsky, se abstuvo.

—*Zu kompliziert, macht zu viel*[3] –concluyó.

—*Wünscht man Dochods so hat man auch*[4] –dijo Vasenka Veselovsky haciendo burla del alemán–. Adoro el alemán –añadió con su acostumbrada risita y dirigiendo una mirada a Anna.

—*Cessez!* –replicó Anna medio serio medio en broma–. Esperábamos encontrarle a usted en el campo, Vasili Semiónich –añadió dirigiéndose al médico, hombre de aspecto enfermizo– ¿Ha estado usted allí?

—Estuve y desaparecí –contestó el doctor con hosca ironía.

—Entonces ha dado usted un estupendo paseo.

—Estupendo.

—¿Y cómo está la salud de la «vieja»? Espero que no tenga el tifus.

—Aunque no tiene el tifus, no está bien.

—¡Qué lástima! –dijo ella.

Y habiendo cumplido de aquel modo con la gente de fuera de la casa, Anna dirigió su atención a sus amigos.

—De todos modos, Anna Arkadievna, será muy difícil construir la máquina con su explicación –dijo en broma Sviajsky.

—¿Por qué? –replicó Anna con sonrisa que decía claramente que ella sabía que en su explicación había un punto de afectación no desprovista de gracia, observada también por Sviajsky.

Este nuevo rasgo de coquetería en el carácter de Anna sorprendió desagradablemente a Dolly.

—Pero, en cambio, los conocimientos de Anna Arkadievna en arquitectura son sorprendentes –dijo Tuschkevich.

---

(1) «Eso depende... Hay que tener en cuenta el precio del alambre».

(2) «Se lo puedo calcular, Excelencia».

(3) «Es muy complicado, demasiado trabajo». (aunque la palabra *Klopot* es rusa).

(4) «Cuando se quieren ganancias, se soportan los trabajos.» (Las dos palabras «ganancia» y «trabajo» están dichas en ruso.)

—¡Claro que sí! Ayer le oí hablar de «colocar el cabrío», y «los plintos» –dijo irónicamente Veselovsky–. ¿Es así como se pronuncia?

—No hay nada de particular en ello cuando tengo que verlo y oírlo tantas veces –dijo Anna–. Y usted –agregó dirigiéndose a Veselovsky– estoy segura de que no sabe ni siquiera de qué se hacen las casas.

Darya Alejandrovna advertía que, aunque reprobando el tono de coquetería en que le hablaba Veselovsky, Anna, involuntariamente, lo adoptaba a su vez.

En esta ocasión, Vronsky obraba de modo completamente distinto al de Levin. Se veía que no daba ninguna importancia a las charlas de Veselovsky con su mujer y hasta, al contrario animaba a aquel en sus bromas.

—Sí, díganos, Veselovsky, ¿con qué se unen las piedras? –le preguntó.

—Está claro: con cemento.

—¡Bravo! ¿Y qué es el cemento?

—Algo así como… ¿cómo diré?, una masa líquida y pegajosa –expuso Veselovsky provocando la risa general.

La conversación entre los comensales, excepto el doctor, el arquitecto y el encargado, sumidos de nuevo en un obstinado silencio, no paraba, ora deslizándose placenteramente o punzante, o hiriendo a alguien. En cierto punto, fue Darya Alejandrovna la que se sintió herida en sus sentimientos. Se acaloró de tal modo que llegó a ponerse roja y hasta un poco después, no se le ocurrió que acaso habría proferido alguna palabra inconveniente. Sviajsky había aludido a Levin, refiriendo sus extrañas ideas de que las máquinas son nocivas en la propiedad rusa.

—No tengo el gusto de conocer a ese señor –dijo Vronsky, sonriendo con ironía–, pero seguramente él no ha visto nunca las máquinas que censura. Y si ha visto alguna, seguramente no era una máquina extranjera sino cualquiera rusa… Pues ¿qué dudas pueden caber sobre esta cuestión?

—En general, tiene ideas turcas –dijo Veselovsky dirigiéndose, con su eterna sonrisa, a Anna.

—No puedo defender sus ideas porque no sabría –dijo Darya Alejandrovna acalorada, pero con energía–. Lo que sí puedo decir es que es un hombre culto y que si él estuviera aquí, le contestaría debidamente…

—Le quiero mucho y somos buenos amigos –dijo Sviajsky bonachonamente–. *Mais pardon, il est un peu toqué.*[1] Por ejemplo, afirma que el zemstvo y los jueces municipales no son necesarios y no quiere intervenir en nada.

---

(1) «Pero perdón, está un poco tocado».

Es nuestra indiferencia rusa –comentó Vronsky, echando agua helada de una botella en su alta copa–. Es no sentir las obligaciones que nos imponen nuestros derechos, es negar esas obligaciones.

—No conozco hombre más severo en el cumplimiento de sus obligaciones –opuso Darya Alejandrovna, irritada por el tono de superioridad con que el Conde había hablado.

—Yo, al contrario –continuó Vronsky, a quien, al parecer interesaba vivamente la conversación–. Yo, por el contrario, digo, estoy muy agradecido por el honor que me han hecho, gracias a Nikolái Ivanovich (indicando a Sviajsky) de haberme elegido juez municipal honorario. Considero para mí muy importante la obligación de ir a la Junta para juzgar las cuestiones de los campesinos, aunque se trate solo de un caballo. Y consideraré un gran honor que me nombren vocal del zemstvo. Solo de este modo podré pagar los beneficios de que disfruto como propietario de tierras. Por desgracia, no se comprende la importancia que deben alcanzar en el Estado los grandes terratenientes.

A Darya Alejandrovna le extrañaba que Vronsky hablara en aquella forma de sí mismo, de sus ideas sentado a su mesa, en su propia casa. Era verdad que Levin, cuyas ideas, eran completamente opuestas, las defendía también con igual energía y también en su casa, sentado a la mesa… Pero a Levin le quería y, por eso, lo encontraba natural en él.

—¿Así, Conde, que podremos contar con usted para la próxima sesión? –preguntó Sviajsky–. Pero hay que ir pronto, para estar ya allí el día ocho. Si me hubiera otorgado el honor de venir a mi casa…

—Pues yo estoy en parte conforme con tu cuñado –dijo Anna a Dolly–. Temo que actualmente el número de obligaciones sociales haya aumentado de una manera exagerada, aunque probablemente por motivos diferentes, –añadió con una sonrisa–. Como antes había tantos empleados que parecía que se necesitaba uno para cada asunto, así ahora necesitan para todo la actividad de la gente. Alexey solo lleva aquí seis meses y me parece que es ya miembro de cinco o seis distintas instituciones sociales: la tutoría, juez, vocal, agregado, hasta algo que trata de los caballos. *Du train que cela va*,[1] todo el tiempo se le irá en esas obligaciones. Temo, sin embargo, que toda esa cantidad de cargos sea solo una fórmula. ¿De cuántas sociedades es usted miembro, Nikolái Ivanovich? –preguntó a Sviajsky–. Me parece que de más de veinte, ¿no?

Anna hablaba en broma, pero en su tono se advertía una cierta irritación.

(1) «Al paso que esto lleva».

Darya Alejandrovna, que observaba con atención a Anna y a Vronsky, enseguida lo notó. Observó, también, que durante esta conversación el rostro de Vronsky adquiría al punto una expresión severa y obstinada. Al advertirlo y darse también cuenta de que la princesa Bárbara se apresuraba a hablar de los conocidos de San Petersburgo para cambiar de conversación, recordó que Vronsky le había hablado en el jardín muy poco oportunamente de su actividad social y Dolly comprendió enseguida que en aquella cuestión iba ligada una disensión íntima entre los dos amantes.

La comida, los vinos, la vajilla, el servicio, todo esto estaba muy bien, pero el carácter impersonal y de tirantez que se notaba en ella, Dolly lo había visto ya en las comidas de gala, en los bailes de gran mundo, de los que había perdido ya la costumbre. Verlo, no obstante, en un día corriente, en una sociedad reducida, casi en familia, despertaba en ella una impresión desagradable.

Después de la comida pasaron a reposar a la terraza. Luego jugaron una partida de *lawn-tennis*. Los jugadores, separados en dos grupos, se pusieron sobre el *croquet ground* cuidadosamente apisonado y nivelado, a ambos lados de la red tendida entre dos columnitas doradas.

Darya Alejandrovna probó a jugar, pero no pudo en mucho tiempo entender el juego. Cuando acabó de comprenderlo, estaba cansada ya y lo abandonó y se sentó junto a la princesa Bárbara, observando las incidencias de las jugadas. Su compañero de partida tampoco jugó más, pero los otros continuaron.

Svianjsky y Vronsky jugaban bien y seriamente. Vigilaban la pelota que les tiraban sin precipitarse ni perder tiempo, corrían con destreza a su encuentro, se estiraban, saltaban y paraban con habilidad y la devolvían diestramente con la raqueta, al otro lado de la red.

Veselovsky jugaba peor que los demás. Se excitaba demasiado, pero con su alegría animaba a los otros jugadores. Sus risas y exclamaciones no cesaban de oírse un momento. Como los otros hombres, tras pedir permiso a las señoras, se había quitado la levita y su recia y hermosa figura, en mangas de camisa, el rostro colorado y cubierto de sudor y sus movimientos impresionaban de tal modo, que aquella noche Darya Alejandrovna tardó mucho en dormirse recordando la figura de Veselovsky moviéndose sobre la pista.

Durante el juego, Darya Alejandrovna no se sintió alegre. No le agradaba el trato algo libre que observaba entre Veselovsky y Ana y le desagradaba, también, aquella falta de naturalidad que se nota en las personas mayores cuando se divierten en un juego infantil sin niños. Pero, para no desanimar a los demás y pasar el tiempo de algún modo, después de descansar un rato, de nuevo se unió a los jugadores y fingió divertirse.

Todo aquel día tuvo la impresión de que estaba representando en un teatro con actores mejores que ella y que la torpeza con que desempeñaba su papel estropeaba toda la obra.

Había ido con intención de pasar dos días allí, si se encontraba muy bien, pero, durante la partida de tenis, tomó la resolución de marcharse al día siguiente.

Aquellas mismas preocupaciones de madre que aborreciera tanto durante el camino, ahora, después del día pasado sin sus hijos, se le presentaban bajo otro aspecto y la instaban a volver junto a ellos.

Cuando, después del té de la tarde y el paseo en barca que dieron por la noche, Darya Alejandrovna entró en su habitación, se quitó el vestido y se arregló sus cabellos, ya escasos, para pasar la noche, experimentó un gran alivio.

Hasta le era desagradable pensar que Anna iba a entrar entonces en su habitación. En aquel momento Dolly ansiaba quedar a solas con sus pensamientos.

CAPÍTULO XXIII

Iba ya a meterse en la cama, cuando entró Anna en camisón.

Durante el día, en varias ocasiones había intentado hablar a Dolly de sus cosas íntimas, sobre las cuales quería su opinión, y cada vez, después de unas cuantas palabras, había sido interrumpida. «Luego, cuando nos quedemos solas, hablaremos... ¡Tenemos que decirnos tantas cosas!».

Ahora se hallaban solas y Anna no sabía de qué hablar. Estaba sentada cerca de la ventana, mirando a Dolly, y repasaba mentalmente aquellas reservas de conversaciones cordiales, íntimas, que antes le habían parecido inagotables, y no encontraba nada. En este momento le parecía que todo lo que tenían que hablar se lo habían ya dicho.

—¿Y cómo está Kitty? –preguntó, por fin, tras un suspiro profundo y mirando a Dolly con aire culpable.

Y enseguida, precipitadamente, reflejando una gran ansiedad, añadió:

—Dime la verdad. ¿No está enfadada conmigo?

—¿Enfadada? No –contestó Darya Alejandrovna.

—No está enfadada, pero me desprecia.

—¡Oh, no! Pero ya sabes que en estos casos no se perdona.

—Sí, sí –suspiró Anna volviendo el rostro y mirando a la ventana–. Pero no es mía la culpa –siguió–. ¿Y quién tiene la culpa? ¿Qué significa tener la culpa? ¿Cómo podía pasar de otro modo?... Pues ¿qué piensas? Por ejemplo, ¿acaso podía ocurrir que tú no hubieses sido la mujer de Stiva?

—De verdad, no lo sé... Pero cuéntame...

—Sí, sí. No hemos acabado de hablar de Kitty. ¿Es feliz? Dicen que él es un hombre excelente.

—¡Oh! Es poco decir «es un hombre excelente»: no conozco un hombre mejor que él.

—¡Ah! ¡Cuánto me alegra lo que dices! No sabes lo que me satisface, Dolly. «Es poco decir que es un hombre excelente» –repitió.

Dolly sonrió.

—Pero hablemos de ti –dijo–. Has de tener como castigo una larga y quizá enojosa conversación conmigo. He hablado con... con...

Dolly no sabía cómo nombrar a Vronsky, porque tan desagradable le era llamarle Conde como Alexey Kirilovich llanamente.

—Con Alexey –le apuntó Anna–. Ya sé que habéis hablado. Pero yo quisiera preguntarte qué te parece mi vida.

—¿Cómo podré decirlo así, de una vez? No sé...

—No, dímelo, a pesar de todo... Ya ves mi vida. Pero no olvides que nos ves viviendo durante el verano y no estamos solos. Nosotros llegamos aquí cuando apenas comenzaba la primavera y vivimos solos y solos volveremos a vivir luego, porque no aspiro a nada mejor que esto. Pero imagínate que vivo sola, sin él, lo cual sucederá. Veo, por todos los indicios, que se va a repetir a menudo, que la mitad del tiempo se lo va a pasar fuera de casa –dijo Anna, levantándose y sentándose más cerca de su cuñada–. Naturalmente –siguió, interrumpiendo a Dolly que quiso replicarle–, naturalmente, yo no le retendré por la fuerza. Y no le retengo. ¿Que hay carreras en las cuales toman parte sus caballos...? Pues tendrá que asistir. Ello me satisface, pero pienso en mí... Pienso en mí, en mi situación... Pero, ¿por qué te hablo de todo esto? –y, sonriendo, le preguntó–: ¿De qué te habló, pues, Alexey?

—Me habló de lo mismo que yo quería hablarte y por esto me es fácil ser su abogado. De si hay alguna posibilidad, de si es posible... –Darya Alejandrovna se paró buscando las palabras– de si cabe arreglar mejor tu situación... Ya sabes cómo considero las cosas... Pero de todos modos, si es posible, hay que casarse...

—Es decir, ¿el divorcio? –dijo Anna–. ¿Sabes que la única mujer que vino a verme en San Petersburgo fue Betsy Tverskaya? ¿La conoces? *Au fond c'est la femme la plus dépravée qui existe*(1). Estaba en relaciones con Tuschkevich, más que nada por placer de engañar a su marido. Y ella me dijo que no volvería a verme más hasta que mi situación estuviera regularizada. ¡Ella me dijo eso! No pienses que te comparo. Te conozco, querida Dolly. Pero, involuntariamente, he recordado... Entonces, ¿qué te ha dicho Alexey? –insistió.

—Ha dicho que sufre por ti y por él... Puede ser que digas que esto es egoísmo, pero ¡es un egoísmo tan legítimo, tan noble! Antes que nada, quiere legalizar a su hija y ser tu marido, tener sus derechos sobre ti.

—¿Qué esposa puede ser esclava hasta el grado en que lo soy yo por mi situación? –le interrumpió Anna sombríamente.

—Y lo que quiere sobre todo es que tú dejes de sufrir.

—Esto es imposible... ¿Y qué más?

—Pues lo más legitimo: quiere que vuestros hijos lleven su nombre.

—¿Qué hijos? –dijo Anna, sin mirar a Dolly y frunciendo los ojos.

—Annie y los que vengan.

—Por lo que se refiere a lo último, puede estar tranquilo: no tendré más hijos.

—¿Cómo lo puedes decir?

—No tendré hijos porque no quiero.

A pesar de su agitación, Anna no pudo menos de sonreír al ver las expresiones ingenuas de sorpresa, interés y espanto que se dibujaron sucesivamente en el rostro de Dolly.

—El doctor me dijo, después de mi enfermedad...

—¡No puede ser! –exclamó Dolly con los ojos desmesuradamente abiertos.

Para ella, aquel era uno de esos descubrimientos cuyos efectos y consecuencias son tan enormes que en el primer momento nos dejan anonadados, sintiendo solamente que es imposible comprenderlos bien y que será preciso pensar en ellos detenidamente.

Este descubrimiento, que le explicaba de súbito lo que hasta entonces le había resultado incomprensible, cómo en muchas familias había solo uno o dos niños, despertó en ella tantos pensamientos, ideas y sentimientos contrapuestos que, de momento, no pudo decir nada a Anna, y sí mirarla con sus grandes ojos abiertos enormemente, con una expresión de profunda extrañeza.

(1) «Realmente es la mujer más depravada que existe».

Era eso mismo lo que ella había deseado, pero ahora, al enterarse de cómo era posible, estaba horrorizada. Sentía que era una solución demasiado sencilla para una cuestión tan complicada.

—*Nest-ce pas immoral?*[1] –pudo decir, al fin, después de un largo silencio.

—¿Por qué? Piensa que tengo para escoger dos cosas: o estar embarazada, es decir, como enferma inútil, o ser la amiga, la compañera de mi marido –dijo Anna pronunciando las últimas palabras en tono intencionadamente superficial y ligero.

«Sí, está claro, está claro», se decía Darya Alejandrovna.

Eran los mismos argumentos que ella se había hecho, pero ahora no encontraba en ellos ninguna persuasión.

—Para ti, para otras, puede haber dudas aún, pero para mí... –dijo Anna, adivinando los pensamientos de Dolly–. ¿No comprendes? No soy su esposa, me ama, sí, y me amará... mientras me ame. ¿Y cómo podré retener su amor? ¿Con esto? –y Anna adelantó sus blancos brazos ante su vientre.

Con la rapidez extraordinaria con que sucede en los momentos de emoción, los pensamientos y recuerdos pasaban en torbellino por la mente de Darya Alejandrovna.

«Yo» , pensaba, «no, atraía a Stiva y, claro, se fue con otra, y asimismo, como aquella primera mujer con quien me traicionó no supo retenerle, y estar siempre hermosa y alegre, la dejó y tomó otra. ¿Y es posible que Anna pueda atraer y retener con esto al conde Vronsky? Desde luego, si él busca esto, encontrará maneras y vestidos más atractivos y alegres; y por blancos, por magníficos que sean sus brazos desnudos, por hermoso que sea su cuerpo, su rostro animado bajo la negra cabellera, él encontrará siempre algo mejor, como lo busca y encuentra mi marido, mi repugnante, miserable y querido marido».

Dolly no contestó y suspiró profundamente.

Anna advirtió que suspiraba y se afirmó en su idea de que Dolly, aun estando conforme con sus argumentos, no aprobaría su decisión.

—Dices que esto no está bien –continuó, creyendo que lo que iba a exponer era tan firme que no admitía réplica alguna–. Hay que reflexionar, que pensar en mi situación. ¿Cómo puedo desear niños? No hablo de los sufrimientos, que no los temo. Pero pienso, «¿qué serán mis hijos?». Unos desgraciados que llevarán un apellido ajeno. Por su estado legal serán pues-

(1) «¿No es esto inmoral?».

tos en trance de tener que avergonzarse de su madre, de su padre y hasta de haber nacido…

—Pero precisamente por esto –insinuó Dolly– te es conveniente, necesario, el divorcio y vuestro casamiento.

Anna no la escuchaba: pensaba exponerle los mismos argumentos con que tantas veces había querido persuadirse a sí misma.

—¿Para qué me servirá la razón, si no la empleo en no traer desgraciados al mundo?

Miró a Dolly y, sin esperar contestación, continuó:

—Me sentiría siempre culpable ante estas criaturas desdichadas. Si no vienen al mundo no hay desventura, pero si naciesen y fuesen desgraciados, solamente yo sería la culpable.

También estos argumentos se los había hecho Dolly a sí misma y, no obstante, ahora no los entendía. «¿Cómo se puede ser culpable ante seres que no existen?», pensaba. De repente, le acudió este pensamiento: «¿Podría haber sido mejor en algún sentido, para mi querido Gricha, que no hubiese venido al mundo?»

Esto le pareció tan extraño, tan terrible, que sacudió su cabeza para disipar la confusión de sus pensamientos.

—No sé… No lo sé… Esto no está bien –solo pudo decir Dolly, con expresión de repugnancia en su rostro.

—Sí… Pero no olvides lo principal, que ahora no me encuentro en la misma situación que tú. Para ti la cuestión es «si quieres todavía tener hijos», para mí es «si me está permitido tenerlos». Hay, pues, entre ambos casos, una gran diferencia. Yo, comprenderás que en mi situación no puedo desearlos.

Darya Alejandrovna no replicó. Comprendió de repente que se encontraba ya tan alejada de Anna, que entre ellas existían cuestiones sobre las cuales no se pondrían nunca de acuerdo, que era mejor no hablar más.

Capítulo XXIV

—Por esto es aún más necesario normalizar tu situación si es posible –insistió Dolly.

—Sí… Sí es posible… –dijo Anna en un tono completamente distinto, suave y tristemente.

—¿Es acaso imposible el divorcio? Me han dicho que tu marido consiente.

—Dolly, no quiero hablar de esto.

—Bien, no hablemos –se apresuró a decir Darya Alejandrovna, al ver la expresión de sufrimiento del rostro de Anna–. Veo –añadió– que tomas las cosas demasiado sombríamente.

—¿Yo? Nada de eso. Estoy muy alegre… muy contenta… Ya lo has visto. *Je fais même des passions*(1). Veselovsky.

—Sí. Y, si he de decirte la verdad, no me gusta el tono de ese hombre –dijo Darya Alejandrovna, queriendo cambiar de conversación.

—¡Bah! Nada. Esto hace cosquillas a Alexey y nada más… Él es un chiquillo y le tengo absolutamente en mis manos. ¿Sabes? Hago de él lo que quiero. Es igual que tu Gricha…

De repente, Anna volvió al tema del divorcio:

—¡Dolly! Dices que me tomo las cosas demasiado sombríamente… No puedes comprender.. Es demasiado terrible… Lo que hago es esforzarme en no ver nada.

—Pues a mí me parece que es preciso mirar. Hay que hacer todo lo que sea posible.

—Pero ¿qué es posible?… Nada… Dices «debes casarte con Alexey» y que yo no pienso en esto. ¡Que yo no pienso en esto! –repitió Anna. La emoción coloreó sus mejillas. Se levantó, enderezó el busto, suspiró profundamente y se puso a pasear por la habitación, deteniéndose de cuando en cuando.

—¿Qué yo no pienso? No hay ni un día ni una hora que no piense en ello. Y me irrito contra mí misma al pensarlo, porque estos pensamientos pueden volverme loca. ¡Volverme local –repitió Anna exaltadamente–. Cuando lo pienso, ya no puedo dormir sin morfina… Pero está bien: hablemos de ello con la mayor tranquilidad posible. Me dicen «el divorcio». Primero, él no accederá. «Él» está ahora bajo la influencia de la condesa Lidia Ivanovna.

Recostada sobre el respaldo de la silla, Darya Alejandrovna seguía, volviendo la cabeza y con la mirada, los movimientos de Anna con ojos llenos de comprensión.

—Hay que intentarlo –dijo con voz débil.

—Supongamos que lo hemos intentado –siguió Anna–. ¿Qué significa esto? –dijo, repitiendo una idea sobre la cual había, evidentemente, meditado mil veces y que se sabía de memoria–. Esto significa que yo,

(1) «Incluso provoco pasiones».

aunque le odio, reconozco, no obstante, mi culpa, que le considero un hombre generoso y debo rebajarme para escribirle... Supongamos que, haciendo un esfuerzo, me decido a hacerlo. O bien recibiré una contestación humillante o su consentimiento... Pues bien, he recibido su consentimiento...

Anna estaba en este momento en el rincón más lejano de la habitación y se había detenido allí jugando distraídamente con la cortina.

—Hemos supuesto que recibo el consentimiento. ¿Y mi hijo? No me lo darán. Y crecerá, despreciándome, en la casa de su padre, al cual he abandonado. ¿Comprendes que quiero a dos seres, a Seriozha y a Alexey igualmente, más que a mí misma?

Anna volvió al centro de la habitación y se paró ante Dolly, oprimiéndose el pecho con las manos. Dentro del blanco salto de cama su figura resaltaba particularmente alta y ancha. Bajó la cabeza y, con los ojos brillantes de lágrimas, miraba de arriba abajo la figura pequeña, delgadita, miserable de Dolly, que se encontraba ante ella con su blusita escocesa y su cofia de dormir, temblorosa toda de emoción.

—Amo solo a estos dos seres –siguió– y uno de ellos excluye al otro. No puedo unirlos y esto es lo único que necesito. Y si no lo tengo, todo me da igual. Todo, todo, me da igual... Se terminará de uno u otro modo, pero de esto no quiero ni hablar. Así que no me reproches nada, no me critiques. Con tu pureza no puedes comprender lo que sufro...

Anna se acercó a Dolly, se sentó a su lado y, mirándola con ojos que expresaban un hondo sufrimiento, un inmenso pesar por su culpa, tomó la mano de su cuñada.

—¿Qué piensas? ¿Qué piensas de mí? No me desprecies... No merezco desprecio... Soy muy desgraciada. Si hay en el mundo un ser desgraciado, ese soy yo –dijo y, volviendo el rostro, lloró amargamente.

Cuando Dolly se quedó sola, rezó sus oraciones y se metió en la cama.

Mientras había oído hablar a Anna, la había compadecido con toda su alma, pero ahora le era imposible pensar en ella. Los recuerdos de su casa, de sus hijos, se presentaron en su imaginación con un nuevo encanto, con una luz nueva y radiante.

Aquel mundo suyo le pareció ahora tan querido, que se propuso no pasar por nada fuera de él ni un día más y decidió partir al siguiente, sin falta.

Mientras tanto, Anna había vuelto a su habitación, cogió una copita, vertió en ella algunas gotas de una medicina cuya parte principal era morfina y, habiéndola bebido, se sentó y permaneció así inmóvil algún tiempo, y se dirigió a la cama con el ánimo calmado y alegre.

Cuando entró en el dormitorio, Vronsky la miró atentamente, buscando en su rostro las huellas de la larga conversación que suponía había tenido con Dolly. Pero en la expresión del rostro de Anna, que ocultaba su emoción, no encontró nada fuera de su belleza que, aunque acostumbrada, ofrecía siempre un nuevo atractivo para él. Fuese simplemente por quedar admirado, absorto, ante la belleza de su amada o porque esta despertara en él deseos que absorbieron sus pensamientos, Vronsky nada preguntó. Esperó a que ella misma le hablara.

Pero Anna se limitó a decir:

—Estoy muy contenta de que te haya agradado Dolly... ¿No es verdad?

—La conozco desde hace mucho tiempo. Parece que es muy buena, *mais excessivement terre-à-terre*(1). De todos modos, me place mucho que haya venido.

Tomó la mano de Anna y le miró interrogativamente a los ojos. Anna, interpretando en otro sentido esta mirada, le sonrió.

A la mañana siguiente, a pesar de los ruegos de los dueños de la casa, Darya Alejandrovna partió.

Con su caftán ya viejo, su gorra parecida a las de los cocheros de alquiler, sobre los desaparejados caballos enganchados al landolé de aletas remendadas, con aire sombrío, llegó Filip de mañana a la entrada cubierta de arena de la casa de los Vronsky.

La despedida de la princesa Bárbara y los hombres resultó a Darya Alejandrovna desagradable.

Después de haber pasado juntos un día, tanto ella como ellos sentían claramente que no se comprendían, que no congeniaban y que lo mejor para unos y otros era mantenerse alejados.

Solo Anna estaba triste.

Sabía que ahora, tras la marcha de Dolly, nunca más iban a despertar en su alma, la emoción, la alegría que había despertado en ella la llegada de aquella amiga. Había sido doloroso, remover ciertos sentimientos, pero, de todos modos, Anna sabía que estos eran la mejor parte de su alma y que rápidamente se cubriría con los sufrimientos, el pesar y la tristeza de aquella vida de lucha que llevaba.

Al salir al campo, Darya Alejandrovna experimentó en su alma una agradable sensación de alivio. Sentía deseos de preguntar si les había gustado la estancia en la casa de Vronsky, cuando, de repente, el cochero Filip, dijo, hablando el primero:

---

(1) «Pero excesivamente apegada a la rutina».

—Son ricos, pero solo nos dieron tres medidas de avena... Los caballos se la habían comido ya antes de que despertaran los gallos. ¡Claro! Con tres medidas no hay para nada... Hoy día, la avena la venden los guardas por cuarenta y cinco copecks solamente. En nuestra casa, a los que vienen de fuera les damos tanta avena como quieren comer los caballos...

—Es un señor muy avaro –comentó el encargado.

—¿Y sus caballos, te gustaron? –preguntó Dolly.

—Los caballos, a decir verdad, son buenos... Y la comida no es mala... Pero, no sé por qué, me pareció todo muy triste, Darya Alejandrovna... No sé cómo le habrá parecido a usted... –dijo, volviendo a aquella su rostro bonachón.

—A mí también... ¿Qué, llegaremos para la noche?... Tenemos que llegar.

Al entrar en casa y habiendo encontrado a todos completamente bien y particularmente afectuosos y alegres, Darya Alejandrovna, con gran animación, contó todo su viaje: lo bien que la habían recibido, el lujo y buen gusto de la vida de los Vronsky, sus diversiones... Y no dejó que hiciera nadie la menor observación contra ellos.

—Hay que conocer a Anna y a Vronsky. Ahora les he conocido bien y sé cuán amables y buenos son –decía Dolly, sinceramente, olvidando aquel sentimiento indefinido de disgusto y malestar que había experimentado cuando estaba allí.

Capítulo XXV

Siempre en las mismas condiciones, sin tomar medidas para el divorcio, Vronsky y Anna pasaron el verano y parte del otoño en el campo.

Habían decidido no ir a ningún otro lugar, pero cuanto más tiempo se quedaban solos y sobre todo en el otoño, sin invitados, tanto más veían los dos que tendrían que cambiar de vida, que no podrían resistir la que llevaban.

Aparentemente, era tan buena que no cabía otra mejor: había abundancia de todo, salud, tenían una hija en quien mirarse y ocupaciones en qué emplearse y distraerse. Aunque no había invitados a quienes deslumbrar, Anna se ocupaba igualmente de arreglarse y adornarse. Leía mucho, tanto novelas como otros libros que estaban de moda. Se hacía enviar todas las obras de las cuales se hablaba en la prensa y en las revistas extranjeras y las leía con aquella atención profunda que se tiene solamente en la soledad. Además, todas las cuestiones en que se ocupaba Vronsky, ella las estudiaba en los libros y revistas de la especialidad, así que sucedía a menudo que aquél se dirigía a ella con preguntas sobre agricultura, arquitectura o asuntos deportivos, e incluso acerca de cuestiones de las yeguadas. Vronsky se maravillaba de su memoria, de sus conocimientos, que había comprobado más de una vez, pues, incluso, al principio, dudando de ello, le pedía confirmación de sus explicaciones y ella se la daba con gran seguridad, buscándola en los libros correspondientes.

Había tomado también gran interés en la instalación del hospital. No solo ayudaba, sino que ella misma había concebido y organizado muchas cosas. Pero, de todos modos, su preocupación principal era ella misma, su persona, el deseo de aparecer siempre hermosa a los ojos de su amado, para que no echara de menos todo lo que él había dejado por ella. El deseo, no solo de agradarle, sino de servirle, se había convertido en el fin primordial de su vida.

Vronsky se sentía conmovido ante tanta abnegación, pero, al mismo tiempo, le pesaban las redes amorosas con las cuales Anna quería retenerle. Cuanto más tiempo pasaba, más cogido se sentía en ellas y tanto más deseaba librarse o, al menos, probar si estaban estorbando su libertad.

Sin este deseo, que aumentaba constantemente, de ser libre, de no tener escenas desagradables cada vez que había de salir a la ciudad, para las juntas o las carreras, Vronsky habría estado completamente satisfecho de su vida. El papel que había escogido, de rico propietario de tierras, clase social que debía componer el núcleo esencial de la aristocracia rusa, no solamente lo había encontrado de su gusto, sino que al cabo de medio año de estar viviéndolo, le procuraba cada vez mayor placer. Sus asuntos, que le atraían más y más, ocupándole continuamente, llevaban una marcha próspera. No obstante las enormes sumas que le costaban el hospital, las máquinas, las vacas que había hecho traer de Suiza y muchas otras cosas, Vronsky estaba seguro de que no disminuiría su fortuna, sino que la vería aumentada.

Cuando se trataba de la venta de las maderas, trigo, lanas, arriendo de tierras, Vronsky sabía mantenerse firme como el pedernal y obtener precios altos, remuneradores. En los asuntos de administración, tanto en aquella finca como en las demás propiedades, empleaba siempre los procedimientos más sencillos, menos peligrosos, y se mostraba económico y calculador hasta en las cosas más insignificantes. No obstante toda la astucia y habilidad del alemán, que le llevaba a hacer compras y le presentaba unas cuentas según las cuales al principio en un negocio había más gastos que ingresos, pero que, obrando con cautela, podía hacerse con menos dinero, en la forma que él indicaba, y obtener mayores y más seguros beneficios, Vronsky no cedía si consideraba que los gastos eran exagerados. Solamente daba su conformidad a tales dispendios cuando lo que iban a traer o tenían que arreglar era nuevo o desconocido en Rusia y destinado a despertar admiración. Por otra parte, no se decidía a grandes gastos más que cuando tenía las sumas necesarias disponibles sin quebranto de otras atenciones y para decidirse a estos gastos entraba en todos los pormenores, buscando y rebuscando el mejor empleo de su dinero.

Era evidente que con este modo de llevar la propiedad no derrochaba sus bienes, sino que, por el contrario, los hacía crecer.

En el mes de octubre tenían que celebrarse las elecciones de la Nobleza en la provincia de Kachin, donde estaban las propiedades de Vronsky, Sviajsky, Kosnichev, Oblonsky y una pequeña parte de las de Levin.

Por las personas que tomaban parte en ellas y otras circunstancias, estas elecciones atraían la atención general. De ellas se hablaba mucho y se hacían grandes preparativos y habitantes de Moscú, San Petersburgo, y aun del extranjero, se trasladaron allí para tomar parte en ellas.

Hacía mucho tiempo que Vronsky había prometido a Sviajsky asistir y diez días antes de las elecciones, este, que le visitaba con mucha frecuencia, fue a buscarle a sus tierras.

La víspera, entre Vronsky y Anna se había producido una discusión con motivo de este viaje.

Era el de otoño, el tiempo más triste y aburrido para la vida en el campo. Por esto calculaba Vronsky que su ausencia había de ser desagradable a Anna y, preparado ya para la marcha, se la anunció con una expresión fría y decidida, como nunca empleara hasta entonces con ella. Pero, con gran sorpresa suya, Anna recibió la noticia con gran tranquilidad; solo le preguntó cuándo pensaba volver y se limitó a sonreír cuando él la miró con atención y sin comprenderla.

Vronsky sabía que cuando ella se encerraba en sí misma de aquel modo, era señal de que había tomado alguna importante resolución y no quería que le descubriesen lo que meditaba. Temía, pues, que ahora se encontrase en este caso, pero deseaba de tal modo evitar una escena de enojosas explicaciones, que fingió creer, y en parte lo creía sinceramente, que ella le había comprendido.

—Espero que no te aburras –le dijo.

—Eso espero yo –dijo Anna–. Ayer recibí una caja de libros de Gottier. No me aburriré.

«¿Quiere adoptar ese tono? Tanto mejor –pensó Vronsky–. Si no, siempre estaríamos con las mismas historias».

Vronsky, se marchó, pues, a Kachin sin hablar con Anna. Era la primera vez, desde que habían comenzado sus relaciones, que esto sucedía, pero, aunque le inquietaba y le dolía, en el fondo Vronsky se dijo que, a pesar de todo, era lo mejor.

«Al principio será como ahora –pensaba–. Algo indefinido, vago; luego, ella se acostumbrará. De todos modos, puedo dárselo todo, pero no mi independencia de hombre».

Capítulo XXVI

En septiembre, Levin se trasladó a Moscú para estar presente en el parto de Kitty.

Ya llevaba viviendo allí, sin hacer nada, un mes entero, cuando Serguéi Ivanovich, que se ocupaba de la propiedad de su hermano en la provincia de Kachin y que tomaba gran interés en la cuestión de las futuras elecciones, se presentó allí, requiriéndole para ir a votar, ya que tenía derecho a ello en la comarca de Selesnov. A Levin le interesaba ir a Kachin por tener allí pendiente un asunto de una hermana suya que vivía en el extranjero, relacionado con una tutela y la obtención de una cantidad en concepto de indemnización.

Levin estaba indeciso, pero Kitty, que veía que su marido se aburría en Moscú, le aconsejó ir y hasta, sin consultarle, puesto que esperaba una negativa, le encargó el uniforme de la Nobleza. El gasto de ochenta rublos que costó el uniforme determinó a Levin a ir a Kachin e intervenir en las elecciones.

Llevaba ya seis días en aquella provincia asistiendo diariamente a la reunión e intentando a la vez arreglar los asuntos de su hermana, que no se enderezaban, sin embargo, de ningún modo. Los representantes de la Nobleza estaban todos muy ocupados en las elecciones y resultaba imposible arreglar un asunto por sencillo que fuese como aquel que gestionaba Levin, que dependía del tutelaje. Y para el otro asunto –la indemnización– encontraba también obstáculos. Tras prolongadas gestiones, consiguió hallar la solución y estaba ya el dinero preparado, pero el notario, aunque hombre muy amable y servicial, no pudo entregar el talón porque necesitaba la firma del presidente, el cual se hallaba en las sesiones de las elecciones y no había otorgado poderes a nadie.

Todas estas gestiones, el ir de aquí para allá, el hablar con hombres muy amables, que comprendían lo desagradable de la posición del solicitante pero no podían ayudarle, todo esto, que no daba resultado alguno, producía en Levin un sentimiento penoso, parecido al fastidioso estado de debilidad que se siente cuando se quiere emplear la fuerza corporal en un sueño. Lo había experimentado con frecuencia mientras hablaba con el abogado, el hombre más bondadoso que pudiera hallarse, el cual hacía todo lo posible e imaginable, sin omitir ningún medio que pudiera sacar a Levin del apuro.

—Pruebe esto –decía–. Vaya a tal parte.

Y formulaba un plan tan completo como era posible para salvar el obstáculo fatal que se oponía a la solución. Pero enseguida añadía:

—No creo, sin embargo, que consiga nada, pero pruebe.

Y Levin probaba, iba allí donde le indicaba. Todos eran buenos y amables, pero resultaba que aquel obstáculo, que quería evitar, se levantaba de nuevo desbaratándolo todo.

Lo que sobre todo le molestaba, lo que no podía comprender de ningún modo era con quién estaba luchando, a quién aprovechaba que aquel asunto no se ultimase. Parecía que nadie, ni siquiera su mismo abogado, lo supiera. Si Levin hubiera podido comprenderlo, como comprendía, por ejemplo, que para llegar a la ventanilla de la estación de ferrocarril es preciso esperar turno, no se habría sentido tan molesto y enojado. Pero nadie sabía o no quería explicarle por qué existían aquellas dificultades que tanta contrariedad le producían.

No obstante, Levin, desde su casamiento, había cambiado mucho de carácter. Era paciente y, si no comprendía por qué todo estaba arreglado de aquel modo, se decía con toda tranquilidad que, sin saberlo todo, no se podía juzgar y que, probablemente, sería, sin duda, necesario que fuera así. Y procuraba no indignarse.

Ahora, estando presente en las elecciones y tomando parte en ellas, Levin tampoco formaba juicio alguno y, al contrario, procuraba comprender lo mejor posible aquellas cuestiones de las cuales hombres honrados y a quienes respetaba se ocupaban con tanta seriedad a interés.

Desde su casamiento, a Levin se le descubrían muchos nuevos y serios aspectos de la vida que antes, por su manera superficial de considerarlos, le parecían despreciables. Así, otorgaba ahora también una gran importancia a las elecciones y se esforzaba en descubrirla.

Serguéi Ivanovich le explicó su significación y la trascendencia del cambio que esperaban de ellas. Él, representante provincial de la Nobleza tenía en sus manos, según la Ley, muchos e importantes asuntos (las tutorías –por una de las cuales sufría Levin ahora–; las enormes sumas de los nobles; las escuelas mixtas, femeninas, masculinas y militar; la educación popular para el nuevo orden de cosas; y, por fin, el zemstvo). El entonces presidente de la Nobleza, Snetkov, era un hombre a la antigua, recto y sincero, un hombre que había gastado su fortuna haciendo muchas buenas obras; bondadoso y honrado a su modo, pero que no comprendía las necesidades del nuevo tiempo. En todo y siempre, se ponía de parte de los nobles y obstaculizaba abiertamente la educación popular y daba al zemstvo, que tanta importancia había de tener, un espíritu de casta. Por ello, en el lugar de este representante de la Nobleza, tenían que colocar un hombre moderno, culto, activo, completamente nuevo en aquel ambiente y que llevara las cuestiones en forma de poder sacar de los derechos otorgados a la nobleza, no como tal, sino como elemento del zemstvo, todas las ventajas de autonomía que fuera posible. En la rica provincia de Kachin, que siempre iba delante de las otras en estas cuestiones, estaban las fuerzas necesarias para llevar el asunto con provecho y de modo que sirviera de ejemplo a otras provincias y a toda Rusia. Por esto tenían gran importancia aquellas elecciones, en las que se proponía nombrar presidente, en lugar de a Snetkov, a Sviajsky o, aun mejor, a Nievedovsky, catedrático, hombre extraordinariamente inteligente, gran amigo de Serguéi Ivanovich.

La sesión inaugural la abrió el Gobernador con un discurso en el que exhortó a los nobles a que eligieran los funcionarios, no por simpatía personal, sino por sus méritos y mirando el bien de la Patria. Añadió que él, el Gobernador, su esposa y la alta nobleza de Kachin, cumplirían, como en otras ocasiones, tan sagrado deber y no traicionarían la honrosa confianza del Monarca.

Al terminar su discurso, el Gobernador se dirigió a la salida y los nobles le siguieron entre gran animación, hasta con entusiasmo, y le rodearon mientras se ponía la pelliza y hablaba amistosamente con el Presidente de la Nobleza.

Levin, que deseaba comprenderlo todo y no dejar que escapase nada a su atención, estuvo allí, entre la gente y así pudo oír cómo el Gobernador decía:

—Haga el favor de decir a Marie Ivanovna que mi mujer siente mucho que tenga que ir al asilo.

Luego, los nobles se pusieron sus abrigos y se dirigieron a la catedral.

En la catedral, levantando el brazo con los demás y repitiendo las palabras del arcipreste, Levin juró firmemente cumplir sus deberes según los deseos del Gobernador.

Las ceremonias religiosas impresionaban siempre a Levin y cuando pronunció las palabras «beso la cruz» y vio que la gente allí reunida, viejos y jóvenes, repetían lo mismo, se sintió conmovido.

Al día siguiente y durante el tercero, se trató de las cuentas de la Nobleza y del colegio femenino. Eran asuntos que, según Serguéi Ivanovich, no tenían ninguna importancia y Levin, ocupado en los propios, dejó de asistir a la reunión.

El cuarto día, en la mesa presidencial se procedió a la revisión de las cuentas de la Nobleza de la provincia. Y entonces, por primera vez, hubo lucha entre el partido nuevo y el viejo. La Comisión a la cual estaba confiado comprobar las cuentas informó que estaban conformes, justas. El presidente de la Nobleza se levantó y, con los ojos humedecidos por las lágrimas, dio las gracias a los nobles por la confianza que le otorgaban. Los nobles le aplaudieron con entusiasmo y le estrecharon la mano... Pero en aquel momento, uno de los del partido de Serguéi Ivanovich dijo que él había oído decir que la Comisión no había revisado las cuentas, considerando esto como una ofensa al Presidente. Uno de los miembros de la Comisión, imprudentemente, confirmó el hecho. Seguidamente, un señor pequeño y muy joven, en apariencia inofensivo, pero vivo de genio, batallador y dialéctico, dijo que «al Presidente de la Nobleza le habría resultado agradable dar informe de las cuentas, pero que la delicadeza excesiva de los miembros de la Comisión, le había privado de esta satisfacción moral». Los miembros de la Comisión renunciaron a su declaración y Serguéi Ivanovich comenzó a demostrar lógicamente que era preciso declarar que las cuentas habían sido comprobadas o que no lo habían sido y desarrolló detalladamente este dilema. A Serguéi Ivanovich le replicó un orador muy elocuente, del partido contrario. Luego habló Sviajsky y de nuevo, el joven batallador. La discusión duró largo tiempo y terminó sin que, en resumen, ocurriera nada.

Levin estaba sorprendido de que sobre aquello se discutiera tanto, sobre todo porque, cuando preguntó a su hermano si efectivamente había habido malversación de fondos, Serguéi Ivanovich le contestó:

—¡Oh! ¡No! Es un hombre honrado. Pero este modo de obrar, tan antiguo, de gobernar paternalmente, como en familia, los asuntos de la Nobleza hay que cambiarlo.

Al día siguiente habían de celebrarse las elecciones de los presidentes comarcales y la jornada, en algunas comarcas, resultó bastante tumultuosa.

En la de Selesnov, Sviajsky fue elegido sin votación y aquel día se dio en su casa una espléndida y alegre comida.

CAPÍTULO XXVII

Al sexto día debían celebrarse las elecciones de Presidente provincial de la Nobleza. Las salas grandes y las pequeñas estaban llenas de nobles vestidos de diferentes uniformes. Muchos de ellos habían llegado allí aquel mismo día. Conocidos y amigos que no se habían visto desde hacía mucho tiempo, unos venidos de Crimea, otros de San Petersburgo, otros del extranjero, se encontraban en las salas. Los debates se celebrarían cerca de la mesa presidencial, bajo el retrato del Emperador.

Los nobles se agrupaban en dos partidos. Por la animosidad y desconfianza de las miradas, por las conversaciones, interrumpidas cuando se aproximaba gente del otro bando y porque algunos se iban entonces, hablando en voz baja, hasta el pasillo lejano, se veía que cada partido ocultaba secretos al otro.

Por su aspecto exterior, los nobles se dividían en dos clases: los viejos llevaban sus antiguos uniformes de nobleza, con espadas y sombreros, o los uniformes correspondientes a sus empleos en la marina, la caballería o la infantería. Los uniformes de los viejos nobles estaban hechos al estilo antiguo, con pliegues sobre las hombreras. A muchos les estaban pequeños, cortos de talla o estrechos, como si sus portadores hubieran crecido desde que les habían sido confeccionados.

Los jóvenes llevaban uniformes desabrochados con el talle bajo, anchos los hombros, chalecos blancos, o bien, los uniformes con cuellos negros y laureles bordados, distintivo del ministerio de Justicia. Los uniformes de la Corte que aquí y allá adornaban la sala pertenecían al partido joven.

Pero la división en jóvenes y viejos no coincidía con la agrupación en partidos. Como observó Levin, algunos de los clasificados como jóvenes por su vestir pertenecían al partido «viejo» y, al contrario, algunos de los nobles más viejos hablaban en voz baja con Sviajsky y se veía que eran adictos a este, de los más decididos partidarios del partido nuevo.

Levin había seguido a su hermano hasta una sala pequeña, donde los de su grupo fumaban, bebían, tomaban bocadillos y charlaban. Se había acercado a uno de los corros y escuchaba su conversación y ponía en tensión todas sus fuerzas tratando de comprender lo que decían.

Serguéi Ivanovich estaba en el centro del grupo.

Ahora escuchaba a Sviajsky y a Kliustov, el presidente de otra comarca, que pertenecía también a su partido.

Kliustov no quería ir a pedir a Snetkov que se presentara a la elección, y Sviajsky trataba de convencerle, explicándole la conveniencia de hacerlo. Serguéi Ivanovich, por su parte, dio su aprobación a aquel plan.

Levin no comprendía para qué querían pedir al partido enemigo que presentase a la elección a aquel a quien querían derrotar.

Stepán Arkadievich, que acababa de tomar un bocadillo y beber, secando su boca con un pañuelo perfumado, de batista con rayas en el borde, y que vestía uniforme de gentilhombre, se acercó a ellos.

—Estamos en nuestro puesto, Serguéi Ivanovich –dijo, alisándose las patillas.

Y, escuchando lo que hablaban, apoyó la opinión de Sviajsky.

—Basta tener una comarca, la de Sviajsky, que pertenece abiertamente a la oposición –dijo, en palabras bien comprensibles para todos menos para Levin.

—¿Qué, Kostia? Parece que vas tomando gusto a estas cosas –añadió Serguéi Ivanovich, dirigiéndose a Levin y agarrándole del brazo.

Levin, en efecto, se habría alegrado de tomar gusto a aquella cuestión, pero no pudo comprender de qué se trataba y, separándose unos pasos de los que hablaban, expresó a Stepán Arkadievich su sorpresa de que pidieran al Presidente provincial que presentase su candidatura.

—Oh, *sancta simplicitas!* –dijo Stepán Arkadievich. Y explicó a Levin claramente y en pocas palabras de qué se trataba–. ¿No comprendes que con las medidas que hemos tomado es preciso que Snetkov se presente? Si Snetkov renunciara a presentarse, el partido viejo podría escoger otro candidato y desbaratar nuestros propósitos. Si el distrito de Sviajsky es el único que se abstiene de pedir que se presente, habrá empate y entonces nosotros lo aprovecharemos para proponer un candidato de los nuestros.

Levin no comprendió bien lo que le explicaba su cuñado y quiso pedir algunas aclaraciones.

Pero en aquel momento se dirigieron todos a la sala grande.

—¿Qué? ¿Qué pasa? ¿A quién? ¿Una autorización? ¿A quién? ¿Qué? ¿Qué la deniegan? No la conceden. No admiten a Flerov ¿Y qué pasa por que le hayan procesado? Así nadie tendrá derecho. ¡Es una vileza! ¡No, es la ley! –oyó Levin gritar por todas partes y, junto con todos, que se apresuraban no sabía hacia dónde, y que al parecer tenían que oír algo y no sabía qué, se dirigió al gran salón, y, casi llevado en vilo por los otros nobles, se acercó a la mesa de las elecciones provinciales, junto a la cual discutían el Presidente de los nobles, Sviajsky y otros cabecillas.

CAPÍTULO XXVIII

Levin se hallaba bastante lejos de la mesa electoral. Un noble, que estaba a su lado y respiraba fatigosamente, y otro, que metía gran ruido con sus zapatos, le impedían oír lo que se decía.

De lejos le llegaba la voz suave del Presidente. Luego oyó la voz agria del señor batallador y también la de Sviajsky.

Fue cuanto Levin pudo comprender que estaban discutiendo sobre el espíritu de un artículo de la ley y sobre la significación que había de darse a las palabras «hacer objeto de una encuesta».

La gente dejó pasar a Serguéi Ivanovich, que se dirigía a la mesa.

Este, después de haber escuchado el discurso del señor batallador, dijo que lo mejor era consultar el artículo de la ley y pidió al secretario que lo buscase.

Serguéi Ivanovich lo leyó y se puso a explicar su significación, pero entonces le interrumpió un propietario de tierras alto, grueso, encorvado, con los bigotes teñidos, vestido con un uniforme estrecho que le levantaba el cuello por detrás. Este se acercó a la mesa y, dando un golpe sobre ella con su sortija, gritó:

—¡A votar! ¡Enseguida a votar! No hay por qué hablar más.

De pronto, se levantaron varias voces a la vez.

El noble alto, el de la sortija, gritaba más que ninguno, poniéndose más y más irritado. Era imposible en aquel guirigay apreciar lo que unos y otros decían. Aquel señor opinaba lo mismo que Serguéi Ivanovich, pero, por lo que se veía, odiaba a este y su partido y este sentimiento se lo comunicó a los de su bando y despertó en ellos una resistencia muy tenaz, aunque de carácter menos agresivo. Hablaban a gritos, con gran irritación, y por un momento se produjo un terrible alboroto, que obligó al Presidente provincial a gritar también, reclamando orden.

—¡A votar! ¡A votar! El que sea noble lo comprenderá. Nosotros vertimos nuestra sangre... La confianza del Monarca... ¡No hay que escuchar al Presidente!... No puede mandarnos... No se trata de eso. ¡A votar enseguida! ¡Qué asco!... –decían gritos irascibles que sonaban por todas partes.

Las miradas y los rostros estaban aún más irritados e inflamados que las palabras y expresaban un odio irreconciliable.

Levin seguía sin comprender de qué se trataba y le pareció imposible que se pusiera tanta pasión en discutir si se debía o no votar la opinión referente a Flerov.

Como después le explicó Serguéi Ivanovich, Levin había olvidado aquel silogismo según el cual, para el bien general, era preciso que se destituyera al Presidente; para destituir al Presidente, necesitaban la mayoría de votos; para tener mayoría de votos, debían dar el derecho de votar a Flerov; y por otorgar o no a Flerov este derecho a votar se había discutido el artículo de la ley.

—Un voto puede decidirlo todo y, cuando se quiere ser útil a la causa común –dijo Serguéi Ivanovich–, hay que ser serio y consecuente.

Pero Levin había olvidado la explicación y estaba apesadumbrado de ver en tal estado de irritación a aquellos hombres, todos simpáticos, buenos y todos respetables. Y para librarse de aquel sentimiento, salió de la sala sin esperar el final y se dirigió a otra, donde no había más que los camareros cerca de los mostradores.

Al ver a los criados que, con rostros tranquilos y animados, se ocupaban en secar y disponer la vajilla, experimentó un sentimiento de alivio, como si hubiera dejado una habitación de olor sofocante y pestilente para pasar al aire puro.

Levin se puso a pasear por la sala, mirando a todos ellos con placer.

Le divirtió el ver a un criado, de patillas canosas, que, para mostrar desdén a otros que se mofaban de él, les enseñaba de qué forma habían de plegar las servilletas.

Estaba a punto de entablar conversación con el viejo lacayo, cuando el secretario del tutelaje de la Nobleza –un viejecillo que poseía la facultad de conocer completos los nombres de todos los nobles de la provincia– le distrajo de aquella idea.

—Haga el favor de venir Konstantín Dmitrievich –le dijo–. Le está buscando su hermano. Se vota la opinión...

Levin entró otra vez en la sala, recibió una bolita blanca y, siguiendo a su hermano, se acercó a la mesa, cerca de la cual, con rostro significativo, irónico, pasándose continuamente la mano derecha por la barba y oliéndola luego, estaba Sviajsky.

Serguéi Ivanovich puso la mano en el cajón y metió su bolita procurando ocultar dónde lo hacía. Hecho esto, dejó paso a Levin, quedándose allí mismo.

—¿Dónde la he de meter?

Lo dijo en voz baja, mientras que a su lado estaban hablando y esperaba que su pregunta no fuera oída por los demás, pero los que hablaban callaron de súbito y su pregunta, tan inconveniente, fue oída por los que estaban allí.

Serguéi Ivanovich frunció las cejas y le contestó muy serio y secamente:

—Allí donde le dicten sus convicciones.

Algunos sonrieron. Levin se sonrojó y, precipitadamente, metió una mano bajo el paño (la derecha, que eran donde tenía la bolita). Luego recordó que debía meter también la otra mano (la izquierda) y la metió. Pero ya era tarde y, aún más confuso, se alejó, con precipitación, hasta las filas de atrás.

—Ciento veintiséis votos a favor y noventa y ocho en contra –se oyó decir al secretario que no pronunciaba nunca la erre.

En aquel momento estalló una carcajada general: en el cajón se había encontrado un botón y dos nueces.

Estaba otorgado a Flerov el permiso para votar. El partido nuevo había ganado la lucha.

Pero el viejo no se daba por vencido. Levin oyó que pedían a Snetkov que presentara la candidatura. Vio cómo los nobles le rodeaban y vio cómo él hablaba con los nobles sin entender lo que decían.

Snetkov les estaba diciendo, en efecto, que les agradecía mucho la confianza y el cariño que le mostraban y que él creía inmerecido, pues todo lo que había hecho era por afecto a la Nobleza, a la cual había consagrado doce años de trabajo. Repitió varias veces estas palabras: «He trabajado con todas mis fuerzas, con todo mi corazón, y les aprecio y les estoy agradecido». Y, de repente, se detuvo porque las lágrimas le sofocaban y salió de la sala.

Aquellas lágrimas provocadas por la conciencia de la injusticia que con él se cometía, por su amor a la Nobleza, o bien por la tirantez de la situación en la cual se encontraba, sintiéndose rodeado de enemigos, conmovieron a la mayoría de los nobles, y también Levin experimentó hacia Snetkov un sentimiento de afecto y simpatía.

Al salir, el Presidente provincial tropezó con Levin a la puerta.

—Perdón, perdón –le dijo como a un desconocido. Pero, al reconocerle, le sonrió tímidamente.

A Levin le pareció que había querido decirle algo, pero no había podido por la emoción que experimentaba. La expresión de su rostro, toda su figura –vestía de uniforme, con medallas y pasamanería y con pantalones blancos–, le recordaron a Levin el animal perseguido que ve crecer el peligro en torno a él. Esta expresión del rostro del Presidente era más conmovedora para él porque no más lejos que el día anterior había ido a casa de Snetkov para el asunto del tutelaje y lo había visto con toda su dignidad de hombre honrado, rodeado de toda su familia. Habitaba una casa espaciosa, con muebles antiguos de familia y los lacayos, algo sucios, pero muy correctos, eran antiguos siervos que, aunque liberados, no habían cambiado de señor. Levin vio cómo Snetkov acariciaba dulcemente, con gran cariño, a su nietecita, una niña muy hermosa, hija de su hija. Recordó a la esposa del Presidente, una señora gruesa, bondadosa, que llevaba una cofia con puntillas y se abrigaba con un chal turco. Recordó al hijo, un excelente muchacho, estudiante del sexto curso, el cual al volver del colegio, saludó a su padre besándole la mano con respeto y cariño, y las frases afectuosas de aliento que el anciano le dirigió y sus ademanes, que habían despertado en Levin un vivo sentimiento de simpatía hacia Setkov. Ahora, conmovido por aquellos recuerdos, buscaba decir algo agradable al anciano.

—Así que será usted de nuevo nuestro Presidente –le dijo para animarle.

—Lo dudo –contestó Snetkov mirando de reojo alrededor suyo–. Estoy cansado… Ya soy viejo… Hay gente más digna y joven que yo… Que trabajen ellos.

Y el Presidente desapareció por la puerta de al lado.

Llegó el momento más solemne. Iba a empezar la votación. Los cabecillas de uno y otro bando contaban las bolas blancas y negras con los dedos.

Las discusiones por causa de Flerov no solo dieron al nuevo partido la ventaja del voto de este, sino que, además, les permitió ganar tiempo y hacer venir a otros tres nobles más, los cuales, por los manejos de los del partido viejo, no habían asistido a la anterior votación. Para ello, los de este partido, habían emborrachado a dos de aquellos nobles, que tenían debilidad por el vino, y al tercero le habían quitado el uniforme. Pero los del nuevo partido, al enterarse de esto, tuvieron tiempo durante las discusiones respecto a Flerov, para mandar vestir al noble dejado sin uniforme, recoger a los que se habían emborrachado y llevarlos a la votación.

—He traído a uno. Le he echado un cubo de agua encima y parece que podrá pasar –dijo el noble al que habían enviado a buscar al borracho, ex plicando el caso a Sviajsky.

—¿No está demasiado ebrio? ¿No se caerá? –preguntó Sviajsky meneando la cabeza.

—No. Está bastante bien. Solo temo que aquí puedan darle más de beber. Ya he dado orden en la cantina de que de ningún modo le sirvan más bebida.

Capítulo XXIX

La estrecha sala en la cual se bebía y tomaban bocadillos estaba llena de nobles. La agitación iba constantemente en aumento y en todos los rostros se leía la inquietud.

Los más animados eran, sin embargo, los cabecillas, que sabían todos los detalles y el número de bolas. Eran los dirigentes del combate en perspectiva. Los demás, como los soldados, se preparaban para la batalla, pero en tanto que comenzaba esta buscaban pasar el rato divirtiéndose. Unos tomaban algo de pie o sentados a una de las mesitas y otros se paseaban por la sala o charlaban con sus amigos a quienes hacía tiempo que no habían visto.

Levin no tenía ganas de comer y no era fumador. No quería juntarse con los suyos, es decir, con Serguéi Ivanovich, Stepán Arkadievich, Sviajsky y otros, que mantenían animada conversación, porque con ellos estaba Vronsky, vestido con su uniforme de caballerizo del Emperador. Ya el día antes Levin le había visto en las elecciones y había evitado su encuentro, no queriendo saludarle.

Ahora se acercó a la ventana y se sentó observando a los grupos y escuchando lo que se decía a su alrededor. Le entristecía el ver que todos hablaban animados, preocupados e interesados, y únicamente él y un viejecito de boca sin dientes, con uniforme de la Marina, sentado a su lado, solitario, moviendo con un tic nervioso sus labios, estaban indiferentes, inactivos.

—¡Es un canalla!... Le voy a contar... Pero no. ¿Es decir que en tres años no ha podido reunir el dinero? –decía un propietario de tierras, bajito, encorvado, de cabellos alisados con pomada y que le caían sobre el cuello bordado del uniforme. Y al mismo tiempo daba golpes en el suelo con los tacones de sus botas nuevas, seguramente compradas para las elecciones.

Y, después de lanzar una mirada de fuego a Levin dio media vuelta rápidamente y se alejó.

—Sí, es un asunto poco limpio –exclamó con voz débil un pequeño propietario de tierras.

Luego, un grupo de terratenientes, rodeando a un grueso general, se aproximó rápidamente hacia Levin en busca, evidentemente, de un sitio donde poder hablar sin ser oídos.

—¿Cómo se atreve a decir que ordené que le robasen los pantalones? Presumo que debió de venderlos para beber. Y quiero escupirle por muy príncipe que sea. ¡No tiene derecho a decirlo! ¡Es una porquería!

—Pero, y perdone, ellos se basan en el artículo de la ley. Su mujer debe ser inscrita como noble –hablaban en otro grupo.

—¡Al diablo con el artículo de la ley! Lo digo con el corazón en la mano... Para eso hay nobles... Hay que tener confianza.

—Excelencia, vamos a tomar un *fine champagne*.

Otro grupo iba tras uno de los nobles a quienes habían emborrachado, que pasaba gritando.

—Y yo le aconsejé siempre a Marie Semenovna que lo arrendase, porque ella no podría obtener nunca ganancias –decía, con voz agradable, un propietario de tierras, de bigotes canosos, con uniforme de coronel de Estado Mayor.

A aquel propietario Levin le había visto ya otra vez en casa de Sviajsky y enseguida le reconoció. El noble le miró también y se saludaron afectuosamente.

—Mucho gusto. Le recuerdo muy bien, ¿cómo no? Nos vimos el año pasado en casa del Presidente.

—¿Y cómo van las cosas de su propiedad? –preguntó Levin.

—Como siempre, perdiendo –contestó el hombre poniéndose a su lado y con la sonrisa sumisa y la expresión tranquila y resignada del que está convencido de que las cosas no pueden ir de otra manera–. Y usted, ¿cómo es que está en nuestra provincia? ¿Ha venido a tomar parte en nuestro pequeño *coup d'État*? –preguntó a su vez, pronunciando mal pero con seguridad las palabras francesas.

—Aquí ha venido toda Rusia. Hasta gentiles hombres y casi ministros –siguió el propietario, indicando la figura representativa de Stepán Arkadievich, que, con uniforme de gentilhombre, en pantalones blancos, se paseaba con un general.

—Debo confesarle que comprendo muy poco la importancia de las elecciones de la Nobleza –dijo Levin.

El propietario de tierras le miró.

—¿Y qué tiene que comprender? No tiene ninguna importancia. Es una institución en decadencia, que sigue su movimiento por la fuerza de la inercia. Mire usted los uniformes. Parecen decir: «Es una reunión de jueces, de miembros de comisiones, pero no de nobles».

—¿Y por qué, entonces, viene usted? –preguntó Levin.

—Por la fuerza de la costumbre. Luego, que hay que sostener las relaciones. Es una obligación moral en cierto sentido. Y además, a decir verdad, tengo mi interés: mi yerno quiere presentar su candidatura para los miembros obligatorios de la Comisión. No es rico y quiero ayudarle a pasar. Y estos señores, ¿para qué vienen? –dijo indicando al señor batallador que hablaba ante la mesa electoral.

—Es la nueva generación de la nobleza.

—Que es nueva, conformes… pero no es nobleza. Son propietarios de tierras por haberlas comprado y nosotros lo somos por haberlas heredado… ¿Pueden ser considerados como gentiles hombres los que atacan de este modo a la nobleza?

—Pero usted dice que es una institución caduca...

—Caduca o acabada. Pero, sea como sea, hay que tratarla con más respeto. Tenemos el caso de Snetkov... Somos buenos o malos, pero hace miles de años que existimos. ¿Sabe usted? Por ejemplo, nosotros queremos delante de la casa un jardincillo y debemos alisar para ello la tierra y allí tenemos un árbol centenario... Es un árbol todo torcido, viejo, pero por plantar florecillas y hacer un jardín no va usted a cortar el viejo árbol; dispondrá usted la tierra en forma que le permita aprovecharlo. En un año no es posible hacer crecer un árbol igual –dijo el propietario. Y enseguida cambió de tema.

—¿Y cómo van las cosas de su propiedad?

—No van bien. Me producen ¡un cinco por ciento!

—Pero usted no cuenta su trabajo, que también vale algo. Le diré de mí mismo que antes de ocuparme de la propiedad trabajaba y ganaba tres mil rublos. Ahora trabajo más que cuando estaba en el servicio, y, como usted, gano el cinco por ciento y ¡gracias a Dios! Y mi trabajo lo doy de balde.

—Entonces, ¿para qué lo hace? Si es solo para perder.

—¿Qué quiere que haga? Es costumbre y sé que debo obrar así... le diré más –continuó el propietario apoyado en la ventana y animado ya–. Mi hijo no tiene inclinación alguna al cultivo de las tierras. Seguramente será un sabio. Entonces no habrá quien lo continúe. Y, de todos modos, sigo trabajando. Ahora he plantado un jardín.

—Sí, sí –repuso Levin–. Es la pura verdad. Siempre digo que no hay verdadera ganancia y sigo cultivando mi hacienda. Siente uno cierta obligación respecto a las tierras.

—Y más le contaré –siguió el propietario–. Un día vino a visitarme un vecino, comerciante. Dimos un paseíto por la propiedad, por el jardín... «No –me dijo–, Stepán Vasilievich, todo lo tiene usted en orden, pero el jardín está abandonado (y conste que yo lo cuido muy bien). Yo en su lugar –siguió diciendo el comerciante – los tilos los cortaría, naturalmente cuando hay que cortarlos: cuando tienen savia. Posee usted un millar. De cada uno saldrán dos buenas cestas y hoy esto representa un capital... También cortaría los troncos de los tilos».

—Y con este dinero compraría vacas o tierras a bajo precio y las arrendaría a los campesinos –terminó Levin, con sonrisa que demostraba que más de una vez había hecho él cálculos semejantes–. Y con ello se haría una fortuna mientras –que usted y yo... Que Dios nos ayude solamente a guardar lo que tenemos y dejarlo así a nuestros hijos.

—He oído que se ha casado usted... –indicó el propietario.

—Sí –contestó Levin con orgullo y placer–. Es muy extraño en el actual estado de cosas, ¿no? Nosotros vivimos sin ganar y somos como las antiguas vestales, puestas solamente para guardar un fuego sagrado.

El propietario sonrió bajo sus bigotes blancos.

—Entre nosotros –siguió la conversación– está también, por ejemplo, nuestro amigo Nikolái Ivanovich Sviajsky o el conde Vronsky, que ahora vive aquí. Estos quieren organizar la agricultura en mayor escala, pero hasta ahora, aparte de poner el capital, no han obtenido otro resultado.

—¿Y por qué nosotros no hacemos como los comerciantes? ¿Por qué no cortamos los jardines para vender la madera? –preguntó Levin, volviendo al pensamiento que le había asaltado antes.

—Pues por la razón de que, como ha dicho usted muy bien, somos una especie de vestales para guardar el fuego sagrado. Vender la madera no es asunto de nobles. Y nuestra obra de noble se hace, no aquí, en las elecciones, pero sí allí, en nuestro rincón. Hay también un instinto nuestro, propio, que nos indica lo que debemos hacer y lo que no. Con los campesinos pasa lo mismo. Según vengo observando, cuando el campesino es bueno arrienda cuantas tierras puede... Puede ser mala la tierra, pero él sigue labrándola... También lo hace sin calcular que ha de perder en ella...

—Así somos nosotros –dijo Levin.

Y terminó, al ver que Sviajsky se le acercaba.

—He tenido una gran satisfacción en encontrarle.

—Nos vemos por primera vez desde que nos conocimos en su casa, y estábamos charlando como dos buenos amigos –dijo el noble a Sviajsky.

—¿Qué? ¿Han criticado las nuevas instituciones? –dijo este humorísticamente, con una sonrisa.

—Algo de eso hemos hecho.

—Nos hemos desahogado.

CAPÍTULO XXX

Sviajsky cogió por el brazo a Levin y lo llevó a su grupo. Ahora Levin ya no podía rehuir a Vronsky, el cual estaba con Stepán Arkadievich y Serguéi Ivanovich y le miraba directamente mientras se aproximaba a ellos.

—Mucho gusto. Me parece que tuve el placer de encontrarle en la casa de la princess Scherbatsky –dijo Vronsky dándole la mano.

—¡Oh, sí! Me acuerdo muy bien de nuestro encuentro –contestó Levin enrojeciendo.

Y enseguida se volvió a su hermano y se puso a hablar con él.

Con ligera sonrisa, Vronsky continuó hablando con Sviajsky, evidentemente sin ningún deseo de proseguir la conversación con Levin, pero este, mientras charlaba con su hermano, no dejaba de observar a Vronsky con propósito de decirle algo y reparar, con esto, su brusquedad.

—¿Y de qué se trata ahora? –dijo mirando a Vronsky y a Sviajsky.

—De Snetkov, de si se decide o se niega a presentar su candidatura.

—¿Y él está conforme o no?

—Es precisamente eso, que no dice que sí ni que no –repuso Vronsky.

—Y si él se niega, ¿quién presentará su candidatura?

—Quien quiera –contestó Serguéi Ivanovich.

—Solo que no seré yo –dijo Vronsky dirigiendo, confundido, una mirada irascible a un señor de aspecto irritado que estaba al lado de Serguéi Ivanovich.

—Entonces, ¿quién? ¿Neviedovsky? –preguntó Levin, sintiéndose interesado por la cuestión.

Esta pregunta le resultó aún peor ya que Neviedovsky y Sviajsky eran los dos que se disputaban la candidatura.

—Por lo que se refiere a mí –afirmó el señor irritado– de ningún modo.

Era el mismo Neviedovsky. Sviajsky se lo presentó a Levin y se saludaron cortésmente.

—¿Qué? Parece que la cosa también te entusiasma –dijo Stepán Arkadievich a Levin, guiñando al mismo tiempo el ojo a Vronsky–. Esto es una especie de carrera... Se pueden hacer apuestas.

—Sí, esto me exalta –dijo Vronsky–. Y una vez que se empieza hay ganas de ver el final. ¡La lucha! –exclamó frunciendo las cejas y apretando sus fuertes mandíbulas.

—Este Sviajsky es un hombre de un gran sentido práctico. Lo ve todo con una claridad...

—¡Oh, sí! –contestó Vronsky distraídamente.

Hubo un silencio durante el cual, por mirar algo, Vronsky dirigió su mirada a Levin, a sus pies, a su uniforme, luego a su rostro, y al ver sus ojos puestos en él, contemplándole sombríamente dijo:

—¿Y cómo es que usted que habita en su pueblo, no es su juez de paz? Pues no veo que su uniforme sea el que corresponde a este cargo.

—Porque considero que la institución de los jueces de paz es una tontería –contestó Levin, que esperaba ocasión para hablar con Vronsky y corregir la falta de cortesía que había cometido al saludarle.

—Pienso lo contrario –dijo Vronsky con tranquila sorpresa.

—Es un juguete –insistió Levin–. No necesitamos jueces de paz. Durante siete años no he tenido más que un asunto. Y el que tuve fue arreglado de la peor manera. El juez está a cuarenta verstas de mi propiedad. Se está obligado por un asunto en el que se discuten dos rublos a mandar a buscar un abogado que nos cuesta quince.

Y Levin contó como un campesino había robado harina al molinero y, cuando este se lo afeó al labriego, este presentó pleito a aquel, acusándole de difamación. Todo esto era inoportuno y ridículo y él mismo se dio cuenta apenas había terminado de contarlo.

—¡Oh, eres un hombre muy original! –le dijo Stepán Arkadievich con su sonrisa más dulce. Pero... Vamos. Parece que ya están votando.

Y los dos se separaron del grupo.

—No comprendo –dijo Serguéi Ivanovich, que había observado la brusquedad de Levin en el momento de saludar a Vronsky– no comprendo cómo se puede estar privado hasta tal punto de tacto político. Esto es lo que nosotros los rusos no tenemos. El Presidente de la Nobleza es nuestro adversario y tú estás con él, *ami cochon*(1), y le pides que presente su candidatura... Mientras que el conde Vronsky... No quiero decir que me haré amigo suyo. Me ha invitado a comer en su casa, pero está claro que no iré. Ahora bien, él es nuestro, de nuestro partido. ¿Por qué, pues, hacer de él un enemigo? Luego has preguntado a Neviedovsky si va a presentar su candidatura. Esto es improcedente.

—¡Ah! No comprendo nada... Todo esto son tonterías –contestó Levin sombrío.

—Dices que todo esto son tonterías, pero cuando empiezas a hacerlas lo confundes todo.

Levin calló y los dos juntos entraron en la sala.

No obstante sentir el ambiente un poco falso y aunque no todos se lo habían pedido, el Presidente de la Nobleza se decidió a presentar su candidatura. Toda la sala estaba en silencio y el Secretario declaró, en voz alta, que se iba a votar para la presidencia de la Nobleza al comandante de caballería de la Guardia, Mijail Stepanovich Snetkov.

---

(1) «Amigo del alma».

Los presidentes comarcales de la Nobleza, con los platitos que contenían las bolas, se pusieron en marcha, yendo desde sus mesas a la del Presidente provincial, y las elecciones comenzaron.

—Pon la bola en la mano derecha –murmuró Stepán Arkadievich a Levin cuando, siguiendo a su presidente y junto con su hermano, se acercaban a la mesa.

Pero Levin había olvidado la explicación que le dieron de la forma en que habían de actuar para ganar las elecciones; y pensó que Stepán Arkadievich quizá se habría equivocado indicándole que pusiera la bola en el mano derecha, ya que Snetkov era el enemigo. Al acercarse a la mesa, tenía la bola en la mano derecha, pero temiendo que, en efecto, Stepán Arkadievich hubiera sufrido un error, delante mismo del cajón la cambió de mano.

El perito puesto al lado de la mesa para inspeccionar la votación y que solo por el movimiento del codo conocía dónde se ponía la bola, hizo una mueca de descontento. No, no tenía necesidad de desarrollar demasiado su facultad de penetración para conocer dónde la había metido Levin.

Todos callaron y se oyó el ruido de las bolas al moverlas para contarlas.

Luego una voz proclamó el resultado, el número de bolas a favor y las que había en contra.

El Presidente resultaba elegido por gran mayoría.

Todos, con gran estruendo, tumultuosamente, se dirigieron a las puertas.

Snetkov entró y muchos nobles le rodearon felicitándole.

—Bueno, ¿ya hemos terminado? –preguntó Levin a su hermano.

—No ha hecho sino empezar –le contestó sonriendo Sviajsky en vez de Serguéi Ivanovich. El candidato para presidente puede aún obtener más bolas.

Levin se olvidó completamente de estas palabras. Solo recordó ahora que allí se decidía una cuestión muy delicada, pero no quería averiguar en qué consistía. De pronto, se sintió triste y tuvo deseos de huir de toda aquella gente. Ya que no se le prestaba atención y nadie le necesitaba, se dirigió, procurando pasar inadvertido, a la sala pequeña en que se tomaban los bocadillos. Y cuando vio a los criados, se sintió aliviado. El más anciano de ellos le ofreció algo de comer y él aceptó.

Comió croquetas con alubias y, después de charlar con el lacayo, que le habló de los señores a quienes servía, Levin, no queriendo entrar de nuevo en la sala, donde se sentía tan a disgusto, se dirigió a las tribunas con la intención de ver qué sucedía allí.

Las tribunas estaban llenas de damas muy compuestas, adornadas con ricos vestidos, las cuales se inclinaban sobre las balaustradas y, con gran interés, procuraban no perder ni una palabra de lo que se hablaba abajo, en la sala. Al lado de las señoras estaban, sentados o de pie, profesores de colegios, con sus clásicas levitas, y oficiales.

En todas partes hablaban de las elecciones, de que el Presidente estaba cansado y de la marcha de los debates.

En un grupo, Levin oyó alabar a su hermano. Una señora decía a un abogado:

—¡Qué dichosa me siento de haber oído hablar a Kosnichev! Vale la pena quedarse sin comer. ¡Es maravilloso! ¡Con qué tono habla y con qué claridad! En el Palacio de Justicia ninguno de ustedes habla como él. Solo Maindel lo hace algo bien, pero ni siquiera él llega a la elocuencia de Kosnichev.

Habiendo encontrado un sitio libre cerca de la balaustrada, Levin se inclinó y se puso a mirar y escuchar.

Todos los personajes estaban sentados, separados, según las comarcas, por pequeños tabiques.

En el centro de la sala estaba un hombre de uniforme que, con voz alta y suave, proclamaba:

—Presenta su candidatura para Presidente provincial de la Nobleza el comandante de caballería del Estado Mayor, Eugenio Ivanovich Apujtin.

Después de un rato de silencio, se oyó la voz débil de un viejo:

—Rehúsa.

—Candidatura del Consejero de la Corte, Piotr Petrovich –proclamó de nuevo el hombre que estaba en el centro.

—Rehúsa –contestó una voz joven y chillona.

Se oyó el nombre de otro candidato y de nuevo un «rehúsa».

Así pasó cerca de una hora.

Levin, apoyado en la balaustrada, estaba mirando y escuchando.

Primero, la ceremonia le sorprendió y quiso comprender lo que significaba, luego, convencido de que no podría entenderlo nunca se sintió aburrido. Y, al recordar la emoción e irritación que veía en todos los rostros, se entristeció, decidió marcharse y salió de la tribuna.

Al pasar por la puerta, vio a un colegial de aspecto abatido, con los ojos hinchados por el llanto, que paseaba arriba y abajo. En la escalera encontró a una señora que corría, calzada con zapatitos de altos tacones y seguida del ayudante del Procurador de los Tribunales.

—¡Ya la dije que no llegara usted tarde! –exclamaba el jurista mientras Levin daba paso a la señora.

Levin estaba ya en la escalera de la salida principal y sacaba el número del guardarropa cuando le alcanzó el Secretario y le instó:

—Konstantín Dmitrievich, haga el favor de venir. Ya están votando.

Se votaba al mismo Neviedovsky, que tan categóricamente había rehusado.

Levin se dirigió a la sala, que encontró cerrada. El Secretario llamó, abrieron la puerta y antes de entrar él, salieron dos propietarios de tierras con el rostro encendido, sofocado.

—Ya no puedo más –dijo uno de ellos.

Detrás de los propietarios apareció el rostro descompuesto del Presidente, que reflejaba un gran cansancio y hondo disgusto.

—Te he mandado que no dejaras salir a nadie –dijo el Presidente al ujier.

—He abierto para dejar entrar, Excelencia.

—¡Dios mío! –y con un suspiro profundo, andando penosamente, pausado y con la cabeza inclinada, el Presidente se dirigió a través de la sala a la mesa electoral. Como daban por seguro sus partidarios, Neviedovsky, habiendo obtenido mayor número de votos que su rival, fue proclamado Presidente provincial de la Nobleza. Muchos estaban animados, alegres, llenos de entusiasmo, y otros muchos se mostraban descontentos y apesadumbrados. El antiguo Presidente era presa de gran desesperación.

Cuando Neviedovsky salía de la sala, la gente le rodeó y le siguió con entusiasmo, del mismo modo como había seguido al Gobernador el primer día, al abrir las elecciones, y del mismo modo que había seguido a Snetkov cuando este, en su día, había sido elegido presidente.

CAPÍTULO XXXI

Aquel día Vronsky ofreció una comida al Presidente provincial elegido y a muchos de los adeptos del partido nuevo.

Vronsky había ido a la ciudad por las elecciones y porque se aburría en el pueblo, por mostrar a Anna su derecho a la libertad y también porque quería pagar a Sviajsky, con su ayuda, los esfuerzos que había hecho a su favor en las elecciones del zemstvo. Pero más que nada había ido por cumplir con todos sus deberes de noble y agricultor, la posición que había elegido ahora como campo de su actividad. Pero Vronsky no esperaba de ningún modo que las elecciones le hubieran interesado en tanta manera. Era un hombre completamente nuevo entre los nobles rurales, mas, a pesar de ello, alcanzaba un éxito indudable y no se equivocaban pensando que había ya adquirido una gran influencia en aquel medio.

Contribuían a ello su riqueza y distinción, su cualidad de noble de alta categoría; el espléndido departamento que en la ciudad había dejado a su disposición su antiguo conocido Schirkov, que ahora se ocupaba de asuntos financieros y había abierto en Kachin un banco que marchaba prósperamente; el estupendo cocinero que Vronsky se había traído de su finca; la amistad con el Gobernador, que era amigo íntimo suyo y además protegido de otro amigo de Vronsky; y, sobre todo, le ayudaba a ello su trato sencillo, afable e igual, que obligó a la mayoría de los nobles a modificar la opinión de soberbio en que casi todos le tenían.

Él mismo sentía que, excepto aquel señor tan raro, casado con Kitty Scherbatsky que, *à propos de bottes*[(1)] le había dicho, con desenfrenada irritación, una porción de tonterías, cada noble que él conocía se convertía enseguida en partidario y amigo suyo.

Vronsky sabía a ciencia cierta –y los demás se lo reconocían de buen grado– que Neviedvsky le debía mucho de su éxito. Y ahora, en la mesa de su casa festejando la elección de aquel, experimentaba, por su protegido, el sentimiento agradable de la victoria.

Las mismas elecciones le habían interesado de tal modo que había resuelto que si estaba casado ya cuando se celebraran las próximas, dentro de tres años presentaría su candidatura. Era como si, después de haber ganado el premio en las carreras de caballos por medio del jockey, le entrasen ganas de tomar parte en las pruebas personalmente.

Ahora, celebrando la victoria de su jockey Neviedovsky en la carrera electoral, Vronsky, presidía la mesa. A su derecha estaba sentado el joven gobernador, general del séquito del Emperador. El Gobernador era para todos los comensales el amo de la provincia, el hombre que había abierto solemnemente las elecciones pronunciando el discurso y que, como observara Vronsky, había despertado el respeto y hasta el servilismo de la mayoría. Pero para Vronsky era Maslov Kátika, apodo con el que era conocido en el Cuerpo de pajes, que ahora se sentía confuso delante de Vronsky y a quien procuraba este *mettre à son aise.*[(2)]

(1) «Yéndose por los cerros de Úbeda».

(2) «Animar».

A la izquierda, estaba sentado Neviedovsky, con su rostro joven, impasible y como lleno de hiel, a quien Vronsky trataba con naturalidad y respeto.

Sviajsky soportaba su fracaso con buen humor. Para él no era un fracaso –decía, levantando su copa y dirigiéndose a Neviedovsky–. Habría sido imposible –explicaba– encontrar un representante mejor para la nueva dirección que debía seguir la Nobleza. Y por esto estaba de todo corazón al lado del éxito de hoy y lo celebraba sinceramente.

Stepán Arkadievich también se sentía feliz de haber pasado el tiempo de una manera tan agradable y de que todos estuviesen satisfechos.

Durante la comida, que fue espléndida, se recordaron los episodios de las elecciones. Sviajsky imitó cómicamente el discurso lacrimoso del antiguo Presidente y, de paso, dijo a Neviedovsky que «Su Excelencia» tendría que elegir un modo mejor y no tan sencillo como las lágrimas para justificar la inversión de los fondos.

Otro noble, gran humorista, dijo que había hecho venir a sus lacayos calzados de medias para el baile del Presidente, ya que este tenía la costumbre de dar las fiestas así, y ahora habría de vestirlos de nuevo si el Presidente actual no daba baile con los lacayos calzando medias.

Al dirigirse a Neviedovsky, lo hacían continuamente llamándole «nuestro Presidente provincial» y «Vuestra Excelencia». Y lo decían con el mismo placer con el cual se dirigían a una señora joven llamándola *madame* o por el apellido de su marido.

Neviedovsky aparentaba que no solo le era indiferente el nombramiento, sino que hasta tenía en poco este título, pero se veía claramente que le hacía feliz su elección y que hacía esfuerzos para no demostrar un entusiasmo poco conveniente en el medio liberal en que se encontraba.

Durante la comida se enviaron algunos telegramas a la gente conocida que se interesaba por las elecciones y Stepán Arkadievich, el cual estaba muy animado y alegre, mandó uno a Darya Alejandrovna que decía así: «Neviedovsky elegido por mayoría de diecinueve bolas. Enhorabuena. Lo comunicarás». Stepán Arkadievich, muy ufano, leyó el telegrama en voz alta y dijo: «Quiero alegrarles con esta agradable noticia». Y, en efecto, Darya Alejandrovna, al recibir el telegrama, se limitó a suspirar por el rublo que habían gastado en ello y pensó que su marido lo había mandado después de una comida, ya que Stepán Arkadievich tenía la debilidad de, al final de cada banquete a que asistía, *faire jouer le télégraphe*(1).

(1) «Hacer funcionar el telégrafo».

Todo, junto con la espléndida comida, y los vinos extranjeros, resultó digno, sencillo y animado. Veinte personas, todas de las mismas ideas, gente liberal, activa, nueva y, al mismo tiempo, espiritual y honrada, habían sido las elegidas por Sviajsky para esta fiesta. Se brindó con alegría «por el nuevo Presidente» y «por el Gobernador» y «por el Director del Banco» y «por nuestro amable anfitrión».

Vronsky estaba contento, porque nunca había imaginado encontrar un ambiente tan agradable en la provincia.

Al final, la alegría se hizo aún más general.

El Gobernador pidió a Vronsky que fuera al concierto que, a beneficio de los «Hermanos Eslavos», había organizado su esposa, la cual, por su parte, deseaba conocer al Conde.

—Habrá un gran baile y verá usted a nuestras bellezas. Será algo extraordinario.

—*Not in my line*(1) –contestó Vronsky, al cual agradaba mucho esta expresión. Pero sonrió y prometió ir.

Un momento antes de levantarse de la mesa, cuando todos reposaban, fumando, el ayuda de cámara de Vronsky se acercó a este trayéndole una carta sobre una bandeja.

—Acaba de llegar de Vozdvijenskoe con un enviado especial –dijo con expresión significativa.

—Es sorprendente cómo se parece a Sventizky, el vicepresidente de los Tribunales –dijo en francés uno de los invitados refiriéndose al ayuda de cámara, mientras Vronsky leía la carta. A medida que leía su rostro se iba ensombreciendo.

La carta era de Anna.

Aun antes de haberla leído, Vronsky conocía su contenido. Suponiendo que las elecciones iban a terminar en cinco días, él había prometido a Anna volver a su casa el viernes. Era sábado y Vronsky sabía que la carta estaría llena de reproches por no haber vuelto en el día indicado. Sin duda la nota que él había enviado explicando el retraso no habría llegado aún a su poder.

El contenido de la carta era, efectivamente, el que Vronsky había imaginado. Pero, además, le decía algo inesperado y doloroso: Annie estaba muy enferma. «El doctor dice que puede tratarse de una pulmonía. Sola, yo pierdo la cabeza. La princesa Bárbara no es una ayuda, sino un estorbo. Te he esperado anteayer y ayer, y ahora mando esta para saber dónde estás

(1) «No termina de gustarme».

y qué haces. Quise ir yo misma, pero cambié de idea pensando que acaso te desagradara. Dime algo para saber qué debo hacer».

«La niña enferma y Anna queriendo venir. ¡La hija está enferma y ella emplea aún este tono hostil!», pensó Vronsky.

El contraste entre la alegría inocente de las elecciones y el recuerdo de aquel amor sombrío, agobiador, al cual debía volver, hundió a Vronsky en una gran confusión.

Pero debía volver y aquella misma noche, en el primer tren, regresó a su casa.

CAPÍTULO XXXII

Antes del viaje de Vronsky para asistir a las elecciones, Anna había reflexionado en que las escenas que se repetían con ocasión de cada viaje que él hacía, en vez de estrechar los lazos que les unían, podían debilitarlos aún más y decidió hacer todo el esfuerzo posible sobre sí misma para soportar tranquila la separación.

Pero el tono frío y severo que empleó Vronsky aquella vez para anunciarle su viaje y la mirada que le dirigió la ofendieron y, ya antes de su partida, Anna había perdido la tranquilidad.

Luego, al quedarse sola, recordando y analizando aquel tono y aquella mirada, que expresaban el deseo de Vronsky de hacer uso de su derecho a la libertad, Anna llegó a la misma conclusión de siempre: a la conciencia de su humillación.

«Tiene, claro está, perfecto derecho a marcharse adonde y cuando quiera. Y, no solo a marcharse, sino, también, a dejarme sola. Él tiene todos los derechos y yo ninguno. Pero, sabiéndolo, no debía hacerlo... De todos modos, ¿que ha hecho? Me miró con expresión fría y severa. Esto, naturalmente, es una cosa indefinida, impalpable, pero antes esto no ocurría y esta mirada suya significa mucho», pensaba. «Esa mirada dice bien claramente que empieza enfriarse su pasión». No obstante, a pesar de estar convencida de que Vronsky comenzaba a perderle cariño, no veía cómo podría ella cambiar, modificar su actitud con él, hacer que esta fuera igual que antes cuando, con solo su amor y sus atractivos, ella le sabía retener.

Y, como antes, trabajando de día y tomando morfina por la noche, conseguía Anna ahogar sus terribles pensamientos sobre la situación en que quedaría si Vronsky dejara de amarla.

«Es verdad –pensó– que queda todavía un remedio para retenerle». Anna fuera de su amor no deseaba nada. Este remedio era el divorcio y su casamiento y Anna empezó a desearlo y se decidió a consentir en la primera ocasión en que Vronsky o su hermano le hablaran de ello.

Con tales pensamientos pasó cinco días, que fueron los que había de durar la ausencia de él.

Los paseos, las conversaciones con la princesa Bárbara, las visitas al hospital y, principalmente, la lectura –un libro tras otro– ocuparon todo su tiempo.

Pero al sexto día, cuando llegó el cochero sin él, Anna sintió que no podía ya ahogar más su pena y su inquietud por lo que Vronsky pudiera estar haciendo allí. En este tiempo enfermó su hija. Anna quiso atenderla y tampoco en esto halló distracción, porque la enfermedad de la niña no era de cuidado. Además, a pesar de sus esfuerzos, no llegaba a querer a la niña y el amor no podía ni sabía fingirlo.

Al anochecer de aquel día, al encontrarse sola, el terror de que él la abandonase se hizo en Anna tan vivo que casi se decidió a ir a la ciudad ella misma, pero, después de pensarlo mucho, se limitó a escribir aquella carta contradictoria que Vronsky había recibido y que, sin releerla, le fue mandada por un mensajero.

A la mañana siguiente, al recibir la contestación, Anna se arrepintió de haberlo hecho.

Pensaba ahora con terror en la posibilidad de que Vronsky volviese a dirigirle la mirada severa del día de la partida, sobre todo al enterarse de que el estado de la niña no inspiraba ningún cuidado.

Sin embargo, a pesar de todo, estaba contenta por haberle escrito. Él se sentía molesto, renunciaría de mala gana a su libertad para volver a su lado, pero, al fin y al cabo, volvería, que es lo que Anna ansiaba con toda el alma, porque de este modo lo tendría con ella, le vería, podría seguir cada uno de sus movimientos…

Estaba sentada en el salón y, a la luz de la lámpara, leía un nuevo libro de Taine, con el oído atento a los ruidos del exterior, donde soplaba un fuerte viento, esperando a cada punto la llegada del coche. Repetidas veces le había parecido oír el ruido de las ruedas, pero era siempre un engaño; hasta que, al fin, no solo oyó el ruido de las ruedas, sino también las exclamaciones del cochero y el traqueteo del carruaje, que se detuvo en la entrada cubierta delante de la casa. Hasta la princesa Bárbara, que disponía su solitario, lo afirmó.

Anna, con el rostro encendido por la emoción, se levantó para dirigirse a su encuentro, como otras veces cuando regresaba Vronsky de viaje, pero, antes de llegar a la puerta, se detuvo y permaneció en la misma habitación.

De repente se sintió avergonzada de su engaño y, más que nada, temerosa, pensando en qué forma le recibiría. Todos sus temores se le habían desvanecido y ya no temía sino el descontento de Vronsky. Recordó que la hija llevaba ya dos días completamente bien y hasta se sintió irritada contra ella de que se hubiera restablecido precisamente cuando había mandado la carta anunciando que se hallaba gravemente enferma.

Al recordar, sin embargo, que él estaba allí, él, con sus brazos, con sus ojos, se olvidó de todo y al oír su voz corrió a su encuentro alegre, inundada de felicidad.

—¿Y Annie? ¿Cómo está? –le preguntó Vronsky, desde abajo, con temor, viendo a Anna que bajaba corriendo las escaleras a su encuentro.

Él estaba sentado en una silla mientras el lacayo le sacaba sus botas forradas.

—Está mejor.

—¿Y tú? –le preguntó él, sacudiéndose el traje.

Anna, con ambas manos, tomó una de las de Vronsky, la pasó por su espalda para que el brazo de él le rodeara el talle y, estrechados así, le miró fijamente, embelesada.

—Bueno, estoy contento –le dijo Vronsky, examinando fríamente su peinado, el vestido, sus adornos, que sabía que se había puesto para él.

Aquellas atenciones le placían, pero, ¡lo había visto todo tantas veces!

Y la expresión severa, como de piedra, aquella expresión que Anna temía tanto, se fijó en el rostro de Vronsky.

—Estoy contento –repitió–. ¿Y tú estás bien? –le preguntó y, después de secarse con el pañuelo su barba mojada, le besó la mano.

«Es igual –pensaba Ana–, lo que yo quería era que estuviera él aquí, porque cuando está aquí no se atreve, no puede no amarme».

El resto de la velada transcurrió animado y alegre, con la presencia también de Bárbara, la cual se lamentó de que, en ausencia de él, Anna tomara morfina.

—¿Qué queréis que haga? No podía dormir. Me estorbaban los pensamientos. Cuando él está aquí, no la tomo nunca... Casi nunca...

Vronsky contó los diversos episodios de las elecciones y, con sus preguntas, Anna supo llevarle a lo que más le gustaba: a hablar de sus éxitos.

Ella le refirió, por su parte, cuanto de interesante había sucedido en la casa y sus noticias fueron todas felices y alegres.

Pero cuando, ya tarde, los dos quedaron solos, al ver que de nuevo le tenía a su lado, Anna quiso borrar la mala impresión de su carta y le preguntó:

—Confiesa que el recibir mi carta te fue desagradable. ¿Me has creído o no?

Apenas lo hubo dicho, comprendió que por grande que fuese su cariño, Vronsky no se lo perdonaba.

—Sí, la carta era muy extraña. Me decías que Annie estaba grave y que querías venir tú en persona...

—Las dos cosas eran verdad.

—No lo dudo.

—No, sí lo dudas... Veo que estás descontento.

—En modo alguno. Lo que me contraría es que no quieras comprender que uno tiene obligaciones...

—¿Es obligación ir al concierto?

—Bueno, no hablemos más de esto...

—¿Y por qué no hablar? –insistió Anna,

—Solo quiero decir que se presentarán deberes imperiosos... Ahora mismo, muy pronto, tendré que ir a Moscú por los asuntos de la casa... Anna, ¿por qué te irritas? ¿No sabes que no puedo vivir sin ti?

—Si es así... –dijo Anna, cambiando súbitamente de tono–. Si vienes aquí, estás un día y luego te marchas de nuevo, si estás cansado de esta vida...

—Anna, eres cruel. Ya sabes que estoy dispuesto a sacrificarlo todo, hasta mi vida...

Pero ella no le escuchaba.

—Si vas a Moscú, iré yo también. No quiero quedarme aquí. Debemos separarnos definitivamente, o vivir juntos.

—Tú sabes que ése es mi único deseo. Pero para esto...

—¿Hay que obtener el divorcio? Voy a escribir enseguida a mi marido. Veo que no puedo vivir así... Pero iré contigo a Moscú.

—Parece que me amenazas... Pues bien, mi más ardiente deseo es separarme de ti –dijo Vronsky sonriendo.

Pero en sus ojos, al pronunciar aquellas dulces palabras, brillaba no solo una mirada fría, sino irritada, la mirada de un hombre exasperado por aquella obstinación. Anna vio su mirada y comprendió hasta el fondo su significado: «¡Qué desgracia!», leyó en los ojos de Vronsky

Fue una impresión que duró un instante, pero Anna no la olvidó nunca más.

Anna escribió la carta a su marido pidiéndole que accediera al divorcio.

Y a finales de noviembre, separándose de la princesa Bárbara, la cual debía ir a San Petersburgo, marchó con Vronsky a Moscú, donde esperaban día tras día la contestación de Alexey Alexandrovich y, después del divorcio, se instalaron juntos como marido y mujer.

SÉPTIMA PARTE

CAPÍTULO I

Más de dos meses llevaban los Levin viviendo en Moscú, y el término fijado por los entendidos para el parto de Kitty había pasado ya, sin que nada hiciera prever que el alumbramiento hubiera de producirse en un término inmediato. El médico y la comadrona y Dolly y su madre y, sobre todo, el mismo Levin, que no podían pensar sin terror en aquel acontecimiento, empezaban ya a sentirse impacientes e inquietos. Únicamente Kitty se sentía completamente tranquila y feliz.

Distintamente sentía ahora nacer en sí un gran afecto, un gran amor para el niño que había de venir, y, también, un gran orgullo de sí misma; y se complacía en estos nuevos sentimientos. Su niño, a la sazón, era, no solo una parte de ella, sino que a veces vivía ya por sí mismo, independiente de la madre. En estas ocasiones, con el rebullir del nuevo ser, solía experimentar fuertes dolores, pero al mismo tiempo gozaba con nueva e intensa alegría.

Todos aquellos a quienes amaba estaban a su lado y todos eran buenos con ella, la cuidaban con tan tiernas solicitudes y se lo hacían todo tan agradable, que de no saber que todo debía terminar muy pronto, Kitty no habría deseado vida mejor y más agradable. Solo una cosa le enturbiaba el encanto de aquella vida: que su marido no fuese como ella le quería, que hubiese cambiado tanto.

A Kitty le agradaba el tono tranquilo, cariñoso y acogedor con que se mostraba siempre en la finca. En la ciudad, en cambio, parecía estar siempre inquieto y preocupado, temiendo que alguien pudiera ofenderle o –y esto era lo principal– ofenderla a ella.

Allí, en el campo, sintiéndose en su lugar, jamás se precipitaba y no se le veía nunca preocupado. En cambio, aquí andaba siempre apresurado, como temiendo no tener nunca tiempo de hacer lo que llevara entre manos, aunque casi nunca tuviera nada que hacer.

A Kitty le parecía casi un extraño y la transformación que se había operado en su marido despertaba en ella un sentimiento de piedad.

Nadie sino ella experimentaba, sin embargo, este sentimiento, pues no había nada en la persona de él que excitara la compasión, y cada vez que en sociedad había querido Kitty conocer la impresión que producía Levin en los demás, pudo ver, casi con un sentimiento de celos, que no solo no producía lástima, sino que, por su honradez, por su tímida cortesía, algo anticuada, con las mujeres, su recia figura y su rostro expresivo, se atraía la simpatía general.

No obstante, como había adquirido el hábito de leer en su alma, estaba convencida de que el Levin que veía ante ella no era el verdadero Levin.

A veces, en su interior, Kitty le reprochaba el no saber adaptarse a la vida de la ciudad, pero, también, a veces, se confesaba a sí misma que le sería muy difícil ordenar su vida en la ciudad de tal forma que la satisficiera a ella.

En realidad, ¿qué podía hacer? No le gustaba jugar a las cartas. No iba a ningún círculo. ¿Tener amistad con los hombres alegres, ser una especie de Oblonsky? Kitty sabía ahora que aquello significaba beber y luego, una vez bebidos, ir Dios sabía adónde. Y ella nunca había podido pensar sin horror en los lugares a donde debían ir los hombres en tales ocasiones. Tampoco el «gran mundo» le atraía. Para atraerle habría debido frecuentar el trato de mujeres jóvenes y bellas, cosa que a Kitty no podía en modo alguno gustarle. ¿Quedarse en casa con ella, con su madre y sus hermanas? Pero por muy agradables y divertidas que fueran para ella estas conversaciones de Alin y Nadin, como llamaba el viejo Príncipe a tales charlas entre hermanos, Kitty sabía que a su esposo le habían de aburrir. ¿Qué debía, pues, hacer? Al principio iba a la biblioteca para tomar apuntes y anotaciones, pero, como él confesaba, cuanto menos hacía, tanto menos tiempo tenía libre, y además, se quejaba de que, habiendo hablado de su libro demasiado, ahora tenía una gran confusión de pensamientos y hasta había perdido para él todo interés.

Esta vida en Moscú tenía, sin embargo, una ventaja: aquí no se suscitaba entre ellos ninguna discusión.

Ya fuese por las condiciones especiales de la vida de la ciudad o porque, tanto él como ella, se hubiesen hecho más prudentes y razonables a este respecto, el caso era que su temor de que en Moscú se renovasen las escenas de celos había resultado completamente injustificado.

En este aspecto se había producido un hecho muy importante para los dos: el encuentro de Kitty con Vronsky.

La vieja princesa Marie Borisovna, madrina de Kitty, que quería mucho a su ahijada, hizo presentes sus deseos de verla. Kitty que, por su estado, no salía a ninguna parte, fue, sin embargo, acompañada por su padre, a ver a la honorable anciana y encontró a Vronsky en su casa.

De lo ocurrido en este encuentro, Kitty no pudo reprocharse a sí misma sino que, cuando reconoció los rasgos tan familiares de Vronsky en su traje de paisano, se le cortó la respiración, le afluyó al corazón toda la sangre y sintió el rostro encendido de rubor. Pero esto duró solo algunos segundos. Todavía su padre, que intencionadamente se había puesto a hablar con Vronsky en voz alta, no había terminado de saludarle, cuando Kitty estaba ya completamente repuesta de su emoción y dispuesta a mirar a Vronsky y hasta a hablarle, si era preciso, del mismo modo que hablaría con la princesa Marie Borisovna, a hacerlo de forma –y esto era lo principal– que todo, hasta la entonación y la más leve sonrisa pudieran ser aprobadas por su marido, la presencia invisible del cual parecíale presentir en todos los momentos de aquella escena.

Cruzó, pues, algunas palabras con su antiguo amado y sonrió tranquila cuando bromeó sobre la asamblea de Kachin, llamándola «nuestro Parlamento» (era preciso sonreír para mostrar que había comprendido la broma). Enseguida se volvió hacia Marie Borisovna y no miró ya a Vronsky ni una vez más hasta que él se levantó para despedirse, porque no hacerlo entonces habría sido evidentemente una falta de consideración.

Kitty estaba agradecida a su padre por no haberle dicho nada acerca de su encuentro con Vronsky. Durante el paseo que según costumbre dieron juntos y por la particular dulzura con que la trató, Kitty comprendió que su padre estaba satisfecho de ella. También ella misma estaba satisfecha de sí. Nunca se había creído capaz de poder manifestar ante su antiguo amado la firmeza y tranquilidad que manifestó, de poder dominar los sentimientos que en presencia de él había sentido despertar en su alma.

Levin se sonrojó mucho más que ella cuando le dijo que había encontrado a Vronsky en la casa de Marie Borisovna.

Le fue difícil decírselo y aún más contarle los detalles de aquel encuentro, porque él nada le preguntó y solo la miraba con las cejas fruncidas.

—Siento mucho que no hayas estado presente –dijo Kitty–. No en la misma habitación, porque con tu presencia no habría podido obrar tan naturalmente. Ahora mismo me ruborizo más, mucho más, que entonces –decía, conmovida hasta el punto de saltársele las lágrimas–. Lo que siento es que no pudieras verlo desde un lugar oculto...

Los ojos, que le miraban tan francamente, dijeron a Levin que Kitty estaba contenta de sí misma y a pesar de que allí, ahora, se ruborizaba, él se sintió tranquilo y empezó a dirigirle preguntas, que era precisamente lo que ella quería.

Cuando lo supo todo, hasta aquel detalle de que, en el primer momento, Kitty no había podido dominar su emoción, pero que luego se había sentido tan tranquila como si se encontrara ante cualquier hombre, Levin se calmó totalmente y dijo que a partir de entonces no se conduciría ya con Vronsky tan estúpidamente como lo había hecho en su primer encuentro en las elecciones, sino que, incluso, pensaba buscarle y mostrarse con él lo más amable posible.

—¡Es un sentimiento penoso el de huir, el de encontrarse con un hombre y tener que considerarle casi un enemigo! –dijo Levin–. Me siento dichoso, muy dichoso.

Capítulo II

—Por favor, haz una visita, aunque solo sea de paso, a los Bolh –dijo Kitty a su marido cuando este, a las once de la mañana, entró en su habitación para despedirse al salir de casa–. Sé que comes en el casino, que papá te ha inscrito de nuevo. ¿Y por la mañana qué vas a hacer?

—Solo voy a ver a Katavasov –contestó Levin.

—¿Y por qué sales tan temprano?

—Katavasov me prometió presentarme a Metrov. Quiero hablarle de mi obra. Es un sabio muy conocido en San Petersburgo –explicó Levin.

—¡Ah! ¿Es el autor del artículo que has alabado tanto? –inquirió Kitty.

—Además, quizá vaya al Juzgado por el asunto de mi hermana.

—¿Y el concierto? –preguntó Kitty.

—¿Qué voy a hacer solo en el concierto?

—Tendrías que ir. Es una fiesta magnífica, toda a base de piezas modernas que tanto te interesan... Yo en tu lugar no dejaría de ir...

—En todo caso, antes de comer vendré aquí.

—Ponte la levita. Así podrás ir directamente a casa de la condesa de Bolh.

—¿Y es necesaria esa visita?

—Sí, es necesaria. El Conde estuvo en nuestra casa. ¿Y qué trabajo te cuesta? Vas allí, te sientas, hablas cinco minutos del tiempo, te levantas y te vas.

—¿Quieres creer que he perdido tanto esas costumbres que hasta dudo de saber comportarme debidamente? Fíjate, va a verles un hombre casi desconocido, se sienta, se queda allí sin tener ninguna necesidad. Estorba a aquella gente, se molesta él mismo y luego se marcha...

Kitty rió de buena gana.

—Pero, ¿cuando estabas soltero no hacías esas visitas? –lo dijo sonriendo aún.

—Las hacía, pero siempre experimentaba vergüenza y ahora estoy tan desacostumbrado que te juro que preferiría quedarme dos días sin comer y no hacer esta visita. ¡Siento tanta vergüenza! Me parece incluso que se van a enfadar y que dirán: «¿Y para qué vendrá este hombre sin tener necesidad de vernos?».

—No, no se enfadarán. De esto yo te respondo –dijo Kitty, mirando al rostro a su marido y sonriéndole, burlona y cariñosa.

Luego le tomó una mano y le dijo:

—Adiós. Te pido que hagas esa visita.

Ya iba a marcharse, tras haber besado la mano a su mujer, cuando ella le paró.

—Kostia. ¿Sabes que solo me quedan cincuenta rublos?

—Bien. Pasaré por el banco. ¿Cuánto quieres? –contestó Levin con la expresión de desagrado que Kitty conocía ya en él.

—No, espera –dijo ella reteniéndole por la mano–. Hablemos. Esto me inquieta. Creo que no pago nada que no deba pagar, pero el dinero desaparece con tanta rapidez que a veces pienso que gastamos más de lo que podemos.

—Nada de eso –contestó Levin, aunque mirándola ceñudo y tosiendo ligeramente.

Kitty conocía también aquel modo de toser. Aquel gesto y aquella tosecilla eran señal de descontento, si no de ella, de sí mismo.

En efecto, Levin estaba descontento no de que hubieran gastado mucho dinero, sino de que Kitty le hubiese recordado que –como él sabía bien, pero procuraba olvidarlo– sus cosas no marchaban como él quería.

—He ordenado a Sokolov –dijo a su esposa– vender el trigo y cobrar adelantado el arriendo del molino. No te preocupes, de todos modos, tendremos dinero.

—Temo que gastamos demasiado…

—No… Nada… Nada, querida… Adiós querida –repitió Levin.

—Te aseguro que a veces siento que hayamos dejado el pueblo. Me arrepiento de haber escuchado a mamá. ¡Estábamos tan bien allí! En cambio aquí molesto a todos y, por otra parte, gastamos tanto dinero…

—No, no… De ningún modo… Desde que estoy casado no he dicho ni una sola vez que me haya arrepentido de nada.

—¿Y es verdad que piensas así? –preguntó ella mirándole a los ojos.

Levin lo había dicho sin pensarlo, solo para tranquilizarla, pero cuando vio que los ojos, claros, puros, de ella le miraban interrogativamente, lo repitió con toda su alma. Recordó luego lo que esperaban para pronto y se dijo entre sí: «La olvido demasiado».

Y tomándola por las manos, le preguntó cariñosamente y con cierta ansiedad:

—¿Y cuándo...? ¿Cómo te sientes?

—He contado tantas veces y me he equivocado, que ahora ya no sé ni pienso nada.

—¿Y no temes...?

Kitty sonrió con despreocupación.

—Nada.

—En todo caso, estaré en la casa de Katavasov.

—No, no pasará nada. No pienses en ello. Iré a dar un paseo en coche con papá, por la avenida. Pasaremos a ver a Dolly. Antes de la comida te espero. ¡Ah! ¿Sabes que la situación económica de Dolly vuelve a ser insostenible? Debe en todas partes, no tiene dinero... Ayer hablé con mamá y con Arseny (así llamaba ella al marido de su hermana Lvova) y decidimos mandaros a ti y a él a hablar seriamente con Stiva. Es absolutamente imposible que las cosas sigan de este modo... Con papá no se puede hablar de esto... Pero si tú y Arseny...

—Pero, ¿qué podemos hacer nosotros? —objetó Levin.

—De todos modos, pasa a ver a Arseny y háblale. Él te dirá lo que hemos decidido.

—Bien pasaré a verle. Con él siempre me pongo de acuerdo. A propósito, si voy al concierto, iré con Nataly. Adiós, pues.

En la escalinata, Kuzmá, el criado que tenía ya cuando estaba soltero, detuvo a Levin.

—A «Krasavchik» le han herrado de nuevo –«Krasavchik» era el caballo que enganchaban a la izquierda del tiro que los Levin se habían traído del pueblo– y todavía cojea –dijo Kuzmá–. ¿Qué hago, señor?

En los primeros días de su estancia en Moscú, Levin se ocupaba continuamente de los caballos que había traído del campo. Quería organizar este asunto de la mejor manera y más económica, pero, al fin, había tenido que recurrir a los caballos de alquiler, porque los suyos le resultaban demasiado caros.

—Manda a buscar al veterinario. Quizá tenga una magulladura en ese casco.

—¿Y para Katerina Alejandrovna? –preguntó Kuzmá.

A Levin ya no le asombraba, como en los primeros tiempos de su estancia en Moscú, que para trasladarse de Vozdvizhenka a Sívtsey Brázhek fuera necesario enganchar dos robustos caballos a un pesado carruaje, recorrer un cuarto de versta por la nieve fangosa y dejarlos a la intemperie cuatro horas, pagando por ello cinco rublos. Ahora ya le parecía natural.

—Dile al cochero que traiga un par de caballos para nuestro carruaje –dijo.

—Sí, señor.

Y después de haber resuelto tan fácilmente, con tanta sencillez, gracias a las condiciones de vida en la ciudad, aquella cuestión que en el pueblo hubiera requerido tanto trabajo y atención personal, Levin salió a la escalera y, habiendo llamado a un coche de alquiler, se sentó en él y se dirigió a la calle Nikitskaya.

Una vez instalado en el coche, dejó de pensar en el dinero para pensar únicamente en aquel sabio petersburgués que se dedicaba a sociología y en la conversación que había de tener con él.

Al principio de llegar a Moscú, a Levin le sorprendieron aquellos gastos extraños para él, habitante de un pueblo; gastos sin utilidad, pero imprescindibles que había que hacer a cada paso. Pero ahora ya estaba acostumbrado. Le pasó en este aspecto lo mismo que dicen que ocurre a los borrachos: la primera copa –se dice– les sienta como un tiro; la segunda como si se tragaran un halcón; y, al pasar de la tercera, las otras copitas parecen pajarillos. Cuando Levin cambió por primera vez cien rublos en Moscú para comprar las libreas al lacayo y al portero, libreas que, contra la opinión de Kitty y la Princesa, juzgaba él perfectamente inútiles, pensó que el dinero que estas libreas iban a costar correspondía a la labor de dos obreros durante todo el verano, es decir, de trescientos días de labor –desde la Pascua hasta la Cuaresma, en otoño–, de trabajo penoso, diario, desde bien temprano, en el amanecer, hasta ya caída la tarde, y también este gasto fue para él un trago amargo. En cambio los otros cien, cambiados para comprar las provisiones de la comida que dieron a los parientes y que costó veintiocho rublos, aunque despertaron en él el recuerdo de que aquel dinero equivalía a casi diecinueve hectólitros de avena, las cuales había segado, agavillado, trillado, aventado, tamizado y metido en sacos con sudor y grandes esfuerzos, los gastó, a pesar de todo, con más facilidad.

Y ahora, hacía ya tiempo, los billetes que cambiaba no le despertaban estas reflexiones y volaban como pajarillos ligeros. Levin no se preguntaba ya si el placer que el dinero le procuraba correspondía al esfuerzo que costaba obtenerlo.

Había olvidado también su principio de que había que vender el trigo al más alto precio posible. El centeno, cuyo precio Levin había sostenido alto durante tanto tiempo, era vendido ahora a cincuenta cópecs el cuarto, más barato que lo daban hacía un mes, y ni el pensamiento de que con gastos como aquellos les sería imposible vivir todo el año sin contraer deudas le preocupaba ya.

Necesitaba solo una cosa: tener dinero en el banco, saber que al día siguiente podían hacer frente a las necesidades de la vida y no preocuparse de nada más.

Hasta entonces las cosas se habían deslizado sin obstáculos, las necesidades de la casa habían quedado siempre cubiertas. De pronto, Levin había descubierto que en la cuenta corriente no quedaba dinero, ni sabía tampoco dónde lo podría obtener, por lo cual no era extraño que al mentárselo Kitty se pusiera de mal humor.

Ahora no tenía, sin embargo, tiempo de pensar en ello.

Pensaba solo en Katavasov y en Metrov, al cual iba a conocer inmediatamente.

Capítulo III

En esta su nueva estancia en Moscú, Levin reanudó la gran amistad que le unía con su compañero de universidad, el profesor Katavasov, al cual no había visto desde su casamiento. Katavasov le atraía por la claridad y sencillez de sus ideas. Levin pensaba que la claridad de pensamiento de Katavasov provenía de la escasez de ideas, mientras que el profesor pensaba que la falta de coordinación en los pensamientos de Levin era debida a indisciplina de su cerebro. Pero la claridad de Katavasov le era agradable a Levin, como la abundancia de ideas indisciplinadas lo era para Katavasov, y los dos se encontraban y discutían con evidente satisfacción.

Levin le había leído algunas partes de su obra a su amigo, el cual la encontró de mucho interés. El día anterior, al encontrar a Levin en una conferencia pública, Katavasov le dijo que el famoso Metrov, uno de cuyos recientes artículos habían entusiasmado a Levin, se encontraba en Moscú y estaba muy interesado por lo que le había dicho él de su obra y que al día siguiente por la mañana, a las once, Metrov les esperaría en su casa y se alegraría mucho de conocerle.

—¡Hola! ¿Ya está usted aquí? Decididamente, amigo mío, veo que va haciéndose usted puntual. Bueno, hombre, me agrada mucho verle –dijo Katavasov al encontrar a su amigo en el saloncito–. Oí la campanilla, pero pensé «no puede ser que sea ya él». ¿Y qué? ¿Qué me dice de los montenegrinos? Son guerreros de raza, ¿no?

—¿Qué ha pasado? –preguntó Levin.

Katavasov, en pocas palabras, le informó de las últimas noticias, y, entrando en el despacho, le presentó a un señor de alta estatura, fuerte y de presencia muy agradable. Era Metrov.

La conversación versó un momento sobre la política y los comentarios que en las altas esferas de San Petersburgo habían suscitado los últimos acontecimientos. Metrov refirió una conversación, una fuerte discusión, que se aseguraba había habido entre el Emperador y uno de los ministros. Katavasov dijo haber oído también, como cosa muy segura, que el Emperador había dicho todo lo contrario. Levin buscó una explicación que, tomando algo, lo más verosímil, de cada versión, diera la justa, la más aproximada a la realidad de lo ocurrido. Y seguidamente cambiaron de tema.

—Mi amigo tiene casi terminado un libro sobre la economía rural –dijo Katavasov–. Yo no soy un especialista en la materia, pero, como naturalista, la idea fundamental del libro ha despertado mi interés. Lo que más me ha gustado de él es que no toma al hombre como algo que está fuera de las leyes zoológicas, sino que, al contrario, examina su situación y el medio en que se encuentra y en esta relación busca las leyes para el desarrollo de su teoría.

—Es muy interesante –comentó Metrov.

—A decir verdad –explicó Levin– empecé a escribir un libro sobre economía rural, pero, por fuerza, poco a poco me he ido centrando en el principal instrumento de la economía rural, el trabajador –dijo Levin sonrojándose–, y al final he llegado a conclusiones completamente inesperadas.

Y poniendo un gran cuidado en sus palabras, pues sabía que Metrov había escrito un artículo contra su punto de vista, Levin se puso a explicar sus opiniones sobre la cuestión. Miraba de vez en cuando con gran atención a su interlocutor, como explorando el terreno que pisaba, queriendo ver cómo reaccionaba aquél ante tales ideas, mas en el rostro tranquilo e inteligente del sabio no lograba adivinar nada.

—Pero, ¿qué condiciones del campesino ruso considera usted particulares? –preguntó Metrov, al fin–. ¿Sus cualidades zoológicas, por decirlo así, o las condiciones propias de su vida?

Levin veía que esta pregunta, en sí misma, contenía ya una oposición a sus ideas sobre aquel asunto, pero continuó explicando su pensamiento, que consistía en creer que el campesino ruso tiene un punto de vista respecto a la tierra muy distinto del que sustentan los campesinos de otros pueblos. Y para demostrarlo, Levin se apresuró a añadir que este punto de vista del pueblo ruso proviene de considerarse predestinado a poblar los enormes espacios libres de Oriente.

—Es muy fácil equivocarse extrayendo conclusiones de la predestinación general de un pueblo –dijo Metrov interrumpiéndole–. El estado del obrero siempre depende de sus relaciones con la tierra y el capital.

Y ya, no dejando hablar más a Levin, Metrov se puso a exponer la particularidad de su ciencia.

En qué consistía la particularidad de tal ciencia, Levin no lo entendió, en primer lugar, porque no se esforzó en comprenderlo.

Levin veía que, como otros, y no obstante su artículo en que refutaba la ciencia de los economistas, Metrov consideraba la posición del campesino ruso solo desde el punto de vista de capital, sueldo y renta. Y lo hacía así a pesar de reconocer que en la mayor parte de Rusia –la zona oriental–, la renta era aún nula; que el sueldo para las nueve décimas partes de la población rusa –de ochenta millones de habitantes– significaba solo no morirse de hambre; que, en fin, el capital no estaba representado sino por los instrumentos de trabajo más primitivos.

En muchas cosas, Metrov no estaba de acuerdo con los economistas y tenía su teoría propia respecto a la remuneración de los obreros, teoría que expuso de manera detallada.

Levin le escuchaba de mal grado y hasta le replicaba, le interrumpía para exponerle su idea, la cual pensaba que haría innecesaria la explicación de Metrov. Luego, convencido de que cada uno de ellos consideraba la cuestión de un modo tan distinto que nunca podrían comprenderse, dejó de oponer objeciones y se limitó a escuchar.

A pesar de que ahora no le interesaba ya lo que estaba diciendo, Levin le escuchaba con gusto, halagado en el fondo de que un sabio de tanto renombre le expusiera sus ideas con el calor, atención y confianza con que lo hacía. Levin lo atribuía a sus méritos, sin saber que Metrov, después de haber hablado de ello con todos sus íntimos, no dejaba de aprovechar cuantas ocasiones se le presentaban para tratarlo con cada hombre que encontraba dispuesto a escucharle, y que hallaba, por otra parte, un gran placer en hablar de una cuestión que le apasionaba y que él, el gran sabio, no veía aún clara.

—Con todo eso se nos va a hacer tarde –dijo Katavasov, mirando el reloj, cuando Metrov acabó la exposición de sus ideas–. Hoy se da en la Sociedad de Amigos de la Ciencia una conferencia para conmemorar el cincuentenario de la muerte de Sviatich –añadió–. Piotr Ivanovich y yo vamos allí. He prometido hablar de los trabajos de Sviatich sobre zoología. Vente con nosotros. Será muy interesante.

—Sí, es verdad, ya es hora de irnos –dijo Metrov–. Vayamos todos juntos y desde allí iremos a mi casa, si quiere usted, Levin. Me gustaría mucho que me diera más detalles de su trabajo.

—En cuanto a esto, me es imposible complacerle, pues todavía no la tengo terminada. Pero con mucho gusto iré a la conferencia –contestó Levin.

—Y esto, ¿se han enterado ustedes, señores? Se ha presentado una resolución independiente –le preguntó Katavasov en otra habitación, donde había ido a ponerse el frac.

Y les explicó una opinión que se apartaba de todas las expuestas anteriormente. Luego hablaron de los asuntos de la universidad. La cuestión universitaria era un acontecimiento muy importante aquel invierno en Moscú. En el Consejo, tres catedráticos ancianos no habían aceptado la opinión de los jóvenes, y los jóvenes habían presentado una memoria particular. Según la opinión de algunos, esta memoria era detestable; según otros, no podía ser más justa y sencilla.

Los catedráticos se dividieron en dos grupos: unos, a los cuales pertenecía Katavasov, veían en el campo adversario el engaño y la delación; los otros veían en sus contrarios puerilidad y poco respeto a las autoridades universitarias. Aunque Levin no pertenecía ya a la universidad, muchas veces desde que vivía en Moscú, había escuchado, hablado y hasta discutido sobre aquel asunto y tenía formada su opinión sobre él, por lo que, ahora, tomó también parte en la conversación de Katavasov y Metrov, que se continuó en la calle mientras se dirigían los tres a pie al edificio de la universidad antigua, al lado de la cual se había construido la nueva universidad.

La conferencia había empezado ya. A la mesa donde tomaron asiento Katavasov, Metrov y Levin estaban sentados seis hombres y uno de ellos, muy inclinado sobre el papel, leía un manuscrito.

Levin se sentó en una de las sillas desocupadas que había alrededor de la mesa y, en voz baja, dirigiéndose a un estudiante que estaba sentado a su lado, le preguntó de qué trataba la exposición.

—La biografía –contestó secamente, con cierto descontento, el estudiante.

A pesar de que a Levin no le interesaba la biografía del sabio, hubo de escucharla, quieras que no, y conoció, de este modo, detalles nuevos e interesantes de la vida de aquel famoso hombre de ciencia.

Cuando el lector hubo terminado, el Presidente le dio las gracias y leyó, a su vez, unos versos que el poeta Ment había escrito para aquel jubileo a quien dedicó algunas palabras de gratitud.

Luego, Katavasov, con su voz fuerte y aguda, leyó su memoria sobre las obras científicas del sabio.

Cuando Katavasov hubo terminado, Levin miró el reloj, vio que era ya la una pasada y pensó que no tendría tiempo de leer a Metrov su obra antes del concierto, cosa que por otra parte había dejado de ofrecer interés para él. Durante la conferencia meditó también sobre la conversación que habían sostenido. Ahora veía claro que sus ideas eran al menos tan importantes como las del sabio, y que los pensamientos de los dos podrían ser aclarados y llegar a algo práctico con la condición de trabajar cada cual separadamente en la orientación elegida. Comunicarse mutuamente sus ideas y emplearse en discutirlas, le parecía ahora perfectamente inútil.

Decidió, por lo tanto, rehusar la invitación de Metrov y, al final de la conferencia, se acercó a este para hacérselo saber.

Metrov le presentó al Presidente, con el cual estaba hablando en aquel momento de las últimas noticias políticas; le repitió lo mismo que había dicho anteriormente a Levin y este formuló las mismas objeciones que había formulado ya por la mañana, aunque y, para variarlas en algo, expuso una nueva idea que, en aquel momento precisamente, había acudido a su cerebro.

Luego pasaron a hablar de la cuestión universitaria.

Como quiera que Levin había ya oído todo aquello infinidad de veces y no le interesaba, se apresuro a decir a Metrov que sentía mucho no poder aceptar su invitación, saludó y se dirigió a casa de Lvov.

CAPÍTULO IV

Casado con Natalia, hermana de Kitty, Lvov había pasado toda su vida en las capitales y en el extranjero, donde se había educado y había actuado después como diplomático.

El año anterior había dejado el servicio diplomático, no porque le hubiese sucedido nada desagradable (cosa imposible en él), sino para pasar al servicio del ministerio de la Corte, en Moscú, y tener así la posibilidad de dar una educación superior a sus dos hijos.

No obstante la diferencia bien marcada entre sus costumbres e ideas, y aunque Lvov era mucho más viejo que Levin, durante aquel invierno los dos cuñados se habían sentido unidos por una sincera amistad.

Lvov estaba en casa y Levin entró en su gabinete sin anunciarse.

Vestido con una bata, con cinturón y zapatillas de gamuza, Lvov estaba sentado en una butaca y con su *pince-nez*(1)de cristales azules leía en un libro colocado sobre un pupitre, mientras que, con una mano, entre dos dedos, sostenía con cuidado un cigarrillo encendido a medio consumir.

Su rostro, joven aún, al cual los cabellos rizados, blancos y brillantes, daban un aire aristocrático, al aparecer Levin se iluminó con una sonrisa.

—Ha hecho usted muy bien en venir. Precisamente quería mandarle una carta... ¿Cómo está Kitty? Siéntese aquí, por favor. (Lvov se levantó y acercó a Levin una mecedora). ¿Ha leído usted la última circular en el *Journal de Saint-Petersburg?* Me ha parecido excelente –comentó con acento ligeramente afrancesado.

Levin refirió a su cuñado lo que había dicho a Katavasov sobre los rumores que circulaban en San Petersburgo y, después de haber charlado de otras cuestiones políticas, le contó su encuentro con Metrov y su impresión de la conferencia, cosa que despertó en el otro un extraordinario interés.

—Le envidio que pueda frecuentar ese mundo tan interesante de la ciencia –dijo, y animándose, continuó, en francés ahora, porque en este idioma se explicaba con más comodidad–. A decir verdad, tampoco tendría tiempo; mi trabajo y mis ocupaciones con los niños no me lo permitirían y, además (lo confieso sinceramente) no tengo la suficiente preparación.

—No lo pienso así –dijo Levin con una sonrisa y conmovido como siempre ante las palabras de su cuñado, por saber que respondían, no a un deseo de aparentar modestia, sino a un sentimiento profundo y sincero.

—Repito que es así, y ahora me doy cuenta de mi escasa cultura. Hasta para enseñar a mis niños tengo que refrescar frecuentemente mi memoria y aun a veces repasar mis estudios. Porque, para educar a los hijos, no basta procurarles maestros. Hay que ponerles también observadores, tal como en su propiedad tiene usted obreros y capataces. Ahora estoy leyendo esto –Lvov indicó la gramática de Buslaev que, por ejemplo, tenía sobre el pupitre–. Se lo exigen a Michka y es tan difícil... ¿Quiere usted explicarme qué es lo que dice aquí?

---

(1) «Anteojos».

Levin le objetó que se trataba de materias que debían ser aprendidas sin intentar profundizar en ellas, pero Lvov no se dejó convencer.

—Usted se ríe de mí...

—Al contrario. Usted me sirve de ejemplo para mi porvenir y, viéndole, aprendo a pensar en lo que habré de hacer cuando tenga que encargarme de la educación de mis hijos.

—Poco podrá usted aprender de mí.

—Solo puedo decirle una cosa: no he visto niños mejor educados que los suyos y no quisiera más sino que los míos lo estuvieran como ellos.

Lvov quiso contenerse para no expresar la satisfacción que le causaban aquellas palabras, pero su rostro se iluminó con una sonrisa.

—Eso sí, quisiera que fuesen mejores que yo. Es todo lo que deseo. Usted no se figura el trabajo que dan chicos como los míos, que por nuestra forma de vivir, casi siempre en el extranjero, estaban tan atrasados en sus estudios.

—Saldrán adelante. Son unos chicos despiertos e inteligentes. Lo principal es la educación moral y en este aspecto he aprendido mucho viendo a sus hijos.

—Usted dice «la educación moral»... Es imposible imaginar hasta qué punto es difícil eso. Apenas ha salvado usted una parte, se enfrenta con otra y de nuevo comienza la lucha. Si no fuera por el apoyo de la religión (se acordará usted de lo que hablamos sobre este asunto), ningún padre podría, con sus medios solamente, llevar adelante la educación de sus hijos.

Esta conversación, que interesaba siempre a Levin, fue interrumpida por la bella Natalia Alejandrovna, que entraba vestida ya para ir al concierto.

—No sabía que estuviese usted aquí –dijo desviando aquella conversación tan repetida y aburrida para ella–. ¿Y cómo está Kitty? Hoy voy a comer en su casa –dijo a Levin–. ¿Lo sabías, Arseny? Tú te llevarás el coche... –se dirigió a su marido.

Los esposos se pusieron a discutir sobre lo que tenían que hacer aquel día. Como el marido, por obligaciones del servicio, debía ir a la estación a recibir a un personaje y la mujer quería asistir al concierto y luego a una conferencia pública de la Comisión del Sudeste, tenían que meditar y resolver varias cuestiones relacionadas con todo ello, en las cuales entraba también Levin como persona de la casa. Decidieron, al fin, que Levin iría al concierto con Natalia Alejandrovna y a la conferencia, y desde allí mandarían el coche a Arseny, el cual, a su vez, iría a buscar a su mujer para llevarla a casa de Kitty. En el caso de que Lvov no terminara a tiempo sus quehaceres, mandaría el coche y Levin acompañaría a Natalia Alejandrovna a su casa.

—Levin quiere halagarme –dijo Lvov–. Me asegura que nuestros niños están muy bien dotados, cuando yo les reconozco tantos defectos.

—Arseny exagera, lo digo siempre –comentó la mujer–. Si buscas la perfección –dijo luego a su marido–, nunca estarás contento. Eso es imposible. Papá dice, y yo lo pienso también, que cuando nos educaban a nosotros se pecaba en un sentido, nos tenían en el entresuelo mientras los padres habitaban en el principal. Ahora, por el contrario, los padres viven en la despensa y los hijos en el principal. Ahora los padres ya no han de vivir, sino sacrificarlo todo por los hijos.

—¿Y por qué no ha de ser así si es agradable? –dijo Lvov, sonriendo con su hermosa sonrisa y acariciando la mano de su mujer–. Quien no lo conozca podría pensar que no eres madre sino madrastra.

—No, la exageración no va bien en ningún caso –insistió Natalia Alejandrovna con tranquilidad, poniendo en su sitio la plegadera.

—Ahí los tiene usted. ¡Bueno, venid aquí, niños perfectos! –dijo Lvov dirigiéndose a sus dos hermosos hijos, que entraban en aquel momento.

Los niños saludaron a Levin y se acercaron a su padre con evidente deseo de decirle algo.

Levin quiso hablarles y oír lo que iban a decir a Lvov, pero en este momento Natalia Alejandrovna se puso a hablar con él y enseguida entró en la habitación Majotin, compañero de Lvov en el servicio, el cual, vestido con el uniforme de la Corte, venía a buscarle para ir juntos a recibir al personaje que llegaba. Al punto se entabló entre ellos una conversación, que resultó interminable, sobre la Herzegovina, la princesa Korinskaya, el Ayuntamiento y sobre la muerte inesperada de la Apraxina.

Levin, con todo esto, se olvidó del encargo que le había dado Kitty para Arseny, pero, cuando se disponía a salir, lo recordó:

—¡Ah! Kitty me encargó hablarle sobre Oblonsky –dijo ahora, al detenerse Lvov en la escalera, acompañándoles a su esposa y a él.

—Sí, sí, *maman* quiere que nosotros, *les beaux frères*[1], le dirijamos una reprimenda –dijo Lvov, poniéndose rojo–. ¿Y por qué debo hacerlo yo?

—Entonces lo haré yo –repuso, sonriendo, Natalia Alejandrovna, que esperaba el final de la conversación, habiéndose puesto ya su capa de zorro blanco... Bueno, vamos.

---

(1) «Cuñados».

CAPÍTULO V

En el concierto ejecutaban dos piezas interesantes. Una era *El rey Lear en la estepa* y otra el cuarteto dedicado a la memoria de Bach. Las dos obras eran nuevas, compuestas en estilo moderno, y Levin deseaba fomars su propia opinión acerca de ellas. Con esta intención, después de haber acompañado a su cuñada a la butaca, se puso al lado de una columna, decidido a escuchar con toda atención. Procuró no distraerse, no estropear la impresión de la obra mirando los movimientos del director de orquesta, solemne con su corbata blanca, lo que entretiene tanto la atención en los conciertos. Tampoco quería mirar a las mujeres, tocadas con sombreros, cuyas cintas, especialmente destinadas a tales fiestas, ocultaban delicadamente sus lindas orejas, ni a todas aquellas fisonomías no preocupadas por nada o solo por las cuestiones más diversas fuera de la música. Quiso sobre todo evitar a los aficionados, grandes habladores casi todos, y con los ojos fijos en el espacio se puso a escuchar.

Pero cuanto más oía la fantasía de *El rey Lear* tanto más lejos se sentía de poder formar una opinión definida. Juntándose las melodías sin cesar, empezaba la expresión musical del sentimiento para enseguida diluirse en los principios de nuevas expresiones según el capricho del compositor, dejando como única impresión la de la búsqueda penosa de una difícil instrumentación. Pero estos trozos que a veces encontraba excelentes, otras le eran desagradables por inesperados, o bien provocados sin ninguna preparación. Alegría y tristeza, y desesperación, y dulzura, y exaltación, se sucedían con la incoherencia de las ideas de un loco para desaparecer después de la misma manera.

Durante la audición, Levin experimentaba continuamente la impresión de un sordo contemplando una danza.

Cuando la pieza hubo terminado, se sintió perplejo e invadido de una inmensa fatiga provocada por la tensión nerviosa a la que inútilmente se había sometido. Desde todas partes se escucharon grandes aplausos. Todos se levantaron, se movieron de una parte a otra y empezaron a hablar. Queriendo aclarar su desconcierto con la impresión de otros, Levin se dirigió al encuentro de los entendidos en música y tuvo la suerte y la alegría de ver a uno de los que gozaban de más crédito hablando con su amigo Peszov.

—Es pasmoso –decía Peszov, con su profunda voz de bajo. Buenos días, Konstantín Dmitrievich... El pasaje más vivo, el más rico en melodías, es aquel en que aparece Cordelia, en que la mujer, *das ewig Weibisgche,*[1] entra en lucha con el Destino... ¿No es cierto?

—¿Y qué tiene que ver con esto Cordelia? –preguntó tímidamente Levin, olvidando por completo que aquella fantasía presentaba al rey Lear en la estepa.

—Aparece Cordelia... Mire, aquí... –dijo Peszov, dando golpecitos con los dedos al programa satinado que tenía en la mano y alargándolo a Levin.

Solo entonces Levin recordó el título de la fantasía y se apresuró a leer, traducidos al ruso en el programa, al dorso de este, los versos de Shakespeare.

—Sin esto, es imposible seguir la música –dijo Peszov dirigiéndose a Levin porque su otro interlocutor se había marchado y no tenía con quién hablar.

En el intermedio, entre Levin y Peszov se entabló una discusión sobre las cualidades y los defectos de las directrices seguidas por Wagner en su música. Levin decía que el error de Wagner, como el de todos sus seguidores, consiste en querer introducir la música en el campo de otro arte, y que yerra también la poesía cuando describe los rasgos de un rostro, lo que debe dejarse a la pintura.

Como ejemplo de tal error Levin adujo el del escultor que quiso cincelar en mármol rodeando la figura del poeta en el pedestal las pretendidas sombras de sus inspiraciones.

—Estas sombras del escultor tienen tan poco de sombras, que se tiene la impresión de que se sostienen merced a la escalera –concluyó Levin. Y se sintió satisfecho de su frase.

Pero apenas la había dicho, cuando se dio cuenta de que acaso la había dicho ya en otra ocasión y precisamente al mismo Peszov, y se sintió turbado.

Peszov, por su parte, demostraba que el arte es único y que puede llegar a su máxima expresión solo en la unión de todos sus aspectos.

La segunda obra del concierto, Levin no pudo escucharla. Peszov, a su lado, le habló casi todo el tiempo, criticando esta composición por su sencillez, demasiado exagerada, azucarada, artificial, y comparándola con la ingenuidad de los prerrafaelistas en la pintura.

---

(1) «La eterna feminidad».

A la salida, Levin encontró muchos conocidos, con los cuales habló de política, de música y de amigos y conocidos comunes.

Entre otros, encontró al conde Bolh, de la visita al cual se había ya olvidado por completo.

—Bueno, pues, vaya ahora –le indicó Lvova, a la que habló de aquel olvido–. Puede ser que no le reciban, con lo que ganaría tiempo y podría ir a buscarme enseguida a la reunión. Yo estaré todavía allí.

CAPÍTULO VI

—¿Reciben hoy los señores? –preguntó Levin a la entrada de la casa de la condesa de Bohl.

—Sí, reciben. Haga el favor de pasar –dijo el portero quitando el abrigo a Levin.

«Que lástima», pensó suspirando Levin. Se quitó un guante y, arreglándose el sombrero, se dirigió al primer salón. «¡Para qué habré venido!», iba diciéndose para sí. «¿Y qué les diré?».

Pasado el primer salón, Levin encontró, a la puerta del siguiente, a la condesa de Bohl, que con el rostro grave y severo daba órdenes a su criado.

Al ver a Levin, la Condesa sonrió y le rogó que pasara al saloncito contiguo, del cual salían rumores de conversación.

En él estaban sentados, en sendas butacas, los dos hijos de la Condesa y un coronel moscovita al que ya conocía Levin. Este se acercó a ellos, saludó y se sentó con su sombrero sobre las rodillas.

—¿Cómo está su esposa? ¿Estuvo usted en el concierto? Nosotros no hemos podido ir. Mamá tuvo que asistir a un funeral.

—Sí, lo he oído decir. ¡Qué muerte tan inesperada! –dijo con indiferencia Levin.

Vino la Condesa, se sentó en un diván y le preguntó también por su mujer y por el concierto.

Levin repitió su sorpresa por la muerte repentina de la Apraxina.

—De todos modos, siempre había tenido una salud muy frágil –comentó.

—¿Estuvo usted ayer en la ópera?

—Sí. La Lucca estuvo soberbia.

—Sí, estuvo muy bien –dijo Levin. Y, sin importarle lo que pudieran pensar de él, se puso a repetir lo que había oído decir respecto al talento particular de la cantante.

La condesa Bohl fingía escucharle.

Le pareció que había dicho ya bastante, se calló, y entonces el Coronel, que hasta entonces había guardado silencio, comenzó a hablar a su vez. Habló de la ópera, del nuevo alumbrado, y, tras hacer alegres pronósticos acerca de la *folle journée*(1) que se preparaba en casa de Tiurnin, rió, recogió su sable con gran ruido, se levantó y se fue.

Levin se levantó también, pero por el gesto que hizo la Condesa, comprendió que aún era pronto para irse, que debía quedarse un par de minutos más por lo menos. Se sentó, pues, de nuevo, atormentado porque todo aquello era un estupidez y, como no encontraba ningún tema de conversación, guardó silencio todo el rato.

—¿Usted no va a la conferencia pública de la Comisión del Sudeste? –le preguntó la Condesa–. Dicen que será muy interesante.

—No estaré en la conferencia, pero he prometido a mi cuñada pasar a buscarla allí –contestó Levin.

Hubo otro silencio.

La madre y el hijo cambiaron una mirada. «Bueno, parece que ahora ya es hora», pensó Levin. Y se levantó.

La Condesa y los dos hijos le dieron la mano, rogándole que dijera *mille choses*(2) de su parte a su mujer.

El portero, al ponerle su abrigo, le preguntó: «¿Dónde se aloja el señor en Moscú?». Y enseguida lo anotó en una libreta grande y elegantemente encuadernada. «A mí me da igual –pensó Levin–, pero, de todos modos, me molesta y ¡es tan ridículo todo esto!». Se consoló, no obstante, pensando que todo el mundo hacía visitas como aquella.

Se dirigió de allí a la conferencia pública donde había de encontrar a su cuñada para ir juntos a su casa una vez terminado el acto.

Había allí una numerosa concurrencia y se veía a casi toda la alta sociedad. Al llegar él, todavía hacían la exposición general, la cual le aseguraron que era muy interesante. Cuando se dio fin a la lectura se formaron diversos grupos. Levin se encontró con Sviajsky, el cual le invitó a ir por la tarde a una reunión de la Sociedad de Agricultores, donde, según él, se daba también aquel día una conferencia de gran interés. Encontró, asimismo, a

---

(1) «Juerga».

(2) Que le diera «muchos recuerdos».

Stepán Arkadievich, que venía de las carreras de caballos y a otros muchos conocidos suyos, con todos los cuales conversó sobre la conferencia sobre una nueva obra teatral que acababa de estrenarse y sobre un proceso que apasionaba a la gente, y a propósito del cual, seguramente a causa del cansancio que empezaba a experimentar, cometió un error que, después, tuvo que lamentar. Comentando la pena impuesta a un extranjero juzgado en Rusia y hablando de que sería injusto castigarle con la expulsión del país, Levin repitió esta frase, que había oído anteriormente en una conversación con un conocido: «Me parece que mandarle fuera de Rusia sería como castigar al lucio arrojándolo al agua».

Y luego recordó que este pensamiento, que él había presentado como propio, era tomado de una fábula de Krilov y que el conocido de quien lo oyera lo había recogido, a su vez, de un artículo publicado en un periódico.

Después de haber ido a su casa, junto con su cuñada, y habiendo encontrado a Kitty alegre y en perfecto estado de salud, Levin se dirigió al Casino.

CAPÍTULO VII

Llegó al Casino a la hora justa, en el momento en que socios e invitados se reunían en él. Levin no había estado allí desde la época en que, habiendo salido ya de la universidad, vivía en Moscú y frecuentaba la alta sociedad. Recordaba con todo detalle el local y cómo estaban dispuestas todas las dependencias, pero había olvidado por completo la impresión que antes le producía. Seguro de sí y sin vacilar, llegó al patio, ancho, semicircular y, dejando el coche de alquiler, subió la escalinata. Cuando le vio el portero, de flamante uniforme con ancha banda, le abrió la puerta sin hacer ruido y le saludó. Levin vio en la portería los chanclos y abrigos de los miembros del casino, que, ¡al fin!, habían comprendido que cuesta menos trabajo despojarse de aquellas prendas y dejarlas abajo, en el guardarropa, que subir con ellas al piso de arriba. Enseguida oyó el campanillazo misterioso que sonaba siempre al subir la escalera, de pendiente moderada y cubierta con una rica alfombra. Vio en el rellano la estatua, que recordaba bien, y en la puerta de arriba al tan conocido y ya envejecido tercer portero, con la librea del casino, el cual abría siempre la puerta sin precipitarse pero sin tardanza, examinando detenidamente al que llegaba. Y Levin sintió de nuevo la sensación de descanso, de tranquilidad, de bienestar que experimentaba siempre hacía años al entrar en el casino.

—Haga el favor de dejarme el sombrero –le dijo el portero, viendo que había olvidado esa costumbre del casino de dejar los sombreros en la portería–. Hace tiempo que el señor no viene por aquí... El Príncipe le inscribió ayer. Stepán Arkadievich no ha llegado todavía.

El portero conocía, no solo a Levin, sino también a todos sus parientes y amigos, y enseguida le fue nombrando a todos los que en aquel momento se encontraban allí.

Después de haber pasado por la primera sala, en la que se veían grandes biombos, y por la habitación de la derecha, donde estaba sentado el vendedor de frutas, y adelantando a un viejo que iba despacio, entró en el comedor, lleno de animación y de ruido.

Levin pasó por delante de las mesas, casi todas ya ocupadas, mirando a los concurrentes. Aquí y allá veía las gentes más diversas, jóvenes y viejos, unos íntimos, otros conocidos. No había ni un rostro enfadado ni preocupado. Parecía que todos habían dejado en la portería sus disgustos y preocupaciones y se habían juntado allí para gozar, sin cuidados, de los bienes materiales de la vida. Allí estaban Sviajsky y Scherbatsky y Neviedovsky y el viejo príncipe y Vronsky y Serguéi Ivanovich.

—¡Ah! ¿Por qué has tardado tanto? –le preguntó el viejo Príncipe dándole una palmadita cariñosa en el hombro–. ¿Cómo está Kitty? –añadió, arreglando la servilleta y colocándosela en el ojal del chaleco.

—Está bien. Las tres comen en casa.

—¡Ah! «Alinas y Nadinas...». Aquí ya no tenemos sitio para ti... Ve allí, a aquella mesa y ocupa enseguida el puesto que hay vacante –dijo el viejo Príncipe volviendo la cabeza. Y, con gran cuidado, tomó de manos del lacayo el plato de sopa de pescado.

—Levin, ven aquí –le llamó, desde lejos, una voz alegre.

Era Turovzin.

Estaba sentado junto a un joven militar desconocido para Levin y a su lado había dos sillas reservadas inclinadas contra la mesa.

Después de las fatigosas conversaciones de aquel día, la vista de aquel amable libertino, por quien había sentido siempre simpatía y que le recordaba el día de su declaración a Kitty, en la que había estado presente, fue para Levin un motivo de particular alegría.

—Son las sillas para usted y Oblonsky, que vendrá ahora mismo –le dijo su antiguo amigo.

El militar, que permanecía sonriente, de pie, era el petersburgués Gagin.

Turovzin les presentó.

—Oblonsky siempre llega tarde –dijo luego–. ¡Ah! Allí viene.

—¿Has llegado ahora? –preguntó Oblonsky acercándose a ellos y dirigiéndose a Levin–. ¡Buenas! ¿Has bebido ya vodka? ¿No? Pues vamos…

Levin se levantó y, junto con Oblonsky, se acercó a una gran mesa, donde había bocadillos y garrafas llenas de vodka y otras bebidas. Se driría que entre dos docenas de bocadillos de diversas clases, no era difícil elegir uno a gusto, pero Stepán Arkadievich pidió otra cosa especial, que enseguida le trajo uno de los criados.

Los dos cuñados bebieron unas copitas de vodka, tomaron unos bocadillos y volvieron a su mesa.

Enseguida, cuando aún comían la sopa de pescado, a Gagin le sirvieron el champaña y ordenó que llenaran cuatro copas.

Levin no rehusó el vino que le ofrecía su amigo y pidió, por su parte, otra botella. Tenía apetito y sed y comía y bebía con gran gusto y, con mayor gusto aún, tomaba parte en las conversaciones, sencillas y alegres, de sus compañeros de mesa.

Bajando la voz, Gagin contó una de las últimas anécdotas de San Petersburgo, la cual, aunque indecente y simple, era tan divertida, que Levin estalló en una fuerte carcajada que atrajo la atención de los que estaban en las mesas, incluso los más lejanos.

—Es por el estilo de «esto precisamente no me gusta…». ¿Conoces ese chiste? –dijo Stepán Arkadievich–. ¡Ah! Es estupendo. Trae una botella más –ordenó al criado. Y empezó a contar la anécdota.

—De parte de Piotr Illich Vinovsky, quien les ruega que acepten –le interrumpió un criado viejecito, ofreciéndole dos finas copas llenas de burbujeante champaña.

Stepán Arkadievich tomó una de las copas y, mirando por encima de la mesa, cambió una mirada con un hombre calvo, de bigotes rubios, que estaba sentado unas mesas más allá, y le hizo, con la cabeza, una señal de agradecimiento y saludo.

—¿Quién es? –preguntó Levin.

—Le encontraste un día en mi casa… ¿No recuerdas? Es un buen mozo.

Levin repitió el gesto de su cuñado y tomó la copa que le ofrecían.

La anécdota de Stepán Arkadievich era también divertida. Levin contó otra que agradó igualmente. Luego hablaron de caballos, de las carreras que se habían celebrado aquel día y de la brillante victoria obtenida por el «Atlasny» de Vronsky, que había ganado el premio. La comida transcurrió con todo ello tan agradablemente para Levin que apenas se dio cuenta de nada.

—¡Ah! ¡Aquí están! –dijo Stepán Arkadievich, ya al final de la comida, alargando su mano por encima de la silla a Vronsky y a un alto coronel de la Guardia Imperial que se dirigían hacia ellos.

La alegría que reinaba en el casino se reflejaba también en el rostro de Vronsky, el cual, muy animado, se apoyó en el hombro de Stepán Arkadievich y le dijo algo al oído. Y con la misma sonrisa alegre adelantó la mano a Levin, que se la estrechó efusivamente.

—Estoy muy contento de encontrarle de nuevo –dijo Vronsky–. Aquel día, el de las elecciones, estuve buscándole, pero me dijeron que ya se había marchado usted.

—Sí, me marché aquel mismo día –contestó Levin–. Ahora mismo hablábamos de su caballo –siguió–. Le felicito.

—Usted también tiene caballos, ¿no?

—No. Mi padre sí tenía, yo no. Pero me acuerdo y entiendo de ellos.

—¿Dónde has comido? –preguntó Stepán Arkadievich a Vronsky.

—Estamos en la segunda mesa. Detrás dc las columnas.

—Le han felicitado –dijo el coronel–. Ganó el segundo premio del Emperador. Si tuviese yo tanta suerte con las cartas como él con los caballos... Pero, estoy perdiendo un tiempo precioso. Voy a la «sala infernal» –añadió. Y se alejó de la mesa.

—Es Jachvin –contestó Vronsky a Turovzin, que le había preguntado quién era aquel jefe militar. Y se sentó al lado de ellos, en la silla que había vacante.

Habiendo bebido la copa de champaña que le ofrecieron, Vronsky pidió otra botella.

Ya fuera por la impresión que le produjo el casino, ya por el vino que había bebido, Levin se sentía feliz. Entabló con Vronsky una animada conversación sobre caballos y se sintió aún más feliz al comprobar que no experimentaba animosidad alguna contra él. Hasta le dijo, entre otras cosas, que su mujer le había dicho que le había encontrado en la casa de la princesa Marie Borisovna.

—¡Ah! La princesa Marie Borisovna... ¡Es un encanto! –comentó Stepán Arkadievich. Y contó una anécdota referente a ella que hizo reír a todos.

Con tanta gana, tan francamente rió Vronsky, que Levin se sintió completamente reconciliado con él.

—¿Qué? ¿Hemos terminado? –preguntó Stepán Arkadievich–. Vamos, pues –añadió sonriente.

CAPÍTULO VIII

Al dejar la mesa, Levin se dirigió, con Gagin, a la sala de billares. Se sentía extraordinariamente ligero.

En el salón grande encontró a su padre político.

—¿Qué? ¿Cómo encuentras nuestro templo de la ociosidad? –le preguntó el Príncipe tomándole del brazo–. Vamos. Echaremos un vistazo... daremos una vuelta y visitaremos el local...

—Sí, también yo tenía esa intención. Me parece muy interesante.

—Sí, para ti es interesante. Ahora, yo ya tengo otros intereses... Cuando miras a aquellos viejecitos, seguro que piensas que han nacido así, «machacados» –dijo el Príncipe mostrándole a un miembro del casino con el labio inferior colgando y que al andar apenas movía los pies, calzados con zapatos flexibles.

—¿Qué quiere decir «machacado»?

—Es un apodo que damos en el casino, ¿sabes? Cuando en las Pascuas se juega con huevos, si estos chocan fuertemente, quedan machacados. Así somos nosotros: a fuerza de frecuentar el casino nos vamos «machacando». ¿Conoces al príncipe Chechensky? A ti esto te hace reír, pero a mí no, porque mirándoles pienso que muy pronto seré también uno de ellos –añadió. Y Levin comprendió por el rostro de su suegro que este quería contarle alguna anécdota divertida.

—No, no le conozco.

—¿Cómo? ¿No conoces al famoso príncipe Chechensky? Bien, es igual... Es un hombre que siempre juega al billar. Hace tres años no estaba todavía entre los «machacados» y lanzaba bravatas y llamaba «machacados» a los demás. Pero un día llegó al casino y a nuestro portero, ¿sabes?, Vasili, ese grueso, que gusta tanto de decir palabras chistosas; pues bien, el príncipe Chechensky se acerca a él y le pregunta: «¿Qué, Vasili, quién hay en el casino? ¿Han llegado ya algunos de los "machacados"? Y nuestro hombre le contesta: "Usted es el tercero"». ¿Qué te parece?

De este modo, hablando, y saludando a los amigos y conocidos que encontraban a su paso, Levin, junto con el Príncipe recorrió todas las salas: la grande, donde ya estaban puestas las mesas y se habían organizado diversas partidas con los jugadores de siempre; la sala de los divanes, donde se jugaba al ajedrez y donde estaba Serguéi Ivanovich, hablando con un desconocido; la sala de los billares, en cuyo recodo había un diván, en el cual, con alegre compañía y bebiendo champaña, estaba Gagin. Echaron, también, una ojeada a la «sala infernal», donde rodeando una mesa, sentados o de pie, se hallaban muchos socios, entre ellos Jachvin, haciendo «apuestas» en el juego de azar o entretenidos mirando el juego.

Procurando no hacer ruido, entraron en la oscura biblioteca, donde, cerca de las lámparas con pantalla, estaban sentados un señor joven, con el rostro sofocado y leyendo periódico tras periódico, y un general calvo que parecía muy interesado por lo que estaba leyendo.

Estuvieron también en la sala que el Príncipe llamaba «de los sabios». En ella había tres señores que discutían animadamente las últimas noticias de política.

—Príncipe, haga el favor de venir. Todo está ya dispuesto –le dijo en aquel momento uno de sus compañeros de diversiones. Y el Príncipe se marchó con su tertuliano.

Levin se sentó y se puso a recordar todas las conversaciones que había tenido durante la mañana, pero se sintió aburrido y, levantándose precipitadamente, salió en busca de Oblonsky y Turovzin pensando que con ellos hallaría al menos distracción.

Turovzin estaba sentado en un diván en la sala de los billares, teniendo cerca de él, en una mesita, un cubilete con un brebaje.

Stepán Arkadievich y Vronsky hablaban de algo cerca de la puerta, en un rincón de la sala.

—No es que ella se aburra, pero esta posición tan indefinida… –oyó Levin al pasar. Quiso alejarse, pero Stepán Arkadievich le llamó.

—¡Levin! –le gritó, con los ojos humedecidos, como solía tenerlos siempre que bebía mucho o estaba emocionado. Esta vez la causa era, sin embargo, otra.

—Levin, no te marches –dijo y apretó a este fuertemente el brazo bajo su codo para impedirle que se marchara.

—Es mi amigo más sincero y mejor –dijo luego a Vronsky–. Tú también me eres muy querido. Y deseo que os hagáis buenos amigos, porque los dos sois excelentes personas.

—¿Por qué no? Solo nos falta besarnos –dijo Vronsky con bondadosa y burlona sonrisa, dando a Levin la mano, que él estrechó afectuoso, fuertemente, mientras decía:

—Me alegro, me alegro mucho.

—¡Mozo! Trae una botella de champaña –ordenó Stepán Arkadievich al criado.

—Yo también me alegro mucho –dijo Vronsky.

Pero, a pesar de los deseos de Stepán Arkadievich y de ellos dos mismos, de entablar conversación, no encontraron de qué hablar y aparecían mustios y aburridos.

—¿Sabes? Levin no conoce a Anna –dijo Stepán Arkadievich a Vronsky–. Y yo quiero llevarle a tu casa para presentarles y que se conozcan.

—¿Sería posible? –dijo Vronsky–. Anna se sentirá muy contenta... Yo iría con vosotros también a casa, pero me preocupa Jachvin. Me quedaré aquí hasta que termine su juego.

—¿Y qué, va mal?

—Está perdiendo, como siempre, y soy el único que puede contenerle.

— ¿Qué? ¿Jugamos una partida? –propuso Stepán Arkadievich–. Levin, ¿quieres jugar? Coloca los bolos –ordenó al marcador.

—Ya hace rato que están preparados –contestó este que, en efecto, había ya dispuesto los bolos en triángulo y se entretenía en rodar la roja.

—Bien, vamos a jugar.

Después de la partida, Vronsky y Levin se sentaron a la mesa, al lado de Gagin, y Levin, aceptando la propuesta de Stepán Arkadievich, se puso a jugar a las cartas apuntando a los ases.

Vronsky estaba sentado al lado de la mesa, rodeado de conocidos que sin cesar venían a hablarle o iba, de cuando en cuando, a la «sala infernal» para ver cómo marchaba en su juego Jachvin.

Levin, después de la fatiga cerebral que había sentido por la mañana, experimentaba ahora una sensación agradable de descanso. El hecho de no sentir ya animosidad alguna contra Vronsky, le hacía sentirse dichoso y una impresión de tranquilidad y de placer invadía continuamente su espíritu.

Terminada la partida, Stepán Arkadievich le agarró por el brazo.

—¿Vamos a ver a Anna? Ahora mismo, ¿no? Ella estará en casa. Hace tiempo que le prometí llevarte. ¿Adónde vas esta noche?

—A decir verdad, a ninguna parte. He prometido a Sviajsky ir a la Asociación de Agricultores. Pero es igual. Podemos ir a ver a Anna.

—¡Estupendo! Vamos. Entérate de si ha llegado mi coche –encargó Stepán Arkadievich al criado.

Levin se acercó a la mesa, pagó la apuesta perdida a los ases –cuarenta rublos–, pagó, de una manera particularmente misteriosa, el gasto que había hecho en el Club, que el criado viejecito que había en la puerta conocía, y moviendo mucho los brazos, a través de diversas salas, se dirigió hacia la puerta.

CAPÍTULO IX

—¡El coche de Oblonsky! –gritó, con voz de bajo profundo, el portero.

El carruaje se adelantó hasta la entrada del casino y Levin y Stepán Arkadievich subieron a él y se dirigieron a la casa de Anna.

Solamente algunos momentos más –en tanto que el coche salía del zaguán– le duró a Levin la sensación de bienestar que había experimentado en el casino. Apenas el carruaje salió a la calle y sintió las sacudidas que daba rodando sobre un pavimento desigual y oyó los gritos de un cochero de alquiler con el que se cruzaron y percibió, a la luz tenue de los faroles, la señal roja de un café y una tienda dc comestibles, aquella sensación placentera se le desvaneció.

Reflexionó ahora sobre los hechos de aquel día y se preguntó si hacía bien yendo a la casa de Anna. ¿Qué iba a decir de esto Kitty?

Pero Stepán Arkadievich no le dejó que se preocupara y, como si hubiese adivinado sus pensamientos, le dijo:

—No sabes lo que me alegra que vayas a ver a Anna. ¿Sabes? Dolly hacía tiempo que lo deseaba. Lvov estuvo ya en su casa y ahora la visita de vez en cuando. Aunque es mi hermana, puedo decir que es una mujer inteligente y agradable, muy interesante. Su situación, sin embargo, es muy penosa, sobre todo ahora…

—¿Y por qué lo es sobre todo ahora?

—Porque llevamos unas negociaciones con su marido para tramitar el divorcio. Él está conforme, pero hay complicaciones a causa del hijo. Y el asunto, que debió quedar terminado en poco tiempo, dura ya más de tres meses. En cuanto se ultime el divorcio, Anna se casará con Vronsky. ¡Qué tonta es esta antigua costumbre de andar a vueltas con los cánticos! «Regocíjate, Isaías». Nadie cree ya en el divorcio. Anna vive en Moscú. Aquí todos les conocen a él y a ella. Pero no sale a ninguna parte, ni ve a parientes ni amigas, excepto Lvov y Dolly, porque, ¿comprendes?, estas cosas estorban la felicidad de la gente. Pero, una vez casada ya con Vronsky, la posición de Anna será tan regular como la tuya y la mía.

—¿Y a qué se deben esas complicaciones? –preguntó Levin.

—¡Ah! Es una historia larga y aburrida. Todo está tan poco claro, indefinido… Lo cierto es que, mientras tanto, Anna no quiere que la traten solo por compasión. Hasta esa idiota de la princesa Bárbara se ha marchado de la casa considerando inconveniente permanecer con ella. Otra mujer, en su situación, no habría podido encontrar recursos morales para vivir... Y ya verás cómo ha arreglado ella su vida con tranquilidad y dignamente. A la izquierda, por la calle pequeña, enfrente de la iglesia –ordenó Stepán Arkadievich sacando la cabeza por la ventanilla.

—¡Oh, qué calor tengo! –dijo a continuación. Y, a pesar del frío (doce grados bajo cero), echó atrás su pelliza, que llevaba ya bastante desabrochada.

—Pero Anna tiene, según creo, una hija –dijo Levin–. Esto debe también de ocuparla mucho.

—¿Imaginas que toda mujer ha de ser una hembra, *une couveuse*[1] –replicó Stepán Arkadievich– que ha de pasarse el día al lado de sus hijos? No. Anna cría y educa a su hija y, a mi parecer, de una manera excelente, pero no es esta su ocupación principal. En primer lugar, Anna escribe. Ya veo que sonríes irónicamente, pero no tienes motivo. Escribe un libro para niños. No habla a nadie de esto, pero a mí me lo ha leído y yo le he dado a leer el manuscrito a Vorkuev. ¿Sabes a quién me refiero? El editor ese que me parece que escribe también. Es un hombre que entiende de estas cosas y me ha dicho que la obra es interesante. No pienses, por esto, que Anna es una escritora. Nada de eso. Antes que nada es una mujer de gran corazón... Ya la verás... Ahora tiene recogidos en su casa a una niña inglesa y a una familia entera, de los cuales se ocupa ella personalmente.

¿Se dedica, pues, a la filantropía?

—Ya quieres ver en ello algo malo, ¿no? No es una cosa al estilo de los «filantrópicos», sino hecha de todo corazón y bien. Ellos tenían, o mejor dicho, Vronsky tenía un entrenador inglés, un hombre muy entendido en su especialidad pero un borracho con *delirium tremens*. Llegó a tal extremo de embrutecimiento, que abandonó a su familia, dejándola en la miseria. Anna se enteró, se interesó por ellos y ha terminado por encargarse de todos. No solo les ayuda con dinero, sino que ella misma enseña a los chicos el ruso para que puedan ingresar en el colegio y a la niña la recogió en su casa... Ya la verás.

El coche entró en el patio de la casa de Anna y Stepán Arkadievich llamó con un fuerte campanillazo.

A la entrada de la casa había un trineo.

Sin preguntar al hombre que les abrió la puerta si estaba en casa o no Anna, Oblonsky entró en el primer vestíbulo. Levin le seguía, dudando aún si hacía bien en ir allí.

---

(1) «Gallina clueca».

Al mirarse en el espejo, vio que estaba muy sofocado. Pero seguro de que no estaba ebrio, siguió a Stepán Arkadievich, que subió por la escalera alfombrada.

Una vez en el piso superior, Oblonsky preguntó al criado, que le saludó como a persona de la casa, que quién estaba de visita con Anna Arkadievna y aquel le contestó que era el señor Vorkuev.

—¿Dónde están?

—En el despacho.

Tras atravesar el pequeño comedor, de paredes de madera oscura, Stepán Arkadievich y Levin entraron en una pieza débilmente iluminada por una lámpara cuya pantalla amortiguaba casi por completo la luz. Otra lámpara con reflector estaba fijada en la pared a iluminaba un retrato de mujer, pintado al óleo y de tamaño natural, que llamó enseguida la atención de Levin.

Era el retrato de Anna Arkadievna hecho en Italia por el pintor Mijailov.

Oblonsky continuó hacia donde estaba su hermana y la voz de hombre que se oía se calló.

Entre tanto Levin continuaba junto al cuadro, fascinado, sin poder apartar los ojos de él. Estaba admirado y conmovido hasta el punto de olvidar dónde se hallaba y de no oír a los que estaban hablando cerca de él. Lo que tenía ante sí no le parecía un cuadro, sino una mujer viva, deliciosa, con preciosos cabellos negros rizados; bellos hombros y brazos descubiertos; ligera y encantadora sonrisa en sus labios finos, rojos y sombreados por ligero vello; una mujer en fin que parecía mirarle dulce y dominadora, con ojos ensoñadores que le conturbaban. ¿Era posible que aquella hermosa criatura existiera en realidad?

De repente, oyó tras de sí la voz de aquella misma mujer cuya efigie estaba contemplando.

—Me alegra mucho su visita –le dijó Anna Arkadievna saliendo a su encuentro.

Y Levin vio, a la media luz del gabinete, la misma imagen del retrato con vestido de color azul oscuro alternado con otros colores.

Su actitud y sus ademanes eran distintos a los que tenía en el retrato, pero sí la misma expresión en el rostro y la misma belleza que tan bien había sabido captar el pintor.

En la realidad estaba menos brillante que en el retrato, pero, en cambio, había en ella algo nuevo y atrayente que faltaba en aquél: una alegre y dulce animación.

CAPÍTULO X

Anna Arkadievna no ocultó a Levin la alegría que experimentaba al verle.

Y en la forma con que ella le dio la mano, en cómo le presentó a Vorkuev y le mostró la niña –muy bonita, de cabellos rojizos– que estaba sentada allí, haciendo labores, llamándola «su pequeña y querida protegida», en todo esto, Levin reconoció los modales que tanto le admiraban de una mujer de gran mundo, siempre tranquila y natural.

—Me alegra mucho su visita –repitió. Y en sus labios estas palabras, tan sencillas, adquirieron para él una significación particular.

—Ya le conocía a usted hace tiempo –siguió Anna, dirigiéndose a Levin– y le quiero por su amistad con Stiva y por su esposa. La traté muy poco tiempo, pero me dejó la impresión de una hermosa flor, precisamente de una flor. ¡Y pronto será madre!

Anna hablaba con soltura, sin precipitarse, mirando ya a Levin, ya a su hermano. Levin comprendió que producía en ella una excelente impresión, se sintió desembarazado y feliz y le habló con naturalidad, agradablemente. Le parecía conocerla desde la infancia.

—Ivan Petrovich y yo nos hemos quedado aquí en el despacho de Vronsky para poder fumar –dijo Anna a Stepán Arkadievich, que le preguntó si les estaba permitido fumar. Y, mirando a Levin y sin preguntarle si fumaba o no, cogió una lujosa pitillera y le alargó un cigarrillo.

—¿Cómo te encuentras hoy? –le preguntó su hermano.

—Nada... Nervios... Como siempre.

—¿No es verdad que este retrato es una obra maestra? –preguntó Stepán Arkadievich a Levin, viéndole contemplar el cuadro.

—No he visto en mi vida un retrato mejor –contestó Levin.

—Se parece mucho, ¿verdad? –dijo Vorkuev.

Levin comparó el retrato con el original.

El rostro de Anna, en el momento en que Levin la miró, resplandeció con una claridad particular; y este, al cruzar su mirada con la de ella, se sonrojó.

Para ocultar su emoción, quiso preguntar a Anna si hacía mucho tiempo que no había visto a Darya Alejandrovna, pero precisamente en aquel instante ella le dijo:

—Ahora mismo hablábamos con Ivan Petrovich de los últimos cuadros de Vaschenkov. ¿Usted los ha visto?

—Sí, los he visto –contestó Levin.

—¡Oh! Perdón, le he interrumpido... Usted quería decir..

Levin hizo la pregunta que había pensado respecto a Darya Alejandrovna.

Anna contestó que hacía poco tiempo que Darya Alejandrovna la había visitado.

—Por cierto que cuando estuvo aquí, parecía muy disgustada de lo que le pasaba a Gricha en el colegio. Al parecer, el maestro de latín era poco justo con el muchacho –añadió.

Levin volvió a la conversación sobre los cuadros de Vaschenkov.

—Sí, he visto los cuadros y no me gustaron –dijo.

Ya no hablaba ahora torturándose continuamente, como lo había hecho aquella mañana. Cada palabra de Anna adquiría para él una significación particular. Y, si agradable le era hablarle, escucharla le era más agradable todavía.

Anna conversaba con naturalidad y desenvoltura, sin dar importancia alguna a lo que decía y dándola en cambio grande a lo que decía su interlocutor.

Hablaron de las directrices que seguía el arte y de la nueva ilustración de la Biblia hecha por un pintor francés. Vorkuev criticaba a este pintor por su crudo realismo. Levin le objetó que aquel realismo era una reacción natural y beneficiosa contra el convencionalismo y que los franceses habían llevado en el arte hasta un extremo al que no había llegado ninguna nación. Y añadió que los pintores franceses, en el hecho de no mentir, veían ya poesía.

Nunca una idea espiritual expuesta por él había procurado a Levin tanto placer como esta.

Anna, comprendiéndole, se sintió animada, le aprobó y, sonriendo, dijo:

—Río, como se ríe cuando se ve un retrato muy parecido. Lo que usted ha dicho ahora caracteriza completamente el actual arte francés –la pintura y hasta la literatura: Zola, Daudet–. Tal vez haya sido siempre así: se empieza por realizar sus *conceptions* por medio de figuras convencionales, imaginarias, pero, luego, todas las *combinaisons* artificiales, todas las figuras imaginarias, acaban por fatigar, y entonces se empiezan a concebir figuras más justas y naturales.

—Esto es verdad –dijo Vorkuev.

—Entonces, ¿habéis estado en el casino? –preguntó Anna a su hermano.

«Sí, sí, he aquí una mujer», pensaba Levin, olvidándose de todo y mirando absorto el rostro bello y animado de Anna, el cual en aquel momento, e inopinadamente, cambió de expresión.

Levin no oyó lo que Anna decía en voz baja a su hermano, al oído, pero el cambio que se había manifestado en su rostro le impresionó. Aquel rostro antes tan hermoso en su tranquilidad, expresó de pronto una curiosidad extraña y después ira y orgullo. Pero eso duró solo un instante. Anna frunció las cejas como recordando algo desagradable,

—Pues, al fin y al cabo, eso no le interesa a nadie –comentó para sí. Y, dirigiéndose a la inglesa, dijo:

—*Please order the tea in the drawing-room.* (1)

La niña se levantó y salió de la habitación.

—¿Qué tal ha hecho sus exámenes? –preguntó Stepán Arkadievich, señalando a la pequeña.

—Muy bien. Es una niña inteligente y tiene muy buen carácter –contestó Anna.

—Acabarás queriéndola más que a tu propia hija.

—Se ve bien que eso lo dice un hombre. En el amor no hay más y menos... A mi hija la quiero con un amor y a esta con otro diferente.

—Y yo digo a Anna Arkadievna –intervinó Vorkuev– que si ella hubiera puesto una centésima parte de la energía que emplea para esta inglesa en la obra común de educación de los niños rusos, habría hecho una obra grande y útil.

—Diga usted lo que quiera, yo no puedo hacer eso. El conde Alexey Kirilovich me animaba mucho a ello –y al pronunciar estas palabras, Anna miró tímidamente y como interrogándole a Levin, que le contestó con una mirada afirmativa y respetuosa–. El Conde, como digo, me animaba a ocuparme de la escuela del pueblo y he ido varias veces allí... Son muy simpáticos, sí, pero no pude interesarme por ellos. Usted dice: «energía». La energía se basa en el amor y no es posible adquirir amor a la fuerza. No se puede ordenar que se ame. A esta niña le tomé cariño sin saber yo misma por qué.

Anna miró de nuevo a Levin. Y su sonrisa y su mirada le dijeron claramente que hablaba solo para él, que tenía en mucho su opinión y que sabía de antemano que se comprendían.

—La entiendo muy bien –dijo Levin–. En la escuela y en otras instituciones semejantes no es posible poner el corazón y pienso que, precisa-

---

(1) «Haz el favor de servir el té en el salón».

mente por esta razón, todas las instituciones filantrópicas dan tan malos resultados.

Anna sonrió.

—Sí, sí –afirmó después–. Por mi parte, nunca lo pude hacer. *Je n'ai pas le coeur assez large*(1) como para querer a un asilo entero de niños, incluyendo los malos. *Cela large ne m'a jamais réussi!*(2) ¡Y, no obstante, hay tantas mujeres que se han creado con esto una *position sociale!* Y ahora, precisamente ahora, cuando tan necesaria me sería una ocupación cualquiera, es cuando puedo menos –dijo con expresión melancólica y confiada, dirigiéndose a su hermano, pero hablando en realidad para Levin.

De pronto frunció las cejas y cambió de conversación (Levin comprendió por aquel gesto que Anna estaba enfadada por haber hablado así de sí misma) y cambió de tema.

—Me han dicho que es usted un mal ciudadano –dijo dirigiéndose ahora directamente a Levin–, pero yo he intentado defenderle lo mejor que he podido...

—¿Y cómo me defendía usted?

—Según los ataques... Bueno, ¿quieren ustedes tomar el té?

Anna se levantó y cogió un libro encuadernado en tafilete.

—Démelo usted, Anna Arkadievna –dijo Vorkuev indicando el libro–. Es merecedor de...

—¡Oh, no! No está bien terminado...

—Ya le he hablado a Levin de él –dijo Stepán Arkadievich a su hermana.

—No debiste hacerlo. Mis escritos son por el estilo de aquellas cestitas de madera que me vendía Lisa Markalova, hechas por los presos. A fuerza de paciencia, aquellos desgraciados hacían milagros –dijo, dirigiéndose también ahora a Levin.

Y este descubrió un rasgo nuevo en aquella mujer que tanta admiración había ya despertado en él. Además de ser inteligente, espiritual y hermosa, tenía una sinceridad admirable que le llevaba a no disimular en nada todo lo que de penoso tenía su situación.

Dicho aquello, Anna suspiró y, de repente, su rostro adquirió una expresión seria y triste y se quedó inmóvil, como petrificada.

Con ese aspecto parecía aún más bella que antes, pero esta expresión era nueva, estaba fuera de aquel círculo de expresiones que irradiaban alegría

---

(1) «No tengo un corazón tan grande».

(2) «¡Jamás he sido capaz de ello!».

y producían felicidad y que el pintor había sabido reproducir tan bien en el retrato.

Levin miró una vez más al cuadro, mientras Anna tomaba por el brazo a su hermano, y un sentimiento de ternura y de compasión, que le sorprendieron a él mismo, se despertó en su alma por aquella mujer.

Anna pidió a Levin y Vorkuev que pasaran al salón y ella se quedó en la habitación a solas con su hermano para hablar reservadamente con él.

«Hablarán ahora del divorcio, de Vronsky, de lo que hace este en el casino, de mí...», pensó Levin. Y le preocupaba tanto lo que pudieran estar hablando los dos hermanos, que no atendía a lo que Vorkuev le decía en aquel momento de las cualidades de la novela para niños escrita por Anna.

Durante el té continuó la conversación, agradable y llena de interés.

No solo no hubo un momento de silencio, sino que, al contrario, se desenvolvía tan rápida y agradablemente como si hubiera de faltarles tiempo para decir todo lo que querían exponer.

Y todo lo que decía Anna a Levin le parecía interesante, e incluso los relatos o comentarios de Vorkuev y Stepán Arkadievich adquirían para él una profunda significación por el interés que ponía en ellos y las atinadas observaciones que hacía.

Mientras seguía la interesante conversación, Levin se extasiaba continuamente ante la belleza, la inteligencia y la cultura y a la vez la sencillez y sinceridad de Anna.

Él escuchaba o hablaba, pero incluso entonces pensaba constantemente en ella, en su vida interior, y no apartaba de Anna sus ojos, queriendo, por sus gestos y su mirada, adivinar sus sentimientos. Y él, que antes la juzgaba con severidad, ahora la justificaba y, al mismo tiempo, la compadecía; y la idea de que Vronsky no llegara a comprenderla completamente le oprimía el alma.

Habían dado ya las diez de la noche cuando Stepán Arkadievich se levantó para marcharse. (Vorkuev se había marchado ya.) A Levin le había pasado el tiempo tan agradablemente, que le pareció que acababan de llegar y se levantó pesaroso.

—Adiós –dijo Anna, reteniendo la mano de Levin y mirándole a los ojos con una mirada que le conturbó–. Me siento muy dichosa de que la *glace soit rompue*[1].

Pero, a continuación, ella retiró su mano y frunció el ceño.

(1) «Que se haya roto el hielo».

—Dígale a su esposa –encargó a Levin– que la quiero como siempre. Y que si ella no puede perdonarme, le deseo que no me perdone nunca. Para perdonar es preciso padecer lo que yo he padecido. Y de esto deseo de corazón que la libre Dios.

—Sí, se lo diré... se lo diré... –repuso Levin sonrojándose.

CAPÍTULO XI

«¡Qué mujer tan extraordinaria, tan simpática y digna de compasión!», pensaba Levin mientras salía, acompañado de Stepán Arkadievich, al aire frío de la calle.

—¿Qué te ha parecido? ¿No te lo dije yo? –preguntó Oblonsky, observando que su cuñado estaba completamente entregado al recuerdo de Anna.

—Sí –contestó Levin pensativo–. Es una mujer extraordinaria. No solo es inteligente sino, también, de una admirable cordialidad. La compadezco con toda el alma.

—Ahora, si Dios quiere, todo se arreglará. Y puesto que ves lo que te ha pasado en este caso, en adelante no formes juicios prematuros sobre la gente –añadió Stepán Arkadievich en tanto que abría la puerta de su carruaje.

—Y adiós –se despidió–, que vamos por caminos diferentes.

Levin se dirigió a su casa, en la que entró sin dejar de pensar en Anna, en la conversación tan sencilla que con ella había tenido, en todos los cambios que había observado en su fisonomía, en su situación, que despertaba en él una piedad profunda.

Al entrar en su casa, Kuzmá le comunicó que Katerina Alejandrovna se encontraba bien, que hacía pocos momentos que se habían marchado de allí las hermanas, y le entregó dos cartas. Una era de su encargado, Sokolov, el cual le decía que no había vendido el trigo porque ofrecían tan solo cinco rublos y medio y que no tenía de dónde sacar más dinero; la otra carta era de su hermana reprochándole el que su asunto no estuviera aún terminado.

Levin, con el ánimo alegre, resolvió enseguida, con extraordinaria facilidad, la cuestión del trigo, que en otra ocasión le habría dado mucho que pensar.

«Pues bien, si no dan más, lo venderemos a cinco rublos y medio».

En cuanto a las quejas de su hermana no despertaron en él más que este pensamiento: «Es extraordinario lo ocupado que tenemos aquí todo el tiempo».

Se sentía culpable ante su hermana por no haber hecho aún lo que esta le había pedido, pero encontró fácil disculpa.

«Es verdad que hoy no he ido tampoco al Juzgado», se acusaba. «Pero es que hoy», se disculpaba luego, «no he tenido, realmente, tiempo de hacerlo».

Y, después de haber decidido ocuparse de aquel asunto al día siguiente, se dirigió a las habitaciones que ocupaba su esposa.

Mientras se dirigía hacia allí, repasaba mentalmente todo lo que había hecho durante el día; las conversaciones que había escuchado y aquellas en las que había tomado parte. En todas ellas –se confesaba– habían tratado de cuestiones por las cuales no se habría interesado en otra ocasión, sobre todo estando solo en el pueblo, pero ahora, aquí, le habían resultado interesantes. Tan solo en dos ocasiones encontraba haber hecho algo que no le satisfacía plenamente: una era por su comentario de la carpa a propósito de la pena impuesta a un extranjero; la otra era «algo no bien definido» que había en aquella dulce compasión o tierno afecto que se había despertado en él hacia Anna.

Levin encontró a su mujer triste y aburrida.

La comida entre las tres hermanas había resultado animada, pero se habían cansado de esperarle y la animación fue decayendo hasta no saber qué decirse.

Luego las hermanas se marcharon y Kitty se quedó sola con sus pensamientos, preocupada por la tardanza de su marido.

—¿Y tú qué has hecho durante todo el día? –le preguntó Kitty, mirándole a los ojos, en los que advertía cierto brillo sospechoso. No obstante, y a fin de no contenerle en su efusión, disimuló y escuchó con dulce sonrisa de aprobación la referencia de lo que había hecho aquella noche.

—En el casino me encontré con Vronsky –explicó Levin–, y me alegré de verle. Todo sucedió de la manera mas natural. ¿Lo comprendes, verdad? La tirantez que había entre nosotros ha dejado ya de existir. Era una situación absurda que tenía que terminar. No vayas a creer por esto que intente ahora buscar su sociedad –y mientras decía estas palabras Levin se puso rojo, pensando que «por no buscar su sociedad» había ido a visitar a Anna a la salida del casino.

—¡Y decimos que el pueblo bebe! –exclamó después–. No sé quién bebe más, si el pueblo o nuestra clase… El pueblo bebe en los días de fiesta, pero nosotros…

Kitty oía extrañada las incoherencias de su marido. ¿A qué venía aquello de si el pueblo bebía o si los aristócratas bebían? ¿Qué les importaba a ellos? A ella, lo que le interesaba ahora era averiguar por qué causa se había él sonrojado, cosa que había observado muy bien.

—¿Y luego dónde estuviste?

—Stepán Arkadievich me pidió con gran interés que visitara a su hermana.

Y al decir esto se sonrojó de nuevo y sintió que las dudas sobre si habría hecho bien o mal visitando a Anna se le desvanecían para dejar paso al convencimiento de que había obrado de una manera inconveniente.

Los ojos de Kitty relampaguearon, pero se contuvo, disimuló su emoción y exclamó sencillamente:

—¡Ah!

—Espero que no te enfades porque haya ido allí. Me lo pidió, como te digo, Stepán Arkadievich, y Dolly también lo deseaba –continuó Levin.

—¡Oh, no! –dijo ella con una mirada que nada bueno predecía.

—Es una mujer muy simpática, digna de compasión –dijo Levin tratando de convencer a Kitty–. Me dio para ti un encargo conmovedor. –Y le repitió las palabras que le había dicho para su esposa.

—Sí, sí, está claro. Es una mujer digna de compasión –dijo Kitty con voz indiferente. Y, enseguida, le preguntó–: ¿De quién has recibido carta?

Levin explicó la correspondencia que había recibido y, sosegado por el tono tranquilo de su esposa, se marchó al gabinete para cambiarse de traje.

Al volver, encontró a su mujer en la misma butaca, en la misma actitud en que la había dejado. Cuando Levin se le acercó, ella le miró con tristeza y rompió a sollozar.

—¿Qué es eso? ¿Qué te pasa? –preguntó él, que ya había adivinado lo que «le pasaba».

—Te has enamorado de esa mala mujer –decía Kitty entre sollozos–. Te ha hechizado... Lo he visto en tus ojos... Sí, sí... ¿Qué puede resultar de eso? Has ido al casino... Has bebido... Has bebido... Has jugado a las cartas... Y luego has ido... ¡Adónde has ido!... ¡No, vámonos de aquí...! ¡Esto no puede durar! ¡Yo me voy mañana mismo!

Durante un largo rato Levin trató inútilmente de calmarla.

No lo consiguió sino prometiéndole no visitar más a Anna, cuya perniciosa influencia junto con el vino que había bebido, habían perturbado su razón. Lo que más sinceramente reconoció fue, sin embargo, que el vivir tanto tiempo en Moscú, dedicado solo a conversar, a fumar en exceso, a comer abundantemente y a beber más abundantemente aún, había acabado por hacer de él un estúpido. Y con igual sinceridad le prometió que nada de aquello volvería a suceder.

Así hablaron hasta altas horas de la noche. Cuando se acostaron, ya completamente reconciliados, eran las tres.

CAPÍTULO XII

Cuando Stepán Arkadievich y Levin se hubieron marchado, Anna se puso a pasear a lo largo de la habitación.

Aunque inconscientemente (como lo hacía todo en los últimos tiempos), Anna había hecho durante toda la noche cuanto le había sido posible para enamorar a Levin. Sabía que había logrado su propósito tanto como era posible en una noche y tratándose de un hombre casado y honesto enamorado de su mujer.

También él le había gustado y, a pesar de la gran diferencia que existía entre Vronsky y Levin, su tacto de mujer le había permitido descubrir en ambos aquel rasgo común gracias al cual Kitty había podido sentirse atraída por los dos. Y, no obstante, apenas se hubo despedido, Anna dejó de pensar en él para pensar en Vronsky de nuevo.

Un solo pensamiento la perseguía de una manera obsesiva: «Si tal efecto causo en un hombre casado –se decía– y enamorado de su mujer, ¿por qué solo él se muestra tan frío conmigo? Yo sé que Alexey me ama –siguió pensando–. Pero ahora hay algo nuevo que nos separa. ¿Por qué no ha estado aquí en toda la noche? Encargó a Stiva que me dijera que no podía dejar a Jachvin en su juego... ¿Es que es un niño ese Jachvin? Supongamos que sea así, puesto que él nunca miente. Sin embargo, dentro de esta verdad hay alguna otra cosa. Aprovecha todas las ocasiones para mostrarme que tiene otras obligaciones que le impiden estar más conmigo. Sé que es así y estoy conforme... Mas, ¿por qué ese afán de decírmelo? ¿Quiere hacerme comprender que su amor hacia mí no debe coartar su libertad? Pues bien, no necesito esas demostraciones; lo que preciso que me demuestre es su cariño. Debía comprender todo lo penosa que es mi vida aquí, en Moscú. ¿Es que esto es vivir? No, no vivo. Paso el tiempo esperando este desenlace que nunca acaba de llegar. ¡Otra vez estoy sin contestación! Stiva dice que no puede ir a casa de Alexey Alexandrovich, y yo no puedo escribir de nuevo. No puedo hacer nada, no puedo emprender nada para salir de esta situación.

Tan solo puedo procurarme pequeños entretenimientos –la familia inglesa, leer, escribir– para ir malpasando el tiempo, pues todo esto no es sino un engaño, como la morfina. Vronsky debía tener compasión de mí», terminó. Y lágrimas de piedad por su propia suerte le inundaron los ojos.

Oyó el nervioso campanillazo de Vronsky y, precipitadamente, se secó las lágrimas, se sentó en una butaca al lado de la lámpara, abrió un libro y fingió leer para que él creyese que estaba tranquila. Creía conveniente mostrar algún descontento porque él no había vuelto a la hora prometida, pero no extremar el enfado y, sobre todo, no despertar en él compasión. Ella se compadecía a sí misma, pero no quería en manera alguna compasión de él. De él solo quería amor. No quería tampoco luchar, pero, involuntariamente, se colocaba en plan de combate.

—¿No te has aburrido? –le preguntó él, acercándose a Anna, animado y alegre–. ¡Qué pasión más terrible es el juego! –comentó luego.

—No, no me he aburrido –contestó Anna–. Ya hace tiempo que aprendí a no aburrirme en estas largas esperas. Además, han estado aquí Stiva y Levin.

—Sí, me dijeron que venían a visitarte. ¿Te ha gustado Levin? –preguntó Vronsky, sentándose al lado de Anna.

—Mucho. Hace poco que se han marchado. ¿Qué ha hecho Jachvin?

—Al principio ganó diecisiete mil rublos. Le llamé para que abandonara el juego. Casi se decidió, pero luego volvió a jugar y ahora está perdiendo.

—Entonces, ¿a qué te quedaste tú allí? –dijo Anna, levantando sus ojos hacia él. Su mirada se cruzó con la de Vronsky, que en aquel momento era fría y agresiva–. Has dicho a Stiva –siguió– que te quedabas allí para evitar que Jachvin jugara demasiado y resulta que esto no era verdad, que fue solo un pretexto, puesto que ahora le has dejado en el juego y perdiendo por añadidura.

Y sus palabras, su entonación, sus ademanes, todo en ella reflejaban deseos de discusión, de lucha…

Vronsky contestó fríamente y con firmeza:

—Primero, no le he pedido a Stiva que te dijera nada. Segundo, nunca digo lo que no es verdad. Y tercero y principal: tenía ganas de quedarme en el casino y me he quedado –y después de un breve silencio añadió–: Anna, ¿a qué vienen estas recriminaciones? –Y se inclinó hacia ella y extendió, abierta, su mano derecha esperando que ella pondría entre aquella las suyas.

Anna se sintió conmovida y dichosa ante aquel gesto de ternura, pero una fuerza extraña y maligna –un sentimiento de lucha– la impelía a no dejarse dominar.

No correspondió, pues, aquel gesto de su amado, sino que le dijo con más irritación:

—Naturalmente: has querido quedarte allí y te has quedado. Haces todo lo que quieres. Está bien. Pero ¿para qué me lo dices? ¿Para qué? –dijo más enardecida cada vez–. ¿Acaso te discute alguien tus derechos? Si quieres tener razón, quédate con ella.

La mano de Vronsky se cerró con enojo, su cuerpo se enderezó y en su rostro se pintó una expresión más decidida aún y tenaz.

—Para ti es una cuestión de tozudez –dijo Anna de repente, al encontrar una palabra que definiera justamente los pensamientos y el sentir de Vronsky, un calificativo para aquella expresión de su rostro que tanto la irritaba–. Para ti se trata solo de salir vencedor en esta lucha conmigo, mientras que para mí…

La invadió una inmensa compasión por sí misma y, casi llorando, continuó:

—¡Si supieras lo que representa esto para mí! ¡Si pudieras comprender lo que significa para mí tu hostilidad, esta hostilidad, que ahora, en este instante, siento tan cruelmente! ¡Me encuentro al borde de una gran desgracia y siento miedo de mí misma!

Anna volvió la cabeza para ocultar sus sollozos.

—Pero, ¿a qué te refieres? –pregúntó Vronsky, horrorizado de sus pensamientos. Y, asustado ante la desesperación que ella manifestaba, se le acercó de nuevo, le tomó la mano acariciándosela e inclinándose se la besó. Luego le dijo cariñosamente, esforzándose en convencerla:

—¿De qué te quejas? ¿Acaso busco diversiones fuera de casa? ¿Es que no huyo del trato con otras mujeres?

—¡No faltaría más! –exclamó Anna.

—Pues dime: ¿qué debo hacer para que estés contenta? Estoy dispuesto a hacer todo lo que me digas con tal de que seas feliz –decía Vronsky–. ¡Qué no haría yo, Anna, para librarte de todas tus penas!

—No es nada… no es nada… –dijo ella, sintiéndose dichosa de nuevo–. Ni yo misma sé lo que quiero… Acaso la soledad… Los nervios… Pero no hablemos más de esto –y cambió la conversación procurando disimular la victoria conseguida–. ¿Cómo han ido las carreras? No me has contado nada todavía.

Vronsky pidió la cena y se puso a contar las incidencias de las carreras de caballos, pero por su tono y por sus miradas, que se hacían a cada momento más fríos, Anna comprendió que, a pesar de su precaución, Vronsky no le perdonaba la derrota sufrida, que reaparecía en él aquel sentimiento de tozudez contra el cual venía luchando. Parecía incluso que estaba más frío y duro que antes, como arrepentido de haberse dejado dominar por ella.

Anna recordó las palabras que le habían proporcionado el triunfo sobre él («estoy al borde de una gran desgracia y siento miedo de mí misma»), mas comprendió que este recurso era peligroso, quizá contraproducente, y desistió de emplearlo otra vez.

Anna percibía claramente en ambos, a la par de su amor, otro sentimiento antagónico, formado por recelos y dudas en ella y ansias de libertad y voluntad de dominio por parte de él, y desesperó de poder dominar en ella aquel sentimiento y sabía que tampoco él lo podría dominar.

Capítulo XIII

No hay situación a la que el hombre no se acostumbre, especialmente si todos los que le rodean la soportan como él.

Tres meses antes, Levin no se hubiera creído capaz de dormir tranquilo en las condiciones en que estaba viviendo ahora (sin fin definido, desordenadamente, con gastos superiores a sus recursos económicos, emborrachándose como lo había hecho aquella noche en el casino y, sobre todo, sosteniendo relaciones amistosas con el hombre del cual, en algún tiempo, había estado enamorada su mujer). Le habría quitado el sueño, también, pensar que había visitado a una mujer a la que se consideraba como una mujer perdida y sentirse cautivado por ella. Y se lo habría quitado, sobre todo, el pesar de haber disgustado a su querida Kitty.

No, Levin antes no habría dormido tranquilo con el peso de todo aquello sobre la conciencia, pero esta noche, ya fuera por el cansancio del ajetreo que había tenido durante todo el día, ya por no haber dormido la noche anterior o por los efectos del vino, se durmió en un sueño profundo.

A las cinco de la mañana, el ruido de una puerta que se abría le despertó. Se incorporó de un salto y miró alrededor.

Kitty había abandonado la cama. Pero en el gabinete contiguo se veía luz y sintió los pasos de ella, que se movía por aquella estancia.

—¿Qué pasa Kitty? –le preguntó, alarmado–. ¿Qué haces?

—No pasa nada –contestó Kitty entrando en el cuarto con la luz encendida–. Me sentí algo indispuesta –explicó sonriente y con acento cariñoso.

—¿Qué, ya empieza eso? ¿Hay que ir a buscar a la comadrona? –preguntó él. Y comenzó a vestirse apresuradamente.

—No, no –contestó Kitty sonriendo. Y le detuvo y le obligó a acostarse de nuevo. –No es nada –explicó–. Sentí un pequeño malestar. Pero ya ha pasado.

Y Kitty apagó la luz y se metió otra vez en la cama, quedando quieta y tranquila.

A Levin le resultaba sospechosa aquella tranquilidad en la respiración, pareciéndole que Kitty hacía esfuerzos por no aparecer agitada, y más que nada consideraba extraña la expresión dulce y animada con que ella, al volver a la habitación, le había dicho «no es nada», sin duda –pensaba él– para tranquilizarle.

Pero Levin tenía tanto sueño que, apenas hubo acabado de hablar, se quedó dormido enseguida.

Solamente después se acordó del acento tranquilo de Kitty y comprendió lo que había pasado en el alma de su mujer durante aquellos momentos en que ella, inmóvil pero con el alma llena de inquietudes, de dudas, de temores, de alegrías y de sufrimientos físicos, esperaba el hecho más transcendental de su vida.

A las siete sintió la mano de Kitty sobre su hombro y le oyó decir algo, aunque no la entendió, porque hablaba en voz baja, con un débil murmullo, dudando entre la necesidad de despertarle y la lástima de estropearle el tranquilo sueño de que estaba gozando.

—Kostia, no te asustes –le dijo, al fin–, pero me parece que habrá que mandar a buscar a Elisabeta Petrovna.

La luz estaba otra vez encendida y Kitty, sentada en la cama, tenía en sus manos la labor en que estaba trabajando aquellos días (una prenda para el niño que esperaba).

—Por favor, no te asustes. Yo no tengo miedo alguno –dijo ella al ver la cara de espanto de Levin. Y cariñosamente le apretó la mano contra su pecho y luego se la llevó a los labios.

Levin se incorporó precipitadamente, se levantó de la cama, se puso la bata y se quedó sentado en el lecho, sin saber lo que hacía, sin apartar los ojos de su esposa.

Sabía lo que tenía que hacer, tenía que ocuparse enseguida de todo lo preciso para aquel trance, pero no se movía, no podía apartar la mirada de aquel rostro querido que tantas veces había contemplado. Ahora descubría en él una expresión nueva, mezcla de ansiedad y de alegría. ¡Cuán miserable se consideraba al recordar el disgusto que aquella misma noche le había ocasionado al verla ahora ante sí tal como estaba en aquel instante! El rostro de Kitty le parecía más bello que nunca, encendido y rodeado de los rubios cabellos que se escapaban de su gorro de noche, radiante de alegría y de resolución.

Nunca aquel alma cándida y transparente se le había aparecido ante los ojos con tanta claridad, toda entera y sin velo alguno, y Levin se sentía ante ella maravillado y sorprendido.

Kitty le miraba sonriendo.

De pronto, sus cejas temblaron, levantó la cabeza y, acercándose rápidamente a su esposo, le cogió la mano, le atrajo hacia sí, le abrazó fuertemente y le besó, sofocándole con su aliento. Debía de sentir fuertes dolores y le abrazaba como buscando un lenitivo y a Levin le pareció, como siempre, que él era el culpable de aquel dolor.

Sin embargo, la mirada de Kitty, en la que había una gran dulzura, le decía que ella, no solo no le reprochaba, sino que le amaba más por aquellos mismos sufrimientos.

«Pues si no soy yo el culpable, ¿quién es?», se dijo involuntariamente Levin, como buscando al culpable con ánimo de darle su castigo.

Pero enseguida se dio cuenta de que allí no había culpable a quien castigar.

Kitty sufría, se quejaba, mas se sentía orgullosa de sus sufrimientos, que la colmaban de alegría y hacían que los deseara.

Levin presentía que en el alma de ella nacía y se desarrollaba algo cuya grandeza y sublimidad escapaba a su comprensión.

—Yo haré avisar a mamá mientras corres en busca de Elisabeta Petrovna... ¡Kostia!... No, no es nada, ya ha pasado.

Se apartó de Levin para llegar al timbre y oprimió el botón.

—Ahora ya puedes irte. Pacha vendrá enseguida. Ya estoy bien –terminó.

Y Levin vio, con sorpresa, que Kitty tomaba su labor y se ponía a trabajar tranquilamente.

En el instante en que él salía por una de las puertas de la habitación, entraba la criada de servicio por la otra. Se paró y oyó cómo Kitty daba órdenes precisas a la muchacha y, junto con esta, empezaba a mover la cama.

Levin se vistió y, mientras enganchaban los caballos, porque a aquella hora no había coches de alquiler, subió corriendo al dormitorio. Entró en la habitación de puntillas (como llevado por alas le pareció). Dos sirvientas iban de un lado a otro de la habitación atareadas, trasladando cosas y arreglándolas, mientras Kitty se paseaba dando órdenes y sin dejar de hacer la labor a la vez.

—Ahora voy a casa del médico. Han ido ya a buscar a Elisabeta Petrovna. De todos modos, pasaré yo por allí. ¿Necesitas algo más? –le preguntó.

Kitty le miró sin contestar, y, frunciendo las cejas a causa del intenso dolor que experimentaba, le despidió con un ademán.

—¡Sí, sí… ve…!

Cuando atravesaba el comedor, oyó un débil gemido que salía del dormitorio y de nuevo se restableció el silencio. Se detuvo y, durante un largo rato, no pudo comprender lo que sucedía.

«Sí, es ella», se dijo al fin. Y, llevándose las manos a la cabeza, corrió escaleras abajo.

«¡Señor, Dios mío, perdóname y ayúdanos!», imploró.

Y el hombre sin fe repitió varias veces la misma imploración, y le brotaba de lo más profundo del alma.

En momentos como aquel, de incertidumbre y angustia, Levin olvidaba todas sus dudas respecto a la existencia de Dios y, considerándose impotente, recorría al Todopoderoso implorándole que le ayudase. Su escepticismo había desaparecido al punto de su alma, como el polvo barrido por el vendaval. Él no se sentía con fuerzas para afrontar debidamente aquel trance, ¿y a quién podría recurrir mejor que a Aquel en cuyas manos creía ahora entregada a la que era todo su amor, su alma y aun su propia vida?

El caballo no estaba todavía enganchado y Levin, con la gran ansiedad y tensión nerviosa que le dominaba, no quiso esperar y comenzó a caminar a pie, encargando a Kuzmá que le alcanzase con el carruaje.

En la esquina encontró un trineo de alquiler del servicio de noche que se acercaba veloz. Sentada en él iba Elisabeta Petrovna, con una capa de terciopelo y la cabeza cubierta con un pañuelo de lana.

—¡Loado sea Dios! –dijo Levin con alegría al reconocer el rostro, pequeño y rosado de la comadrona, cuya expresión era entonces severa y hasta preocupada. Salió al encuentro del trineo y sin hacerlo parar, le fue siguiendo a pie sin dejar de correr.

—¿Solo dos horas dice usted? ¿Solo dos? –preguntó ella–. A Piotr Dmitrievich le encontrará en su casa, pero no hace falta que se dé prisa. ¡Ah!, oiga: entre en una farmacia y compre opio.

—¿Cree usted que todo irá bien? ¡Dios mío, perdóname y ayúdanos! –exclamó Levin.

En aquel momento su trineo salía del portal de su casa. De un salto se colocó al lado de Kuzmá y ordenó a este que le llevara a casa de Piotr Dmitrievich lo más rápidamente posible.

CAPÍTULO XIV

El criado, ocupado en limpiar los cristales de sus lámparas de petróleo y sin dejar su trabajo, dijo a Levin que «el señor había ido a dormir tarde y le había ordenado que no le despertara. Ahora, añadió, que creo que se levanta pronto». Absorto en su trabajo, apenas le había mirado, y aquella atención hacia las lámparas y su indiferencia ante las palabras de Levin, al primer momento indignaron a este. Pero reflexionó enseguida y comprendió que nadie sabía lo que ocurría en su interior ni estaba obligado a compartir sus sentimientos y se dijo que, por esta razón, debía obrar con tranquilidad y firmeza para romper el hielo de la indiferencia de los otros y alcanzar el fin que perseguía.

«No debo precipitarme ni omitir nada, tal debe ser mi regla de conducta», se dijo, satisfecho de sentir toda su atención todos sus fuerzas físicas absorbidas por la tarea que se había impuesto.

El médico no estaba levantado aún.

Puesto que el médico no estaba levantado todavía, Levin cambió su plan. Así, decidió ordenar a Kuzmá que fuera, con una carta suya, a buscar a otro médico. Él iría a la farmacia para adquirir el opio y si, a su regreso, Piotr Dmitrievich no estaba aún levantado, trataría de conseguir del criado como fuera, de grado o por fuerza, que despertara a su señor y le diese su recado.

En la farmacia, el mancebo ponía en unas obleas cierta medicina que esperaba un cochero y lo hacía con la misma atención con que el criado de Piotr Dmitrievich limpiaba las lámparas; y, con igual indiferencia que el criado, dijo a Levin que no podía atenderle en aquel momento y que esperase.

Procurando no irritarse ni precipitarse, Levin explicó al farmacéutico para qué necesitaba el opio, le hizo ver que se trataba de un caso de urgencia y le rogó que le despachara cuanto antes. El mancebo consultó en alemán a alguien que se encontraba detrás de un biombo y, habiendo recibido el consentimiento de aquella persona, tomó sin prisas un frasco, vertió una pequeña cantidad de su contenido en otro frasco pequeño, le puso una etiqueta, lo cerró con precinto y, no obstante las indicaciones y apremios de Levin, se dispuso a envolverlo en un papel.

Levin, intranquilo, nervioso, no pudo soportar ya más aquella dilación, arrebató el frasco de las manos del mancebo y salió de la farmacia corriendo, derribando sillas, y cerrando violentamente las grandes puertas con cristales.

Piotr Dmitrievich no estaba aún levantado y el criado se ocupaba en colocar un tapiz y también esta vez se negó a despertar a su señor.

Sin precipitarse, Levin sacó de su cartera un billete de diez rublos, se lo dio al criado y, pronunciando las palabras lentamente, pero sin perder tiempo, le explicó que su señor (¡qué grande a importante le parecía a Levin ahora aquel Piotr Dmitrievich, a quien tan insignificante había visto siempre!) el propio Piotr Dmitrievich, le había prometido ir a la hora que fuese y que seguramente no se enfadaría porque le despertaran en aquel momento.

El criado consintió en ello y se dirigió a las habitaciones de arriba, indicando a Levin que pasara a la sala de espera.

A través de la puerta, este oyó cómo el doctor se levantaba, iba de un lado a otro, se lavaba y decía algo.

Pasaron unos tres minutos, que a él le parecieron más de una hora, y no pudiendo esperar más, se levantó y dijo, con acento suplicante, desde la puerta de la sala:

—¡Piotr Dinitrievich! ¡Piotr Dmitrievich! ¡Por Dios! Perdóneme y recíbame como esté. Han pasado más de dos horas...

—Enseguida... enseguida –contestó la voz del doctor.

Levin adivinó, sorprendido, que el doctor sonreía, y se sintió algo aliviado de su angustia.

Sin embargo, insistió:

—Permítame un momento.

Pasaron otros diez minutos mientras el médico se ponía las botas y el traje y se peinaba.

—¡Piotr Dmitrievich! –comenzó a hablar de nuevo Levin, con voz lastimera. Pero, en aquel momento, el médico vestido ya y peinado, penetró en la sala.

«Esta gente no tienen conciencia –se dijo para sí–, mientras los otros se mueren, ellos se están peinando».

—¡Buenos días! –le saludó el doctor, dándole la mano, y como queriendo burlarse de él con su calma–. No se apresure usted.

Luego, con gran tranquilidad, le preguntó:

—Bueno, ¿qué ha pasado hasta ahora?

Procurando no omitir detalle alguno a interrumpiéndose constantemente para rogarle que fuera con él a asistir a Kitty cuanto antes, inmediatamente si era posible, Levin contó al doctor todo lo que había ocurrido hasta el momento en que había salido de casa.

—No se apresure usted, hombre, no se apresure –le dijo el doctor con calma–. Ustedes no entienden de esas cosas… A pesar de que seguramente no habrá necesidad de mí, he prometido ir e iré… Pero no hay ningún motivo para apresurarse… Siéntese usted, hágame el favor. ¿Quiere café?

Levin le dirigió una mirada, mezcla de asombro e ira, pensando si aquel hombre estaría chanceándose de él.

El doctor lo comprendió y dijo sonriendo:

—Ya sé… Ya sé lo que son estos casos, puesto que he asistido a muchos y yo mismo tengo hijos. Nosotros, los maridos, somos en estos momentos las personas más dignas de lástima. El marido de una de mis pacientes se marcha siempre a la cuadra cuando su esposa va a dar a luz.

—¿Qué cree usted que ocurrirá, Piotr Dmitrievich? ¿Cree que todo saldrá bien?

—Todo indica un feliz desenlace.

—¿Así que va usted a venir enseguida? –preguntó, mirando con ira al criado, que traía al doctor el café.

—Dentro de una hora.

—¡No, por Dios! –suplicó Levin.

El médico empezó a tomar su café, mientras él callaba, intranquilo y angustiado.

—A los turcos les zurran de lo lindo. ¿No ha leído usted los telegramas de ayer? –dijo Piotr Dmitrievich mientras mojaba, con gran calma, el panecillo en el café y se lo iba comiendo poco a poco.

—No, no puedo más –exclamó Levin, levantándose de un salto–. ¿Así que vendrá usted dentro de un cuarto de hora? –volvió a preguntar.

—De una media hora.

—¿Palabra de honor?

Levin llegó a su casa al mismo tiempo que la Princesa y los dos se acercaron a la puerta del dormitorio. La Princesa tenía lágrimas en los ojos y sus manos temblaban. Al verle, le abrazó y se puso a llorar.

—¿Cómo va eso, querida Elisabeta Petrovna? –preguntó la Princesa a la comadrona, que salía en aquel momento de la habitación de Kitty con el rostro radiante aunque preocupada.

—Todo va bien –dijo la comadrona–. Pero persuádanla –añadió– de que se esté en la cama. Así sentirá menos los dolores.

Cuando Levin, al despertar aquella mañana, comprendió que había llegado el momento del alumbramiento, resuelto a sostener el valor de su esposa, se había prometido no pensar en nada, ocultar sus emociones y, sobre todo, su intranquilidad y su incertidumbre durante las cinco horas que, según los entendidos, debía durar la prueba, y mantener el ánimo sereno para consolarla y animarla con su presencia.

Pero, cuando al volver de la casa del médico vio que Kitty continuaba sufriendo, empezó a suspirar y a levantar los ojos al cielo, a temer que no podría resistirlo y se pondría a llorar o tendría que huir, y con mirada suplicante repitió con insistencia sus invocaciones a Dios: «¡Señor, perdóname y ayúdanos!».

Pasó una hora de horrible tortura para él, pasó otra y otra, hasta las cinco que le habían indicado que duraría el parto, y al cabo de las cuales esperaba el final de su tribulación, pero después de aquel tiempo el estado de Kitty seguía igual.

Se sentía desesperado. Sufría horriblemente no viendo término a los dolores de su esposa. A menudo pensaba, contando las palpitaciones, que su corazón iba a estallar y sentía agotarse su paciencia.

Y pasaban minutos tras minutos horas y más horas sin que se aclarara aquella situación.

Todas sus condiciones habituales de vida, comidas, sueño, aseo, distracciones –de las cuales Levin creía que no podría prescindir, habían desaparecido, no existían para él. Perdió la noción del tiempo. Aquellos momentos en que Kitty le llamaba a su lado y con sus manos sudorosas apretaba las suyas con gran ansia, con fuerza extraordinaria, y se las abandonaba después, con expresión de agotamiento, le parecían horas; o bien el tiempo se le pasaba sin sentirlo. Levin se sorprendió cuando Elisabeta Petrovna encendió la luz y en un reloj que había tras de un biombo, vio que eran las cinco de la tarde. Si le hubieran dicho que eran las diez de la mañana, igualmente se habría sorprendido.

Advertía tan poco el paso del tiempo como lo que en él ocurría. Veía el rostro de Kitty, ya excitado, ya sorprendido, o sonriente, o con gesto de dolor. Veía también a la Princesa, encendida, angustiada, sin voluntad, con el rostro enmarcado de bucles blancos, cubierto de lágrimas que devoraba mordiéndose los labios. Veía a Dolly y al doctor, que fumaba gruesos cigarros, y a Elisaveta Petrovna, con el rostro firme, decidido y tranquilizador, y al viejo Príncipe, que se paseaba por la sala con el ceño fruncido. Pero Levin no se daba cuenta de que cuando cada uno de ellos entraba en la habitación, cambiaba de sitio o postura, o se marchaba. La Princesa tan pronto estaba en la habitación junto al doctor, como en el gabinete, donde habían puesto la mesa. Y en el sitio que ocupaba la Princesa veía, después, a Dolly, sin que se diese cuenta para nada de sus entradas y salidas. Si le hacían algún encargo lo ejecutaba inconscientemente.

Recordaba que le habían enviado a alguna parte y no podía precisar para qué, ni cuándo, ni adónde había ido. También, en otro momento, le habían mandado llevar una mesa y un diván a la habitación. Lo había hecho deprisa y solo después se dio cuenta de que los había llevado para pasar él la noche.

Le habían mandado al gabinete a preguntar algo al doctor y este, después de haberle contestado, se puso a hablar del desorden que reinaba en el Ayuntamiento.

Le habían mandado también al dormitorio para llevar a la Princesa la Santa Imagen de la casulla de plata dorada, y Levin, en unión de la vieja camarera de la Princesa, subió al sagrario para sacar la imagen y rompió la lamparilla. La vieja camarera le consoló de aquel accidente y le dio ánimo respecto al estado de Kitty. Levin llevó la Santa Imagen y la colocó con gran cuidado a la cabecera de su mujer, detrás de los almohadones. Pero, dónde, cómo y por qué había hecho todo aquello no lo recordaba. Tampoco comprendía por qué la Princesa le cogía la mano, le miraba con compasión y le pedía que se calmase; por qué Dolly le pedía que comiera; ni por qué el médico le miraba tan serio y con tanta compasión y le hacía beber unas gotas.

Sabía y sentía que estaba en la misma situación, en igual estado de inconsciencia que hacía casi un año en la fonda de aquella capital de provincia, cerca del lecho de muerte de su hermano Nicolás. Entonces se trataba de una muerte y ahora de una vida. Pero igual que antes el dolor, la alegría abría ahora en la vida habitual de Levin un claro en el cual advertía algo superior que no acababa de comprender, pero que le elevaba el alma a una altura a la que no llegara nunca y adonde su razón no alcanzara.

«¡Señor, perdóname y ayúdanos!», repetía sin cesar, con la naturalidad y la fe con que lo había hecho en su infancia y durante su juventud, aquellos períodos de su vida tan lejanos que parecían definitivamente olvidados, pero que habían dejado en su alma un sedimento que ahora le subía a los labios.

Durante aquellas horas interminables, Levin conoció alternativamente dos diferentes estados de ánimo: uno, cuando alejado de Kitty estaba con el doctor, que fumaba uno tras otro gruesos cigarros, apagándolos en el borde del cenicero, lleno ya de ceniza, o bien cuando estaba con Dolly o con el Príncipe y hablaban de política, de la enfermedad de Marie Petrovna o sobre otro tema cualquiera, en animada conversación. En estos momentos, Levin olvidaba por completo lo que le estaba ocurriendo a su esposa y sentía firme su ánimo y despierto su pensamiento. El otro estado de espíritu por el que pasaba era cuando estaba en presencia de Kitty, cerca de su cabecera, y se sentía otro ser completamente distinto: sentía como si su corazón fuera a romperse y rezaba sin cesar. Cada vez que en un momento de olvido oía de nuevo un grito que le llegaba del dormitorio, Levin caía en el mismo error: al oírlo, daba un salto y corría allí, con intención de disculparse; luego, por el camino, se acordaba de que no era el causante de aquellos sufrimientos y sentía deseos de defender y de ayudar a su mujer. Al mirarla veía, sin embargo, que le era imposible ayudarla, se horrorizaba y clamaba una vez más: «¡Señor, perdóname y ayúdanos!».

Cuanto más tiempo pasaba, tanto más doloroso sentía Levin el contraste de aquellos dos sentimientos; más tranquilo se sentía fuera de su presencia, hasta el punto de olvidarse de todo; y más vivo era su sentimiento de impotencia cuanto más hondos eran los sufrimientos de su mujer. Pero, a pesar de todo, cuando oía su voz, corría al lado de ella a ayudarla.

A veces, cuando le llamaba, sentía ira y deseos de increparla, pero, al ver el rostro de Kitty sumiso y sonriente y oyendo sus palabras: «¡Cómo te atormento, Kostia! Perdóname», Levin quería volverse contra Dios y, al recordar a Dios, enseguida le imploraba que le perdonara y les ayudase.

Capítulo XV

Levin no sabía si era tarde o temprano. Las velas estaban ya casi consumidas. Dolly, que salía entonces del gabinete, rogó al doctor que descansara.

Levin, sentado cerca del doctor, escuchaba una anécdota que este le refería de un charlatán magnetizador y miraba a la vez y con aire abstraído la ceniza que se iba formando en su cigarro.

Era un período de tranquilidad y Levin se había olvidado por completo del parto. Ahora escuchaba las palabras del doctor y las comprendía plenamente.

De súbito se oyó un grito estremecedor. El grito era tan terrible que Levin ni siquiera pudo levantarse, como otras veces –de un salto– y correr a la alcoba, sino que se quedó sentado, inmóvil, con la respiración cortada, mirando al doctor de forma aterrada e interrogativa.

Piotr Dmitrievich, ladeando la cabeza, escuchó. Luego sonrió a hizo un gesto de satisfacción.

Todo lo que ocurría era tan extraordinario que ya nada podía sorprender a Levin. «Sin duda debe de ser así», se dijo. Y continuó sentado.

Pero, poco después, no pudiendo a pesar de todo explicarse aquel grito, se levantó y, de puntillas, entró en el dormitorio, pasó por detrás de Elisabeta Petrovna y la Princesa y se colocó en su sitio de siempre, a la cabecera de la cama.

No se oía ya ningún grito, pero comprendió que allí, por más que nada advirtiese ni comprendiese nada, había sucedido algo extraordinario. El rostro de Elisabeta Petrovna estaba severo y pálido; sus mandíbulas temblaban ligeramente y sus ojos estaban fijos en Kitty. El rostro congestionado, atormentado, de su mujer, cubierto de sudor y con un mechón de cabellos pegados a la frente, se había vuelto hacia él, buscaba la mirada de su esposo, y con sus manos, levantadas por encima de la cama, le pedía su mano.

—No te marches... No te marches... Yo no temo, no temo... –dijo rápidamente, tomando entre las suyas sudorosas las manos frías de su marido y acercándoselas a la cara–. Mamá... Toma mis pendientes que me están estorbando... Tú no temas... ¿Será pronto, Elisabeta Petrovna?

Hablaba precipitadamente y con voz entrecortada. Quería sonreír, pero de pronto su rostro se alteró horriblemente y de su garganta brotó un quejido horrible, fuerte, agudo y prolongado.

—¡No! Es terrible... Voy a morir... Voy a morir... Vete, vete –dijo a Levin.

Y de su garganta brotó de nuevo el mismo grito estremecedor.

Levin se cogió la cabeza con las manos y salió corriendo de la habitación.

—No es nada, no es nada, todo va bien –oyó decir a Dolly detrás de él.

Pero, a pesar de lo que le decían, él pensaba que todo estaba perdido.

Se quedó en la habitación contigua, apoyando su cabeza en el quicio de la puerta.

Seguía oyendo aquel grito nunca escuchado, semejante a un espantoso aullido y sabiendo que la que gritaba de aquel modo era su Kitty.

Ya hacía tiempo que, ante tanto dolor, había renegado de su deseo de tener un hijo. Ahora le odiaba y no pedía a Dios sino que salvase la vida de ella. Lo único que deseaba era que cesaran sus sufrimientos.

—¿Qué es esto, Dios mío? Doctor, ¿qué es esto? –decía Levin cogiendo de la mano al doctor, que entraba en aquel momento en la habitación.

—Se está terminando –dijo el doctor. Y tenía un rostro tan serio cuando dijo estas palabras, que Levin entendió que aquel «se está terminando» significaba que Kitty estaba muriéndose.

Fuera de sí, corrió al dormitorio, donde lo primero que vio fue el rostro de Elisabeta Petrovna, más fruncido y severo que el del médico. Kitty, su querida Kitty, no estaba ya allí. En su lugar había una criatura atormentada, con el rostro descompuesto y terrible, de cuya boca brotaban sin cesar estremecedores gritos y a la que era imposible reconocer.

Levin apoyó su cara contra la madera de la cama y le parecía que su corazón iba a estallar.

Los horribles lamentos sonaron sin interrupción durante algún tiempo, cada vez más estremecedores. Pero de pronto, y como habiendo llegado ya su último límite, se dejaron de oír.

Levin no quería dar crédito a sus oídos, pero la duda no era ya posible: los lamentos habían cesado y solo se oía un suave ruido de ropas removidas y respiraciones fatigadas y, por último, la voz de Kitty, su viva y suave voz, llena de inefable felicidad que decía: «¡Se terminó!».

Él levantó la cabeza con temor.

Con los brazos caídos, desmayados, sobre la colcha extraordinariamente hermosa y dulce, ella le miraba en silencio, iniciando una sonrisa que no llegaba a terminar.

Y de repente, de aquel mundo misterioso y terrible, tan lejos de la vida ordinaria, en el que había vivido aquellas últimas veintidós horas, Levin se sintió transportado a su mundo habitual, a su mundo de antes, y que ahora encontraba iluminado por una luz de felicidad tan radiante que no la pudo soportar. Lágrimas de alegría le inundaron los ojos y los sollozos le brotaron con tanta intensidad que sacudieron todo su cuerpo y durante largo rato le impidieron pronunciar palabra.

Arrodillado ante la cama, ponía sus labios sobre las manos de su mujer y las besaba frenéticamente, mientras ella respondía a estas caricias con un movimiento débil de sus dedos exangües.

En tanto, a los pies de la cama, entre las manos hábiles de Elisabeta Petrovna, se agitaba cual la luz vacilante de una pequeña lámpara la débil llama de aquel ser que un segundo antes no existía, pero que muy pronto haría valer sus derechos a la vida y engendraría a su vez a otros semejantes.

—¡Vive! ¡Vive! ¡Y es un niño! ¡No se apure! –oyó Levin a Elisabeta Petrovna, que con una mano golpeaba ligeramente la espalda del niño.

—Mamá, ¿es verdad? –preguntó con voz débil Kitty.

Le contestaron solo los sollozos de la Princesa.

Y en el silencio, como respuesta indudable a la pregunta de la madre, se oyó una voz, bien distinta de las que hablaban, en tono bajo, en la habitación contigua. Era el vagido del que acababa de nacer.

Si un momento antes le hubieran dicho a Levin que Kitty había muerto y él también, que estaban juntos los dos en la gloria y tenían hijos que eran ángeles y que Dios estaba allí mismo con ellos, él no habría mostrado ninguna extrañeza. Pero, ahora, vuelto al mundo de lo real, hacía esfuerzos en su pensamiento para no dudar de que ella estaba viva y sana y comprender que aquel ser que chillaba tan desesperadamente era un hijo suyo. Sí, Kitty estaba viva y sus sufrimientos habían terminado y él era infinitamente feliz. Todo esto lo comprendía con claridad. Pero ¿y el niño? ¿Qué era el niño? ¿De dónde y para qué venía? Levin no pudo asimilar este pensamiento en mucho tiempo. Le parecía que aquel ser sobraba.

CAPÍTULO XVI

A las nueve de la noche, el viejo príncipe, Serguéi Ivanovich y Stepán Arkadievich estaban sentados con Levin y, habiendo hablado ya respecto a la joven madre, trataban ahora de otras cuestiones relativas al caso.

Levin les escuchaba sin prestarles atención alguna. Mientras hablaban, él recordaba los temores y sufrimientos que había experimentado hasta la mañana de aquel día. Recordaba su estado de la víspera, antes de que pasara nada de todo aquello, y le parecía que desde entonces habían transcurrido cien años.

Se sentía en una altura inaccesible de la cual quería descender para no ofender, con su falta de atención, a aquellos que estaban hablándole. Pero mientras seguía aquella conversación relativa a la nueva situación de su familia, Levin no dejaba de pensar en su mujer, en el estado de su salud y pensaba también en su hijo, de cuya existencia, aunque procurando convencerse, dudaba todavía.

Aquel mundo femenino, al que ya desde su boda consideraba con otra significación, bajo el aspecto de futuras esposas, ahora lo veía a una altura tal, formado por madres, que ni siquiera podía llegar a él en su imaginación.

Estaba escuchando cómo hablaban de la comida que habían tenido el día anterior en el casino y, entre tanto, pensaba: «¿Qué hará ahora Kitty? ¿Estará durmiendo? ¿Cómo se sentirá? ¿Qué estará pensando? ¿Chillará aún el pequeño Dimitri?».

Y, cortando inopinadamente la conversación, se levantó y salió de la estancia.

—Mándame aviso de si puedo verla –le encargó el Príncipe.

—Bien, ahora –contestó Levin sin detenerse y se dirigió apresuradamente a la habitación de su mujer.

Kitty no dormía. Hablaba con su madre en voz baja sobre el próximo bautizo del niño mientras descansaba, arreglados su rostro y su cuerpo, peinada de nuevo, con una cofia azul celeste cubriéndole la cabeza, con los brazos sobre la colcha y recostada dulcemente en la almohada.

Al ver a Levin, que se quedó en la puerta mirándola, le indicó con los ojos que se acercara. Su mirada, siempre tan clara, se hacía más clara todavía a medida que él se aproximaba. En su rostro se advertía aquel cambio de terrenal a ultraterreno, aquella expresión de serenidad que se observa en los rostros de los muertos, con la diferencia de que en estos es de despedida y en el de Kitty era de alegre salutación, de bienvenida.

La emoción que había experimentado durante el parto, volvió a apoderarse de él. Kitty le cogió la mano y le preguntó si había dormido.

Levin, vencido por la emoción, no pudo contestar y, avergonzado de su debilidad, volvió el rostro.

—Pues yo he dormido un buen rato –dijo ella– y he olvidado todo lo que he sufrido y ahora, Kostia, me siento tan bien otra vez…

Le miraba y, de repente, llegaron hasta ella los gritos del niño y la expresión de su rostro cambió.

—Démelo, Elisabeta Petrovna, démelo. Quiero que Kostia lo vea.

—Bien, que el papá lo vea –dijo Elisabeta Petrovna, levantando y acercando una forma extraña, colorada, que se movía–. Pero esperen un momento. Antes tenemos que arreglarle.

Y Elisabeta Petrovna puso aquella forma movible y colorada –el niño– sobre la cama, le desenvolvió, le echó polvos en sus carnecitas, separando, cuidadosamente con un dedo, sus junturas, sus arruguitas, y le vistió de nuevo.

Mirando a aquel minúsculo y lamentable ser, Levin hacía vanos esfuerzos en su alma para encontrar en ella algún sentimiento paternal. Sentía solo repugnancia. Pero cuando dejaron desnudo al niño y vio sus brazos, tan delgaditos, tan diminutos, los pies de color azafranado, hasta en los dedos mayores, que eran muy distintos de otros dedos; y al ver, también, que la comadrona apretaba aquellos brazos que querían abrirse y los cerraba como si tuvieran muelles blandos, y cómo le movía para envolverle en las vestiduras de hilo, Levin sintió tanta lástima de aquel ser y tanto temor de que Elisaveta Petrovna le hiciera daño, que retuvo las manos de la comadrona.

—Elisabeta Petrovna no.

—No tema, hombre, no tema –le dijo.

Cuando el niño estuvo arreglado y convertido en una especie de crisálida, Elisabeta Petrovna le hizo girar, presentándole por todos sus lados, como si estuviera orgullosa de él y de su labor y apartándose para que Levin pudiera verle en toda su belleza.

Kitty, que no separaba un momento los ojos del recién nacido, exclamó de nuevo:

—Démelo, démelo –y hasta quiso levantarse para coger a su hijo.

—¿Qué hace usted, Katerina Alejandrovna? No debe usted hacer estos movimientos. Espere, que se lo daré. Ahora, en cuanto acabe de verle su papaíto… Qué buen mozo, ¿eh?

Y Elisabeta Petrovna levantó en una de sus manos (la otra, con solo los dedos, sostenía la débil nuca para evitar cualquier movimiento peligroso) a aquella extraña figura, rojiza y movible. Tenía el rostro oculto por los pliegues de la mantilla, pero se le veían la naricita, los ojos cerrados y algo torcidos y los labios que hacían ademán de chupar.

—¡Es una criatura magnífica! –volvió a ensalzar Elisabeta Petrovna.

Levin suspiró con pesar. Aquella criatura magnífica le despertaba solamente un sentimiento de repugnancia y compasión. Cuando Elisabeta Petrovna lo acercó al pecho de la madre y auxilió a esta en su inexperiencia, Levin no quiso mirar.

De repente, una risa nerviosa de Kitty, provocada por la impresión que le causaba el niño tomando el pecho, le hizo volver la cabeza.

—Ya basta, basta ya –decía Elisabeta Petroyna, pero Kitty dejó mamar al niño hasta que se quedó dormido en sus brazos.

—Mírale ahora –dijo la madre, volviendo el niño de forma que Levin pudiera verle el rostro.

El niño arrugó aún más su carita de viejecillo y estornudó.

Levin, conteniendo con dificultad las lágrimas de enternecimiento que acudían a sus ojos, besó a su mujer y salió de la habitación.

Los sentimientos que le inspiraba aquel pequeño ser eran completamente distintos de lo que él esperaba. No se sentía alegre, y mucho menos feliz. Por el contrario, experimentaba un miedo nuevo y atormentador. Miedo a que Kitty pudiera verse de nuevo en el trance de tener que pasar por los sufrimientos que había pasado. Miedo al nuevo rincón vulnerable que habría a partir de ahora en su vida, en el temor de que aquella criatura hubiese de sufrir. Y este sentimiento era tan fuerte en él que no le dejó percibir la extraña sensación de alegría irracional mezclada con un orgullo que había experimentado oyendo estornudar al niño.

Capítulo XVII

Los asuntos de Stepán Arkadievich marchaban de mal en peor. Dos terceras partes del dinero que debía percibir por la venta de su bosque estaban ya gastadas y, con un descuento del diez por ciento, Oblonsky tomó por adelantado casi todo lo que le faltaba por cobrar de la parte restante. El comerciante que había comprado el bosque no le daba más dinero, principalmente porque, por primera vez en su vida, Darya Alejandrovna, haciendo valer sus derechos a aquellos bienes, se había negado a firmar en el contrato haber recibido dinero a cuenta de aquella tercera parte del bosque. Todo el sueldo de Stepán Arkadievich se había ido en los gastos de la casa y en pagar pequeñas deudas que él tenía siempre. Los Oblonsky habían quedado, pues, sin un céntimo y sin tener dónde encontrar dinero.

«Esto es desagradable y fastidioso y no puede continuar así», pensaba Stepán Arkadievich. Y pensaba también que la causa de aquella situación tan difícil era el escaso sueldo que percibía. El puesto que ocupaba resultaba muy bien remunerado hacía cinco años, pero, con el encarecimiento de la vida, su sueldo no llegaba para nada. Petrov, director de un banco, percibía doce mil rubios; a Sventisky, como miembro de una sociedad, le daban diecisiete mil; Mitin, fundador de un banco, cobraba cincuenta mil. «Se ve que estoy dormido y me han olvidado», pensaba Stepán Arkadievich.

Entonces decidió escuchar, observar, orientarse hacia otros cargos más remuneradores. Al final del invierno había puesto ya la mirada en uno muy bien retribuido y comenzó las gestiones para obtenerlo. Inició las primeras gestiones desde Moscú, por mediación de sus tíos, tías y amigos; y luego, cuando el asunto estuvo ya madurado, se trasladó a San Petersburgo para darle fin.

Existían puestos de todas las categorías, desde mil hasta cincuenta mil rublos de sueldo anual. El que quería Stepán Arkadievich era el de miembro de la Comisión de las Agencias Reunidas de Balances de Crédito Mutuo y de los Ferrocarriles del Sur. Este puesto, como todos los de esta índole, exigía unos conocimientos y una actividad tales como difícilmente podían hallarse en un hombre solo. Como este hombre no se encontraba, procuraban al menos encontrar para ellos un hombre «honrado».

Stepán Arkadievich, no solo era un hombre honrado, sino un honradísimo hombre, con la especial significación que tiene esta palabra en Moscú cuando dicen «honradísimo hombre de acción», «honradísimo escritor», «honradísima institución» «honradísima dirección de ideas», lo que significaba que la institución o el hombre, no solo son probos, sino también, si llegara el caso, capaces de oponerse al propio Gobierno. En Moscú, Stepán Arkadievich frecuentaba la sociedad donde esta palabra estaba en boga y era considerado como un «honradísimo ciudadano». Por esta razón, más que por otra, tenía más derecho que otros a ocupar aquel cargo.

El cargo, que producía de seis a diez mil rublos anuales, y que Oblonsky podía ocupar sin dejar su puesto oficial en el Ministerio, dependía de dos ministerios, de una señora y de dos judíos. Todas estas personas estaban predispuestas ya en su favor, pero, no obstante, necesitaba verlas en San Petersburgo. Además, Stepán Arkadievich había prometido a su hermana obtener una respuesta definitiva de su marido con respecto al divorcio. Dolly le dio cincuenta rublos y con este dinero Oblonsky se marchó a San Petersburgo.

Sentado en el gabinete de Karenin, Stepán Arkadievich escuchaba la lectura que este le hacía de su memoria relativa al mal estado de las finanzas rusas y esperaba el momento en que Alexey Alexandrovich terminara de leer y comentar para tratar con él de los asuntos que allí le llevaban: el divorcio y la obtención del cargo a que aspiraba.

—Sí, todo esto es muy justo –dijo Oblonsky, cuando su cuñado, quitándose los *pince-nez,* sin los cuales ahora no podía leer, le miró interrogativamente después de haber terminado la lectura–. Pero de todos modos el principio esencial de nuestros tiempos es la libertad.

—Sí, mas yo establezco otro principio que abraza, también, el de libertad –dijo Alexey Alexandrovich, recalcando las palabras «que abraza». Y se puso de nuevo los *pince-nez,* y, después de haber hojeado el manuscrito, escrito con buena letra, de anchos y claros caracteres, leyó otra vez lo referente a aquel principio a que aludía.

—Si no acepto el sistema de protecciones, no es para favorecer a los particulares –explicó–, sino para que las clases superiores e inferiores, en el mismo grado, encuentren un medio mejor de vida –decía Karenin mirando a Oblonsky por encima de los *pince-nez*–. Pero «ellos» no lo comprenden, no lo quieren comprender. «Ellos» están muy ocupados en otras cosas: unos en sus intereses personales; otros en tratar de deslumbrar con sus frases huecas… Stepán Arkadievich sabía que cuando Karenin se ponía a hablar de lo que estaban pensando o haciendo «ellos» (aquellos mismos que no querían aceptar sus proyectos y, según decía, eran la causa de todo el mal que padecía Rusia), significaba que la conversación tocaba a su fin. Por este motivo, con mucho gusto renegó del principio de libertad y se mostró de acuerdo con Alexey Alexandrovich, el cual, al fin, quedó callado, hojeando su manuscrito.

—¡Ah! A propósito –dijo Stepán Arkadievich entonces, aprovechando aquel estado de ánimo de su cuñado–, quería pedirte que, cuando tengas ocasión de ver a Pomoszky, le digas que tengo un gran interés en ser designado para el puesto que van a instituir de miembro de la Comisión de las Agencias Reunidas de Balances de Crédito Mutuo y de los Ferrocarriles del Sur. (Stepán Arkadievich estaba tan encariñado con este puesto, que pronunciaba ya su título rápidamente y sin equivocarse.)

Alexey Alexandrovich le preguntó en qué consistía la labor de aquella Comisión y quedó pensativo, reflexionando si en la actividad de ella había algo contrario a sus proyectos. Pero como la actividad de la nueva institución era muy complicada y los proyectos de Karenin alcanzaban un amplio campo, no pudo de momento decidir y, quitándose otra vez los *pince-nez*, dijo:

—Indudablemente, podré decirle algo a Pomozsky, pero, ¿para qué quieres ocupar este puesto, precisamente?

—Se trata de un buen sueldo, creo que hasta nueve mil rublos, y mis medios…

—¡Nueve mil rublos! –exclamó Alexey Alexandrovich y frunció el entrecejo.

La importancia de este sueldo le recordó que la futura actividad de Stepán Arkadievich en aquel cargo tal vez fuera contraria a la principal idea de sus proyectos, que era la economía.

—Considero, y así lo he expuesto en mi memoria, que en nuestros tiempos esos sueldos exorbitantes no son más que una prueba de la falsa *assiette*[1] económica de nuestra administración.

—Pero, ¿cómo quieres que sea? –refutó Stepán Arkadievich–. Si el director de un banco gana diez mil rublos de sueldo y un ingeniero gana veinte mil, es porque el trabajo lo vale. Esto tienes que reconocerlo.

—Yo considero que el sueldo es el pago por una mercancía y debe regularse por la ley de la oferta y la demanda. Y cuando veo, por ejemplo, que de la Escuela Superior de Ingenieros salen dos alumnos igualmente

(1) «Posición».

instruidos y capaces y uno logra un sueldo de cuarenta mil rublos y el otro ha de conformarse con dos mil; cuando veo que ponen como directores de bancos, con un sueldo enorme, a juristas que no poseen noción alguna de aquella especialidad, entonces concluyo que esos nombramientos no están regulados por la ley de la oferta y la demanda, sino hechos por favoritismo y con parcialidad. Y esto es un abuso intolerable que tiene una influencia desastrosa en los servicios del Estado. Considero...

Stepán Arkadievich se apresuró a interrumpir a su cuñado.

—Debes tener en cuenta –dijo– que se trata de una institución nueva, indudablemente útil, al frente de la cual se necesitan sobre todo hombres «honrados» –terminó, recalcando las palabras «hombres honrados».

Pero la significación moscovita de «hombre honrado» era incomprensible para Alexey Alexandrovich.

—La honradez es una cualidad negativa –sentenció.

—De todos modos –insistió Oblonsky– me harás un gran favor hablándole de mí a Pomoszky. Así trabaré conversación con él más fácilmente.

—Lo haré con gusto, pero me parece que este asunto depende de Bolgarinov –dijo Alexey Alexandrovich.

—Bolgarinov está completamente de acuerdo –afirmó Oblonsky.

Y se sonrojó al decirlo, porque aquella mañana, precisamente, había hecho una visita a aquel hebreo y la tal visita le había dejado un recuerdo bastante desagradable. Stepán Arkadievich estaba plenamente convencido de que la causa a la que quería dedicarse era nueva, útil y honrada. Pero aquella mañana, cuando Bolgarinov, de manera evidentemente deliberada, le había hecho esperar dos horas en la antesala de su despacho junto con otros visitantes, Oblonsky se sintió desconcertado y molesto, tanto por el hecho de que a él, al príncipe Oblonsky, descendiente de Riurick, le hubiese tocado esperar dos horas en la antesala de un judío, como por no haber seguido por primera vez en su vida el ejemplo de sus antepasados de servir al Gobierno, entrando en una nueva esfera de actividad. No obstante, durante aquellas dos horas de espera, paseando animado por la sala o atusándose las patillas, o entablando conversación con otros solicitantes, Stepán Arkadievich se había inventado un ingenioso juego de palabras a propósito de aquella espera en la casa de un judío. Stepán Arkadievich ocultaba a los demás a incluso a sí mismo el sentimiento que experimentaba. No obstante, no sabía bien si su malestar procedía del temor de que no le resultase bien el juego de palabras o de alguna otra causa. Cuando, por fin, Bolgarinov le recibió, lo hizo con extrema amabilidad, visiblemente satisfecho de poder humillarle y no dejándole ninguna esperanza sobre el éxito de su gestión.

Stepán Arkadievich se apresuró a olvidar aquel incidente. Solo ahora, al recordarlo, se había ruborizado.

CAPÍTULO XVIII

—Tengo que hablarte también de otro asunto –dijo Stepán Arkadievich después de un silencio–. Ya lo debes adivinar... de Anna.

Cuando Oblonsky pronunció el nombre de su hermana, el rostro de Alexey Alexandrovich mudó completamente de color y, en vez de con la animación que expresaba, se cubrió con una máscara de fatiga y de inmovilidad.

—Concretamente, ¿qué queréis de mí? –preguntó Karenin, volviéndose en su butaca, cerrando sus *pince-nez* y mirando a su interlocutor.

—Una decisión, sea la que sea, Alexey Alexandrovich. Me dirijo a ti no como... como... –«Como a un marido ofendido» iba a decir Stepán Arkadievich, pero temió herir la susceptibilidad de su cuñado y sustituyó estas palabras por «como a un hombre de Estado», y, al fin, no pareciéndole bien tampoco esta, dijo:

—Me dirijo a ti como a un hombre, un hombre bueno y un sincero cristiano. Debes tener compasión de ella.

—¿A qué te refieres? –preguntó en voz baja Karenin.

—Sí, debes tener compasión de ella. Si la hubieses visto como yo, que he pasado un invierno con ella, el alma se te llenaría de piedad. Su situación es verdaderamente terrible... Sí, terrible... –insistió.

—Creía –contestó Karenin, con voz más segura, casi chillona– que Anna Arkadievna había conseguido lo que quería y se buscó ella misma...

—¡Alexey Alexandrovich, por favor! Dejemos las recriminaciones. Lo hecho hecho está y sabes muy bien que lo que ella desea y espera es el divorcio.

—Yo suponía que Anna Arkadievna renunciaba al divorcio en el caso de quedarme yo con el chico. El silencio equivaldría, pues, a una respuesta y ya daba este asunto por terminado –dijo casi gritando Karenin.

—Por favor, no te acalores –repuso Stepán Arkadievich, dando unas palmaditas afectuosas en las rodillas de su cuñado–. El asunto no está terminado. Si me lo, permites, haré una recapitulación de él: Cuando os separasteis, te portaste con tanta grandeza de alma, dándole la libertad, el divorcio, todo... que Anna se sintió conmovida por tu generosidad... Sí, conmovida; no lo dudes. Se sintió así hasta el punto de que en los primeros momentos, viéndose culpable ante ti, no pudo pensar y no pensó en detalles, y fue cuando renunció a todo. Pero la realidad, el tiempo, le han mostrado que su situación es dolorosa, insoportable.

—La situación de Anna Arkadievna no puede interesarme –contestó Karenin levantando la vista y fijándola, fría y severa, en Stepán Arkadievich.

—Permíteme que no lo crea –replicó suavemente Oblonsky–. Su situación –continuó– es agobiante para ella y no ofrece ventaja alguna a nadie. Me dirás que se la ha merecido... Anna lo reconoce y precisamente por eso no te lo pide directamente. No se atreve a hacerlo. Pero yo, todos sus parientes, todos los que la queremos, te lo rogamos. ¿Por qué atormentarla tanto? ¿Qué ganas con eso?

—Perdóname, pero me parece que me pones en el lugar del acusado –interrumpió Alexey Alexandrovich.

—No, no, nada de esto –dijo Stepán Arkadievich dándole palmaditas cariñosas en la mano, como si estuviera seguro de que con este rasgo de afecto ablandaría a su cuñado–. Yo solo lo digo: su posición es penosa. Tú puedes aliviarla sin perder nada por tu parte. Yo arreglaré las cosas de tal modo que no te darás cuenta de nada. Pero, ¡si lo habías prometido!

—La promesa fue hecha antes y yo pensaba que la cuestión del hijo lo arreglaría todo. Además, esperaba que Anna Arkadievna tendría la suficiente grandeza de alma... –dijo Alexey Alexandrovich con gran dificultad, con voz temblorosa y poniéndose intensamente pálido.

—Ella lo confía todo a tu magnanimidad –insistió Stepán Arkadievich–. Solo pide, ruega, suplica, una cosa: que la saquen de la situación insoportable en que se encuentra. Ahora ya no pide que le devuelvas su hijo. Alexey Alexandrovich, tú eres un hombre bueno. Ponte por un momento en su lugar. El divorcio es para ella cuestión de vida o muerte. Si no lo hubieras prometido antes, ella se habría conformado con la situación en que está y habría ajustado a ella su vida, viviendo en el campo. Pero tú lo prometiste, ella te ha escrito y se ha trasladado a Moscú, donde cada encuentro con un antiguo amigo o conocido es para ella como un puñal en el pecho. Y lleva seis meses así, esperando cada día tu decisión, como un condenado a muerte que tuviera durante meses y meses la cuerda arrollada al cuello, prometiéndole ya la muerte, ya el indulto. Ten compasión de ella y yo me encargo de arreglarlo todo de modo que no tengas perjuicios, ni sufrimientos, ni molestias. *Vos scrupules...*

—No hables de esto, no hables de esto –le interrumpió con gesto de asco Alexey Alejandrcvich–. Lo que ocurre es que acaso prometí lo que no podía prometer.

—¿Así es que te niegas, pues, a cumplirlo?

—Nunca he rehusado cumplir mis compromisos en todo lo que me es posible, pero necesito tiempo para reflexionar, para ver si lo que he prometido está dentro de lo posible.

—No, Alexey Alexandrovich –dijo Oblonsky, levantándose airadamente–. No quiero creerlo... Anna es todo lo desgraciada que puede ser una mujer y tú no puedes rehusarle lo que te pide y le prometiste. En tal caso...

—Se trata de saber si podía o no prometerlo... *Vous professez d'être un libre penseur...* [(1)] Pero yo, como un hombre que tiene fe, no puedo, en una cuestión tan transcendental, obrar contra la ley cristiana.

—Pero en las sociedades cristianas, entre nosotros, por lo que sé, el divorcio está permitido –repuso Stepán Arkadievich–. El divorcio está permitido por nuestra Iglesia. Y vemos...

—Está permitido, pero no en este aspecto...

—Alexey Alexandrovich, no lo reconozco –dijo Oblonsky con dureza. Y, tras un pequeño silencio durante el cual reflexionó sobre la situación que creaba la negativa de Karenin–: ¿No eras tú quien lo perdonó todo –siguió en tono persuasivo– (y nosotros te lo supimos apreciar y agradecer) y el que, movido por un sentimiento cristiano, estaba dispuesto a todos los sacrificios? ¿No eras tú el que dijiste: «Cuando te pidan la camisa, da el caftán»? Y ahora...

—Ahora te ruego que no hables más de esto. Terminemos nuestra conversación –contestó Alexey Alexandrovich levantándose de repente, muy pálido, temblándole la mandíbula inferior y con voz lastimera.

—¡Ah! Bien. Te ruego que me perdones si te he causado dolor –dijo Stepán Arkadievich con sonrisa equívoca y alargándole la mano–. Por mi parte, no he hecho más que cumplir fielmente lo que se me había encargado.

Alexey Alexandrovich le dio la mano, se quedó pensativo unos momentos y le dijo:

—Debo reflexionar y buscar consejo. Pasado mañana te haré saber mi respuesta definitiva.

---

(1) «Usted se tiene por un libre pensador».

Capítulo XIX

Stepán Arkadievich iba a marcharse ya cuando entró Korney y anunció:

—Serguéi Alexievich.

—¿Quién es este Serguéi Alexievich? –preguntó Stepán Arkadievich a Karenin, pero enseguida recordó y dijo:

—¡Ah! Sí, mi sobrino Seriozha. Pensé que se trataba de algún jefe de un departamento ministerial...

«Anna me ha pedido que lo vea», pensó también Oblonsky y recordó la expresión del rostro de su hermana, tímida y lastimera, cuando le había dicho, despidiéndose de él: «Haz por verle de cualquier modo. Entérate detalladamente de dónde está, quién está a su lado y, si esto fuera posible... ¿Verdad que es posible, Stiva, obtener el divorcio y tener a mi hijo conmigo?».

Stepán Arkadievich veía ahora que no podía ni siquiera pensar en tal cosa. De todos modos, se alegró de ver al menos a su sobrino y poder así dar noticias directas a su hermana.

Alexey Alexandrovich hizo presente a su cuñado que a Serguéi no le decían nunca nada de su madre y le rogó que él se abstuviera asimismo de hablarle de ella.

—Serguéi ha estado muy enfermo –explicó– después del último encuentro con su madre, que nosotros no habíamos previsto, y a consecuencia, precisamente, de la impresión que recibió. Hasta hemos temido por su vida. Una cura bien llevada y baños de mar han repuesto su salud. Ahora, por consejo del médico, le he internado en un colegio. Efectivamente, el trato con los compañeros le ha producido una reacción beneficiosa y está completamente sano y estudia muy bien.

—¡Pero, si está hecho un hombre! Realmente ya no es Seriozha sino un completo Serguéi Alexievich –comentó Stepán Arkadievich sonriendo y mirando extasiado al hermoso muchacho, ancho de espaldas, vestido con marinera azul y pantalón largo, de palabra fácil y ademanes desenvueltos en que encontraba convertido al pequeño Seriozha.

El niño saludó a su tío como a un desconocido, pero, al reconocerle, se sonrojó y, como si se sintiese ofendido a irritado por algo, le volvió la espalda con precipitación.

Luego se acercó a su padre y le presentó su cuaderno con las notas obtenidas en la escuela.

—Esto ya está bien. Sigue así –comentó su padre.

—Está ahora más delgado y ha crecido mucho. Ha dejado de ser un niño y es un mocetón. Así me gusta –dijo Stepán Arkadievich–. ¿Me recuerdas? –preguntó al niño.

Serguéi miró a su padre rápidamente, como consultándole lo que debía hacer.

—Le recuerdo, *mon oncle* –contestó mirándole. Y de nuevo bajó la vista.

Stepán Arkadievich atrajó hacia sí al niño y le cogió la mano.

—¿Qué, cómo van las cosas? –le dijo con acento cariñoso, pero cohibido, sin saber bien lo que decía, aunque deseando hablar con él y que le hablase.

Ruborizándose y sin contestar, el niño tiró suavemente de la mano que le había cogido su tío y, apenas logró soltarse, se separó de él, miró interrogativamente a su padre, pidiéndole permiso para retirarse y, al contestarle con un gesto afirmativo, salió de la habitación apresuradamente, como un pájaro al que dejasen en libertad.

Había pasado un año desde que Serguéi Alexievich viera a su madre por última vez y, desde entonces, nunca había vuelto a oír a hablar de ella. Este año le habían internado en un colegio, donde conoció y cobró afecto a otros niños también internados allí. Los pensamientos y recuerdos de su madre, que después de su entrevista con ella le hicieron enfermar, ahora habían dejado de inquietarle y, si a veces volvían a su mente, los rechazaba considerándolos vergonzosos, propios de niñas pero no de niño. Sabía que entre sus padres se había producido una discordia que les había separado y que él debía estar con su padre. Y procuraba acostumbrarse a esta idea.

Ver a su tío, tan parecido a su madre, le fue desagradable, por despertar en él aquellos recuerdos que consideraba vergonzosos. Y aún le fue más desagradable la visita por algunas palabras que oyó cuando esperaba a la puerta del despacho y que, por la expresión de los rostros de su padre y su tío, adivinó que se referían a su madre. Y, para no inculpar al padre, puesto que con él vivía y de él dependía y, principalmente, por no entregarse al sentimiento que él consideraba denigrante, Serguéi procuró no mirar a Stepán Arkadievich y no pensar en lo que este le recordaba.

Al salir del gabinete, Stepán Arkadievich encontró a Seriozha en la escalera y le llamó y le preguntó, mostrándole gran interés y afecto, cómo pasaba el tiempo en la escuela y en las clases, qué hacía luego y otros detalles de su vida.

Serguéi, ausente su padre, contestó muy comunicativo, más hablador.

—Ahora jugamos al ferrocarril –explicó–. Vea usted, es así: dos chicos se sientan en un banco figurando ser viajeros; otro, se coloca de pie delante del banco, de espaldas a este; los tres se enlazan con las manos y los cinturones (todo esto está permitido) y, abiertas antes las puertas, corren por todas las salas. ¡Es muy difícil ser el conductor!

—¿El conductor es el que está de pie, delante del banco?

—Sí. Y hay que ser muy atrevido y listo. Es muy difícil. Sobre todo cuando el tren se para de golpe, o cae alguno...

—Sí, eso no será tan fácil –comentó Stepán Arkadievich, mirando con tristeza aquellos ojos animados que tanto se parecían a los de la madre; ojos que ya no eran infantiles, que no reflejaban ya completamente inocencia.

Y aunque Oblonsky había prometido a Karenin no hablar a Serguéi de su madre, no pudo contenerse y súbitamente le preguntó:

—¿Te acuerdas de tu madre?

—No, no me acuerdo –dijo Serguéi rápidamente y, poniéndose intensamente rojo, bajó la vista y se quedó inmóvil y pensativo. Stepán Arkadievich no pudo obtener de él ni una palabra más. El preceptor ruso le encontró media hora más tarde en la misma postura, sin haber salido de la escalera, y no pudo comprender qué le ocurría: si estaba disgustado o si lloraba.

—¿Es que se hizo daño cuando se cayó? –inquirió el preceptor–. Ya decía yo – comentó a renglón seguido que este juego es muy peligroso. Habrá que decírselo al director para que no lo permita.

—Si me hubiera hecho daño –contestó secamente Serguéi– nadie me lo habría notado. Téngalo por seguro.

—¿Qué le ha sucedido, pues?

—Déjeme... Qué si me acuerdo, que si no me acuerdo. ¿Qué tiene que ver él con esto? ¿Por qué debo acordarme? Déjenme en paz –terminó dirigiéndose, no a su instructor, sino a otras personas ausentes a quienes veía todavía en su pensamiento.

CAPÍTULO XX

Como siempre que iba a la capital, Stepán Arkadievich no pasaba su tiempo inútilmente en San Petersburgo.

Además de hacer las gestiones que allí le llevaban –ahora el divorcio de Anna, su colocación– se dedicaba a lo que él llamaba «refrescarse».

Moscú, a pesar de sus cafés *chantants* y demás diversiones, y de los ómnibus, siempre le había parecido a Oblonsky monótono y triste como un agua muerta, sobre todo cuando estaba con él su familia, y la vida de allí había llegado a veces a pesarle en el espíritu como una losa de plomo de la que necesitaba «refrescarse».

Viviendo mucho tiempo en Moscú, sin ausentarse, Oblonsky llegaba a sentirse inquieto de su mal humor, de su mujer con sus continuos reproches, de su salud y de la educación de sus hijos, de los pequeños intereses, de sus servicios, y hasta de las deudas, pues hasta las deudas llegaban a intranquilizarle.

Pero le bastaba llegar a San Petersburgo y vivir el ambiente de aquella ciudad «donde la gente vivía, no vegetaba simplemente» (otra frase de Oblonsky), para que todo su malestar se fundiese en el nuevo ambiente como la cera al fuego.

¿Su mujer? Oblonsky había hablado precisamente aquel día con el príncipe Chechensky, quien tenía esposa a hijos –hijos ya mayorcitos, unos hombrecitos, pajes ya–; y al lado de esta tenía otra familia ilegal, en la cual había también hijos. Aunque todos los de familia legítima eran buenos, el príncipe Chechensky se sentía mucho más feliz con los de la otra. Y hasta a veces llevaba al mayor de los hijos legítimos a esta otra casa, considerando –así se lo aseguraba a Oblonsky– que esto era muy útil y provechoso para aquel. «¿Qué habrían dicho de esto en Moscú?», pensaba Oblonsky.

¿Los hijos? En San Petersburgo los hijos no estorbaban la vida de los padres. Los hijos se educaban en los colegios y allí no existía aquella costumbre, tan de moda en Moscú (por ejemplo, el príncipe Lvov), de tener a los hijos con todo lujo y los padres conformarse con no disfrutar de nada, con no tener nada más que el trabajo y las preocupaciones que da la familia.

Allí, en San Petersburgo, entendían que el hombre necesitaba vivir libremente y para sí mismo, sin obligaciones que entorpeciesen sus caprichos o sus necesidades.

¿El servicio, el trabajo? Tampoco allí eran cosa penosa, agobiante moral y físicamente, para desesperarse, como sucedía en Moscú. En San Petersburgo, había mucho campo abierto y buen porvenir para el trabajo, fuese de la clase que fuese. Un encuentro y una ayuda prestada, una palabra bien dicha, saber representar bien comedias o decir versos, o chistes... Cualquier cosa de estas y, de repente, un hombre se encontraba en un puesto elevado, como por ejemplo, Brianzov, al cual Stepán Arkadievich había encontrado el día antes convertido en una de las figuras más importantes. «Un servicio así, sí que es interesante», pensaba Stepán Arkadievich.

Sin embargo, lo que ejercía una influencia más tranquilizadora en el ánimo de Stepán Arkadievich era el punto de vista que se tenía en San Petersburgo referente a las cuestiones pecuniarias. Bartniansky, que gastaba por lo menos cincuenta mil rublos al año, según el tren de vida que llevaba, le había dicho a este propósito cosas extraordinarias.

El día anterior, antes de la comida, se habían encontrado y Stepán Arkadievich dijo a Bartniansky:

—Según me han dicho estás en buenas relaciones con Mordvinsky. ¡Si es así podrías prestarme un gran servicio hablándole en favor mío! Hay un puesto que desearía ocupar: miembro de la Comisión...

—Es igual que no me lo digas –le interrumpió Bartniansky– no lo recordaría ni haría nada de lo que me pides. ¿Por qué te metes en esos asuntos ferroviarios con judíos? Es un asco...

Stepán Arkadievich no quiso rebatirle esta impresión, explicarle que se trataba de un asunto serio: tenía la seguridad de que Bartniansky no le había entendido.

—Necesito dinero... Hay que vivir –le dijo simplemente.

—¿Pero no vives?

—Vivo, pero tengo deudas.

—¿Qué me dices? ¿Muchas? –preguntó Bartniansky, mirando a su amigo con compasión.

—Muchas... Unos veinte mil rublos.

Bartniansky dejó escapar una alegre y sonora carcajada.

—¡Oh, hombre feliz! –dijo–. Yo tengo deudas por millón y medio de rublos. No poseo nada... Y, como ves, aun voy viviendo.

Y Stepán Arkadievich pudo comprobar con los hechos la verdad de aquella afirmación.

—Givajov –siguió explicando Bartniansky– tenía trescientos mil rublos de deudas y ni un cópec en dinero... ¡y vivía! ¡Y de qué manera! Al conde Krivzov hacía ya tiempo que le consideraban perdido económicamente y, sin embargo, sostenía dos mujeres. Petrovsky había gastado cinco millones que no eran suyos y continuaba viviendo como siempre, le confiaban, incluso, alguna administración, y, como director, percibía veinte mil rublos de sueldo.

Por otra parte, San Petersburgo producía en Stepán Arkadievich una acción terapéutica que le era muy agradable: le hacía sentirse más joven. En Moscú, Oblonsky veía que tenía canas, debía reposar después de cada comida, andaba encorvado, subía las escaleras paso a paso y respirando con gran dificultad, no encontraba aliciente en compañía de las mujeres jóvenes y bellas, no bailaba en las veladas... En cambio, en San Petersburgo, aquel agotamiento físico y espiritual desaparecía y se sentía como si le hubiesen quitado diez años de encima. En San Petersburgo experimentaba lo mismo que el sexagenario príncipe Piotr Oblonsky, el cual, habiendo regresado del extranjero hacía poco tiempo, le explicaba:

—Aquí no sabemos vivir. He pasado el verano en Baden. Pues bien, allí me sentía completamente como un hombre joven. Veía a una mujer jovencita y… ¿sabes?… los pensamientos… Comes, bebes y hay fuerza, animación. He vuelto a Rusia. Tuve que ver a mi mujer… y, además…, en el pueblo… No lo creerás, pero solo en dos semanas de vivir allí me volví abandonado, apático, me puse bata y no volví a vestirme ya para las comidas. ¿Las jovencitas…? Nada, ni hablar de ellas… Me volví un viejo de la cabeza a los pies. No hacía más que pensar en la salvación de mi alma. Me marché a París y allí me repuse inmediatamente.

Stepán Arkadievich sentía y pensaba lo mismo que Piotr Oblonsky. En Moscú se abandonaba de tal modo, que, de vivir allí mucho tiempo, «Dios me libre de eso», se decía, acabaría por no pensar más que en la salvación de su alma, mientras que en San Petersburgo se sentía un hombre fuerte y audaz, dispuesto a todo.

Entre la princesa Betsy Tverskaya y Stepán Arkadievich existían antiguas y muy extrañas relaciones. Stepán Arkadievich le hacía la corte en broma a la Princesa y, también en tono de chanza, le decía las cosas más indecentes, seguro de que esto era lo que más le gustaba.

Al día siguiente de su conversación con Karenin, Stepán Arkadievich fue a visitar a Betsy Tverskaya. Se sentía tan joven y tan decidido, en aquel escarceo de frases atrevidas y de bromas picantes llegó tan lejos, que ya no veía manera de volverse atrás como quería, ya que Betsy Tverskaya no solo no le gustaba, sino que hasta despertaba en él repugnancia. La situación a que sin darse cuenta había llegado era mantenida por la Princesa, a la que Oblonsky gustaba extraordinariamente, y que le incitaba por aquel camino en el curso de la conversación. La Princesa Miágkaya, llegada inesperadamente, que interrumpió su íntimo coloquio, le salvó de la situación.

—¡Ah, usted aquí! –dijo la princesa Miágkaya al ver a Stepán Arkadievich–. ¿Y cómo va su pobre hermana? No me mire usted así con esa extrañeza. Aunque todos se echaron como lobos sobre su reputación y su honra, incluso aquellos que son mil veces peores, yo encuentro que Anna hizo muy bien. No puedo perdonar al conde Vronsky que no me la presentara cuando estuvo en San Petersburgo. Habría ido con ella a todas partes. Transmítale mis cariñosos recuerdos. ¿Y qué? ¿Qué hace? Hábleme de ella.

—Su situación es muy difícil. Ella… –empezó a decir Stepán Arkadievich, creyendo que, efectivamente, la princesa Miágkaya se interesaba por la situación de Anna.

Pero, según su costumbre, la Princesa le interrumpió para no dejar de hablar.

—Anna ha hecho lo que todas, excepto yo. Ahora que otras lo hacen y lo ocultan, ella no ha querido engañar a nadie, en lo que ha hecho muy bien. Y aún hizo mejor separándose de su marido, de ese estúpido Alexey Alexandrovich. Perdóneme si le desagrada este juicio. Todos dicen que Karenin es muy inteligente, pero yo he sostenido siempre que es un tonto. Solo ahora, cuando se ha hecho amigo de Lidia Ivanovna y de Landau, reconocen todos que es un estúpido. A mí me gusta no estar nunca de acuerdo con la gente, pero esta vez no puedo.

—Pues, ya que le conoce usted bien haga el favor de explicarme qué significa esto –dijo Stepán Arkadievich a la princesa Miágkaya–. Ayer estuve a visitar a Karenin para hablarle del asunto de mi hermana y le pedí una contestación clara y definitiva. No me la dio, sino que me dijo que ya la pensaría y me la enviaría a mi residencia, y esta mañana, en vez de la respuesta prometida, me ha mandado una invitación para la velada que celebrarán hoy en la casa de la condesa Lidia Ivanovna.

—¡Ah! Pues eso es –explicó, hablando con gran animación, la princesa Miágkaya– que van a consultar sobre ese asunto a Landau y le preguntarán, seguramente, qué decisión debe tomar.

—¿Y por qué van a consultar a Landau? ¿Quién es ese Landau?

—¡Cómo! ¿Usted no conoce a Jules Landau? *Le fameux Jules Landau, le clairvoyant?*[1] También este es un idiota, pero de él depende la suerte de su hermana. Eso pasa cuando se vive en provincias: no se enteran ustedes de nada. ¿Sabe usted? Landau era un *commis*[2] en un almacén de París. Un día fue a consultar a un doctor. Se durmió en la sala de espera y, en sueños, empezó a dar consejos a todos los enfermos que le consultaban. Los consejos eran verdaderamente extraordinarios y se afirmó que con ellos logró muchas curas. La mujer de Julio Meledinsky tenía a su marido muy enfermo; oyó hablar del caso Landau e hizo que este le examinara y diagnosticara su enfermedad. Dicen que Landau ha curado a Meledinsky. Por mi parte, no creo que Julio Meledinsky haya ganado nada con las curas del francés, porque lo veo tan débil y flaco como siempre, pero los Meledinsky se entusiasmaron con Landau hasta el punto de traerle con ellos a Rusia. Aquí muchos recurren a él en cuanto se sienten enfermos y dicen que está logrando curas maravillosas. Una de estas la ha conseguido

(1) «¿El famoso Jules Landau, el vidente?».

(2) «Dependiente».

con la condesa Bezzubova. Y ella se ha sentido tan reconocida, que lo ha apadrinado.

—¡Cómo! ¿Le ha apadrinado?

—Como lo oye usted. Ahora ya no es Landau sino el conde Bezzubov. La cuestión es que Lidia –que sin duda no tiene la cabeza en su sitio– le quiere mucho y no hace nada, no decide nada, sin consultar con él. Y, por lo visto, Karenin, que ha intimado igualmente con el francés, tampoco decide nada sin saber su opinión. Así que la suerte de su hermana (creo que está bien explicado) se halla en manos de este Landau, llamado, de otro modo, conde Bezzubov.

Capítulo XXI

Después de la espléndida comida con que Bartniansky le obsequió en su casa, con café y cigarros y coñac en gran cantidad, Stepán Arkadievich, ya con algún retraso sobre la hora que le habían fijado, se dirigió desde allí a casa de la condesa Lidia.

—¿Quién está con la Condesa –preguntó al portero–. ¿Está el francés? –insinuó campechanamente, al ver en el perchero el abrigo de Alexey Alexandrovich, que conocía muy bien, y otro extraño, lleno de broches y muy sencillo.

—Están Alexey Alexandrovich Karenin y el conde Bezzubov –contestó, muy serio, el portero.

«La princesa Miágkaya tenía razón», pensó Stepán Arkadievich mientras subía la escalera. «¡Es en verdad una mujer extraña! Sin embargo, ahora me convendría trabar amistad con ella. Tiene una gran influencia y, si dijera una palabra en favor mío a Pomorsky, podría dar por solucionado mi asunto».

Todavía habían llegado pocos invitados, pero en el saloncito, con lindas cortinillas de labores afiligranadas, todas las lámparas estaban encendidas.

Bajo una de las lámparas, sentados cerca de una mesa redonda, estaban la Condesa y Alexey Alexandrovich, hablando algo en voz baja. Un hombre más bien bajo, seco y con las piernas torcidas, con formas de mujer y el rostro muy pálido pero hermoso, ojos grandes y brillantes y cabellos largos, que le caían sobre el cuello de la levita, estaba en un rincón de la habitación, al otro extremo, mirando la pared cubierta de retratos.

Habiendo saludado a la dueña de la casa y a Alexey Alexandrovich, Stepán Arkadievich miró involuntariamente una vez más a aquel hombre desconocido para él y cuyo aspecto le parecía extraordinario.

—*Monsieur* Landau –dijo la Condesa, dirigiéndose a aquel hombre, con una suavidad y una precaución que sorprendieron a Oblonsky.

Landau se acercó al grupo y la Condesa les presentó.

El francés estrechó la mano que le alargaba Oblonsky con su mano derecha, rápida y sudorosa, y enseguida se alejó y se puso a mirar de nuevo los retratos.

—Me complace mucho verle, y especialmente en el día de hoy –dijo la Condesa a Stepán Arkadievich, indicándole un asiento al lado de Karenin.

—Le he presentado como Landau –añadió en voz baja y mirando inmediatamente a Alexey–, pero en realidad es el conde Bezzubov, como usted sabrá seguramente, aunque él rechaza este título.

—Sí, lo he oído –contestó Stepán Arkadievich–. Y dicen –añadió, con ánimo de congraciarse con la Condesa– que ha curado completamente a la condesa Bezzubova.

—Hoy ha venido a verme. Da lástima verla –dijo la Condesa, dirigiéndose a Alexey Alexandrovich–. Esta separación será terrible para ella. Es en verdad un duro golpe.

—Pero, decididamente, ¿se va? –preguntó Alexey Alexandrovich.

—Sí, se va a París. Ayer oyó una voz –contestó la condesa Lidia Ivanovna, mirando a Stepán Arkadievich.

—¡Ah!... Una voz... –repitió Oblonsky pensando que tenía que obrar con la mayor prudencia posible en este ambiente en el que observaba y presentía cosas muy particulares cuyo secreto él no poseía.

Se produjo un momento de silencio, después del cual Lidia Ivanovna, como empezando a hablar del objeto más importante de la conversación, dijo a Oblonsky con fina sonrisa:

—Hace tiempo que le conozco y estoy muy contenta de tratarle personalmente. *Les amis de mes amis sont mes amis*(1). Pero para ser amigo hay que compenetrarse con el estado de alma y temo que usted no lo hace con respecto al alma de Alexey Alexandrovich. Ya comprenderá usted a qué me refiero –dijo a Stepán Arkadievich levantando hacia él sus hermosos ojos.

—En realidad, Condesa, no conozco bien la posición de Alexey Alexandrovich –dijo Oblonsky, no comprendiendo bien qué era lo que quería decirle y firme en su propósito de congraciarse con ella, procurando llevar aquella conversación, inexplicable aún para él, a términos generales.

---

(1) «Los amigos de mis amigos son mis amigos».

—¡Oh! No me refiero a cambios exteriores –dijo severamente la Condesa, siguiendo al mismo tiempo con mirada enamorada a Alexey Alexandrovich, que se había levantado y se acercaba a Landau–. Su corazón es lo que ha cambiado porque se ha dado a otro corazón. Y temo que usted no haya meditado bastante sobre esta maravillosa transformación obrada en él.

—Quiero decir que... claro... así... en general... no conozco, no puedo comprender esta transformación. Éramos amigos de siempre, de toda la vida y ahora... –dijo Stepán Arkadievich, correspondiendo con otra mirada suave a la de la Condesa y mientras meditaba en cuál de los dos ministerios tendría más influencia para pedirle la recomendación con más probabilidades de eficacia.

—La transformación sufrida no puede mitigar en él el sentimiento de amor al prójimo. Al contrario, lo hace más elevado, lo purifica. Pero... temo que usted no me comprenda. ¿Quiere tomar té? –dijo la Condesa, indicando con la mirada al criado que traía el té en una bandeja.

—Sí, francamente, no lo comprendo del todo, Condesa... Claro... su desgracia...

—Sí... su desgracia... Su desgracia, que le ha dado una mayor felicidad, ya que su corazón se ha renovado y se ha llenado de Él, al que nunca había comprendido ni amado –dijo la Condesa poniendo los ojos en Alexey Alexandrovich con mirada acariciadora.

«Creo que podré pedirle que diga algo en los dos ministerios», pensó mientras tanto Oblonsky. A continuación contestó:

—¡Oh! Seguramente. Pero, a mi parecer, estas transformaciones son tan íntimas que nadie, ni aun las personas más allegadas, osan hablar de ellas.

—Al contrario –replicó Lidia Ivanovna–, hemos de hablar de ellas y ayudarnos los unos a los otros.

—Indudablemente –aprobó Oblonsky con sonrisa aduladora–, hay diferencias en el modo de apreciar las cosas... Y además...

—En lo que se refiere a la verdad sagrada, no puede haber diferencias –dijo con energía y severidad la Condesa.

—¡Oh, sí!... Claro... Pero... –y Oblonsky, confuso, quedó callado.

Comprendía que se trataba de religión, pero no se consideraba preparado para tratar de este tema y temía herir los sentimientos de la Condesa, a la que no renunciaba a utilizar para sus fines referentes al asunto de su empleo.

—Me parece que ahora se dormirá –murmuró Alexey Alexandrovich, acercándose a Lidia Ivanovna.

Stepán Arkadievich volvió la cabeza hacia donde estaba Landau y vio a este sentado cerca de la ventana, apoyados sus codos en los brazos del sillón y con la cabeza inclinada sobre el pecho.

Al observar que todas las miradas se dirigían a él, el francés levantó la cabeza y sonrió, con sonrisa ingenua y pueril.

—No le presten atención –recomendó Lidia Ivanovna. Y, con mucho cuidado, suavemente, acercó una silla para Alexey Alexandrovich–. He observado... –dijo luego, volviendo a la conversación interrumpida. Pero en aquel momento entró un criado con una carta, que entregó a la Condesa, con lo cual la conversación quedó cortada de nuevo.

Lidia Ivanovna la leyó rápidamente y tras pedir perdón a Stepán Arkadievich y Alexey Alexandrovich, escribió con extraordinaria rapidez unas líneas de contestación, la entregó a un criado, volvió a su puesto cerca de la mesa y continuó la conversación que tenían empezada.

—He observado –dijo– que los habitantes de Moscú, sobre todo los hombres, son la gente más indiferente en materia de religión.

—¡Oh, no, Condesa! Me parece que los moscovitas tienen fama de ser muy firmes –se defendió Stepán Arkadievich.

—Sí, pero por lo que puedo comprender, usted, por desgracia, pertenece a los indiferentes –dijo Karenin con sonrisa fatigada.

—¿Cómo es posible ser indiferentes? –repuso en tono de recriminación Lidia Ivanovna.

—En ese aspecto –añadió Stepán Arkadievich, con su sonrisa más dulce– no soy indiferente, sino que he adoptado una actitud de espera. Pienso que para mí no ha llegado aún el momento.

Alexey Alexandrovich y Lidia Ivanovna cambiaron miradas expresivas.

—No podemos saber nunca en estas cuestiones si ha llegado o no el momento para nosotros –dijo Alexey Alexandrovich muy serio–. No debemos pensar si estamos preparados o no. La gracia divina no se rige por consideraciones humanas. A veces no desciende sobre los que laboran ya y, en cambio, se fija en los no iniciados, como sobre Saúl.

—No. Parece que no se duerme aún –dijo Lidia Ivanovna, que seguía con la vista los movimientos del francés. Este, en aquel momento, se levantó y se acercó a ellos.

—¿Me permiten escucharles? –preguntó.

—Oh, sí! No habíamos querido incomodarle –contestó Lidia Ivanovna, mirándole con dulzura–. Siéntese usted con nosotros.

—No hay que cerrar los ojos para no perder la luz –sentenció Alexey Alexandrovich.

—¡Ah! ¡Si supiese usted, tan sólo, qué felicidad experimentamos sintiendo su continua presencia en nuestra alma! –dijo la condesa Lidia Ivanovna sonriendo beatíficamente.

—Pero el hombre puede sentirse incapaz de remontarse a esa altura –contestó Stepán Arkadievich, a sabiendas de que mentía, pero no atreviéndose a exponer su modo de pensar tan libre delante de una persona que sentía y opinaba lo contrario y que con una sola palabra en su favor podía procurarle el puesto anhelado.

—¿Es que quiere usted decir que el pecado no nos lo permite? –le interrogó Lidia lvanovna–. Sería una opinión falsa. Para los que creen que no hay pecado: sus pecados les son perdonados. *Pardon* –volvió a suplicar al entrar el criado con otra carta. La leyó y contestó verbalmente diciendo: «Mañana, en casa de la Gran Duquesa, dígaselo así». Luego continuó la conversación–: Para el que cree, el pecado no existe.

—Pero la fe sin obras es fe muerta –objetó Stepán Arkadievich, recordando este texto del catecismo y defendiendo ya su independencia, si bien con fina sonrisa aduladora para la Condesa.

—He aquí el famoso pasaje de la epístola de Santiago –dijo Alexey Alexandrovich.

Y, añadió, dirigiéndose a Lidia Ivanovna con tono de reproche, al parecer por haber vuelto sobre aquel aspecto de la cuestión cuando ya lo habían tratado ellos más de una vez:

—¡Cuánto mal ha producido la falsa interpretación de este pasaje! Nada repugna tanto a la fe como esta interpretación. Decir «no hago buenas obras significa que no tengo fe». Y así no está escrito en ninguna parte, sino que se ha dicho precisamente lo contrario.

—¡Trabajar para Dios, con esfuerzo continuo, con ayunos, para salvar su alma! –dijo la condesa Lidia Ivanovna, con desprecio y repugnancia–. Esa es la concepción salvaje de nuestros monjes… siendo así que eso no está dicho en ninguna parte. Es mucho más sencillo y fácil –añadió, mirando a Oblonsky con la misma sonrisa reconfortante con la cual, en la Corte, animaba a las jóvenes damas de honor cuando las veía cohibidas por el nuevo ambiente.

—Estamos salvados por Cristo, que sufrió por nosotros. Estamos salvados por nuestra fe –dijo Alexey Alexandrovich apoyando también con su mirada las palabras de Lidia Ivanovna.

—*Vous comprennez l'anglais?*[1] –le preguntó la Condesa. Y, habiendo recibido una contestación afirmativa, se levantó y se puso a buscar algo en un pequeño estante de la librería que había en la misma habitación.

---

(1) «¿Entiende usted el inglés?».

Luego vino con un libro y presentándoselo a Alexey Alexandrovich, le dijo:

—¿Quiere usted leer *Safe and Happy* o *Under the wing*?

Y sentándose de nuevo, abrió el libro diciendo:

—Es muy corto. Aquí está descrito el camino por el cual se llega a la fe y se adquiere una felicidad ultraterrena. El hombre que tiene fe no puede ser desgraciado aunque esté solo. Ya lo verá usted.

Lidia Ivanovna iba a empezar a leer cuando entró otro criado.

—¿Es la Borosdina? –preguntó la Condesa–. Dígale que mañana a las dos.

Durante unos momentos Lidia Ivanovna quedó pensativa, mirando frente a sí con sus hermosos ojos, con una mirada distraída, desmayada sobre su pierna derecha la mano en que sostenía el libro, reteniendo con un dedo la página que iba a leer.

Luego, tras un suspiro, continuó la conversación.

—Sí –dijo–. Así obra la verdadera fe. ¿Conoce usted el caso de Mary Sanina? Había perdido su hijo único y estaba desesperada. ¿Y qué sucedió? Pues que encontró a este amigo (y señalaba al libro) y ahora agradece a Dios la muerte de su niño. Esta es la felicidad que nos da la fe.

—¡Oh, sí!... Ciertamente... –dijo Stepán Arkadievich pensando con gran contento que iban a leer y que así tendría tiempo de darse cuenta exacta de la situación.

«Creo», pensó, «que será mejor no pedir nada hoy. Lo que tengo que procurar es marcharme de aquí antes de enredar más las cosas».

—Esto va a aburrirle, ya que usted no sabe inglés. Pero es corto –dijo la Condesa dirigiéndose a Landau.

—¡Oh! Lo comprenderé –contestó este con dulce sonrisa. Y cerró suavemente los ojos.

Alexey Alexandrovich y Lidia Ivanovna intercambiaron miradas significativas y comenzó la lectura.

CAPÍTULO XXII

Stepán Arkadievich se sentía disgustado y perplejo ante aquellas conversaciones tan nuevas para él.

Después de la monotonía de la vida moscovita, la de San Petersburgo ofrecía tal complejidad que le mantenía en un estado de continua excitación. Esta complejidad, en las esferas conocidas y próximas a él, la comprendía y hasta incluso la deseaba. En cambio, hallarla en este ambiente desconocido, tan ajeno a él, le aturdía, le desconcertaba.

Escuchaba a la condesa Lidia Ivanovna y sintiendo sobre sí la mirada de los ojos –ingenuos o llenos de malicia, no lo sabía bien– del francés Landau, Stepán Arkadievich empezó a experimentar una particular pesadez de cabeza.

Los pensamientos más diversos pasaban por su cerebro: «Mary Sanina se alegra de que se haya muerto su hijo». «¡Qué bien me iría ahora poder fumar un cigarrillo!». «Para salvarse basta con la fe. Los monjes no entienden nada de eso; solamente la condesa Lidia Ivanovna lo sabe». «¿Y por qué siento esta pesadez de cabeza? ¿Es a causa del coñac o de todas estas extravagancias?». «De todos modos, parece que hasta ahora no he hecho nada inconveniente». «Pero hoy no puedo pedirle nada». «He oído decir que obligan a rezar. Acaso vaya a obligarme a hacerlo. Pero sería demasiado estúpido». «Y qué galimatías está leyendo?». «Pero pronuncia muy bien». «Landau es un Bezzubov». «¿Y por qué Landau es un Bezzubov?».

De repente, Stepán Arkadievich sintió que sus mandíbulas empezaban a abrirse para bostezar. Hizo como que se atusaba las patillas para, con la mano, disimular el bostezo y se recobró.

Luego sintió que estaba durmiéndose y pensó que iba a roncar.

Volvió en sí al oír la voz de la condesa Lidia Ivanovna que decía:

—Se ha dormido.

Se enderezó rápidamente, asustado, como un culpable cogido en falta. Pero, enseguida se tranquilizó y comprendió que aquellas palabras de la Condesa no se referían a él sino a Landau.

El francés, en efecto, estaba dormido o fingía dormir.

Stepán Arkadievich pensó que en aquel mundo extraordinario si él se hubiera dormido habría ofendido a todos, mientras que, por el contrario, el sueño de Landau les alegraba extraordinariamente, sobre todo a la condesa Lidia Ivanovna.

La Condesa ponía un gran cuidado en no producir el menor ruido, recogíase incluso la falda de su vestido de seda, y estaba tan conmovida que, al dirigirse a Karenin, no le nombró como siempre Alexey Alexandrovich, sino que dijo:

—*Mon ami, donnez-lui la main.*[1]

Al criado, que entraba de nuevo, le impuso silencio con un *Psss* de sus labios fruncidos y le ordenó en voz muy baja:

---

(1) «Amigo mío, déle usted la mano».

—Diga que no recibo.

El francés dormía –o fingía dormir, como se ha dicho– con la cabeza apoyada en el respaldo del sillón y con una de sus manos, sudorosa, enrojecida (la otra reposaba sobre sus rodillas) hacía unos ligeros movimientos como si procurara coger algo al vuelo.

Alexey Alexandrovich se levantó. Lo hizo con gran cuidado, pero tropezó con la mesa, dio un traspiés, fue a parar cerca del francés y puso su mano sobre la diestra de este.

Stepán Arkadievich se levantó también y se restregó y abrió desmesuradamente los ojos para despabilarse más y cerciorarse de que no estaba durmiendo y soñando. Miró con gran extrañeza a todos y, viendo que todo aquello era realidad y no un sueño, sintió que perdía la cabeza.

—*Que la personne qui est arrivée la dernière, celle qui demande, qu'elle sorte. Qu'elle sorte!*(1) –dijo el francés sin abrir los ojos

—*Vous m'excuserez, mais vous voyez...* –dijo la Condesa a Stepán Arkadievich– *vous voyez... Revenez vers dix heures, encore mieux demain!*(2)

—*Qu'elle!*(3) –gritó impaciente el francés.

—*C'est moi, n'est-ce?*(4) –preguntó Stepán Arkadievich. Y, habiendo recibido una respuesta afirmativa, olvidando lo que quería pedir a Lidia Ivanovna y que iba a hablar a Karenin de la cuestión del divorcio, renunciando a todo lo que allí le llevara, con el deseo de salir cuanto antes, Stepán Arkadievich abandonó la habitación rápidamente, andando de puntillas, y desde el portal dio un salto hasta la calle. Luego, durante un buen rato, habló y bromeó con el cochero de alquiler que le llevaba, queriendo recobrarse de las impresiones recibidas en casa de la condesa Lidia Ivanovna, del malestar que le habían producido las escenas allí presenciadas.

En el Teatro Francés, adonde llegó cuando representaban el último acto, y luego en el Restaurante Tártaro, bebiendo champaña en abundancia, en el ambiente habitual suyo, Stepán Arkadievich pareció respirar mejor.

Sin embargo, durante toda la noche no consiguió apartar de sí el malestar de aquella visita.

Al volver a casa de Piotr Oblonsky, donde se alojaba durante sus estancias en San Petersburgo, Stepán Arkadievich encontró una carta de Betsy,

(1) «Que la persona que ha llegado la última, la que pregunta, que salga. ¡Que salga!».

(2) «Discúlpeme, pero ya ve usted..., ya ve usted... Vuelva a eso de las diez, o mejor mañana».

(3) «¡Que salga!».

(4) «Se refiere a mí, ¿no?».

que le decía que sentía vivos deseos de terminar la conversación que habían empezado, para lo cual le pedía que fuese a verla al día siguiente.

Apenas había terminado de leer aquella insinuante misiva, que le produjo una impresión desagradable, cuando abajo, en los pisos inferiores, oyó un ruido como de hombres que llevasen un pesado fardo.

Salió a la escalera y vio que se trataba del «rejuvenecido» Piotr Oblonsky, conducido en brazos, tan ebrio que no podía subir la escalera.

Al ver a su sobrino, Piotr Oblonsky pidió a los que le llevaban que le pusieran en pie y, apoyándose en Stepán Arkadievich, entró con él en su habitación. Una vez allí se puso a contarle cómo había pasado la noche, quedándose poco después dormido en la misma butaca donde se había sentado.

Stepán Arkadievich se sentía abatido, lo que le sucedía muy pocas veces y no pudo dormir en mucho tiempo. Todo lo que recordaba le daba asco y, más que nada, recordaba como algo muy vergonzoso la noche pasada en la casa de la condesa Lidia lvanovna.

Al día siguiente recibió la respuesta de Alexey Alexandrovich con respecto al divorcio. Era una negativa rotunda, terminante.

Stepán Arkadievich comprendió que esta decisión había sido inspirada por las palabras que durante su sueño –real o fingido– había pronunciado el francés.

Capítulo XXIII

Para emprender algo en la vida de familia es preciso que exista entre los esposos un completo acuerdo, una situación de mutua compenetración basada en el amor, o bien, un divorcio absoluto, una separación total.

Cuando las relaciones entre los esposos son indefinidas y no se desenvuelven en ninguna de aquellas situaciones, nada puede ser llevado entre ellos a feliz término.

Muchos matrimonios pasan años enteros así, en lugares desagradables e incómodos y en una no menos desagradable e incómoda situación, solo por no tomar una decisión cualquiera.

Vronsky y Anna se encontraban en este caso. Tanto para el uno como para la otra, la vida en Moscú, en aquella época de polvo y calor, cuando el sol no brillaba ya como en primavera, los árboles de los boulevares estaban cubiertos de hojas y las hojas llenas de polvo, se les hacía insoportable. No obstante, no acababan de marcharse, como tenían decidido hacía tiempo, a su finca de Vosdvijenskoe, sino que continuaban viviendo en Moscú. Y cada día se sentían más aburridos y desesperados, porque hacía tiempo que no se ponían de acuerdo.

La animadversión que les separaba parecía no tener una causa externa y todas las tentativas para explicarse, en vez de mejorar su situación parecían agravarla todavía más. Era una especie de irritación interior que para ella tenía su origen en el enfriamiento del amor de Vronsky y para él, en el pesar de haberse puesto, por ella, en una situación penosa y difícil que Anna, en lugar de hacerle llevadera, le hacía aún más desagradable.

Así, hasta los intentos de una explicación entre los dos, que lo aclarase todo a hiciera desaparecer aquel estado de recelos e irritación latente, acababa siempre en fuertes disputas.

Para Anna todo lo de Vronsky –sus costumbres, sus pensamientos, sus deseos, todo su modo de ser físico y moral– estaban dirigidos al amor; y este amor lo ambicionaba solo para ella. Ahora, sintiendo enfriarse en Vronsky su pasión, no podía dejar de pensar que acaso una parte de aquel amor lo consagraba a otra u otras mujeres, y los celos la devoraban.

No teniendo motivos de celos, los inventaba. Al más leve indicio los pasaba de un objeto a otro. Ya tenía celos de aquellas mujeres despreciables con las cuales, gracias a sus relaciones de soltero, podía entrar fácilmente en contacto; ya lo sentía de las mujeres de la alta sociedad con las que pudiera encontrarse; o bien de una mujer imaginaria con la cual había de casarse después de romper con ella. Este último pensamiento era el que con más frecuencia la atormentaba, porque en un momento de confianza, de confesiones mutuas, de confidencias, Vronsky, imprudentemente, le había dicho que su madre le comprendía tan poco que se había permitido aconsejarle que se casara con la princesa Sorokina.

Los celos, pues, la llenaban de indignación, la tenían constantemente irritada contra Vronsky y la llevaban a buscar sin cesar motivos en que alimentar sus sentimientos desesperados.

Para ella, Vronsky era el único culpable de sus sufrimientos, cualquiera que fuera su causa. La demora en la respuesta de Karenin respecto al divorcio, debida a la indecisión de su marido, la soledad, el aburrimiento y los desaires que le proporcionaba la vida en Moscú. Todo, absolutamente todo, era culpa de él.

«Si él me quisiera –se decía– habría comprendido lo agobiante que es mi situación y habría hecho todo lo posible por sacarme de ella».

También Vronsky era culpable de que vivieran en Moscú y no en la hacienda, pues esto se debía, pensaba Anna, a que él no podía vivir en el pueblo, apartado de sus relaciones de ciudad como ella quería.

Y también Vronsky era el culpable de que se viese separada para siempre de su hijo.

Anochecía.

Sola, esperando que regresara Vronsky de una comida que daba un amigo para celebrar su despedida de soltero, Anna paseaba a lo largo del gabinete de Alexey, en el cual le gustaba estar para ver todos sus objetos y porque era la habitación de la casa donde repercutía menos el ruido de los carruajes rodando por el empedrado, y, mientras paseaba, iba pensando en todos los detalles de la última discusión tenida con su amado. Tras recordar todas las palabras ofensivas cruzadas entre ambos durante la disputa, Anna pensó en las que la habían provocado. No podía comprender que la disputa se hubiera producido por una causa tan fútil a inofensiva. Efectivamente, la causa visible fue que Vronsky censuró los colegios femeninos de la Escuela Media, diciendo que no tenían ninguna utilidad. Anna defendió aquellas instituciones y Vronsky insistió mostrando poca estima por la instrucción femenina en general, incluso hacia Hana, la niña inglesa a quien ella protegía y de la cual dijo, despectivamente, que «ni necesitaba siquiera saber física». Esto irritó a Anna, que vio también en las palabras de él un menosprecio hacia sus conocimientos y buscó una frase con qué molestar a Vronsky, vengándose con ella del dolor que le causaba, y así le dijo:

—No esperaba yo que comprendiese usted mis sentimientos como parece que ha de comprenderlos el hombre que ama, pero me creía al menos con derecho a esperar más de su delicadeza.

Vronsky se sintió, en efecto, irritado por sus palabras y le replicó de una manera desagradable.

Anna no recordaba lo que ella le había entonces contestado, pero él sin más causa que el deseo de herirla, le dijo:

—Confieso que su apego a esa niña, que tiene recogida, me es desagradable, porque no me parece natural.

La crueldad con que Vronsky atacaba aquel pequeño mundo que ella se había constituido para mejor soportar su aislamiento del otro, de la sociedad, la injusticia con que la inculpaba de falta de naturalidad en lo que hacía, la hicieron estallar.

—Es en verdad una pena que solo los sentimientos groseros y materiales sean comprensibles para usted y solo estos sean naturales. –Y salió airadamente de la habitación.

Cuando el día anterior por la noche Vronsky fue a verla, ninguno de los dos hizo alusión a la disputa que habían tenido, pero ambos sentían aún en sus espíritus un fuerte resquemor.

Hoy Vronsky había estado fuera de casa todo el día y a Anna, en su soledad, le pesaba tanto el haber discutido con él que deseaba olvidarlo todo, perdonarlo, reconciliarse con su amado justificándole y hacerse ella responsable de todo.

«Solo yo tengo la culpa de todo –se decía–. Estoy irascible, tontamente celosa. Sí, se lo diré así y haremos las paces, olvidaremos todas nuestras disputas, nuestros recelos, y marcharemos al campo, y allí estaré más tranquila y más acompañada. Hasta puede que él me quiera más y yo recobre la felicidad».

De repente, recordó aquello que la había exasperado más en la disputa –el decirle que fingía y que lo que hacía carecía de naturalidad– y comprendió que se lo había dicho solo para herirla.

«Yo sé lo que él quiso decirme: que no es natural que, no queriendo a mi propia hija, quiera a una niña ajena. ¿Qué sabe él del amor a los hijos? ¿Qué sabe él de mi amor a Seriozha, al que he sacrificado por él? Pero este deseo suyo de mortificarme, de hacerme mal… No, él ama a otra mujer, no cabe duda, no puede ser de otro modo».

Y al advertir que, a pesar de sus deseos de calmarse y restablecer sus relaciones con Vronsky, volvía a sus celos y a su irritación, Anna se horrorizó de sí misma.

«¿Acaso será imposible? ¿No podré con la idea de reconocerme culpable a mí misma? Él es justo y honrado y me ama –reflexionaba luego–, y yo le amo también. En estos días obtendré el divorcio y se normalizará nuestra situación, ¿qué más quiero? Debo estar tranquila, confiada. Echaré la culpa de esta discordia sobre mí. Sí, ahora, cuando venga, le diré que estuve injusta, aunque realmente no lo estuve; y haremos las paces y nos marcharemos de aquí».

Y, para no pensar más en lo sucedido y no volver a irritarse, Anna hizo que le llevaran los baúles y se entretuvo en colocar en ellos lo que habían de llevar al campo.

A las diez de la noche llegó Vronsky.

Capítulo XXIV

—¿Qué, te has divertido? –preguntó Anna, con expresión tímida y dócil, saliendo al encuentro de Vronsky.

—Como siempre –repuso él.

Por el tono y la actitud de Anna comprendió Vronsky inmediatamente que se hallaba en uno de sus mejores momentos y, aunque ya estaba acostumbrado a los cambios en el carácter de su amada, se alegró, porque también él se sentía particularmente contento y de excelente humor.

—¿Qué veo? –comentó con voz y ademanes alegres, señalando con satisfacción los baúles, que estaban preparados–. Eso sí que está bien.

—Sí, tenemos que marcharnos de aquí –explicó Anna–. He salido a dar un paseo y he gozado tanto, que he sentido deseos de volver al campo. ¿No tienes tú aquí nada que te retenga?

—Solo deseo eso, irnos al pueblo. Vengo enseguida y hablaremos. Ahora voy a cambiarme de ropa. Ordena que me sirvan el té.

Y Vronsky pasó a su gabinete.

Al quedarse sola, Anna volvió su pensamiento a la conversación que acababa de tener con Vronsky y se dijo que había algo humillante en aquellas palabras: «Eso sí que está bien». «Así hablan a un niño cuando renuncia a sus caprichos», pensaba. Y era aún más humillante por el contraste entre el tono de ella, tímido y contrito, y el tono seguro de él.

Y Anna advirtió que en su ánimo se levantaba de nuevo un sentimiento de ira contra Vronsky, pero hizo un esfuerzo sobre sí misma y, cuando volvió él, le acogió con la misma sonrisa de antes.

Cuando Vronsky se sentó, Anna, a su lado, le contó, repitiendo en cierto modo las palabras que había preparado, cómo había pasado el día y sus planes para el viaje.

—¿Sabes? He tenido como una inspiración –decía–. ¿Por qué hemos de esperar aquí el divorcio? ¿No da igual esperarlo en el campo? Yo no puedo estar aquí. He perdido la paciencia y no quiero ni oír hablar del divorcio. He decidido que esto no tenga influencia en mi vida. ¿Estás conforme?

—¡Oh, sí! –dijo, Vronsky mirando, con alguna inquietud, el rostro conmovido de Anna.

—Y vosotros, ¿qué habéis hecho? ¿Quién más estuvo? –preguntó después de un momento de silencio.

Vronsky nombró a los invitados, y contó que la fiesta había resultado excelente y la reunión animada. Hubo un concurso de barcas a remo.

—Todo resultó muy agradable –añadió–, pero en Moscú las cosas no pueden pasar sin *ridicule*. Se presentó una señora –la profesora de natación de la reina de Suecia– y quiso mostrarnos su arte.

—¡Cómo! ¿Ha nadado ante vosotros? –preguntó Anna Arkadievna frunciendo el ceño.

—Con un horrible *costume de natation.*[1] Figúrate una mujer fea y vieja con las carnes enrojecidas. Bueno, ¿y cuándo nos marchamos?

—¡Qué fantasía más loca! ¿Y qué? ¿Había algo de particular en su manera de nadar? –preguntó Anna, sin contestar a la pregunta de este y con una sombra de preocupación en el semblante.

—Absolutamente nada de particular, ¿no te digo? Era una cosa completamente estúpida. Entonces, ¿cuándo piensas que nos marchemos de aquí?

Anna Arkadievna sacudió su cabeza como queriendo alejar un pensamiento desagradable.

—¿Cuándo? –dijo–. Cuanto antes mejor. Para marcharnos mañana no tenemos tiempo, pero podemos marchar pasado mañana.

—Espera. Pasado mañana es domingo y debo ir a casa de *maman* –dijo Vronsky confuso, porque en cuanto nombró a su madre sintió fija sobre él la mirada de Anna, en la que se reflejaba una sospecha.

La confusión de Vronsky reforzó la desconfianza de ella, que se ruborizó y se separó de él.

Ahora Anna no pensaba en la profesora de la reina sueca. Pensaba solo en la princesa Sorokina, que vivía en un pueblo cerca de Moscú, al lado de la condesa Vronskaya.

—Puedes ir mañana –dijo ella.

—No. El dinero y los poderes, que son el objeto de mi visita, no es posible obtenerlos mañana.

—Siendo así, es mejor que lo dejemos.

—¿Y por qué?

—Más tarde no quiero partir. Me marcho el lunes o nunca.

—¿Y por qué? –preguntó extrañado Vronsky–. Eso no tiene sentido.

—Para ti no tiene sentido porque no te preocupas de mí –dijo ella en tono agresivo–. No quieres comprender cómo sufro. La única que me en-

---

(1) «Traje de baño».

tretenía aquí era Hana y tú me has acusado con respecto a ella de hipocresía. Ayer me dijiste que no quiero a mi hija, que finjo querer a esa inglesa y que esto no es natural… Me gustaría saber qué vida puede ser natural para mí.

Anna se dio cuenta de lo que decía y se horrorizó de haber cambiado su decisión de estar tranquila, en paz con su amado. Pero a pesar de ello, sentía que ya no podía volverse atrás sin desmerecer e incluso perder su propia estimación y sentía, además, que no podía resignarse a aquella injusticia que Vronsky había cometido con ella.

—Nunca he dicho eso –trató de convencerla él–. Dije solo que no aprobaba ese cariño improvisado.

—¿Por qué tú que tanto te envaneces de tu rectitud, no dices la verdad?

—Nunca me envanezco de mi rectitud, pero jamás digo lo que no es verdad –contestó él en voz baja y conteniendo la cólera que empezaba a sentir. Siento mucho que no respetes…

—El respeto ha sido inventado para disimular la ausencia del amor. Si no me quieres ya, mejor y más noble es que me lo digas.

—¡Esto se hace insoportable! –exclamó Vronsky levantándose airado de la silla. Y, de pie ante Anna, le dijo lentamente: –¿Por qué pones a prueba mi paciencia? –y en un tono que quería significar que podía decir muchas cosas más, pero que se contenía, añadió–: Mi paciencia tiene un límite.

—¿Qué quiere usted decir con eso? –preguntó Anna en tono de reto, aunque horrorizada por la expresión del rostro de él, sobre todo de sus ojos, que la miraban amenazadores, con dureza.

—Quiero decir… –empezó Vronsky. Y tras unos momentos de duda, acabó:– Debo preguntarle qué quiere usted de mí.

—¿Qué puedo querer sino que usted no me abandone, como piensa hacer? –dijo Anna, comprendiendo todo lo que él no le había terminado de decir–. Pero no es eso, no, lo que quiero. Eso es ya una cosa secundaria: quiero su amor y usted no me ama. Es decir, que todo ha terminado.

Anna se dirigió a la puerta.

—Espera… Espera –la llamó Vronsky.

Y sin desarrugar el pliegue sombrío de sus cejas, pero cogiéndola cariñosamente de las manos, le dijo:

—¿Quieres decirme qué te sucede? He dicho que hay que aplazar la salida de aquí por tres días y, por contestación a esto, tan sencillo y claro, me has dicho que miento, que soy un hombre sin honor.

—Sí y lo repito. El hombre que me echa en cara que lo ha sacrificado todo por mí es peor que un hombre sin honor: es un hombre sin corazón

–dijo Anna recordando las palabras que pronunciara él en la discusión que habían tenido antes.

—¡Decididamente, es imposible –exclamó Vronsky soltando con desaliento las manos de Anna.

«Me odia, esto está claro», se dijo ella. Y sin decir ni una palabra más ni volver la cabeza y, con pasos vacilantes, salió de la habitación.

«Ama a otra mujer. Esto es evidente», se decía entrando en su cuarto. «Quiero amor y no lo encuentro. Es decir, que ya no hay nada entre nosotros y debemos acabar de una vez. ¿Pero, cómo?», se preguntó, sentándose en una butaca ante el espejo.

A continuación se puso a pensar a dónde iría una vez que se separara de Vronsky. «¿A casa de la tía que me educó? ¿A la de Dolly? ¿O, sencillamente, me iré sola al extranjero?». Pensó después en lo que estaría haciendo él en aquel momento, solo en su gabinete; en si aquella discusión había sido decisiva o si aún sería posible la paz entre ellos; en qué murmurarían de ella sus conocidos de San Petersburgo; en cómo la miraría Alexey Alexandrovich.

Muchos otros pensamientos con respecto a lo que podía ocurrir si rompía sus relaciones con Vronsky pasaban por su mente, pero Anna no se entregaba por completo a ellos. En su espíritu palpitaba una idea que, aunque imprecisa, era la que más le interesaba. Al recordar a Alexey Alexandrovich se acordó de las palabras que le había dicho en su enfermedad, después de haber dado a luz: «¿Por qué no habré muerto?». Y ahora el recuerdo de estas palabras despertó en su alma el sentimiento que habían despertado entonces. «¡Sí, morir!», se dijo. Y la idea llenó su espíritu de una manera fija, imperiosa, obsesionante.

«La vergüenza y la deshonra de Alexey Alexandrovich y de Seriozha y mi terrible vergüenza, todo quedaría salvado con mi muerte. Y, al verme muerta, y por su causa, él se arrepentiría, me compadecería, me amaría y, no pudiendo ya remediarlo, se desesperaría y sufriría». Una sonrisa de compasión por sí misma le dilató los labios y, mientras, sentada en una butaca, quitándose y poniéndose las sortijas de la mano izquierda, la vista fija ante ella, iba imaginando los sufrimientos de Vronsky ante su muerte.

Un rumor de pasos –los pasos de él– que se acercaban, la distrajeron de estos pensamientos.

Anna ni le miró, simulando que estaba ocupada en arreglarse sus sortijas.

Vronsky se acercó a ella y, tomándole con suavidad una mano, le dijo en voz baja y dulcemente:

—Anna, vámonos pasado mañana si quieres. Estoy conforme con todo.

Ella siguió callada.

—¿Qué dices a esto, Anna? –preguntó él.

—Ya lo sabes –contestó ella rápida y enérgicamente, y sin fuerzas luego para contener su emoción se puso a llorar.

—Déjame, déjame –decía entre sollozos–. Me marcho mañana... Haré más... ¿Quién soy yo? Una perdida... Una piedra colgada de tu cuello... No quiero hacerte sufrir, no quiero... Te dejaré libre... ¡No me quieres! ¡Amas a otra!

Vronsky le rogó que se tranquilizase y le aseguró que no tenía ningún motivo para estar celosa, que jamás había dejado de amarla y que la amaba más que nunca.

—Anna, ¿por qué te martirizas y me mortificas de este modo? –le decía besándole las manos con ternura. En su rostro había ahora suavidad y Anna, en la voz de él y en sus ojos, creyó adivinar el llanto.

Y, pasando de golpe de los celos más insensatos a una ternura exaltada y llena de pasión, cubrió de arrebatados besos la cabeza, el cuello, las manos de su amado...

Capítulo XXV

La reconciliación era completa. Anna, desde por la mañana, se puso a hacer los preparativos para la salida de Moscú. Aunque todavía no habían decidido si se marcharían el lunes o el martes, porque ambos se cedían el uno al otro la decisión, se ocupaba activamente en los preparativos de la partida.

Estaba en su habitación, ante el baúl abierto, metiendo en él las cosas que iba a llevar, cuando Vronsky habiéndose vestido antes de la hora acostumbrada, entró a verla.

—Ahora voy a ver a *maman*. Ella me mandará el dinero por medio de Egor. Y mañana podremos irnos.

A pesar de la buena disposición de ánimo en que se encontraba, Anna creyó advertir algo sospechoso en la forma en que Vronsky acababa de hablar de su viaje a la casa veraniega de su madre.

—No, mañana, no –contestó–. Ni yo misma tendría tiempo de arreglar mis cosas.

Y quedó pensativa.

«Esto quiere decir –pensaba– que era posible arreglar los asuntos como decía yo y él porfió que no».

—Ve al comedor –dijo a Vronsky–, que yo iré allí ahora mismo. Solo dejaré fuera estas cosas que necesito– y entregó varias prendas a Anuchka, que ya tenía en sus brazos otras ropas.

Vronsky estaba comiendo un filete cuando Anna entró en el comedor.

—No puedes imaginar cuánto me aburren estas habitaciones –dijo a Vronsky, sentándose a su lado para tomar su café–. No hay nada tan horrible como estas *chambres garnies*(1). No tienen expresión; les falta el alma. Este reloj, estas cortinas y, lo principal, estos papeles pintados de las paredes, todo esto ha sido una pesadilla para mí. Pienso en Vosdvijenskoe como en la tierra prometida. No mandes todavía allí los caballos.

—No, los enviarán cuando nos hayamos marchado de aquí. ¿Tú quieres ir a alguna parte?

—Quería ir a casa de Wilson. Tengo que llevarle mis trajes. Entonces, ¿decididamente nos marchamos mañana? –preguntó con voz alegre.

De pronto su rostro se tornó sombrío. El ayuda de cámara de Vronsky le trajo a este para que lo firmara el recibo de un telegrama que acababa de llegar de San Petersburgo. No esperaba Vronsky nada de particular en aquel telegrama, pero, como deseando ocultar algo a Anna, dijo al criado que tenía que extender el recibo en el gabinete y se dirigió allí con precipitación.

Al volver, dijo a Anna:

—Mañana, sin falta, estará todo terminado.

—¿De quién es el telegrama? –preguntó Anna sin prestar atención a aquellas palabras.

—De Stiva –contestó Vronsky de mal grado.

—¿Y por qué no me lo has enseñado? ¿Qué secreto puede haber entre Stiva y yo?

Vronsky llamó a su ayuda de cámara y le ordenó que trajera el telegrama.

—No quería mostrártelo porque no dice nada de particular. Stiva tiene debilidad por el telégrafo. No sé a qué viene telegrafiar cuando no hay nada decisivo.

—¿Se trata del divorcio?

—Sí, pero dice que no ha podido obtener nada, que para estos días le ha prometido una respuesta decisiva. Míralo, léelo.

Anna cogió el despacho con manos temblorosas y leyó lo que Vronsky le había dicho. El telegrama terminaba así: «Hay pocas esperanzas, pero haré lo posible y lo imposible».

---

(1) «Habitaciones amuebladas».

—Ayer te dije que me es indiferente que se lleve a cabo o no el divorcio –dijo Anna ruborizándose, No había necesidad ninguna de ocultarme esas dificultades que señala Stiva. «Así puede ocultar y seguramente oculta su correspondencia con las otras mujeres», pensó también.

—Jachvin quería venir hoy por la mañana –dijo Vronsky–. Parece ser que ganó a Peszov todo lo que este tenía y hasta más de lo que puede pagar. Cerca de sesenta mil rublos.

—¡No es eso! –interrumpió ella, irritada porque Vronsky cambiara de conversación. «¿Era que pensaba que la disgustaba no obtener el divorcio, no poder retenerle casándose con él», pensó–. ¿Por qué has creído –le dijo, con irritación– que esa noticia me iba a doler hasta el punto de que era conveniente ocultármela? Te he dicho que no quiero ni pensar en el divorcio y me gustaría que tú te interesaras en esa cuestión tan poco como yo...

—Me intereso porque me gusta la claridad –contestó Vronsky.

—La claridad en nuestra unión no consiste en la forma externa, sino en el amor –dijo Anna aún más irritada, no por las palabras de Vronsky, sino por la fría tranquilidad con que hablaba él–. ¿Por qué deseas mi divorcio? –insistió.

«¡Dios mío! Otra vez el amor», pensó Vronsky frunciendo el ceño.

—Ya lo sabes... Por ti y por los niños –contestó.

—No tendremos más niños.

—Pues lo siento mucho.

—Lo necesitas por los niños. Eso es, en mí no piensas –dijo Anna, que no había oído completa la frase «por ti y por los niños».

La probabilidad de tener más hijos era cuestión que habían discutido los dos hacía tiempo y que a ella la irritaba. El deseo de Vronsky de tener hijos lo consideraba Anna como una prueba de indiferencia hacia su belleza, que, como era natural, desaparecería o aminoraría con un nuevo embarazo y alumbramiento.

—He dicho que por ti también –aclaró Vronsky–. Y más que por nada, por ti –añadió frunciendo el ceño como si sufriera algún dolor– porque estoy seguro de que la mayor parte de tu malestar proviene de tu situación indefinida.

«Ahora ha dejado de fingir y se ve claramente el odio frío que siente por mí», pensó Anna sin atender las palabras de él pero viendo con horror en sus ojos a un juez frío y cruel que la condenaba.

—Siento mucho que no entiendas o no quieras entender –dijo Vronsky deseando aclarar aún más su idea–. El carácter «indefinido» de la situación consiste en esto: tú crees que yo soy libre...

—En lo que respecta a esto puedes estar completamente tranquilo –contestó Anna. Y, dejando de prestarle atención, se puso a tomar su café.

Cogió la taza con la mano, la levantó, separando el dedo meñique, la acercó a la boca y bebió paladeando. Después de tomar así unos sorbos, miró a Vronsky y en la expresión de su rostro le pareció adivinar que a él le eran desagradables su mano, su gesto y el ruido que producía con los labios al sorber el café.

—A mí me es completamente indiferente lo que piense tu madre y cómo quiera casarte –dijo Anna, poniendo otra vez la taza sobre la mesa, temblándole la mano.

—No hablábamos de esto –cortó Vronsky.

—Pues es de eso precisamente de lo que tenemos que hablar. Y cree que a mí, una mujer sin corazón, sea vieja o no, sea tu madre o la madre de otro cualquiera, no me interesa, no quiero conocerla.

—Anna, te suplico que respetes a mi madre –le rogó Vronsky.

—La mujer que no adivina dónde están la felicidad y el honor de su hijo no tiene corazón –insistió ella.

—Repito mi ruego de que no faltes al respeto a mi madre, a la que quiero y respeto –volvió a decir Vronsky, levantando la voz y mirándola con severidad.

Anna sostuvo la mirada de él sin contestar. Recordó en aquel momento con todo detalle la escena de la reconciliación del día antes y las caricias que él le había prodigado y pensó: «¡Cuántas mujeres habrán conocido las mismas caricias! ¡Cuántas acaso las conocen aún!».

—Tú no amas a tu madre. Eso es una frase hueca, palabras y nada más –le dijo, mirándole con odio.

—¡Ah! ¿Lo crees así? Pues hay que...

—Hay que terminar y estoy decidida a ello –interrumpió ella. Y se dispuso a salir del comedor.

En aquel momento entró Jachvin.

Anna se detuvo y saludó al que llegaba.

«¿Por qué cuando se sentía con el alma combatida por una tempestad, cuando se disponía a dar un paso decisivo en su vida, a llevar a cabo una determinación que podía tener las más terribles consecuencias para ella, por qué en aquel preciso instante se veía obligada a fingir ante un extraño que, no obstante, tarde o temprano lo conocería todo?». Estas preguntas pasaron rápidas por su mente y enseguida, ahogando su íntimo dolor, se sentó y se puso a hablar tranquilamente con el que acababa de llegar.

—¿Qué, como va su asunto? ¿Ha cobrado usted su crédito?

—Parece que va por buen camino, aunque creo que no podré recibirlo todo. No obstante, el miércoles he de marchar de aquí. Y ustedes, ¿cuándo se marchan? –preguntó a su vez Jachvin. Y, mirando a Vronsky, que tenía el ceño fruncido, adivinó que entre ellos se había producido una disputa.

—Creo que nos iremos pasado mañana –dijo Vronsky.

—Pues me parece recordar que hace ya tiempo que querían ustedes marcharse –comentó Jachvin.

—Ahora ya está completamente decidido –dijo Anna, mirando a los ojos de Vronsky fijamente y de modo que comprendiera que no había ni la más remota posibilidad de reconciliación entre ellos. Y tranquilamente siguió hablando con Jachvin.

—¿Es posible –le dijo– que usted no tenga compasión de ese pobre Peszov?

—Jamás me he preguntado en estos casos, Anna Arkadievna, si he de tener o no compasión. Todo lo que poseo lo tengo aquí –y Jachvin señalaba al bolsillo izquierdo de su chaleco–. Ahora soy un hombre rico, pero hoy iré al casino y quizá salga de allí convertido en un mendigo. Y considero que el que se pone a jugar en contra de mí quiere dejarme hasta sin camisa, como yo a él; y así luchamos. Esto es lo que nos da emoción, lo que constituye la salsa del juego.

—Y si estuviese usted casado, ¿qué diría su mujer?

Jachvin rió.

—Por eso no me he casado –dijo en tono de broma– y jamás he tenido intención de hacerlo.

—¿Y Helsingfors? –dijo Vronsky entrando en la conversación y mirando a Anna, que sonreía. Pero, al encontrarse sus miradas, el rostro de ella adoptó de repente una expresión severa y fría con lo que parecía querer decir que las cosas estaban igual.

—¿Es posible que no se haya usted enamorado nunca? –preguntó Anna a Jachvin.

—¡Oh, Dios mío! ¡Muchas veces! Pero, compréndalo: ¿puede uno ponerse a jugar a las cartas pensando levantarse de la mesa cuando llegue el momento del *rendez-vous?* Yo puedo ocuparme del amor, pero a condición de no hacer esperar al juego... Así obro en esta cuestión.

—No le pregunto por un entretenimiento cualquiera, sino por un amor verdadero, por...

Anna iba a decir «Helsingfors», pero no quiso repetir aquella palabra que había dicho ya Alexey.

Entonces llegó Voitov, para tratar la compra de un semental, y Anna se levantó y salió de la habitación.

Antes de salir de casa, Vronsky entró en la habitación de su amada. Ella quiso simular que estaba buscando algo encima de la mesilla, pero, avergonzada de fingir, le miró resueltamente con una mirada fría y le preguntó en francés:

—¿Qué quiere usted?

—Recoger los documentos de «Hambette», pues lo he vendido –explicó él con un tono que más que las palabras parecía decirle «no tengo tiempo para explicaciones y, además, estas serían inútiles».

«No tengo culpa alguna», pensaba Vronsky. Si quiere mortificarse ella misma, *tant pis pour elle*». [1] Mas, al salir de la habitación, le pareció que Anna le había dicho algo y su corazón se estremeció de piedad por ella; retrocedió y le preguntó afectuosamente:

—¿Qué dices, Anna?

—Nada –contestó ella fría y tranquila.

«Si no dices nada, *tant pis*», se dijo él, indiferente de nuevo. Y dio media vuelta y salió de la habitación.

Al cerrar la puerta, vio en el espejo la imagen de Anna. Tenía el rostro pálido, los ojos llorosos, y le temblaban el cuerpo y las manos. Vronsky quiso volver de nuevo para decirle algo que la librara de aquella tribulación que al parecer sufría pero dudó un momento, pensó que no le recibiría bien y continuó hacia la calle.

Todo este día lo pasó Vronsky fuera de su casa.

Cuando volvió, ya bien entrada la noche, la doncella le dijo que Anna Arkadievna tenía una fuerte jaqueca y rogaba que no la molestaran.

CAPÍTULO XXVI

Nunca había sucedido que Anna y Vronsky pasaran un día entero enemistados y el que ahora hubiera sucedido era para Anna claro indicio de que el amor de Vronsky hacia ella había desaparecido, o se había entibiado al menos. «¿Cómo, si no, habría sido posible que él la mirara de aquella manera tan fría que le había dirigido al entrar en la habitación a recoger la documentación del caballo?; ¿cómo habría podido ver que su corazón se rompía a pedazos y seguir adelante, tranquilo e indiferente? No

(1) «Tanto peor para ella».

es que esté frío; es que me odia porque ama a otra mujer. Esto está claro», pensaba Anna.

Y, recordando las duras palabras de Vronsky y pensando en otras que él no le había dicho, pero que ella presumía que quería decirle, se sentía todavía más hundida en la desesperación.

«No le retengo», le hacía decir ella. «Usted puede ir a donde quiera... Probablemente usted no quiere divorciarse de su marido para volver a vivir con él. Vuelva usted. Si necesita dinero... ¡Cuántos rublos necesita usted?».

Las palabras más duras y crueles, los gestos del hombre más brutal, los imaginaba Anna en su amado dirigidos a ella y con estos pensamientos crecía su ira contra él y se decía que no le perdonaría jamás.

Luego pensó: «¿Y no fue ayer mismo cuando me juró amor como un hombre honrado y sincero? ¿No me dijo varias veces que estaba desesperada sin motivo?».

Todo aquel día, excepto las horas que invirtió en ir al establecimiento de Wilson, lo pasó Anna atormentada por la duda de si todo habría terminado, o si quedarían aún esperanzas de reconciliación; de si se marcharía enseguida o iría a verle.

Estuvo esperándole todo el día y, por la noche, cuando al retirarse a su habitación había dado orden de que le dijeran que tenía una fuerte jaqueca, pensaba:

«Si a pesar de todo entra a verme es que me ama. Si hace lo contrario y respeta o finge acatar mi indicación, es que no siente el menor interés por mí y que ni siquiera le importa que esté yo enferma. Es decir, que todo ha terminado entre nosotros. Y en este caso –siguió pensando– decidiré lo que debo hacer».

Al sentir la llegada de Vronsky, puso toda su atención en lo que él hacía. Oyó la llegada del coche, la llamada a la puerta de la calle, sus pasos, su conversación con la camarera y cómo se retiraba a sus habitaciones. Entonces pensó: «Se ha conformado con lo que le han dicho. No ha querido averiguar más, no ha querido ni siquiera verme. Esto significa que todo ha terminado».

Y cómo único recurso para resucitar el cariño en su corazón y castigarle con el remordimiento, para vencer, en suma, en aquella lucha, se le presentó de nuevo, clara y obsesionante, la idea de la muerte.

Ahora le daba ya todo igual: no le importaba ir o no a Vosdvijenskoe, ni conseguir o no el divorcio. Nada necesitaba. Solo quería una cosa: castigarle.

Cuando preparó su habitual dosis de opio y pensó que podía morir con solo beberse todo el frasco, le pareció tan fácil y sencillo que volvió a pensar, con gran complacencia, en cómo sufriría, se arrepentiría y, aunque ya tarde, amaría su recuerdo.

Se metió en la cama, apagó todas las luces, excepto una, cuya llama se estaba extinguiendo ya, y quedó inmóvil, estirada, con los ojos abiertos, mirando hacia el techo esculpido en el cual la sombra de la pantalla había fijado extrañas figuras. Su pensamiento representaba entonces a Vronsky ante su cuerpo inerte, cuando ella hubiese desaparecido ya completamente, cuando no quedase más que su recuerdo. «¿Cómo pude –se diría él– decirle palabras tan crueles como las que le dije? ¿Cómo pude salir de la habitación sin dirigirle una palabra, viéndola tan afligida? Pero ahora ya no está aquí –dirá–, ahora se ha ido para siempre…».

De repente, la sombra que hacía la pantalla se movió, se extendió a todo el techo y nuevas sombras brotaron de otros puntos de la habitación al encuentro de aquella. Pero por un momento se desvanecieron, se juntaron de nuevo con gran rapidez, se movieron tumultuosamente, se entremezclaron hasta fundirse. Y todo se sumió en la oscuridad.

«Es la muerte», pensó Anna.

Y se sintió sobrecogida por un horror tal que, con los ojos espantados, muy abiertos, y su cuerpo en fuerte tensión nerviosa, estuvo mucho tiempo sin poderse mover. Al fin, con gran esfuerzo, su mano temblorosa pudo coger las cerillas que tenía encima de la mesilla y encender otra luz que reemplazara a la que se había consumido produciendo aquellas sombras y figuras extrañas que tanto terror habían infundido en su espíritu.

Y ensanchando su pecho suspiró hondamente como si se librara de un gran peso. Se sintió libre de la horrible visión que oprimía su pecho y murmuró: «No, no… Vivir… ¡Quiero vivir! Le amo y él también me ama. Hemos discutido, pero esto pasará».

Y la alegría de volver a la vida cuando se creía ya entre las garras de la muerte, inundó sus ojos de lágrimas, que se deslizaron suavemente por sus mejillas, pálidas aún. Luego, para huir de su soledad, para ahuyentar de su alma los restos de aquel terror pasado, se dirigió al gabinete de Vronsky.

Estaba durmiendo con un sueño profundo.

Ella se le acercó, le iluminó con la vela el rostro, que estaba sereno, tranquilo, y le contempló con arrobamiento. Ahora, en aquella actitud, a Anna le gustaba más. Sintió con mayor intensidad su amor y, conmovida, no pudo contener las lágrimas. Luego pensó que si le despertaba en aquel momento la miraría con su mirada fría, seguro de ser justo, y que antes de hablarle de su amor, ella habría tenido que mostrarse severa con él como él se mostraba con ella. Regresó, sin despertarle, a su habitación y, después de una segunda dosis de opio, cuando amanecía ya, se durmió con un sueño pesado pero intranquilo, ya que no dejaba de sentir palpitaciones en su corazón y en las venas, en las sienes, en las manos, y continuaba con sus pensamientos.

Por la mañana tuvo una horrible pesadilla que la había atormentado ya otra vez antes de sus relaciones con Vronsky. Un viejecillo con la barba mal peinada, inclinado sobre el lecho, manipulaba los hierros de la cama repitiendo unas palabras sin sentido. Y Anna, como siempre que tenía esta pesadilla (y en esto consistía precisamente todo el horror) sentía que el viejecillo no le prestaba atención y continuaba manipulando los hierros de la cama.

Anna se despertó con un fuerte dolor de cabeza e inundada toda de sudor.

Cuando se levantó, recordó, muy vagamente, todo lo que la había ocurrido durante el día anterior.

«Hubo una discusión, lo que había habido tantas veces... Dije que tenía jaqueca y él no entró en mi habitación... Mañana nos vamos de aquí. Tengo que verle y prepararme para el viaje», se dijo.

Al enterarse de que Vronsky estaba en el despacho, se dirigió allí. Cuando cruzaba el salón, oyó que a la entrada de la casa se paraba un carruaje. Miró por la ventana y vio un coche lujoso, a una de cuyas ventanillas se asomaba una joven con sombrero color lila, ordenando algo al lacayo, quien llamó a la puerta y entró en la casa. Después de una pequeña conversación en el piso de abajo, alguien pasó a las habitaciones superiores y en el salón de al lado resonaron los pasos de Vronsky. Este, con andar rápido, bajó la escalera. Anna se acercó de nuevo a la ventana y algo separada de esta, procurando que no la vieran, observó otra vez lo que pasaba en la calle con las viajeras del coche. Ahora, Vronsky, sin sombrero, bajaba la escalinata y se acercó al carruaje. La joven del sombrero lila le entregó un paquete. Él le dijo unas palabras sonriendo. El coche se alejó y Vronsky subió la escalera corriendo.

Anna sintió que la bruma que cubría su cerebro se desvanecía de repente. Los sentimientos del día interior, aumentados con un nuevo dolor, oprimían su corazón enfermo. Ahora no comprendía cómo había podido rebajarse hasta el punto de quedarse un día más en su casa. «No estaré con él un día más», se dijo.

Y entró en el gabinete de Vronsky para comunicarle su decisión de marcharse de la casa y separarse de él inmediatamente.

—Era la Sorokina, con su hija, que me han traído dinero y los documentos de mamá. Ayer no pude recibirles. ¿Y tu jaqueca? ¿Estás mejor? –le dijo él sin querer advertir la expresión sombría y trágica de su rostro.

Anna le miraba fijamente, de pie en medio de la habitación. Él la miró a su vez, frunciendo el ceño un momento, y continuó leyendo la carta que acababa de recibir. Ella dio media vuelta y, lentamente, se dirigió a la salida de la habitación. Vronsky pensó un momento en llamarla y hacerla volver, pero la dejó llegar hasta la puerta sin decirle nada, sin que se oyera en la habitación más que el ruido de los pasos de Anna y el de las hojas de la carta, que él iba volviendo.

—¡Ah! A propósito –dijo Vronsky cuando ella llegaba ya a la puerta–. Decididamente nos vamos mañana, ¿no?

—Se irá usted, yo no –contestó Anna, volviéndose ligeramente.

—Anna, así es imposible vivir –exclamó Vronsky.

—Se irá usted, yo no –repitió.

—¡Esto está haciéndose de nuevo insoportable!

—Usted se arrepentirá de esto –añadió ella y salió.

Asustado por el tono de desesperación con que había pronunciado estas palabras, Vronsky se levantó de un salto y corrió tras ella, pero a los pocos pasos, pensándolo mejor, se detuvo, reflexionó unos momentos y volvió a la silla que ocupaba, se sentó y con los dientes apretados y la vista fija en el suelo quedó sumido en hondas reflexiones.

«Lo he probado todo –se dijo–; no me queda sino un recurso: dejarla hacer». Y se preparó para ir a la ciudad y a la casa veraniega de su madre, de quien le era preciso obtener la firma de unos documentos referentes a su herencia.

Anna oyó el ruido de sus pasos en el gabinete y luego a través del comedor. Cerca del salón, Vronsky se paró, pero no se dirigió a la habitación de Anna como ella esperaba, sino que dio a un criado orden de entregar el caballo a Voitov cuando este fuese a buscarlo. Luego oyó cómo se adelantaba el coche hasta la entrada de la casa, sintió abrirse la puerta de esta y le vio salir. De repente, se volvió, dijo algo a uno de los criados, quien corrió a la habitación de su dueño, cogió los guantes que Alexey se había dejado olvidados y volvió a bajar las escaleras corriendo para entregarlos a su señor. Anna se acercó a la ventana y vio que Vronsky, sin mirar al criado, cogió los guantes, luego tocó con la mano derecha la espalda del cochero, le dijo algo y, sin volver la vista a la casa, subió al coche, y se acomodó en él en su postura habitual: con las piernas cruzadas. El coche partió seguidamente y a poco desaparecía tras la esquina.

Capítulo XXVII

«Se marchó! ¡Todo ha terminado!», se dijo Anna.

Estaba en pie cerca de la ventana. Sus pensamientos, la oscuridad en que estaba la habitación por haberse apagado la luz y el recuerdo de la terrible pesadilla que había tenido llenaron su alma de terror.

«No, esto no puede ser», exclamó y, cruzando apresuradamente la habitación, oprimió el timbre con insistencia.

Sentía ahora tanto miedo de estar sola que, sin esperar la llegada del criado, se dirigió al encuentro de este.

—Entérese adónde ha ido el Conde –le dijo.

El criado contestó que el Conde se dirigía a las cuadras.

—El señor Conde –añadió– dijo, también, que el coche volvería enseguida por si la señora quería salir.

—Bien. Espere. Voy a escribir una carta, y la hará llevar por Mijailo a las cuadras inmediatamente.

Anna se sentó y escribió en un papel de cartas:

> «Tengo yo la culpa… Vuelve a casa… Tenemos que hablar… Por Dios, ven… Siento miedo…».

Cerró la carta y se la entregó al criado. Luego, en su temor de quedarse sola, salió tras este y entró en el cuarto de la niña.

«¿Qué es esto? Este no es mi Seriozha. ¿Dónde están sus ojos azules, sus caricias, su tímida y dulce sonrisa?». Este fue su primer pensamiento al ver a la niña, gordita, colorada, con ojos negros y cabellos rizados, en vez de a Seriozha, a quien ella, perturbada y confundida, pensaba encontrar en aquella habitación.

La niña, sentada cerca de la mesa, se entretenía en golpearla, insistentemente, con un corcho que había sacado de una garrafa. Al entrar su madre, volvió la cabeza y puso en ella sus ojos negros y pequeños con una mirada sin expresión.

La inglesa preguntó a Anna por su salud y ella contestó que se encontraba bien ya, añadiendo que al día siguiente se irían al campo. Luego se sentó junto a la niña y se puso a jugar con ella, moviendo el tapón de la garrafa.

Mas, la risa clara y sonora de la niña y el movimiento que hizo con sus cejas le recordaron tan vivamente a Vronsky, que, conteniendo sus sollozos, se levantó bruscamente y salió de la habitación.

«¿Es posible que todo haya terminado? No, no es posible –pensaba–. Él volverá. ¿Pero cómo podrá explicarme la animación, la sonrisa expresiva que tenía mientras hablaba con Sorokina? Escucharé, a pesar de todo, lo que me diga, le creeré. Si no le creo, solo me queda un camino. ¡Y esto no lo quiero!».

Anna miró el reloj. Habían pasado doce minutos desde que mandara el recado a Vronsky. «Un poco más. Nada más que diez minutos. ¿Y si no vuelve? No, no es posible... No está bien que me vea con los ojos así... Comprenderá que he llorado... Voy a lavarme... Sí... sí. ¿Estoy ya peinada o no», se preguntó de repente. Y no recordándolo, se tocó la cabeza. « Sí; estoy peinada... Pero, ¿cuándo me he peinado?... No me acuerdo» , dudando aún, se miró una vez más al espejo. «¿Qué es esto?» , se dijo al ver en el espejo su rostro alterado y los ojos con un brillo extraño, que la miraban con expresión de espanto. «¿Soy yo esa mujer?».

Volvió a mirarse en el espejo para ver toda su figura y creyó sentir que, como en otras ocasiones semejantes, Vronsky se le acercaba por detrás y la acariciaba y besaba frenéticamente su espalda, su nuca... Un estremecimiento recorrió todo su cuerpo, como si Vronsky estuviera realmente allí, prodigándole besos y caricias, e inconscientemente se llevó sus manos a la boca y las besó con frenesí.

«¿Qué es esto –dijo luego–. ¿Será que me he vuelto loca?».

Y corrió hacia el dormitorio donde Anuchka arreglaba algunas cosas.

—Anuchka –llamó.

Y no dijo más. Se detuvo ante la doncella mirándola fijamente y sin recordar lo que iba a decirle.

—Quería usted ir a ver a Darya Alejandrovna –dijo Anuchka, como ayudándole a recordar que era esto lo que quería decirle.

—¿A Darya Alejandrovna?... Sí... iré... –respondió Anna distraídamente, mientras calculaba.

«Quince minutos en ir allí, quince para volver. Ya estará regresando... Ahora enseguida llegará».

Sacó su reloj y lo miró para ver qué hora era.

«¿Y cómo pudo marcharse dejándome así? ¿Cómo puede vivir sin haberse reconciliado conmigo?». Se acercó a la ventana y se puso a mirar a la calle, esperando ver volver al criado o que llegara Vronsky.

«Quizá me haya equivocado en mis cálculos», pensó al ver que ni el criado ni él aparecían. Y en el momento en que se dirigía al salón para comprobar en el reloj de péndulo si el suyo iba bien, se oyó el ruido de un carruaje que se paraba ante la puerta.

Anna se asomó ávidamente a la ventana y vio el coche de Vronsky. Su corazón palpitó con más fuerza y aceleró sus latidos. Pero ni Vronsky ni nadie subía la escalera. En el piso de abajo se oían voces, mas la de él no se oía.

El criado que había llevado la carta y que era quien acababa de llegar con el coche, se adelantó hacia ella.

Anna le preguntó por su encargo.

—No hemos encontrado al señor Conde... Ya se había marchado a la estación del ferrocarril de Nijni.

—¿Cómo? ¿Que se había marchado? –preguntó Anna, con acento de consternación.

El criado, colorado y alegre como siempre, le confirmó lo que le había dicho y le devolvió la carta.

«¡Ah! Sí, es verdad. No la ha recibido», se dijo. Reflexionó un instante y ordenó:

—Vaya con esta carta a la finca de la condesa Vronskaya. Está cerca de Moscú. Y tráigame enseguida la respuesta.

«Y yo, ¿qué haré?», pensó. « Sí, iré a ver a Dolly. Es verdad... Ella vino... Si no, me volveré loca... ¡Ah! También puedo enviarle un telegrama». Y Anna escribió este despacho:

«Necesito hablarle. Venga enseguida».

Entregó el telegrama al criado y se marchó a ponerse el traje de calle. Ya vestida y con sombrero, Anna miró a los ojos a Anuchka. La doncella estaba tranquila, pero en sus pequeños y bondadosos ojos grises se leía una viva compasión.

—Anuchka querida, ¿qué debo hacer? –le dijo Anna sollozando y dejándose caer, abatida, en el sillón.

—¿Y por qué se desespera usted tanto, Anna Arkadievna? Esto sucede siempre... Váyase usted a ver a Darya Alejandrovna y distráigase un poco –le dijo Anuchka, consolándola.

—Sí, iré –dijo Anna, recobrándose–. Si en mi ausencia llega un telegrama, me lo mandas a casa de Darya Alejandrovna... Y si no, déjalo... Yo volveré...

«Sí, no hay que pensar en nada, sino en hacer algo... Y lo principal es marcharse, salir de esta casa», se dijo Anna, Y de repente se horrorizó, percibiendo el rápido y agitado latir de su corazón. Salió precipitadamente y se sentó en el coche.

—¿Adónde desea la señora que la llevemos? –preguntó Piotr antes de sentarse en el pescante.

—A la Snomenskaya, a casa de Oblonsky.

CAPÍTULO XXVIII

El cielo estaba despejado. Durante toda la mañana había caído una lluvia menuda y ahora el tiempo se había ido aclarando. Los tejados de chapa, los adoquines de las aceras, los cantos rodados del pavimento de las calles, las ruedas y las guarniciones del coche, todo brillaba bajo los rayos radiantes del sol de mayo. Eran las tres de la tarde y las calles presentaban gran animación. Sentada cómodamente en el coche, que se balanceaba con suavidad sobre los muelles, bien templados, al rápido correr de los caballos, Anna Arkadievna repasaba de nuevo en su mente cuanto le había sucedido y todo lo que había pensado en aquellos últimos días.

Ahora, despejada su cabeza por el aire puro y fresco que entraba en el coche, y bajo las impresiones que se iban sucediendo ante su mirada en el exterior, su situación se le aparecía completamente distinta a como la veía en su casa. La idea de la muerte no se le aparecía en este momento tan terrible y tampoco se le aparecía como inevitable.

Ahora solo se reprochaba la humillación a que había descendido escribiendo a Vronsky. «Le he implorado su perdón… Me he considerado culpable… Me he sometido… ¿Por qué? ¿Es que no puedo vivir sin él?». Y, sin contestarse, se puso maquinalmente a mirar la gente que pasaba, las casas, los escaparates. Leía los rótulos de los establecimientos. «Despacho y depósito». «Dentista». Y, mientras tanto, iba reflexionando con antiguos y nuevos pensamientos sobre su situación y las resoluciones que había de tomar, lo que iba a hacer.

«Le contaré todo a Dolly… Ella no aprecia a Vronsky. Sentiré vergüenza, dolor, pero se lo diré todo. Dolly me quiere y seguiré su consejo. No quiero someterme a él. No le permitiré que haga de mí un juguete de sus caprichos. *Filipov. Kalachi*[1]. Dicen que trae la crema de San Petersburgo. ¡El agua de Moscú es tan buena!… Y también existen los depósitos de agua de Mitischi y hay tortas». Y recordó que hacía mucho tiempo, cuando ella

(1) Repostería de Moscú famosa por sus panes llamados Kalach.

tenía diecisiete años, iba con su tía al monasterio de la Santísima Trinidad. «Fuimos en caballos. No había ferrocarril aún. ¿Pero es posible que fuera yo aquella niña que tenía las manos tan rojas? ¿Cuántas cosas de las que me parecían entonces hermosas e inaccesibles se han convertido para mí en insignificantes; y, en cambio, lo que entonces tenía a mi alcance ahora me es inaccesible o lo he perdido para siempre. ¿Cómo habría podido yo creer en aquellos días que llegaría a una humillación semejante? ¡Qué contento y orgulloso se pondrá al recibir mi carta! Pero voy a demostrarle... Qué mal huelen estas pinturas. ¿Por qué estarán siempre pintando y construyendo? "Modas y adornos"», leyó en otro rótulo. Un hombre la saludó. Era el marido de Anuchka. Recordó que Vronsky les llamaba «nuestros parásitos». «¿Nuestros? ¿Por qué decía nuestros? Es terrible que no podamos arrancar de raíz el pasado. Es imposible arrancarlo, pero podemos desechar sus recuerdos. Y, yo lo voy a hacer». Y se acordó entonces de que también a Alexey Alexandrovich le había borrado de su memoria. «Dolly va a creer que abandono a mi segundo marido y por esto, seguramente, no me dará la razón... Pero ¿es que por ventura la quiero tener? ¡No puedo!».

Sintió ganas de llorar, pero en aquel momento, dos jóvenes, sonrientes y alegres, se cruzaron con el coche y ella pensó: «¿De qué se reirán? Seguramente su alegría tendrá por causa el amor. No saben que el amor es solo llanto y amargura».

Corrían tres niños jugando a los caballos. «¡Seriozha! –pensó Anna–. Lo perderé todo y no le recuperaré nunca». «Sí, si Vronsky no vuelve lo perderé todo. Quizá llegó tarde para tomar el tren. Y acaso está ya en casa. De nuevo estoy buscando mi humillación. Entraré en la habitación de Dolly y le diré: "Soy desgraciada. Lo merezco. Soy culpable, pero de todos modos compadéceme y ayúdame". Estos caballos... este coche... ¡Cuán repugnante soy en este coche! Todo esto le pertenece a él. No los veré más».

Anna subió la escalera de la casa de Dolly con toda la prisa que le permitieron sus piernas y su corazón, que latía violenta y apresuradamente.

Mientras, volvía a pensar en lo que diría a su amiga.

—¿Hay alguna visita? –preguntó antes de pasar al recibimiento.

—Katerina Alejandrovna –contestó el criado que le abrió la puerta.

«Kitty, la misma Kitty de la cual estuvo enamorada Vronsky», pensó Anna. Aquella misma mujer que «él» recordaba con cariño. «Se arrepintió, no se casó con ella y ella me recuerda con odio. Sabe que Vronsky se halla unido a mí».

En el momento en que llegó, las dos hermanas hablaban del modo de amamantar a los niños.

Cortando aquella conversación, Dolly salió al encuentro de Anna.

—¡Ah! ¿Todavía no te has marchado? Quería pasar por tu casa –le dijo, mientras la saludaba besándola cariñosamente–. Hoy hemos recibido una carta de Stiva.

—Nosotros hemos recibido un telegrama –contestó Anna, mirando en torno para ver a Kitty.

—Stiva me dice que no entiende qué es lo que quiere Alexey Alexandrovich, pero que no vendrá sin una contestación.

—Entendí que tienes una visita –dijo Anna.

—Sí, está Kitty. Se ha quedado en el cuarto de los niños. Ha estado muy enferma.

—Ya lo sé. ¿Puedo leer la carta de Stiva?

—La traeré enseguida. Alexey Alexandrovich no ha rechazado la petición, Stiva tiene esperanza –dijo Dolly parándose en la puerta.

—Yo no espero ni deseo nada –dijo Anna.

«¿Considera Kitty humillante para ella encontrarse conmigo? Quizá los otros tengan razón. Pero ella, que estaba enamorada de Vronsky. Ella no debía mostrármelo, aunque sea verdad. Sé que ninguna mujer decente puede recibirme por mi situación. Sé que en el momento en que me uní a Vronsky lo sacrifiqué todo. Lo he sacrificado todo por él y esta es mi recompensa. ¡Oh, cómo le odio! ¿Y para qué he venido aquí? Me siento todavía peor, más oprimida».

De la habitación contigua le llegaban las voces de Dolly y su hermana, que hablaban entre sí.

«¿Qué le diré ahora? ¿Consolaré, por ventura, a Kitty siendo yo tan desgraciada? ¿Me someteré a su protección? No. Tampoco Dolly podrá comprender nada. No tengo nada que decirles. Me interesaría solo ver a Kitty y mostrarle cómo lo desprecio todo y a todos, lo indiferente que me es todo».

Dolly entró con la carta.

Anna leyó lo que decía Stepán Arkadievich y comentó:

—Lo sabía y no me interesa.

—¿Y por qué? No hay que desanimarse, al contrario. Yo tengo esperanzas –dijo Dolly mirando a su cuñada con sorpresa.

Dolly no la había visto nunca tan irritada.

—¿Cuándo te marchas? –le preguntó.

Anna entornó los ojos y miró ante sí sin contestar.

Luego preguntó a Dolly, mirando a la puerta de la habitación en que estaba Kitty y ruborizándose:

—¿Por qué se esconde Kitty de mí?

—¡Qué tontería! Está dando el pecho a su niño y la cosa no va bien. Yo la aconsejaba... Se alegrará mucho de verte. Vendrá enseguida –dijo Dolly, manifestando cierta confusión–. ¡Ah! Aquí está.

Al enterarse de que Anna estaba en la casa, Kitty había decidido no salir a verla, pero su hermana la había persuadido de que, al menos, la saludase.

Así, Kitty, haciendo un esfuerzo sobre su voluntad, salió a ver a Anna y, ruborizándose, se le acercó y le dio la mano.

—Estoy muy contenta de verla –le dijo con voz temblorosa.

Se mostraba cohibida por la lucha que había sostenido entre su enemistad hacia Anna y el deseo de mostrarse condescendiente con ella, pero en el momento en que vio su rostro, hermoso y lleno de simpatía, su animosidad desapareció.

—No me habría extrañado –dijo Anna– que no hubiera usted querido encontrarse conmigo. Estoy acostumbrada a esto. Está usted enferma, ¿no? Sí, está algo cambiada.

Kitty sentía que Anna la miraba con enemistad, pero la disculpó comprendiendo la situación en que se encontraba, y hasta sintió hacia ella cierta lástima.

Hablaron de Stiva y de la enfermedad del niño, pero era evidente que nada de aquello interesaba a Anna.

—He venido solo por despedirme de ti –dijo Anna a Dolly levantándose para marcharse.

—¿Cuándo se van ustedes? –le preguntó Dolly.

Anna, sin contestar a esta pregunta, se dirigió a Kitty.

—Sí, estoy muy contenta de haberla visto –dijo con una sonrisa–. ¡He oído tanto bueno de usted en todas partes, incluso de su marido! Vino a verme y me alegró mucho su visita –dijo con intención evidente de herir a Kitty–. ¿Dónde está ahora? –añadió aún.

—Se marchó al campo –contestó ella ruborizándose.

—Salúdele de mi parte. No lo olvide usted.

—Con mucho gusto –dijo ingenuamente Kitty, mirando con compasión a Anna.

—Adiós, Dolly.

Y, tras besar a Dolly y dar la mano a Kitty, Anna salió precipitadamente.

—Siempre es la misma, siempre tan atractiva. Es en verdad hermosa –comentó Kitty al quedarse a solas con su hermana–. Pero hay algo en ella que inspira compasión. Algo muy penoso, infinitamente penoso.

—Y hoy tiene algo particular –dijo Dolly–. Cuando la acompañaba hasta el vestíbulo, me pareció que iba a llorar.

Capítulo XXIX

Anna se sentó en el coche, en peor estado de ánimo que cuando había salido de su casa. A sus sufrimientos de antes se había añadido el sentimiento de humillación que le había producido su encuentro con Kitty.

—¿Adónde ordena la señora que la lleve? ¿A casa? –le preguntó Piotr.

—Sí, a casa –dijo Anna sin pensarlo.

«¡Cómo me miraban! Les debí de parecer un ser extraño, curioso, incomprensible. ¿De qué puede hablar ese hombre a aquel otro con tanto entusiasmo?», pensó mirando a dos hombres que pasaban. «¿Es que es posible contar a otro lo que se está sintiendo?».

«Quería contar a Dolly todo lo sucedido, pero he hecho muy bien en no decirle nada. ¡Qué contenta se habría puesto con mi desgracia! Lo habría ocultado, pero el principal sentimiento habría sido de alegría, porque yo estoy purgando ahora los placeres por los cuales me envidiaba. Kitty se habría alegrado más aún. ¡Qué bien la veo ahora! La veo como si fuera transparente. Sabe que me mostré amable con su marido, y tiene celos de mí y me odia. Además, me desprecia. A sus ojos, soy una mujer inmoral. Si lo fuera habría intentado enamorar a su marido. Lo habría intentado –dijo–. ¡Pero, si lo intenté! Y ese hombre, ¡qué satisfecho está de sí mismo!», pensó, mirando a un señor que iba en un coche en dirección opuesta a la suya, gordo, colorado, con aire bien visible de satisfacción. «Se habrá confundido», se dijo aún, viéndole que la saludaba quitándose su brillante chistera y levantándola por encima de su también reluciente calva. «El pobre hombre habrá pensado que me conocía. Tan poco como él me conocen otros muchos, incluso algunos que me tratan. Ni yo misma me conozco. No conozco sino *mes appétits*, como dicen los franceses. Toma, al menos esos saben bien lo que quieren», se dijo viendo a dos chiquillos que acababan de parar a un vendedor de helados. Este bajó la heladora que traía sobre la cabeza y, enjugándose el rostro sudoroso con la punta de la servilleta, sacaba unas porciones sucias de su mercancía. «Todos queremos algo dulce, sabroso. Si no hay bombones, nos conformarnos con un mal helado. También Kitty lo ha hecho así: no ha podido tener a Vronsky y tiene a Levin. Aparte de esto me envidia. Me envidia y me odia. Todos nos odiamos los unos a los otros. Yo odio a Kitty y ella me odia a mí. Esta es la verdad. «Tiutkin–Coiffeur… (leyó en un rótulo). *Je me fais coiffer pour Tiutkin*[1]. Cuando vuelva –pensó– le haré reír con esta necedad», y sonrió. Pero en aquel instante recordó que no tenía a nadie a quien hacer reír, nadie con quien bromear. «Además no hay nada alegre ni ridículo», siguió pensando. «Ahora tocan las campanas a vísperas. Y este comerciante está persignándose con tanto cuidado como si fuera a perder algo. ¿Para qué sirven todas estas iglesias, estas campanadas, estas mentiras? Solo para ocultar que todos nosotros nos odiamos los unos a los otros. Igual que esos cocheros de punto, que están peleándose con tanta ira.

Jachvin dice que el que juega con él quiere dejarle sin camisa y él quiere dejarle sin ella al otro. ¡Esta es la única verdad!». Arrebatada por estos pensamientos hasta el punto de olvidarse de su situación, apenas se dio cuenta de que había llegado y de que el coche se detenía a la entrada de su casa.

Al ver al portero, que vino a su encuentro, Anna recordó que había enviado una carta y un telegrama a Vronsky.

—¿Hay contestación al telegrama? –preguntó.

—Ahora lo miraré –dijo el portero. Y después de rebuscar en su mesa, de uno de los cajones sacó un sobre cuadrado que contenía un telegrama y se lo dio a Anna. Esta lo abrió con mano temblorosa y leyó:

—No puedo ir antes de las diez. «Vronsky».

—Y ese Mijailo, al que mandé con una carta, ¿no ha vuelto todavía?

—No, señora –contestó el portero.

—¡Ah! Si es así, ya sé lo que tengo que hacer –dijo Anna sintiendo que su espíritu se llenaba de una ira inmensa y de un deseo ardiente de venganza. «Yo misma iré a encontrarle donde está y antes de irme para siempre se lo diré todo. Nunca he odiado a nadie como a este hombre», pensaba, mientras corría hacia su habitación.

Al ver el sombrero de su amado en el perchero del recibidor, Anna se estremeció de aversión. No se daba cuenta de que el telegrama de Vronsky era la respuesta al suyo y que él no había podido aún recibir su carta. Ahora se lo imaginaba hablando tranquilamente con su madre y con la Sorokina, que gozarían desde allí con sus sufrimientos.

«¡Sí, debo ir enseguida!», se dijo. No sabía concretamente adónde tenía que ir. Solo comprendía que quería huir de los sentimientos que experimentaba en aquella casa. Los criados, las paredes, todo despertaba en ella una profunda aversión. Sentía en la cabeza una gran pesadez.

(1) «A mí me peina Tiutkin».

«Sí, debo ir a la estación del ferrocarril y, si no está, seguir hasta la casa y sorprenderle», miró en un periódico el horario de los trenes. Por la noche pasaba un tren a las ocho y dos minutos. «Sí, tendré tiempo», pensó.

Mandó enganchar caballos de refresco y se ocupó de poner en su saco de viaje los objetos indispensables para una ausencia de algunos días. Sabía que allí no volvería más. Entre los mil confusos proyectos que desfilaban por su mente, decidió vagamente que, después de la escena que pudiera tener con la Condesa a su llegada, seguiría su viaje por ferrocarril hasta Nijgorod y se detendría en el primer pueblo.

La comida estaba ya preparada.

Anna se acercó a la mesa, miró el pan y el queso, pero el solo olor de las viandas le daba náuseas y decidió no comer.

Ordenó que le prepararan el coche y salió.

La casa proyectaba ya una gran sombra que atravesaba toda la calle. Era un atardecer claro y brillaba todavía el sol.

Anuchka, que le llevó el equipaje hasta el coche, Piotr, que lo colocó dentro del carruaje, y el cochero, que expresaba descontento, todos le alteraban los nervios y despertaban su irritación con sus palabras y sus ademanes.

—No lo necesito, Piotr.

—¿Y quién le va a comprar el billete?

—Bueno, haz lo que quieras... Todo me da igual.

Piotr subió al pescante de un salto y, con la mano apoyada en la cintura, ordenó al cochero ir a la estación.

Capítulo XXX

«Otra vez estoy en la calle. De nuevo lo comprendo todo», se dijo Anna en el momento en que se puso en marcha el carruaje. Y mientras el coche rodaba, con suave balanceo y fuerte trepidación, saltando sobre los guijarros del empedrado, mil pensamientos iban pasando por su mente. «¿Qué es lo último en que pensé antes? ¡Ah, sí! *Tiutkin-Coiffeur*. No, no es eso. ¡Ah, sí!, lo que decía Jachvin: "la lucha por la existencia y el odio son lo único que mueve a los hombres". Vosotros hacéis mal en ir allí», se dirigía mentalmente a varios hombres que iban en un coche tirado por cuatro caballos, dirigiéndose a las afueras, con ánimo bien visible de divertirse. «Tampoco el perro que lleváis va a serviros de nada. No podréis huir de vosotros mismos».

Luego, dirigiendo su mirada a un punto al que, volviendo su cabeza, miraba fijamente Piotr, Anna vio a un obrero que, completamente ebrio, con la cabeza bamboleándosele, era llevado por un guardia en un coche de alquiler.

«Este hombre es más feliz –pensó Anna–. El conde Vronsky y yo hemos buscado también el placer, pero nuestra dicha no ha sido la que esperábamos».

Y Anna examinó por primera vez a esta clara luz con que ahora lo veía todo, sus relaciones con Vronsky, sobre las cuales había procurado no pensar. «¿Qué buscaba él en mí? No tanto el amor como la satisfacción de su amor propio». Recordó las palabras de Vronsky, la expresión de perro sumiso que había en su rostro en los primeros tiempos de su amor y la firme, resuelta, imperiosa y triunfante expresión de después. «Tal vez hubiera amor, pero más que nada había orgullo y vanidad. Ahora, ha terminado. Ya no tiene de qué vanagloriarse, sino de qué avergonzarse. Tomó de mí todo lo que quiso y ahora no me necesita. Ahora le soy un estorbo, aunque procura no mostrarse desatento conmigo. Ayer se le escapó la confesión de que quiere el divorcio y casarse conmigo para quemar sus naves. Me quiere, sí, pero, ¿cómo me quiere? *The rest is gone…* (1) Lo único que quiere es despertar la admiración del mundo. ¡Y está tan satisfecho de sí mismo», pensó mientras miraba a un empleado de comercio que iba montado en un caballo de carreras. «Sí, ya no tengo para él ningún atractivo. Si me marcho, en el fondo de su alma se alegrará. Esto no es una suposición mía. Lo veo con claridad, gracias a esta luz bienhechora que me descubre el verdadero sentido de la vida y de las relaciones humanas.

»Mi amor se vuelve por momentos más apasionado y más orgulloso mientras que el suyo está apagándose; y así nos alejamos el uno del otro; y nada podemos hacer para cambiar esta situación. Para mí, él lo es todo y exijo que se me entregue completamente, en cambio él tiende más y más a alejarse de mí. Antes de nuestras relaciones íbamos uno al encuentro del otro y ahora nos dirigimos irresistiblemente por caminos opuestos. Y es imposible que cambiemos. Él me dice, y yo misma me lo he dicho, que estoy tontamente celosa. No es verdad, no estoy celosa. Estoy descontenta. Pero…».

Agitada por un pensamiento que brotó de súbito en su cerebro, cambió de sitio en el coche y se quedó extasiada, con la vista en un punto indefinido, y la boca abierta como si fuera a hablar. «Si pudiese ser algo más que una amante apasionada que busca solo sus caricias. Pero no puedo ni quiero ser otra cosa. Y así solo despierto en él desagrado, mientras su frialdad me

(1) «Todo se reduce a eso…».

llena a mí de ira. Es una cosa fatal y no puede ser de otro modo. ¿Es que si tuviera el convencimiento de que no me engaña, que no tiene proyecto alguno con respecto a Sorokina, que no está enamorado de Kitty, ni me hará traición, me sentiría feliz? Lo cierto es que él no me ama. Lo demás, ¿qué me puede importar? Es verdad que también sin quererme, podría mostrarse amable y dulce conmigo, impulsado por el sentimiento del deber. Y esto sería mil veces peor que el odio. Esto sería el infierno. ¡Y precisamente lo que hay ahora es esto! Ya hace tiempo que no me ama. Y donde termina el amor empieza el odio.

»No conozco estas calles con colinas aquí y allá… casas… más casas. Y en las casas tanta gente… Hay un sinfín de gente y todos se odian los unos a los otros.

»¡Bueno, imaginaré lo que necesito para ser feliz… Bien… Recibo el divorcio de Alexey Alexandrovich. Me dan a Seriozha y me caso con Vronsky…».

Y al recordar a Alexey Alexandrovich, Anna se lo imaginó con extraordinaria precisión, como si lo tuviera ante ella con sus ojos dóciles, apagados, sin vida; con las venas azules transparentándose en sus blancas manos; con las peculiares entonaciones de su voz; con los dedos de las manos cruzados y haciéndolos crujir; y la idea de sus relaciones, calificadas también de amor, la hizo estremecer con un sentimiento de repugnancia.

«Bien, obtendré el divorcio y seré la mujer de Vronsky. ¿Acaso Kitty dejará entonces de mirarme como me ha mirado hoy? No… ¿Y Seriozha dejará de preguntar por mi vida y por qué tengo dos maridos? Y entre Vronsky y yo, ¿qué nuevo sentimiento va a brotar? ¿Será posible una nueva sensación que, si no nos hace felices, consiga al menos que no nos sintamos desgraciados? ¡No, no, y no!», se contestó sin vacilar. «¡Esto es imposible! El abismo que nos separa es demasiado profundo. Yo causo su desgracia y él la mía. Se han hecho todas las tentativas, pero la máquina se ha estropeado.

»Allí, esa mendiga, con el niño en los brazos, imagina que le tengo lástima. ¿No estamos todos en este mundo solo para odiarnos los unos a los otros, atormentarnos nosotros mismos y hacer sufrir a los demás? Ahí van esos colegiales. Ríen. Y Seriozha, ¿qué hará? También pensé que le quería. Sentía ternura por él. Y, sin embargo, he podido vivir sin verle. Lo he cambiado por otro amor y no me he quejado del cambio mientras este otro amor me daba satisfacción».

Y aquello que llamaba «otro amor» se le apareció entonces bajo un aspecto repugnante. No obstante, la claridad con que veía ahora su propia vida y la de todos los demás, la llenaba de un extraño placer.

«Así somos todos: yo, Piotr y el cochero Fiodor y ese comerciante y la gente que vive en las riberas del Volga.

»¿Adónde invitan a ir esos carteles? A todas partes, ¿no?», se dijo, cuando llegaba ya a la estación de Nijni –un edificio bajo e insignificante– y unos mozos se apresuraban hacia ella, para llevar el equipaje.

—¿Quiere la señora tomar el billete hasta Obiralovka? –preguntó Piotr.

Había olvidado por completo adónde se dirigía y para qué iba a aquel lugar, y tuvo que hacer un gran esfuerzo para comprender la pregunta de su criado.

—Sí –le dijo al fin entregándole el monedero con el dinero. Y cogiendo su bolsito rosa de viaje, bajó del coche.

Anna se dirigió, entre la gente, a la sala de espera de primera clase.

Poco a poco volvió a recordar todos los detalles de su situación y se puso a pensar otra vez en las decisiones que podía elegir.

Y de nuevo, ya la esperanza, ya la desesperación, avivaron el dolor de su corazón, que palpitaba con violencia.

Sentada en el diván con forma de estrella, esperaba el tren, mirando a los que entraban y salían de aquel local. Y todos despertaban en ella una invencible repugnancia.

Anna se dijo que al llegar a la estación mandaría una carta a Vronsky y se puso a pensar en lo que le escribiría.

Luego decidió que se presentaría de improviso en casa de la Condesa.

«Él estaría en aquel momento con su madre, se decía, lamentándose de su situación sin comprender los sufrimientos de ella. Entonces ella, Anna, entraría en la habitación y... ¿Qué le dirían?».

Y Anna pensó que tal vez pudiera todavía ser feliz.

«¡Cuán terrible –se dijo–, es amar y odiar a un mismo tiempo! ¡Con qué violencia me palpita el corazón!».

CAPÍTULO XXXI

Pasaron ante Anna precipitadamente y con ruido de fuertes pisadas y voces varios hombres jóvenes y mal parecidos que la miraron insolentemente.

Atravesando la sala, se acercó Piotr, con su librea, sus lustrosos zapatos y su rostro estúpido, para acompañarla hasta el vagón.

Al pasar Anna, los jóvenes que habían pasado corriendo, callaron, la miraron y uno de ellos murmuró al oído de otro algo que entendió ella que sería una grosería.

Anna subió el estribo y se sentó sola en un departamento de primera clase, sobre el diván de muelles, tan sucio, que apenas se adivinaba que en algún tiempo había sido blanco, colocando el bolso a su lado.

Piotr, sonriendo estúpidamente, levantó ante la ventana su sombrero galoneado en señal de despedida.

El conductor cerró de golpe la puerta y ajustó el cierre del vagón.

Se oyó, fuerte y clara, una campanada.

Una dama, vestida de un modo extravagante, atravesó el andén. Llevaba polisón. Anna la desnudó mentalmente y se horrorizó de su fealdad.

Unas niñas pasaron corriendo y riéndose.

—Katerina Andreievna lo tiene. Ella lo tiene todo, *ma tante* –gritó la niña.

«Incluso la niña es horrible y afectada», se dijo Anna. Y, para no ver a nadie, se levantó rápidamente y se sentó al otro lado del departamento. Un hombrecillo sucio, con una gorra por debajo de la que asomaban mechones de enredados cabellos, pasó por delante de la ventana, examinando las ruedas del vagón. «Hay algo que me resulta conocido en este hombre», pensó al verle Anna. Y de pronto recordó su sueño (aquel hombre le pareció el viejecito de sus pesadillas) y, aterrada, corrió hacia la puerta. El conductor abrió para dar paso a un matrimonio.

—¿Quiere usted salir? –preguntó a Anna.

Ella no contestó.

Ni el conductor ni ninguno de los dos esposos advirtieron la expresión de horror que se pintaba en su semblante. Anna volvió a su sitio y se sentó.

Los dos esposos se sentaron frente a ella, examinando discretamente, pero con atención, su vestido. Tanto el uno como el otro le parecieron repugnantes. El marido le pidió permiso para fumar, con deseo evidente de entablar conversación con ella. Anna, con una leve señal de cabeza, le dio su consentimiento. Pero se vio enseguida que sentía más deseos de hablar que de fumar, pues apenas obtenido el permiso, comenzó a hacerlo con su mujer sobre naderías y con el solo propósito de llamar la atención de Anna, lo que ella advirtió con claridad.

«Están aburridos y se odian el uno al otro», se dijo. Y sintió que le era imposible no odiar, por su parte, a los dos, tan disformes y despreciables. Se oyó la segunda campanada y el ruido de las carretillas con los bagajes, y gritos y risas. Anna pensaba que nadie tenía por qué alegrarse. Aquellas risas la herían dolorosamente y habría querido taparse los oídos para no oírlas. Por fin, se oyó la tercera campanada, un silbido de la locomotora, el chirrido de los enganches y el convoy se puso en movimiento.

El marido se persignó.

«Me gustaría saber lo que piensa al hacer ese gesto», se dijo Anna.

Por no mirar a la mujer, sentada frente a frente de ella, Anna dirigió su mirada a la gente que quedaba en el andén tras despedir a los viajeros y que parecía deslizarse en dirección opuesta a la que llevaba el tren.

El vagón en que iba ella salió del andén, pasó frente a una pared de piedra, cruzó el poste de señales y dejó atrás algunos vagones estacionados en otras vías. Las ruedas, bien engrasadas, producían un ruido fuerte, como de duro machaqueo al saltar las junturas de los raíles. El ruido se hizo más rápido, la ventanilla se iluminó con el claro sol de la tarde y una ligera brisa agitó la cortinilla.

Anna respiró con agrado el aire fresco y olvidando a sus compañeros de viaje, se entregó de nuevo a sus reflexiones, mecida blandamente por el traqueteo del vagón.

«¿Qué estaba yo pensando antes? ¡Ah, sí! Que no encontraré una situación en la cual mi vida no sea un tormento; que todos hemos sido creados para sufrir; que todos sabemos e inventamos medios para engañarnos a nosotros mismos. Y cuando vemos la verdad no sabemos qué hace...».

—Al hombre se le ha concedido la razón para librarse de lo que le inquieta– dijo la mujer de delante en francés y visiblemente satisfecha de su frase, haciendo muecas y chasqueando la lengua.

Parecía que sus palabras fuesen una contestación a los pensamientos de ella. «Librarse de lo que le inquieta...», repitió.

Y mirando al marido, grueso y colorado, y a la mujer, muy delgada, Anna comprendió que la mujer estaba enferma y se consideraba incomprendida; que el marido, con su aire satisfecho, no le hacía caso y hasta quizá la engañaba con alguna otra; y que por esto la mujer había pronunciado aquellas palabras.

A Anna le parecía ver con clarividencia toda la historia de las vidas de aquel matrimonio y que penetraba en los rincones más secretos de sus almas.

Pero en ello había poco que la interesara y continuó reflexionando: «Si algo me inquieta, tengo la razón para librarme de ello. Es decir, debo librarme. ¿Y por qué no he de poder apagar la luz cuando ya no hay nada que mirar, cuando solo siento asco de todo? Y ¿por qué ese conductor corre por este estribo? ¿Por qué están gritando esos jóvenes del vagón de al lado? ¿Por qué hablan? ¿Por qué ríen? Todo eso es mentira, engaño, maldad».

Cuando llegó a la estación de destino, Anna bajó del vagón entre un grupo de viajeros y, apartándose de ellos como de leprosos, se puso a recapacitar sobre el motivo que la había llevado allí y lo que se proponía hacer.

Entre la gente que la rodeaba, de mal aspecto, ruidosa, y que no la dejaban tranquila un momento, le era difícil coordinar sus ideas. Los mozos de equipajes la asediaban ofreciéndole sus servicios. Pasaban ante ella hombres jóvenes o viejos y algunos se detenían a mirarla con insolencia, le guiñaban el ojo o le dirigían frases groseras. Había otros que paseaban taconeando ruidosamente sobre las tablas del andén; otros hablaban en voz alta o gritaban; mientras algunos, caminando con torpeza, tropezaban con ella y obstaculizaban su camino.

Recordó que, si no había allí contestación a su carta, debía proseguir su viaje, y entonces paró a un mozo y le preguntó si estaba por allí el cochero del conde Vronsky.

—¿El conde Vronsky? Ha estado aquí. Ha venido a recibir a la princesa Sorokina, que llegó con su hija. Y ese cochero, ¿qué aspecto tiene?

Mientras Anna estaba hablando con el mozo, se le acercó Mijailo, colorado, elegante con su poddevka azul y luciendo una cadena, el cual, visiblemente satisfecho por haber cumplido tan bien el encargo, le entregó una carta.

Anna la abrió y leyó, con gran ansiedad, palpitándole aún con más fuerza el corazón.

«Siento mucho que la carta no haya llegado a tiempo. Iré a las diez», había escrito Vronsky con letra descuidada.

—Esto es... Tal como lo esperaba... –dijo Anna con sonrisa sarcástica– Bien. Vuélvete a casa –ordenó al cochero.

Pronunció estas palabras con voz débil, muy tenue, porque el rápido latir de su corazón le impedía casi hablar.

«No... no permitiré que me atormentes de este modo», pensó después. Y esta amenaza no iba dirigida a Vronsky, concretamente. Tampoco se refería con ella a un propósito sobre sí misma, sino a la causa misma de sus torturas.

Se dirigió al otro extremo del andén.

Dos doncellas que estaban paseando volvieron la cabeza para mirarla e hicieron un comentario en voz alta sobre su vestido. «Son verdaderas», dijeron de las puntillas que llevaba. Los jóvenes no la dejaban tranquila. La miraban al rostro con insolencia, pasaban y repasaban por su lado y le decían palabras que no llegaba a entender o no quería. El jefe de la estación le preguntó si tomaba aquel tren. El chico que vendía kwass no apartaba sus ojos de ella.

«Dios mío, ¿adónde iré?», pensó Anna. Al final del andén se paró.

Una señora y unos niños que habían ido a recibir a un señor con lentes y que reían y hablaban con voces muy animadas, callaron al verla y, después de haber pasado ella, se volvieron para mirarla. Anna apresuró el paso y llegó hasta el límite del andén.

Se acercaba un tren de mercancías.

Las maderas del andén trepidaron bajo sus pies, se movieron, dándole la sensación de que se encontraba otra vez de viaje.

De repente, se acordó del hombre que había muerto aplastado el día de su primer encuentro con Vronsky y comprendió lo que tenía que hacer. Con paso rápido, ligero, bajó las escaleras que iban del depósito de agua a la vía y se detuvo al lado mismo del tren que pasaba.

Examinaba tranquila las partes bajas del tren: los ganchos, las cadenas, las altas ruedas de hierro fundido. Con rápida ojeada midió la distancia que separaba las ruedas delanteras de las traseras del primer vagón, calculando el momento en que pasaría frente a ella.

«Allí», se dijo, mirando la sombra del vagón y la tierra mezclada con carbón esparcido sobre las traviesas. «Allí en medio. Así le castigaré y me libraré de todos y de mí misma». Quiso tirarse bajo el vagón, pero le fue difícil desprenderse del bolso, cuyas asas se le enredaron en la mano, impidiéndole ejecutar su idea con aquel vagón. Tuvo que esperar el siguiente. Un sentimiento parecido al que experimentaba cuando al bañarse iba a entrar en el agua, se apoderó de ella y se persignó.

Aquel gesto familiar despertó en su alma una ola de recuerdos de su niñez y su juventud y, de repente, las tinieblas que cubrían su espíritu se desvanecieron y la vida se le presentó con todas las alegrías luminosas, radiantes, del pasado. Pero, no obstante, no apartaba la vista del segundo vagón, que, por momentos, se acercaba. Y en el preciso instante en que ante ella pasaban las ruedas delanteras, Anna lanzó lejos de sí su saquito de viaje y, encogiendo la cabeza entre los hombros, se tiró bajo el vagón.

Cayó de rodillas y, con un movimiento ligero, abrió los brazos, como si tratara de levantarse.

En aquel instante se horrorizó de lo que hacía. «¿Dónde estoy? ¿Qué hago? ¿Por qué?», se dijo. Quiso retroceder, apartarse, pero algo duro, férreo, inflexible, chocó contra su cabeza y se sintió arrastrada de espaldas.

«¡Señor, perdóname!», exclamó, consciente de lo inevitable y sin fuerzas ya.

El hombrecito de sus pesadillas, diciendo en voz baja algo incomprensible, machacaba y limaba los hierros.

Y la luz de la vela con que Anna leía el libro lleno de inquietudes, engaños, penas y maldades, brilló por unos momentos más viva que nunca y alumbró todo lo que antes veía entre tinieblas. Luego brilló por un instante con un vivo chisporroteo, fue debilitándose… y se apagó para siempre.

Octava parte

Capítulo I

Pasaron casi dos meses. Solo a mediados de un caluroso verano Serguéi Ivanovich se decidió a salir de Moscú.

En su vida, durante aquel tiempo, se habían producido varias novedades. Hacía un año que, tras seis de trabajo, había terminado su libro titulado *Ensayo sobre los fundamentos y las formas de Estado de Europa y de Rusia.* El prefacio y algunos fragmentos habían sido publicados ya en revistas, y los pasajes más importantes se los había leído a la gente de su círculo. De modo que los conceptos contenidos en la obra no eran una novedad absoluta para el público, pero, con todo, Serguéi Ivanovich esperaba que la aparición de su obra despertase un gran interés y que, aunque no originase una revolución en la ciencia, produjese, al menos, sensación en el ambiente intelectual.

Hacía un año que después de un minucioso repaso, el libro había sido editado y enviado a las librerías.

Aunque no preguntaba a nadie nada sobre su obra, aunque contestaba con fingida indiferencia a las preguntas de sus amigos acerca de ella, y ni siquiera interrogaba a los libreros sobre la marcha de la venta, Serguéi Ivanovich seguía con atención las impresiones que su libro despertara en sociedad y en el mundo literario.

Pero pasaron una, dos y tres semanas sin que advirtiese impresión alguna en la gente.

Sus amigos, los especialistas y los sabios hablaban en ocasiones de su obra, evidentemente por cortesía. Sus demás conocidos, nada interesados por el contenido de un libro científico, no le preguntaban nunca por él.

Así la gente, ocupada ahora en otras cosas, acogió la publicación con completa indiferencia. Y la crítica, durante todo un mes, no hizo comentario alguno sobre la producción de Serguéi Ivanovich.

Este hacía cálculos sobre el tiempo que pudieran tardar los críticos en ocuparse de la obra, pero pasaron dos meses y el silencio continuaba igual.

Solo en el *Escarabajo del Norte,* en un artículo humorístico que trataba del cantante Drabanti, quien había perdido la voz, se dijeron algunas palabras despectivas sobre el libro de Kosnichev. Tales palabras mostraban que la crítica estaba ya hecha hacía tiempo y que la obra había sido entregada a la burla general.

Finalmente, al tercer mes, un periódico publicó una crítica del libro.

Kosnichev conocía al autor del artículo: le había encontrado una vez en casa de Golubzov.

Se trataba de un periodista joven y enfermo, muy audaz como escritor, pero muy poco erudito y tímido en sus relaciones personales.

A pesar del desprecio que sentía por el autor, Serguéi Ivanovich comenzó la lectura de la crítica con el máximo respeto.

Era algo terrible. El periodista había interpretado la obra de un modo imposible de comprender. Daba, no obstante, algunos extractos de ella, escogidos con tal habilidad, que para los que no la hubiesen leído –y era palmario que casi no la había leído nadie– resultaba evidente que la obra no pasaba de ser un conjunto de palabras huecas e incluso empleadas inoportunamente (lo que subrayaban los signos de interrogación), y que su autor era un hombre totalmente inculto. Y lo peor era que el artículo resultaba tan ingenioso que el propio Kosnichev no habría desdeñado emplear su ingeniosidad, que era lo que lo hacía más terrible.

A pesar de la estricta imparcialidad con que Serguéi Ivanovich meditó los argumentos del publicista, no se detuvo en los defectos que le achacaba, ni en los errores de que hacía burla, sino que, involuntariamente, su pensamiento le llevó a recordar su encuentro con el cronista y la conversación que había sostenido con él.

«¿Le habré ofendido en algo?», se preguntaba.

Y al acordarse de que en su encuentro con aquel joven periodista, le había corregido unas palabras acreditativas de su ignorancia, Serguéi Ivanovich encontró la explicación del artículo.

A esto siguió un silencio absoluto en la prensa y en todas partes y Serguéi Ivanovich comprendió que su trabajo de seis años, realizado con tanto cariño, no dejaba huella alguna.

Su situación era entonces tanto más penosa cuanto que, terminado el trabajo literario que le había ocupado todo aquel tiempo, se pasaba ocioso mucha parte del día.

Serguéi Ivanovich inteligente, instruido, sano, no sabía a qué dedicar su actividad. Las charlas en salones, reuniones, congresos y comités –es decir, en todos los lugares donde cabía discutir– absorbían parte de su tiempo.

Pero él, residente en la ciudad hacía muchos años, no se prodigaba por completo en esas conversaciones como su inexperto hermano cuando llegaba a Moscú. Así que le quedaba mucho tiempo libre y mucha energía intelectual.

Afortunadamente para él, en aquel tiempo que le fue tan doloroso por el fracaso de su libro, la cuestión de los disidentes vino a sustituir a la de los amigos americanos, a la del hambre en Samara y a la del espiritismo, la del problema eslavo, que antes apenas se trataba en sociedad; y Serguéi Ivanovich, ya antes estimador de este asunto, ahora se consagró a él enteramente.

En el círculo al que pertenecía Ivanovich no se hablaba ni discutía de otra cosa que de la guerra en Serbia. Cuanto hace en general la gente ociosa para matar el tiempo, se hacía ahora en beneficio de los eslavos. Los bailes, conciertos, discursos, modas, y hasta las tabernas y cervecerías, servían para proclamar la adhesión a los hermanos de raza.

Serguéi Ivanovich no estaba de acuerdo, en detalle, con mucho de lo que se comentaba y escribía.

Veía que la cuestión eslava se había convertido en un tema de moda, uno de esos que, cambiando de tiempo en tiempo, sirven de distracción a la sociedad. Comprobaba también que muchos se ocupaban del asunto con fines de vanidad o provecho. Reconocía que los periódicos decían muchas cosas innecesarias a fin de atraer la atención sobre ellos por gritar más fuerte que los demás. Y notaba, sobre todo, que en aquel momento de entusiasmo general, bullían y gritaban más todos los fracasados y resentidos: los generales sin ejército, los ministros sin ministerio, los jefes de partido sin partidarios.

Apreciaba que en todo aquello había mucho de ridículo y de frívolo, pero a la vez descubría un entusiasmo creciente, indudable, que unía a todas las clases sociales, un entusiasmo con el que forzosamente había de simpatizar.

La matanza de eslavos, de gente de la misma religión, había despertado compasión hacia las víctimas e indignación contra los opresores. El heroísmo con que servios y montenegrinos luchaban por la gran causa había hecho nacer en todo el pueblo ruso el deseo de ayudar a sus hermanos, no solo con palabras, sino con obras.

Había aún otro hecho que llenaba de alegría a Serguéi Ivanovich y era la manifestación de la opinión pública. El pueblo manifestaba sus deseos de una manera definida. El alma popular se expresaba, como decía él. Y cuanto más profundizaba aquel movimiento, más se convencía de que estaba destinado a alcanzar proporciones inmensas, a hacer época.

Serguéi Ivanovich olvidó su libro, sus decepciones, y se consagró por entero a aquella gran tarea. A partir de aquel momento estuvo ocupado constantemente y no le quedaba ni tiempo para contestar a las muchas cartas y consultas que le dirigían. Después de trabajar así la primavera y parte del estío, en julio decidió ir a casa de su hermano.

Pensaba descansar un par de semanas en el mismo corazón del pueblo, en una alejada campiña, para gozar del espectáculo de aquel despertar del alma popular que él y todos los habitantes de las ciudades estaban persuadidos de que existía.

Katavasov, que hacía tiempo quería cumplir la promesa dada a Levin de visitarle en su pueblo, acompañó a Serguéi Ivanovich en su viaje.

CAPÍTULO II

Apenas Serguéi y Katavasov llegaron a la estación del ferrocarril de Kursk, extraordinariamente animada en aquel momento, y mientras salían del coche y examinaban los equipajes que el lacayo acababa de llevar, llegaron cuatro carruajes de alquiler cargados de voluntarios. Señoras con ramos de flores salieron a recibirles y, seguidos de una gran muchedumbre, entraron en la estación.

Una de las señoras salió de la sala y se dirigió a Kosnichev.

—¿También ha venido usted a despedirles? –preguntó en francés.

—No. Es que voy a descansar al pueblo con mi hermano, Princesa. ¡Usted nunca falta a estas despedidas! –indicó con imperceptible sonrisa, Kosnichev.

—¡A ninguna! ¡Ya hemos despedido a ochocientos! Malvinsky no quería creerme…

—Más de ochocientos. Si contamos con los que han salido directamente de Moscú, pasan de mil –corrigió Serguéi Ivanovich.

—¡Ya lo decía yo! –exclamó con alegría la dama–. ¿Es cierto que se ha recaudado cerca de un millón de rublos?

—Más, Princesa.

—¿Ha leído el telegrama de hoy? Han vuelto a batir a los turcos.

—Lo he leído –contestó él.

Se referían a un despacho que afirmaba que los turcos habían sido batidos durante tres días seguidos en tres puntos y que se aguardaba un combate decisivo.

—A propósito –dijo la Princesa–, hay un joven distinguido que ha querido ir como voluntario y le han opuesto no sé qué dificultades. Quería pedirle que... Le conozco, ¿sabe? Quisiera que escribiera una carta en su favor. Es recomendado de la condesa Lidia Ivanovna.

Una vez averiguados los detalles que conocía la Princesa sobre el joven aspirante a voluntario, Serguéi Ivanovich, pasando la sala de primera clase, escribió la carta a la persona de quien dependía el asunto y se la entregó a la Princesa.

—¿Sabe quién va también en este tren? El conde Vronsky –dijo la Princesa, con significativa y triunfal sonrisa, cuando Serguéi, reuniéndose con ella, le entregó la carta.

—Sabía que se iba, pero ignoraba cuándo. ¿En ese tren?

—Le he visto. Solo le acompaña su madre. Al fin y al cabo, es lo mejor que podía hacer.

—Claro, se comprende.

Mientras hablaban, la gente que rodeaba a los voluntarios se dirigió hacia el mostrador de la fonda de la estación.

Ellos se dirigieron allí también y oyeron a un señor que, en alta voz, con una copa en la mano, arengaba a los voluntarios.

—Servís a la fe, a la Humanidad, a nuestros hermanos –decía aquel hombre subiendo cada vez más el tono de la voz–. Nuestra madre Moscú os bendiga por la gran causa a la que vais a servir. ¡Viva! –concluyó como un trueno y temblándole el llanto en la voz.

El «viva» fue contestado por todos, y nuevos grupos de gente afluyeron a la sala. Poco faltó para que derribaran a la Princesa.

—¡Qué entusiasmo, Princesa! –exclamó Stepán Arkadievich, apareciendo radiante, con una alegre sonrisa en los labios–. ¿Verdad que ha hablado bien? Son palabras que llegan al alma. ¡Bravo! ¡Ah, sí, también está aquí Serguéi Ivanovich! ¿Por qué no dice usted también algunas frases alentadoras? ¡Lo hace usted tan bien! –añadió con sonrisa suave y afectuosa, tocando ligeramente el brazo de Kosnichev.

—No, me voy.

—¿Adónde?

—Al campo, al pueblo de mi hermano.

—Entonces verá usted allí a mi esposa. Aunque le he escrito, haga el favor de decirle que me ha visto y que *all right!* Ella lo entenderá. De todos modos, tenga la amabilidad de indicarle que he sido nombrado miembro de la Comisión Mixta. Sí, ella lo entenderá... *Les petites misères de la vie humaine*(1), ¿sabe? –dijo la Princesa, como disculpándose– ¡Ah! La Miágkaya,

(1) «Las pequeñas miserias de la vida humana».

no Lisa, sino la Biblich, envía mil fusiles y doce hermanas de la caridad. ¿Qué le decía yo?

—Ya lo había oído decir –repuso Kosnichev de mala gana.

—Siento que se vaya usted –agregó Oblonsky–. Mañana damos una comida en honor de dos que se marchan: uno, Dimmer-Bartniansky, de San Petersburgo, y otro un amigo nuestro, Veselovsky. Los dos se van, y eso que Veselovsky se casó hace poco. ¡Qué valiente! ¿Verdad, Princesa? –preguntó a la dama.

La Princesa, sin contestar, miró a Kosnichev. Pero que Serguéi Ivanovich y la señora mostraran, ostensiblemente, deseos de deshacerse de él, no parecía turbar a Oblonsky. Miraba, sonriente, ora la pluma del sombrero de la Princesa, ora a un lado y a otro, como recordando algo. Viendo a una señora que llevaba una alcancía para los donativos en pro de los voluntarios, Stepán Arkadievich la llamó y depositó un billete de cinco rublos.

—Mientras me quede dinero no puedo ver con indiferencia esas alcancías –dijo–. ¿Qué me cuentan del telegrama de hoy? ¡Qué valerosos son los montenegrinos!

Cuando la dama le dijo que Vronsky se iba en aquel tren, Oblonsky exclamó:

—¿Qué me dice usted?

Su rostro expresó tristeza por un momento, pero un minuto después, al entrar, alisándose las patillas, en la sala en que estaba el Conde, ya había olvidado su llanto sobre el ataúd de su hermana y solo veía en Vronksy a un héroe y a un viejo amigo.

—No se puede negar que, con todos sus defectos, es un temperamento ruso, típicamente eslavo –dijo la Princesa a Kosnichev cuando Oblonsky se alejó de ellos–. Pero temo que a Vronsky le disguste verle. Sea como sea, me conmueve la suerte de ese hombre. Procure hablarle durante el viaje –concluyó.

—Sí, si puedo…

—Nunca he simpatizado con él. Pero este rasgo me hace perdonarle muchas cosas. No solo va a la guerra él mismo, sino que lleva un escuadrón a sus expensas.

—Ya me lo han dicho.

Sonó la campana. Todos corrieron a las puertas.

—Ahí está –dijo la Princesa, señalando a Vronsky que, con un largo abrigo y un sombrero negro de anchas alas, iba del brazo de su madre, mientras Oblonsky, a su lado, le hablaba con animación.

Vronsky, con las cejas fruncidas, miraba ante sí, como si no oyera a Stepán Arkadievich.

No obstante, seguramente por indicación de su amigo, Vronsky miró hacia la Princesa y Serguéi Ivanovich y se quitó el sombrero en silencio. Su rostro envejecido, de doliente expresión, parecía petrificado.

Subió a la plataforma sin hablar, dejó pasar primero a su madre y desapareció en el departamento del coche.

Resonaron las notas del himno nacional.

Se oyó gritar en las plataformas:

—¡Dios guarde al Zar!

Siguieron hurras y vítores. Uno de los voluntarios, un muchacho muy joven, alto, de pecho hundido, saludaba destacándose de los demás, agitando sobre la cabeza su sombrero de fieltro tosco y un ramo de flores.

Tras él, dos oficiales y un hombre ya maduro, de larga barba, tocado con una sucia gorra, saludaban también.

Capítulo III

Después de haberse despedido de la Condesa, Serguéi Ivanovich y Katavasov, que ya se habían juntado, entraron en el vagón totalmente lleno y el tren se puso en marcha.

En la estación de Zarizino un grupo de jóvenes rodeó el tren cantando: «Gloria al Zar». Otra vez los voluntarios se mostraron en los vagones y saludaron, pero Kosnichev no detenía ya en ellos su atención. Los conocía tanto, en su tipo real, que no lograban ya despertar su atención. En cambio, Katavasov, que, dadas sus ocupaciones, no había tenido ocasión de observarlos, hacía continuamente preguntas a su amigo sobre los voluntarios.

Serguéi Ivanovich le aconsejó que pasara a segunda clase y hablara allí personalmente con ellos. Katavasov siguió su consejo.

En la primera parada, pasó a segunda clase y vio a los voluntarios. Cuatro de ellos iban sentados en un rincón del coche, hablando en voz alta, convencidos de que la atención de los viajeros de Katavasov, que acababa de entrar, estaba concentrada en ellos. El joven alto, de pecho hundido, hablaba más fuertemente que ninguno. Parecía estar algo borracho y explicaba un episodio que le había ocurrido en la escuela. Frente a él se sentaba un oficial no joven ya, con la guerrera austríaca del uniforme de la Guardia.

Escuchaba, sonriendo, el relato, y a veces hacía callar al joven. Un tercero, con uniforme de artillería, se sentaba en un baúl, a su lado, y un cuarto dormitaba.

Katavasov trabó conversación con el joven y supo que era un rico comerciante moscovita que había disipado su fortuna antes de cumplir los veintidós años. No agradó a Katavasov, porque era un joven mimado, poco varonil y de débil salud. Se le notaba seguro, sobre todo ahora que había bebido, de realizar un hecho heroico y se vanagloriaba de él de una manera harto desagradable.

El oficial retirado también causó a Katavasov mal efecto. Era uno de esos hombres que lo han visto todo. Había servido en los ferrocarriles, sido procurador y poseído fábricas y hablaba de todo ello sin venir a cuento, empleando inadecuadamente expresiones técnicas.

En cambio el artillero despertó la simpatía de Katavasov. Hombre modesto y reposado, se le notaba respetuoso ante la sabiduría del exoficial de la Guardia y la heroica abnegación del excomerciante y no hablaba de sí mismo.

Cuando Katavasov le preguntó el motivo de que fuese a Serbia, repuso con sencillez:

—Como van todos… Hay que ayudar a los serbios. Me dan lástima.

—Precisamente faltan artilleros –dijo Katavasov.

—Pero he servido poco en artillería. Quizá me destinen a caballería o infantería.

—¿Cómo van a mandarle a infantería cuando lo que más necesitan son artilleros? –respondió Katavasov, calculando por la edad de su interlocutor que debía de tener algún grado.

—He servido poco en artillería –repitió–. Soy sargento retirado.

Y comenzó a explicar los motivos de no haberse presentado a los exámenes.

Todo ello en conjunto produjo en Katavasov una impresión ingrata y cuando los voluntarios se apearon a beber en una estación, resolvió contrastar su impresión desfavorable con la de algún otro. Había allí un viajero, un anciano vestido con capote militar, que había estado escuchando todo aquel rato la charla de Katavasov con los voluntarios y ahora, al quedar solos los dos, se dirigió a él:

—¡Qué posiciones tan diferentes las de estos hombres que marchan a la guerra! –dijo con vaguedad, deseando expresar su opinión y deseando conocer la del viajero.

El anciano era un militar que había hecho dos campañas. Sabía apreciar lo que es un buen soldado y, por el aspecto y charla de aquellos señores y por la desenvoltura con que aplicaban los labios a la bota en el camino, deducía que eran malos militares.

Además, el viajero vivía en una ciudad provinciana y habría deseado contar a Katavasov que de su población se había ido voluntario un recluta expulsado del servicio, borracho y ladrón, al que nadie quería dar trabajo. Pero sabiendo por experiencia que en el estado de exaltación en que estaba la gente era peligroso exponer su opinión opuesta a la de los demás, y sobre todo peligroso criticar a los voluntarios, el viejecito se quedó observando a su interlocutor.

—Sí, allí necesitan hombres –dijo, sonriendo con los ojos.

Hablaron del último parte y los dos ocultaron la sorpresa que les producía el hecho de que, estando los turcos batidos en todas partes, se aguardase para el día siguiente un combate decisivo. Y se separaron sin haberse expresado sus opiniones.

Katavasov, al entrar en su coche, contra sus costumbre, no se sintió con valor para exponer su opinión con sinceridad y dijo a Serguéi Ivanovich que los voluntarios le habían parecido unos excelentes muchachos.

En una de las estaciones importantes, nuevamente se recibió a los que iban a la guerra con canciones y gritos de entusiasmo, nuevamente aparecieron postulantes de ambos sexos y señoras provincianas con ramos de flores acompañando a los voluntarios a la fonda de la estación. Pero estas manifestaciones no podían ya compararse con la de Moscú.

CAPÍTULO IV

Durante la parada en una capital de provincia, Kosnichev, en vez de ir a la fonda, se quedó paseando en el andén.

Al pasar la primera vez ante el departamento de Vronsky, vio echada la cortina de la ventanilla, pero la segunda vez distinguió en ella a la anciana Condesa, que le llamó.

—Ya lo ve usted. También hago el viaje. Acompaño a Alexey hasta Kursk.

—Me lo habían dicho –repuso Serguéi Ivanovich, parándose ante la ventanilla y mirando al interior–. ¡Qué hermoso rasgo! –añadió, al ver que Vronsky no estaba dentro.

—Sí, pero, ¿qué iba a hacer después de su desgracia?

—¡Qué horrible ha sido! –exclamó Serguéi Ivanovich.

—¡No sabe lo que yo he sufrido! Entre, entre... ¡No sabe lo que yo he sufrido! –repitió cuando Serguéi Ivanovich se hubo sentado a su lado en el diván–. ¡No puede figurárselo! Alexey pasó seis semanas sin hablar con nadie y sin comer más que cuando yo se lo suplicaba. Era imposible dejarle solo un momento. Vivíamos en el piso de abajo y tuvimos cuidado en quitarle todo aquello con que pudiera suicidarse. Pero, ¿quién puede preverlo todo? Ya sabe usted que ya una vez había intentado suicidarse, por ella también... –agregó la anciana, frunciendo las cejas al recordarlo–. Ella ha terminado como debía terminar una mujer así. Incluso eligió una muerte baja, vil...

—No somos nosotros quienes hemos de juzgarla, Condesa –dijo Serguéi Ivanovich suspirando–. Pero reconozco que todo eso habrá sido muy penoso para usted.

—¡Horrible! Figúrese que yo estaba en nuestra finca. Y Alexey, ese día, se hallaba en casa. Trajeron una carta. Él escribió la respuesta y la envió. No sabíamos que ella estaba en la estación. Apenas entró en la habitación por la noche, Mary me dice que una señora se había lanzado bajo el tren en la estación. Me pareció que se me caía el mundo encima. ¡Mi primer pensamiento fue que era ella! Lo primero que mandé fue que no se dijese nada a mi hijo. Pero ya se lo habían dicho. Su cochero se encontraba allí y lo había visto todo. Cuando entré en su cuarto, corriendo, él estaba como loco. Daba miedo verle. Corrió a la estación sin decir palabra. No sé lo que pasó allí, pero le trajeron a casa como muerto... No le habría usted conocido. El médico dijo: *Prostration complète.* Luego, casi cayó en la locura. En fin, ¡para qué hablar! –dijo la Condesa haciendo un ademán–. Era un cosa horrible. Diga usted lo que quiera, ella ha obrado como una mala mujer. Pasiones tan desesperadas no conducen a nada bueno. ¿Qué quiso probar con su muerte, quiere usted decírmelo? Se ha perdido a sí misma y ha causado la perdición de dos hombres excelentes: su marido y mi hijo...

—¿Y qué hace su marido? –preguntó Kosnichev.

—Se llevó a la niña. Aliocha[1], al principio, estaba conforme con todo. Pero ahora le duele mucho haber entregado su hija a un extraño... Y no puede retirar su palabra. Karenin acudió al entierro. Procuramos que no se encontrara con Aliocha. ¡Había de ser tan penoso para él verse con el marido! En cuanto a Karenin la cosa era más soportable, pues la muerte de su esposa le ha dejado libre. En cambio mi pobre hijo lo ha sacrificado todo por ella: el servicio, su madre, su posición... Y ni aun así tuvo ella

(1) Diminutivo de Alexey.

compasión de él y le aniquiló por completo y deliberadamente. Usted podrá pensar lo que quiera, pero hasta en su muerte se ha mostrado una mala mujer, sin religión, sin nada... Dios me perdone, pero, viendo el estado de mi hijo, no puedo dejar de maldecir su memoria.

—Y él, ¿cómo está ahora?

—Dios nos ha ayudado con esto de la guerra de Serbia. Soy una vieja y no entiendo nada de estas cosas, pero estoy segura de que esto lo ha enviado Dios. Claro que, como madre, tengo miedo, y, además, según dicen, *ce n'est pas très bien vu à Saint-Petersbourg.*[1] Pero, ¿qué vamos a hacer? Solo esto podía reanimarle. Su amigo Jachvin perdió su fortuna a las cartas y resolvió ir a Serbia. Visitó a mi hijo y le persuadió. Y él ahora está interesado. Hable con mi hijo, se lo ruego. Le alegrará mucho verle. Háblele, por favor... Mire, está paseando por allí...

Serguéi Ivanovich contestó que lo haría con mucho gusto y pasó al otro lado del tren.

CAPÍTULO V

En las largas sombras que a la luz del sol proyectaban las pilas de bolsos sobre el andén, Vronsky paseaba con el largo abrigo puesto, el sombrero calado sobre los ojos y las manos metidas en los bolsillos.

Cada veinte pasos se detenía y daba una rápida vuelta.

Serguéi Ivanovich, al aproximársele, creyó notar que Vronsky, aunque le veía, fingía no reparar en él. Pero tal actitud le dejó indiferente, porque ahora se sentía muy por encima de aquellas susceptibilidades.

A sus ojos, Vronsky, en aquellos momentos, era un hombre de importancia para las actividades de la causa y Serguéi Ivanovich consideraba deber suyo animarle y estimularle. Así se acercó a él sin vacilar.

Vronsky se detuvo, le miró, le reconoció y, avanzando unos pasos hacia él, le dio un fuerte apretón de manos con efusión.

—Tal vez no tenga usted deseos de ver a nadie –dijo Kosnichev–. ¿Podría serle útil en algo?

—A nadie me sería menos desagradable de ver que a usted –repuso Vronsky–. Perdone, pero es que no me queda nada agradable en la vida.

(1) «Eso no ha sido muy bien visto en San Petersburgo».

—Lo comprendo y por eso quería ofrecerle mi ayuda –dijo Serguéi Ivanovich, escudriñando el rostro, visiblemente dolorido, de su interlocutor–. ¿No necesita usted alguna carta de recomendación para Risich o Milan?

Vronsky pareció comprender con dificultad lo que le decía. Al fin contestó:

—¡Oh, no! Si no le importa, demos un paseo. En los coches el aire está muy cargado. ¿Una carta? No, gracias. Para morir no hacen falta recomendaciones. ¿Acaso me sirven para los turcos? –dijo, sonriendo solo con los labios mientras sus ojos conservaban una expresión grave y dolorida.

—Quizá le facilitará las cosas al entrar en relaciones, necesarias en todo caso, con alguien ya preparado. En fin, como guste... Celebré saber su decisión. Se critica tanto a los voluntarios, que la resolución de un hombre como usted influirá mucho en la opinión pública.

—Como hombre, sirvo, porque mi vida a mis ojos no vale nada –dijo Vronsky–. Y tengo bastante energía física para penetrar en las filas enemigas y matar o morir. Ya lo sé. Me alegra que exista algo a lo que poder ofrendar mi vida, esta vida que no deseo, que me pesa... Así, al menos, servirá para algo.

Y Vronsky hizo con la mandíbula un movimiento de impaciencia provocado por un dolor de muelas que le atormentaba sin cesar, impidiéndole incluso hablar como quería.

—Renacerá usted a una vida nueva, se lo vaticino –dijo Serguéi Ivanovich, conmovido–. Librar de la esclavitud a nuestros hermanos es una causa digna de dedicarle la vida y la muerte. ¡Que Dios le conceda un pleno éxito en esta empresa y que devuelva a su alma la paz que tanto necesita! –añadió.

Y le tendió la mano.

Vronsky la estrechó con fuerza.

—Como instrumento, puedo servir de algo. Pero como hombre soy una ruina –contestó recalcando las palabras.

El tremendo dolor de una muela le llenaba la boca de saliva y le impedía hablar.

Calló y examinó las ruedas del ténder, que se acercaba lentamente deslizándose por los raíles.

Y de improviso, un malestar interno, más vivo aún que su dolor, le hizo olvidarse de sus sufrimientos físicos.

Mirando el ténder y la vía, bajo el influjo de la conversación con aquel conocido a quien no hallara desde su desgracia, Vronsky de repente la recordó a «ella», es decir, lo que quedaba de ella cuando él, corriendo como un loco, había penetrado en la estación.

Allí, en la mesa del puesto de gendarmería, tendido, impúdicamente, entre desconocidos, estaba el ensangrentado cuerpo en el que poco antes palpitaba aún la vida. Tenía la cabeza inclinada hacia atrás, con sus pesadas trenzas y sus rizos sobre las sienes, y en el bello rostro, de roja boca entreabierta, había una expresión inmóvil, rígida, extraña, dolorosa sobre los labios y terrible en los ojos quietos, entornados. Se diría que estaba pronunciando las tremendas palabras que dirigiera a Vronsky en el curso de su última discusión: «¡Te arrepentirás de esto!».

Y Vronsky procuraba recordarla tal como era cuando la encontró por primera vez, también en la estación, misteriosa, espléndida, enamorada, buscando y procurando felicidad, no ferozmente vengativa como la recordaba en el último momento.

Trataba de evocar sus más bellas horas con Anna, pero aquellos momentos habían quedado envenenados para siempre. Ya no podía recordarla sino triunfante, cumpliendo su palabra, su amenaza de hacerle sentir aquel arrepentimiento profundo e inútil ya. Y Vronsky había dejado de sentir el dolor de muelas y los sollozos desfiguraban ahora su cara.

Después de dar un par de paseos a lo largo de las pilas de bolsos, Vronsky, una vez sereno, dijo a Serguéi Ivanovich:

—¿No tiene usted nuevas noticias desde ahora? Los turcos han sido batidos por tercera vez y se espera un encuentro decisivo.

Y después de discutir sobre la proclamación de Milan como rey y de las enormes consecuencias que podía acarrear semejante hecho, al sonar la segunda campanada se separaron y se dirigieron a sus coches.

CAPÍTULO VI

Como ignoraba cuándo saldría de Moscú, Serguéi Ivanovich no había telegrafiado a su hermano para que le mandase el coche a la estación.

Levin no se hallaba en casa cuando su hermano y Katavasov, negros de polvo, llegaron, sobre el mediodía, en el coche alquilado en la estación, a la entrada de la casa de Pokrovskoie.

Kitty, sentada en el balcón con su padre y su hermana, reconoció a su cuñado y bajó corriendo a recibirle.

—¿No le da vergüenza no habernos avisado de su llegada? –dijo, dando la mano a su cuñado y presentándole la frente para que se la besase.

—Así les hemos ahorrado molestias y de todos modos hemos llegado bien –respondió Serguéi Ivanovich–. Pero estoy tan cubierto de polvo, que me asusta tocarla. Andaba muy ocupado, y no sabía cuándo podría marcharme… Sigue usted como siempre –añadió sonriendo–: gozando de su tranquila felicidad, fuera de las corrientes vertiginosas, en este sereno remanso. Nuestro amigo Fiodor Vassilievich se ha decidido también a venir al fin…

—Pero conste que no soy un negro –indicó Katavasov–. Voy a lavarme para ver si me convierto en algo semejante a un hombre. –Hablaba con su humor habitual. Tendió la mano a Kitty y sonrió con sus dientes que brillaban en su rostro ennegrecido por el polvo.

—Kostia se alegrará mucho. Ha ido a la granja. Ya debía estar de vuelta.

—Él siempre ocupado en las cosas de su propiedad… Claro, en este tranquilo rincón –dijo Katavasov–. En cambio, nosotros, en la ciudad, no vemos nada fuera de la guerra serbia. ¿Qué opina de eso nuestro amigo? Seguramente de un modo distinto a los demás.

—No… Opina como todos –repuso, confusa, Kitty, mirando a su cuñado–. Voy a mandar a buscarle. Papá está aquí con nosotros. Ha llegado hace poco del extranjero.

Dio orden de que fuesen a buscar a Levin y de que condujeran a los recién llegados a lavarse, uno en el gabinete y otro en la habitación de Dolly. Luego, una vez dadas instrucciones para preparar el desayuno de los huéspedes, Kitty, aprovechando la libertad de movimientos de la que había estado privada durante su embarazo, se dirigió, corriendo, al balcón.

—Son Serguéi Ivanovich y el profesor Katavasov –dijo.

—Solo ellos nos faltaba con este calor… –respondió el anciano Príncipe.

—No, papá. Son muy simpáticos y Kostia les quiere mucho –afirmó Kitty, sonriente, con aire implorativo, al observar la expresión irónica del rostro de su padre.

—Si no digo nada…

—Vete con ellos, querida –rogó Kitty a su hermana– y hazles compañía. Han visto a tu marido en la estación y dicen que está bien. Voy corriendo a ver a Mitia. No le he dado de mamar desde la hora del té. Ahora habrá despertado y estará llorando.

Y Kitty, sintiendo que a su pecho afluía abundante la leche, se dirigió rápidamente al cuarto del pequeño.

El lazo que unía a la madre con el niño era todavía tan íntimo, que por el solo aumento de la leche conocía Kitty cuando su hijo tenía necesidad de alimento. Antes de entrar en el cuarto, sabía ya que el pequeño estaría llorando. Y así era, en efecto. Al oírlo, Kitty apresuró el paso. Cuanto más deprisa iba, más gritaba el niño. Su voz era sana, pero impaciente, famélica.

—¿Hace mucho que está gritando? –preguntó Kitty al aya, sentándose y disponiéndose a amamantarle–. Démelo ¡Pronto! ¡Oh, qué lenta es usted! ¡Traiga! Ya le anudará el gorro después.

El niño se ahogaba llorando.

—No, no, querida señora –intervino Agafia Mijailovna, que apenas se movía del cuarto del niño–. Hay que arreglarle bien... «¡Ahaaa, ahaaa!» –decía tratando de calmar al pequeño, casi sin mirar a la madre. El aya llevó al niño a Kitty, mientras Agafia la seguía con el rostro enternecido.

—Me conoce, me conoce. Créame, madrecita Katerina Alejandrovna... Tan cierto como hay Dios que me ha conocido –aseguraba la anciana refiriéndose al niño.

Kitty no la atendía. Su impaciencia aumentaba a compás de la impaciencia del niño. Con las prisas todo se hacía más difícil y el pequeño no lograba encontrar lo que buscaba y se desesperaba.

Al fin, tras unos ruidos sofocados, que demostraban que había chupado en falso, consiguió lo que quería y la madre y el hijo, sintiéndose calmados, callaron.

—El pobre está completamente sudado –dijo Kitty, en voz baja, tocándole–. Y, ¿por qué dice usted que la reconoce? –preguntó mirando al niño de reojo.

Y le parecía que su mirada, bajo el gorrito que le caía sobre los ojos, evidenciaba cierta malicia, mientras sus mejillas se hinchaban rítmicamente y sus manecitas de palmas rojizas describían movimientos circulares.

—No es posible. De conocer a alguien, habría sido primero a mí –siguió Kitty, contestando a Agafia Mijailovna.

Y sonrió.

Sonreía porque, a pesar de lo que decía, en el fondo de su corazón le constaba, no solo que el niño conocía a Agafia Mijailovna, sino que conocía y comprendía muchas cosas que todos ignoraban y que ella, su propia madre, solo había llegado a saber gracias a él. Para Agafia Mijailovna, para el aya, para el abuelo, para su padre, Mitia era simplemente un ser vivo, solo necesitado de cuidados materiales, pero para su madre era ya un ente de razón con el que le unía una historia entera de relaciones espirituales.

—Ya lo verá usted, si Dios quiere, cuando despierte. Cuando yo le haga así, el rostro se le pondrá claro como la luz de Dios –dijo Agafia Mijailovna.

—Bien. Ya lo veremos entonces –repuso Kitty–. Ahora váyase. El niño quiere dormir.

Capítulo VII

Agafia Mijailovna salió de puntillas. El aya bajó la cortina, ahuyentó las moscas que se habían introducido bajo el velo de muselina de la camita, logró expulsar a un moscardón que se debatía contra los vidrios de la ventana y se sentó, agitando una rama de álamo blanco medio marchita sobre la madre y el niño.

—¡Qué calor hace! –comentó–. ¡Si al menos mandara Dios una lluvia!

—Sí. ¡Chist! –repuso Kitty, meciéndose suavemente y oprimiendo con cariño la manecita regordeta –que parecía atada con un hilo a la muñeca–, que Mitia movía sin cesar, abriendo y cerrando los ojos.

Aquella manita atraía a Kitty. Habría querido besarla, pero se contenía por temor de despertar al pequeño.

Al fin la mano dejó de moverse y los ojos del niño se cerraron. Solo de vez en cuando Mitia, sin dejar de mamar, alzaba sus largas y curvas pestañas y miraba a su madre con ojos que a media luz parecían negros y húmedos.

El aya dejó de mover la rama y se adormeció.

Arriba sonaba la voz del Príncipe y se oía a Kosnichev reír a carcajadas.

«Hablan animadamente ahora que yo no estoy –pensaba Kitty–. Siento que Kostia no esté. Debe de haber ido a visitar las colmenas. Aunque me entristece que se vaya con tanta frecuencia, no me parece mal, puesto que le distrae. Está más animado y mejor que en primavera. ¡Se le veía tan concentrado en sí mismo, sufría tanto! Me daba miedo, temía por él... ¡Qué tonto es!» pensó riendo.

Sabía que lo que atormentaba a su marido era su incredulidad. Pero, a pesar de que ella, en su fe ingenua, creía que no había salvación para el incrédulo y que, por lo tanto, su marido estaba condenado, la falta de fe de aquel cuya alma le era más cara que cuanto existía en el mundo, no le producía la menor inquietud. Cada vez que pensaba en ello sonreía y se repetía para sí misma: «Es un tonto».

«¿Por qué pasará el año leyendo libros filosóficos? –pensaba–. Si todo está explicado en esos libros, puede comprenderlo rápidamente. Y si no lo está, ¿a qué los lee? Él mismo afirma que desearía creer. Pues ¿por qué no cree? Seguramente porque piensa demasiado. Y piensa tanto porque está mucho a solas. Siempre a solas, siempre... Con nosotros no puede hablar de todo.

Estos huéspedes le agradarán, sobre todo Katavasov. Le gustará discutir con él», se dijo.

Y enseguida se puso a pensar en dónde sería más cómodo preparar el lecho para Katavasov, bien solo o con Serguéi Ivanovich.

De pronto le asaltó una idea que le estremeció de inquietud desasosegando incluso a Mitia, que la miró con severidad.

«Me parece que la lavandera no ha traído aún la ropa. Si no lo advierto, Agafia Mijailovna es capaz de poner a Serguéi Ivanovich ropa ya usada sin lavar…». Aquel pensamiento hizo afluir la sangre al rostro de Kitty. «Voy a dar órdenes», decidió.

Y, volviendo a sus pensamientos de un momento antes, recordó que se referían a algo sobre el alma, en lo que no había acabado de reflexionar. Trató de concretar sus ideas.

«¡Ah! Kostia es un incrédulo», se dijo con una sonrisa.

«Pues que se quede sin fe, ya que no la tiene… Es mejor que ser como la señora Stal o como yo fui en el extranjero. Él no es capaz de fingir». Y a su imaginación se presentó un rasgo de la bondad de su esposo.

Dos semanas antes Dolly había recibido una carta de su marido en la que, pidiéndole disculpas, le rogaba que salvase su honor vendiendo su parte en la propiedad para pagar las deudas que él tenía contraídas.

Dolly se desesperó. Sentía hacia su marido odio, desprecio y compasión y resolvió separarse de él y negarse a lo pedido, pero al fin consintió en vender parte de la propiedad.

Fue entonces cuando Levin se acercó a su mujer y le propuso, lleno de confusión, y no sin grandes precauciones, cuyo recuerdo la hacía sonreír conmovida, un medio, en el que ella no había pensado, de ayudar a Dolly sin ofenderla y que consistía en ceder a su hermana la parte de la propiedad que correspondía a Kitty.

«¿Cómo puede ser un incrédulo, si posee ese corazón, ese temor de ofender a nadie, ni siquiera a un niño? Lo hace todo para los demás y nada para sí mismo. Serguéi Ivanovich considera deber de mi marido ser su administrador, Dolly con sus hijos está bajo su protección. Y luego, los campesinos que acuden diariamente a él, como si Kostia estuviera obligado a servirles…

»¡Ojalá seas como tu padre!», murmuró para sí, entregando el niño al aya y rozando con los labios su mejilla.

CAPÍTULO VIII

Desde que, viendo morir a su hermano predilecto, Levin examinó los conceptos de la vida y la muerte, a través de aquellas que él llamaba nuevas ideas, es decir, aquellas que desde los veinte a los treinta y cuatro años suplieron a sus opiniones infantiles y de adolescente, quedó horrorizado, no tanto ante la muerte como ante la vida, de la cual no conocía ni en lo más mínimo lo que era, por qué existe y de dónde procede.

El organismo, su descomposición, la indestructibilidad de la materia, la ley de la conservación de la energía, la evolución, eran las expresiones que sustituían a su fe de antes.

Aquellas palabras y las concepciones que expresaban eran sin duda interesantes desde el punto de vista intelectual, pero en la realidad de la vida no acabarán nada.

Levin se sintió como un hombre al que hubieran reemplazado su gabán de invierno por un traje de muselina y el cual, al notar frío, sintiera, no en virtud de razonamientos, sino por la sensación física de todo su ser, que se hallaba desnudo y condenado a sucumbir.

Desde entonces, aunque casi inconscientemente y continuando su vida de antes, Levin no dejó un momento de experimentar aquel temor de su ignorancia. Reconocía, además, vagamente, que las que él llamaba «sus convicciones» no solo eran producto de la ignorancia, sino que le hacían, además, inaccesibles los conocimientos que tan imperiosamente necesitaba.

Al principio su matrimonio y las obligaciones y alegrías inherentes a él, ahogaron sus meditaciones, pero últimamente, después del parto de su mujer, cuando vivía ocioso en Moscú, aquella cuestión que requería ser resuelta se presentaba ante Levin con redoblada insistencia y cada vez más a menudo.

El problema se planteaba así para él: «Si no admito las explicaciones que da el cristianismo a las cuestiones de mi vida, ¿qué admito?».

Y en todo el arsenal de sus ideas no hallaba ni remotamente la respuesta.

Era como un hombre que en tiendas de juguetes y almacenes de armas buscase alimentos.

Involuntariamente, inconscientemente, buscaba en sus lecturas, en sus conversaciones, en los hombres que le rodeaban, una relación con aquellos problemas y su resolución.

Lo que más le extrañaba y afligía era que la mayoría de los hombres de su ambiente y edad, después de cambiar, como él, su antiguas creencias por las nuevas ideas, iguales a las suyas, no veían mal alguno en tal cambio y vivían completamente tranquilos y contentos.

De modo que a la cuestión principal se unían otras dudas para atormentar todavía más. ¿Sería sincera aquella gente o fingiría? ¿Acaso ellos comprendían mejor y más claramente que él las respuestas que da la ciencia a las preguntas que le preocupaban? Y Levin se ponía a estudiar con interés las ideas de aquella gente y los libros que podían contener las soluciones tan deseadas.

Lo único que encontró desde que empezó a ocuparse de aquello, fue que se engañaba al suponer, a través de los recuerdos de su época universitaria y juvenil, que la religión no existía y que su época había pasado.

Todos los hombres buenos que conocía y con quienes mantenía relaciones eran creyentes. El anciano Príncipe, Lvov, a quien tanto estimaba, Serguéi Ivanovich, todas las mujeres, y hasta su propia esposa, creían lo que él creyera en su infancia y adolescencia, y lo mismo el noventa y nueve por ciento del pueblo ruso, aquel pueblo cuya vida le inspiraba tanto respeto y que era creyente casi en su totalidad.

Después de haber leído muchos libros, Levin se convenció de que los materialistas, cuyas ideas compartía, no daban a estas ninguna significación particular, y en lugar de explicar estas cuestiones –sin cuya solución él no podía vivir–, se aplicaban a resolver otros problemas que no ofrecían para él el menor interés, como la evolución de los organismos, la explicación mecánica del alma y otras cosas por el estilo.

Además, durante el parto de su mujer, le había sucedido un caso extraordinario. El incrédulo se había puesto a rezar y entonces rezaba con fe. Pero pasado aquel momento, su estado de ánimo de entonces no consiguió hallar lugar alguno en su vida.

No podía reconocer que entonces había alcanzado la verdad y que ahora se equivocaba, porque en cuanto comenzaba a reflexionar serenamente todo se le desmoronaba. Tampoco podía reconocer que había errado al rezar, porque el recuerdo de aquel estado de ánimo le era querido, y, considerándolo como una prueba de debilidad, le habría parecido que profanaba la emoción de aquellos instantes.

Esta lucha interior pesaba dolorosamente en su ánimo y Levin buscaba con todas sus fuerzas la solución.

Capítulo IX

Semejantes pensamientos le torturaban con más o con menos intensidad, pero no le abandonaban nunca. Leía y meditaba y cuanto más lo hacía, más se alejaba del fin perseguido.

En los últimos tiempos, en Moscú y en el pueblo, persuadido de que no podía hallar la solución en los materialistas, leyó y releyó a Platón, Espinoza, Kant, Schelling, Hegel y Schopenhauer, los filósofos que explican la vida según un criterio no materialista.

Sus ideas le parecían fecundas cuando las leía o cuando buscaba él mismo refutaciones de otras doctrinas, en especial contra el materialismo. Pero cuando leía o afrontaba la resolución de problemas, le sucedía siempre lo mismo. Los términos imprecisos tales como «espíritu», «voluntad», «libertad», «sustancia» ofrecían en cierto modo a su inteligencia un determinado sentido solo en la medida en que él se dejaba prender en la sutil red que le tendían con sus explicaciones. Pero apenas olvidaba la marcha artificial del pensamiento y volvía a la vida real, para buscar en ella la confirmación de sus ideas, toda aquella construcción artificiosa se derrumbaba como un castillo de naipes y le era forzoso reconocer que se le había deslumbrado por medio de una perpetua transposición de las mismas palabras, sin recurrir a ese «algo» que, en la práctica de la existencia, importa más que la razón.

Durante una época, leyendo a Schopenhauer, Levin sustituyó la palabra «voluntad» por «amor», y esta nueva filosofía le resultó satisfactoria durante un par de días mientras no se alejaba de ella. Pero luego también esta decayó al enfrentarla con la vida y la vio revestida de unos ropajes de muselina que no calentaban el cuerpo.

Su hermano le aconsejó que leyera las obras teológicas de Jomiakov.

Levin leyó el segundo tomo y, pese a su estilo polémico, elegante e ingenioso, se sintió sorprendido por sus ideas sobre la Iglesia. Le asombró al principio la manifestación de que la comprensión de las verdades teológicas no está concedida al hombre, sino a la unión de hombres reunidos por el amor, esto es, a la Iglesia.

Esta teoría reanimó a Levin: primero la Iglesia, institución viva que une en una todas las esencias humanas, que tiene a Dios a su cabeza y que, por este motivo, es sagrada a indiscutible; luego aceptar sus enseñanzas sobre

Dios, la creación, la caída, la redención, le pareció mucho más fácil que empezar por Dios, lejano y misterioso y pasar luego a la creación, etc. Pero después, leyendo la historia de la Iglesia por un escritor católico y la historia de la Iglesia por un escritor ortodoxo, y viendo cómo las dos Iglesias combatían entre sí, Levin perdió la confianza en la doctrina de Jomiakov sobre la Iglesia y también aquella construcción se derrumbó ante él como las filosóficas.

Vivió aquella primavera momentos terribles y no parecía el mismo.

«No puedo vivir sin saber lo que soy y por qué estoy aquí. Y puesto que no puedo saberlo, no puedo vivir», se decía.

« En el tiempo infinito, en la infinidad de la materia, en el infnito espacio, una burbuja se desprende de un organismo, dura algún tiempo y luego estalla. Y esa burbuja humana soy yo...».

Se trataba de una ficción atormentadora, pero en ella consistía el último y único resultado de todos los trabajos realizados durante siglos por el pensamiento humano en aquella dirección. Era esta la última doctrina que se encuentra en la base de casi todas las actividades científicas. Era esta la convicción dominante y Levin la adoptó –sin que él mismo supiese explicarse ni cuándo ni cómo–, como la interpretación más clara.

Mas no solo le pareció que no podía ser verdad, sino que constituía una ironía cruel de una fuerza malévola y abominable a la que resultaba imposible someterse.

Era preciso liberarse de aquella fuerza. Y la liberación estaba en manos de cada uno. Había que cortar tal dependencia del mal y no había sino un medio: la muerte.

Y Levin, aquel hombre feliz en su hogar, fuerte y sano, se sentía muchas veces tan cerca del suicidio que hasta llegó a ocultar las cuerdas para no estrangularse y temió salir a cazar por miedo a que le acometiese la idea de dispararse contra sí mismo con la escopeta.

Pero ni se estranguló ni se disparó un tiro, sino que continuó viviendo.

Capítulo X

Cuando Levin pensaba qué cosa era él y por qué vivía, no encontraba contestación y se desesperaba; mas cuando dejaba de hacerse estas preguntas, sabía quién era él y para qué vivía, porque su vida era recta y sus fines estaban bien definidos, e incluso en los últimos tiempos su vida era más firme y decidida que nunca.

Al regresar al campo en los primeros días del mes de junio, Levin volvió a sus habituales ocupaciones y los trabajos agrícolas, sus tratos con los labriegos, sus relaciones con familiares, amigos y conocidos, los pequeños problemas de su casa, los asuntos que sus hermanos le tenían encargados, la educación de su hijo, la nueva obra en el colmenar que había comenzado aquella primavera, todo esto ocupaba totalmente su tiempo.

Se interesaba en tales ocupaciones, no porque las justificara con puntos de vista sobre el bien común como lo hacía antes. Al contrario, desengañado de una parte por el fracaso de sus empresas anteriores en favor de la comunidad y demasiado ocupado, de la otra, por sus pensamientos y por la gran cantidad de asuntos que llovían sobre él de todas partes, Levin dejaba a un lado todas sus antiguas ideas sobre el bien general y se dedicaba por completo a aquellos asuntos, simplemente porque le parecía que debía hacerlo así y que no podía obrar de otro modo.

En otros tiempos (es decir, en su infancia, y ahora estaba ya en plena madurez) cuando hacía o procuraba hacer algo que fuera un bien para el pueblo, para Rusia, e incluso para la Humanidad, Levin sentía que aquel impulso le llenaba de satisfacción, pero la misma actividad que antes le parecía tan grande, útil y hermosa, ahora se le figuraba empequeñecida y aun a punto de desaparecer.

Después de su casamiento, que empezó a limitar sus actividades a los asuntos o cuestiones particulares suyas o de sus allegados, no sentía aquella satisfacción, pero sí la de saber que su obra era necesaria y ver que sus intereses o los que le confiaban iban bien y mejoraban constantemente.

Ahora, incluso contra su voluntad, penetraba cada vez más en los problemas de la tierra, pensando que, como el arado, no podía librarse del surco.

Indudablemente, era necesario que la familia viviera como lo hicieran los padres y los abuelos y educar en los mismos principios a los hijos. Esto lo consideraba Levin tan necesario como el comer cuando se siente hambre, y era igualmente tan preciso como preparar la comida, o llevar la máquina económica de la propiedad que tenía en Pokrovskoie de modo que produjera beneficios.

Así, consideraba un deber indiscutible el pagar sus deudas, y no menos que este el de mantener la tierra recibida de los padres en tal estado que el hijo, al heredarla, sintiera agradecimiento hacia su padre por ello, como Levin lo había sentido hacia el suyo por todo lo que había plantado y edificado.

Y para esto no había que dar en arriendo las tierras, sino ocuparse por sí mismo del cultivo, del abono de los campos, de cuidar los bosques y plantar nuevos árboles, de criar animales...

Creía también un deber suyo cuidar de los asuntos de Serguéi Ivanovich y de su hermana; ayudar a los campesinos que acudían a él en busca de consejo, siguiendo la antigua costumbre; cosas todas estas que no podía dejar de hacer, como no puede dejarse caer a un niño que se tiene en los brazos.

Tenía que ocuparse de preparar un cómodo alojamiento a su cuñada, con sus niños a quienes habían invitado a pasar con ellos el verano. Tenía también que atender a las necesidades de su mujer y de su hijo y pasar algún rato con ellos, cosa que, por otra parte, no requería de él esfuerzo alguno, ya que cada día le costaba más pasar mucho tiempo alejado de aquellos seres queridos.

Y todo esto, junto con la caza y el cuidado de las abejas, llenaba por completo la vida de Levin, aquella vida que él consideraba a veces sin sentido.

Pero, además de que Levin conocía perfectamente lo que debía hacer, sabía también cómo había que hacerlo, cuál asunto era el más importante y cómo debía atenderlo y desarrollarlo.

Sabía que tenía que contratar la mano de obra cuanto más barata mejor, pero no debía esclavizar a los obreros adelantándoles dinero y pagándoles jornales inferiores al precio normal, como sabía que podía hacerse. Podía venderse paja a los campesinos en los años malos, aunque inspirasen piedad, pero era preciso suprimir la posada y la taberna, aunque diesen ganancias, para evitarles gastos que contribuían a su ruina. Había que castigar severamente la tala de árboles, pero le era imposible imponer una multa porque los animales ajenos entraran en sus prados o labrantíos; y, aunque eso irritaba a los guardias y hacía desaparecer el miedo a las multas, Levin dejaba marchar tranquilamente a los animales ajenos que penetraban en su propiedad.

Prestaba dinero a Piotr para librarle de las garras de un usurero que le exigía un rédito del diez por ciento mensual, pero no cancelaba ni aplazaba el pago del arrendamiento a los campesinos que se resistían a satisfacerlo en su día. No perdonaba al encargado que no se hubiese segado una pradera a tiempo, perdiéndose la hierba, pero comprendía y disculpaba que no se hubiese segado antes la hierba del nuevo bosque, que era muy extenso y presentaba grandes dificultades para aquella labor. Era imposible condonar al obrero los jornales que perdía no yendo al trabajo. La muerte del padre le parecía una causa muy justificada y la lamentaba, pero había que hacer el descuento correspondiente a los días no trabajados. Ahora bien, no se podía dejar de pagar su mensualidad a los viejos criados de la casa aunque no fuesen ya útiles para ningún trabajo.

Levin sabía, también, que al volver a su casa encontraría en su despacho a muchos campesinos que estaban esperándole desde hacía varias horas para consultarle sus asuntos, pero sentía que su primer deber era ver a su esposa, que se encontraba mal de salud, aunque aquellos campesinos hubieran de esperar algún tiempo más. En cambio, si acudían a verle en el momento de instalar las abejas, que era la ocupación que más le gustaba, la dejaba en manos del viejo criado y les atendía aunque no le interesase en lo más mínimo su conversación.

Si obrando así hacía bien o mal no quería saberlo, y hasta huía las conversaciones y pensamientos sobre estos temas. Sabía que las discusiones le llevaban a la duda y que esta entorpecía la labor que había de realizar. No obstante, cuando no pensaba, vivía y sentía constantemente en su alma la presencia de un juez implacable que le señalaba cuándo obraba bien y qué era lo que hacía mal; y en este caso su conciencia se lo advertía enseguida.

Sin embargo, Levin continuamente, muchas veces, se preguntaba qué era él y por qué y para qué estaba en el mundo; y el no hallar una contestación concreta le atormentaba hasta tal punto que pensaba en el suicidio. Pero, a pesar de ello, continuaba firme en su camino.

Capítulo XI

El día en que Serguéi Ivanovich llegó a Pokrovskoie había sido uno de los días más llenos de emociones para Levin.

Era la temporada activa de los trabajos del campo, la que exige del campesino un esfuerzo mayor, un espíritu de sacrificio desconocido en otras profesiones; esfuerzo que rendiría más si los mismos que lo realizan tuvieran conciencia de ello y lo supieran valorar, si no se repitiese anualmente y sus resultados no fueran tan simples.

Segar y recoger el centeno y la avena, apilarlos en las eras, trillar y separar los granos para semilla y hacer la sementera en otoño, todo esto parece sencillo, corriente y hacedero, pero para hacerlo en las tres o cuatro semanas que concede la Naturaleza, es necesario que todos, empezando por los más viejos y hasta los chiquillos, toda la gente labriega, trabaje sin parar un momento, tres veces más que de ordinario, alimentándose con kwass con cebolla y pan moreno, aprovechando para el trabajo las noches y no durmiendo sino tres o cuatro horas al día. Y esto se hace cada año en toda Rusia.

Habiendo pasado la mayor parte de su vida en su propiedad y en relaciones estrechas con el pueblo, Levin sentía siempre en esta temporada el contagio de aquella animación general.

Al amanecer, en los carros de transporte, iba a las primeras labores del centeno o a los campos de avena. Volvía a su casa cuando calculaba que su mujer y su cuñada estarían levantándose, tomaba con ellas su desayuno de café y se dirigía a pie a la granja, donde estarían trabajando con la nueva trilladora para preparar las semillas.

Y durante todo este día, hablando con el encargado y los campesinos, charlando, en su casa, con su mujer, con Dolly, con los hijos de esta o con su suegro, Levin pensaba, además, relacionándolo todo con esta cuestión, en las preguntas que le inquietaban: «¿Qué soy yo? ¿Dónde estoy? ¿Para qué estoy aquí?».

En pie, sintiendo la agradable frescura del hórreo cubierto de olorosas ramas de avellano o apoyado contra las vigas de álamo recién cortado que sostenían el techo de paja, Levin, miraba a través de las puertas abiertas, ante las cuales danzaba el polvo, seco y acre, de la trilladora, o contemplaba la hierba de la era bañada por el ardiente sol, y la paja fresca, recién sacada del almiar, o seguía el vuelo de las golondrinas de pecho blanco y cabecitas abigarradas que se refugiaban chillando bajo el alero y se detenían agitando las alas sobre el ancho portal abierto; y, mientras, continuaba con sus extraños pensamientos.

«¿Para qué se hace todo esto? ¿Por qué estoy aquí, obligándoles a trabajar? ¿Por qué todos se matan trabajando y queriendo mostrarme su celo? ¿Por qué trabaja tanto esa vieja Matriona, mi antigua conocida?» (Levin la había curado, cuando, en un incendio, le había caído encima una viga), se dijo, mirando a una mujer delgada que, apoyando firmemente su pies quemados por el sol, contra el suelo duro y desigual, removía con su rastrillo las mieses.

«En algún momento –pensó Levin–, esta mujer fue hermosa, pero, si no hoy, mañana, o dentro de diez años, cualquier día, acabará de todos modos bajo tierra y no quedará nada de ella. Como tampoco quedará nada de esa muchacha presumida, de vestido rojo, que con movimientos hábiles y delicados separa la espiga de la paja. También a esa la enterrarán y muy pronto harán los mismo con esa pobre bestia», pensó, mirando a un caballo que, con el vientre hinchado y respirando con dificultad, arrastraba un pesado carro. «Y a Fiodor, que echa ahora el trigo a la trilladora, con su barbita llena de paja y su camisa rota, también le enterrarán. Y, sin embargo, él deshace las gavillas y da las órdenes, grita a las mujeres, arregla la correa del volante. Y, no solo a ellos los enterrarán, sino que a mí, también. Nada ni nadie de lo que hay aquí permanecerá. ¿Para qué, pues, todo?».

Así pensaba Levin y al mismo tiempo miraba al reloj, calculando cuánto se podía trillar en una hora, para señalar la faena que debían realizar durante el día.

«Pronto hará una hora que han empezado el trabajo y no han hecho más que comenzar la tercera pila», pensó. Y se acercó a Fiodor, y, levantando la voz para dominar el ruido de la trilladora, le ordenó que pusiera menos trigo en la máquina.

—Echas demasiado Fiodor. ¿Ves? La máquina se para. Échalo más igual…

Fiodor, ennegrecido por el polvo que se le pegaba al rostro cubierto de sudor, replicó algo que no pudo oírse por el ruido de la máquina. Pero pareció no haber comprendido lo que el dueño le decía. Este se acercó a la trilladora, apartó a Fiodor y se puso él en su lugar.

Después de trabajar así hasta casi la hora de ir a comer, Levin saltó del hórreo en compañía del abastecedor y al lado de un montón de amarillento centeno preparado ya para trillarlo y separar la semilla, se puso a discutir con él.

El abastecedor era de aquel lugar donde Levin, hacía ya tiempo, había cedido la tierra según el principio cooperativo. Ahora estas tierras las llevaba el guarda en arriendo. Levin habló de ellas con Fiodor y le preguntó si no las arrendería el año próximo Platón, un campesino rico del mismo lugar.

—La tierra es muy cara, Konstantín Dmitrievich. Platón no obtendría ningún beneficio –contestó Fiodor, sacando de debajo de la camisa sudada las espigas que se le habían introducido allí.

—¿Y cómo es que Kirilov saca provecho?

—A Mitiuja –así llamaba Fiodor, despectivamente, al guarda–, a Mitiuja le es muy fácil sacar provecho: va apretando y sacará lo suyo. Este no tiene compasión de alma cristiana, mientras que el tío Fokanich –así llamaba al viejo Platón– no quita el pellejo a nadie. Aquí dará en préstamo y en otra parte perdonará una deuda. Así resulta que recibe todo lo que le pertenece. Es un buen hombre.

—¿Y por qué perdona tanto a los demás?

—Porque las personas no son todas iguales. Hay hombres que solo viven para sí mismos, como, por ejemplo, Mitiuja. Ese se preocupa solo de su barriga. Fokanich, en cambio, es un viejo muy recto: vive para su alma y no se olvida de Dios.

—¿Qué quieres decir «no se olvida de Dios»? ¿Y qué es eso de que «vive para su alma»? –preguntó Levin con extrañeza.

—Ya se sabe, lo justo es lo que Dios manda. Hay gente muy distinta: unos que lo hacen y otros que no. Usted, por ejemplo, no trata mal a la gente.

—Sí, sí. Adiós –se despidió Levin sofocado por la emoción.

Y, volviendo al hórreo, tomó su bastón y se dirigió a su casa.

Al oír que Fokanich «vivía para su alma, siendo justo, como Dios manda», pensamientos vagos, pero fecundos, habían acudido en tropel a su mente, dirigidos todos a un único fin, cegándole el entendimiento.

Capítulo XII

Levin iba por el camino andando a grandes pasos, atento, no tanto a sus pensamientos, que todavía no había logrado ordenar, como a aquel estado de ánimo que hasta entonces no había experimentado.

Las palabras del campesino Fiodor produjeron en su alma el efecto de una chispa eléctrica que en un momento fundió y transformó un enjambre de pensamientos hasta entonces vagos y desordenados que no habían dejado de atormentarle. Hasta en el momento en que hablaba del arriendo de las tierras, habían estado preocupándole.

Sentía brotar en su alma algo nuevo y, sin saber todavía lo que era, experimentaba con ello una gran alegría.

«Hay que vivir, no para nuestras propias necesidades, sino para Dios. Pero, ¿para qué Dios? ¿Es posible decir una cosa más privada de sentido común? Fiodor ha dicho que hay que vivir, no solo para nuestras propias necesidades, esto es, para lo que comprendemos, lo que nos atrae y deseamos, sino para algo incomprensible, para ese Dios al cual nadie puede comprender ni definir... ¿Qué es esto? ¿Acaso no habré comprendido las palabras sin sentido de Fiodor? Y si no he comprendido lo que decía, ¿he dudado por ventura de que fuese justo? ¿Lo he encontrado necio, impreciso y vago?

»No, lo he comprendido por completo, tal como él lo comprende. Lo he comprendido tan bien y tan claramente como lo que mejor pueda comprender en la vida y jamás en mi existencia he dudado de ello ni puedo dudar. Y, no solo yo, sino todos lo comprenden perfectamente. No dudan de ello y todos están de acuerdo en aceptarlo.

»¡Y yo que buscaba, deplorando no ver un milagro! Un milagro material me habría convencido. ¡Y, no obstante, el único milagro posible, el que existe siempre y nos rodea por todas partes, no lo observaba, no lo veía!

»Fiodor dice que el guarda Kirilov vive solo para su vientre. Eso es claro y comprensible. Todos nosotros, como seres racionales, no podemos vivir de otro modo sino para el vientre. Y de pronto Fiodor dice que no se debe vivir para el vientre y que se debe vivir para la verdad y para Dios, y yo, con una sola palabra, le comprendo.

»Y yo y millones de seres que vivieron siglos antes y viven ahora, sabios, labriegos y pobres de espíritu –los sabios que han escrito sobre esto, lo dicen en forma incomprensible– coinciden en lo mismo: en cuál es el fin de la vida y qué es el bien. Solo tengo en común con todos los hombres un conocimiento firme y claro que no puede ser explicado por la razón, que está fuera ella y no tiene causas ni puede tener consecuencias.

»Si el bien tiene una causa, ya no es bien, y si tiene consecuencias (recompensa) tampoco lo es. De modo que el bien está fuera del encadenamiento de causas y efectos.

»Y conozco el bien y lo conocemos todos.

»¿Puede haber milagro mayor?

»¿Es posible que yo haya encontrado la solución de todo? ¿Es posible que hayan terminado todos mis sufrimientos?», pensaba Levin, avanzando por el camino polvoriento, sin sentir ni calor ni cansancio y experimentando la impresión de que cesaba para él un largo padecer.

Aquella impresión despertaba en su espíritu una paz tan honda que apenas osaba creer en ella. La emoción le ahogaba, le flaqueaban las rodillas y le faltaban las fuerzas para seguir andando. Salió del camino, se internó en el bosque y se sentó a la sobra de los olmos, sobre la hierba no segada aún. Se quitó el sombrero que cubría su cabeza empapada de sudor y, apoyándose en un brazo, se tendió en la jugosa y blanda hierba del bosque.

«Es preciso reflexionar y comprender», pensaba, con los ojos fijos en la hierba que se erguía ante él, mientras seguía con la mirada los movimientos de un insecto verde que trepaba por un tallo de centinodia y se detenía retenido por una hoja de borraja. «Pero, ¿qué he descubierto?», se preguntó, apartando la hoja de borraja para que no obstaculizara al insecto y acercando otra hierba para que el animalillo pasara por ella. «¿Por qué esta alegría? ¿Qué he descubierto en resumen?

»Nada. Solo me he enterado de lo que ya sabía. He comprendido la calidad de la fuerza que me dio la vida en el pasado y me la da ahora también. Me libré del engaño, conocí a mi señor…

»Antes yo decía que mi cuerpo, como el cuerpo de esta planta y de ese insecto –en aquel momento el insecto, sin querer escalar la hierba, había abierto las alas y volaba a otro lugar– seguía las transformaciones de la materia según las leyes físicas, químicas y fisiológicas. Y es que en todos nosotros, como en los álamos, las nubes y las nebulosas se produce una evolución. ¿Evolución de qué? ¿En qué? Una evolución infinita, una lucha... ¿Cómo es posible una dirección y una lucha en el infinito? Y yo me extrañaba de que, a pesar de mi constante tensión mental en tal dirección, no se me aclaraba el sentido de la vida, el sentido de mis deseos, de mis aspiraciones... Pero ahora declaro que conozco el sentido de mi vida: vivir para Dios, para el alma... Y este sentido, a pesar de su claridad, es misterioso y milagroso. Este es también el sentido de cuanto existe. Y el orgullo... –se tendió de bruces y comenzó a atar entre sí los tallos de hierba procurando no romperlos–. No solo existe el orgullo de la inteligencia, sino la estupidez de la inteligencia. Pero lo peor es la malicia... eso, la malicia del espíritu, la truhanería del espíritu», se repitió.

Y enseguida recorrió todo el camino de sus ideas durante aquellos dos años, cuyo principio fue un pensamiento claro y evidente sobre la muerte al ver a su hermano querido enfermo sin esperanzas de curación.

En aquellos días había comprendido claramente que para él y para todos no existía nada en adelante sino sufrimiento, muerte, olvido eterno, pero a la vez había reconocido que así era imposible vivir, que precisaba explicarse su vida de otro modo que como una ironía diabólica, o, de lo contrario, pegarse un tiro.

Él no hizo ni lo uno ni lo otro, sino que continuó viviendo, sintiendo y pensando, e incluso en aquella época se casó y experimentó muchas alegrías y fue tan feliz entonces que no pensaba para nada en el sentido de la vida.

¿Qué significaba, pues, aquello? Que vivía bien y pensaba mal.

Vivía, sin comprenderlo, a base de las verdades espirituales que mamara con leche de su madre, pero pensaba, no solo no reconociendo tales verdades, sino apartándose de ellas deliberadamente.

Y ahora veía claramente que solo podía vivir merced a las creencias en que fuera educado.

«¿Qué habría sido de mí y cómo habría vivido de no tener esas creencias si no supiese que hay que vivir para Dios y no solo para mis necesidades?

»Hubiese robado, matado, mentido. Nada de lo que constituyen las mayores alegrías de mi vida habría existido para mí».

Y aun con los máximos esfuerzos mentales no podía imaginar el ser bestial que hubiese sido de no saber para qué vivía.

«Buscaba contestación a mi pregunta. El pensamiento no podía contestarla, porque el pensamiento no puede medirse con la magnitud de la interrogación. La respuesta me la dio la misma vida con el conocimiento de lo que es el bien y lo que es el mal.

»Y ese saber no me ha sido proporcionado por nada. Me ha sido dado a la vez que a los demás, puesto que no pude encontrarlo en ninguna parte.

»¿Dónde lo he recogido? ¿He llegado por el razonamiento a la conclusión de que hay que amar al prójimo y no causarle daño? Me lo dijeron en mi infancia y lo creí, feliz al confirmarme los demás lo que yo sentía en mi alma. ¿Y quién me lo descubrió? No lo descubrió la razón. La razón ha descubierto la lucha por la vida y la necesidad de aplastar a cuantos me estorban la satisfacción de mis necesidades.

»Tal es la deducción de la razón. La razón no ha descubierto que se amase al prójimo, porque eso no es razonable».

CAPÍTULO XIII

Levin recordó una escena que había presenciado poco antes entre Dolly y sus hijos. Los niños, habiéndose quedado solos, comenzaron a cocer frambuesas a la llama de unas bujías y a echar la leche por la boca como un surtidor. Dolly, al sorprenderlos, comenzó a explicarles, en presencia de Levin, el mucho trabajo que a las personas mayores les costaba preparar aquello que destruían y que tal trabajo se hacía por ellos; que si rompían las tazas, no tendrían donde tomar el té y si arrojaban la leche al suelo, se quedarían sin comer y morirían de hambre.

A Levin le sorprendió la tranquila incredulidad con que los niños parecían escuchar a su madre. Solo se sentían descontentos de ver interrumpido su juego, De lo que su madre les decía no creían una palabra. Y no lo creían porque no podían comprender el conjunto de todo aquello de que gozaban, y les era imposible imaginar que estaban destruyendo lo que necesitaba para vivir.

«Todo esto está bien», pensaban, «pero ¿acaso lo que nos dan tiene tanto valor? Siempre es lo mismo, hoy como ayer, y como mañana, y nosotros no tenemos que pensar en ello. Pero ahora hemos querido inventar algo nuevo, personal. Y así hemos metido las frambuesas en las tazas y las hemos cocido a la llama de la vela y nos hemos llenado la boca de leche y la hemos lanzado como un surtidor. Esto es divertido y nuevo.

»¿Y acaso no hacemos nosotros lo mismo? ¿No lo he hecho yo buscando mediante la razón la significación de las fuerzas de la Naturaleza y el sentido de la vida humana?», continuaba pensando Levin.

«¿No hacen lo mismo todas las teorías filosóficas, llevándonos mediante el razonamiento, de un modo extraño a la vida humana, a la revelación de verdades que el hombre sabe ya desde hace mucho tiempo y sin las cuales no podría vivir? ¿No se ve claramente en el desarrollo de la teoría de cada filósofo que él sabe de antemano, como el labriego Fiodor y no más claramente, el verdadero sentido de la vida, y que tiende solo a demostrar por caminos equívocos verdades universalmente reconocidas?

»Que se deja a los niños solos para que ellos mismos adquieran lo que les hace falta, construyan las tazas, ordeñen la leche, etc. ¿Realizarían travesuras? Se morirían de hambre. Que se nos deje a nosotros, entregados a nuestras pasiones y pensamientos, sin la idea del Dios único y creador. ¿Qué haríamos, sin tener noción del bien y el mal, sin explicamos el mal moral?

»¡Probemos sin esas ideas a construir algo! Lo destruiríamos todo, porque nuestras almas están saciadas. ¡Somos niños, nada más que niños!

»¿De dónde procede ese alegre conocimiento que tengo y me es común con el aldeano y que me produce la paz del espíritu? ¿De dónde lo he sacado?

»Yo, educado como cristiano en la idea de Dios, habiendo llenado mi vida con los bienes espirituales que me dio el cristianismo, pletórico y rebosante de esos bienes, yo, como esos niños, destruyo, es decir, quiero destruir lo que me sustenta. Pero en las horas graves de mi vida, como los niños al sentir hambre y frío, acudo a Él y, no menos que los niños a quienes la madre riñe por sus travesuras infantiles, siento que el exceso a que me llevaron los anhelos de niño no han sido castigados. Y lo que sé, no lo sé por la razón, sino que ha sido concedido directamente a mi alma, lo siento por mi corazón, por mi fe en lo que dice la Iglesia.

»¿La Iglesia? ¡La Iglesia!», repitió Levin.

Cambió de postura y, apoyándose en el codo, miró a lo lejos, más allá del rebaño que, en la otra orilla, bajaba hacia el río.

«¿Puedo creer en cuanto profesa la Iglesia?», se dijo, buscando, para probarse, cuanto pudiera destruir la tranquilidad de espíritu de que gozaba en aquel momento.

Y comenzó a meditar en las doctrinas de la Iglesia que más extrañas le parecían y más le turbaban.

«¿La creación? ¿Cómo explicaba yo la existencia? ¿Por la existencia misma? ¡Con nada! ¿Y el diablo y el pecado? ¿Cómo explicar el mal? ¿Y el Redentor? No sé nada, absolutamente nada, ni puedo saberlo. Nada excepto lo que se me ha comunicado a la vez que a los demás».

Y ahora encontraba que no existía doctrina eclesiástica alguna que destruyera lo esencial: la fe en Dios y en el bien como único destino del hombre.

Cada una de las creencias de la Iglesia podía ser explicada por la creencia en el servicio de la verdad en vez del servicio de las necesidades. Y no solo cada dogma no la destruía, sino que estaba hecho para cumplir el milagro fundamental que constantemente se presenta en la tierra y que consiste en que es posible a todos los hombres y a cada uno, a millones de personas diferentes, sabios y necios, niños y ancianos, reyes y mendigos, a todos, a Lvov, a Kitty y a los demás, comprender sin dudas la misma cosa y crear la vida del alma sin la cual no vale la pena vivir y que es lo único que apreciamos.

Levin, tumbado ahora de espaldas, miraba el cielo alto sin nubes.

«¿Acaso no sé que eso es el espacio infinito y no una bóveda? Pero por más esfuerzos que haga, por más que aguce la mirada, no puedo dejar de ver este espacio como una bóveda y como algo limitado y, a pesar de mis conocimientos sobre el espacio infinito, tengo indudable razón cuando veo una bóveda azul y sólida; y más aún que cuando me esfuerzo para ver más allá».

Levin había ya dejado de pensar. Ahora tenía solo el oído atento a las voces misteriosas que resonaban en su alma con un eco de alegría y de entusiasmo.

«¿Acaso será esto la fe?», se dijo, no osando creer en su felicidad. «¡Gracias, Dios mío!», murmuró, ahogando los sollozos que le subían a la garganta y secándose con ambas manos las lágrimas que llenaban sus ojos.

Capítulo XIV

Levin miraba frente a sí y veía el rebaño de ovejas que pastaba guardado por el mastín y el pastor. Luego vio su tílburi tirado por «Voronoy» y cómo el cochero, al llegar al rebaño, hablaba algo con el pastor. Poco después, oía cerca de él el ruido de las ruedas y los resoplidos del caballo.

Estaba, sin embargo, tan absorto en sus pensamientos, que ni siquiera se le ocurrió que el coche se dirigía hacia él. Únicamente lo advirtió cuando el cochero, hallándose ya a su lado, le habló:

—Me manda la señora. Han llegado su hermano y otro señor.

Levin se sentó en el cochecito y tomó las riendas.

Estaba aún como acabado de despertar de un sueño y durante mucho rato apenas se dio cuenta de lo que hacía ni de dónde estaba. Miraba a su caballo, al que sujetaba por las riendas, cubiertos de espuma las patas y el cuello; miraba al cochero Iván, sentado a su lado; recordaba que le esperaba su hermano; pensaba que su mujer estaría inquieta por su larga ausencia y procuraba adivinar quién era aquel señor que había llegado con su hermano. Y el hermano y su mujer y el desconocido se le presentaban ahora en su imaginación de modo distinto a como los veía antes. Le parecía que ahora sus relaciones con todos habrían de ser muy diferentes.

«Ahora no habría entre mi hermano y yo la separación que ha habido siempre entre nosotros. Ahora no disputaremos ya nunca. Nunca más tendré riñas con Kitty. Con el huésped que ha llegado, quienquiera que sea, estaré amable, seré bueno; lo mismo que con los criados y con Iván. Con todos seré un hombre distinto».

Reteniendo con las riendas tensas al caballo, que resoplaba impaciente, como pidiendo que le dejaran correr en libertad Levin miraba a Iván, sentado a su lado, el cual sin tener nada que hacer con las manos las ocupaba en sujetarse la camisa, que se le levantaba a hinchaba con el viento.

Levin buscaba pretexto para entablar conversación con él. Quiso decirle que había apretado demasiado la barriguera. Pensó enseguida que esto le parecería un reproche y quería tener una conversación amable, pero ningún otro tema sobre el cual conversar le acudía a la imaginación.

—Señor, haga el favor de guiar a la derecha. Allí hay un tronco –le dijo Iván, con ademán de coger las riendas.

—Te ruego que no toques las riendas y no me des lecciones –contestó Levin ásperamente.

La intervención del cochero le irritó como de costumbre. Y enseguida pensó, con tristeza, que estaba equivocado al creer que su estado de ánimo podía cambiar fácilmente.

A un cuarto de versta de la casa, Levin vio a Gricha y a Tania que corrían a su encuentro.

—Tío Kostia, allí vienen mamá y el abuelito y Serguéi Ivanovich y un señor –decían los niños subiendo al coche.

—¿Y quién es ese señor?

—Un hombre muy terrible que no cesa de mover los brazos. Así –dijo Tania, levantándose del asiento e imitando el gesto habitual de Katavasov.

—¿Es viejo o joven? –preguntó Levin, al cual el ademán de Tania le recordaba a alguien, pero sin poder precisar a quién.

«¡Ah –se dijo–, al menos que no sea una persona desagradable!».

Solo al dar vuelta al camino y ver a los que iban a su encuentro, Levin recordó a Katavasov, con su sombrero de paja, moviendo los brazos como había indicado Tania.

A Katavasov le gustaba mucho hablar de filosofía, aunque la comprendía mal, como un especialista de ciencias naturales que era que nunca estudiaba filosofía. Durante su estancia en Moscú, Levin había discutido mucho con él sobre estas cuestiones. Lo primero que recordó Levin al verle fueron aquellas discusiones en las que aquel ponía siempre un gran empeño en quedar vencedor.

«No, no voy a discutir, ni a exponer a la ligera mis pensamientos por nada del mundo», se dijo aún.

Saltando de la tartanay, tras saludar a su hermano y a Katavasov, Levin preguntó por Kitty.

—Se llevó a Mitia a Kolok –así se llamaba el bosque que había cerca de la casa–. Ha querido arreglarle allí porque en la casa hace demasiado calor –explicó Dolly.

Levin aconsejaba a su mujer que no llevase el niño al bosque, porque lo consideraba peligroso, por lo cual esta noticia le desagradó.

—Siempre anda llevando al pequeño de un lugar a otro –dijo el viejo Príncipe–. Le he aconsejado que le llevase a la nevera.

—Kitty pensaba ir luego al colmenar, suponiendo que estarías allí. Podríamos ir hacia allá –dijo Dolly.

—¿Y qué estabas haciendo tú? –preguntó Serguéi Ivanovich a su hermano, al quedarse atrás con él.

—Nada de particular. Me ocupo, como siempre, de los asuntos de la propiedad –contestó Levin–. ¿Y por cuánto tiempo has venido? –preguntó, a su vez, a Serguéi Ivanovich–. Te esperaba hace ya días.

—Por un par de semanas –contestó Serguéi–. Tengo mucho que hacer en Moscú.

En esto, los ojos de los dos se encontraron, y no obstante su deseo de estar afectuoso con Serguéi y amable y sencillo con el Príncipe, Levin sintió que le irritaba mirar a su hermano y bajó la vista sin saber qué decir.

Buscando temas de conversación que fueran agradables a Serguéi Ivanovich, aparte de la guerra serbia y la cuestión eslava, a las cuales había aludido de manera velada al hablar de sus ocupaciones en Moscú, se puso a hablarle de la obra que había publicado últimamente.

—¿Y las críticas de tu libro? –le preguntó–. ¿Qué tal te tratan?

Serguéi Ivanovich sonrió comprendiendo que no era espontánea la pregunta.

—Nadie se ocupa de él y yo menos que nadie –contestó con displicencia. Y, cambiando de conversación, se dirigió a Dolly:

—Darya Alejandrovna, mire... Va a llover –dijo, indicando con su paraguas unas nubes blancas que corrían sobre las copas de los álamos.

Y bastaron estas palabras para que aquella frialdad que quería evitar Levin en sus relaciones con su hermano se estableciera entre los dos.

Levin se acercó a Katavasov.

—¡Qué acertado ha estado usted decidiéndose a venir!

—Ya hace tiempo que quería haberlo hecho. Ahora podremos discutir con más calma... ¿Ha leído usted a Spencer?

—No lo he terminado –dijo Levin–. De todos modos, ahora no lo necesito.

—¡Cómo! Es interesante... ¿Por qué no lo necesita?

—Quiero decir que la solución de las cuestiones que me interesan en la actualidad no la encontraría en él ni en sus semejantes. Ahora...

Levin iba a decir que le interesaban otras cuestiones más que los temas filosóficos, pero observó la expresión tranquila y alegre que tenía el rostro de Katavasov y, acordándose de sus propósitos, no quiso destruir su buen humor contrariándole con sus nuevas ideas.

—De todos modos, ya hablaremos después –añadió, condescendiente–. Si vamos al colmenar, es por aquí, por este sendero –dijo, dirigiéndose a los demás.

Al llegar, por el camino estrecho, a una explanada rodeada de brillantes pensamientos y donde crecían también espesos y altos arbustos de verde oscuros de eléboro, Levin hizo sentar a sus acompañantes en los bancos y troncos instalados allí para los visitantes del colmenar, a la sombra fresca y agradable de unos álamos tiernos, y él se dirigió al colmenar para traer pan, pepinos y miel fresca.

Con gran cuidado y atento al zumbido de las abejas que cruzaban el aire ininterrumpidamente, llegó por un sendero hasta el colmenar.

Al entrar, una abeja se lanzó hacia él zumbando y se le enredó en la barba. Se deshizo de ella y pasó al patio, cogió una redecilla que estaba colgada en una pared, se la puso, se metió las manos en los bolsillos del pantalón y siguió hacia las colmenas.

En filas regulares, atadas a estaquitas, estaban las colmenas viejas, cada una con su historia, que él conocía, y a lo largo de la cerca que rodeaba el colmenar se veían las nuevas instaladas aquel año.

A la entrada de las colmenas revoloteaban nubes de abejas y de zánganos, mientras las obreras volaban hacia el bosque atraídas por los tilos en flor y regresaban cargadas del dulce néctar. Y todo el enjambre, obreras diligentes, zánganos ociosos, guardianas despiertas dispuestas a lanzarse sobre cualquier extraño al colmenar que tratara de acercarse allí, dejaban oír las notas más diversas en el aire encalmado que se confundían en un continuo y bronco zumbido.

En la otra parte de la cerca, el encargado del colmenar cepillaba una tabla.

El viejo campesino no vio a Levin y este no le llamó.

Estaba contento de quedarse solo para recobrar la tranquilidad de su ánimo, que ya se había alterado en aquel corto contacto con la realidad.

Recordó, con pesar, que se había enfadado con Iván, que había demostrado frialdad a su hermano y hablado con ligereza a Katavasov.

«¿Es posible que todo aquello haya sido cosa de un momento y que pase todo sin dejar huella?», se dijo.

Y en aquel mismo instante sintió con alegría que algo nuevo a importante acaecía en su alma. Solo por unos instantes la realidad había hecho desaparecer, como cubriéndola por un negro velo, aquella calma espiritual hallada por él y que ahora recobraba de nuevo, porque solo había permanecido oculta en el interior de su alma.

Así como las abejas que volaban a su alrededor y amenazaban con picarle le distraían, le hacían perder la tranquilidad material, obligándole a encogerse, a resguardarse, del mismo modo las preocupaciones que le habían asaltado a partir del momento en que montara en el tílburi con el cochero, habían privado de tranquilidad a su alma. Pero esto había durado tan solo mientras estuvo entre Iván, el Príncipe, Katavasov y Serguéi Ivanovich. Ahora, lo mismo que, a pesar de las abejas, conservaba su fuerza física, así sentía de nuevo dentro de él la fuerza espiritual que había recibido.

Capítulo XV

—¿Sabes a quién ha encontrado tu hermano en el tren, Kostia? –preguntó Dolly, después de repartir a los niños pepinos y miel–. A Vronsky. Va a Serbia.

—Y lleva un escuadrón a sus expensas –añadió Katavasov.

—Es una cosa digna de él –dijo Levin–. Pero, ¿es que todavía marchan voluntarios? –preguntó, mirando a su hermano.

Serguéi Ivanovich, ocupado en sacar del trozo de panal que tenía en su plato una abeja viva, pegada a la miel, con la punta de un cuchillo, no le contestó.

—¡Cómo no! ¡Si viera usted los que había ayer en la estación! –repuso Katavasov mordiendo ruidosamente su pepino.

—Pero ¿cómo es eso? Explíquemelo, Serguéi Ivanovich. ¿A qué van esos voluntarios y contra quién han de guerrear? –preguntó el viejo Príncipe, continuando una conversación iniciada, al parecer, en ausencia de Levin.

—Contra los turcos –contestó Kosnichev, sonriente y tranquilo.

Había logrado librar a la abeja aún viva y ennegrecida de miel que agitaba las pequeñas patas, y con cuidado la pasó de la punta del cuchillo sobre una hoja de olmo.

—¿Y quién ha declarado la guerra a los turcos? ¿Iván Ivanovich Ragozov, la condesa Lidia Ivanovna y la señora Stal?

—Nadie ha declarado la guerra, pero la gente se compadece de sus hermanos de raza y quiere ayudarles –dijo Serguéi Ivanovich.

—El Príncipe no dice que no se les ayude –intervino Levin, defendiendo a su suegro–. Se refiere a la guerra. El Príncipe sostiene que los particulares no pueden intervenir en la guerra sin autorización del Gobierno.

—Mira, Kostia. Una abeja volando. ¡Nos va a picar! –exclamó Dolly defendiéndose del insecto.

—No es una abeja, sino una avispa –aclaró Levin.

—Veamos, explíquenos su teoría –dijo Katavasov, sonriente, a Levin, a punto de provocar una discusión–. ¿Por qué los particulares no han de poder ir a la guerra?

—Mi contestación es la siguiente: la guerra es una cosa tan brutal, feroz y terrible, que no digo ya un cristiano, sino ningún hombre puede tomar sobre sí personalmente la responsabilidad de empezarla. Solo el Gobierno puede ocuparse de eso y ser por necesidad arrastrado a la guerra. Además, según la costumbre y el sentido común, cuando se trata de asuntos de gobierno, y sobre todo de guerras, todos los ciudadanos deben abdicar de su voluntad personal..

Serguéi Ivanovich y Katavasov hablaron a la vez, exponiendo sus objeciones, que ya tenían preparadas.

—Hay casos en que el Gobierno no cumple la voluntad de los ciudadanos, y entonces el pueblo declara espontáneamente su voluntad –dijo Katavasov.

Pero Kosnichev no parecía apoyar el criterio de Katavasov. Frunció las cejas y dijo:

—No debe usted plantear así la cuestión. Aquí no hay declaración de guerra, sino la expresión de un sentimiento humanitario, cristiano. Están matando a nuestros hermanos, a gente de nuestra raza y fe. Y no ya a nuestros hermanos y correligionarios, sino simplemente a mujeres, ancianos y niños. El sentimiento grita y los rusos corren a ayudar a terminar con esos horrores. Figúrate que vas por la calle y ves unos borrachos golpeando a una mujer o a un niño. No creo que te detuvieras a preguntar si se ha declarado la guerra a ese hombre o no, sino que te lanzarías en defensa del ofendido.

—Pero no mataría al otro –atajó Levin.

—Sí le matarías.

—No lo sé. De ver un caso así, me entregaría al sentimiento del momento. No puedo decirlo de antemano. Pero semejante sentimiento no existe ni puede existir respecto a la opresión de los eslavos.

—Quizá no exista para ti, pero existe para los demás –contestó, frunciendo el entrecejo involuntariamente, Serguéi Ivanovich–. Aún viven en el pueblo las leyendas de los buenos cristianos que gimen bajo el yugo del «infiel agareno». El pueblo ha oído hablar de los sufrimientos de sus hermanos y ha levantado la voz.

—Puede ser –dijo Levin evasivamente–. Pero no te veo. Yo pertenezco al pueblo y no siento eso.

—Tampoco yo –añadió el Príncipe–. He vivido en el extranjero, he leído la prensa y confieso que ni siquiera antes, cuando los horrores búlgaros, entendí la causa de que los rusos, de repente, comenzaran a amar a sus hermanos eslavos mientras yo no sentía por ellos amor alguno. Me entristecí mucho, pensando ser un monstruo o atribuyéndolo a la influencia de Carlsbad... Pero al llegar aquí me tranquilicé viendo que hay mucha gente que solo se preocupa de Rusia y no de sus hermanos eslavos. También Konstantín Dmitrievich piensa así –dijo señalándole.

—En este caso, las opiniones personales no significan nada –respondió Kosnichev–. Las opiniones personales no tienen ningún valor ante la voluntad de toda Rusia expresada con unanimidad.

—Perdone, pero no lo veo. El pueblo es ajeno a todo eso –repuso el Príncipe.

—No papá. Acuérdate del domingo en la iglesia –dijo Dolly, que escuchaba la conversación–. Dame la servilleta, haz el favor –dijo al anciano, que contemplaba, sonriendo, a los niños–. Es imposible que todos...

—¿Qué pasó el domingo en la iglesia? –preguntó el Príncipe–. Al cura le ordenaron leer y leyó. Los campesinos no comprendieron nada. Suspiraban como cuando oyen un sermón. Luego se les dijo que se iba a hacer una colecta en pro de una buena obra de la Iglesia y cada uno sacó un cópec, sin saber ellos mismos para qué.

—El pueblo no puede ignorarlo. El pueblo tiene siempre conciencia de su destino y en momentos como los de ahora ve las cosas con claridad –declaró Serguéi Ivanovich categóricamente, mirando al viejo encargado del colmenar, como interrogándole.

El viejo, arrogante, de negra barba canosa y espesos cabellos de plata, permanecía inmóvil sosteniendo el pote de miel y mirando dulcemente a los señores desde la elevación de su estatura sin entender ni querer entender lo que trataban, según se evidenciaba en todo su aspecto.

—Sí, señor –afirmó el viejo, moviendo la cabeza, como contestando a las palabras de Serguéi Ivanovich.

—Pregúntenle y verán que no sabe ni entiende nada de eso –dijo Levin. Y añadió, dirigiéndose al viejo–: ¿Has oído hablar de la guerra, Mijailich? ¿No oíste lo que decían en la iglesia? ¿Qué te parece? ¿Piensas que debemos hacer la guerra en defensa de los cristianos?

—¿Por qué hemos de pensar en eso? Alejandro Nicolaevich, el Emperador, piensa por nosotros en este asunto y pensará por nosotros en todos los demás que se presenten... Él sabe mejor... ¿Traigo más pan? ¿Hay que dar más a los chiquillos? –se dirigió a Darya Alejandrovna, indicando a Gricha que terminaba su corteza de pan.

—No necesito preguntar –dijo Serguéi Ivanovich–. Vemos centenares y millares de hombres que lo dejan todo para ayudar a esa obra justa. Llegan de todas las partes de Rusia y expresan claramente su pensamiento y su deseo. Traen sus pobres vestimentas y van por sí mismos a la guerra y dicen rectamente por qué lo hacen. ¿Qué significa esto?

—Eso significa, a mi juicio –dijo Levin que comenzaba a irritarse otra vez–, que en un pueblo de ochenta millones se encuentran, no ya centenares, sino decenas de miles de hombres que han perdido su posición social, gente atrevida, pronta a todo, que siempre está dispuesta a enrolarse en las bandas de Pugachev o cualquier otra de su especie y que lo mismo va a Servia que a la China...

—Te digo que no se trata de centenares ni de gente perdida, sino que son los mejores representantes del pueblo –dijo Serguéi Ivanovich con tanta irritación como si estuvieran defendiendo sus últimos bienes–. ¿Y los dineros recogidos? ¡Aquí sí que el pueblo expresa directa y claramente su voluntad!

—Esa palabra «pueblo» es tan indefinida... –dijo Levin–. Solo los escribientes de las comarcas, los maestros y el uno por mil de los campesinos y obreros saben de qué se trata. Y el resto de los ochenta millones de rusos, como Mijailich, no solo no expresan su voluntad, sino que no tienen ni idea siquiera de sobre qué cuestión deben expresarla. ¿Qué derecho tenemos, pues, a decir que se expresa la voluntad del pueblo?

Capítulo XVI

Experto en dialéctica, Serguéi Ivanovich, sin replicar a la última objeción de Levin, llevó la conversación a otro punto de vista.

—Si quieres averiguar –dijo– por un medio aritmético el espíritu del pueblo, es claro que será muy difícil que llegues a conocerlo. En nuestro país no está aún implantado el sufragio y no puede ser introducido porque no expresaría la voluntad popular, pero para saber cuál es esta existen otros caminos: se percibe en el ambiente, se siente en el corazón. Ya no hablo de aquellas corrientes bajo el agua que se mueven en el mar muerto del pueblo y que son claras para toda persona que no tenga prevención, miras particulares en el estricto sentido de la palabra. Todos los partidos del mundo intelectual, antes enemigos irreconciliables, ahora se han fundido en una sola idea, las discordias se han terminado. Toda la prensa dice lo mismo. Todos han sentido una fuerza titánica que les empuja en la misma dirección.

—Sí, lo dicen todos los periódicos –repuso el Príncipe–. Esto es verdad. Pero de tal modo dicen todos lo mismo, que semejan las ranas en el pantano antes de la tempestad. Hacen tanto ruido, que no se oye ningún otro…

—Si son ranas o no lo son, no lo discuto. Yo no edito periódicos y no quiero defenderlos. Pero sí he de señalar la unidad de opiniones en el mundo intelectual –digo Serguéi Ivanovich, dirigiéndose a su hermano.

Levin iba a contestar, pero el viejo Príncipe se le adelantó.

—En cuanto a esa unidad de opiniones se puede decir otra cosa –dijo–. Tengo un yerno –Stepán Arkadievich, ustedes ya le conocen–. Ahora se le nombra miembro de no sé qué comisión y algo más que ahora no recuerdo. En este puesto no hay nada que hacer, pero Dolly –esto no es un secreto– percibirá un sueldo de ocho mil rublos. Vayan ustedes a preguntarle si ese cargo tiene alguna utilidad. Él les demostrará que no hay otro más necesario. Y no es un hombre embustero, pero le es imposible no creer en la utilidad de los ocho mil rublos.

—Sí, es verdad, Stiva me ha pedido que diga a Darya Alejandrovna que obtuvo el puesto –dijo Serguéi Ivanovich, con visible desagrado.

—Pues así es también la unanimidad en las opiniones de los periódicos. Me han explicado que cuando hay guerra, duplican la tirada. Entonces, ¿cómo pueden dejar de considerar trascendentales la suerte del pueblo, la situación de los eslavos, etcétera, etcétera, etcétera?

—Confieso que no tengo demasiada afición a los periódicos, pero hablar así me parece injusto –dijo Serguéi Ivanovich.

—Yo les pondría una sola condición –continuó el Príncipe–. Alphonse Karr lo dijo muy bien antes de la guerra con Prusia: «¿Usted piensa que la guerra es necesaria? Muy bien. Quien predica la guerra, que vaya en una legión especial, delante de todos en los ataques, en los asaltos».

—¡Estarían muy bien los redactores de los periódicos en esa posición! –comentó Katavasov, riéndose a carcajadas porque se imaginaba a los periodistas conocidos suyos en aquella legión escogida.

—Como que huirían al primer disparo, no servirían más que de estorbo –dijo Dolly.

—Si trataran de huir –completó el Príncipe– se les colocarían detrás las ametralladoras o los cosacos con látigos.

—Eso es una broma, y una broma de dudoso gusto, perdonadme que os lo diga, Príncipe –dijo Serguéi Ivanovich con acritud.

—No veo que sea una broma… –empezó Levin. Pero Serguéi Ivanovich le interrumpió:

—Cada miembro de la sociedad está llamado a cumplir la obra que le corresponde y los intelectuales cumplen la suya orientando a la opinión pública, y la unánime y completa expresión de la opinión pública es lo que honra a la prensa y al mismo tiempo es un hecho que ha de llenarnos de alegría. Hace veinte años habríamos callado, pero ahora se oye la voz del pueblo ruso, que está pronto a levantarse como un hombre y a sacrificarse por sus hermanos oprimidos. Es un gran paso y una patente demostración de la fuerza de…

—Pero es que no se trata de sacrificarse, sino también de matar turcos –insinuó tímidamente Levin–. El pueblo está presto a sacrificarse por su alma, pero no a matar –añadió con firmeza, relacionando esta conversación con los pensamientos que le preocupaban.

—¿Cómo por su alma? Explíqueme esto. Comprenda que para un especialista en ciencias naturales esta expresión ofrece algunas dificultades –dijo Katavasov con sonrisa irónica.

—Ya sabe usted muy bien lo que quiero decir.

—Pues le juro que no tengo ni la más mínima idea –contestó con risa sonora Katavasov.

—«No traigo la paz, sino la espada», dijo Cristo –replicó por su parte, Serguéi Ivanovich, citando, como cosa clara, aquella parte del Evangelio que más confundía a Levin.

—Así es –repitió el viejo, que seguía allí de pie, respondiendo a una mirada que Serguéi Ivánovich le había dirigido por casualidad.

—Sí, amigo mío, le hemos batido a usted en toda regla. ¡En toda regla! –gritó alegremente Katavasov.

Levin se ruborizó de enojo, no porque se sintiera vencido, sino porque no había podido contenerse y evitar la discusión.

«No, no debo discutir con ellos», pensó. «Ellos están protegidos por una coraza impenetrable y yo estoy desnudo. Habría debido callarme».

Comprendía que le era imposible persuadir a su hermano y a Katavasov, y aún menos veía la posibilidad de estar de acuerdo con ellos. Lo que ellos predicaban era aquel orgullo de espíritu que casi le había hecho perecer a él. No podía estar conforme con que ellos, tomando en consideración lo que decían los charlatanes voluntarios que venían de las capitales, dijeran que estos, junto con los periódicos, expresaban la voluntad y el pensamiento populares, pensamiento y voluntad que se basaban en la venganza y en la muerte. No podía estar conforme con esto porque no veía la expresión de tales pensamientos en el pueblo, entre el cual vivía, ni tampoco encontraba estos pensamientos en sí mismo (y no podía considerarse de otro modo sino como uno más entre los miembros que constituían el pueblo ruso) y, sobre todo, porque, junto con el pueblo, no podía comprender en qué consiste el bien general, pero sí creía firmemente que alcanzar este bien general era posible solamente cumpliendo severamente la ley del Bien. Y por ello, no podía desear la guerra ni hablar en su favor. Levin veía su opinión junto a la de Mijailich y el verdadero pueblo, cuyo pensamiento había quedado plasmado en la leyenda de la llamada a los varegos: « Venid sobre nosotros y gobernadnos. En cambio os prometemos obediencia. Todo el trabajo, todas las humillaciones, todos los sacrificios, los asumimos nosotros. Vosotros juzgad y decidid».

Y ahora, según Serguéi Ivanovich, el pueblo renunciaba a este derecho comprado a un precio tan elevado.

Levin habría querido decir también que si la opinión pública es un juez impecable, ¿por qué la revolución no era igualmente tan legal como el movimiento en pro de los eslavos? Pero todo esto no eran más que pensamientos que no podían decidir nada. Una sola cosa se veía palpable: que la discusión sobre este punto irritaba a Serguéi Ivanovich y que era mejor, por lo tanto, no discutir.

Y Levin calló y atrajo la atención de sus huéspedes hacia las oscuras nubes que habían acabado de cubrir amenazadoramente todo el cielo. Y comprendiendo que la lluvia no iba a tardar, se dirigieron todos a la casa.

Capítulo XVII

El Príncipe y Serguéi Ivanovich subieron al cochecillo, mientras que los otros, apresurando el paso, emprendían a pie el regreso hacia la casa.

Pero las nubes, unas claras, otras oscuras, se acercaban con acelerada rapidez, y deberían correr mucho más si querían llegar a casa antes de que descargarse la lluvia. Las nubes delanteras, bajas y negras como humo de hollín, avanzaban por el cielo con enorme velocidad. Ahora solo distaban de la casa unos doscientos pasos, pero el viento se había levantado ya y el aguacero podía sobrevenir de un momento a otro.

Los niños, entre asustados y alegres, corrían delante chillando. Dolly, luchando con las faldas que se le enredaban a las piernas, ya no andaba, sino que corría, sin quitar la vista de sus hijos.

Los hombres avanzaban a grandes pasos, sujetándose los sombreros. Cerca ya de la escalera de la entrada, una gruesa gota golpeó y se rompió en el canalón de metal. Niños y mayores, charlando jovialmente, se guarecieron bajo techado.

—¿Dónde está Katerina Alejandrovna? –preguntó Levin al ama de llaves, que salió a su encuentro en el recibidor con toallas y mantas de viaje.

—Creíamos que estaba con usted.

—¿Y Mitia?

—En el bosque, en Kolok. El aya debe de estar con él.

Levin, cogiendo las mantas, se precipitó hacia al bosque.

Entretanto, en aquel breve espacio de tiempo, las nubes habían cubierto de tal modo el sol que había oscurecido como en un eclipse. El viento soplaba con violencia como con un propósito tenaz, rechazaba a Levin, arrancaba las hojas y flores de los tilos, desnudaba las ramas de los blancos abedules y lo inclinaba todo en la misma dirección: acacias, arbustos, flores, hierbas y las copas de los árboles.

Las muchachas que trabajaban en el jardín corrían, gritando, hacia el pabellón de la servidumbre. La blanca cortina del aguacero cubrió el bosque lejano y la mitad del campo más próximo acercándose rápidamente a Kolok. Se distinguía en el aire la humedad de la lluvia, quebrándose en múltiples y minúsculas gotas.

Inclinando la cabeza hacia adelante y luchando con el viento que amenazaba arrebatarle las mantas, Levin se acercaba al bosque a la carrera.

Ya distinguía algo que blanqueaba tras un roble, cuando de pronto todo se inflamó, ardió la tierra entera y pareció que el cielo se abría encima de él.

Al abrir los ojos, momentáneamente cegados, Levin, a través del espeso velo de lluvia que ahora le separaba de Kolok, vio inmediatamente, y con horror, la copa del conocido roble del centro del bosque que parecía haber cambiado extrañamente de posición.

«¿Es posible que lo haya alcanzado?», pudo pensar Levin aun antes de que la copa del árbol, con movimiento más acelerado cada vez, desapareciera tras los otros árboles, produciendo un violento ruido al desplomarse su gran mole sobre los demás.

El brillo del relámpago, el fragor del trueno y la impresión de frío que sintió repentinamente se unieron contribuyendo a producirle una sensación de horror.

—¡Oh, Dios mío, Dios mío! Haz que no haya caído el roble sobre ellos –pronunció.

Y aunque pensó enseguida en la inutilidad del ruego de que no cayera sobre ellos el árbol que ya había caído, él repitió su súplica, comprendiendo que no le cabía hacer nada mejor que elevar aquella plegaria sin sentido.

Al llegar al sitio donde ellos solían estar, Levin no halló a nadie.

Estaban en otro lugar del bosque, bajo un viejo tilo, y le llamaban. Dos figuras vestidas de oscuro –antes vestían de claro– se inclinaban hacia el suelo.

Eran Kitty y el aya. La lluvia ahora cesó casi del todo. Comenzaba a aclarar cuando Levin corrió hacia ellas. El aya tenía seco el borde del vestido, pero el de Kitty estaba todo mojado y se le pegaba al cuerpo. Aunque no llovía, continuaban en la misma postura que durante la tempestad: inclinadas sobre el cochecito, sosteniendo la sombrilla verde.

—¡Están vivos! ¡Gracias a Dios! –exclamó Levin, corriendo sobre el suelo mojado con sus zapatos llenos de agua.

Kitty, con el rostro mojado y enrojecido, se volvía hacia él, sonriendo tímidamente bajo el sombrero, que había cambiado de forma.

—¿No te da vergüenza? ¡No comprendo que seas tan imprudente!

—Te juro que no tuve la culpa. En el momento en que nos disponíamos a regresar, tuvimos que mudar al pequeño. Cuando terminamos, la tempestad ya... –se disculpó Kitty.

Mitia estaba sano y salvo, bien seco y dormido.

—¡Loado sea Dios! No sé lo que me digo...

Recogieron los pañales mojados, el aya sacó al niño del cochecillo y le llevó en brazos. Levin caminaba junto a su mujer reprochándose la irritación con que le hablara y, a escondidas del aya, apretaba su brazo contra el propio.

CAPÍTULO XVIII

Durante todo el día, mientras se desarrollaban las más diversas conversaciones, en las que intervenía como si solo participara en ellas lo externo de su inteligencia, Levin, a pesar del desengaño del cambio que debía pesar sobre él, sentía incesantemente, con placer, la plenitud de su corazón.

Después de la lluvia la excesiva humedad impedía salir de paseo. Además, las nubes de tormenta no desaparecían del horizonte y pasaban unas veces por un sitio, otras por otro, ennegrecido el cielo, acompañadas a intervalos por el fragor de los truenos. El resto del día lo pasaron, pues, todos en la casa.

No se discutió más y, después de la comida, se encontraban todos de excelente humor.

Katavasov, al principio, hizo reír mucho a las señoras con sus bromas originales, que siempre gustaban cuando se le empezaba a conocer; pero luego, interpelado por Kosnichev, suspendió sus interesantísimas observaciones sobre la diferencia de vida, caracteres y hasta de fisonomías entre los machos y hembras de las moscas caseras.

Serguéi Ivanovich, también de buen humor, explicó a petición de su hermano, durante el té, su punto de vista sobre el porvenir de la cuestión de Oriente, de modo tan sencillo y agradable que todos le escucharon con placer.

Kitty fue la única que no pudo atenderle hasta el final, porque la llamaron para bañar a Mitia.

Algunos momentos después, llamaron también a Levin al cuarto del niño.

Dejando el té, y, lamentando interrumpir una charla interesante, se inquietó a la vez al ver que le llamaban, ya que solo lo hacían en ocasiones importantes, y Levin se dirigió a la alcoba de Mitia.

A pesar de lo interesante del plan –que Levin no oyera hasta el fin– expuesto por Serguéi Ivanovich respecto a que los cuarenta millones de eslavos liberados debían, en unión de Rusia, abrir una nueva era en la historia del mundo; a pesar de su inquietud a interés por el hecho de que le llamaran, en cuanto se encontró solo, al salir del salón recordó sus pensamientos de por la mañana.

Y todo aquello de la importancia del elemento eslavo en la historia universal le pareció tan insignificante en comparación con lo que sucedía en su alma que por el momento lo olvidó todo y se sumió en el mismo estado de espíritu en que estuviera durante la mañana.

Ahora no recordaba el proceso de sus ideas, como lo hacía antes, ni tampoco lo necesitaba. Se hundía enseguida en el sentimiento que le guiaba, en relación con estas ideas, y hallaba que aquel sentimiento era más fuerte y definido en su alma que antes.

Ya no le sucedía ahora como anteriormente, cuando en los momentos en que encontraba un consuelo imaginario, le era forzoso restablecer todo el proceso de sus ideas para hallar el sentimiento. Al contrario, a la sazón, la sensación de alegría y serenidad era más viva que antes y el pensamiento no alcanzaba hasta la altura del sentimiento.

Levin, caminando por la terraza y mirando las estrellas que aparecían en el cielo ya oscurecido, recordó de repente y se dijo: «Sí, mirando al cielo, pensaba que la bóveda que veo no es una ilusión, pero no llevé mis pensamientos hasta el final, algo no quedó bien meditado. Pero, sea como sea, no puede haber objeción. Hay que reflexionar sobre ello y entonces todo quedará claro…».

Y al penetrar en la alcoba del niño, se acordó de lo que se había ocultado a sí mismo. Y era que si la principal demostración de la Divinidad consistía en su revelación de lo que es el bien, en ese caso, ¿por qué la revelación se limita solo a la Iglesia cristiana? ¿Qué relación tienen con esta revelación las doctrinas budistas y mahometanas que también profesan y hacen el bien?

Parecíale encontrar ya la contestación a tal pregunta cuando, antes de contestarse, entró en el cuarto del niño.

Kitty, con los brazos remangados, se inclinaba sobre la bañera donde estaba el pequeño jugando con el agua, y al oír los pasos de su marido volvió el rostro hacia él y le llamó con una sonrisa.

Sostenía con una mano la cabeza del niño, que estaba tendido de espaldas en el agua, agitando los piececillos, y con la otra, contrayéndola rítmicamente, Kitty oprimía la esponja contra el cuerpo regordete del pequeño.

—¡Mírale, mírale! –dijo cuando su esposo se acercó a ella–. Agafia Mijailovna tiene razón: ya nos conoce…

Era evidente que, desde aquel día, Mitia reconocía a todos los que le rodeaban.

En cuanto Levin se acercó a la bañera le hicieron asistir a un experimento que tuvo un éxito completo.

La cocinera, llamada expresamente, se inclinó hacia el niño, quien frunció las cejas y movió la cabeza negativamente. Luego se inclinó Kitty y el niño sonrió con júbilo, apoyó las manitas en la esponja y produjo con los labios un extraño sonido de contento.

No solo la madre y el aya, sino hasta el mismo Levin, se entusiasmaron.

Con una mano sacaron al niño de la bañera, le vertieron más agua por encima, le envolvieron en la sábana, le secaron y después, cuando comenzó a emitir su prolongado grito habitual, se lo entregaron a su madre.

—Me alegro mucho de que empieces a quererle –dijo Kitty a su marido después de que con el niño al pecho, se sentó en su lugar acostumbrado–. Estoy muy contenta. Ya empezaba a disgustarme. Decías que no experimentabas nada hacia él…

—¿He dicho que no sentía nada? Solo decía que me había decepcionado.

—¿Te había decepcionado el niño, quizá?

—No él, sino yo con respecto a mi sentimiento por él. Esperaba más. Esperaba una especie de sorpresa, de sentimiento nuevo y agradable que florecería en mi alma. Y de pronto, en lugar de eso, sentí repugnancia, compasión…

Kitty le escuchaba atentamente, teniendo al niño entre ambos y ajustándose a los finos dedos las sortijas que se quitara para bañar a Mitia.

—Y lo principal es que sentía mucho más temor y compasión por él que placer. Hoy, después del momento de temor que pasé durante la tormenta, comprendí cuánto le quiero.

Kitty mostraba una radiante sonrisa.

—¿Te asustaste mucho? –preguntó–. Yo también. Pero ahora que todo ha pasado tengo más miedo aún… Iré a ver el roble. ¡Qué simpático es Katavasov! Todo el día se ha mostrado muy amable. ¡Y tú eres tan bueno con tu hermano, y te portas tan bien con él cuando quieres! Anda, ve con ellos. Aquí, después del baño, hace siempre demasiado calor…

CAPÍTULO XIX

Al salir del cuarto del niño y quedarse solo, Levin recordó otra vez aquel pensamiento en el cual había algo que no estaba claro.

En vez de ir al salón, desde el cual llegaban las voces de los demás, se detuvo en la terraza y apoyándose en la balaustrada contempló el cielo.

Había anochecido por completo. Al sur, hacia donde miraba, no se veían nubes. Al lado opuesto se extendía el nublado y allí brillaban los relámpagos y se oían lejanos truenos.

Levin escuchaba el lento caer de las gotas de agua desde los tilos en el jardín, contemplaba el conocido triángulo de estrellas que tanto conocía, y la difusa Vía Láctea, que cruzaba a aquel triángulo por el centro.

Cada vez que brillaba un relámpago, no solo la Vía Láctea sino las brillantes estrellas desaparecían, pero cuando el relámpago cesaba, las estrellas, como lanzadas por una mano certera, reaparecían en el mismo sitio.

«¿Y qué es lo que me hace todavía dudar?», preguntó Levin, presintiendo que, aunque la ignoraba aún, la solución de sus dudas estaba ya preparada en su alma.

«Sí, la única, evidente e indudable manifestación de la Divinidad son las leyes del bien, expuestas al mundo por la revelación, y las cuales siento en mí y a cuyo reconocimiento no me incorporo, sino que estoy unido forzosamente con una comunidad de creyentes que se llama Iglesia. Pero los hebreos, los mahometanos, confucianos y budistas, ¿qué son? Y aquella era la pregunta que resultaba peligrosa. ¿Es posible que centenares de millones de seres humanos estén privados del mayor bien de la vida, sin el que la vida misma no tiene sentido?».

Permaneció pensativo, pero enseguida se corrigió.

«¿Qué pregunto? Pregunto sobre la relación con la Divinidad de diversas doctrinas religiosas de la Humanidad toda. Pregunto sobre la manifestación general de Dios a todo el mundo, incluso a las nebulosas del firmamento… ¿Qué hago? A mí, personalmente, a mi corazón, se me abre un conocimiento indudable, incomprensible para la razón, y he aquí que me obstino en explicar con razones y palabras ese conocimiento.

»¿Acaso no sé que las estrellas no se mueven?», se preguntó, mirando el brillante astro que había cambiado de posición sobre las altas ramas del álamo.

«Sin embargo, mirando el movimiento de las estrellas no puedo apreciar el de rotación de la Tierra y por tanto acierto al decir que las estrellas se mueven.

»¿Habrían los astrónomos podido comprender y calcular algo solo teniendo en cuenta los diversos y complicados movimientos de la Tierra? Todas sus extraordinarias conclusiones de los cuerpos celestes se basan solo en el movimiento aparente de los astros en torno a la Tierra inmóvil, en ese movimiento que contemplo ahora y que, tal como es para mí, fue para millones de hombres durante siglos y ha sido y será siempre igual, y por eso puede ser comprobado directamente.

»Y así como habrían sido superfluas y discutibles las conclusiones de los astrónomos no basadas en la observación del cielo visible, en relación con un meridiano y un horizonte, igualmente superfluas y discutibles habrían sido mis conclusiones de no basarse en la comprensión del bien, que ha sido, es y será igual para todos, y que me es revelado por el cristianismo, y en el cual puede siempre confiar mi espíritu. No tengo, pues, derecho a resolver la cuestión de las relaciones de otras doctrinas con la Divinidad».

—Pero, ¿estás todavía aquí? –preguntó de repente la voz de Kitty, que se dirigía al salón por aquel mismo camino–. ¿Estás disgustado por algo? –agregó, mirando su rostro a la luz de las estrellas.

Mas no habría podido distinguirlo a no ser por el fulgor de un relámpago que ocultó en aquel momento la claridad de las estrellas e iluminó la faz de su marido. A la luz de aquel resplandor fugaz, Kitty lo examinó y, al verlo jubiloso y sereno, floreció en sus labios una sonrisa.

«Ella me comprende –pensó Levin–. Ella sabe en lo que estoy pensando. ¿Se lo digo o no? Sí, voy a decírselo».

Pero en el momento en que iba a empezar a hablar, Kitty habló también.

—Oye, Kostia, ¿quieres hacerme un favor? Ve a la habitación del rincón a ver si la han arreglado bien para Serguéi Ivanovich. A mí me da cierta vergüenza… ¿Le habrán puesto el lavabo nuevo?

—Bien, voy a ver –dijo Levin, incorporándose y besándola.

«No, no debo hablarle –pensó, cuando Kitty pasó delante de él–. Se trata de un misterio que solo yo debo conocer y que no puede explicarse con palabras.

»Este nuevo sentimiento no me ha modificado, no me ha deslumbrado ni me ha hecho feliz como esperaba. Como en el amor paternal no ha habido sorpresa ni arrebatamiento… No sé si esto es fe o no es fe. No sé lo que es. Pero sí sé que este sentimiento, de un modo imperceptible, ha penetrado en mi alma con el sufrimiento y ha arraigado en ella firmemente.

»Me sentiré irritado como antes contra Iván, el cochero, seguiré discutiendo lo mismo, expresaré inadecuadamente mis pensamientos, continuará levantándose un muro entre el santuario de mi alma y los demás, incluso entre mi espíritu y el de mi mujer. Seguiré culpándola de mis sobresaltos para luego arrepentirme de ello; mi razón no comprenderá por qué rezo y sin embargo seguiré rezando... Todo como antes...

»Pero a partir de hoy mi vida, toda mi vida, desde el primero hasta el último de sus minutos, independientemente de lo que pueda sucederme, no solo no carecerá de sentido como hasta ahora, sino que en todos y en cada uno de sus momentos poseerá el sentido indudable del bien, al que seré capaz de conformar todos mis actos».

FIN

Índice